원전으로 읽는 우리 고전 5

명주와 보월의 인연

명주보월빙 5

원전으로 읽는 우리 고전 5

명주와 보월의 인연

명주보월빙 5

장시광 옮김

이담북스

역자 서문

이제 <쌍천기봉>(전 9권, 2017-2020, 이담북스), <이씨세대록>(전 13권, 2021-2024, 이담북스)에 이어 세 번째로 대하소설 역주본을 낸다. <명주보월빙> 장서각본은 총 100권 분량이다. 이를 세 권씩 묶어 전체 33권으로 펴낸다. 앞의 작업과 마찬가지로, 각 권당 2부로 나누어 2부에서는 원문 탈초, 한자 병기, 주석 작업의 결과물을 싣고, 1부에서는 2부의 작업을 바탕으로 현대어역본을 싣는다. 현대어역본이 1부에 나오지만, 2부의 작업이 오히려 작업의 강도가 훨씬 세고 시간도 오래 걸린다.

이러한 작업을 하는 이유는 앞의 두 작품을 할 때도 밝혔듯이 아직까지도 대하소설의 기초 작업이 충분히 되어 있지 않기 때문이다. 1969년에 정병욱 선생님에 의해 낙선재에 소장된 대하소설의 존재가 밝혀진 이후, 많은 연구가 진행되었지만 아직도 한자 병기나 주석 등의 작업이 이루어지지 않은 작품이 적지 않다. 다행히도 삼대록계 소설의 역주물이 일찍이 완간되었고, <완월회맹연>의 역주본과 현대어역본이 간행되고 있으며 다른 대하소설의 역주 작업물도 속속 나오고 있지만 아직도 갈 길이 멀다.

누군가는 해야 하지만 학계의 현실이 녹록지 않아 선뜻 그러한 작업을 맡을 연구자가 별로 없다. 강사 시절에는 전임교원이 되기 위해 논문을 쓰는 데에 집중해야 한다. 많은 대학에서 번역서는 업적으로 인정하지 않고 있기 때문이다. 운 좋게 전임교원이 되어도 조교수와 부교수 시절에는 역시 논문에 집중할 수밖에 없다. 필자가 재직 중인 대학은 다행히 번역서를 업적으로 인정하고 있지만, 아직도 몇몇 학교에서는 그렇지 않기 때문이다. 정교수가 된 이후에는 번역서를 논문과 대등하게 인정하지 않는 학계의 풍토 때문에 번역 작업에 소홀할 수밖에 없다.

사실 번역 작업은 지루하기 짝이 없다. 특히 주석과 번역을 탈고하여 출판사에 보낸 이후의 작업이 그러하다. 두 번, 세 번 반복되는 교정 작업을 하다 보면 연구자로서의 존재 의의에 회의감이 들 때가 적지 않다. 오로지 기계적인 작업에 몰두하게 되기 때문이다.

그러나 대하소설의 기초 작업은 반드시 이루어져야 한다. 분량이 방대하다 하여 손을 놓을 수 없다. 분량이 방대할수록 기초 작업이 선행되어야 한다. 연구자는 어차피 원문 해독 능력이 있으니 기초 작업이 필요 없다고 할 수 있다. 그러나 해 놓은 기초 작업은 연구자뿐 아니라 중고등학생부터 대학원생, 우리의 이야기에 관심을 가진 각종 분야의 종사자들까지 두루 이용할 수 있다. 작업을 하다 보면 오류는 반드시 생기고 자신의 밑천도 드러날 수밖에 없다. 그래도 그러한 점을 감수하고 일단 진행시켜야 한다.

필자가 타고난 자질이 비루하고 학식이 천박함에도 불구하고 기초 작업을 진행하는 것은 이러한 이유 때문이다. 필자가 해 놓은 작업에 오류가 있다면 후속 작업자가 수정을 하면 될 일이다. 그렇게 해서 탄탄하게 마련된 한 편의 고전소설은 현대의 연구자와 일반 독자에게 훌륭한 독서물이 될 수 있을 것으로 기대한다.

필자가 작업한 이 <명주보월빙>은 최길용 선생님에 의해 역주 작업이 한 차례 이루어진 바 있다. 특히 장서각본과 박순호본의 원문을 비교해 실어 놓은 것은 이본 연구의 초석을 다졌다는 점에서 큰 의미가 있다. 선생님에 의해 작업이 이처럼 꼼꼼하게 진행되었음에도 불구하고 필자가 굳이 다시 한 이유는, 필자에 의해 작품의 구체적인 면모가 좀 더 밝혀지지 않을까 하는 기대 때문이다. 기존 작업에 더해서 필자는 모든 한자어에 한자 병기를 하였고 주석 역시 더 보완을 하였다. 교감 작업을 기존 연구에 비해 더욱 정밀하게 수행하였다. 현대어역의 경우, 중고등학생들도 쉽게 읽을 수 있을 정도로 하였다. 현대어역은 필자가 1차 작업을 한 이후, 필요한 부분은 AI의 윤문을 거쳤다.

이 작업을 수행하며 감사를 드려야 할 분들이 많다. 작고하신 일

평(一平) 조남권(趙南權) 선생님으로부터는 대학원에 다니면서 온지서당(溫知書堂)에서 한문을 배웠고, 권우(卷宇) 홍찬유(洪贊裕) 선생님에게서는 유도회(儒道會) 한문연수원에서 사서삼경 등을 배웠다. 뒤늦게 배운 터라 실력이 어쭙잖지만 그나마 한자를 더듬더듬 읽기라도 하고, <명주보월빙>의 한자 병기를 하게 된 것은 선생님들 덕분이다. 선생님들이 그립다. 학부 때부터 지금까지 학문적으로, 인간적으로 가르침을 주고 계신 정원표 선생님과 박일용 선생님께는 감사하다는 말씀 외에는 드릴 말씀이 없다. 대학원에서 고전소설 원문을 읽고 연구하는 데 길을 터 주신 이상택 선생님께 감사드린다. 필자의 지도교수이신 선생님께서 박사논문의 대상으로 삼으셨고 그 이후에도 꾸준히 애정과 관심을 갖고 계시는 이 작품을 필자가 번역하고 주석을 가하게 되어 기쁘다. 원문 탈초본 및 주석 파일을 아무 조건 없이 내주신 최길용 선생님께 이 자리를 빌려 감사의 말씀을 드린다. 선생님 덕분에 원문 탈초의 고통을 한결 덜 수 있었다. 끝으로 동지인 아내 서경희에게 감사의 마음을 전한다.

차례

제1부

현대어역

· 일러두기 ·

1. 번역의 저본은 제2부에서 행한 주석 및 교감의 결과 산출된 텍스트이다.
2. 원문에는 소제목이 없으나 내용을 고려하여 권별로 적절한 소제목을 붙였다.
3. 주석은 인명 등 고유명사나 난해한 어구, 전고가 있는 어구에 달았다.
4. 주석은 제2부의 것과 중복되는 것은 가급적 삭제하거나 간명하게 처리하였다.

··

명주보월빙 제13권

윤광천 형제는 유 부인에게 갖은 학대를 당하고
정혜주는 훼절(毁節) 위기에서 도리어 상을 받다

화설. 윤 공자 광천의 자는 사원으로 이제 막 열셋이 되었다. 키가 크고 건장하여 팔 척 장신 대장부의 몸을 가졌다. 빛나는 문장은 태사천(太史遷)[1]보다 뛰어났고 아름다운 필법은 종요(鍾繇)와 왕희지(王羲之)[2]를 업신여길 정도였다. 위로는 천문(天文)에 통달하고 아래로는 지리(地理)에 밝았으며 힘이 남보다 뛰어나 구정(九鼎)[3]을 가볍게 여겼다. 호방한 기개는 태산을 뛰어넘을 듯했고, 충만하고 씩씩한 기운은 높은 하늘을 떠받칠 듯했다. 흰 연꽃 같은 큰 귀에 오뚝한 코, 붉은 입술을 가졌고, 해와 달처럼 밝은 눈은 가을 물결이 깨끗하지 못한 것을 나무랐다. 긴 눈썹은 이마에 드리워져 있고 손

---

1) 태사천(太史遷): 사마천(司馬遷, B.C.145~B.C.86)을 이름. 중국 전한(前漢)의 역사가로, 자는 자장(子長)이며 태사(太史)는 태사령(太史令)을 지낸 그의 관직명을 따른 이름임. 기원전 104년에 공손경(公孫卿)과 함께 태초력(太初曆)을 제정하여 후세 역법의 기초를 세웠으며, 역사책『사기』를 완성하였음.

2) 종요(鍾繇)와 왕희지(王羲之): 모두 뛰어난 서예가. 종요는 중국 삼국시대 위(魏)나라의 대신·서예가(151~230). 자는 원상(元常). 조조를 도운 공으로 위나라 건국 후 태위(太尉)가 됨. 해서(楷書)에 뛰어나 후세에 종법(鍾法)으로 일컬어짐. 왕희지는 중국 동진(東晉)의 서예가(307~365)로 자는 일소(逸少)이고 우군 장군(右軍將軍)을 지냈으며 해서·행서·초서의 3체를 예술적 완성의 영역까지 끌어올려 서성(書聖)이라고 불림.

3) 구정(九鼎): 중국 하(夏)나라의 우왕(禹王) 때에, 전국의 아홉 주(州)에서 쇠붙이를 거두어서 만들었다는 아홉 개의 솥. 주(周)나라 때까지 대대로 천자에게 전해진 보물이었다고 함.

은 무릎까지 내려올 만큼 길었으니 세상에 보기 드문 영웅이자 당대 최고의 군자였다. 그를 보는 사람들은 모두 황홀한 표정으로 사랑했다.

그러나 오직 조모 위 태부인과 유 씨만은 흉악하기 짝이 없어, 조 부인과 그 세 모자를 없애려 한 지 오래되었다. 신묘랑을 얻어 악한 일을 꾸몄으나 묘랑은 조 부인 모자를 쉽게 해칠 수 없음을 알고 거짓으로 암자를 짓는다는 핑계로 시간을 끌었다. 암자가 완성되어, 유 씨가 묘랑을 불러와 모의한 지 서너 해가 되었지만, 실제로는 작은 효과도 보지 못하고 금은만 허비했을 뿐이었다. 유 씨는 원하는 일을 하나도 이루지 못해 우울하고 불만스러웠다.

묘랑은 여기저기 돌아다니며 괴이한 해골과 요괴로운 물건들을 모아 유 씨에게 계책을 알려 주었다. 조 부인의 침실과 두 공자의 처소에 한밤중에 몰래 저주 의식을 하며, 모자 세 명의 목숨이 끊어지기를 천지신명께 빌었다. 이 일이 비밀리에 행해져 아는 사람이 없었으므로 그들은 세 사람이 죽기를 밤낮으로 바랐다.

예전에는 추밀이 두 공자를 데리고 백화헌에서 함께 잤는데, 지금은 두 공자가 장성하고 손님들이 많아 어수선해져서, 독서에 전념시키기 위해 두 공자를 운학당에 거처하게 했다.

희천 공자는 형과 막상막하였는데, 행동 하나하나에 예의를 깊이 생각하고 공맹(孔孟)[4]을 스승으로 삼은 도학군자였다. 기쁨과 분노를 얼굴에 드러내지 않고 평생을 걸음마다 조심하고 말마다 삼가, 갑작스러운 노여움이나 거친 말을 어린아이에게도 보이거나 들리게

---

4) 공맹(孔孟): 공자(孔子)와 맹자(孟子)를 아울러 부르는 말. 공자는 공구(孔丘, B.C.551~B.C.479)를 높여 부른 말. 공자는 중국 춘추시대 노나라의 사상가·학자로 자는 중니(仲尼)임. 인(仁)을 정치와 윤리의 이상으로 하는 도덕주의를 설파하여 덕치 정치를 강조하여 유학의 시조로 추앙받음. 맹자는 맹가(孟軻), B.C.372~B.C.289)를 높여 부른 말. 맹자는 중국 전국시대의 사상가로 자는 자여(子輿)·자거(子車)임. 공자의 인(仁) 사상을 발전시켜 '성선설'(性善說)을 주장하였으며, 인의의 정치를 권함. 유학의 정통으로 숭앙되며, '아성(亞聖)'이라 불림.

하지 않았다. 따뜻한 봄바람과 겨울 햇살 같은 인자함을 지녔으며, 너그럽고 효도하며 우애에 힘썼다. 이처럼 성리학을 깊이 공부하여 모든 일에서 남보다 뛰어났다.

큰공자 광천은 둘째공자와 다름이 없었으나 성품과 사람됨은 서로 달랐다. 큰공자는 아버지의 얼굴을 모르는 것이 가슴에 맺힌 큰 고통이 되어 자랄수록 그 슬픔을 이기지 못했다. 조모가 음흉하고 포악하며 숙모가 간교하고 사악하여 반드시 집안에 변란이 일어날 것을 염려했다. 한바탕 소란이 벌어지면 자기들이 사람들 가운데 온전한 사람으로 남지 못할까 두려워했다. 그러나 호방한 기운이 하늘을 받들 듯했고, 고리타분하게 머리를 움켜 유학만을 힘쓰지 않았다. 뱃속에 만권의 책과 제자백가(諸子百家)[5]를 섭렵했으며 손오양저(孫吳穰苴)[6]의 병법을 흠모해 뜻이 굳세고 말이 시원했다. 일찍이 과거에 급제하여 화려한 대궐에 출입하고, 백전백승하여 적을 섬멸한 후 기린각(麒麟閣)[7]에 초상화가 걸리고 이름이 역사에 남을 터였다. 수많은 제자의 스승이 되어 조정에 드나들고, 밖에 나아가서는 대장군이 되어 만 리에 공을 떨쳐 제후에 봉해질 것이었다.

둘째공자는 공맹정주(孔孟程朱)[8]를 스승으로 하여 효도로는 증왕(曾王)[9]의 뒤를 이었고, 충성으로는 이윤(伊尹)[10]과 부열(傅說)[11]을

---

5) 제자백가(諸子百家): 중국 춘추전국 시대의 여러 학파.

6) 손오양저(孫吳穰苴): 중국 춘추전국 시대의 대표적 병법가들인 제(齊)의 손무(孫武)와 오(吳)의 오기(吳起), 제(齊)의 사마양저(司馬穰苴)를 이름.

7) 기린각(麒麟閣): 한(漢) 선제(宣帝)가 곽광(霍光) 등 공신 11인의 초상화를 걸어서 기념하도록 한 집.

8) 공맹정주(孔孟程朱): 유학의 성현인 공자(孔子), 맹자(孟子), 정자(程子), 주자(朱子)를 아울러 이르는 말.

9) 증왕(曾王): 중국 춘추시대의 증삼(曾參. B.C.505~B.C.436?)과 서진(西晉) 때의 왕상(184~268)을 아울러 이르는 말로, 이들은 모두 효성이 깊은 인물들로 이름나 있음.

10) 이윤(伊尹): 중국 은(殷)나라의 이름난 재상으로 탕왕(湯王)을 도와 하(夏)나라의 걸왕(桀王)을 멸망시키고 선정을 베풀었음.

11) 부열(傅說: 중국 은(殷)나라 고종(高宗) 때의 재상. 토목공사의 일꾼이었는데 재상으로 등용되어 중흥(中興)의 대업(大業)을 이룸.

따르려 했다. 고금의 역사에 통달하고 사리가 분명했으며 만고의 일을 널리 보아, 서서 천 마디의 말을 해 귀신을 울릴 지경이었다. 담백하게 살며 세상의 물욕에서 벗어났다.

큰공자가 늘 어서 장가가기를 바라면서 집안에 숙녀와 미인을 골고루 두어 장부의 풍채를 빛내겠다고 말하면, 둘째공자는 엄정하며 정대하라고 청했다. 그러면 큰공자가 웃으며 말하는 것이었다.

"비록 한 배에서 나온 형제지만 성격은 각각 장점이 있는 법이다. 네가 걸음마다 조심해 가며 무엇에 걸릴 듯하고 말마다 조심하는 성격을 내 차마 답답해서 어찌 본뜨기나 하겠느냐? 속으로는 화가 나도 억지로 참아 말과 표정으로 드러내지 않고 우스운 일이 있어도 버들 같은 눈썹을 까딱하지 않으며 못 보는 것처럼 행동하는 것은 내가 원하는 바가 아니다. 대장부가 세상에 살아갈 때는 행동이 청천백일(靑天白日)과 광풍제월(光風霽月)[12]과 같아야 한다. 장부가 되어 속에 품은 것을 어찌 숨길 수 있겠느냐? 마음 가는 대로 행동할 것이니 어찌 재주를 감추고 괴롭게 겸손을 떨겠느냐? 허물을 남에게 잡힐까 봐 전전긍긍하는 것은 부녀자나 할 일이지 대장부가 할 일이 아니다."

그러면 희천도 또한 웃었다. 형의 천성이 빼어나고 호방한 기운이 남보다 넘치는 것을 알았기에 모든 일에 신중할 것을 권했다. 이처럼 형제가 서로 이끌며 우애의 정이 지극했다.

둘째공자의 사는 사빈이니 명천공이 금나라에 갈 때 이름과 자(字)를 지어 주었다.

추밀은 두 공자가 날로 커 가는 것을 기뻐해 사랑이 만금보다 더

---

12) 광풍제월(光風霽月): 비가 갠 뒤의 맑게 부는 바람과 밝은 달이라는 뜻으로, 마음이 넓고 쾌활하여 아무 거리낌이 없는 인품을 비유적으로 이르는 말.

하고 자기 몸보다도 더 소중하게 여겼다. 그러나 아직도 태부인과 유 씨의 사나운 행동을 알지 못했으니 두 공자의 괴로운 신세와 남모르는 회포는 비할 데가 없었다. 태부인이 참으로 악독하여 추밀이 알지 못하게 조 부인을 보채고 욕하는 것이 끊일 새가 없었다. 침선과 수놓는 일을 수없이 시키며 밤에도 편히 자지 못하도록 했다.

구파가 속으로 놀라운 마음을 이기지 못해 세월이 오랠수록 상서가 없는 현실을 뼈에 사무치도록 슬퍼했다. 조 부인 모자의 위태로운 신세와 참혹한 처지를 슬퍼하고 태부인을 원수처럼 미워했다. 그래서 위・유 두 흉악한 사람이 구파를 절치부심하며 미워하는 것이 조 부인 삼 모자에 대한 것과 같았다. 그러나 없앨 방법이 없어 낮이나 밤이나 모녀와 고식(姑媳)[13]이 머리를 맞대고 무릎을 가까이해 밤낮으로 생각했으니 끝없이 나오는 꾀와 음흉한 계교가 비할 데 없이 흉악했다.

조 부인은 두 아들이 위태롭게 될까 봐 근심하며 마음이 어지러웠으나 오직 믿고 바라는 바는 추밀공의 지극한 우애이고, 구파의 정성을 다한 보호였다. 그러나 벌써 하늘이 재앙을 내려 군자와 숙녀에게 온갖 슬픈 일을 주려 하셨으니 어찌 사람의 힘으로 막을 수 있겠는가.

슬픔과 즐거움은 함께 온다고 했다. 조 부인이 온갖 슬픔 가운데 요행히 딸이 명문 집안의 정 태우 같은 영웅군자를 짝한 가운데 시가의 큰어른과 시부모가 딸을 사랑하며, 딸이 시누이와 우애 있게 지내며 부부가 정이 깊어 이미 구슬을 희롱[14]하는 재미가 있다는 말

13) 고식(姑媳): 시어머니와 며느리. 여기에서는 위 부인과 유 부인을 이름.

14) 구슬을 희롱: 아들을 낳은 즐거움을 이름. 예전에, 중국에서 아들을 낳으면 규옥(圭玉)으로 된 구슬의 덕을 본받으라는 뜻으로 구슬을 장난감으로 주었다는 데서 유래함.

을 들었다. 자연스러운 정에 어찌 기쁘지 않겠는가마는 부인은 남모르는 슬픔과 원망이 날로 더했으니 어느 겨를에 딸 부부와 손자에게 생각이 미치겠는가. 그래서 한밤중에 근심하고 우울해 눈썹을 펴지 못했다. 악독한 시어머니와 며느리는 이럴수록 아무쪼록 몸을 보전하지 못하게 해 목전에서 재앙을 보려고 했으니 어찌 포악한 별종이 아니겠는가.

이때 광・희 두 공자가 운학당에서 연일 꿈자리가 사납고 자는 곳에 요망한 기운이 뚜렷이 있는 것을 보았다. 형제가 상의해 하루는 밤을 기다렸다가 좌우에서 모시는 사람들이 다 첫잠이 들어 몽롱한 틈을 타 공자가 벽 틈을 뜯고 보았다. 그 안에는 온갖 괴이한 해골과 흉측한 모습의 죽은 짐승이 있었다. 또한 수많은 허수아비가 있었는데 창칼을 들어 사람을 해치는 모습이었다. 구태여 사람의 이름을 쓰지 않았으나 필적은 분명 경아의 것이었다. 두 공자가 이를 보자 모골이 송연했다. 큰공자가 아우의 손을 잡고 슬픈 표정으로 두 줄기 눈물을 흘리며 말했다.

"우리가 비록 어린아이지만 목숨은 하늘에 달린 것인데 집안의 변란이 이처럼 망측하구나. 저주의 글을 보니 석 씨 누이의 필적이니 우리 집안의 치부는 이웃에게 들리게 할 만하지 않다. 그렇다면 우리가 어떻게 해야 하며, 모자, 숙질(叔姪)과 조손(祖孫), 남매[15]가 어느 날 어느 때에 화평하게 지낼 수 있을까?"

말을 마치고 눈물을 줄줄 흘렸다. 둘째공자가 즉시 저주의 글을 불태워 버리고 길게 탄식하며 말했다.

"만사는 하늘의 뜻이라 사람의 힘으로는 어쩔 수가 없으니 설마

15) 모자, 숙질(叔姪)과 조손(祖孫), 남매: 모자는 유 부인과 윤희천, 숙질은 유 부인과 윤광천 형제, 조손은 위 부인과 윤광천 형제, 남매는 윤경아와 윤광천 형제를 이름.

어찌하겠습니까? 형님은 아무 말씀 하시고 훗날을 보십시오. 우리의 효성이 부족해서 아직도 조모와 양모(養母)께서 우리를 그릇 여기신 것일 수도 있습니다. 천하에 자식을 잘못된 길로 이끄는 부모는 없으니 부모가 자식을 잘못되었다 여기시는 것도 자식이 효도하지 못했기 때문입니다. 마음을 다하고 힘을 다해 삼가야 할 것이니 형님은 부질없는 일로 마음 쓰지 마십시오."

첫째공자가 탄식하며 말했다.

"내가 어리석다 한들 어찌 이러한 줄을 모르겠느냐? 다만 집안의 변고에 마음이 서늘하고 뼈가 놀라는 듯 슬퍼서 그러는 것이다. 내가 효도다운 효도도 하지 못하면서 인륜을 저버리는 기이한 변란을 맞이할까 두렵구나."

둘째공자는 첫째공자와 형제지간이었으나 차마 유 부인의 악행을 말하지 못하고, 같은 하늘 아래에 살면서 경아 양매(養妹)가 저주한 말을 듣지 않으려 했다. 그래서 황급히 요망하고 더러운 물건을 상자에 넣어 친히 혜준을 시켜 옮겨 태워 버리도록 했다. 그리고 혜준에게 엄히 분부해 입 밖에 내지 말라고 했다. 혜준이 그 명령을 받들어 이 일을 입 밖에 내지 않으니 집안 사람들 중 아는 이가 없었다.

큰공자가 둘째공자에게 말했다.

"우리에게 이런 변고가 있는데 어머님의 침소는 말할 나위가 있겠느냐? 가서 조용히 살펴 봐야겠다."

둘째공자가 그렇게 여겼다.

어느 날 밤 해월루에 이르러 조용히 좌우 벽을 살피니, 뒷창 아래 좌우 벽 사이에 요사스러운 기운이 서려 있었다. 보통 사람의 눈에는 보이지 않아도 공자가 어찌 모르겠는가. 큰공자가 직접 밑을 파헤쳐 수많은 요사한 물건과 저주의 글을 찾아냈다. 부인이 깨어나

이를 보고 길게 탄식하며 말했다.

"너희 형제가 뱃속에 있을 때부터 내 몸에 독약을 시험하듯 온갖 간악한 계교가 미치지 않은 곳이 없었다. 그런데 이제 그 계교가 끝없어 무고(巫蠱)[16]의 일로 내가 죽기를 바라는 마음이 무수하니 어찌 한스럽지 않으냐?"

첫째공자가 온화하게 위로해 아뢰었다.

"공교로운 일이 어머님께 계속되니 어찌 놀랍지 않습니까? 사람의 수명이 길고 짧은 것과 길하고 흉한 것이 하늘에 달린 일인데, 인간의 간악함이 이토록 심하여 어머님을 지푸라기처럼 업신여기니 참으로 놀랍습니다. 내일 계부(季父) 앞에서 고해 종들을 엄히 문초한다면 죄를 저지른 자가 형벌을 받게 될 것입니다. 어찌 매양 모르는 척하며 업신여김을 받으실 수 있겠습니까?"

둘째공자가 몹시 놀라 말했다.

"형님 말씀은 참으로 뜻밖입니다. 이는 불과 간교한 종들이 저지른 일인데 섣불리 누설해 아버님께 고한다면 반드시 큰일이 벌어지고 좋지 않은 사달이 날 것입니다. 부디 형님은 말씀하지 마십시오."

큰공자가 정색하고 말했다.

"너는 어찌 그런 말을 하느냐? 간사한 자가 계교로 어머님을 해치려 했는데 이를 자식 된 자로서 참을 수 있겠느냐? 우리가 매양 그 계교를 보고도 함구하기에 간사한 자들이 이처럼 업신여기는 것이다. 이 일이 밝혀져도 아우에게 해가 되지 않을 터이니 괴상하게 굴어 내 화를 돋우지 마라. 내일 계부 어른께 고해 온 집안 종들을 신문해 간악한 계교를 밝혀낼 것이다."

16) 무고(巫蠱): 무술(巫術)로써 남을 저주함.

둘째공자의 밝은 식견으로 어찌 양모가 저지른 일임을 모르겠는가. 만일 아버지께 고한다면 큰 변고가 일어날 것이 분명했다. 참으로 놀라움을 이기지 못해 이번 일을 못 본 체할 것을 거듭 애걸했다. 부인이 그 지극한 정성과 효심을 기특하게 여겼다. 이 또한 유 씨 혼자만의 소행이 아님을 알기에 슬픈 빛으로 탄식하며 말했다.

"가정에서 일어난 아름답지 않은 소문이 널리 퍼지는 것은 기쁜 일이 아니다. 희아의 말도 괴이하지 않으니 너는 부디 누설하지 말거라. 이 또한 나의 운명이 기박해서이니 누구를 원망하겠느냐?"

이에 시녀에게 명령해 요사하고 더러운 물건들을 다 없애게 하고 큰공자에게도 이 일을 입 밖에 내지 말라고 명령했다. 공자가 묵묵히 놀라움을 이기지 못했으나 감히 명령을 거역하지 못하고 잠자코 따랐다.

조 부인 모자가 요사스럽고 더러운 물건들을 없애 버리니 온 집안이 평안해졌다. 태부인과 그 며느리, 손녀가 몹시 한스러워하고 괴이하게 여겨 시녀를 시켜 탐지하도록 하니, 묻어 놓은 것을 파서 없애 버린 뒤였다. 시녀가 놀랍고 괴이하여 이대로 아뢰었다. 세 사람이 손뼉을 치고 발을 구르며 말했다.

"조 씨 여자 이 요망한 것과 광·희 두 추악한 것들이 이처럼 교활하고 총명하니 어찌 한스럽지 않은가?"

유 씨가 위 씨를 부추겨 말했다.

"사람이 모이면 하늘을 이긴다 했습니다. 조 씨가 지극히 간악하나 한번 재앙은 면치 못할 것입니다. 그러니 부디 어머님께서는 근심과 염려를 하지 마십시오."

이에 묘랑을 청했다. 묘랑이 이르자, 경아와 그 어머니, 할머니 세 사람이 맞아 정성껏 대접했다. 묘랑이 먼저 세 사람의 생사를 묻자,

위 씨와 그 며느리가 슬픈 빛으로 눈물을 머금어 말했다.

"사부는 묻지도 말게. 이 세 흉인들의 사납고 모진 것은 옛날 여후(呂后)와 측천무후(則天武后)[17]라도 이보다 더하지 못할 것이네. 천지신명과 귀신이 함께 나서도 물리치지 못할 요망한 사람들이니 어찌 도깨비의 술책이 통하겠는가. 우리가 일찍이 사부가 고명한 신술(神術)로 이 사람들을 처치해 우리 마음을 위로해 주길 바랐네. 처음에 사부를 천신(天神)과 다름없게 여겼는데 지금은 처음 말과 크게 다르니 이 어찌 된 일인가? 내가 처음에 스승을 만나 생각하기를, 조 씨 여자 삼 모자와 석생의 재실 오 씨까지 없애 버려 딸과 우리가 시원하게 살까 했더니 이제 한 사람도 없애지 못했으니 이 무슨 일인가?"

묘랑이 흔쾌히 위로하며 말했다.

"만사가 다 때와 날이 있으니 부인은 번뇌하지 마십시오. 옛날에 주(周)나라가 갑자일(甲子日)에 흥(興)하고 은(殷)나라 왕이 갑자일(甲子日)에 망했으니[18] 만사는 다 하늘의 뜻입니다. 어찌 그 때를 모르시고 이처럼 번뇌하십니까? 예로부터 명장도 적국을 칠 때 승패와 득실을 이루 다 헤아릴 수 없었습니다. 이제 두 분 부인께서 일개 여자로 동서[19]와 조카를 없애려 하시니 어찌 그리 쉽겠습니까? 세월을 보내다 보면 끝내는 소원을 이룰 때가 있을 것입니다."

유 씨가 눈물을 머금고 사례하며 말했다.

"사부 말과 같다면 나의 마음이 잠깐 시원할 것이네. 그러나 어느

---

17) 여후(呂后)와 측천무후(則天武后): 여후는 중국 전한(前漢)의 시조인 고조(高祖) 유방(劉邦)의 황후(?~B.C.180)이고 측천무후(則天武后)는 중국 당나라 고종의 황후(624?~705)임. 모두 사나운 여자로 알려져 있음.

18) 옛날에~망했으니: 중국 주(周)나라 무왕(武王)이 갑자일에 은(殷)나라 교외의 목야(牧野)에 이르러 맹세하고 은나라 주왕(紂王)을 무찌른 일을 이름.

19) 동서: 여기에서는 유 부인의 동서 조 부인을 이름.

날 어느 때에 소원을 이루겠는가? 사부는 앉아서 만 리 밖도 아니 밝게 가르치시게."

묘랑이 속여 말했다.

"반드시 사오 년 안에 소원을 이루실 것입니다."

사오 년 안에 악한 일이 발각될 줄 알고 일부러 이렇게 말한 것이었다. 만일 악한 일이 발각되는 날이 오면 멀리 도망칠 생각을 굳힌 터였다. 금은과 옥, 비단을 요구해 보수암에 쌓으니 유 씨는 그 속마음을 모르고 다만 견디려 했다.

추밀공은 큰일에는 굳세고 분명했으나 작은 일에는 소홀하여 내실의 일은 알려 하지 않았으므로 금은과 비단이 어디로 가는지 알지 못했다. 그래서 위・유가 악한 일을 이루려고 금은과 쌀, 비단을 흙처럼 여겼으므로 묘랑을 얻고 나서 다시 집안이 패망의 길로 들어섰다. 유 씨가 묘랑의 말을 믿고 금은을 줄 뿐 아니라 사사로이 논밭까지 거두어 두 딸을 부유하게 하려 했다. 그래서 전에는 창고에 쌀이 썩어났으나 이제는 온 집안이 겨우 연명하게 되었다.

추밀이 월봉(月俸)과 선물로 들어오는 것은 다 조카 유랑에게 맡겨 밭과 땅을 사게 했다. 유 씨가 밤낮으로 부지런한 모습을 하고 몇 대의 제사를 받들며 가력(家力)[20]이 없다고 해 일부러 자기도 몸을 치레하지 않고 겨우 살림하는 꼴을 꾸몄다. 그리고 태부인을 부추겨 노복(奴僕)과 밭, 땅을 팔자고 하게 했다. 추밀이 혹 그렇게 여길 때도 있었으나 의아해 유 씨와 모친에게 연고를 물으면 태부인이 말했다.

"세 손녀의 혼수를 장만하느라 가산을 다 써 버렸다."

그러면서 혹 눈물을 흘려 광천 등의 생활이 어려운 것을 슬퍼하는

20) 가력(家力): 집안 살림을 꾸려 나가는 재력(財力).

체했다. 추밀은 재물과 이익에 마음이 없었으므로 모친이 지나치게 슬퍼하시는 것을 안타깝게 여겨 웃고 대답했다.

"재물이란 것은 중요하지 않습니다. 광・희 두 아이가 비록 가진 것 없이 지내나 생계가 어렵지 않을 아이들이니 어머님은 염려하지 마십시오."

태부인이 말했다.

"재물이 있고 없는 것은 아이들의 운수니 어찌하겠느냐?"

공이 도리어 크게 위로했다. 구파는 이런 모습을 보고 어이없어 말은 하지 않았으나 위・유 두 사람의 심술을 참으로 흉악하게 여겼다.

태부인이 시녀와 노복 중에서 조 부인에게 정성을 보이는 이들은 모두 팔아 없앴다. 노복들은 서로 떠나지 않으려는 뜻이 있어 옥루항 근처에 살면서 태부인이 망하고 공자 등이 평안한 시절을 만나기를 기다렸다.

추밀이 금평후에게 광천 등이 장성했음을 말하고 어서 혼례를 올리자며 여러 번 재촉했다. 금평후는 그 집안의 사정을 알았기에 딸의 장래를 염려했다. 그러나 이미 예전에 약속한 혼사라 딸을 규방에서 늙힐 수 없어 부득이 날을 잡았다. 납빙(納聘)[21]은 이월 그믐 무렵이고, 혼례는 팔월 스무날이었다.

윤 추밀이 날이 한참 뒤인 것을 궁금하게 여겼으나 길한 달이 없어 부득이하게 기다리며 명주 한 쌍으로 빙물을 삼았다. 정부에서 명주를 보고 정 공이 슬퍼하며, 하 공은 보월패를 얻고 명천공은 명주를 얻어 신기하게 여기던 일을 떠올리며 감상에 젖었다.

유 씨는 광천 공자의 길월이 네다섯 달이 남았으므로 그사이에 혼

21) 납빙(納聘): 빙물을 들임. 혼인할 때 신랑집에서 신붓집에 예물을 들이는 것.

사를 방해하려 했으나 좋은 계책을 얻지 못해 고민하며 즐거워하지 않았다. 두 공자를 죽일 마음이 몹시 급해져 구몽숙을 불러 진심으로 말했다.

"조카는 나와 명분으로는 숙모와 조카지만 실상은 어미와 자식 같은 사이다. 마음을 서로 터놓는 사이인데 무슨 말을 못 하겠느냐? 가군(家君)이 현명하지도 세심하지도 못해 사람이 어진지 그른지를 알지 못하고 강직한 마음으로 어질게 대할 뿐이다. 희천을 계후(繼後)로 삼았으나 광천 조카를 귀중하게 여기는 것이 만금에 비할 바가 아니구나. 광천 형제가 조금이라도 효성스럽다면 자기들을 사랑하는 것을 어찌 고맙게 여기지 않겠느냐? 그러나 그 악한 것이 비할 데가 없어 밖으로는 조카의 도리를 버리지 않았으나 속으로는 날카로운 칼을 감춰 가군(家君)을 길 가는 사람처럼 여기고 있다. 심지어 나와는 모자와 숙질(叔姪) 사이[22]가 완연한 원수가 되어 저 형제가 나를 끊임없이 원망하고 부디 나를 죽이기를 원한다고 하는구나. 옛사람이 이르기를, 차라리 닭의 머리가 될지언정 소꼬리가 되지 말라고 했으니 내가 어찌 저들에게 해를 당하면서 부질없이 손을 꽂고 재앙을 기다리고 있겠느냐? 곰곰이 생각건대 내가 먼저 저들을 없애려 한다. 조카가 변화하는 재주와 칼 쓰는 신기한 재주가 형가(荊軻)[23]와 섭정(聶政)[24]을 비웃을 만하니 나를 위해 광·희 두 아이를

22) 모자와 숙질(叔姪) 사이: 모자는 유 부인과 윤희천 사이이고, 숙질은 유 부인과 윤광천 사이를 이름.

23) 형가(荊軻): 중국 전국시대의 자객. 연(燕)나라 태자 단(丹)의 식객이 되어 진(秦)이 침략한 땅을 되찾아 주거나 시황제(始皇帝)를 죽여 달라는 단의 부탁을 받고 진왕을 알현하고 죽이려 했으나 실패함.

24) 섭정(聶政): 중국 전국시대 제(齊)나라의 협객. 한(韓)의 애후(哀侯)를 섬기던 엄중자(嚴仲子)가 재상 협루(俠累)와 사이가 나빠 백정이던 섭정을 찾아 협루를 죽여 달라고 하나 섭정은 어머니를 봉양해야 하므로 청을 들어 줄 수 없다 함. 그후 자신의 어머니가 죽자 엄중자를 찾아가 협루를 죽여 주겠다고 해 협루를 죽이고 자신의 눈알을 빼고 창자를 드러내 자결함.

한칼에 베어 나의 위태함을 없애 준다면 어찌 고맙지 않겠느냐?"

몽숙이 지금은 예전과 달리 조정에서 청현직(淸顯職)[25]을 맡아 악한 일을 하지 않을 만했으나, 타고난 성품이 모질어 갈수록 불의를 숭상하며 어진 사람을 시기하고 능력 있는 사람을 질투했다. 두 공자가 비범했으므로 훗날 과거에 급제해 경연에 출입하게 되면, 자기 무리가 감히 우러러보지 못할 것이요, 공자들은 필시 정천흥의 당이 될 터였다. 그래서 몽숙은 차라리 유 씨의 청을 들어 광천 등을 어릴 때 죽이기로 마음먹고 이렇게 대답했다.

"제가 조그마한 힘이 있으나 어찌 형가와 섭정 같은 날램이 있겠습니까? 다만 숙모의 절박한 마음을 위로하려 하오니 저에게 살인하는 적악(積惡)이 있으나 마지못할 일입니다. 칼을 빼어 광천 등의 머리가 몸과 따로 있게 하겠습니다."

유 씨가 매우 기뻐하며 말했다.

"조카가 나를 위해 나의 지극한 소원을 이루어 준다면 어찌 한갓 숙질의 정뿐이겠느냐? 그 은혜는 백골난망(白骨難忘)일 것이다."

몽숙이 감당하지 못하겠다 일컫고 유 씨와 날을 맞춘 뒤 돌아가니, 그 의논이 비밀스러워 경아 외에는 아는 사람이 없었다.

어느 날 밤에 광천과 희천 두 공자가 운학당에서 봄의 꽃과 버들을 보고 글을 지으며 서로 화답하다가 밤이 깊어 비로소 베개에 나아갔다. 이날 밤에 구몽숙이 비수를 품에 끼고 굳센 자객이 되어 유 씨가 알려준 대로 운학당에 이르렀다. 그는 쪽문 옆 담장 뒤에 숨어 두 공자가 잠들기를 기다렸다.

두 공자가 한 잠자리에서 서로 어울리다가 밤이 반쯤 지나서야 잠

25) 청현직(淸顯職): 청환(淸宦)과 현직(顯職)을 아울러 이르는 말. 청환은 학식과 문벌이 높은 사람에게 주던 벼슬이고 현직은 높고 중요한 직위를 이름.

이 들었다. 몽숙이 날카로운 칼을 번득이며 바로 들어와 광천 등을 죽이려 했다. 그런데 문득 두 공자는 보이지 않고 침상 위에 황룡과 백룡이 상서로운 빛을 띠고 누워 있으며, 뭇별들이 그 주위를 호위하고 있었다. 몽숙이 마음속으로 스스로 겁을 내어 두 눈이 아득해지니, 어느 것이 광천이며 희천인 줄을 알지 못했다. 그는 칼을 멈추고 눈으로 자세히 살폈다.

광천은 잠이 깊이 들지 않았으므로 문 여는 소리를 듣고는 눈을 희미하게 뜨고 잠깐 보았다. 이때는 삼월 보름께였으므로 밝은 달이 희어 사창(紗窓)[26]을 낮처럼 비추고 있었다. 그런데 한 명의 건장한 장사가 서리 같은 비수를 들고 들어오는 것이었다. 광천은 속으로 분하고 괘씸해 그 행동을 마저 보려고 자는 체했다. 희천이 또한 형의 팔을 붙잡고 일어나 움직이려 하므로 광천이 비로소 함께 일어났다. 몽숙이 바야흐로 두 공자가 간 곳을 몰라 속으로 놀라고 의심하며 생각했다.

'내 아까 분명히 광천 형제가 잠드는 것을 보았는데 그사이에 어디로 간 것인가? 참으로 알지 못할 일이로구나.'

이처럼 생각이 어지러운 채 쌍룡을 자주 쳐다보았는데 홀연히 두 용이 움직여 옷을 입으려 하는 것이었다. 그리고 그 용들이 문득 변해 광천과 희천이 되었다. 몽숙이 급히 비수를 들어 먼저 광천을 향해 온 힘을 다해 달려들었다. 광천이 팔을 들어 비수를 빼앗고, 희천이 뒤에서 달려들어 몽숙을 잡으려 하자 몽숙이 변해 날짐승이 되려 해 몸을 흔들었다. 그러자 광천이 봉황의 눈을 높이 뜨고 누에눈썹을 부릅뜨며 몽숙에게 빼앗은 비검을 들어 그 가슴을 비스듬히 찔렀

26) 사창(紗窓): 사붙이나 깁으로 바른 창.

다. 이에 희천이 말리며 말했다.

"자객의 모습이 괘씸하니 엄히 신문해 간악한 정황을 조사해야 할 것입니다. 그러니 급히 죽이지 마십시오."

광천이 먼저 가슴을 찌르고 이어서 머리를 베려 하다가 둘째공자의 말을 듣고는 칼을 던지고 몽숙의 상투를 풀어 손에 감아쥐었다. 북받쳐 오르는 분노를 이기지 못해 발을 들어 몽숙을 몹시 차고, 둘째공자에게 야명주(夜明珠)[27]를 꺼내 서안(書案) 위에 놓으라 했다.

이때 몽숙은 칼에 가슴을 찔려 피가 솟구쳐 흘러나오는데, 아픈 것이 지극한 데다 머리가 광천의 손에 감겨 있었으므로 변화하는 요술조차 부릴 수 없었다. 매우 경황이 없어 어찌할 줄을 모르고 있었다. 두 공자가 야명주를 비추고 물었다.

"우리가 너와 원한이 없고 본디 한 번도 본 적이 없는 사이다. 그런데 네가 무슨 까닭에 한밤중에 칼을 들고 우리를 해치려 한 것이냐? 빨리 고하지 않으면 곧바로 네 칼을 시험할 것이다."

몽숙이 불의한 일을 많이 저질렀으나 오늘 같은 적이 없었다. 광천이 여름 해와 같은 위엄을 지니고 희천은 단엄한 기상을 지녔는데, 묵묵한 노기를 띠어 사람을 바로 죽일 듯했으므로 몽숙이 빌며 말했다.

"소인은 시골에서 나고 자라 인사(人事)를 제대로 알지 못하고 평생 금은만 귀한 줄 알았습니다. 윤 추밀 부인께서 소인에게 힘이 있다는 말을 들으시고 금은을 보내시며 시녀를 시켜 이르시기를, '운학당에서 자는 공자 두 사람은 원수의 자식인데 지금까지 죽이지 못해 몹시 한스러우니, 두 공자의 머리를 베어 주면 반드시 만금의 상

27) 야명주(夜明珠): 어두운 데서 빛을 내는 구슬.

을 내려 줄 것이다.'라고 하셨습니다. 그래서 죽을죄를 범하려 한 것입니다. 방 안에 들어와 두 공자를 보니 모습이 참으로 비상하셨으므로 오래 머뭇거리며 칼을 마음대로 시험하지 못했습니다. 한 목숨을 용서해 주시기를 비옵니다."

두 공자가 대로해 말했다.

"네 말을 들으니 더욱 살려 주지 못하겠구나. 원래 네 이름이 무엇이냐? 요패(腰牌)[28]를 잠깐 보아야겠다."

말을 마치고 다시 몽숙의 미간을 걷어차니 머리가 깨져 피가 흘렀다. 둘째공자가 그 몸을 뒤져 요패를 찾으려 했으나 차고 있는 것이 없었다. 비단 주머니를 열어서 보니 주머니에 조정 명류와 시사(詩詞)를 주고받은 것과 유 부인의 편지가 들어 있었으니, 오늘 밤에 자기 등을 죽이라는 내용이 적혀 있었다. 둘째공자가 이를 보고는 마음이 서늘하고 놀라워 집안의 변란이 망극한 것을 한심하게 여겼다. 머리를 숙이고 미처 말을 잇지 못하는데, 큰공자가 칼을 들어 말했다.

"네 근본을 알지 못하나 네가 의롭지 않은 일을 이처럼 숭상하니 전후로 사람을 많이 해쳤을 것이라, 한 목숨을 용서하지 못하겠다. 네 죄악이 마땅히 주륙(誅戮)을 면치 못할 것이니, 이제 죽는 것을 한스러워하지 마라."

이렇게 이르며 몽숙을 베려 하니, 열셋 소년의 위엄이 씩씩하고 기상이 삼엄해 바로 보지 못할 정도였다. 몽숙이 일이 급박한 것을 보고 소리를 지르며 말했다.

"광천은 나와 친척이 아니지만 희천은 나와 이종(姨從) 사이니 어찌 나를 죽이려 하는가? 나 또한 너희가 미워서 죽이려 하는 것이

---

28) 요패(腰牌): 신분을 나타내기 위하여 허리에 차던 패.

아니라, 네가 숙모를 죽이려 하기에 숙모께서 나에게 청해 너희를 죽여 달라 하신 것이다. 내 몸이 조정에서 명환(名宦)을 자임하는 명사로서 한밤중에 칼을 품고 사람을 죽이려 한 것이 비루하고 괴이한 일이나, 숙모의 위태로우신 처지를 슬퍼해 너희 같은 포악한 사람을 죽여 숙모의 일생을 편안하게 해 드리려 한 것이다. 너희가 나를 죽이려 한다면 이제 숙모를 청해 한번 영결하게 해 다오."

큰공자가 더욱 크게 노해 말했다.

"우리 숙모께서는 여러 조카가 있어 자주 왕래했으나 너 같은 짐승은 보지 못했다. 거짓으로 숙모의 조카라 칭하고 우리를 눈없는 사람으로 여기니 일마다 죽일 만하구나. 그러니 어찌 한 목숨을 살려 주겠느냐?"

말을 마치고 몽숙을 베려 했다. 큰공자가 말은 이렇게 했으나 속으로는 몽숙인 줄 짐작하고, 아예 죽여 훗날 긴 혀를 놀리는 화근을 없애려 한 것이다. 그런데 둘째공자가 급히 칼을 빼앗고 몽숙을 향해 꾸짖었다.

"네가 거짓으로 나와 이종 사이라 하나, 내가 일찍이 네 얼굴을 본 일이 없으니 어찌 헛소리가 아니겠느냐? 네가 감히 그런 흉악하고 참혹한 말로 우리 어머님을 입에 담아, 허언(虛言)을 꾸미고 요망한 혀를 놀려 어지러운 말을 하는구나. 그 죄는 참으로 한번 죽는 것으로도 모자랄 것이다."

몽숙이 대답했다.

"나는 다른 사람이 아니라 한림학사 구몽숙이니 너와 이종의 의리가 없다 하겠느냐? 이제 본래의 모습을 드러내어 너의 의심을 씻어 주겠다."

말을 마치고는 몸을 흔들어 변신했다. 머리채는 아직 큰공자의 손에 감긴 채 있었으나, 순식간에 흉악한 장사가 변해 옥 같은 얼굴과 버들 같은 풍채의 재기로운 몽숙이 되었다. 미간에는 피가 흐르고 가슴은 찔려 크게 다쳐 있었다. 큰공자가 매우 요망하고 간악하게 여겨 손에 감았던 머리채를 풀어 놓고 그 얼굴에 침을 뱉으며 말했다.

"우리는 생각하기를, 네가 비록 정인군자(正人君子)[29]는 아니지만 재기로운 인물로서 명가의 자손이라 선조를 욕먹이지 않을 것이라 여겼다. 그런데 너는 교활한 요술을 부리고 극악하게 행동한 것이 이 지경에 이르렀구나. 우리를 해치려 한 것은 놀랍지 않으나 우리가 네 몸을 위해 안타까울 따름이다. 네가 우리 모자, 숙질 간을 이간해 인륜을 어지럽히고 망측한 누명을 숙모께 씌웠으니, 그 죄상을 보면 널 더욱 살려 주기 어렵다. 너 같은 요망한 소인이 조정에 출입해 나라의 녹봉을 허비하고 조정의 명류(名流)와 어깨를 나란히 해 임금님을 곁에서 모시는 것이 망측하고 더럽구나. 한번 시원하게 죽여 흔적을 없앤다면 집안과 나라에 다행일 것이다. 다만 네가 구 시랑의 외아들로서 외로운 몸이라, 너를 죽이면 너의 조상 제사가 끊기는 것을 불쌍히 여길 뿐이다."

몽숙이 말했다.

"네가 나를 달래려 하나 이제 숙모를 모셔 오라. 네가 사나운 까닭에 숙모께서 훗날 너희의 해를 입을까 두려워해 먼저 너희를 죽이려 하신 것이다. 내 본디 너희와 원한이 없으니 숙모 말씀을 듣지 않았다면 무슨 일로 패륜의 짓을 했겠느냐?"

큰공자가 칼을 들어 꾸짖으며 말했다.

"네 감히 긴 혀를 놀려 숙모를 끌어들여 우리 모자, 숙질 사이를

29) 정인군자(正人君子): 마음씨가 올바르며 학식과 덕행이 높고 어진 사람.

어지럽히려 하느냐? 그 죄는 마땅히 주륙에 처해질 것이니 너를 한 칼에 베어 분을 풀어야겠다."

둘째공자가 말리고, 몽숙이 빌며 말했다.

"내가 말을 잘못했으니 사원은 노하지 마라. 이후에는 개과천선해 악한 일을 다시는 하지 않을 것이다."

큰공자가 비로소 칼을 내려놓고 둘째공자가 몽숙을 위로해 돌아가라 했다. 몽숙이 경황이 없고 부끄러워 상처를 움켜쥐고 문을 나서자마자 변신해 나는 짐승이 되어 돌아갔다. 혜준이 이 모습을 보고 모골이 송연해 한쪽 구석에 앉아 있었다. 두 공자가 이런 소문을 내지 말라고 엄히 분부하고 다시 자리에 누웠다.

큰공자가 아우의 손을 잡고 길게 탄식하며 말했다.

"우리가 계부(季父)의 자애를 받고 있는데, 숙모께서 이처럼 우리를 죽이려 하시는 것이 지극한 지경에 이르렀구나. 저주한 일과 오늘 밤의 변고는 사람이 생각지 못할 일이다. 너와 내가 어느 때에 집안의 변란을 진정시키고, 작은 효도를 다해 두 어른을 감동시킬 수 있겠느냐?"

둘째공자가 길게 탄식하고 말했다.

"구 씨 짐승의 간교하고 사리에 어긋난 말을 어찌 믿을 것이 있다고 형님께서 이런 말씀을 하십니까? 원컨대 어머님께도 고하지 마십시오."

말을 마치고 몹시 슬퍼했다. 이에 큰공자가 묵묵히 다시 말을 하지 않았다.

형제 두 사람은 깊은 근심이 가슴에 가득해 만사에 흥미가 없고 서로의 마음을 위로하며 집안의 변란에 놀라 나날을 보냈다. 그러나 이처럼 운명이 기구하고 신세가 험난하니 만일 명천공 유령이 있다면 어찌 안타까워하지 않겠는가. 이 역시 운수가 막혀서이다.

차설. 구몽숙이 가슴과 미간에 중상을 입고 집으로 돌아갔으나 양 씨에게도 바로 이르지 못해 낙상했다고 거짓말을 하며 몸을 의약으로 착실히 다스렸다. 소찰(小札)로 유 씨에게 고해, 광천 등을 죽이러 갔다가 미처 죽이지 못하고 도리어 광천에게 잡혀 거의 죽을 뻔했으며 온몸을 성한 곳 없이 두드려 맞고 왔음을 전했는데, 거짓말을 태반이나 보태 유 씨를 놀라게 했다.

유 씨 모녀가 몽숙의 서간을 보고 온몸이 매우 떨렸다. 독한 성과 급한 분노가 불이 일어나듯 해 눈물을 낯에 가득히 흘리니 경아가 위로하며 말했다.

"모친께서는 과도히 슬퍼하지 마십시오."

유 씨가 길이 탄식하며 말했다.

"내가 심력(心力)을 허다하게 허비해 광천 등 삼모자를 죽이려 했으나, 한 일도 마음 같지 못하고 곳곳에 나의 사나움만 드러냈을 뿐이다. 하늘이 나를 이처럼 심하게 돕지 않을 줄 어찌 알았겠느냐?"

경아가 역시 슬퍼해 하늘을 원망하며 점점 칼 같은 마음이 날로 더해 갔다.

유 씨가 희천을 고요한 곳에서 대하면 바로 칼로 찌르려 했다. 그러나 추밀이 두 공자를 사랑하는 것은 점점 더해졌으니, 유 씨가 그러한 모습을 보면 희천을 형용하지 못할 정도로 더욱 미워했다. 그러나 유 씨는 악한 마음을 감추고 겉으로는 착한 척해 사나운 마음을 오래 품었으니, 홧병이 날로 심해져 때때로 온몸이 아픈 듯했다. 그런 가운데 광천 등을 죽이려 하는 마음이 불이 일듯 타올랐다.

하루는 추밀이 마침 친구 집에 가고, 큰공자는 조 공이 금릉에서 왔으므로 외가에 가 뵈려 해 조부로 갔다. 둘째공자가 홀로 서재에 있다가 안으로 들어가 유 씨를 뵈니 부인이 바야흐로 공자 등을 죽이려 하는 마음이 칼을 품은 듯했으나 스스로 억제했으므로 온몸에 열이 나서 찬물에 손발을 담그고 눈이 벌겋게 된 채 앉아 있었다. 공자가 낯빛을 온화하게 하고 소리를 낮춰 기운을 여쭈자, 유 씨가 시비를 묻지 않고 곁에 놓여 있던 옥연갑(玉硯匣)을 들어 공자의 머리를 향해 던지고 달려들어 어깨를 물어뜯었다. 피가 솟아나 옷에 스며들고 머리가 깨져 붉은 피가 솟구쳤다. 그러나 공자는 안색을 바꾸지 않고 조용히 한삼(汗衫)[30]을 뜯어 머리의 피를 닦고 천천히 무릎을 꿇고 여쭈었다.

"소자에게 죄가 있으면 반드시 종에게 명령해 꾸짖고 벌을 내리실 것이니 어찌 어머님의 몸을 고단하게 하십니까?"

유 씨는 희천이 어질고 효도하는 모습을 더욱 미워했다. 법에 따라 종을 시켜 때리게 할 줄을 모르는 것이 아니었으나 구파가 이 일을 알아 추밀에게 전할까 두려워했다. 그래서 사람들이 모인 곳에서는 말을 달콤하게 해 희천을 사랑하는 체하다가 자기 침소에서 조용히 대하면 발악하는 것이 미치지 않은 곳이 없었다. 이날도 간악하고 독한 성을 까닭 없이 드러내 공자를 거칠게 밀어 협실에 넣고 철편을 들어 머리부터 내리 두드렸다. 공자가 아픈 것을 참고 애걸하며 말했다.

"어머님은 몸을 고단하게 하지 마십시오. 남자 종에게 다스리라 하기가 번거로우시면 시녀 중에서 힘이 있는 이를 시켜 태장을 더하십시오."

유 씨가 비로소 세월을 불러 협실에 들여 공자를 세워 놓고 때리도록 했다. 수를 헤아리지 않고 살이 묻어 나오도록 쳤다. 공자가 숨

---

30) 한삼(汗衫): 손을 가리기 위하여서 두루마기, 소창옷, 여자의 저고리 따위의 윗옷 소매 끝에 흰 헝겊으로 길게 덧대는 소매.

이 막힐 듯했으나 다리를 높이 들고 한 소리도 내지 않으며 눈물 한 방울도 머금지 않았다. 그러나 깨어진 머리가 어질하고 어깨에는 모진 잇자국에 피가 한없이 솟아나며, 다리는 칼로 썰리는 듯했다. 그래도 마음을 굳게 잡고 참아 매가 그치기를 기다렸다. 경아가 부친이 경희전에 왔음을 고하자 유 씨가 비로소 매질을 그치고 등을 떠밀며 말했다.

"어리석고 숫기 없는 윤 공이 왔으니 네가 온갖 참소로 나를 죽이도록 도모하라."

공자가 슬피 낯빛을 고치고 말했다.

"제가 비록 어리석고 사리를 모르오나 어찌 대인께 참소하는 일이 있겠습니까? 괴이한 의심을 하지 마십시오."

유 씨가 이를 갈며 어서 나가라고 했다.

공자가 옷과 띠를 수습하고 대인이 보지 못하시게 운학당으로 나왔으나 걸음을 걷지 못해 겨우 나와 베개에 의지해 고요히 누웠다.

추밀이 모친을 뵙고 공자를 보지 못했으므로 운학당으로 나왔다. 공자가 황급히 몸을 움직여 일어나니, 공이 그 머리가 깨져 상한 것을 보고 까닭을 묻자 공자가 대답했다.

"섬돌에서 발을 헛디뎠습니다."

공이 눈썹 사이를 찡그리고 상처에 약을 싸매 주며 말했다.

"네가 본디 발걸음이 신중해 그릇 디딜 리가 없는데 이처럼 상한 것은 작은 액운이 아니다. 조심하여 조리하고 나다니지 말거라."

이처럼 당부하며 편히 누우라 했다. 희천이 아버지 앞이라 감히 눕지 못하니 추밀이 아들이 눕게 하려고 방에서 나왔으나 매우 놀라고 염려했다. 유 씨가 전에는 머리를 상하게 하지 않았으므로 추밀이 알지 못했고, 오늘은 실족(失足)한 것으로 알았으나 안타까워하고 염려해 마치 자기 몸이 아픈 듯했으니, 어찌 유 씨에게 맞아 상한 것인 줄 알겠는가.

공자는 머리가 다쳤을 뿐만 아니라 철편으로 맞은 다리 때문에 꼼짝도 하지 못한 채 누워 자신의 운명을 헤아렸다. 부자는 천륜인데 친아버지의 얼굴조차 모르는 설움이 가슴에 사무쳐 있었다. 그런데다 생모도 처지가 위태로워 호랑이굴에 들어가 있는 것과 다르지 않았다. 양모는 사악해 감화하기 어려워 자기 형제가 반드시 효도를 온전하게 하기 어려운 사람이 되었고 놀라운 변란이 어느 지경에 미칠지 알 수 없었다. 그래서 밤낮으로 조모와 양모가 감화되기를 바라며 효성을 다했다. 하지만 포악한 호령과 독한 벌이 끊이지 않아 몸이 성한 날이 없었다. 아무리 해도 뾰족한 수가 없어 근심이 천 갈래, 만 갈래였지만 양모를 원망하는 마음은 조금도 없었다. 오히려 자기의 효성이 부족해 양모가 자신을 미워하는 것이 아닌가 하며 스스로를 탓했다. 생모와 양부(養父)의 지극한 정을 돌아보지 않는다면 차라리 한번 죽어 집안의 변란을 보지 않는 편이 낫겠다는 생각도 들었다. 그러나 몸가짐을 더욱 조심하려고 했는데, 이는 자기가 죽는 날이면 양모의 더러운 덕이 더욱 드러날 것이기 때문이었다. 그래서 온갖 괴로움을 견디고 슬픔을 감추며 오직 운명을 한탄하고 더욱 효도에 힘써 조모와 양모가 언젠가 감화하기를 바랐다.

한편 큰공자가 돌아와 모친과 숙부께 문안을 드린 뒤 운학당으로 와서 둘째공자가 누워 있는 것을 보고 놀랐다. 앓는 곳을 묻다가 머리가 상처투성이인 것을 보고 유 씨의 짓임을 짐작하고 말했다.

"오늘은 무슨 일로 머리를 맞은 것이냐?"

둘째공자는 아무 대답도 하지 않았다. 큰공자가 슬프고 불쌍한 마음을 이기지 못하고, 이미 저녁문안을 마쳤으므로 옷과 띠를 풀고 누웠다. 둘째공자는 옷을 벗지 않은 채 누워 있었다. 큰공자가 옷을 벗고 편히 누우라고 권했으나 그래도 움직이지 않았다. 큰공자가 이에 친히 옷을 벗기려 하며 말했다.

“옷을 입고 누우면 더욱 편하지 않을 것이다.”

둘째공자는 형이 자기의 상처를 볼까 민망해 끝내 옷을 벗지 않았다. 그러자 큰공자가 우격다짐으로 희천의 옷을 벗겼다. 어깨에 상처가 나고 다리의 살이 뭉개진 것을 보고는 몹시 참담해 공자를 붙들고 눈물을 흘리며 말했다.

“자식이 죄를 지으면 부모가 꾸짖고 때리시는 것이 예삿일이지만, 조모와 숙모께서는 우리가 죄가 있든 없든 이르지 않고 마구 때리시며 혈육이 상하도록 치시니 이대로는 몸을 보전하기 어려울 것이다. 나는 그래도 기운이 굳세지만 너는 약한 몸인데, 맞지 않는 적이 없으니 언젠가는 목숨을 잃을지도 모른다. 순(舜)임금이 성인이셨으나 작은 매는 맞되 큰 매는 곧 도망갔다고 하시지 않았느냐? 네 몸을 잘 보전하는 것이야말로 숙모께 대한 효도이며 부모님이 바라시는 바를 끊지 않는 길이다. 숙모께서 독한 매를 더하시면 피눈물을 흘리며 애원하고, 만일 듣지 않으시면 피하여 밖에 나와 여러 사람이 모인 뒤에 들어가 뵙는 것이 옳다. 단지 공경만 해 목숨을 끊는다면 도리어 조모와 숙모께 한없이 더러운 덕을 끼치는 것이니 너는 내 말을 잘 생각해 보고 내 말이 그르지 않은 줄을 알거라.”

공자가 한숨을 쉬며 말이 없었다. 첫째공자는 슬픔을 참지 못했으나 감히 추밀에게 이런 기색조차 드러내지 못했다. 형제는 베개를 나란히 하고 누워 눈물을 흘리고, 앞으로 일어날 집안의 재앙을 걱정하며 밤새 잠을 이루지 못했다.

이처럼 몸을 뒤척이며 잠을 자지 못하다가 닭이 새벽을 알리자 광천 공자가 희천의 손을 잡아, 재삼 안심하고 조리하라 이르고 태부인께 문안을 드렸다. 희천은 병이 있어 아침문안에 참석하지 못했다고 고하니 위 태부인이 어찌 모르겠는가마는 거짓으로 놀라는 척하며 크게 염려했다. 추밀공이 또한 놀라고 걱정하며 말했다.

"희아가 전에는 걸음걸이가 조심스러웠는데, 발을 헛디뎌 중상을 입어 상처가 대단하더구나. 부질없이 출입하지 말라고 하라."

그러고서 친히 약을 조제해 희천을 극진히 보호했다. 그런데 유 씨는 희천을 몰아세우는 것이 날로 더욱 더하니 희천은 몸을 지키기 어려울 지경이었다.

이때 황태자가 정비 박 씨와 은정이 없으므로 후비(后妃)를 간선(揀選)[31]하셨다. 유 씨가 이때 광천의 혼사가 이루어질 것을 몹시 한스러워하다 때마침 기회를 얻었다고 여겼다. 유 황후는 유 씨와 재종간이라 대궐과 소식을 주고받던 터였다. 그런데 유 황후에게 자기가 바로 고하는 것은 가당치 않아 유 금오 부인을 부추겨 비밀스러운 편지를 올리도록 했다. 금평후 정연의 딸이 세상에 뛰어난 미인임을 두루 고하게 하고, 비록 다른 집의 빙물(聘物)[32]을 받았으나 화촉의 예를 이루지 않았으니 가로채어 후궁으로 들이도록 청하라 했다. 황후가 옳게 여기셨으나 현명하고 착하신 성품이라 그대로 실행하는 것을 꺼려 임금께 아뢰었다.

"장안에서 빙물을 받은 여자라도 만일 간선에 참석하지 않는다면, 그 부형을 귀양 보내 수자리 살게 하겠다고 하소서."

임금께서 그대로 하시니 누가 감히 대궐에 들어오지 않을 수 있겠

31) 간선(揀選): 가려서 뽑음.
32) 빙물(聘物): 결혼할 때 신랑이 신부의 친정에 주던 예물.

는가. 금평후 또한 딸을 들여보내며 말했다.

"여자는 효행과 절개가 으뜸이다. 그런데 만일 두 가지를 보전하지 못할 형세라면, 우리 딸의 용모로써 절개를 잃을 처지가 되었을 경우 힘써 다투어 절개 잃은 여자가 되지 마라. 폐하와 황후께서 너를 한 번 보시면 너를 내보내지 않으실 것이니 죽음을 각오하고 다투라."

소저가 절을 올려 명령을 듣고, 간선하는 날 궁궐에 들어갔다. 장안의 규수들이 무수히 대궐에 모여 있었다. 화려하게 단장하고 성대하게 꾸민 여자들과 얼굴에 분을 바르고 예쁘게 화장한 여자들이 꽃수풀을 이루었다. 임금과 황후께서 자세히 살피셨으나 좀처럼 마음에 차는 이가 없어 머뭇거리며 멀리 바라보셨다. 그런데 서녘 자리에 한 여자가 무리 가운데 서 있는데, 만고에 뛰어나고 당대에 무쌍한 모습이었다. 그 모습은 흰 해가 맑은 하늘에 떠오른 듯했고, 맑은 골격은 태양 빛이 만방에 비추는 듯했으며, 하늘 꽃이 속세로 떨어져 온갖 꽃 속에서 향기를 드날리는 듯했다. 드넓은 도량과 아름다운 모습에 정신이 아득할 정도였다.

임금께서 크게 감탄하시고 좌우 궁녀에게 그 성씨와 아버지의 이름을 물으라 하셨다. 이에 소저를 따라온 시녀가 고했다.

"금평후 정연의 딸입니다."

궁녀가 이대로 아뢰니 황후께서 금오 부인의 말이 옳은 것을 몹시 기뻐하며 소저를 부르셨다. 정 소저가 황후의 명을 받들어 조심스레 세 치의 금련(金蓮)[33]을 옮겨 섬돌 아래에 이르러 산호팔배(山呼八拜)[34]를 올렸다. 멀리서 올 때에는 붉은 해가 부상(扶桑)[35]에 걸린

33) 금련(金蓮): 금으로 만든 연꽃이라는 뜻으로, 미인의 예쁜 걸음걸이를 비유적으로 이르는 말. 중국 남조(南朝) 때 동혼후(東昏侯)가 금으로 만든 연꽃을 땅에 깔아 놓고 반비(潘妃)에게 그 위를 걷게 하였다는 고사에서 유래함.

34) 산호팔배(山呼八拜): 산호만세를 하고 여덟 번 절함. 산호만세는 나라의 중요 의식에서 신하들

것 같더니, 점점 가까이 다가오자 상서로운 기운이 자욱하고 오색이 해를 두른 듯해 순간에 우열을 가릴 수 없었다. 임금께서 크게 기뻐하시며 흔쾌히 옥음(玉音)을 열어 말씀하셨다.

"금평후 정연이 천흥과 인흥 같은 훌륭한 아들을 두고, 또 이와 같은 딸을 두었으니 어찌 아름답지 않은가?"

소저가 마침내 섬돌 가까이 이르러 옥 같은 소리로 산호만세(山呼萬歲)를 부르니 봉황의 울음소리처럼 청량하게 울려 퍼져 옥쟁반의 진주가 구르는 듯하고 산골짜기에서 봉황이 부르짖는 듯했다. 이에 섬돌 위와 아래에 있던 사람들이 낯빛이 바뀌어 시원스러운 기색을 띠었다. 황제와 황후께서도 기쁨을 참지 못하시며 태자의 후비(后妃)로 정하라고 하셨다. 그러자 정 소저가 소리를 열렬히 해 아뢰었다.

"신첩은 비록 깊은 규방의 여인이지만 이미 윤씨 집으로부터 빙물을 받았습니다. 엎드려 바라옵건대, 폐하께서는 이를 살피셔서 신첩의 정절을 온전히 지켜 주신다면 이는 거룩하신 덕이 될 것입니다."

임금께서 말씀하셨다.

"경(卿)이 빈 빙물에 기대어 정절을 완전히 하려 하니 우습도다. 경이 나이는 어리나 행실은 어린 것에서 벗어났으니, 어찌 그리 이상한 생각을 품고서 되지도 않는 훼절(毁節)[36] 두 글자를 입에 올리는 것이냐?"

정 소저가 정색하고 아뢰었다.

"폐하께서 신첩이 나이가 어려 세상일을 모를 것이라 하시고 신의 아비가 이런 일을 조종했는가 의심하시니 신첩이 다시 아뢸 바를

이 임금의 만수무강을 축원하여 두 손을 치켜들고 만세를 부르던 일. 중국 한나라 무제가 숭산(嵩山)에서 제사 지낼 때 신민(臣民)들이 만세를 삼창한 데서 유래함.

35) 부상(扶桑): 해가 뜨는 동쪽 바다.

36) 훼절(毁節): 정절을 훼손함.

알지 못하겠습니다. 그러나 천하에 흔한 것이 여자입니다. 태자의 후비를 간선하신다면 어느 곳이 없을 것이라고 구태여 빙물을 받은 신첩을 권세로 억누르려 하십니까? 신은 풀잎 이슬 같은 한 목숨을 아껴 절개를 잃은 더러운 계집이 될 것이니, 성군께서는 음란한 여자를 후비로 삼으려 하십니까? 폐하께서 동방(洞房)의 예를 이루지 않았다고 하시나 여자가 일단 빙물을 받으면 곧 그 집의 사람입니다. 선비는 비록 나라의 (祿)을 먹지 않아도 다른 임금을 섬기지 않습니다. 충신은 두 임금을 섬기지 않고 열녀는 두 남편을 따르지 않는다[37]고 하였습니다. 폐하께서 만민의 부모가 되셔서 예절을 권장해야 마땅하신데, 이제 신첩이 정절을 지키는 것을 위엄으로 꺾으려 하시니 그 어찌 만민의 부모라 하실 수 있고, 태평성대의 다스림이라 할 수 있겠습니까? 신이 다만 폐하의 뜻을 어긴 죄로 도끼에 목을 잘려도 한이 없습니다."

말이 끝나자 비분강개한 기세가 격렬했다. 훌륭한 재상이 임금 앞에서 의리에 입각해 쟁론을 해도 이보다 더하지 못할 정도였다. 기운이 추상같고 말이 열렬해 사군자의 기풍이 느껴졌다.

임금과 황후께서 이를 더욱 기특하게 여기시고, 태자는 소저를 흠모하고 사랑해 반드시 후비로 삼으려 하셨다. 이에 임금께서 문득 낯빛을 엄하게 바꾸며 말씀하셨다.

"짐은 만승(萬乘)[38]의 존귀함을 가져 천하의 백성을 다 다스리고 있도다. 경이 만일 남에게 시집갔다면 짐의 실덕(失德)을 탓하며 그

37) 충신은~않는다: 왕촉(王蠋)의 고사에서 유래한 말. 『사기(史記)』, <전단열전(田單列傳)>에, 전국시대에 연(燕)나라 악의(樂毅)가 제(齊)나라를 격파한 뒤 주읍(晝邑)에 사는 왕촉이 훌륭하다는 말을 듣고 그를 장수로 삼아 만호를 봉해 주겠다고 부르자, 왕촉은 "충신은 두 임금을 섬기지 않고 정녀는 두 번 시집가지 않는다. 忠臣不事二君, 貞女不更二夫."라 하고 목을 매어 자살했다고 되어 있음.

38) 만승(萬乘): 만 대의 수레를 징발할 수 있는 권한을 가진 천자(天子)를 이름.

대가 절개 지키는 것을 목숨 걸고 다투는 것이 옳으나, 지금은 이름 없는 빙물만을 내세워 천명을 거스르려 하니, 그 죄가 결코 가볍지 않다. 만일 경이 다시 방자하게 굴면 네 아비가 또한 벌을 피하지 못할 것이다."

소저가 두 번 절하고 머리를 조아려 말했다.

"폐하께서 모든 정무를 살피셔서 세상 모든 백성이 폐하께 달렸사오니 홀로 신의 아비만 예외가 될 수 있겠습니까? 그러니 정씨 한 집안을 없애신다 해도 감히 원망하며 한스러워하겠습니까? 그렇지만 예날 당요(唐堯)[39]는 지극한 성인이셨으나, 천자라 해도 한 사내의 마음을 빼앗을 수 없다[40]고 하셨습니다. 신첩이 폐하의 위엄을 거스른 것은 죽을죄라 살 마음이 없으니 감히 벌을 내려 주시길 청합니다. 그러나 임금이시라면 예절을 권장하셔야 할 것입니다. 신첩이 미미한 존재이지만 정절을 지키려 하는데 문득 위엄으로 꺾으시며 제 아비에게까지 죄를 묻겠다 위협하시니, 해와 달처럼 밝은 덕을 지니신 성상께서 실절(失節)한 여자를 들여 후비를 삼으신다면 이는 크게 덕을 잃으신 일인가 하옵니다. 이는 폐하께 만세토록 더러운 덕이 되시는 것이고, 신의 아비가 이 때문에 고생한다면 신의 죄는 불충(不忠)과 불효(不孝)에 해당되어 신은 만 번 죽어도 오히려 가볍고 천 번 죽어도 아까움이 없을 것입니다."

말을 마치자 소저의 목소리는 맹렬하고 낯빛은 가을 하늘 같았다. 황제와 황후께서 이를 크게 사랑하셔서 이렇게 말씀하셨다.

---

39) 당요(唐堯): 중국 요(堯)임금을 달리 이르는 말. 당(唐)이라는 땅에서 봉(封)함을 받은 데서 유래함.

40) 천자라 해도~없다: 공자가 한 말임. 『논어(論語)』, 「자한(子罕)」에 "공자께서 말씀하시기를, '삼군 대장의 권한은 빼앗을 수 있지만, 일개 보통 사람의 뜻은 빼앗을 수 없다. 子曰, 三軍可奪帥也, 匹夫不可奪志也.'라 하셨다."라는 구절이 있음.

"정 씨 여자가 임금 앞에서 방자한 말을 해 임금과 신하의 체면을 손상시켰으니 별궁에 보내지 말고 액정(掖庭[41])에 두었다가 길일을 택해 후비로 봉할 것이다."

곧 궁녀에게 소저를 맡기시니 수많은 궁녀가 소저를 인도해 들어갔다. 궁녀들이 소저의 화려한 자태와 단아한 성품에 황홀해 흠모하며 따르지 않는 이가 없었다.

하지만 소저는 어지러운 상황을 더욱 괴롭게 여겨, 별 같은 눈을 숙이고 붉은 입술을 굳게 다물어 입을 열지 않았다. 다섯 시녀를 앞에 두고 고개를 숙인 채 단정히 앉아 한 종지 물도 마시지 않았다. 모든 궁녀가 안타깝게 여겨 이 일을 황제와 황후께 아뢰니 임금께서 또한 놀라고 염려해 전지(傳旨)를 내리셨다.

'경이 괴이한 고집을 내어 이루지 못할 정절만을 일컫고 있도다. 짐이 비록 현명하지 않으나 천자의 지위를 빌려서라도 만민에게 예절을 권장하니 어찌 옳지 않은 일을 경에게 권하겠는가. 경이 화촉의 예를 치르지 않은 채 빈 물건 하나로 절개를 지킨다고는 하나, 짐이 만민의 부모가 되어 옳지 않은 일을 결코 백성에게 권하지 않을 것이다. 경이 만승(萬乘)의 후비가 되어 화려한 대궐에서 부귀를 누리고 부모와 형제를 영화롭게 하는 것이 또한 효다. 이제 스스로 굶어 죽는 것을 달게 여겨 열셋 나이에 세상을 하직하고, 모든 죄를 경의 아비에게 미치게 해 귀양 가 수자리 살게 하니 이는 불충과 불효를 스스로 선택하는 셈이다. 경이 비록 나이 어린 여자나 이런 일을 모르지 않을 것이다. 그러니 괴이한 생각을 내어 천자의 위엄을 범하지 말라.'

---

41) 액정(掖庭): 궁궐의 옥. 액정옥(掖庭獄)을 이르는 말임. 액정옥은 한나라 때 궁궐 안에 있던 비밀 옥임.

정 소저가 엎드려 임금의 명령을 듣고 곧바로 아뢰었다.

"신첩이 사리를 몰라 폐하의 명령을 받들지 못하오니 다만 죽을 죄를 청할 따름이라 어찌 다시 아뢸 것이 있겠습니까? 다만 신의 어리석은 소견에 깊이 생각해 볼 때, 계집이 되어 절의(節義)를 지키다 죽는 것은 대역(大逆)이라 할 수 없으니 어찌 부형에게까지 연좌되는 법이 있겠습니까? 다만 이 또한 폐하의 처치에 달려 있으니 설마 어찌하겠습니까? 다만 죽을죄를 기다릴 뿐입니다."

임금께서 그 뜻이 굳은 것을 난감하게 여기셔서 도로 내보내려 하셨다. 그러나 춘궁(春宮)[42]께서는 내보내는 것을 아쉬워해 다시 전지를 내리셨다.

'경이 목숨을 걸고 정절을 지키겠다 하나 그 정절이란 결국 이름일 뿐이다. 빈 채례(采禮)[43]를 핑계해 거짓으로 절의(節義)를 내세워 폐하의 명령을 받들지 않으니 그 뜻이 실로 방자하구나. 금평후가 조정에 들어온 지 수십 년 동안 한 번도 불충한 일이 없었도다. 그런데 경이 그의 딸이 되어 폐하의 명령을 받들지 않은 죄가 있으니, 경의 아비를 하옥시켰다가 경이 태자의 후비가 되는 날 석방해 잔치에 참여하도록 할 것이다.'

이리하여 후비의 길일을 택하니 십여 일이 남아 있다고 하셨다. 그러나 정 소저는 기운이 여전히 매서워 추상같았다. 전교를 듣고 다만 죽을죄를 일컫고 아비를 하옥하는 것은 원통한 일이라고 아뢰었다. 요(堯)와 순(舜)임금의 아들[44]도 어리석었으니 자신이 어질지

42) 춘궁(春宮): 태자.

43) 채례(采禮): 신랑집에서 납채(納采) 때에 신붓집에 보내는 예물(禮物).

44) 요(堯)와 순(舜)임금의 아들: 요임금과 순임금은 중국 고대 성군(聖君)으로 덕이 높은 인물로 유명함. 요임금은 아들 단주(丹朱)가 어리석자 순임금에게 임금 자리를 물려주고, 순임금은 아들 상균(商均)이 어리석자 우(禹)임금에게 임금 자리를 물려줌.

못한 것이 아비의 죄는 아님을 말했다. 말이 사리에 맞고 힘차 훌륭한 재상과 열사(烈士)의 곧은 절개가 있었다.

임금께서 비록 엄하셨으나 그 뜻을 꺾을 길이 없어 소저를 내보내려 하셨다. 그러자 태자가 간했다.

“아니 되옵니다. 정 씨 여자는 세상에 보기 드문 현숙한 여자입니다. 이런 여자를 후비로 삼는다면 태임(太姙)[45]의 교화(敎化)가 펼쳐져 주(周)나라가 팔백 년 흥성한 것을 본받을 수 있을 것입니다. 신은 이럴수록 차마 내보내는 것을 아깝게 여기오니, 10여 일 더 머무르게 해 날마다 그 뜻을 보시는 것이 마땅할까 하나이다.”

임금께서 말씀하셨다.

“이토록 굳세고 매서운 여자는 목숨을 초개(草芥)같이 여겨 죽는 것조차 제뜻대로 하려 들 것이니 마음이 놓이지 않는구나.”

태자가 다시 아뢰었다.

“정 씨 여자는 규방에서 자란 약한 여자입니다. 고금의 역사도 채 알지 못하고 한갓 『소학(小學)』을 읽어 충신과 열사를 본받으려 하오나 이는 어린 여자가 의리를 모르고 하는 일입니다. 서둘러 내보내지 마시고 엄히 꾸짖으신 후 다시 그 말을 들어 보시는 것이 마땅합니다.”

황제와 황후께서 마지못해 소저를 꾸짖으셨다.

“황제의 명령을 끝내 받아들이지 않는다면 금평후를 대리시(大理寺)[46]에 가두어 죄를 물을 것이다.”

정 소저가 임금의 말씀을 듣고도 안색이 변하지 않고, 곧 한 장의

---

45) 태임(太姙): 중국 주(周)나라 문왕(文王)의 어머니. 부덕(婦德)이 높아 며느리 태사(太姒)와 함께 현모양처로 추앙됨.

46) 대리시(大理寺): 형옥(刑獄)을 맡아보던 관아.

혈소(血訴)를 지어 대궐에 올리고 오직 죽을죄를 청했다. 그 상소는 말뜻이 강렬하고 마디마디 절의를 일컬으며 말하는 것이 당당했으니, 어찌 세상의 분 바른 여자 중에 어린 여자가 지은 것이라 하겠는가. 임금께서 보시고는 갑자기 공경하는 마음을 표해 상소를 황후에게 내밀며 말씀하셨다.

"남자도 공맹(孔孟)[47]의 덕(德)을 이을 자가 없거늘, 정 씨 여자가 열셋 어린 나이에 임금의 실덕을 간(諫)하며 절의를 굳게 잡아 상소가 이처럼 기특하구려. 이런 여자를 내보내지 않는다면 이는 짐의 실덕이 아니겠소?"

황후께서 또한 정 씨의 상소를 보시고 흠모하며 경탄하시고 임금께 아뢰었다.

"신이 평생 여자의 절개를 아름답게 여겼습니다. 이제 정 씨 여자에게 고금에 드문 예절이 있으니 만일 그 뜻을 앗는다면 이는 임금의 도리가 아닙니다."

곧 정 씨를 부르셨다.

정 소저가 섬돌 아래에 이르러 죽여 줄 것을 청하며 위로 오르지 않았다. 황후께서 궁녀를 시켜 붙들어 올려 자리를 주라 하시고, 임금께서 타이르셨다.

"임금과 신하는 마치 아비와 자식 사이 같도다. 경이 비록 어린 여자지만 대궐에 여러 날 머물렀으니 짐을 서먹하게 알지 말라."

정 소저가 두 번 절해 은혜에 감사하고, 드디어 섬돌 끝에 올랐다. 황후께서 나아오라 하셔서 소저의 손을 잡고 소저를 매우 기이하게 여기셨다. 임금께서 위로하며 말씀하셨다.

---

47) 공맹(孔孟): 유학의 성현으로 일컬어지는 공자(孔子)와 맹자(孟子)를 아울러 이르는 말.

"남자는 충효가 온갖 행실 중에 으뜸이요, 여자는 예와 절의가 제일이로다. 경이 화촉의 예를 이룬 일이 없어 짐이 당당히 태자의 후비로 삼으려 했더니, 경이 품은 아름다운 생각은 옛사람보다 낫도다. 짐이 만민의 부모로서 교화를 밝혀 여자의 효도와 정절을 온전하게 하려 해 경을 내보내니, 경은 마음을 놓고 짐을 한스러워하지 말라."

정 소저가 두 번 절하고 은혜에 감사해 말씀드렸다.

"성스러운 폐하의 해와 달 같은 은택이 이와 같으시니, 은혜를 뼈에 새겨 아뢸 바를 알지 못하겠사옵니다. 어린 여자가 아는 것이 없사오나 어찌 감히 성상께서 다스리시는 은택을 알지 못하겠습니까?"

황후께서 그 문장이 고명한 것을 거듭 칭찬하시고 즉시 백옥쌍봉잠(白玉雙鳳簪)[48]과 금란(金鸞)[49] 한 개씩을 주며 말씀하셨다.

"곤강(崑岡)[50]의 티 없는 격조는 너의 절개와 비슷하고, 황금을 단련하는 것은 너의 견고함과 흡사하므로 짐이 각별히 이 상을 내리노라."

정 소저가 순순히 은혜에 감사했다. 유 황후 또한 화장에 쓰는 값진 물건들을 상으로 가득 내려 주시고 그 화려한 자태와 훌륭한 덕을 매우 아끼셨다. 마지못해 상궁 백 씨에게 소저를 호송해 취운산에 데려다 두고 오라 하시면서, 거듭 아쉬워해 말씀하셨다.

"궁궐이 지엄해 여자가 함부로 들어올 수 없으나, 짐이 경을 사랑하는 마음은 평범한 사람과는 견줄 수 없을 것이다. 그러니 경은 짐의 뜻을 잊지 말고, 훗날 대궐에 올 것을 기약하면 잔치를 할 때에 경을 부르겠다."

---

48) 백옥쌍봉잠(白玉雙鳳簪): 백옥에 두 마리 봉황을 그려 넣은 비녀.
49) 금란(金鸞): 금으로 만든 난새.
50) 곤강(崑岡): 옥이 많이 난다는 곳.

소저가 머리를 두드리며 은혜에 감사해 아뢰었다.

“폐하와 마마께서 해와 달 같은 은택을 드리우셔서 신첩의 절의를 지켜 주시고 쇠잔한 목숨을 용서해 주시는 성은(聖恩)이 이와 같으시니, 그 은혜는 몸이 부서지고 뼈가 가루가 되더라도 다 갚을 수 없을 것입니다. 훗날 대궐의 용탑(龍榻) 아래에서 알현하기를 원하지 않겠습니까마는 여염의 천한 자취로 화려한 대궐을 드나드는 것은 방자한 일입니다. 그래서 알현하는 것은 신첩의 뜻과 같지 못하올까 합니다.”

소저가 이처럼 말을 마치고, 향기 나는 몸을 움직여 여덟 번 절하고 머리를 두드려 하직하니 임금께서 말씀하셨다.

“짐이 경의 아름다운 행실과 맑은 절개가 사라지는 것을 참으로 안타깝게 여기노라. 충효와 열절(烈節)을 권장하는 것은 임금의 떳떳한 도리라 마땅히 정문포장(旌門褒獎)[51]하여 세상 사람들이 밝게 알도록 할 것이니 경은 그렇게 알지어다.”

정 소저가 굳이 사양해 옅은 복조차 없어질 것을 아뢰며 사양하니, 임금께서 못내 사랑하셨다.

소저가 하직하고 퇴궐(退闕)하니 임금께서 황후를 돌아보아 말씀하셨다.

“정 씨 여자의 행실이 아름다우니 짐이 정문포장하려 하오.”

황후께서 또한 마땅하시다고 일컬으셨다.

51) 정문포장(旌門褒獎): 정문을 세워 칭찬하여 장려함. 정문은 충신, 효자, 열녀 들을 표창하기 위하여 그 집 앞에 세우던 붉은 문.

··

명주보월빙 제14권

정혜주는 혼인하여 거친 음식을 먹고
정천홍은 출전하여 운남왕을 제압하다

이때 정부에서는 딸이 입궐한 지 보름이 넘어도 나오지 않자, 금후가 놀라고 염려해 임금께 아뢰려 했으나 차마 입을 떼지 못하고 오로지 딸의 사람됨을 믿어 끝내 무사할 것으로 짐작했다. 그러나 순 태부인은 크게 걱정해 날마다 눈물을 흘리며 나날을 보내고 있었다.

양 부인이 열 달이 차 딸을 순산하니 옥으로 새기고 꽃으로 엮은 듯 찬란하고 화려했다. 금후 부부와 태부인이 정성을 다해 아이를 보살피고 아이에 대한 사랑이 남자아이보다 작지 않아 기쁨을 이기지 못했다. 그러나 정 소저의 상황을 큰 우환으로 삼았다.

하루는 상궁 백 씨가 정 소저를 호송해 돌아온다는 소식이 들렸다. 태부인과 그 며느리가 반기고 기뻐하며 금후가 다행한 마음을 이기지 못해 급히 딸의 손을 잡고 무사히 집에 돌아온 연유를 물었다. 백 씨가 소저의 절의와 훌륭한 행실을 황제께서 감동해 소저를 내보셨다고 전하니, 금후 부부가 성은을 일컬으며 황공해 하고 술과 안주로 상궁을 정성껏 대접했다. 궁녀는 소저에게 서로 만나기가 쉽지 않을 것임을 이르며 아쉬워하고, 소저는 궁녀의 두터운 정에 감사의 마음을 전했다. 상궁은 해가 저물어서야 궁으로 돌아갔다.

평후가 딸을 어루만지며 그 행동에 기뻐했다. 소저 또한 어르신이 평안하신 것과 양 씨가 순산한 것에 기뻐하며, 평생 처음으로 몇 십 일을 어버이 곁을 떠나 지내며 길이 사모하던 마음을 고했다. 이어서 하 소저와 손을 맞잡아 서로 반가워하는 모습은 형용하지 못할 정도였다.

다음 날 임금께서 조회를 여실 때 정 씨의 상소를 만조백관 앞에 보이며 백관들을 돌아보아 말씀하셨다.

"날이 찬 연후에 소나무와 잣나무의 굳은 절개를 안다[1]고 했으니 정 씨 여자를 두고 이른 것이로다. 짐이 그 행실을 사랑해 태자의 후비로 삼으려 했도다. 그런데 정 씨 여자가 목숨을 걸고 다투어 피로 쓴 상소로 임금의 실덕을 간(諫)했으니 이는 만고에 드문 현명한 여자로다. 짐이 특별히 정문포장해 세상에 열효(烈孝)를 권장하려 하니 만조백관은 이 뜻을 잘 알아 두도록 하라."

임금께서 말씀하시자, 삼공(三公)[2] 이하 모든 관료들이 일제히 아뢰었다.

"폐하의 거룩하신 덕이 정 씨의 절행(節行)을 온전하게 하셨으니 조정과 온 나라 사람들이 기쁜 마음으로 따를 것입니다. 정 씨 여자의 높은 절행은 쇠와 돌에 새겨 후세에 전할 만하오니 폐하의 뜻이 마땅합니다."

임금께서 이에 정문(旌門)을 내리기로 결단하시고 친히 금빛 글씨로 제액(題額)[3]해 '명성숙렬정씨지문(明聖淑烈鄭氏之門)'이라 하셨

---

1) 날이~안다: 고난을 겪은 후에 사람의 절개를 알 수 있다는 말. 『논어(論語)』, 「자한(子罕)」에, "날씨가 추워진 다음에야 송백이 제일 늦게 시든다는 것을 알게 된다. 歲寒然後, 知松柏之後雕."라 되어 있음.

2) 삼공(三公): 최고의 관직에 있으면서 천자를 보좌하던 세 벼슬.

다. 그리고 금평후 정연을 불러 자녀를 기특하게 낳은 것을 칭찬하고 정혼한 곳을 물으셨다. 평후가 윤씨 집안과 정혼하고 빙물을 받았음을 아뢰니 임금께서 놀라 탄식하고 말씀하셨다.

"윤현은 나라를 위해 목숨을 바쳤으니 그 자녀는 예사로운 조정 신하의 자식과 달라 국가와 생사를 함께해야 마땅하도다. 경의 딸이 윤현의 딸과 정혼했다는 말을 들었다면 아예 입궐하게도 안 했을 것이로다. 원래 윤현에게 자녀가 셋이라 하던데, 다 혼인을 하였느냐?"

금후가 아뢰었다.

"현의 딸은 천흥의 아내요, 쌍둥이 형은 신의 딸과 정혼하고 동생은 서촉에 귀양 간 하진의 딸과 정혼했습니다."

임금께서 곧 전지를 내리셔서 정 씨가 그 혼례를 이루는 날 윤 씨 집안에 정문을 내리도록 하셨다. 정 공이 황공함을 감당하지 못해 은명을 거두어 들이시라 청했으나 임금께서는 윤허하지 않으셨다. 금후가 수없이 절해 은혜에 감사해 어주(御酒)를 기울이고 조정에서 물러나 돌아갔다.

길에서 추밀사 윤 공을 만나 며칠 못 본 정을 나누었다. 윤 추밀이 정 소저의 절의를 입이 닳도록 칭찬하니 정 공이 탄식하며 말했다.

"어린 여식이 절의를 중하게 여겨 진심으로 간쟁(諫爭)[4]했으나 폐하의 은혜가 정문하시기에 이르렀으니 어찌 황공하고 외람되지 않은가?"

윤 공이 웃으며 말했다.

"남녀의 몸가짐이 달라도 이번에 영녀(令女)[5]가 상소한 일은 이치

---

3) 제액(題額): 액자에 그림을 그리거나 글씨를 씀.
4) 간쟁(諫爭): 임금에게 옳지 못하거나 잘못된 일을 고치도록 간절히 말함.
5) 영녀(令女): 상대방의 딸을 높여 부르는 말.

를 아는 장부라도 감당하기 어려운 일이니 성상께서 정문하신 것이 어찌 괴이한 일이겠는가? 형은 너무 사양하지 말게."

말을 마치고는 손을 나누었다.

정 공이 운산으로 돌아가 경연 자리에서 있었던 일을 고하며 외람되어 감당하지 못하겠다 했다. 소저가 기뻐하지 않아 흥미가 사라졌고 이에 공이 탄식하고 말했다.

"너희 남매가 폐하의 은혜를 지나치게 받아 비록 외람되고 불안하지만, 만사가 하늘에 달려 있으니 사람의 힘으로 할 수 있는 바가 아니다. 그러니 너는 염려하지 말거라."

소저가 나직이 고했다.

"소녀는 여자의 절행이 높고 행적이 고요한 것을 흠모하고 부러워했습니다. 그런데 이제 미미한 몸에 절의 두 글자 덕분에 폐하께서 정문포장하시니 외람되고 황송해 엷은 복이 없어질까 두렵습니다."

이때 정씨 집안의 둘째아들 인흥의 벼슬이 점점 높아져 이부시랑 홍문사인에 이르렀다. 명성이 날로 높아지니 평후는 집안이 번성하는 것을 진심으로 기뻐하지 않았다.

한편 유 씨는 광천 등의 혼인을 방해하려 했으므로 정 씨가 궁궐에 들어간 것을 매우 기뻐했다. 그런데 몇 십 일이 지나 문득 정 씨가 나오고 이름난 절개가 비단 위에 꽃 같아 윤부 혼례를 이루고 돌아가는 날 금자어필(金字御筆)[6]로 숙렬문(淑烈門)을 높이라 하시고, 만조백관이 모르는 사람 없이 소저의 절행을 칭찬하다 하니, 놀라운 마음과 애달픈 분노가 한층 더해 손으로 책상을 치고 탄식하며 말했다.

---

6) 금자어필(金字御筆): 금빛이 나는 글자로 쓴 임금의 친필 글씨.

"묘한 계교를 생각했으나 일이 뜻대로 되지 않아 정 씨 여자를 황후께 천거한 것이 도리어 정 씨의 아름다운 이름을 빛나게 했으니 곳곳이 이런 불행이 어디 있겠는가?"

경아가 역시 분함과 애달픔을 이기지 못해 묘랑을 불러 혼인을 방해하려 했다.

이때 유 씨의 외조모 박 상서 부인이 나이가 구십에 병이 위중했다. 본디 유 씨를 예뻐했으므로 병든 마음에 유 씨를 보고 싶어 했다. 그래서 유 씨가 경아를 데리고 박부에 나아갔다.

그런데 몇 십 일이 안 돼 노 태부인이 세상을 떠났다. 유 씨는 외조모를 바라보는 것이 친모와 같았다. 자기 모친이 일찍 세상을 떠난 탓에 할머니와 손녀의 정이 모녀 같았던 것이다. 그런데 하루아침에 할머니를 여의었으니 망극한 설움이 끝이 없어 수없이 혼절했다.

성복(成服)[7] 후에 경아는 돌려보내고 자기는 박부에 머물렀다. 이 때문에 광천 공자의 혼사를 방해할 겨를이 없어 속절없이 세월을 보냈다.

이해 봄에 천자께서 성묘(聖廟)[8]에 참배하시고 과거를 베풀어 인재를 뽑으려 하셨다. 광천 공자가 과거가 열렸다는 말을 듣고 계부에게 고했다.

"제가 나이도 어리고 학문도 부족하지만 세상에 난 뒤 과거장을 구경하지 못했으니 이번 시험만큼은 구경하고 싶습니다."

공이 말했다.

"젊어서 과거에 급제하는 것이 기쁜 일은 아니다. 너는 겨우 이륙이 넘어 과거에 바쁠 건 없지만 네 뜻이 이미 과거에 있다면 나도

---

7) 성복(成服): 초상이 나서 처음으로 상복을 입음. 보통 초상난 지 나흘 되는 날부터 입음.
8) 성묘(聖廟): 공자를 모신 사당.

말리지는 않겠다. 너는 과거에 필요한 도구들을 차려 들어가거라."
공자가 절하며 감사하고, 둘째공자는 아버지께 고했다.
"소자는 학문이 형을 바라보지 못하니 나이가 차면 과거장 출입을 하려 합니다."
공이 잠시 웃고 말했다.
"너희 형제 재주는 위아래라 할 것이 없으나, 형제가 한 과거에 급제한다면 경사가 너무 중첩하는 것이니 우리 아이는 내년 봄 과거에 응하도록 하거라."
공자가 명을 받들고 물러나자 첫째공자가 웃으며 말했다.
"장부가 구태여 재주를 품고 자연에 묻혀 울적한 선비로 지내는 것이 무슨 통쾌한 일이겠느냐? 네가 굳이 계부께 고해 시험장에 들어가지 않겠다 한 것은 겸손이 지나치고 자상함이 심한 일이다."
둘째공자가 미소를 머금으며 대답했다.
"형님과 저의 뜻은 다 각각이니 저는 굳이 과거에 응할 생각이 없습니다. 형님은 그만한 기운을 가지신 분이니, 과거장에 들어가시는 날 반드시 급제하실 것입니다. 그래도 너무 일찍 급제하는 것은 꺼려지는 일입니다."
큰공자가 웃으며 말했다.
"세상에는 과거에 급제하는 무리 가운데 나이가 열서너 살에 재기가 가득한 이들도 있다. 내가 급제할지는 알지 못하겠으나 나 혼자만 그런 것이 아니니 무엇이라 이르겠느냐?"
둘째공자가 웃음을 머금고 말을 하지 않았다.
큰공자가 과거에 필요한 도구를 차려 과거장에 들어갔다. 이윽고 글제가 내려지자, 수만 명의 선비가 붓대를 들어 초안을 이루며, 혹은 생각이 나지 않아 눈썹을 찡그리고 근심하는 자도 무수히 많았다. 광천 공자가 여기저기를 돌아다니며 다른 이들의 행동을 보고 속으로 실소하며 생각했다.

'저런 것들이 유건(儒巾)[9]을 쓰고 어설프게 과거장에 들어왔으니 어찌 우습지 않으며, 설령 과거에 급제한다 해도 무엇이 통쾌하겠는가.'

이렇게 시험장을 둘러보다가 시간이 늦은 것을 보고 과거장에 들어가 명지(名紙)[10]를 펼쳐 평생의 재주를 다해 붓을 휘둘렀다. 종이 가득히 푸른 용이 서리고 단혈의 봉황이 춤추는 듯, 첩첩한 문장이 거침이 없었으니 마치 바람을 일으키고 귀신마저 울릴 지경이었다. 다 쓴 뒤 시동에게 명지를 바치라 하고 책에 기대 깊은 잠에 들었다. 과거장에 있던 유생들이 그 재주가 신속한 데 감탄했다.

이날 천자께서 시관(試官)들과 여러 시축(試軸)[11]을 자세히 살폈으나 좀처럼 마음에 차는 것이 없었다. 마지막으로 한 장의 시권(試券)[12]을 어람(御覽)하시자, 그 필체는 해와 달이 비춘 듯 찬란했고, 내용은 천지가 넓은 것과 흡사해 매우 웅장했다. 문장은 태백(太白)[13]의 청평사(淸平詞)[14]와 사마천(司馬遷)[15]을 압도할 정도였다. 임금께서 크게 기뻐하며 두어 번 읊으신 뒤 친히 장원을 결정하셨다. 여러 장의 시권을 평가해 수를 채우신 후에 시간이 늦었으므로

---

9) 유건(儒巾): 유생들이 쓰던 실내용 두건의 하나.

10) 명지(名紙): 과거 시험에서 쓰던 시험지.

11) 시축(試軸): 시험지 두루마리.

12) 시권(試券): 과거를 볼 때 글을 지어 올리던 종이.

13) 태백(太白): 중국 성당(盛唐) 때의 시인 이백(李白, 701~762)의 자(字). 호는 청련(青蓮). 젊어서 여러 나라를 돌아다니고, 뒤에 출사(出仕)하였으나 안녹산의 난으로 유배되는 등 불우한 만년을 보냄. 시성(詩聖) 두보(杜甫)에 대하여 시선(詩仙)으로 칭하여짐.

14) 청평사(淸平詞): 이백이 지은 사(詞). 당(唐) 현종(玄宗)이 침향정(沈香亭)에 작약(芍藥)을 심어 놓고 양 귀비(楊貴妃)와 함께 만발한 꽃을 구경하다가 당시 한림학사(翰林學士)였던 이백(李白)을 불러 악부를 짓게 하자 이백이 청평조사(淸平調詞) 3편을 지어 올림.

15) 사마천(司馬遷): 중국 전한(前漢)의 역사가(B.C.145~B.C.86)로, 자는 자장(子長)이며 태사(太史)라고도 불리는데 이는 태사령(太史令)을 지낸 그의 관직명을 따른 이름임. 기원전 104년에 공손경(公孫卿)과 함께 태초력(太初曆)을 제정하여 후세 역법의 기초를 세웠으며, 역사책 『사기』를 완성하였음.

방(榜)을 떼고 장원의 이름을 불렀다.

"항주 사람 윤광천의 나이가 열둘이요, 아버지는 고 이부상서 홍문관 태학사 시호 안국공 현이라."

이처럼 부르는 소리가 세 번 울려 퍼지자, 한 소년이 수많은 사람들 사이를 헤치고서 몸을 빼어 옥계(玉階) 아래로 잰걸음으로 나왔다. 높은 기상은 가을 하늘의 서리 같고, 늠름한 풍채는 일만 버들이 봄바람에 나부끼는 듯했다. 얼굴은 뚜렷하고 둥글어 밝은 달이 한가한 듯하고 높은 이마는 옥으로 이은 듯했다. 기운은 강산의 정기를 타고났고, 붉은 입술에 흰 이, 긴 팔과 늘씬한 허리를 지녔다. 키는 팔 척에 달했으며, 뱃속에는 세상을 구제하고 백성을 평안히 할 재주와 적을 토벌할 지혜를 품었으니 세상에 드문 영걸이고 당대에 적수가 없는 사람이었다.

섬돌 위와 아래에 있던 사람들이 윤 장원의 풍채과 기상을 보고 놀라지 않는 이가 없었다. 임금께서도 한번 살피시고 인재를 얻은 것을 크게 기뻐하셨다. 곧 장원을 섬돌 위로 올려 머리에 계화(桂花)를 꽂아 주고 청삼(靑衫)[16]을 입히며 장원의 손을 잡고는 슬픈 기색을 머금어 말씀하셨다.

"산이 높으면 옥이 나고 바다가 깊으면 구슬이 나는 법이로다. 윤현처럼 신선 같은 고결한 풍모와 충성심을 지닌 사람이 자식을 평범하게 낳을 리가 없거늘 그 자식이 이토록 뛰어난 줄은 오히려 알지 못했노라. 군신(君臣)은 곧 부자(父子)와 같도다. 짐은 오늘 경을 국가의 고굉(股肱)[17]으로 삼았으나 경의 아비가 산 얼굴로 영화를 보

16) 청삼(靑衫): 조복(朝服) 안에 받쳐 입던 옷. 남색 바탕에 검은 빛깔로 가를 꾸미고 큰 소매를 달았음.

17) 고굉(股肱): 다리와 팔같이 중요한 신하라는 뜻으로, 임금이 가장 신임하는 신하를 이르는 말.

지 못하니 어찌 슬프지 않은가?"

이에 만조백관이 일제히 만세를 불러 하례하고, 임금께서도 장원에게 말씀하셨다.

"경의 아비는 국가를 위해 목숨을 바쳤으니 짐은 세월이 흐를수록 훌륭한 신하를 아깝게 잃은 것을 슬퍼하고 있도다. 경은 군신의 엄한 예법을 버리고 부자로서의 친함을 다해 짐을 아비와 조금도 다르지 않게 알라."

이리하여 장원을 중서사인에 집현전 태학사로 삼고 삼일유가 후에 직무를 맡으라 하셨다. 하지만 장원은 아버지의 얼굴을 알지 못하는 것이 평생의 가장 큰 고통이었다. 오늘 임금님의 명령을 듣자, 임금님을 매우 가까이에서 대하고 있어 열심히 참으려 했으나 백옥같이 빛나는 얼굴에 맑은 눈물이 주르르 흘러내렸다. 이에 눈물을 흘리며 절하고 아뢰었다.

"신은 천지간의 죄인이라 아비 얼굴을 알지 못한 채 슬픈 마음을 품고 아저씨에게 의지해 장성했습니다. 감히 청운(靑雲)을 더위잡아[18] 어향(御香)[19]을 쏘일 줄은 생각지 못했습니다. 폐하의 은혜가 하늘과 같으시니 몸이 부서지고 뼈가 가루가 되어도 다 갚지 못할 것입니다."

그 목소리는 명천공과 달리 웅장하고 맑았으나, 온화하고 시원한 기운은 완연히 같았다. 임금께서는 장원이 슬퍼하는 모습을 보시고 더욱 처연해 하셨다. 좌우의 신하들 중에도 윤 공을 떠올리며 슬퍼하는 이가 많았다.

---

18) 더위잡아: 끌어 잡아.

19) 어향(御香): 임금의 향기 또는 어전의 향기를 뜻하는 말로, 임금의 은혜(恩惠)를 비유적으로 표현한 말.

임금께서 추밀사 윤 공을 섬돌 위로 불러 특별히 위로하셨다.

"경이 광천에게 아저씨의 정과 아비 소임을 다한 덕분에 오늘 광천이 과거에 급제하게 되었도다. 광천이 국가의 동량(棟樑)[20]이 되어 경의 형 뒤를 빛낼 터이니 어찌 아름답지 않은가?"

그러고서 향긋한 어주를 하사하셨다. 윤 공이 두 손으로 어주를 받들어 잔을 기울이고 은혜에 감사하며 황공함을 주체하지 못했다. 임금께서 다시금 말씀하셨다.

"경의 형이 쌍둥이를 두었다고 들었는데 광천에게 아우가 있느냐?"

추밀이 엎드려 아뢰었다.

"광천에게 아우가 있어 신이 계후(繼後)로 삼았습니다."

임금께서 말씀하셨다.

"광천의 아우도 이번 과거에 참여하였는가?"

공이 대답했다.

"신의 아들은 제 형만 못하므로 이번 과거엔 참여하지 않았습니다."

임금께서 다른 신참 급제자들도 차례로 불러 화대(花帶)[21]를 내리셨다. 그러나 장원을 유독 총애하셔서 은권(恩眷)[22]으로 온 조정이 들썩거렸으니, 이는 그 아버지가 충절로 죽은 것을 슬퍼하시고, 장원의 위인이 세상에 뛰어난 것을 사랑하셔서였다. 장원 또한 벼슬을 사양하지 않고 종일토록 임금 앞에서 오갔는데 수려한 풍채가 시원스러워 이백(李白)이 침향정(沈香亭)[23]에서 취해 있던 풍모로도 이

---

20) 동량(棟樑): 동량. 마룻대와 들보로 쓸 만한 재목이라는 뜻으로, 집안이나 나라를 떠받치는 중대한 일을 맡을 만한 인재를 이르는 말.

21) 화대(花帶): 어화(御花)와 청삼(靑衫)의 허리띠. 어화는 과거에 급제한 사람에게 임금이 하사하던 종이꽃이고 청삼은 조복(朝服) 안에 받쳐 입던 옷으로 남색 바탕에 검은 빛깔로 가를 꾸미고 큰 소매를 달았음.

22) 은권(恩眷): 임금의 총애.

23) 침향정(沈香亭): 중국 당나라 때 궁궐에 있었던 정자. 당 현종(玄宗)이 침향정(沈香亭)에 작약(芍藥)을 심어 놓고 양 귀비(楊貴妃)와 함께 만발한 꽃을 구경하다가 당시 한림학사(翰林學士)

를 바라지 못할 지경이었다.

날이 저물자 장원이 방하(榜下)[24]를 거느려 궐문 밖을 나서니, 관아에서 부리는 사람들이 앞장서고 뒤따랐다. 천동쌍개(天童雙蓋)[25]는 앞을 인도하고, 비단 옷을 입은 재인(才人)[26]은 재주를 드날렸으며 만조백관은 모두 뒤에서 따라갔다.

옥루항에 이르러 추밀에게 하례할 때, 추밀이 장원을 앞세우고 기쁨을 감추지 못했다. 하지만 죽은 형을 떠올리자 새삼 비통함이 밀려왔다.

곧이어 장원을 데리고 경희전에 들어가 태부인을 뵙게 했다. 장원이 태부인과 부모를 차례로 뵙고 앞에서 모시니, 빼어난 풍채가 이날 더욱 새로웠다. 머리에 꽂은 어화(御花)는 봄바람에 빛나고 비단에 수놓은 청삼(靑衫)은 어깨에 걸쳐져 있으며, 팔 척 장신에 풍채가 빼어나 비할 데가 없었다. 옥 술잔에 담긴 어주(御酒)를 마셔서 흰 연꽃 같은 얼굴에 잠깐 술기운이 감돌았으니 봉안(鳳眼)[27]이 몽롱해 더욱 빼어났다.

조 부인이 이때를 맞이해 옛 생각에 젖어 아들의 영화를 선군(先君)이 보지 못하는 것을 슬퍼해 장원의 손을 잡고 줄줄 흐르는 눈물을 금치 못했다. 구파와 추밀 또한 슬픔을 이기지 못했다. 유 씨는 외조모의 초상을 갓 지내고서 돌아왔고, 태부인은 광천이 낙방하기를 바랐건만 아름답게 장원으로 급제해 계화와 청삼 차림으로 돌아오자 분노와 증오가 뼈에 사무치고 부아가 가슴을 파고들어 당장이

였던 이백(李白)을 불러 악부를 짓게 하자 이백이 청평조사(淸平調詞) 3편을 지어 올림.

24) 방하(榜下): 같이 과거에 급제하였지만, 순위가 떨어지는 사람들을 말함.

25) 천동쌍개(天童雙蓋): 좌우에서 일산을 받드는, 임금이 하사한 소년들.

26) 재인(才人): 광대 일을 하던 사람.

27) 봉안(鳳眼): 봉황의 눈같이 가늘고 길며 눈초리가 위로 째지고 붉은 기운이 있는 눈.

라도 광천을 칼로 찔러 버리고 싶었다. 그러나 추밀이 마주해 앉아 있어 한마디 말도 못 하고 흉한 성을 참으니, 온몸에 열이 나는 것을 참지 못하고 낯이 벌게져 눈물을 천 줄이나 흘렸다. 이에 이를 악물고 느꺼워 말했다.

"오늘 이 같은 경사를 네 아비가 보지 못하고, 노모가 혼자 보니 무엇이 시원하고 즐겁겠느냐?"

유 씨도 광천을 붙들고 분해서 흘리는 눈물이 낯에 가득했으나 도리어 옛일을 떠올려 슬퍼하는 체했다. 추밀은 소탈한 남자라 모친의 악한 마음을 어찌 알겠는가. 속으로 옛일을 생각하고 슬퍼하는 것이 괴이하지 않다고 생각했다. 공이 또한 슬픔에 젖고 장원이 슬퍼해 눈물을 흘리니 새로이 지극한 고통을 이기지 못했다.

즉시 사당에 올라 신위(神位)에 인사드릴 때 공이 광천을 어루만지며 예를 마쳤다. 하객이 운집해 신래(新來)를 부르는 소리가 하늘에 진동하니 공이 장원과 함께 손님들을 맞았다. 이에 모든 관료들이 신래를 온갖 방법으로 놀렸다.

이때 장원은 호방하고 굳센 기운을 가지고서 오늘 아버지가 집에 계셨다면 그 즐거움이 어떠했겠는가마는 평생 지극한 슬픔이 마음에 맺혀 흥이 나지 않았다. 그래도 마지못해 슬픔을 억지로 참고 웃는 빛을 지었다.

손님들이 모두 흩어져 집으로 돌아가고, 추밀은 장원과 등불을 이어 말했다. 태부인과 유 씨는 흐르는 말씨로 한없이 기쁜 척했다. 구파만이 진심에서 우러나와 기뻐했다. 이때 조 부인은 일마다 근심이 깊어 아들이 과거에 급제한 것을 조금도 즐거워하지 않았다.

다음 날 장원은 취운산으로 가서 누이를 보고 금후 부부를 뵈려고 했다. 그런데 가는 길에 낙양후를 만났다. 낙양후가 신래를 불러 자기 집에 들러 놀다 가라고 하기에 취운산에 가는 것을 늦추었다. 조용히 마루에 올라 말하니, 장원이 붉은 입술과 흰 이 사이로 첩첩한 말을 이어가니 산의 계곡물이 흐르는 듯했다. 수려하고 시원스러운 모습은 언뜻 정천흥과 비슷했다. 진 공이 장원을 흠모해 칭찬하고 한나절을 문답하는 동안 아름다움을 이기지 못했다.

문득 금평후가 사인과 함께 왔음을 알리니 진 공이 일어나 맞이해 인사를 나눴다. 금후가 장원을 보고 웃으며 말했다.

"사원이 누이와 나를 먼저 찾아오는 것이 옳을 텐데 먼저 진 공을 보는 것이 옳으냐?"

장원이 공손히 절하고 말했다.

"소생이 막 존부로 가고 있었는데 진 합하께서 부르시기에 이곳에 먼저 온 것입니다."

금후가 진 공을 돌아보아 말했다.

"형이 사위를 보내지 않은 것은 무슨 뜻인가?"

진 공이 웃고 대답했다.

"내가 형의 사랑하는 사위와 한나절을 담소하며 사랑하는 마음을 이기지 못해 차마 놓아 보내질 못했네. 형이 사위를 잘 골라 조카도 평생 든든하게 지낼 것이니 참 부럽네."

금후가 웃으며 말했다.

"형은 사위 고르는 안목이 남달라 딸의 혼사를 결단하지 못하니, 나는 괴이하게 여기네."

진 공이 탄식하며 말했다.

"하늘의 인연이 정해진 곳에 혼사를 이룰 것이네. 내가 바라는 인물은 천흥과 윤 사원 같은 사람이니, 세상에 또 어찌 이런 영웅호걸이 있기나 하겠는가?"

정 공이 웃으며 말했다.

"천흥은 호방한 아이지만 사원을 넘보기는 어려울 것이네. 그런데 형이 사위 고르는 안목이 너무 남다르니 어찌 쉽게 결정하겠는가?"

진 공이 미소하며 말했다.

"그래서 늘 걱정이라네."

주인과 손님이 이처럼 한담하다가 날이 저물어가기 시작했다.

장원이 하직을 고하고 금후와 함께 정부로 나아가 누이를 만났다. 윤 부인은 남동생이 과거에 급제한 것을 기뻐했으나 아버지가 보지 못하시는 것을 슬퍼해 남매가 서로 바라보며 몹시 슬퍼했다. 순 태부인과 그 며느리는 장원의 풍채를 엿보고 딸의 쌍으로 어울리는 것을 기뻐했으나 그 집안이 평화롭지 못한 것을 한탄했다.

장원이 한동안 머물며 누이를 보고 금후와 말하다가 집으로 돌아갔다.

태부인이 금후에게 말했다.

"노모가 오늘 윤 장원을 보니 참으로 천상에서 온 사람 같아 혜주와 어울리는 쌍이로구나. 그런데 그 집안의 변란을 생각하면 심신이 저리는 것을 깨닫지 못하겠구나. 혼인날이 머지않았으니 손녀의 앞길이 어떠할지 잠 못 이루는 염려가 가시지 않는구나."

금후가 대답했다.

"세상 모든 일은 결국 자기 팔자에 달렸으니 근심한들 어찌할 수 없을 것입니다. 다만 광천이의 위인이 이 시대의 영걸이고, 딸아이가 복을 받으며 장수를 누릴 아이라 소자는 딸아이의 복록과 기상을 믿습니다."

진 부인이 말은 안 했으나 염려가 가볍지 않았다.

윤 장원이 삼일유가를 마치고 선산에 성묘하러 가려 했으나 혼인

날이 불과 사오일 남았으므로 추밀공이 명해 혼례를 지낸 뒤에 성묘하러 가라고 했다.

이러구러 길일(吉日)이 가까워지자 추밀이 성대한 잔치를 열고 신랑을 보내며 신부를 맞이했다.

이날 태부인과 유 씨는 사나운 마음을 감추고 인자한 얼굴로 경사를 기뻐하고, 옛일을 떠올리며 빈객을 대하는 자리에서 흔쾌히 담소했다. 흉악한 사람이 겉과 속이 다른 까닭에 처음 보는 사람들은 위 태부인을 참으로 온화하고 덕 있는 부인이라 여기고, 유 씨는 인자하고 공손한 사람으로 알았다. 조 부인은 아들의 혼사임에도 잔치 자리에 나오지 않고 방에서 빈객을 맞이하며 옛일을 떠올리며 몹시 슬퍼했다. 부인의 슬픔에 손님들이 또한 애달픈 표정으로 위로의 말을 건넸다.

날이 저물자 공이 신랑을 데리고 내당에 들어가 길복(吉服)을 입히고 전안(奠雁)[28]하는 예를 미리 익히게 했다. 사인의 옥 같은 얼굴과 호방한 풍채가 더욱 빼어나 사해(四海)에 군림할 상(相)과 용, 봉황과 같은 자질이 기특하니 빈객들이 다투어 칭찬했다.

사인이 할머니와 어머니께 하직하고 수많은 행렬을 거느려 취운산으로 향했다. 이때 정부에서 잔치를 크게 열고 신랑을 맞을 적에 안과 밖에 빈객이 운집해 금후와 태부인에게 떠들썩하게 치하했다. 태부인이 딸과 며느리 들을 거느리고 자리에 나왔는데 달빛마저 찬란해 대청에 빛났다.

날이 저물자 소저를 단장시켜 대청에서 예를 익히도록 했다. 그 빛나는 자태는 동녘의 해가 처음으로 부상(扶桑)[29]에 오르는 듯하

28) 전안(奠雁): 신랑이 신붓집에 가 기러기를 올리는 예식.
29) 부상(扶桑): 해가 뜨는 동쪽 바다.

고, 여덟 빛깔의 눈썹[30]에는 성인의 기운을 이어 착한 덕과 훌륭한 행실이 어려 있으니, 보는 자들이 혀를 내두르고 침이 마르도록 칭찬했다. 태부인은 한없이 기뻐하고 금평후 부부 또한 만면에 봄바람이 가득한 채 웃는 입을 다물지 못했다.

이윽고 신랑이 도착해 상 위에 홍안(鴻鴈)[31]을 올리고 천지에 올리는 예를 마쳤다. 정 사인 인흥도 읍(揖)하고 자리에 앉았다. 금평후는 광천의 신선 같은 풍채와 옥 같은 골격을 처음 본 것이 아니었으나 오늘 보니 더욱 아름다움을 이기지 못해 손을 잡아 사랑하는 것이 아들보다 덜하지 않았다. 그러다가 홀연 옛일이 생각나 명천공이 이 경사를 보지 못하는 것에 탄식하고 말했다.

"윤씨와 정씨 두 집안이 겹겹이 자녀를 바꾸어 혼인을 맺으니 각별한 정이 갈수록 더해지나, 내가 슬퍼하는 것은 명천 형이 이 경사를 함께 보지 못하는 것이다. 혼인 자리를 맞아 옛일을 떠올리면 슬퍼지는구나."

신랑이 옥처럼 온화한 얼굴에 슬픈 빛이 가득 서렸고, 누에눈썹에는 근심이 그윽했으며 봉황 같은 두 눈은 술에 취한 듯 몽롱했다. 이에 주변 사람 중에 감동하지 않는 이가 없었다. 윤 공을 아는 이는 다 낯빛을 고치고 금평후에게 훌륭한 사위 얻은 것을 축하했다. 이에 금후가 흔쾌히 사례하며 말했다.

"사위는 복(僕)[32]에게 과분한 인물이라 여러분의 칭찬을 사양하지 않겠습니다."

---

30) 여덟 빛깔의 눈썹: 중국 고대 요(堯) 임금의 눈썹에 여덟 가지 색채가 있었다는 데서 유래함. 여기에서는 정혜주 눈썹의 아름다움을 형용한 말로 쓰임.

31) 홍안(鴻鴈): 큰 기러기와 작은 기러기. 혼례 때, 신랑이 신붓집에 가지고 가서 상 위에 놓고 절할 때 쓰는 기러기. 산 기러기를 쓰기도 하나, 대개 나무로 만든 것을 씀.

32) 복(僕): 남자가 자기를 낮추어 부르는 말.

좌중은 주인이 이처럼 즐기자 또한 잔치 자리를 실컷 즐겼다. 날이 저물고 돌아갈 길이 멀어 신부가 가마에 오르도록 재촉했다. 금후가 방으로 들어와 딸을 보낼 때 윤 부인이 시누이와 함께 가 어머니를 보고 싶어 했으나 막상 갈 시간이 되자 감히 말을 꺼내지 못했다. 이에 금후가 며느리를 보며 말했다.

"며느리가 딸과 함께 옥루항에 가 딸이 혼례를 거행하는 것을 보고 즐기는 것이 좋겠지만, 아직도 가을바람이 쌀쌀해 몸이 상할까 염려스러워 보내지 못하니 반드시 서운함이 크겠구나."

윤 부인은 그저 두 손을 모은 채 묵묵히 들을 뿐이었다.

진 부인이 딸을 훈계해 보낼 때, 금후가 딸을 어루만지며 말했다.

"여자가 시집을 가면 부모, 형제와 멀어지는 법이다. 이런 이별이 어느 누구에게 없겠느냐? 시부모를 정성껏 모시고 남편의 뜻을 잘 받들어 훗날 어진 이름을 얻거라."

태부인은 노인의 마음이 베이는 듯했다. 난초 같은 손녀를 위태로운 집안에 보내는 마음에 슬피 눈물을 금치 못하니 평후가 너무 지나치시다고 말했다. 소저는 태부인과 부모에게 작별 인사 후 화려한 가마에 올랐다.

사인이 순금 자물쇠로 가마 문을 잠그고 말에 올라 본부로 향했다. 수많은 요객(繞客)[33]이 대로(大路)를 덮었고 생황과 퉁소, 북 등의 악기 소리가 천지를 울렸다.

행렬이 옥루항에 도착하자, 예관이 임금의 명령을 받들어 명성숙렬문(明聖淑烈門)을 높이 세우고 잔치 자리에 참여했으니, 그 영광은 당대에 겨룰 자가 없었다.

---

33) 요객(繞客): 혼인 때에 가족 중에서 신랑이나 신부를 데리고 가는 사람.

대청에는 금련채화석(金蓮彩畵席)[34]과 기린 등불이 찬란히 빛났다. 신랑 신부 두 사람이 합근교배(合巹交拜)[35]를 마치고 비단 부채를 반쯤 펼치자, 신랑의 용과 봉황 같은 기질과 신부의 해와 달 같은 화려한 자태가 서로 눈부셨다. 남녀 모두 풍채가 빼어나 하늘이 정해 준 한 쌍의 짝이었다.

혼례를 마친 후 신부가 단장을 고치고 폐백을 받들어 태부인께 바쳤으나 조 부인은 자리에 나오지 않았다. 신부가 태부인을 뵌 후 곧장 사당에도 참배하려 했는데 조 부인은 여전히 방을 나서지 않았다. 추밀이 권하며 '모친과 함께 폐백을 받으소서.'라고 하자 조 부인이 마지못해 자리에 나가니 새로이 슬픔이 깊어졌다.

신부가 대추와 밤을 받들어 태부인께 나올 때, 문채 나는 봉황 같은 어깨에는 붉은 비단에 청색 꿩을 수놓은 옷을 입고, 가녀린 허리에는 비췻빛 비단에 수놓아 만든 치마를 입었다. 비 갠 맑은 하늘에 반달이 떠오른 듯하고, 타고난 덕이 눈썹 사이에 뚜렷이 드러나 있으며, 엄숙하고 빛나는 자태는 세상에 견줄 자가 없었다. 몸가짐과 예법이 한결같이 신중해 규방의 공맹(孔孟)[36]이오 여자 중의 군왕이었다. 손님들이 칭찬하며 조 부인에게 축하하는 소리가 끊이지 않았다. 조 부인은 자신은 신부를 보지만 선군(先君)이 보지 못하는 것을 슬퍼하고, 신부가 아들의 짝으로 어울리는 것을 참으로 기뻐했다.

이때 위 태부인과 유 씨는 신부를 보며 더욱 분하고 한스러워 가슴 속에 날카로운 칼을 품은 듯했다.

추밀이 신부를 보고는 자신이 기대했던 것보다 뛰어나 매우 기뻐

---

34) 금련채화석(金蓮彩畵席): 여러 가지 색깔로 금빛 연꽃과 꽃무늬를 놓아서 짠 돗자리.
35) 합근교배(合巹交拜): 전통 혼례에서, 신랑 신부가 서로 잔을 주고받으며, 맞절을 하는 의례.
36) 공맹(孔孟): 유학의 성현인 공자(孔子)와 맹자(孟子)를 아울러 이르는 말.

하며 형수에게 하례하니, 조 부인이 눈물을 흘리며 대답했다.

"첩의 이토록 질긴 목숨으로 하늘이 무너지는 고통과 서러움을 견뎌 광아가 벼슬에 급제하고 혼인하는 경사를 맞이했습니다. 저처럼 어질지 못하고 덕이 부족한 사람은 지금까지 누리고 선군은 자식의 혼사를 보지 못하시니, 사람 일이 괴이한 것을 슬퍼합니다. 그러나 신부가 비범하고 빼어난 것이 기대를 넘으니 이만한 다행도 없습니다."

공이 즉시 사인을 불러 부부가 쌍으로 사당에 절하게 했다. 사인이 아버지 사당에 이르러는 목이 쉬도록 오열하니 신부도 인정상 깊이 슬퍼하며, 공이 역시 눈물을 주르르 흘리며 몹시 슬퍼했다.

석양이 질 무렵 잔치가 마무리되고 손님들은 각자 자기 집으로 돌아갔다.

신부의 숙소를 채봉각으로 정했다. 신부를 보내며 추밀이 사인을 당부해 신방을 비우지 말고 숙녀를 공경하라 했다. 사인이 명령을 받아 절했다. 밤이 깊어지자 사인이 계부를 모셔 외헌에 나왔다가 계부가 취침하시는 것을 보았다.

그러고서 천천히 신방으로 가니 소저가 일어나 맞이해 자리를 잡았다. 신부의 가을 물결 같은 눈동자에는 빼어난 재주와 덕이 어려 있으니 사인이 속으로 기뻐하며 생각했다.

'나 사원이 부모님이 낳아 길러 주신 은혜로 재주가 하등이 아니고 평생 숙녀다운 이를 사모했는데, 이제 정 씨의 기특함은 내 소원에 꼭 맞는구나. 내가 아버님의 얼굴을 알지 못해 못내 슬픔에 처해 있었는데 오늘날을 맞이해 어찌 마음이 절박하지 않은가.'

이에 두어 마디 말을 건넸다.

"생은 재주도 없고 어리석은데 악장께서 깊은 사랑을 베푸시어

생이 강보에 있을 때 사위로 정하셔서, 우리 집에서 빙물(聘物)을 보냈소. 두 집안에서 혼례가 열리는 달만 기다리다 그사이에 큰 변을 맞으리라고는 알지 못했소. 그대가 간선에 참여해 서리 같은 절개로 폐하를 감동시켜 폐하께서 어필로 정문포장(旌門褒獎)[37]까지 하시는 은혜를 베푸셨으니 이는 여자로서 누리기 힘든 영광이오. 화려한 궁궐의 부귀를 버리고 생을 위해 정절을 지켜주었으니 생이 깊이 감사하오. 그런데 생이 혹여 박복하고 어리석어 숙녀를 저버릴까 걱정이오."

소저가 용모를 가다듬고 옷깃을 바로잡으며 묵묵히 대답하지 않았다. 그 타고난 위엄은 가을 하늘의 밝은 달빛에 서릿바람을 머금은 것 같았다. 사인이 세상에 드문 영걸로서 미색을 좋아하는 마음이 있었으나 집안에 변고가 겹쳐서 일어나 흥이 사라진 터였다. 다만 마음속으로 숙녀와 절색의 여자로 집안을 가득 메우려 했으므로, 등불을 물리고 숙녀를 붙들어 침상에 나아가니 사랑하는 정이 하수(河水)와 바다처럼 깊고 넓었다.

구파는 신부의 단아한 품성과 시원스러운 용모를 칭찬하며 사인의 짝이 이처럼 뛰어남을 몹시 기뻐해 신방을 슬쩍 엿보고서 부부의 은정이 깊은 것을 실로 알 수 있었다. 이를 조 부인에게 전하며 아름다움을 이기지 못하니 부인이 또한 기뻐했다. 그래도 집안의 일이 두려워 근심하는 마음을 거두지는 못했다. 딸을 향한 그리움이 깊었으나, 진 부인에게 귀녕(歸寧)[38]을 청하지 못하고 모녀 사이에 허전한 정을 이기지 못했다.

---

37) 정문포장(旌門褒獎): 정문을 세워 칭찬하여 장려함. 정문은 충신, 효자, 열녀 들을 표창하기 위하여 그 집 앞에 세우던 붉은 문.

38) 귀녕(歸寧): 시집간 딸이 친정에 가서 부모를 뵘.

다음 날 아침에 신부가 태부인과 시부모에게 아침문안을 드렸다. 조 부인은 신부를 볼수록 기쁨을 감추지 못했다. 그러나 태부인과 그 며느리는 볼수록 가슴이 벌떡이고 분노가 뛰놀아 평일 조 부인 모자와 정천흥 부인만 해치려 했으나 지금은 정 씨를 죽이려는 마음이 몹시 강했다. 그러나 몰래 해치려 했으므로 오히려 그러한 낯빛을 보이지 않았다.

사인이 혼례 후에 성묘하러 갔다. 수십여 일 만에 항주에 이르러 조상의 묘에 절하고 부친 묘소를 뵈었다. 소리를 삼켜 피눈물을 흘리니 눈물이 넓은 소매를 적셨다. 좌우의 사람들도 사인이 슬퍼하는 모습을 보고 마음이 처연했다.

여러 날이 지나 집으로 돌아오니 새로운 슬픔이 더해졌다.

정 소저가 시가에 머물며 시부모를 정성껏 모셨다. 빼어난 행실과 사덕(四德)[39]은 규방의 숙녀다웠으며, 맑고 어진 말과 겸손한 행동은 그 착하고 아름다운 모습을 빛나게 했다. 두 눈을 내리깔고 앵두 같은 입술을 닫아 생각도 염려도 없는 듯 스스로 재주와 덕을 드러내지는 않았으나, 어진 심성과 착한 덕이 가득해 웃고 말할 때면 온갖 꽃의 신(神)이 다투어 봄볕에 웃는 듯 오색이 영롱했다.

조 부인은 며느리를 온 마음으로 소중하게 여기는 것이 사인보다 덜하지 않았다. 공은 자애가 각별해 시숙(媤叔)의 의리가 시아버지의 그것보다 덜하지 않아 소저를 어루만지고 사랑하며 웃는 입을 다물지 못했다. 구파 또한 황홀한 사랑이 비할 데가 없었다. 그러나 위 씨와 유 씨, 이 흉악한 사람들이 처음에는 소저를 사랑하는 척했으나 몇 달이 지나자 억지로 하는 것을 어찌 오래 할 수 있겠는가. 승

39) 사덕(四德): 여자로서 갖추어야 할 네 가지 덕. 마음씨[婦德], 말씨[婦言], 맵시[婦容], 솜씨[婦功]를 이름.

냥이와 호랑이 같은 마음을 지니고서 말했다.

"정 씨가 시가를 능멸하고 어질지 않은 시어머니와 마음을 함께 해 시할머니를 원망한다."

이렇게 말하며 엉큼한 행동이 한층 더했다. 급기야 아침저녁 식반(食盤)을 없애고 괴이한 재강[40]과 쾌쾌한 보리죽을 주었다. 정 소저는 부귀한 집에서 나고 호화로운 데에서 자라며, 할머니와 부모가 자신을 만금처럼 사랑하고 자기에게 불쾌한 소리를 하는 것을 듣지 못하며, 항상 맛있는 음식만 물리도록 먹었던 터였으니 재강과 보리죽을 꿈에나 보았겠는가. 결혼한 지 몇 달 만에 어렵고 힘든 생활이 이와 같아 까닭 없는 호령과 죄 없이 듣는 꾸짖음이 계속 이어졌으니 몹시 두려워 마치 얇은 얼음을 디디는 것 같았다. 그러나 소저는 사람됨이 천지처럼 넓고 하수(河水)와 바다처럼 큰 도량을 지녔다. 봄바람처럼 온화한 기운을 지니고 태부인에게서 꾸지람을 당해도 온순하고 부드럽게 사죄하고 아무렇지도 않은 듯 전후로 한결같이 겸손하게 대했다. 재강과 보리죽을 먹은 적이 없어 비위에 거슬렸으나 억지로 먹는 것을 일삼았다. 유모와 시녀 등이 태부인 등을 크게 원망하면 소저는 유랑을 엄히 꾸짖어 감히 원망하는 말을 하지 못하게 하니 그 엄격한 덕행이 이와 같았다.

조 부인이 이때를 맞아 자기의 괴로움은 잊고 며느리가 평안하지 못하며 고초를 겪는 처지를 불쌍히 여겼다. 시어머니와 며느리의 정이 어머니와 딸의 그것보다 덜하지 않아, 조 부인은 구파를 시켜 아주 맛있는 음식을 간신히 장만하도록 했다. 그리고 틈을 타서 소저를 자기 침소로 불러 어루만지며 맛있는 음식을 권해 속을 부드럽게

40) 재강: 술을 거르고 남은 찌끼.

하도록 했으나 집안의 형세를 생각하면 슬픈 한이 그치지 않았다. 정 소저는 시어머니가 이처럼 자신을 사랑해 주는 마음에 황공해 하고 감사하게 여겼다. 소저는 집안의 참혹한 지경이 무궁한 것을 보면 지극한 효심에 절절한 근심이 가득해 자기의 괴로움은 깨닫지 못했다. 그런데 이제 도리어 시어머니가 자기를 생각해 이토록 하시는 것을 보자 감동을 이기지 못해 엎드려 아뢰었다.

"제가 부족한 바탕을 지녀 세상사에 어리기만 합니다. 존문(尊門)의 살림이 궁핍해 아주 끊어질 지경이온데, 소년으로서 재강과 보리죽만으로도 만족스러우니 어찌 굶어 죽을 일이 있겠나이까? 그러니 엎드려 바라건대 어머님께서는 염려 마십시오."

부인이 말했다.

"며느리가 귀한 골격으로 지게미를 먹는 고초를 결코 견디지 못할 것이다. 마땅히 스스로 보호할 도리를 각별히 생각해 내가 참혹한 슬픔이 있을까 하는 염려를 덜게 하라."

소저가 두 번 절해 사례하고 시어머니가 주시는 맛있는 음식을 슬픈 때라도 순순히 달게 먹었다. 조 부인은 구파와 함께 비복(婢僕) 등에게 구구히 부탁해 위 씨와 유 씨 몰래 좋은 음식을 장만하게 해 며느리를 보호하며 며느리가 굶어 죽을까 두려워했으니 그 마음이 처연했다.

윤 사인이 맡은 일을 하니 충성과 덕행이 조정 안팎에 드날리고 아름다운 풍채는 만조백관 중에서 빼어났다. 사람들이 공경해 저마다 선생이라 칭하고, 임금의 총애가 두터워 태자나 여러 왕들과 같이 대우했다. 사인이 성은에 더욱 감동해 충성을 다하고 힘을 다했다. 조정에 들어간 지 석 달 만에 청렴하고 어진 명망을 선비들이 추앙하여 별호를 청문 선생이라 했다.

익설. 정남대원수 삼도도총병마대도독 정천흥이 삼만 명의 정예병과 열 명의 명장을 거느리고 천자께서 단을 쌓아 장수에 임명하는 총애를 입으며 자원해 출정하니 힘찬 기세로 나아갔다. 백모황월(白旄黃鉞)[41]과 온갖 칼과 창이 햇빛을 가리고 원수의 시원스러운 풍채가 한 길에 빛나니, 장수들이 기쁜 마음으로 복종해 원수를 바라보는 것이 갓난아이가 어머니를 바라보는 것 같았다. 한번 명령이 내려지면 다투어 따르며 원수를 임금과 신하 사이처럼 두려워했다. 진영 안에는 살육이 없고, 형벌을 쓰지 않아도 부원수로부터 말단 군졸에 이르기까지 원수의 위엄을 두려워하고 그 덕망에 감격했다. 행군하는 데 기율이 정돈되고 엄숙해 지나는 고을을 조금도 범하지 않으니 닭과 개가 놀라지 않고 초목이 상하지 않았다. 백성과 노인들이 덕을 칭송하는 소리가 멀리까지 들리니 고을의 자사들이 정신없이 군대를 삼가 환영했다. 원수가 명령해 각 고을에 맞이하고 보내는 자리를 금하니 맑고 검소한 덕이 가득했다. 곳곳의 고을 백성들이 기뻐하고 마음으로 복종해 원수를 침이 마르도록 칭찬했다.

길을 가다 전당(錢塘)에 이르자 바람이 고르지 않아 대군이 배로 건너기가 어려웠다. 절도사 오순이 고했다.

"전당강을 건널 때는 소와 말을 죽여 제사 지내 왔으니, 그렇지 않으면 강을 건너지 못할 것입니다."

이에 원수가 정색하며 말했다.

"수신이 마음대로 사람을 해치면 안 되고, 사람이 왕래할 때마다 죽여 제사하는 버릇은 참으로 가당치 않다. 뱃사람은 무지해 제사

---

41) 백모황월(白旄黃鉞): 털이 긴 쇠꼬리를 장대 끝에 매달아 놓은 기(旗)와 황금으로 장식한 도끼.

지낼 것을 청한다 해도 절도사처럼 굳센 기개를 가진 사람이 조그마한 수신을 두려워하다니 가소롭구나."

말을 마치고서 뱃사람에게 강을 건너라 호령했다. 대군이 여러 척의 배를 잡아 일제히 물을 건너려고 했다. 그런데 문득 미친 바람이 크게 일어나고 구름과 안개가 사방에 가득해 햇빛이 가려져 순식간에 캄캄한 밤 같아 바로 앞도 분간하지 못했다. 우레와 번개가 여러 배에 어지럽게 크게 떨어져 배가 거의 엎어질 듯했다. 사졸들이 저마다 놀라고 두려워 살려 달라고 빌었는데, 바람이 급해 물결이 배 위로 자주 몰아쳤다. 배에 탄 많은 장졸들이 모두 속수무책으로 놀라고 두려워하지 않는 이가 없었으나, 정 원수는 조용히 단정히 앉아 낯빛을 바꾸지 않았다.

이윽고 흉한 야차(夜叉)[42] 두엇이 몸을 반은 물속에 두고 반은 선창에 걸친 채 벼락같이 소리를 지르며 곧바로 배를 엎을 듯했다. 사람들이 모두 꿇어 자신은 죄가 없음을 일컬으며 살려 달라고 빌었다. 그중에 기운이 약하고 겁이 많은 사람은 다 기절해 고꾸라졌다. 원수가 부원수와 좌우의 선봉을 모두 곁에 앉히고 놀라 움직이라 말라 하며 야차를 향해 엄히 말했다.

"흉악한 짐승이 전당강을 왕래하는 행인에게 소와 말을 죽여 제사지내게 하는 것을 상례로 알고 있거니와, 대군이 강을 건너는데 무슨 제사를 지내 미물을 두려워하겠느냐? 수중의 으뜸 용신을 징치해 상시 왕래하는 사람이 해를 받지 않게 할 것이다."

말을 마치고 붉은 붓을 들어 부적(符籍)[43]을 써 불에 태웠다. 야

---

42) 야차(夜叉): 모질고 사나운 귀신(鬼神)의 하나. 두억시니.
43) 부적(符籍): 잡귀를 쫓고 재앙을 물리치기 위하여 붉은색으로 글씨를 쓰거나 그림을 그려 몸에 지니거나 집에 붙이는 종이.

차가 바야흐로 사람을 해치려 하다가 원수의 소리를 듣고 놀라 두려워 자세히 살펴보니 과연 천신이 하강한 것이었다. 좌우로 별들이 호위하고 용신이 서려 있으니 천상의 별인 줄 어찌 몰라보겠는가. 야차가 죽은 듯이 선창에 걸쳐 있더니 이윽고 우레가 천지를 진동했다. 사람들이 낯을 가리고 경황이 없는데 한 차례 벼락이 단번에 야차를 분쇄하고, 불덩이가 강물로 날아들어 괴이한 소리가 천지를 움직였다. 강물이 뒤집혀 수신이 많이 죽었음을 알았다. 이윽고 안개가 걷히며 해는 하늘 한가운데 한가로이 떠 있고 바람은 순하며 배가 평안했다. 여러 뱃사람 중에 한 명도 상한 이가 없었다. 같이 가던 뱃사람들이 다 원수에게 머리를 조아리며 은혜에 감사하고 무사히 강을 건넌 것을 치하하니, 원수가 말했다.

"이는 구태여 나의 재주가 아니다. 원래 조그마한 수신을 두려워할 일이 아닌데, 장졸이 이처럼 겁을 내니 흉악한 적의 예봉을 당해내기 어려울 것이다."

이미 전당강을 무사히 건너 대군이 물밀듯 운남으로 나아가 순식간에 채책(寨柵)[44]을 세우고 먼저 격서를 날렸다.

이때 운남왕 목진평은 수하에 장사가 구름 같았다. 대장 육비달과 선봉 농무기는 비바람을 부르며 귀신을 제어하고 만 명의 장부를 대적할 힘이 있었다. 이에 목왕이 총애해 남쪽 오랑캐 땅을 탈취하려 하고 장사를 거느려 기세 있게 황성을 엿볼 마음이 급했다.

문득 천조(天朝)에서 군대를 일으켜 대원수가 군대를 몰고 온다는 말을 듣고, 정탐해 원수 이하의 행군과 기강을 알아 오라 했다. 정탐꾼이 명령을 듣고 전당강에 이르러 형세를 살피고 돌아와 강에서 있

44) 채책(寨柵): 통나무 따위를 이어 박아 세운 목책(木柵). 또는 목책을 세워 구축한 진지(陣地).

었던 일을 고했다. 전당강에 와서 수신을 죽이고 제사 지내는 일이 없이 무사히 강을 건넜음을 이르고, 그 나이가 열일곱 살임을 일일이 들어 본진에 고했다. 이에 목왕이 웃으며 말했다.

"송나라에 사람이 없는 줄을 알겠구나. 열일곱 살 젖내 나는 어린 아이가 천병(天兵)을 거느리고 만 리 변방에 온 것인가? 그 얼굴이 고운 것은 미약한 소년의 예삿일이고, 전당강의 수신을 죽인 것은 마침 수신이 천벌을 받은 것이니 어찌 정천흥의 재주이겠느냐?"

말이 잠시 멈춘 사이에 송나라 진영에서 격서가 이르렀다. 왕과 신하들이 모두 보니 먼저 필획이 용사비등(龍蛇飛騰)해 단혈의 봉황이 춤추는 듯했다. 격서의 내용은 다음과 같았다.

'대송(大宋) 병부상서 대사마 용도각 태학사 남정태원수 삼로도총병 정모는 쓰노라. 아, 천지가 생긴 이후에 군신유의(君臣有義)와 부자유친(父子有親)은 천하 윤리 중에 중요한 것이다. 지금 성천자의 교화가 크게 행해지셔서 사방의 오랑캐가 귀순하지 않는 이가 없고, 거룩한 덕이 두터우셔서 천하 온 나라가 머리를 조아려 그 덕에 감동하고 기뻐해 남풍(南風)의 시(詩)[45]를 읊고 있다. 국가가 태평하고 백성이 편안해 오랫동안 전쟁이 일어나지 않았는데, 이제 운남이 하늘의 뜻을 거역하고 막된 짓을 해 대국 섬기는 것을 없애고 감히 천자의 위엄을 범했다. 천자께서 진노(震怒)[46]하셔서 삼만 명의 정예병과 열 명의 대장에게 남녘 나라의 죄를 물으라 하셨다. 내가 비록 재주가 부족하나 남녘 군사를 두려워할 바가 아니다. 그러나 온 하늘 밑이 왕의 땅 아닌 곳이 없고, 온 영토 안에 사는 사람이 왕의 신

45) 남풍(南風)의 시(詩): 중국 고대 순(舜)임금이 백성이 잘 살기를 기원하며 부른 노래. 남풍가(南風歌).

46) 진노(震怒): 존엄한 존재가 크게 노함.

하 아닌 사람이 없다[47]고 했다. 어느 땅이 대국의 토지가 아니며 어느 백성이 우리 송조의 백성이 아니겠느냐. 왕을 위한 것이 아니라 우리 성상의 억만 백성이 한낱 어질지 않은 왕 때문에 옥과 돌이 다 불타고 물고기 밥이 될 것을 불쌍히 여겨서 먼저 격서를 전한다. 고치는 것이 귀하다 한 것은 성인께서 허락하신 것이다. 남왕이 일찍이 잘못된 일을 했으나 개과천선해 다시 천조를 섬겨 임금과 신하의 큰 의리를 상하게 하지 않고 성문(城門)을 열어 대군을 맞이한다면, 남녘 나라의 백성이 한 명도 상하지 않을 것이다. 그러나 어질지 않은 마음을 가지고 항거하려 한다면 한 싸움에 성을 함몰시킬 것이다. 백 년을 누릴 즐거움을 속절없이 잃어 종묘가 불타고 수족(手足)과 머리가 전쟁터에 버져질 것이니, 그 이해득실이 어떠한가. 싸우고 싸우지 않는 것은 왕의 뜻에 있으니 훗날 뉘우치지 마라.'

목왕이 다 보고 길길이 화를 내며 격서를 찢어 버리고 말했다.

"젖비린내 나는 어린 것이 감히 나를 업신여겨 이처럼 무례하단 말인가? 누가 나를 위해 정천흥을 잡아 진중에서 호통치게 하겠느냐?"

대장 육비달이 무리 중에서 나와 아뢰었다.

"신이 대왕께서 총애하시는 큰 은혜를 갚지 못했으니, 한 무리의 병사를 빌려 주신다면 송나라 장수를 베고 송나라를 멸망시켜 전하께서 만 리 강산을 차지하도록 하겠나이다."

왕이 기뻐하며 그 충성을 칭송하고, 군대를 일으켜 모레 접전할 것임을 알렸다. 승상 목록은 왕의 조카였다. 이에 나아와 아뢰었다.

"전하께서는 정천흥이 나이가 어리다고 해 경솔해 여기지 마십시오. 대진(對陣)하여 그 군법과 기세를 보시고 감당하기 어렵다면 순

---

47) 온 하늘~없다: 『맹자(孟子)』, 「만장(萬章) 상(上)」에 나오는 구절임.

순히 항복해 왕의 자리를 평안히 즐기시고 종묘를 보전하시는 것이 옳습니다."

왕이 낯빛을 바꾸고 말했다.

"경은 나의 친조카로서 국가의 대사를 맡아 하는데 괴이한 말을 하여 삼군의 날카로운 기세를 꺾고 적군의 위풍을 돕는 것인가? 다른 장사는 말할 것도 없고, 우리가 육비달 같은 선봉을 두었으니 육선봉은 비바람을 마음대로 부르며 귀신을 부리는 재주가 있어 적군을 손바닥 뒤집듯 무찌를 것이다. 그러니 경은 정천흥을 보지도 않고서 지레 두려워하지 말라."

목록이 대답해 간했다.

"신이 정천흥을 두려워해 아군의 날카로운 기세를 꺾으려는 것이 아닙니다. 대국에는 용맹한 병졸과 장수가 적지 않을 것인데, 구태여 나이 어린 정천흥을 대장으로 삼아 열 명의 명장과 삼만 명의 정예병을 통솔하게 한 것은 정천흥이 반드시 재주와 덕망이 있어서 그런가 합니다. 정탐꾼의 말을 들으니 정천흥이 열넷에 문무의 장원이 되고 지략이 남보다 뛰어나다 하니, 혹 싸우면 불리할까 염려됩니다."

왕이 분노해 목록을 꾸짖어 물리쳤다. 장수와 병졸을 거느리고 친히 출정해 적진을 바라보니 갑옷이 선명하고 대오가 가지런하며, 진중에 상서로운 기운이 둘러 있었다. 맑은 바람이 일어나며 기이한 광채가 자연스레 감돌았다. 육비달은 천문지리와 병법에 숙달한 사람이었다. 송나라 장수와 병졸의 기이함을 알았으나 자신의 재주를 믿고 조금도 두려워하거나 겁내지 않았다.

목왕이 칼과 창으로 위엄을 엄정히 해 농무기에게 앞을 담당하라 하고, 육비달에게 대군을 거느리고 좌우에 있으라 했다. 그리고 사졸에게 외치도록 해 승부를 결정하자 했다. 송진에서 문기(門旗)가 열리는 곳에 큰 깃발이 크게 움직이며 허다한 군졸이 사륜거(四輪車)를 밀고 나왔다. 좌우의 선봉이 갑옷을 갖추어 행렬을 이루었는데, 정 원수가 몸에 홍금수전포(紅錦繡戰袍)[48]에 황금쇄자갑(黃錦鎖子甲)[49]을 껴입고 머리에는 봉시(鳳翅) 투구[50]를 쓰고 허리에는 양지백옥대(羊脂白玉帶)[51]를 두른 채 수레에 단정히 앉아 있었다. 빛이 찬란해 부상(扶桑)[52]의 붉은 해 같고, 빛나는 두 눈썹에는 산천의 신령한 기운이 모였으며 봉안(鳳眼)[53]의 신령한 문채(文彩)는 삼군(三軍)에 비추었다. 바라보면 두려워 공경하는 마음이 절로 일어났다.

남왕의 군신이 원수를 한번 바라보고는 흠모해 복종하는 마음이 비길 데가 없었다. 운남은 본디 인물이 모질고 사나워 여자도 미색이 드물었으니, 어찌 정 원수처럼 옥 같은 얼굴과 헌걸찬 풍채를 꿈속에서라도 보았겠는가. 목왕이 외람한 뜻을 내어 원수를 달래 운남에 두려는 마음이 있어 말 위에서 흔쾌히 읍하고 소리를 가다듬어 말했다.

"작은 나라가 구태여 대국을 항거한 일이 없는데, 원수가 어찌 만리 변방에 사졸을 거느려 전쟁의 수고로움을 만드는가?"

원수가 길이 답해 읍하며 말했다.

"운남이 반란을 도모하는 일이 없었다면 대국(大國)이 어찌 죄를 묻는 일이 있겠는가? 다만 남녘을 침범해 황성을 엿보고 조금도 제후로서의 직분이 없어 성천자께서 우리에게 운남을 정벌하라고 하

---

48) 홍금수전포(紅錦繡戰袍): 붉은 비단에 화려하게 수를 놓아 지은 전포(戰袍). 전포는 장수가 입던 긴 웃옷.
49) 황금쇄자갑(黃錦鎖子甲): 갑옷의 일종. 황색 비단옷에 사방 두 치 정도 되는 돼지가죽으로 된 미늘들을 작은 고리로 꿰어 만듦.
50) 봉시(鳳翅) 투구: 봉의 깃 모양으로 꾸민 투구.
51) 양지백옥대(羊脂白玉帶): 옥의 일종인 양지백옥으로 장식한 허리띠.
52) 부상(扶桑): 해가 떠오르는 동쪽 바다.
53) 봉안(鳳眼): 봉황의 눈같이 가늘고 길며 눈초리가 위로 째지고 붉은 기운이 있는 눈.

신 것이다. 나의 뜻을 알렸으나 왕이 뜻을 고치지 않으니 자웅을 겨루어 승부를 보아야겠다."

남왕이 하하 웃으며 말했다.

"원수가 나이 어려 하늘의 길흉을 아직도 깨닫지 못하는구나. 서로 싸워 패할까 하는 근심은 없으나 원수의 빛나는 풍채를 보니 그림의 신선이로다. 앉아서 고금을 통달하는 것은 마땅하나 천병만마 중에 대원수가 되는 것은 가당치 않으니 내 수하 명장의 적수가 되지 못할 것이다. 만 리 변방에서 아깝게 목숨을 보전치 못한다면 어찌 슬프지 않겠는가? 자고로 천하는 한 사람의 천하가 아니라 덕이 있는 데로 돌아갔다. 이제 과인이 하늘의 뜻에 응하고 사람들의 마음을 따라 만 리 강산을 차지하려 한다. 원수가 과인과 함께 뜻을 합쳐 대사를 이룬다면 강산의 반을 떼어 원수의 토지로 삼고 부귀를 누리게 할 것이니, 원수의 뜻은 어떠한가?"

원수가 듣고 봉안이 뚜렷해지며 누에눈썹을 부릅뜨고 남왕을 길게 꾸짖었다.

"반란한 나라의 도적이 감히 천조 대장을 대해 사리에 어긋난 말을 하니, 그 죄는 너무 커서 목을 베어도 용납할 수 없다. 쓸데없는 말로 너의 용맹을 자랑하지 말고 빨리 승부를 겨루자."

남왕이 말로는 달래지 못할 줄 알고 부디 사로잡아 항복을 받으려 해 대답했다.

"양국의 병사가 활 쏘는 재주를 먼저 시험하려 하니, 과인의 장사 육비달과 원수의 장사가 활 쏘는 법, 진 만드는 법을 겨뤄 그대 장사가 다 이기면 과인이 갑옷을 벗고 항복하겠다. 내가 한 진(陣)을 칠 테니 원수가 보고 또 한 진을 쳐 고하를 정하도록 하라."

원수가 미소하고 말했다.

"그것이 무엇이 어렵겠는가? 왕이 먼저 진을 치라."

남왕이 육비달과 함께 북을 울려 한 진을 이루니 다섯 문이 뚜렷하고 오행(五行)을 응(應)한 것이었다. 왕이 진을 가리키며 말했다.

"원수가 또한 진을 치라."

원수가 즉시 손의 기(旗)를 휘둘러 장사에게 명령해 진을 이루었다. 순식간에 팔문(八門)이 뚜렷하고 진중에 채색 구름이 둘렀으니 장졸이 많은지 알지 못했으나, 밖이 허한 듯하되 안이 굳어 나는 새도 들어가기 어려웠다. 그중에 조화가 무궁해 육정팔괘(六丁八卦)[54]와 둔갑하는 조화를 헤아릴 수 없었다. 원수가 남왕에게 물었다.

"왕이 내 진을 알겠느냐?"

왕과 육비달이 서로 보며 자세히 살폈으나 진의 이름을 알지 못해 군중에 가만히 명령을 전해 말했다.

"대송의 진 이름을 아는 자가 있으면 천금 상을 주고 대장군에 봉하겠다."

그래도 한 사람도 응하는 이가 없었다. 농무기가 좌우로 돌며 자세히 보고 왕에게 고했다.

"신이 전에 들으니 천지사방팔문오행진(天地四方八門五行陣)인가 하나 어떻게 쳤는지는 알지 못하겠습니다. 이 진이 천지의 상서로운 빛을 띠고 팔문(八門)이 뚜렷하며 조화가 무궁하니 전하는 이리이리 하소서."

왕이 기뻐해 비로소 원수를 향해 말했다.

54) 육정팔괘(六丁八卦): 육정과 팔괘. 육정은 도교에서 정묘(丁卯), 정사(丁巳), 정미(丁未), 정유(丁酉), 정해(丁亥), 정축(丁丑)을 말하는 것으로, 이것들이 음신(陰神)이 되어 천제에게 부림을 받고, 도사는 부적으로 음신을 불러 부린다 함. 팔괘는 중국 상고 시대에 복희씨가 지었다는 여덟 가지의 괘. 『주역』에서 세상의 모든 현상을 음양을 겹치어 여덟 가지의 상으로 나타낸 ☰[건(乾)], ☱[태(兌)], ☲[이(離)], ☳[진(震)], ☴[손(巽)], ☵[감(坎)], ☶[간(艮)], ☷[곤(坤)]을 이름.

"원수의 진이 팔문오행진(八門五行陣)이지만 우리 남방(南方)은 이런 진(陣)을 숭상하지 않으므로 기특한 줄을 알지 못하겠다."

원수가 미소하며 말했다.

"숭상은 안 해도 알지도 못하겠는가? 왕의 병법이 숙달되지 못해서이다."

왕이 웃고 서로 활 쏘는 법을 겨루어, 양 진 사이를 백 보씩 같이 나누고 가운데 삼지창을 높이 세워 군사의 갑옷 조각을 창에 걸고 한결같이 맞혀 갑옷에 구멍을 내어 보내기로 정했다. 양 진영에서 각각 열 명의 장수가 쏘도록 했다. 남왕이 먼저 송진의 장수들에게 왼쪽편을 쏘라고 했다. 원수가 열 명의 장수에게 명령해 쏘라 하고 자신은 몰래 축원해 귀신을 부려 화살이 땅에 떨어질 듯해도 붙들어 구멍으로 나가게 했다. 열 명의 장수가 쏘아 구슬 꿰듯이 맞혀 하나의 화살도 떨어지지 않았다. 이에 송나라 진영에서 북을 울리며 즐거워했다. 남쪽 진영의 장수 중에서 육비달과 농무기 두 장수만이 겨우 오른편을 쏘아 맞히고 그 나머지 여덟 명의 장수는 맞히지 못했다. 남왕이 크게 실망해 기뻐하지 않으며 짐짓 원수를 향해 말했다.

"활 쏘는 재주는 겨뤘으니 이제 창법(槍法)과 법술을 볼 것이다."

원수가 냉소하며 말했다.

"우리 장수들은 한 명도 떨어뜨리지 않고 맞혔으나 왕의 장수들은 겨우 두 명만 맞혔으니 활 쏘는 재주에서 대패했다. 그런데 창검(槍劍)으로 승부를 나누면 사람 목숨이 상할 것이니, 다만 투구를 벗기고 말을 죽이며 패해 도망하는 것으로 승부를 나누고 몸을 상하지 않게 하는 것이 옳겠다."

이에 왕이 말했다.

"이 역시 좋다."

즉시 열 명의 장수가 칼을 들고 오백 명의 군사를 거느려 송나라 병사와 겨루자 했다. 원수가 열 명의 장수를 불러 창검 쓰는 법을 지휘해 일일이 가르치고, 오백 명의 군사를 거느려 남방 장수들과 접전하도록 했다. 장수들이 모두 고함을 지르며 승부를 겨루었다. 징과 북소리가 하늘에 진동하고 칼과 창이 햇빛을 가렸다. 원수가 멀리 바라보니 육비달, 농무기의 용력이 비상해 제압하기 어려운 것을 보고는 가만히 부적을 써 북쪽을 향해 태우고 조화를 부렸다. 이에 송나라 장수의 몸이 날래지고 정신이 또렷해져 육비달과 농무기를 찌르며 투구를 빼앗으니, 남방 장수들이 대적하지 못했다. 송 진영의 장수들이 이기는 틈을 타서 말을 죽이고 활을 쏘아 춤추며 무용(武勇)을 뽐내고 돌아갔다.

왕이 매우 분노해 창을 겨누어 들고 말을 타고 나와 말했다.

"송의 원수가 진실로 재주가 있다면 나와 자웅을 겨루자."

원수가 웃으며 말했다.

"왕이 나와 교전하려 하면 목숨이 남아나지 못할 것이니, 이는 스스로 죽음을 취하는 것이다. 내 어찌 접전하지 않겠는가마는, 오늘 양 진영이 처음으로 교전해 사람과 말이 피곤하고 날이 저물었으니 내일 접전할 것이다. 왕은 그리 알아라."

왕이 듣지 않고 싸움을 재촉하자, 원수가 흰 옥 같은 이에 붉은 입술이 영롱해 말했다.

"왕과 처음에 언약하기를, 진 치는 법과 창 쓰는 법, 활 쏘는 재주를 겨뤄 패하는 이가 항복하자 했다. 내가 친 진의 이름을 몰라 한나절을 서로 가르쳐서야 기미를 알아 말했고 그 나머지 창 쓰는 법과 활 쏘는 법은 대패했으니 모두 나의 장수에게 맞설 재주가 없었다. 진실로 그러했거늘 또 부끄러움을 무릅쓰고 나와 겨루려 하니 어찌 우습지 않은가? 내가 비록 무용이 없으나 두려워하지 않으니, 왕은 빨리 나와 자웅을 겨루도록 하라.”

왕이 분노해 말했다.

“승패는 전쟁에서 늘 있는 일이다. 과인의 말이 그러했으나 어찌 조그만 재주에 항복하겠는가?”

말을 마치고 농무기와 육비달 두 장수가 왕을 호위해 원수를 잡으려 했다. 원수가 장수들을 지휘해 손에 상방검(尙方劍)[55]을 잡고 상대의 진에 맞섰다. 날이 어두워지자 양쪽 진영이 모두 불을 켜고 양쪽의 말이 교전하며, 북과 나발 소리는 하늘에 이어지고 함성이 크게 일어났다. 원수의 세상을 덮을 듯한 용력(勇力)은 세상에 대적할 자가 없어, 동쪽을 치며 서쪽을 대적하고 남쪽으로 달리며 북쪽을 충돌했다. 왕과 농무기, 육비달 두 장수가 정신이 어지러워 맞서지 못할 줄 알고 급히 바람과 안개를 지어 신병(神兵)을 청했다. 원수가 이에 기(旗)를 들어 사방으로 휘두르며 안개를 흩뜨렸다. 바람과 신병이 감히 자취를 드러내지 못하니 농무기가 몹시 급해 자기의 재주를 드러냈다. 이는 비달의 술법과 달라 입과 코에서 모진 기운을 토하고 요망한 기운을 쏘아 입과 코를 거슬리게 하는 것이었다. 사람이 정신이 아득해지고 기운이 없어 정신이 황홀해졌으니, 송나라 진영의 장수와 병졸이 낯을 싸고 어찌할 줄을 몰랐다. 원수가 입으로 ‘청명(晴明)’ 두 글자를 부르며 비단부채로 뿌리쳐 버리니 순식간에 독한 기운이 사라지며 사졸의 정신이 씩씩해졌다. 이에 적장을 대적할 수 있었다.

---

55) 상방검(尙方劍): 상방서(尙方署)에서 특별히 제작한, 황제가 쓰는 보검. 중국 고대에 천자가 대신을 파견하여 중대한 안건을 처리하도록 할 때 늘 상방검을 하사함으로써 전권을 주었다는 표시를 하였고, 군법을 어긴 자가 있을 때 상방검으로 먼저 목을 베고 후에 임금에게 아뢰도록 하였음.

농무기와 육비달 두 장수가 원수의 신기한 재주를 보고는 계교가 다하자 비달이 다시 구름과 안개를 감추고 비검(匕劍)을 들어 원수에게 맞섰다. 이에 원수가 긴 팔을 내밀어 비달의 투구를 벗기고 머리를 잡아 끌어내려 자기 말 위에 눌러 태우고는, 칼을 휘두르며 남왕에게 달려들어 말을 찔러 엎어지게 하니 왕이 말 아래로 떨어졌다. 이에 칼을 들어 크게 꾸짖어 말했다.

"마땅히 벨 것이나 잘못 뉘우치기를 기다릴 것이니 지금은 돌려보낸다."

그러고서 기를 휘둘러 본진으로 돌아가니 당당한 기운이 고금에 대적할 자가 없었다.

농무기가 겨우 왕을 구해 본진으로 돌아갔다.

원수가 군을 거두니 장졸이 고했다.

"오늘 목진평을 잡아 죽이려 했는데 군을 거두신 것은 어째서입니까?"

원수가 웃으며 말했다.

"피할 곳 없는 도적은 쫓지 않는 법이다."

그러고서 비달을 잡아 장대(將臺)[56] 아래에 꿇리고 말했다.

"네가 항복하지 않겠느냐?"

비달이 하늘을 우러러 탄식하며 말했다.

"나의 재주로 오늘날 잡힐 줄 어찌 알았겠습니까? 우리 주군이 만일 항복한다면 함께 항복해 살기를 도모하겠으나, 임금의 뜻을 모르고 지레 항복한다면 이는 반역한 신하니 오직 죽기를 바랄 따름입니다."

원수가 감탄하며 말했다.

---

56) 장대(將臺): 장수가 올라서서 명령·지휘하던 대.

"비달은 오랑캐의 신하이나 충성스러운 마음이 이와 같으니 내가 어찌 죽이겠느냐? 들으니 네가 남왕을 부추겨 천조를 범했다 하는데 맞느냐?"

비달이 대답했다.

"소장이 천하제일의 사람으로 자부해 임금의 뜻에 응해 대국에 항거한 것도 없지 않습니다."

원수가 말했다.

"너의 죄는 마땅히 사형에 처할 만하나 왕이 어질지 않아 네 말을 곧이들었으니 너만의 죄는 아니다. 이제 너를 풀어줄 것이니 다시는 임금을 어질지 않은 마음으로 돕지 마라."

그러고서 놓아 보내니 장수들이 말렸으나 원수가 듣지 않았다. 비달이 머리를 조아려 은혜에 감사하고 돌아갔다.

남왕이 농무기에게 구조되어 본진에 돌아왔으나 분노와 한스러움을 이기지 못하며, 비달이 혹 죽었는지 염려했다. 이윽고 비달이 돌아오니 왕이 놀라 그 연고를 물었다. 비달이 원수의 말을 전하고 눈물을 흘리며 말했다.

"신이 처음에 잘못 생각해 정천흥을 경솔히 대적했습니다. 그런데 그 재주는 고금에 대적할 자가 없으니, 만일 항복하지 않는다면 남국을 보전하기 어려울까 합니다."

왕이 기뻐하지 않으며 말했다.

"승패는 전쟁터에서 늘 있는 일이다. 한 번 패했다고 송나라에 항복하는 것은 참으로 옳지 않다."

비달이 이해득실을 들어 여러 번 간하니, 왕이 드디어 신하, 장졸과 함께 귀순했다.

원수가 초봄에 황성을 떠나 늦봄에 남왕과 접전해 여름 사월에 항복을 받고 가을 칠월까지 운남에 머무르며 인심을 진정시키고 나라를 편안하게 했다. 서너 달 만에 교화가 크게 행해져 도적이 변해 양민이 되고 인심이 순박해져 밤에도 문을 닫지 않으며 남녀가 길을 사양했다. 운남왕과 함께 백성들까지 원수를 바라보는 것이 갓난아이가 어머니를 바라보는 것 같았다. 우러러보는 정성이 간절했으나 감히 재물과 보배로 정을 표하지 못했다. 왕이 신하들과 의논해 성 남문 밖에 한 채의 높은 누각을 짓고 원수의 화상(畫像)을 만들어 봉안(奉安)[57]하고 일 년에 네 번의 제사를 끊지 않으려 했다.

원수가 만리타국에 와 봄과 여름을 보내고 초가을을 맞이해, 임금과 어버이를 사모하는 회포를 이기지 못해 매양 경사(京師)를 바라보며 임금과 어버이에게 절하고 싶은 마음이 간절했다.

비로소 깃발을 돌려 경사로 향하니 남왕이 천자에게 사죄하는 표문(表文)과 조공(朝貢)을 바치고 큰 잔치를 열어 송별했다. 십 리 장정(長亭)[58]에 나와 아쉬워하고 눈물을 흘리며 말했다.

"과인이 무식하고 어질지 못해 나라를 망하게 하는 재앙을 스스로 취했거늘, 원수께서 천지 같은 큰 덕과 태산처럼 높고 바다처럼 넓은 은혜로 과인의 죄를 용서하고 왕의 자리를 누리게 하셨습니다. 감격해 그 은혜를 뼈에 새길 만하나 정을 표할 것이 없으니 오직 구슬을 머금고 풀을 맺을[59] 따름입니다."

---

57) 봉안(奉安): 신주(神主)나 화상(畫像)을 받들어 모심.

58) 장정(長亭): 먼 길을 떠나는 사람을 전송하던 곳. 과거에 마을에서 5리와 10리 떨어진 곳에 정자를 두어 행인들이 쉴 수 있게 했는데, 5리에 있는 것을 '단정(短亭)'이라 하고 10리에 있는 것을 '장정'이라 함.

59) 구슬을~맺을: 은혜를 잊지 않고 갚는다는 말임. 구슬을 머금는다는 이야기는 황작(黃雀)이 옥환(玉環)을 물고 와서 보은(報恩)한 고사임. 한(漢)나라 양보(楊寶)가 아홉 살 때에 올빼미에게 채여 나무 밑에 떨어져서 개미들에게 곤욕을 당하고 있는 황작을 보고는 집으로 데려와 100여 일 동안 잘 보살펴서 날려 보냈더니, 어느 날 삼경에 그 황작이 황의동자(黃衣童子)로 변신하여 찾아와서, 저번에 서왕모(西王母)의 사자(使者)로 봉래(蓬萊)에 심부름 가던 중이었다면서, 은혜에 보답하는 뜻으로 옥환(玉環) 4개를 주며, 자손들이 출세하여 삼공(三公)의 지위에 오를

원수가 흔쾌해 감사의 말을 하며 감당하지 못하겠다 했다. 나라를 다스리고 백성을 평안히 해 천승(千乘)[60]의 지위를 길이 누리라 이르고, 서로 술잔을 날려 이별의 정을 폈다. 날이 저물어 손을 나누어 이별하게 되니 왕이 수레 앞을 우러러보며 말했다.

"우리 원수께서 오늘 돌아가시면 어느 날 어느 때에 다시 이곳에 이르실 수 있겠습니까? 나라가 크게 어지러워 백성들이 보전할 길이 없었는데 원수의 큰 은혜로 남은 백성을 진정시키고 백성들이 예의를 갈고 닦으니, 원수께서 돌아가신 후에 원수를 한때도 잊기 어려울 것입니다."

그러고서 털 있는 짐승의 고기와 껍질 있는 곡식으로 담근 술을 가져와 정을 표했다. 원수가 흔쾌히 받아서 맛을 보고 왕의 얼굴을 보고 위로하며 잘 있으라 했다.

호통(號筒)[61] 세 번에 대군이 물밀듯 나아가니 백성이 길을 막아 갓난아이가 어머니를 멀리 이별하는 것처럼 했다.

남왕이 원수와 이별하고 돌아와 재물을 내어 남문 밖에 한 채의 큰 집을 지었다.

것이라고 하였는데, 과연 그 말대로 양보의 후손들이 4대에 걸쳐 모두 대신(大臣)이 되었다는 이야기가 전함. 풀을 묶는다는 이야기는 춘추시대 위과의 고사임. 중국 춘추시대 진(晉)나라 때 위과(魏顆)가 아버지 위무자의 죽기 전 유언 대신 평소에 한 말씀을 따라, 위무자가 죽은 후에 자신의 서모(庶母)를 순장시키지 않고 개가시켰는데 후에 위과가 진(秦)나라와 전투를 벌일 적에 서모의 망부(亡父)가 나타나 풀을 맺어 위과를 도왔다는 이야기에서 유래함.

60) 천승(千乘): 천 대의 수레를 징발할 만한 제후.

61) 호통(號筒): 군중(軍中)에서 불어 호령을 전달하는 데 쓰는 악기.

명주보월빙 제15권

정천홍은 스스로 중매해 경숙혜와 혼인하고
문양공주는 개선하는 정천홍을 보고 반하다

재설. 정 원수가 군대를 이끌고 돌아간 후에 남왕이 원수와 이별하고 돌아와 재물을 내어 남문 밖에 한 채의 큰 집을 지어 원수의 화상을 봉안하고 누각 이름을 '정죽청 영당(靈堂)'이라 해 극진히 받들었다. 백성들이 오래도록 그 덕망을 잊지 못해 혹 지성으로 축원하는 일이 있으면 영험하여 그 소원을 이루어 주었다. 다만 어질지 않은 사람은 지성으로 빌어도 반드시 벌이 있어 재앙을 만났으니 사람들이 비록 화상이지만 원수를 우러러보는 것처럼 했다.

왕에게 한 딸이 있으니 이름은 운영이었다. 정 원수의 빛나는 풍채를 흠모하니 왕과 세자가 여자 행실에 한심하다며 꾸짖었으나 운영이 조금도 뜻을 고치지 않았다. 그래서 겉으로는 사죄했으나 속으로는 정 원수를 향한 마음이 금석(金石) 같았다. 밤낮으로 밖으로 나갈 계책을 도모해 심복 궁녀 경향을 데리고 가만히 남복으로 갈아입고, 금은과 진귀한 보배를 훔쳐 달밤을 타서 밖으로 나갔다.

주인과 궁녀가 성을 넘어 도주해 천리마를 사서 타고 원수의 뒤를 좇아 황성으로 향했다. 원수는 수십 일 전에 먼저 길을 떠났으므로 어디로 갔는지 알지 못했다. 여자가 길을 가는 것이 실로 어려워 본국에 이르러서는 밤에 길을 가고 낮에는 깊은 산과 골짜기에 숨었다.

일 년 만에 황성에 도달했으니, 공주가 길에서 천신만고를 겪고 또한 어떠한 일을 할까. 아래 부분을 나누어 보시라.

운남왕이 딸을 잃고 사방으로 두루 찾았으나 끝내 거처를 알지 못했다. 반드시 정 원수를 따라간 줄 알아 놀라움을 이기지 못하고 왕과 왕비가 밤낮으로 슬퍼했다.

이때 정 원수가 승전보를 아뢰고 개선가(凱旋歌)를 부르며 돌아올 때 전당강 뱃길을 무사히 건너니, 임금과 어버이를 길이 사모하는 마음이 급해 빨리 길을 갔다. 절강에 이르러 늦가을을 맞이해 단풍과 국화가 볼 만했으나 유람할 경황이 없어 바삐 길을 가려 했는데 부원수 등이 유람을 청했다.

원수의 친구 경춘기가 부친상을 만나 절강에 내려온 후, 그 숙부 참정공은 금평후의 친구라 원수가 갈 때는 직로(直路)로 가고 올 때는 경 학사를 보기 위해 절강 쪽으로 길을 온 것이다. 부원수 등에게는 유람하라 하고 자기는 흰 도포와 유건(儒巾)[1] 차림으로 행렬을 떨치고 서동에게 경 참정 집을 가리키라 했다. 절강 소흥부에 한 채의 화려한 누각이 있어 경사의 왕공이나 제후의 집이나 다르지 않았으니, 그곳을 가리키며 경부라고 하는 것이었다.

원수가 문밖에서 자신이 왔음을 알리니 경 학사 춘기가 반기는 마음을 이기지 못해 바삐 문밖에 나와 맞이했다. 서로 손을 잡고 슬퍼하며 삼기(三忌)[2]가 덧없이 지나간 것을 위로하고 눈물을 흘렸다. 춘기가 목숨이 모질어 죽지 못하고 삼기가 훌쩍 지났음을 슬퍼하니

---

1) 유건(儒巾): 유자(儒子)들이 쓰는 두건.

2) 삼기(三忌): 죽은 지 삼 년 만에 지내는 제사.

원수가 위로하며 말했다.

"형이 참정 합하의 계후가 되었다 하니 영대인께서 이곳에 계시는가?"

학사가 대인이 계시다 대답하니 원수가 말했다.

"내가 영대인을 뵈며 형을 보려고 길을 이쪽으로 했으니, 영존께 뵙기를 청하네."

경 학사가 그 소매를 이끌며 말했다.

"아버님께서는 중헌(中軒)에 계시니 형이 나와 함께 들어가면 되네."

이에 원수가 학사를 따라 들어갔다.

이날 참정이 막내딸 숙혜 소저를 중헌에 나오라고 해 좌우로 휘장을 높이 걷고 지게를 시원하게 열어, 산 위의 국화와 시내 곁의 단풍을 구경하며 딸을 사랑해 말했다.

"국화와 단풍을 소재로 한 수 시를 지어 보아라."

소저가 명령에 따라 시를 지으려 할 즈음에 그 오라버니가 한 명의 장부를 이끌고 들어오는 것이었다. 이에 소저가 황급히 후창으로 피했다. 원수가 별이 흐르는 듯한 눈으로 얼핏 보아도 그 사람의 이목구비와 성품의 어질고 어질지 않은지를 꿰뚫어 보았다. 경 소저를 한번 보니 옥 같은 얼굴에 별 같은 눈과 버들 같은 눈썹에 꽃 같은 뺨, 붉은 입술에 흰 이가 한갓 경국지색(傾國之色)[3]일 뿐만 아니라, 눈썹과 이마 사이에 복록이 완전하고 밝은 눈동자에 큰 덕이 어려 어진 성품과 덕스러운 자질을 지녔으니 참으로 착한 여자이고 사리에 밝은 여자였다. 옷차림이 규수였으니 매우 흠모해 마음으로 복종했으나 즉시 몸을 돌려 물러났다.

3) 경국지색(傾國之色): 한번 빠지면 나라가 망할 정도로 아름다운 미색.

경 학사가 또한 누이가 서실에 나와 있는 줄을 모르고 원수를 데려온 것에 놀랐다. 그런데 경 공이 정 원수를 보고 크게 반겨 학사에게 명령해 창백을 데리고 어서 마루에 오르라 하는 것이었다. 이에 학사가 원수에게 청해 말했다.

"누이가 들어갔으니 형은 놀라지 말고 대인께 뵙게."

원수가 비로소 마루에 올라 뵈니 공이 바삐 손을 잡고 마음을 풀어 말했다.

"사제(舍弟)가 죽은 뒤로 옛집을 볼 마음이 없어 이곳에서 여러 세월을 보냈네. 그래서 피차에 소식을 통할 길이 없었네. 지난봄에 조보(朝報)[4]를 통해 창백이 군대를 이끌고 나간 일을 들었다네. 이제 불모지인 남방을 평정하고 개선가를 부르며 경사로 돌아가게 되었으니 위로는 국가의 큰 근심을 덜고 아래로는 창백의 재주, 덕망과 신기한 위엄을 사해에 드날리고 행렬한 것을 축하하네."

원수가 몸을 굽혀 대답했다.

"합하께서 고향에 돌아오신 지 여러 해가 바뀌어 아버님께서 그리워하시는 마음을 이기지 못하셨습니다. 그러나 할머님을 모시고 있는 처지라 잠시 집을 떠나 친히 내려와 상봉하지 못하셨습니다. 저 또한 회포를 베풀 곳이 없었습니다. 금년 봄에 출정해 국가의 큰 복으로 남방을 평정하고 합하께 뵈려고 일부러 이쪽으로 왔습니다. 합하를 뵙고 미미한 정을 위로받으나, 세월이 훌쩍 지나 계합하(季閤下)[5]의 삼기(三忌)를 맞이하니 슬픈 마음을 이기지 못하겠습니다."

경 공이 슬피 탄식하고 경사 소식과 남방을 평정하던 일을 물으며 매우 반기니, 원수가 또한 조용히 대화했다.

---

4) 조보(朝報): 조정의 재결 사항을 기록하고 서사(書寫)하여 반포하던 관보.

5) 계합하(季閤下): 상대의 동생으로서 숙부뻘 되는 사람을 높여 이르는 말.

이윽고 서동을 시켜 부원수를 찾아가 자기는 경부에 머무를 것이니, '바로 관아로 들어가소서.'라고 전하라 했다. 그리고 경 공 부자와 종일토록 한담하다가 물었다.

"합하께서 본디 아들이 없는 것은 알았지만 슬하에 딸을 두신 일이 있었습니까?"

경 공이 탄식하고 말했다.

"내가 악을 깊이 쌓아 아들 한 명이 없으나, 죽은 아우가 춘기 형제를 두었으니 구태여 아들이 없는 것을 슬퍼할 일은 아니네. 춘기를 계후로 삼아 조상 제사와 내가 죽은 뒤를 의탁하고, 왕기에게는 죽은 아우의 후사를 받들게 했네. 춘기가 비록 계후이지만 다른 사람의 열 아들을 부러워하지 않네. 늘그막에 한 딸을 얻어 올해 열둘이라네. 다행히도 어리석음을 면했으나 사위를 고르는 일이 어려우니 참으로 고민이 많다네."

원수가 짐짓 규수의 근본을 알려고 하다가 경 공의 딸인 줄을 알고 그윽이 마음에 두었다. 그런데 경 공의 사람됨이 현명했으나 그 뜻이 높은 산과 같아 천금과 같은 한 딸을 자기의 넷째아내로 삼지 않을까 해 바로 입을 열지 못했다.

날이 어두워지자 경 공은 내헌에서 잘 터이니 원수는 학사와 함께 밤을 지내라 했다. 원수가 다행으로 여기고 기뻐해 학사와 베개를 나란히 하며 서로 그리워하던 정을 이르고 한담했다. 그러다가 원수가 문득 웃으며 말했다.

"영존(令尊)께서 사위 고르는 것을 근심하시니 차라리 용렬하나 나 같은 무리를 가리셔서 가문의 광채를 돋보이게 하는 것이 어떠한가?"

학사가 듣고서 매우 반기며 말했다.

"신랑은 어떤 사람인가?"

원수가 말했다.

"영매(令妹) 소저가 합하 면전에 계시던 규수신가?"

대답했다.

"그렇네."

원수가 또 웃고 말했다.

"신랑의 풍채 기상과 문벌이며 재주와 덕망이 나와 같으면 어떠할까 싶은가?"

학사가 말했다.

"어디 신랑의 명망과 덕이 또 창백 같은 사람이 있던가? 우리가 비록 창백처럼 기특하지는 않더라도, 아버님께서는 명문 집안의 어진 선비로서 빛나는 재주로 유명한 사람을 구하고 계시네. 그런데 뜻과 같지 않으셔서 참으로 고민하고 계시다네. 만일 신랑이 만사가 창백과 같다면 감히 청하지는 못할지언정 진실로 원하는 바네."

이에 원수가 크게 웃으며 말했다.

"내가 온갖 일에 취할 곳이 적으나 천유가 본디 마음을 기울이고 정을 허락해 날 대접해 왔네. 형이 나와 같은 매부를 감히 청하지는 못할지언정 진실로 원한다고 하니, 내가 형이 나를 지기(知己)[6]로 대접하는 것에 감격해 차라리 나를 매부로 삼기를 바라는 것이네."

경 학사는 정 원수를 지금 천하에서 제일 가는 사람으로 알았으므로 비록 누이가 원수의 여러 번째 부실이 되어도 혼인을 허락하고 싶었으나 부모가 허락하실 줄을 몰라 말했다.

"나는 네 말을 듣고도 몰라 어디 창백 같은 초혼의 신랑이나 있는가 여겼더니, 창백이 스스로 청하니 어찌 우습지 않은가? 부모께서

6) 지기(知己): 자기의 속마음을 참되게 알아주는 친구.

는 신선이 하강한다 해도 누이를 둘째아내로도 의논하지 않으실 것이네. 창백이 비록 기특한들 집에 여러 부인이 있는데, 난초 같은 누이를 방탕한 사람의 여러 번째 아내로 삼게 하겠는가? 참으로 방자한 말은 하지 말게."

원수가 호탕하게 웃으며 말했다.

"너의 집 버릇은 남자가 아내 얻는 것을 가장 방자한 줄로 알아 감히 그러한 말을 못 하는 줄로 안다. 내가 원래 집에 세 아내가 있어 번거로운 일을 다시 구할 바가 아니나, 장부가 세상에 처해 숙녀와 미녀를 사양할 바가 아니다. 마음에 찬 숙녀와 미인을 거두어 집을 메우지 못할 리가 있겠는가?"

학사가 웃으며 말했다.

"창백이 다른 가문에는 마음대로 구할 수 있겠으나 우리 집에서는 창백을 사위로 삼지 않을 것이니 부질없는 말을 말게."

원수가 웃으며 말했다.

"형은 나를 나무라 혼인을 허락하지 않으나 영존(令尊)께 청혼해 허락을 받을 것이네."

학사가 웃으며 말했다.

"네가 비록 소장(蘇張)[7]의 구변(口辯)이 있어도 아버님께서 결단코 너를 사위로 삼지 않으실 것이니 어리석은 뜻을 두지 마라."

원수가 말했다.

"형은 나를 사위가 되지 못할까 여기니 형은 생각해 보라. 나의 장인들이 누가 영존(令尊)만 못하겠는가? 윤 상서는 어릴 때 나를 보

---

7) 소장(蘇張): 소장. 중국 전국시대의 변론가인 소진(蘇秦, ?~?)과 장의(張儀, ?~B.C.309). 소진은 합종(合從)을, 장의는 연횡(連橫)을 주장했음. 합종은 서쪽의 강국 진(秦)나라에 대항하기 위하여 남북으로 위치한 한・위・조・연・제・초의 여섯 나라가 동맹하자는 것이고, 연횡은 진나라가 이들 여섯 나라와 횡(橫)으로 각각 동맹을 맺어 화친하자는 것임.

고 내가 비상한 줄 알아 정혼해 빙례(聘禮)[8]를 행했고, 이 학사는 그 딸을 나의 셋째아내로 주려고 못 미칠 듯이 서둘러 급히 날 사위로 맞으셨네. 이것으로 본다면 나 정 창백이 경 참정의 사위 되는 것이 외람된 일인가?"

학사가 자기 뜻대로 한다면 한마디로 시원하게 허락할 것이었으나 부모의 뜻을 몰랐으므로 또 웃고 말했다.

"네가 아무리 아내 잘 얻은 것을 자랑하나 내 집은 본디 딸을 남의 부실로 주는 일이 없으니 괴이한 말을 하지 마라."

원수가 다시 계속해서 구혼하자 학사가 진정으로 말했다.

"만일 내 마음과 같다면 시원하게 허락할 것이나, 부모님께서 허락하지 않으실 것이니 어찌하겠는가?"

원수가 말했다.

"은정이 깊어도 원비가 부실로 가지는 않는 법이네. 나에게 세 아내가 있어도 시속의 질투를 면해 추악한 무리가 아니니, 영매가 나의 넷째아내가 되어도 일생 동안 괴로운 일은 없을 것이네."

학사가 웃으며 말했다.

"창백이 면전에서 청하는 것이 이처럼 간절하니 부모님께 고해 보겠지만 혼인을 허락하실지는 알지 못하겠네."

이처럼 한가롭게 이야기하다가 밤이 깊은 후에야 취침했다.

경 참정 부인이 늘그막에 딸 하나를 낳으니 빛나는 용모와 타고난 자질이 뛰어나게 아름답고 훌륭한 행실과 사덕(四德)[9]을 갖추었으며 온유하고 곧았다. 공의 부부가 지나치게 사랑하고 사위를 고르려

---

8) 빙례(聘禮): 빙물을 주는 예. 빙물은 결혼할 때 신랑이 신부의 친정에 주던 재물.

9) 사덕(四德): 여자로서 갖추어야 할 네 가지 덕. 마음씨[婦德], 말씨[婦言], 맵시[婦容], 솜씨[婦功]를 이름.

는 생각에 한때도 마음을 놓지 못했다. 그러나 눈에 차는 아름다운 남자가 없어 근심하고 울적해 했다.

숙혜는 문학이 뛰어났으므로 공이 가을의 경치에 응해 한 수 시를 지으라 하다가 정 원수의 눈에 띈 것이다. 소저가 놀라고 두려워 급히 들어가 몸을 숨기지 못한 것을 부끄러워했다.

이날 밤에 공이 딸을 어루만지며 말했다.

“우리 아이가 마침 밖에 나왔다가 정천흥을 만났으니 반드시 부끄러워 밖에 나온 것을 뉘우칠 것이다.”

화 부인은 양 평장 부인과 형제 사이였다. 정 원수가 왔다는 말을 듣고 반가워하며 경사 소식을 몰라 근심했다. 공에게서 원수가 운남을 무찔렀다는 말을 듣고, 부인이 그 어린 나이에 재주가 많은 것을 매우 칭찬했다. 이에 공이 말했다.

“정천흥의 사람됨은 천하에 영걸이오. 맑은 명망이 나라에 떠들썩하니 국가를 떠받칠 신하요. 부인의 조카가 복이 있어 그 사람의 둘째아내가 된 것이오.”

부인이 탄식하며 말했다.

“우리도 언제나 저와 같은 신랑을 맞아 가문을 빛낼 수 있겠습니까?”

공이 탄식하고 말했다.

“지금 시대에 정천흥 한 명이 있는 것도 국가의 큰 복인데 또 어찌 바라겠소?”

이처럼 대화하다가 침상에 나아갔는데 한 꿈을 꾸었다. 숙혜 소저 침소인 채화당에 상서로운 구름이 어리고 빛이 자욱한데, 일만 길이나 한 황룡이 뭇별을 거느리고 채화당을 두르고 있는 것이었다. 공의 부부가 놀라 깨달아 가서 보았다. 숙혜가 황룡 앞에 서 있었는데 이윽고 용이 변해 자줏빛 도포를 입고 금관(金冠)을 쓴 엄연한 대장부가 되어 있었다. 풍채가 좋고 기상이 호탕해 푸른 하늘의 흰 해와 같았다. 공의 부부가 서로 돌아보며 놀라서 말을 못 하고 있는데, 동녘 침상에 한 명의 선관(仙官)이 채색 실을 손에 들고 유리잔을 가지고서 정 원수와 숙혜에게 붉은 실을 이어 주고 술잔을 날리며 말했다.

"월하(月下)의 붉은 실[10]을 맺었으니 함께 살며 자손이 집에 가득하고 부귀가 지극할 것이다. 그러니 혼인을 잘 이루고 넷째아내가 되는 것을 꺼리지 마라."

경 공이 낯빛을 바꾸며 말했다.

"우리 자녀가 여럿이 아닌데 어찌 만금 같은 딸을 정씨 집안의 넷째아내로 줄 수 있겠습니까? 천관께서는 원컨대 이런 괴이한 말씀을 마소서."

선관이 호탕하게 웃으며 말했다.

"그대를 현명한 장부로 알았더니 이처럼 통달하지 못한 것인가? 영녀(令女)는 세상에 나기를 정천흥의 아내가 되도록 정해져 있으니 그대는 하늘의 뜻에 순응하라."

공이 몸을 돌려 깨달으니 남가일몽이었다. 공이 이에 속으로 놀라고 의아해 했다.

다음 날 아침에 자녀들이 아침문안을 할 때 학사가 아버지 앞에 꿇어 밤사이 정 원수와 문답한 일을 일일이 고했다. 공이 한참을 생각하다가 말했다.

"우리 집안은 문벌이 높아 하나 있는 딸을 남의 넷째아내로 주지

---

10) 월하(月下)의 붉은 실: 부부의 인연을 맺는 것. 월하노인(月下老人)이 포대에 붉은 끈을 가지고 다녔는데 월하노인이 이 끈으로 혼인의 인연이 있는 남녀의 손발을 묶으면 그 남녀는 혼인할 운명에서 벗어나지 못한다고 함.

않을 것이다. 그런데 천흥이 스스로 혼인을 구하며 우리 뜻을 모르고 위력으로 사위가 되려 하는구나. 그 기운이 세차 난초 같은 약한 딸을 잘 대할 길이 없으니 혼인을 허락하지 못하겠다."

부인이 전날 밤의 꿈을 이르고 천흥을 거절하지 말라 하니 공이 웃으며 말했다.

"허탄(虛誕)[11]한 꿈을 믿을 수 있겠소? 꿈이라는 것은 우습지만, 내 평소에 창백을 세상에 드문 한 사람으로 여기고 있었으니 역시 이 혼인을 허락하려 하오. 내 경사에 올라가 정 형을 보고 의논해 보겠소."

학사가 고했다.

"금평후는 본디 단정한 성품을 지녀 창백의 호방함을 엄격히 금하고 있습니다. 그런데 대인께서 혼사를 상의하신다면 결단코 허락하지 않을 것입니다. 대인께서 혼인을 허락하려 하신다면 이곳에서 혼례를 지내고 창백에게 끝을 여물어 좋도록 하라 하소서."

정 공이 웃고 말했다.

"정천흥이 참으로 외람되고 교활한 놈이로구나."

그러고서 학사를 데리고 외루(外樓)로 나갔다.

원수가 바야흐로 잠에서 깨어 옷을 입다가 공을 보고는 흐트러진 머리에 관을 집어 얹으며 이리 허리에 띠를 두르며 맞이했다. 시원스러운 얼굴은 세수를 안 했어도 찬란하고 수려해 흰 연꽃이 가을 못에 활짝 핀 듯하고, 보름달이 하늘 한가운데 한가로이 떠 있는 듯했다. 푸른 귀밑머리에 어여쁜 얼굴을 하고 머리카락이 흐트러져 있으니 깃을 거스른 봉황이요, 날개를 벌린 학이었다. 팔 척의 키에 풍

11) 허탄(虛誕): 거짓되고 미덥지 아니함.

채가 늠름하고 시원스러워 밝은 격조가 있고 대귀인의 기상을 가졌으니 천승(千乘)[12]의 제후를 기약할 것이었다. 경 공이 흠모하고 사랑하는 마음을 이기지 못해 앉는 것을 잊었다.

이윽고 자리를 잡고 조용히 대화할 적에 원수가 일부러 경 학사를 돌아보아 미미히 웃으며 말했다.

"형이 전날 밤에 내가 한 말을 합하께 고했는가?"

학사가 웃음을 머금고 대답했다.

"내가 정신이 없어 잊었으니 형이 이제 고하게."

원수가 붉은 입술에 흰 옥을 찬란하게 드러내며 말했다.

"그사이 잊을 리 없으니 거짓말하지 말게"

학사가 웃고 말을 안 했다. 공이 혼사 일임을 알고는 구태여 묻지 않고 다른 말을 주고받았다. 원수가 문득 무릎을 쓸며 경 공을 향해 무릎을 꿇고 말했다.

"소생이 외람되게 품은 회포가 있어 숨기지 못하고 합하께 고하는 것은, 평소에 합하께서 소생을 매우 사랑하시는 은혜를 베풀어 합하를 우러러보는 마음이 평범한 데 비할 수 없어서입니다. 이제 합하의 슬하가 적막해 천유를 계후로 삼으시고 한 명의 따님을 두시고서 사위 고르는 일로 근심하신다고 들었습니다. 소생이 어리석어 취할 만한 데가 없으나 피차 문벌이 서로 맞으니 주진(朱陳)의 좋은 인연[13]을 맺는다면, 소생의 어리석은 정성으로 합하께 반자식[14]의 예를 다하고 천유와는 지극한 정분을 가진 터에 다시 일가의 의리를

12) 천승(千乘): 천 대의 수레를 징발할 수 있는 제후.

13) 주진(朱陳)의 좋은 인연: 주씨와 진씨 집안의 좋은 인연이라는 뜻으로 두 집안이 통혼함을 이르는 말. 당나라 때 서주(徐州) 고풍현의 주진이라는 마을에 주씨와 진씨 두 성씨만 살면서 대대로 혼인을 하며 화목하게 지냈다고 한 데서 유래함.

14) 반자식: 사위를 이름.

맺을 수 있을 것입니다. 합하께서 천금 같은 따님이 소생의 여러 번째 부실이 되는 것을 욕되게 여기셔서 허락하지 않으시겠지만 소생이 본디 소회를 감추지 못하므로 이에 고합니다."

말을 마치자 기운이 충천해 조금도 어렵게 여기는 빛이 없었다. 공이 얼굴에 은은한 웃음을 띤 채 한참을 말을 안 하다가 대답했다.

"미약한 딸을 두고 창백이 이렇듯 구혼하니 참으로 감사하네. 그런데 그대 집안에서 세 부인이 집안일을 살핀다고 들었네. 내 딸이 민첩하지 못하고 어리석어 군자의 안살림을 맡지 못하고 세 부인과 화락하지 못할까 해 혼인을 허락하지 못하는 것이네. 창백이 내 딸을 취하겠다면 혼인 전에 결단을 내려 내 딸이 우리 생전에 슬하를 떠나지 않게 하고 존문(尊門)에 데려가지 않는다면 허락하겠네."

원수가 온화하게 웃으며 말했다.

"여자가 시집을 가면 부모, 형제와 멀어진다 했습니다. 합하께서 비록 한 따님을 두셨으나 어찌 매양 슬하에 두겠습니까? 소생의 세 아내는 다 질투에서 벗어나 있어 영녀(令女)가 비록 여러 번째 아내가 되어도 일생은 예전처럼 평안할 것입니다. 그러니 합하께서는 자잘한 염려를 하지 마시고 하늘의 인연이 정해져 있음을 생각하소서."

경 공이 원수가 얼굴을 마주해 이처럼 보채며 하는 말을 듣고는 꿈을 생각하면 차마 야박하게 하지 못해 웃으며 말했다.

"창백이 이처럼 청혼해 나의 허락을 얻는다면 내 딸과 어떻게 혼인하려 하는가?"

원수가 웃으며 대답했다.

"만일 허락하신다면 부형을 속인 죄는 소생이 제 몸 위에 실을 것입니다. 이곳에서 급히 혼인하고 합하께서 경사에 오신 후에 영녀와 다시 혼례를 이루어 아버님께 고하지 않고 아내를 얻은 일을 숨길 것입니다."

경 공이 도리어 웃으며 말했다.

"그대의 계교가 기특하나 호사다마(好事多魔)[15]라 그사이에 연고가 있어 계획대로 하지 못하고 영엄(令嚴)[16]이 먼저 알면 어찌하려 하는가?"

원수가 웃으며 말했다.

"가엄께서 소생의 호방함을 금하고 계시나 이미 아내를 얻은 후에는 잠시 엄하게 꾸짖으실 것이나 이만한 일에 죽이지는 않으실 것입니다."

공이 그 호방한 기운을 흠모하고 사랑해 차마 혼인을 물리치지 못했다. 딸이 네 번째 아내로 들어가나 원수의 인물이 지극히 기이하고 화려했으므로 자기가 원하는 일은 아니나 웃고 말했다.

"창백이 진정으로 구혼하니 내 마음이 약해 굳이 물리치지 못하고 허락하네. 그러니 창백은 마음대로 어서 내 딸을 취하게."

원수가 크게 기뻐하며 감사를 표하고 말했다.

"소생이 급히 길을 떠나야 하니 영녀(令女)의 생월일시를 알려주시면 길일을 빨리 가리겠습니다."

공이 웃으며 말했다.

"신랑이 거만하고 아무 잔부끄러움이 없구나."

그러면서 딸의 생년월일시를 알려주었다. 원수가 서둘러 길일을 정하니 혼인까지 며칠 남지 않았다. 공이 웃으며 말했다.

"아직 시부모를 뵙는 절차도 갖추지 못했는데 길일이 너무 촉박하니 혼례 준비를 하기도 어렵겠구나."

15) 호사다마(好事多魔): 좋은 일에는 흔히 방해되는 일이 많음.
16) 영엄(令嚴): 상대의 아버지를 높여 이르는 말.

원수가 대답했다.

"소생이 급히 떠나야 하니 부질없이 번화한 일로 저를 물리치지 마소서."

공이 즉시 내당에 정혼 소식을 전하고 혼수를 차리라 했다. 그리고 원수에게 먼저 빙물(聘物)[17]을 내라 하자 원수가 미소를 머금고 말했다.

"드릴 빙물이 따로 없으니, 소생이 머리에 꽂은 건잠(巾簪)[18]이 여자가 치장하는 데 쓰는 물건은 아니나 임시방편으로 빙물로 삼겠습니다."

말을 마치고 머리에 꽂았던 백옥 비녀를 빼어 혼서를 써서 함께 공의 앞에 놓았다. 공은 원수가 맑고 검소한 성품으로 남만을 평정하고 돌아왔으나 보물 하나도 몸에 두지 않은 점에 더욱 마음을 열었다. 이에 원수가 말했다.

"길일이 얼마 남지 않았는데 존부(尊府)에 머무는 것은 옳지 않으므로 혼례 전에 임시 숙소에 있겠습니다."

말이 잠시 끊긴 사이, 본읍 태수가 알현을 청해 오자 원수가 의관을 정돈하고 천천히 불러 서로 보았다. 태수가 들어와 자리 끝에서 두 번 절하자, 원수가 길게 읍만 하고 절은 하지 않았다. 태수가 두 손을 모으고 무릎을 꿇어 전날 미리 소식을 듣지 못해 오는 길에 삼가 맞이하지 못한 일을 사죄했다. 원수가 흔쾌해 대답했다.

"이곳에 잠깐 다녀갈 일이 있어 사적으로 길을 온 것이니 구태여 태수에게 미리 알릴 일이 아니었다. 그러니 어찌 태수를 잘못했다 하겠느냐?"

---

17) 빙물(聘物): 결혼할 때 신랑이 신부의 친정에 주던 예물.
18) 건잠(巾簪): 유건(儒巾)에 꽂는 비녀.

태수가 고마워하고 관아로 갈 것을 청했으나 원수가 대답했다.

"임시 숙소를 잡아 머물 일이 있으니 관아로 가지 못하겠다. 그러니 태수는 수고롭게 나오지 말고 풍악으로 영접할 생각을 마라."

태수가 더 이상 청하지 못하고 물러났다.

곧 부원수 이하 장졸이 모두 이르러 밤사이의 안부를 물으니 천병만마(千兵萬馬)가 온 산과 들에 가득해 경부를 들썩이게 했다. 원수가 군중에 명령을 내려 장수와 군졸들에게 각각 숙소를 잡아 머물라고 했다. 사졸들은 곡절을 모르면서도 명령을 듣고 물러났다. 이에 부원수가 조용히 물었다.

"원수께서 급히 길을 오시다가 이제 이곳에서 여러 날 묵으시는 것은 어째서입니까?"

원수가 잠시 웃고 말했다.

"우연히 경 공의 딸과 정혼해 길일이 며칠 남지 않았다. 혼례를 지내고 머물러 달라는 청을 받았으니 사오일 머무르면 자연히 십여일 쯤 있게 될 것이다."

부원수가 웃으며 더 말하지 않았다.

이러구러 길일이 다다르자, 경부에서 잔치를 성대히 베풀고 신랑 맞을 준비를 풍성히 했다. 원래 경부가 부유했으므로 딸의 혼수도 미리 마련해 범사에 부족함이 없었다.

한낮이 되자 신부를 단장시켜 대청 가운데 세웠다. 은은한 향기와 단아한 기품은 바다의 명월주(明月珠)와 같고, 동쪽 울타리[19]의 금 봉오리 같았다. 옥과 꽃 같은 자태는 당대에 견줄 미색이 없었으니

---

19) 동쪽 울타리: 국화를 심은 곳을 이르는 말. 중국 동진 후기의 시인 도연명(陶淵明)의 시 <음주(飮酒)> 20수 중 제5수의 "동쪽 울타리 아래에서 국화를 꺾으며 한가로이 남산을 바라보네. 采菊東籬下, 悠然見南山."에서 유래함.

하객마다 칭찬이 끊이지 않았다.

원수가 행렬을 거느려 경부로 향할 때, 부원수 이하의 장졸이 다 관복을 갖추고 좌우에서 호위하며 길을 따랐다. 맑고 낭랑한 생황과 풍류 소리가 하늘 높이 울려 퍼지고 절월(節鉞)[20]과 대장기는 십 리에 벌여 있었다. 본읍 태수부터 주현(州縣)의 자사까지 모이지 않은 이가 없었다.

원수가 경부에 도착해 상 위에 홍안(鴻鴈)을 올리고 천지에 절하는 예식을 마쳤다. 이어서 경 학사 등이 팔을 들어 신랑, 신부를 내당 중헌으로 안내했다. 내당에는 채문석(彩紋席)[21]이 가지런하고 화촉(華燭)이 영롱한데 수많은 시녀들이 소저를 붙들어 교배석(交拜席)[22]에 인도했다. 원수가 교배례를 마치고 공작선(孔雀扇)을 반쯤 열었다. 소저의 고상한 기질과 뛰어난 격조는 곤륜산의 아름다운 옥과 같았고, 못에 핀 아름다운 연꽃이 소낙비를 맞은 듯했으며, 샛별 같은 두 눈에는 영리한 기운이 가득했다. 온갖 자태가 두루 아름답고 온 빛이 찬란해 대적할 이 없는 미색이었다. 원수의 용과 봉황 같은 자질도 소저와 짝이 되어 걸맞아 마치 겸금(兼金)[23]과 좋은 옥 같았다. 경 공 부부의 즐거움과 학사의 기쁨이 비할 데가 없어 기쁜 기운이 영롱했다.

모든 예가 끝나자 원수가 경 공 부자와 밖에 나와 자리를 잡았다. 태수 등과 고을의 선비들이 연신 소리 내 칭찬하며 경 공에게 훌륭한 사위 얻은 것을 축하했다. 공이 치하받는 것을 사양하지 않으며

---

20) 절월(節鉞): 대장(大將) 등이 부임할 때에 임금이 내어주던 물건으로 절은 수기(手旗)와 같이 만들고 월은 도끼와 같이 만든 것으로, 군령을 어긴 자에 대한 생살권(生殺權)을 상징하였음.
21) 채문석(彩紋席): 여러 가지 색깔로 무늬를 놓아서 짠 돗자리.
22) 교배석(交拜席): 신랑과 신부가 맞절을 하는 자리.
23) 겸금(兼金): 품질이 뛰어나 값이 보통 금보다 갑절이 되는 좋은 황금.

기쁨을 감추지 못했다. 주인과 손님들이 이처럼 즐거움을 다하는 가운데 해가 서산에 기울자 빈객들이 하나둘 흩어졌다.

등불을 이어 원수가 경 공 부자와 담소했다. 공이 이에 학사에게 명령해 원수를 신방으로 안내하게 했다.

학사가 원수의 소매를 이끌어 신방으로 데려가니 소저가 긴 예복을 벗고 홑옷과 붉은 치마 차림으로 맞이했다. 학사는 곧 밖으로 나가고 원수가 팔을 밀어 좌정한 후에 다시 소저를 살폈다. 소저의 아름다운 얼굴과 아리따운 자태가 어두운 방을 환히 비췄으니 참하고 아리따운 숙녀였다. 비록 윤 부인의 대현군자(大賢君子) 같은 풍모와 넓고 큰 격조에는 미치지 못했으나, 양 부인의 인자하고 공손한 성품에 비하면 조금도 떨어지지 않고 자연스러운 모습은 오히려 신부가 더 나았다.

원수가 속으로부터 흡족한 은정이 흘러나와 이에 입을 열어 말했다.

"생은 경사 사람으로 이곳에 올 일이 없으나 마침 남녘의 오랑캐를 평정하고 경사로 돌아가는 길에 영존(令尊)을 뵈었는데 인연이 괴이해 장인과 사위 사이가 되었소. 이렇게 된 것이 참으로 다행스러우나, 생이 어리석어 숙녀의 평생을 욕되게 할까 두렵소."

소저가 용모를 가다듬고 단정히 앉아 잠자코 공경하는 태도만 보일 뿐이었다. 원수가 크게 웃고 등불을 물린 후에 신부를 붙들어 침상으로 나아갔다. 취중에 깊은 은정이 태산과 바다 같았으니 비록 백 명의 미인을 모아도 이 은정은 변하지 않을 것 같았다.

닭이 울자 소저는 일어나 정당(正堂)으로 들어가고 원수는 새벽에 일어나 세수했다. 학사가 들어와 원수의 손을 이끌어 내당에 인사하게 했다. 화 부인이 사위를 살피니, 달 같은 이마에 금관을 숙이고 흰 연꽃 같은 귀밑머리에는 재상의 관자(貫子)[24]가 또렷했다. 은은히 귀한 골격과 시원스러운 풍채가 특이해 천하에 둘도 없는 영웅이었다. 부인이 사위를 보고는 딸이 넷째아내로 들어가는 것도 개의치 않았다. 밝은 빛으로 입을 열어 성공한 것을 치하하고, 딸이 미약해 군자의 짝이 되는 것이 가당치 않으나 오히려 조카가 있으니 훗날 황영(皇英)[25]의 자매처럼 지낼 것을 일렀다. 딸이 용렬한 것을 너그러이 용서해 일생을 길이 편하게 해 줄 것을 당부했다. 원수가 장모를 잠깐 보니 현숙함이 그 얼굴에 나타나 양 평장 부인과 닮았다. 동기 사이가 닮은 것을 깨닫고 몸을 굽혀 감사해 할 뿐이었다.

경 공 부부가 즐거움을 감추지 못했으나 원수가 머지않아 돌아갈 것을 생각하면 아쉬운 마음이 컸다.

원수가 십여 일 머무르니 경부에서는 술과 안주를 성대히 준비하고 조촐한 술자리를 열어 즐겼다. 원수는 식성이 대단해 수없이 많은 맛있는 음식을 그릇이 비도록 먹고 술동이를 내리 기울여 한없이 취했다. 학사가 장난스럽게 음식에 굶주린 귓것이라 하니, 원수가 욕을 낭자하게 하며 웃고 즐기는 것이 그칠 새가 없었다.

경 공이 하루는 성대한 연회를 베풀고 절색의 미인 수십 명을 준비시켰다. 공이 미인들에게 명령해 각각 재주를 보이라 하니 원수가 흥겹게 기녀들과 함께 즐겼다. 여러 창녀들이 붉은 소매를 휘날리며 맑은 목소리로 노래를 부르니 하나하나 아름다운 기녀들이었다. 마을의 풍류랑 등이 모여 황홀한 빛으로 정을 느껴 기녀들의 손을 잡고 희희낙락했다. 하지만 기녀들은 모두 원수의 빛나는 풍채를 우러러 원수가 한번 자신을 돌아봐 주기를 바랐다. 원수가 평소의 호방

24) 관자(貫子): 망건에 달아 당줄을 꿰는 작은 단추 모양의 고리. 신분에 따라 금(金), 옥(玉), 호박(琥珀), 마노, 대모(玳瑁), 뿔, 뼈 따위의 재료를 사용하였음.

25) 황영(皇英): 중국 순(舜)임금의 두 왕비이자 요(堯)임금의 두 딸인 아황(娥皇)과 여영(女英)을 함께 이르는 말.

함이 어디 가고 없겠는가. 창녀들 가운데 네 명을 뽑아 이름과 나이를 물으니 부용, 옥앵, 세요, 미화였다. 모두 나이가 열두세 살이었고 일찍이 남자를 따른 적이 없어 팔뚝 위에 앵혈(鶯血)[26]이 선명히 남아 있었다. 원수가 크게 마음에 들어 이들을 총희(寵姬)[27]로 삼으려 했다. 네 여자의 외모가 악하게 보이지 않는 데 기뻐해 네 사람의 손을 잡고 경 공을 향해 고했다.

"장인어른께서 부질없이 풍악으로 잔치 자리를 베푸셔서 제가 네 명의 창녀를 거두게 되었으니 장인어른께서 친히 영녀(令女)의 적인(敵人)[28]을 모아 주신 것입니다."

공이 흔쾌히 웃으며 말했다.

"백 명의 미인을 모아 놓아도 집안을 공평하게 다스린다면 근심이 없네. 내 이미 창백을 사위로 삼고서 이런 일을 마음에 두겠느냐?"

원수가 호탕하게 웃으며 네 창녀의 근본을 물었다. 이들은 읍내 창녀가 아니고 고을에 중 대랑이라는 과부가 네 창녀를 데려다 길러 춤추며 노래하는 것을 가르쳤으나 일찍이 남자에게 보인 일이 없었다. 그런데 오늘은 경씨 집안의 종이 위력으로 앗아 왔다 하는 것이었다. 원수가 또 물었다.

"과부가 너희를 천금에 바꾼다 하면 어떻게 하겠느냐?"

네 창녀가 대답했다.

"천첩 등은 부모 없이 대랑 손에 자라 서로의 정이 모녀와 다르지 않습니다. 그러니 평생 그 곁을 떠나지 않고 싶습니다."

---

26) 앵혈(鶯血): 나이 어린 처녀의 팔뚝에 찍던 처녀성의 표시를 말함. 도마뱀에게 주사(朱沙)를 먹여 죽이고 말린 다음 그것을 찧어 어린 처녀의 팔뚝에 찍으면 첫날밤에 남자와 잠자리를 할 때에 없어진다고 함.

27) 총희(寵姬): 사랑하는 첩.

28) 적인(敵人): 상대라는 뜻으로 남편의 다른 아내를 이름.

원수가 군관 유겸에게 명해 천금의 준마(駿馬)에 네 여자를 태워 바로 경사에 올라가 월루에 머무르게 하라 했다. 그리고 대랑을 불러 말했다.

"네 창녀를 팔고 싶으면 천금을 주겠다. 하지만 이 창녀들과 떠나기 싫다면 유 군관을 따라 네 여자를 데리고 상경하라."

대랑이 멀리서 원수의 호방한 풍채를 구경했으나 이처럼 은혜로운 명령을 꿈에나 생각했겠는가. 기뻐서 몸이 떨릴 지경이었으나 도리어 두렵고 놀라며 순순히 명을 받들어 물러났다. 원수가 밤이 깊어지자 바야흐로 모시는 사람들을 물리치고 네 여자와 함께 자니 그 용모와 단아한 자질을 사랑해 자못 정이 깊었다.

다음 날 아침에 유겸에게 분부해 고 대랑과 네 여자를 거느려 먼저 길을 떠나라 했다. 유겸이 명령에 응하니 유겸에게 은자 백 냥을 주어 보냈다.

원수가 내당에 들어가 장인, 장모를 뵈니 공의 부부가 원수를 볼 때마다 더없이 사랑했다. 학사 등이 웃고 아뢰었다.

"창백은 참으로 모질고 제멋대로입니다. 엊그제 신랑이 되어 아무리 기운이 좋다 한들 처가에서 창녀를 맞아들였으니 그 도를 벗어난 행동은 이루 헤아릴 수 없을 만큼 밉고 괘씸합니다. 그런데 아버님과 어머님께서는 무엇이 어여뻐서 즐겁게 웃으시는 겁니까?"

공이 웃으며 말했다.

"이 신랑이 처첩이 많고 혈기왕성하니 마음에 드는 사위가 되지 못할 줄은 이미 알고 얻었다. 그러니 새로이 염려할 일이 아니다."

한림 등이 말없이 크게 웃고 화 부인도 미소 지었다. 원수가 또한 웃고 말했다.

"형 등이 장인, 장모님께서 날 사랑하시는 것을 시샘해 이런 말을 하니 진실로 장부의 도량이 아니네."

이에 학사 등이 웃었다.

날이 몹시도 빨라 어느새 며칠이 지나 서로 이별하게 되었다. 경공이 말했다.

"내년이면 상경할 터이니 다시 만날 날이 얼마나 오래 걸리겠느냐?"

부인이 몹시 서운해 몇 번이나 곧 만나는 날이 가까움을 일컬었다. 술잔을 날리는 가운데 주고받는 말이 천 갈래 만 갈래였다. 원수도 간절하게 내년 봄에 상경하시기를 언약하고, 그사이에 몸이 평안하시기를 말하며 피차의 정이 서로 가득했다.

학사 형제가 허전함을 이기지 못하고, 공은 시녀에게 소저를 부르게 해 곁에 앉히고 이별 인사를 나눴다. 공의 부부가 딸과 사위를 좌우에 앉히고 새삼 기뻐하면서도 원수가 돌아가는 것을 못내 아쉬워했다. 날이 저물자 원수가 공의 부부에게 예를 올렸다. 소저는 멀찍이 서 있으니 황홀한 자태와 화려한 얼굴이 더욱 새로웠다. 원수가 사랑하는 빛을 띠고 미미히 웃으며 말했다.

"생은 부인을 향해 예를 다하고 있는데 그대는 계속 서 있기만 하겠소?"

학사가 웃으며 말했다.

"자기 부모에게 고하지도 않고 장가드는 자는 아내에게 절 받기 쉽지 않네. 누이는 서 있지도 말고 앉아서 거만하게 창백이 말석에서 하는 절을 받으라."

소저가 부끄러운 빛이 은은한 채 원수를 향해 예를 했다. 원수가 답례해 작별하고 학사를 돌아보아 웃으며 말했다.

"형 집안의 문풍은 아내를 높여 공손히 절하는가 싶네. 나는 그런 예법을 알지 못하니 무식하고 법에 맞지 않는 말로 영매(令妹)를 가르치지 말게."

말을 마친 후에 이별하고 밖으로 나갔다. 부인이 이별의 눈물을 감추치 못하고, 공의 부자는 문밖에 나와 작별했다.

원수가 장졸을 거느리고 기세 좋고 힘차게 물밀듯 나아갔다. 겨울 시월에 상경한다는 선성(先聲)[29]이 황성에 이르렀다. 천자께서 승전보를 들으시고 매우 기뻐해 금후를 자주 명령해 부르셔서 천흥의 재주를 칭찬하고 상방어주(尙方御酒)[30]를 상으로 내려 주며 은혜가 날로 더하셨다. 금후는 황공해 하고 은혜에 감격하는 마음을 이기지 못했다.

원수가 경사로 돌아오는 날, 임금께서는 만조백관을 거느리고 남쪽 교외 십 리 밖에서 원수를 맞이하셨다. 비췻빛 장막은 구름에 닿았고 천상의 음악은 하늘을 흔들었으며, 비단에 수놓은 자리를 가지런히 늘어놓았다. 옥좌(玉座)를 높이 설치하고 문무백관이 좌우에서 모시니 풍습이 잘 다스려지고 태평성대의 시대임을 알 수 있었다.

한낮이 되자 승전곡과 개선가 소리가 은은히 울려 퍼지고 깃발과 절월(節鉞)이 비쳤다. 군대의 장졸이 일제히 산호만세(山呼萬歲)[31]해 국가의 큰 경사를 축하했다. 임금께서 기뻐하셔서 옥술잔에 어주(御酒)를 부어 취하도록 권하시고 금평후를 가까이 오라 명령하셔서 웃으며 말씀하셨다.

"임금과 신하는 아비, 아들과 같은 사이로다. 이제 천흥이 어린 나이에 영웅적인 재주가 이처럼 기이하니 이는 만세에 없어지지 않을

---

29) 선성(先聲): 미리 알리는 기별.

30) 상방어주(尙方御酒): 상방서(尙方署)에서 만든, 임금이 마시는 술.

31) 산호만세(山呼萬歲): 나라의 중요 의식에서 신하들이 임금의 만수무강을 축원하여 두 손을 치켜들고 만세를 부르던 일. 중국 한나라 무제가 숭산(嵩山)에서 제사 지낼 때 신민(臣民)들이 만세를 삼창한 데서 유래함.

공적이로다. 짐이 충성스럽고 어진 신하를 둔 것과 경이 영웅의 자식을 둔 것이 군신의 큰 복이로다."

그러고서 어주를 내려 주셨다. 금후가 엎드려 받들고 황공해 감당하지 못할 듯했다.

임금께서 군정사(軍政事)[32]를 올리라고 하시자, 원수가 참군사 원봉에게 군정을 아뢰라 했다. 부자, 형제가 서로 마주했으나 사사로운 정을 이르지 못해 다만 그사이에 부모가 평안하신 줄을 짐작하고 봄바람 같은 온화한 기운이 눈썹 사이를 움직였다. 원수는 시원스러운 풍채가 더욱 기특해 만 리 전쟁터에서 분주해 반드시 수척할까 염려했더니 살집이 있고 건장한 것이 전보다 더 나았다.

임금께서 군정 기록을 올리라 해 어람(御覽)하셨다. 원수가 자신의 큰 공을 스스로 드러내는 것을 기뻐하지 않아 군정사(軍政司)[33]에 분부해 공적을 빼라고 한 터였다. 하지만 부원수 이하 장수들이 정 원수의 덕을 우러러 차마 저의 지혜와 꾀를 감추는 것을 안타까워해 중군대장군이 사사로이 원수의 공덕을 치부해 올렸다. 임금께서 이를 괴이하게 여겨 물으셨다.

"대원수 정천흥의 지혜와 큰 재주를 군정사(軍政事)에 올리지 않고 중군에서 각각 올린 것인가?"

장수들이 아뢰었다.

"정천흥의 지혜와 큰 재주는 진유자(陳孺子)[34]와 비슷하고, 무후(武侯)[35]가 남만(南蠻)에게 항복 받던 지략이 많사오나 스스로 재주를 드

32) 군정사(軍政事): 군대의 일과 형편에 관한 일을 적은 기록.

33) 군정사(軍政司): 군정사(軍政事)를 기록하는 등의 일을 맡은 기관.

34) 진유자(陳孺子): 중국 전한(前漢)의 개국공신 진평(陳平, ?~B.C.178)을 이름. 유자(孺子)는 고향의 부로(父老)들이 진평에 대해 부른 이름.

35) 무후(武侯): 중국 삼국시대 촉한 유비의 책사 제갈량(諸葛亮, 181~234)의 제후 이름 무향후(武鄕侯)를 줄여 이른 말.

러내는 것을 기뻐하지 않아 이름을 군정록에 올리지 않으므로 중군 장졸이 사사로이 기록한 것이옵니다. 영웅의 재주가 기록에서 없어지는 것이 아까워 한 일이니 폐하께서 살펴 주시기를 바라나이다."

임금께서 웃으시고 정 원수를 병부상서 용도각 태학사 병마절제사 제로도총병 좌장군평남후에 봉하셨다. 원수가 깜짝 놀라 평남후 직위를 도로 거두어 주시기를 진정으로 아뢰었으나 임금께서 끝내 윤허하지 않으셨다. 부원수 이하의 장졸들에게도 봉작(封爵)을 더하시니 원수가 하릴없어 은혜에 감사했다.

임금께서 궁으로 돌아가실 때 원수에게 명령해 대군을 거느려 앞에 서게 하시고, 황상께서는 만조백관을 거느리고 뒤에서 따라가셨다. 금평후에게는 난여(鸞輿)[36] 곁에서 호위하며 원수가 행군하는 것을 보라 하시니, 금후가 황송하고 감격해 은혜 갚을 바를 알지 못했다.

원수가 장졸을 거느리고 성안으로 들어갈 때 칼과 창이 서릿발 같고 깃발과 절월(節鉞)은 햇빛을 가렸으며 큰길에는 티끌이 일었다. 천병만마가 원수를 호위해 대오를 나누었으니 호통(號筒)[37] 세 번에 위엄 있는 행렬이 촘촘히 늘어서 온 길에 휘황하고 행군의 기율은 한신(韓信)[38], 주아부(周亞夫)[39]보다 세 번 나은 것이 있었다. 임금께서 바라보시고 매우 기뻐하며 칭찬하셨다. 도성의 온 백성들이 다투어 구경하며 원수의 위엄을 흠모하며 갈채하고, 사람마다 금평후에게 복이 있음을 일컬으며 아들을 둔다면 정 원수와 같기를 원했다.

---

36) 난여(鸞輿): 임금이 타는 가마.
37) 호통(號筒): 군중(軍中)에서 불어 호령을 전달하는 데 쓰는 악기.
38) 한신(韓信): 중국 전한의 무장이자 개국공신(?~B.C.196).
39) 주아부(周亞夫): 중국 전한(前漢) 전기의 무장, 정치가(?~B.C.143). 한(漢)나라 문제(文帝) 때 흉노가 침입하자 세류영(細柳營)에서 주둔했다가 흉노를 크게 물리쳐 승상이 됨.

일행이 대궐 문에 이르자, 사졸이 진을 펼치고 임금의 가마가 문화전(文華殿)[40]으로 들어가고 원수와 문무 관리들이 호위했다. 조회가 끝난 뒤 모두 물러나 각자 집으로 돌아갔다.

원수가 사졸들에게 명령해 각각 집으로 돌아가 부모와 처자를 반기라 했다. 삼만 명의 정예병과 열 명의 장수가 이번 승리가 다 원수의 덕분이라 하며 손발을 놀려 춤추니 환호하는 소리가 가득했다. 차례로 벼슬과 상을 받으니 기쁜 마음으로 복종하고 군사들이 말하는 소리와 격조(擊刁)[41]하는 떠들썩함이 없었다.

이날 황후 마마께서 여섯 명의 비빈(妃嬪), 황친들, 태자비, 공주 등을 거느리시고 높은 누각에 올라 정 원수가 승전하고 조정에 돌아오는 행렬을 지켜보셨다. 황후 마마로부터 온 궁중의 사람들이 그 어린 나이에 헌걸찬 풍채가 비상한 데 탄복했다.

그 가운데 문양 공주는 김 귀비의 소생이었다. 영민하고 사랑스러운 얼굴이 절세했으나 성품이 좋지 못해 교활하고 방자하며 매우 음란했다. 이날 높은 누각에서 정 원수를 한번 보고 온 정신이 아득히 날아갈 듯했다. 정 원수의 기이하고도 아름다운 모습에 반해 원수를 칭찬하니 사람으로서의 부끄러움을 몰랐다.

황후가 침전으로 돌아와 문양 공주를 꾸짖으셨다.

"짐이 본디 외전(外殿)을 엿본 적이 없다가 오늘 정 씨가 공을 세우고 돌아온다기에 한가한 틈을 타 그 행렬을 구경했다. 그런데 네가 규방의 여자로서 외조의 신하를 기리니 이는 전혀 가당치 않고 한심한 일이다. 모름지기 행실을 닦고 스스로 허물이 없도록 하여라."

---

40) 문화전(文華殿): 중국 명청(明清) 시대에 있었던 궁전의 이름. 여기에서는 일반적인 궁의 뜻으로 쓰임.

41) 격조(擊刁): 조두(刁斗)를 두드리며 침. 조두는 옛날에, 군에서 냄비와 징의 겸용으로 쓰던 기구. 낮에는 취사할 때, 밤에는 진지의 경계를 위하여 두드리는 데 썼음.

유 황후는 총명하고 현숙하며 엄격하시기에 공주가 두려워하고 조심해 한마디도 하지 못했다. 침소에 돌아가 저녁밥도 안 먹고 침상에 누우니 김 귀비가 크게 걱정했다.

원편, 원수는 아버지를 모시고 사인과 함께 취운산 본부로 향하니 벌써 밤이 깊어 있었다. 문에 이르러 아버지를 붙들어 수레에서 내리시게 하고서 뜰에서 절하며 안부를 여쭈었다. 세흥이 할머니께서 간절하게 몹시 기다리고 계신다 고했다. 평후가 원수에게 서둘러 내당에 가도록 하니 태부인이 난간에 나와 기다리고 있었다.

금후가 붙들어 침전에 드시기를 청하고 원수가 할머니와 어머니에게 급히 절을 올렸다. 태부인이 서둘러 원수의 손을 잡으며 너무 반가워 마음이 황홀해졌고, 그 마음이 어디에서 오는지조차 미처 깨달을 수 없었다. 눈을 들어서 원수를 보니 기상이 늠름해 조금도 수척하지 않은 데 더욱 기쁨을 이기지 못했다. 원수가 오랫동안 곁을 떨어져 있던 그리움을 전하며 태부인과 부모가 평안하신 것을 기뻐하니 태부인이 원수의 손을 잡고 등을 두드리며 매우 즐거워했다. 진 부인이 역시 손을 잡고 매우 사랑하며 반기는 마음을 이기지 못했다. 원수가 부드러운 말과 온화한 기운으로 길이 그리워하던 회포를 고했다.

태부인이 윤 씨와 양 씨 두 부인이 순산했음을 전했다. 윤 씨의 아들은 기품이 또렷하고 말도 능해 남다른 재주가 있음을 말하고, 양 씨의 딸은 기묘하고 절세해 바다의 명주(明珠)와 금화분의 모란 같음을 전하며 웃는 입을 다물지 못했다.

원수가 다행함을 이기지 못해 비로소 눈을 들어 좌우를 살폈다. 윤·양·이 세 부인과 사인 부인 이 씨가 멀찍이 서 있기에 이 씨에게 예를 표하고 세 부인과도 인사했다. 금후가 사인에게 앉으라 명하고 원수에게 적을 무찌르던 일을 물으며 그윽이 기뻐했다. 그러나 원수가 남달리 능란하고 활발해 만여 리를 오가는 사이에 무슨 허튼 일이 있었는지 깊이 염려했다. 그래도 자신에게 고하지 않고 아내를 얻은 일과 네 창녀를 실어 온 곡절이야 어찌 알겠는가. 이에 물었다.

"운남에서 소주, 항주까지는 신속히 왔는데 절강에서 상경할 때는 어찌 늦어진 것이냐?"

원수가 죄를 지은 것이 있으므로 아버지가 묻자 흠칫 놀랐으나 낯빛을 바꾸지 않고 자세를 바로 해 엎드려 대답했다.

"운남에서 소주, 항주까지는 서둘러 왔으나 절강에 이르러 작은 병에 걸려 신음하며 천천히 오다 보니 자연히 늦어졌습니다."

금후는 원수가 절강에서 무슨 허튼 짓을 했는지 의심했다. 원수가 술을 좋아하고 미색을 좋아하는 성정에 절강에서 술을 마시고 미색을 가까이하며 낭자하게 지냈는지 의심했으나 원수의 말과 어찌 차이가 크지 않은가. 태부인이 평후와 원수에게 저녁밥을 내오게 하니 평후가 이에 대답했다.

"소자는 어전에서 술과 온갖 진귀한 음식을 너무 많이 먹어 이제 밥을 먹기가 어렵습니다."

그리고 좌우의 사람들에게 원수 형제에게 저녁상을 내오라 하고 자기는 두어 잔의 술만 마셨다.

원수 형제가 저녁을 다 먹고 어른들을 모시고 말할 적에, 남후가 시원한 마음을 이기지 못했다. 그리고 속으로 경 씨를 떠올리며 부디 묘한 계교로 아버지를 속이고 경 씨를 다시 얻어 한 집에서 즐기겠다 꿈꾸고 네 명의 창녀를 첩의 수에 채울 생각이 간절했다. 그러나 아버지의 훈계가 두려워 감히 실행할 마음을 먹지 못했다.

태부인이 남후 부부가 좌우에 벌여 있는 것을 보고 즐거움을 이기지 못해 남후의 손을 잡고 등을 어루만져 마음속 깊이 탄복하며 말마다 우리 집안의 천리구(千里駒)[42]라 일컬었다.

"노모가 오늘 저녁에 비록 죽어도 무슨 한이 있겠느냐? 그러나 윤씨 며느리의 얼굴이 너무 수려하니 조물주가 그 지극한 바를 시기할까 두렵구나. 윤씨 집안이 조용하지 않으니 오래지 않아 혜주의 고생이 어떠할꼬? 다른 사람은 무심해도 노모는 근심으로 한시도 마음을 놓지 못하겠구나."

이에 남후가 좋은 말로 위로했다. 외당이 하객으로 북적이니 금후 부자가 나가 손님을 맞고 돌려보냈다.

다시 들어와 조용히 태부인을 모시고 이야기를 나눴다. 그사이에 혜주가 혼인을 한 일과 혜주가 대궐에 들어가 절개를 완전히 해 임금께서 정문포장(旌門褒獎)[43]하신 일을 태부인과 평후가 전했다. 진부인이 오랑캐 나라의 인물과 풍속을 묻자 남후가 일일이 고했으나 운남왕 딸에 대한 이야기는 하지 않았다. 비록 오랑캐 나라의 여자지만 규수가 음란하고 무례하기 때문이었다.

이처럼 담소를 나누다 새벽이 되었다. 평후가 모친께 주무시도록 권하자 태부인이 웃으며 말했다.

"천아를 보니 반가운 마음이 황홀해 잠이 없구나. 너희가 힘들면 나가고 노모는 염려하지 마라."

평후가 어머니의 기운이 상할까 염려되어 여러 번 말씀드려 침상에 드시게 했다. 남후 형제는 아버지를 모시고 외헌에 나와 공의 이부자리를 펴 아버지가 잠자리에 드시기를 기다렸다. 그러고서 형제

42) 천리구(千里駒): 하루에 천 리를 달릴 수 있을 정도로 좋은 말이라는 뜻으로, 뛰어나게 잘난 자손을 칭찬(稱讚)하여 이르는 말.

43) 정문포장(旌門褒獎): 정문을 세워 칭찬하여 장려함. 정문은 충신, 효자, 열녀 들을 표창하기 위하여 그 집 앞에 세우던 붉은 문.

가 넓은 이불에 긴 베개를 펴고 손을 잡고 팔을 붙여 이별의 정을 나누었다. 평후가 원수를 곁에 눕히니 마치 태산이 앞에 있기라도 한 듯해 부자의 자애로써 그 위엄과 씩씩한 모습에 기뻐했다. 나라 밖 전장에서 흉한 칼끝을 대적했으나 만 리 길에 조금도 수척하지 않은 것에 기뻐해 아들을 비할 데 없이 귀중히 여겼다. 그러나 원수가 혹 무슨 이상한 짓을 저지르고 왔는가 염려해 진심으로 기뻐하며 사랑하는 모습은 보이지 않았다.

다음 날 아침에 부자, 형제가 태부인께 문안할 때 원수의 자녀가 태부인 무릎 위에 앉아 있었다. 평후가 웃고 원수를 가리켜 말했다.

"저 사람이 네 아비니 가서 인사 드리렴."

딸은 뭐라고 말하는 줄 몰랐으나, 아들은 알아듣고 곧장 원수의 앞에 나아가 앉았다. 남후가 눈을 들어 살피니 난 지 겨우 아홉 달밖에 안 되었으나 빛나고 커다래 보통 아이 서너 살쯤 되어 보였다. 용모가 뚜렷해 해와 달 같은 이마는 옥으로 높이 엮었으며, 봉안(鳳眼)은 흐르는 별과 같았고, 밝은 빛이 찬란해 윤 부인의 타고난 아름다움을 그대로 물려받은 듯했으며, 자태가 화려한 것은 오히려 자기보다도 빼어났다. 하얀 이와 붉은 입술에 연꽃 같은 뺨과 눈 같은 귀밑머리에는 복록이 어려 있고 성인의 기운을 타고났으니 실로 봉황의 새끼 같았다. 귀하게 여기는 마음이 절로 흘러나오고 기쁨이 무궁해 만면에 기쁜 빛이 감돌았으니 남후의 웃는 얼굴이 볼 만했다. 태부인이 딸을 안아 주며 말했다.

"아들은 용과 기린 같고 딸은 구슬과 꽃 같으니 너희가 자녀를 잘 낳은 것이 아비의 기운을 이은 것이구나."

남후가 두 손으로 딸을 받아 곁에 놓으니, 두 아이가 다 예전에 본 아이들처럼 반가움이 지극했다. 딸의 기이하고 화려한 어여쁜 얼굴이 어머니의 풍모를 오로지 본받아 기이하고 절묘했으니 사랑하는 마음을 형용할 길이 없었다. 윤·양·이 세 부인이 자리에 있는 것을 보고 경 씨를 은근히 떠올리며 묘한 계책으로 아버지를 속이고 경 씨를 다시 맞아 한 집에서 즐기리라 다짐했다. 형아 등 뭇 창녀를 모아 첩의 수를 채우고 싶은 마음을 참기 어려웠으나 부친이 모르시는 일인 만큼 온통 마음을 놓지 못했다.

평후가 남후에게 말했다.

"혜아의 혼사는 이미 치렀으니 하 씨 아이도 희천과 혼인시키려 한다. 그러나 윤 명강이 전날 하 씨 아이를 데려온 곡절을 모를 것이니 우리가 저 집을 속인 것을 괴이하게 여길까 걱정스럽구나."

남후가 대답했다.

"윤씨 집안과 혼인할 생각이 없으나 이미 빙물을 받은 혼사이니 세월을 보내는 것이 부질없고 각자 자기 팔자에 길흉화복이 달려 있으므로 사람의 힘으로 벗어날 것이 아닙니다. 소자가 오늘이라도 윤 사원을 보아 의논해 조속히 혼인을 치르도록 하겠습니다."

순 태부인이 탄식하며 말했다.

"혜주를 혼인시킨 지 석 달이 되었건만 아직 데려오지 못하고 호랑이 굴에 두었으니 염려가 사라지지 않고 날로 심하구나. 하 씨 아이를 마저 혼인시켜 보내면 이 마음을 가눌 길이 없겠구나."

남후가 웃으며 위로했다.

"위 태부인과 유 부인의 성정이 비할 데 없이 흉악하나 누이를 마음대로 죽이지는 못할 것입니다. 하 누이는 비록 위태로운 지경을 맞더라도 윤 씨처럼 손을 맺고서 평안히 좋은 일처럼 재앙을 맞이하지는 않을 것이니 할머님은 너무 염려하지 마소서."

진 부인이 탄식하며 말했다.

"어느 사람이 재앙을 즐기고 싶겠는가마는 윤 씨 며느리는 그때 형세가 반드시 변통을 못 할 지경이라 부질없이 죽을 뻔했다. 그러니 혜주가 아무리 총명하고 영리해도 모진 수단을 면할 수 있겠느냐? 내가 진실로 살아오면서 괴로움을 알지 못했는데 혜아를 혼인시키고 난 뒤로는 밤이나 낮이나 절박한 근심 때문에 한시도 마음을 놓지 못하겠구나."

남후가 좋은 말로 위로했다.

밖에 하객이 모여 있음을 고하니 외당에 나가 빈객을 맞이했다. 여러 왕과 공후, 맑고 어진 명사들이 벌이 뭉기듯 이르러 남후의 공적이 역사에 빛난 것을 축하했다. 남후를 대해 만 리 전장에서 이겨 공을 세우고 개선가를 부르며 군대를 이끌고 돌아온 것을 치하했다. 평후는 오직 좌우로 응대하며 축하하는 말을 감당하지 못하겠다고 했다. 남후가 아버지 앞에서 무릎을 모으고 단정히 앉아 천천히 몸을 굽히고 감사 인사를 올렸다.

"위로는 국가의 큰 복에 힘입고 아래로는 장졸의 도움 덕분에 남쪽 오랑캐를 평정한 것이니 소생의 재주 때문은 아닙니다. 그런데 전하의 은혜가 과도하셔서 어가(御駕)가 교외(郊外)까지 나와 친히 맞이하시고, 소생이 외람한 벼슬을 얻었으니 모든 일이 제 분수에 벅찰 만큼 큰 은혜라 떨리고 두려웠습니다. 여러 명공께서 저희 집에 직접 찾아와 빛내 주시고, 소생의 재주 없고 덕이 부족한 점을 지나치게 칭찬해 주시니 더욱 몸 둘 바를 모르겠습니다."

말이 잠시 끊긴 사이에 아전이 와서 윤 추밀과 윤 학사가 왔음을 알렸다. 남후 등이 마루에서 내려가 그들을 맞이하며 사인을 보고 웃으며 말했다.

"어제 어전에서 태학사 반열에 사원이 있는 것을 보고 그사이에 지위가 올라 궁궐에 출입하게 된 것을 다행으로 여겼다. 그러나 임금께서 바로 앞에 계셔서 사사로운 정을 펴지 못하고 조회가 끝난 뒤에 데리고 오려 하다가 한밤중에 어디로 간 줄 알지 못해 그저 나와 서운했는데 이제 이르렀으니 피차 이별의 정을 달랠 수 있겠구나."

사인이 웃으며 계부를 모시고 마루에 올랐다. 추밀이 남후의 손을 잡고 적을 무찌르고 성공한 것을 치하하며 평후에게 웃음을 머금은 채 말했다.

"창백이 승전해 조정에 돌아오는 행렬을 임금께서 성문 밖에서 친히 맞이하셨으니, 영광이 큰 것은 이를 것도 없고 창백이 남쪽 오랑캐를 평정했으니 국가의 큰 경사요, 정씨 집안에는 더없는 복이라네. 우연한 남이라도 창백의 빼어남을 칭송하지 않은 이가 없으니 형의 마음을 이를 수 있겠는가?"

평후가 미소하고 말했다.

"어린 아이가 말할 거리도 못 되는 재주로 이토록 큰 은혜를 입으니 분에 넘치는 복이네. 그래서 부자(父子)가 기쁜 줄을 알지 못하고 두렵고 떨려 바늘 위에 앉은 듯하니 조금도 쾌활한 마음이 없네."

추밀이 겸손이 지나치다 이르고 남후에게 적을 무찌른 이야기를 물으며 담소했다. 빈객이 끊임없이 밀려와 안장 달린 말과 수레가 구름이 모이듯 했다. 벽제(辟除)[44] 소리가 울리고 두 바퀴 수레며 추종(騶從)이 운산 만수동에 메여 동구에 떠들썩했다. 윤 추밀이 곧 말을 하다가 내당이 어수선할 것 같아 조카를 보지 않고 돌아가려 했다. 이를 본 금평후가 말했다.

"형이 어찌 며느리를 안 보고 가려 하는가?"

---

44) 벽제(辟除): 지위가 높은 사람이 행차할 때, 구종(驅從) 별배(別陪)가 잡인의 통행을 금하던 일.

추밀이 대답했다.

"조카를 보고 싶으나 내당이 북적일 것 같아 나중에 다시 오려고 하네."

금후가 남후에게 명령해 추밀과 사인을 인도해 며느리를 보도록 하라 하며 사인을 돌아보아 말했다.

"네가 비록 외생(外甥)[45]이지만 어머님께서는 너를 천흥이 등과 다름없이 여기신단다. 네가 여기까지 와서 어머님을 뵙지 않는 것은 실로 정이 박한 것이다. 누이를 본 후에 들어가 어머님께 인사드려라."

윤 사인이 원래 성품이 호방해 처가에 자주 드나들며 거리낌이 없었으므로 웃음을 띠고 대답했다.

"제가 이곳에 올 때마다 내당에 인사드리는 것을 핑계 삼아 왔는데 오늘이라고 해서 그냥 가겠습니까? 죽청 형이 돌아왔으니 내당이 어수선할 것이라 외부 사람이 출입하는 것은 번거로움만 더할까 합니다."

금후가 웃으며 어수선하지 않으니 걱정 말라고 말했다.

남후가 윤 공 숙질(叔姪)과 함께 선월정으로 갔다. 윤 부인이 계부를 뵙고 사인과 반가움을 이기지 못하니, 수려한 얼굴과 찬란한 아름다움이 방안을 환히 밝혀 온갖 빛나는 자태가 볼수록 새로웠다. 이팔청춘에 공후(公侯)의 원비(元妃)가 되어 성대한 위엄과 존귀한 행동을 지녀 비록 겸손하고 자신을 낮추는 것을 위주로 했으나 타고난 귀한 골격이 평범한 사람과는 확연히 달랐다. 추밀이 이에 매우 흡족해 하며 남후가 승전해 군대를 이끌고 돌아온 것을 언급하며 기쁨을 이기지 못하고, 젖먹이 아이를 찾아 무릎 위에 앉히고 어루만

45) 외생(外甥): 편지글에서, 사위가 장인·장모에게 자기를 이르는 일인칭 대명사. 여기에서는 순태부인에 대해 그 손녀사위 윤광천을 이름.

지며 말했다.

"형수님이 이 아이의 얼굴을 모른 채 지내시고, 조카가 옥루항에 오간 지도 벌써 삼 년이 지났구나. 여자가 시집을 가면 부모, 형제와 멀어진다고 한들 조카처럼 친정에 왕래하지 못하는 이가 있겠느냐? 모름지기 조만간 귀녕(歸寧)[46]해 젖먹이 아이도 데려오도록 하라."

소저가 미처 대답하지 못해서 남후가 곁눈질로 추밀을 보며 미미히 웃고 엄숙한 빛으로 무릎을 쓸며 말했다.

"남녀의 몸가짐이 다르다 한들 어버이를 향한 사사로운 정이야 어찌 다르겠습니까? 존부의 슬하가 적막하시니 제 아내가 잠깐 귀녕해 태부인과 장인, 장모님을 뵙는 것이 인정에 당연합니다. 하지만 아내가 혼인하기 전에도 잃어버리는 화를 만나 구차히 남장으로 음양을 바꾸고 산사에서 깊이 숨어 지내다가 소생이 우연히 만나 비로소 아내의 근본을 알아 혼례를 이루었습니다. 부인네 약한 심장은 예로부터 장부에게 자잘한 염려가 없는 것과 다르다 보니, 할머님께서 늘 아내를 위해 무당에게 아내의 운수를 점치게 하시면 아내가 존부에 잠시라도 귀녕한다면 재앙을 만날 것이라 했습니다. 이에 할머님께서 놀라셔서 일절 귀녕을 막으셨으나, 가친께서 어찌 그렇지 않다는 것을 모르시겠습니까? 다만 노친의 뜻에 반하지 못하셔서 그런 것입니다. 소생이 평소 무복(巫卜)을 허망히 여겨 가까이 본 일이 없으나 할머님의 근심을 풀려고 올해 신정에 주역팔괘(周易八卦)[47]를 펼쳐 영질(令姪)의 운수를 점쳐 보았습니다. 과연 귀녕한다면 그

46) 귀녕(歸寧): 시집간 딸이 친정에 가서 부모를 뵘.

47) 주역팔괘(周易八卦): 주역(周易)은 유교 경서 중의 하나로 만상(萬象)을 음양 이원으로써 설명하여 그 으뜸을 태극이라 하였고 거기서 64괘를 만들었는데, 이에 맞추어 철학・윤리・정치상의 해석을 덧붙였음. 팔괘는 중국 상고 시대에 복희씨가 지었다는 여덟 가지의 괘. 『주역』에서 세상의 모든 현상을 음양을 겹치어 여덟 가지의 상으로 나타낸 ☰[건(乾)], ☱[태(兌)], ☲[이(離)], ☳[진(震)], ☴[손(巽)], ☵[감(坎)], ☶[간(艮)], ☷[곤(坤)]을 이름.

몸이 반드시 재앙을 만난다는 점괘가 나왔으니 도리어 가소로웠고 점사(占辭)가 무복(巫卜)과 같이 나온 것을 기이하게 여겼습니다. 그러나 이로 본다면 아내가 옥루항을 오가는 것은 참으로 어려운 일입니다. 소생 집에 편안하고 조용한 별당이 있는데 마치 다른 집 같습니다. 장모님께서 따님을 보고 싶으시다면 가끔 별당에 와 아내와 아이를 보시는 것이 무방합니다."

추밀은 남달리 꼼꼼하지 못한 성품을 지녔으므로 남후의 말에 담긴 속뜻을 모르고 웃으며 말했다.

"나는 창백이 현명하고 통달한 장부라 생각했더니, 오늘 말한 것을 보면 염려가 끝이 없으니 어찌 괴이하지 않은가? 조카딸을 귀근(歸覲)[48]하지 못하게 한다면 영매(令妹) 또한 귀근하지 못할 것이네."

남후가 여유롭게 웃으며 말했다.

"여자는 반드시 남편을 따라야 합니다. 누이가 존부 사람이 되었으면 그 화복과 고락(苦樂)도 사원에게 달린 것입니다. 아무리 사정이 급해도 어찌 매양 데리고 있으려 하겠습니까? 귀근을 일생 동안 허락하지 않으셔도 그 몸이 무사하다면 다행일 것입니다. 영질(令姪)을 안 보내는 것을 연좌해서 누이의 귀녕을 막으시는 것이 괴이하지는 않으나 피차의 사정을 잘 헤아리지 못하시는 것 같아 깊이 실소합니다. 영질은 혼인한 지 사 년 만에 자식을 두었습니다. 생의 집이 적막하지 않은데 할머님과 부모님께서 영질의 잔약함을 꺼리지 않고 사랑하시는 것은 소생이 바랄 바가 아닐 정도입니다. 그런데 누이는 어린 나이에 존부에 시집갔는데 장인께서 안 계시고, 합하께서 극진히 사랑해 주신다 해도 자기 마음은 친정에 있을 때와는 많이

48) 귀근(歸覲): 시집간 딸이 친정에 가서 부모를 뵘.

같지 않을 것입니다. 긴 것을 자르고 짧은 것을 보충한다 해도 누이의 사람됨이 영질보다 위에 있을 것이나 시가에 나아가 아무 근심이 없이 즐기는 것은 누이가 영질만 못할 것입니다."

추밀이 이 말을 듣고서는 모친이 어질지 않으신 것을 남후가 알고 이처럼 이르는가 여겼다.

제2부

주석 및 교감

· 일러두기 ·

A. 원문

1. 저본은 한국학중앙연구원 장서각 소장본(100권 100책)으로 하였다.
2. 면을 구분해 표시하였다.
3. 한자어가 들어간 모든 어휘는 한자 병기를 원칙으로 하였다.
4. 음이 변이된 한자어 및 한자와 한글의 복합어는 원문대로 쓰고 한자를 병기하였다.
   예) 고이(怪異). 겁칙(劫-)
6. 현대 맞춤법 규정에 의거해 띄어쓰기를 하되, 소왈(笑曰)처럼 '왈(曰)'과 결합하는 1음절 어휘는 붙여 썼다.

B. 주석

1. 다음과 같은 경우에 각주를 통해 풀이를 해 주었다.
   가. 인명, 국명, 지명, 관명 등의 고유명사
   나. 전고(典故)
   다. 뜻을 풀이할 필요가 있는 어휘
2. 현대어와 다른 표기의 표제어일 경우, 먼저 현대어로 옮겼다.
   예) 추텬(秋天): 추천.
3. 주격조사 'ㅣ'가 결합된 명사를 표제어로 할 경우, 현대어로 옮길 때 'ㅣ'는 옮기지 않았다. 예) 긔위(氣宇ㅣ): 기우.

C. 교감

1. 교감을 했을 경우 다른 주석과 구분해 주기 위해 [교]로 표기하였다.
2. 원문의 분명한 오류는 수정하고 그 사실을 주석을 통해 밝혔다.
3. 원문의 의미가 분명하지 않은 경우, 박순호본(36권 36책)과 한국학중앙연구원 장서각 소장본2(2권1책)를 참고해 수정하고 주석을 통해 그 사실을 밝혔다.
4. 알 수 없는 어휘의 경우 '미상'이라 명기하였다.

D. 참고한 문헌

1. 국립국어원 표준국어대사전(https://stdict.korean.go.kr)
2. 한국고전종합DB(https://db.itkc.or.kr/)
3. 한어대사전(전 13권), 중국 상해사서출판사, 1994.
4. 고려언어연구원, 『조선말 고어사전』, 흑룡강 조선민족출판사, 2006.
5. 박재연 편, 『고어사전』, 이회문화사, 2001.
6. 서대석 외 엮음, 『고전소설독해사전』, 태학사, 1999.
7. 삼대록계 소설 사전(미간행)

명듀보월빙(明珠寶月聘) 권디십삼(卷之十三)

1면

화셜(話說). 윤(尹) 공ᄌᆞ(公子) 광텬의 ᄌᆞ(字)ᄂᆞᆫ ᄉᆞ원이니 시년(時年)이 바야흐로 십삼츈광(十三春光)을 당(當)ᄒᆞ니 신댱(身長)이 언건댱슉(偃蹇壯夙)[1]ᄒᆞ여 팔(八) 쳑(尺) 대댱부(大丈夫)의 톄위(體位)를 일워시니, 빗난 문댱(文章)은 태샤쳔(太史遷)[2]의 디나고 아ᄅᆞᆷ다온 필법(筆法)은 죵왕(鍾王)[3]을 묘시(藐視)[4]ᄒᆞ고 우ᄒᆞ로 텬문(天文)과 아ᄅᆡ로 디리(地理)를 달통(達通)ᄒᆞ며, 녀력(膂力)[5]이 과인(過人)[6]ᄒᆞ여 구뎡(九鼎)[7]을 가바야이 넉이니 발호(拔豪)[8]ᄒᆞᆫ 긔상(氣像)은 태산(泰山)을 넘쮤 ᄃᆞᆺ, 튱댱(充壯)[9]ᄒᆞᆫ 긔운이 구텬(九天)을 밧들 ᄃᆞᆺ, 빅

1) 언건댱슉(偃蹇壯夙): 언건장숙. 건장하고 조숙함.

2) 태샤쳔(太史遷): 태사천. 사마천(司馬遷, B.C.145~B.C.86)을 이름. 중국 전한(前漢)의 역사가로, 자는 자장(子長)이며 태사(太史)는 태사령(太史令)을 지낸 그의 관직명을 따른 이름임. 기원전 104년에 공손경(公孫卿)과 함께 태초력(太初曆)을 제정하여 후세 역법의 기초를 세웠으며, 역사책 『사기』를 완성하였음.

3) 죵왕(鍾王): 종왕. 종요(鍾繇)와 왕희지(王羲之)를 아울러 부르는 말. 종요는 중국 삼국시대 위(魏)나라의 대신·서예가(151~230). 자는 원상(元常). 조조를 도운 공으로 위나라 건국 후 태위(太尉)가 됨. 해서(楷書)에 뛰어나 후세에 종법(鍾法)으로 일컬어짐. 왕희지는 중국 동진(東晉)의 서예가(307~365)로 자는 일소(逸少)이고 우군 장군(右軍將軍)을 지냈으며 해서·행서·초서의 3체를 예술적 완성의 영역까지 끌어올려 서성(書聖)이라고 불림.

4) 묘시(藐視): 업신여김.

5) 녀력(膂力): 여력. 육체적으로 억누르는 힘.

6) 과인(過人): 남보다 뛰어남.

7) 구뎡(九鼎): 구정. 중국 하(夏)나라의 우왕(禹王) 때에, 전국의 아홉 주(州)에서 쇠붙이를 거두어서 만들었다는 아홉 개의 솥. 주(周)나라 때까지 대대로 천자에게 전해진 보물이었다고 함.

8) 발호(拔豪): 빼어나고 호탕함.

9) 튱댱(充壯): 충장. 기세가 충만하고 씩씩함.

년대이(白蓮大耳)[10]와 호비쥬슌(皓鼻朱脣)[11]이며 일월명목(日月明目)은 츄슈(秋水)의 브정(不淨)ᄒᆞ믈 나모라니, 긴 눈셥은 텬창(天倉)[12]을 ᄶᅧᆯ쳐

2면

시며 슈〃과슬(手垂過膝)[13]ᄒᆞ여 쳔고영걸(千古英傑)이오 일셰군ᄌᆡ(一世君子ㅣ)라, 보ᄂᆞᆫ ᄌᆡ(者ㅣ) 황홀긔ᄋᆡ(恍惚奇愛)[14]ᄒᆞᄃᆡ,

오ᄃᆡ 조모(祖母) 위 태부인(太夫人)과 뉴 시(氏) 포흉극악(暴凶極惡)[15]이 ᄊᆡ로 극심(極甚)ᄒᆞ여 조(曹) 부인(夫人) 삼모ᄌᆞ(三母子)를 업시코져 ᄒᆞ연 지 셰월(歲月)이 오란디라. 신묘랑을 어더 악ᄉᆞ(惡事)를 도모(圖謀)ᄒᆞᄃᆡ 묘랑이 조(曹) 부인(夫人) 삼모ᄌᆞ(三母子)를 가바야이 ᄒᆡ(害)치 못ᄒᆞᆯ 줄 알고 거ᄌᆞᆺ 암ᄌᆞ(庵子) 짓기를 닐너 밀막더니, 임의 역ᄉᆞ(役事)를 필(畢)ᄒᆞᄆᆡ 뉴 시(氏) 묘랑을 쳥(請)ᄒᆞ여 모의(謀議)ᄒᆞ연 디 삼ᄉᆞ(三四) 츈취(春秋ㅣ)로ᄃᆡ 실(實)노 젹은 효험(效驗)을 보디 못ᄒᆞ고 금은(金銀)만 허비(虛費)ᄒᆞᆯ ᄲᅮᆫ이오 일무쇼원(一無所願)[16]ᄒᆞᄆᆡ 울〃블낙(鬱鬱不樂)[17]ᄒᆞᄂᆞᆫ디라.

묘랑이 두로 단니며 괴(怪)ᄒᆞᆫ ᄆᆡ골(埋骨)과 요괴지믈(妖怪之物)을 모화

---

10) ᄇᆡᆨ년대이(白蓮大耳): 백련대이. 흰 연꽃잎처럼 크고 하얀 귀.
11) 호비쥬슌(皓鼻朱脣): 호비주순. 흰 코와 붉은 입술.
12) 텬창(天倉): 천창. 관상에서, 두 눈썹의 사이 또는 이마의 복판을 이르는 말. 천정(天庭).
13) 슈〃과슬(手垂過膝): 수수과슬. 손이 무릎 아래로 내려옴.
14) 황홀긔ᄋᆡ(恍惚奇愛): 황홀기애. 황홀하고, 기이하게 여겨 사랑함.
15) 포흉극악(暴凶極惡): 흉포하고 지극히 악함.
16) 일무쇼원(一無所願): 일무소원. 하나도 원하는 대로 되는 것이 없음.
17) 울〃블낙(鬱鬱不樂): 울울불락. 우울해 하며 즐거워하지 않음.

3면

뉴 시(氏)긔 헌계(獻計)ᄒᆞ여, 조(曹) 부인(夫人) 침뎐(寢殿)과 냥(兩) 공ᄌᆞ(公子) 쳐소(處所)의 반야삼경(半夜三更)[18]의 ᄀᆞ마니 ᄒᆡᆼ계(行計)ᄒᆞ여 모ᄌᆞ(母子) 삼(三) 인(人)의 절명(絕命)을 텬디신명(天地神明)의 비러시ᄃᆡ 일이 비밀(祕密)ᄒᆞᆫ 고(故)로 알 니 업ᄉᆞ니 삼(三) 인(人)이 듀야(晝夜) ᄉᆞᄉᆡᆼ(死生)을 죄오더라.

젼일(前日)은 츄밀(樞密)이 냥(兩) 공ᄌᆞ(公子)를 다리고 ᄇᆡᆨ화헌의 셔 ᄌᆞ더니, 방금(方今)ᄒᆞ여ᄂᆞᆫ 냥(兩) 공ᄌᆡ(公子ㅣ) 댱셩(長成)ᄒᆞ고 빈ᄀᆡᆨ(賓客)이 번거ᄒᆞ므로 독셔(讀書)의 온젼(穩全)ᄒᆞ믈 인(因)ᄒᆞ여 운학당의 쳐소(處所)ᄒᆞ엿ᄂᆞᆫ디라.

희텬 공ᄌᆡ(公子ㅣ) 댱공ᄌᆞ(長公子)로 층등(層等)[19]치 아녀시며 일동일졍(一動一靜)이 녜의(禮義)를 심ᄉᆞ(深思)ᄒᆞ고 공ᄆᆡᆼ(孔孟)[20]을 스ᄉᆡᆼᄒᆞᄂᆞᆫ 셩니도ᄒᆞᆨ군ᄌᆡ(性理道學君子ㅣ)[21]라. 희로(喜怒)를 블현어ᄉᆡᆨ(不顯於色)[22]ᄒᆞ고 평ᄉᆡᆼ(平生) 거름마다 조심(操心)ᄒᆞ고 말

4면

ᄉᆞᆷ마다 삼가므로 발연(勃然)[23]ᄒᆞᆫ 노긔(怒氣)와 뎐도(顚倒)[24]ᄒᆞᆫ 말ᄉᆞᆷ

---

18) 반야삼경(半夜三更): 한밤중. 삼경은 저녁 11시부터 1시 사이.

19) 층등(層等): 차이가 남.

20) 공ᄆᆡᆼ(孔孟): 공맹. 공자(孔子)와 맹자(孟子)를 아울러 부르는 말. 공자는 공구(孔丘, B.C.551~B.C.479)를 높여 부른 말. 공자는 중국 춘추시대 노나라의 사상가·학자로 자는 중니(仲尼)임. 인(仁)을 정치와 윤리의 이상으로 하는 도덕주의를 설파하여 덕치 정치를 강조하여 유학의 시조로 추앙받음. 맹자는 맹가(孟軻, B.C.372~B.C.289)를 높여 부른 말. 맹자는 중국 전국시대의 사상가로 자는 자여(子輿)·자거(子車)임. 공자의 인(仁) 사상을 발전시켜 '성선설'(性善說)을 주장하였으며, 인의의 정치를 권함. 유학의 정통으로 숭앙되며, '아성(亞聖)'이라 불림.

21) 셩니도ᄒᆞᆨ군ᄌᆡ(性理道學君子ㅣ): 성리도학군자. 인간의 도리를 추구하는 군자.

22) 블현어ᄉᆡᆨ(不顯於色): 불현어색. 얼굴에 드러내지 않음.

23) 발연(勃然): 갑작스러운 모양.

24) 뎐도(顚倒): 전도. 이치에 어긋남.

을 삼쳑(三尺)[25]도 들니는 일이 업는디라. 경운화풍(慶雲和風)[26]과 동일디익(冬日之愛)[27] 너그럽고 효순(孝順)ᄒᆞ여 효우(孝友)를 힘쓰며 셩니(性理)를 슈련(修練)ᄒᆞ여 만ᄉᆡ(萬事ㅣ) 사ᄅᆞᆷ의게 디나니, 댱공ᄌᆞ(長公子)로 다르미 업ᄉᆞ되 셩졍(性情)과 위인(爲人)이 상단(相段)[28]ᄒᆞ여 대공ᄌᆞ(大公子)는 비록 엄안(嚴顔)을 아디 못ᄒᆞ미 가슴의 밋치인 디통(至痛)이 되여 ᄌᆞ랄ᄉᆞ록 슬프믈 니긔지 못ᄒᆞ고, 조모(祖母)의 싀험포악(猜險暴惡)[29]과 슉모(叔母)의 간교요특(奸巧妖慝)[30]ᄒᆞ미 반ᄃᆞ시 가란(家亂)을 일위여 일장대란(一場大亂)이 ᄌᆞ긔(自己) 등(等)으로 ᄒᆞ여곰 인뉴(人類)의 온젼(穩全)ᄒᆞᆫ 사ᄅᆞᆷ이 되디 못ᄒᆞᆯ 바를 념녀(念慮)ᄒᆞ나 발호(拔豪)[31]ᄒᆞᆫ 긔운이 하날을

5면

밧들 듯, 구〃(區區)히 머리를 움쳐 유학(儒學)을 힘쓰디 아녀 복듕(腹中)의 만권서(萬卷書)와 졔ᄌᆞᄇᆡᆨ가(諸子百家)[32]를 ᄉᆞᆯ펴 손오양져(孫吳穰苴)[33]의 용병지술(用兵之術)을 흠모(欽慕)ᄒᆞ여 ᄠᅳᆺ이 댱(壯)ᄒᆞ

---

25) 삼쳑(三尺): 삼척. 삼척동자(三尺童子), 곧 어린아이를 이름.
26) 경운화풍(慶雲和風): 상서로운 구름과 따뜻한 바람.
27) 동일디익(冬日之愛): 동일지애. 겨울 햇살처럼 따뜻한 사랑.
28) 상단(相段): 서로 구분됨.
29) 싀험포악(猜險暴惡): 시험포악. 시기심이 많고 엉큼하며 포악함.
30) 간교요특(奸巧妖慝): 간악하고 교활하며 요망하고 악독함.
31) 발호(拔豪): 빼어나고 호탕함.
32) 졔ᄌᆞᄇᆡᆨ가(諸子百家): 제자백가. 중국 춘추전국 시대의 여러 학파.
33) 손오양져(孫吳穰苴): 손오양저. 중국 춘추전국 시대의 대표적 병법가들인 제(齊)의 손무(孫武)와 오(吳)의 오기(吳起), 제(齊)의 사마양저(司馬穰苴)를 이름. 손무는 중국 춘추시대의 병법가로, 오나라 왕 밑에서 초나라, 진나라를 위압하고 절도와 규율 있는 군사를 양성함. 저서로 병서 『손자(孫子)』가 있음. 오기는 중국 전국시대의 병법가로, 증자(曾子)에게 배우고 노(魯)나라, 위(魏)나라에서 벼슬한 뒤에 초(楚)나라에 가서 도왕(悼王)의 재상이 되어 법치적 개혁을 추진하였음. 저서에 병서 『오자(吳子)』가 있음. 사마양저는 춘추시대 제(齊)나라 경공(景公) 때의 장수로 본성은 전씨(田氏)임. 진(晉)나라와 연(燕)나라가 침입하였을 때 안영(晏嬰)의 천거로 장수가 되어 두 나라의 침입을 물리치고 전에 잃었던 국토를 다 회복하자 경공이 높여서 대사마(大司馬)로 삼았으므로 사마양저(司馬穰苴)로 불림. 전국시대 제나라 위왕(威王)이 사마양저

고 말ᄉᆞᆷ이 쾌(快)ᄒᆞ여, 일ᄌᆞᆨ이 계디(桂枝)[34]를 썩거 몸이 금누옥궐(金樓玉闕)의 츌입(出入)ᄒᆞ여 ᄇᆡᆨ젼ᄇᆡᆨ승(百戰百勝)ᄒᆞ며 멸뎍능토(滅敵能討)[35]ᄒᆞ여 화형닌각(畵形麟閣)[36]ᄒᆞ고 명슈듁ᄇᆡᆨ(名垂竹帛)[37]ᄒᆞ여 뎨ᄌᆞ(諸子)의 ᄉᆞ우(師友)로 황각(黃閣)[38]의 깃드려, 냐셔ᄂᆞᆫ 원융샹댱(元戎上將)으로 공(功)을 만(萬) 니(里)의 드리워 봉후(封侯)를 긔약(期約)ᄒᆞᄃᆡ,

ᄎᆞ공ᄌᆞ(次公子)ᄂᆞᆫ 공ᄆᆡᆼ졍쥬(孔孟程朱)[39]를 스ᄉᆡᆼᄒᆞ여 효(孝)ᄂᆞᆫ 증왕(曾王)[40]의 뒤흘 니으며 튱(忠)을 니를진ᄃᆡ 이윤(伊尹)[41], 부열(傅說)[42]을 ᄯᆞ로고져 ᄒᆞ니, 통고금달ᄉᆞ리(通古今達事理)[43]의

의 행군법(行軍法)을 본받아 제후에게 위세를 떨치고 대부에게 옛 사마병법을 추론(追論)하게 하고 그 가운데 사마양저의 병법을 붙였기 때문에 『사마양저병법』이라고 일컬어짐.

34) 계디(桂枝): 계지. 계수나무 가지. 과거에 급제함을 의미함.

35) 멸뎍능토(滅敵能討): 멸적능토. 적을 물리치고 토벌함.

36) 화형닌각(畵形麟閣): 화형인각. 초상화가 기린각(麒麟閣)에 그려짐. 기린각은 한(漢) 선제(宣帝)가 곽광(霍光) 등 공신 11인의 초상화를 걸어서 기념하도록 한 집.

37) 명슈듁ᄇᆡᆨ(名垂竹帛): 명수죽백. 이름이 역사책에 남겨 전해짐. 죽백은 서적(書籍) 특히, 역사를 기록한 책을 이르는 말로, 종이가 발명되기 전에 대쪽이나 헝겊에 글을 써서 기록한 데서 생긴 말임.

38) 황각(黃閣): 정부의 최고 기관.

39) 공ᄆᆡᆼ졍쥬(孔孟程朱): 공맹정주. 유학의 성현인 공자(孔子), 맹자(孟子), 정자(程子), 주자(朱子)를 아울러 이르는 말.

40) 증왕(曾王): 증삼(曾參)과 왕상(王祥)을 아울러 이르는 말로, 모두 효성이 깊은 인물들임. 증삼(曾參. B.C.505~B.C.436?)은 중국 춘추시대 노(魯)나라의 유학자로 자는 자여(子輿). 공자의 덕행과 사상을 조술(祖述)하여 공자의 손자인 자사(子思)에게 전함. 효성이 깊은 인물로 유명함. 왕상은 중국 동한(東漢), 위(魏), 서진(西晉)의 삼대에 걸쳐 살았던 인물(184~268)로 자는 휴징(休徵). 위나라에서의 벼슬은 사공(司空), 태위(太尉)까지 올랐고, 진나라에서는 태보(太保) 벼슬까지 이름. 계모에 대한 효성이 깊은 인물로 유명함. 계모 주 씨를 섬긴 여러 일화 가운데, 주 씨가 겨울에 생선을 먹고 싶다고 하자 옷을 벗고 얼음 위에 누웠는데 이는 체온으로 얼음을 녹이려 한 것임. 이에 갑자기 얼음이 갈라지며 잉어 두 마리가 나와 주 씨에게 바친 일이 민간에 전해짐. 다만 『진서(晋書)』에는 얼음 위에 누웠다는 말 대신 '옷을 벗고 얼음을 갈랐다. 解衣剖冰'라고 되어 있음.

41) 이윤(伊尹): 중국 은(殷)나라의 이름난 재상으로 탕왕(湯王)을 도와 하(夏)나라의 걸왕(桀王)을 멸망시키고 선정을 베풀었음.

42) 부열(傅說: 중국 은(殷)나라 고종(高宗) 때의 재상. 토목공사의 일꾼이었는데 재상으로 등용되어 중흥(中興)의 대업(大業)을 이룸.

43) 통고금달ᄉᆞ리(通古今達事理): 통고금달사리. 고금의 역사를 잘 알고 사리에 통달함.

6면

박남만고(博覽萬古)[44]ᄒᆞ여 닙취천언(立取千言)[45]ᄒᆞ며 귀신(鬼神)을 울닐디라. 담연(淡然)[46]이 셰샹(世上) 믈욕(物慾)의 버셔나니,

댱공지(長公子ㅣ) ᄆᆡ양 슈히 입댱(入丈)[47]ᄒᆞ기를 죄이며 실듕(室中)의 슉녀미희(淑女美姬)를 ᄀᆞ초아 댱부(丈夫)의 풍치(風采)를 빗ᄂᆡ믈 니ᄅᆞᄃᆡ, ᄎᆞ공지(次公子ㅣ) 형(兄)을 간(諫)ᄒᆞ여 침엄뎡대(沈嚴正大)[48]ᄒᆞ기를 쳥(請)ᄒᆞᆫᄌᆞᆨ 댱공지(長公子ㅣ) 쇼왈(笑曰),

"비록 동포골육(同胞骨肉)이나 셩졍(性情)이 각기소댱(各其所長)[49]이라. 너의 거름마다 조심(操心)ᄒᆞ여 나아가ᄆᆡ 것칠[50] ᄃᆞᆺᄒᆞ며 말ᄉᆞᆷ마다 조심(操心)ᄒᆞᄂᆞᆫ 픔도(品度)[51]를 ᄎᆞ마 답〃ᄒᆞ여 엇디 의방(擬倣)[52]인들 ᄒᆞ리오? 심ᄂᆡ(心內)의 노(怒)ᄒᆞ여도 텬연강인(天然强忍)[53]ᄒᆞ여 현어ᄉᆞᄉᆡᆨ(顯於辭色)[54]디 아니며 우은 일이 〃시나 ᄒᆞᆫ번(-番) 뉴미(柳眉)를 움

7면

ᄌᆞᆨ이지 아니ᄒᆞ여 못 보ᄂᆞᆫ ᄃᆞᆺᄒᆞ믄 나의 원(願)이 아니라. 대댱뷔(大丈夫ㅣ) 쳐셰(處世)의 ᄒᆡᆼᄉᆡ(行使ㅣ) 쳥텬ᄇᆡᆨ일(靑天白日)과 광풍졔월(光

---

44) 박남만고(博覽萬古): 박람만고. 만고의 서적을 널리 봄.
45) 닙취천언(立取千言): 입취천언. 서서 천 마디 말을 함.
46) 담연(淡然): 맑은 모양.
47) 입댱(入丈): 입장. 장가를 듦.
48) 침엄뎡대(沈嚴正大): 침엄정대. 묵묵하고 엄정하며 공명정대함.
49) 각기소댱(各其所長): 각기소장. 각각 그 장점이 있음.
50) 것칠: 걸릴.
51) 픔도(品度): 품도. 품격과 도량.
52) 의방(擬倣): 본뜸.
53) 텬연강인(天然强忍): 천연강인. 태연히 억지로 참음.
54) 현어ᄉᆞᄉᆡᆨ(顯於辭色): 현어사색. 드러내 내색하지 않음.

風霽月)[55] ᄀᆞᆺᄐᆞ리니 댱뷔(丈夫ㅣ) 되여 픔은 바를 엇지 은휘(隱諱)[56] ᄒᆞ리오? 나는 ᄃᆡ로 ᄒᆞᆯ 거시어늘 엇디 ᄌᆡ조(才操)를 ᄀᆞᆷ초고 괴로이 겸퇴(謙退)ᄒᆞ여 허믈을 사ᄅᆞᆷ의게 잡힐 ᄃᆞ시 ᄒᆞ미 이 부인(夫人) 녀ᄌᆞ(女子)의 ᄒᆞᆯ ᄇᆡ라, 대댱부(大丈夫)의 일이 아니라.”

하니, 이공ᄌᆡ(二公子ㅣ) 역쇼(亦笑)ᄒᆞ고 형(兄)의 텬셩(天性)이 ᄲᅢ혀나고 호긔(豪氣) 과인(過人)ᄒᆞ믈 아라 범ᄉᆞ(凡事)의 단뎡(端正)키를 간(諫)ᄒᆞ여 형뎨(兄弟) 셔로 좃ᄎᆞ 우ᄋᆡ디졍(友愛之情)이 극(極)ᄒᆞ더라.

ᄎᆞ공ᄌᆞ(次公子)의 ᄌᆞ(字)ᄂᆞᆫ ᄉᆞ빈이니 명천공(--公)이 금국(金國)의 나아갈 젹 명ᄌᆞ(名字)와 ᄌᆞ(字)를 디어 준 ᄇᆡ라.

츄밀(樞密)이 냥(兩)

8면

공ᄌᆞ(公子)의 날노 댱셩(長成)ᄒᆞ믈 두굿겨 ᄉᆞ랑이 만금(萬金)의 지나고 귀듕(貴重)ᄒᆞ미 ᄌᆞ(自)의 몸의 디나, 오히려 태부인(太夫人)과 뉴시(氏)의 ᄉᆞ오나오믈 ᄭᅵᆺ듯디 못ᄒᆞ니, 냥(兩) 공ᄌᆡ(公子ㅣ) 괴로온 신셰(身世)와 남모로ᄂᆞᆫ 회푀(懷抱ㅣ) 비길 곳이 업ᄉᆞ나 태부인(太夫人)의 극악(極惡)ᄒᆞ미 조(曹) 부인(夫人)을 츄밀(樞密)이 아디 못ᄒᆞ게 보ᄎᆡ고 조로며 즐욕(叱辱)이 긋칠 ᄉᆞ이 업고, 침션슈질(針線繡紩)[57]을 슈(數)업시 식이며 밤의도 편(便)히 ᄌᆞ디 못ᄒᆞ게 ᄒᆞᄂᆞᆫ디라.

구패(寇婆ㅣ) 심니(心裏)의 블승통히(不勝痛駭)[58]ᄒᆞ여 셰월(歲月)

---

55) 광풍제월(光風霽月): 광풍제월. 비가 갠 뒤의 맑게 부는 바람과 밝은 달이라는 뜻으로, 마음이 넓고 쾌활하여 아무 거리낌이 없는 인품을 비유적으로 이르는 말.

56) 은휘(隱諱): 숨김.

57) 침션수질(針線繡紩): 침선수질. 바느질하고 수놓는 일.

58) 블승통히(不勝痛駭): 불승통해. 놀라움을 이기지 못함.

이 오랄수록 상셔(尙書)의 업스믈 극골(刻骨) 슬허ᄒᆞ여 조(曹) 부인(夫人) 삼모ᄌᆞ(三母子)의 위란(危亂)ᄒᆞᆫ 신셰(身世)와 참잔(慘殘)[59]ᄒᆞ믈 비열(悲咽)ᄒᆞ여 태부인(太夫人) 미워ᄒᆞ미 구슈(仇讐) ᄀᆞᄐᆞ니,

9면

위·뉴 냥(兩) 흉(凶)이 구파(寇婆)를 졀치부심(切齒腐心)[60]ᄒᆞ미 조(曹) 부인(夫人) 삼모ᄌᆞ(三母子)와 일양(一樣)이라. 시러곰 젼졔(剪除)[61]ᄒᆞᆯ 길히 업ᄉᆞ니 둉[62]일댱야(終日長夜)의 모녀고식(母女姑媳)이 머리를 맛초아 므릅흘 다혀 쥬ᄉᆞ야탁(晝思夜度)[63]ᄒᆞ여 궁모곡계(窮謀曲計)[64] 흉완(凶頑)[65]ᄒᆞ미 비길 ᄃᆡ 업더라.

조(曹) 부인(夫人)이 냥(兩) ᄌᆞ(子)로 더브러 위란(危亂)ᄒᆞᆫ 근심이 방촌(方寸)[66]이 요란(擾亂)ᄒᆞᄃᆡ 오딕 밋고 바라ᄂᆞᆫ 바ᄂᆞᆫ 슉〃(叔叔) 츄밀공(樞密公)의 디극(至極)ᄒᆞᆫ 우ᄋᆡ(友愛)를 바라미오, 구파(寇婆)의 디셩(至誠) 보호(保護)를 미드나 발셔 하날이 ᄌᆡ앙(災殃)을 나리와 군ᄌᆞ슉녀(君子淑女)로 ᄒᆞ여곰 만상[67]비원(萬狀悲怨)[68]을 빌니시거ᄂᆞᆯ 엇디 인력(人力)으로 밋ᄎᆞ리오.

ᄋᆡ락(哀樂)[69]이 상반(相伴)이라 ᄒᆞ니, 조(曹) 부인(夫人) 만상비원

---

59) 참잔(慘殘): 참혹하고 잔인함.
60) 졀치부심(切齒腐心): 절치부심. 몹시 분하여 이를 갈며 속을 썩임.
61) 젼졔(剪除): 전제. 잘라 없앰.
62) 둉: [교] 원문에는 '둥'으로 되어 있으나 문맥을 고려해 이와 같이 수정함.
63) 쥬ᄉᆞ야탁(晝思夜度): 주사야탁. 밤낮으로 생각하고 헤아림.
64) 궁모곡계(窮謀曲計): 끝없는 꾀와 음흉한 계교.
65) 흉완(凶頑): 흉하고 모짊.
66) 방촌(方寸): 사람의 마음은 가슴속의 한 치 사방의 넓이에 깃들어 있다는 뜻으로, '마음'을 달리 이르는 말.
67) 상: [교] 원문에는 '장'으로 되어 있으나 문맥을 고려해 이와 같이 수정함.
68) 만상비원(萬狀悲怨): 온갖 슬픔과 원망.
69) ᄋᆡ락(哀樂): 애락. 슬픔과 즐거움.

(萬狀悲怨) 가온듸 요힝(僥倖) 녀९(女兒ㅣ) 덕

10면

문명가(德門名家)의 뎡(鄭) 태우(大夫) ᄀᆞᆺ튼 영웅군ᄌᆞ(英雄君子)를 빈(配)ᄒᆞ여 존당(尊堂) 구고(舅姑)의 ᄌᆞᄋᆡ(慈愛)와 슉ᄆᆡ(叔妹) 우공(友恭)[70]ᄒᆞ며 부뷔(夫婦ㅣ) 딘듕(珍重)ᄒᆞ여 임의 농장(弄璋)[71]ᄒᆞᄂᆞᆫ ᄌᆞ미(滋味) 이시믈 드르니 ᄌᆞ연(自然)ᄒᆞᆫ 졍니(情理) 엇지 깃브지 아니리오마ᄂᆞᆫ, 부인(夫人)의 남모로ᄂᆞᆫ 비원(悲怨)이 시일(時日) 층ᄉᆡᆼ(層生)[72]ᄒᆞ여 어나 결을의 녀ᄋᆞ(女兒) 부〃(夫婦)와 손ᄋᆞ(孫兒)의게 념녜(念慮ㅣ) 밋ᄎᆞ리오. 듕야(中夜)의 우슈울억(憂愁鬱抑)[73]ᄒᆞ여 슈미(愁眉)[74]를 썰치지 못ᄒᆞ니, 태흉(太凶) 고식(姑息)은 이럴ᄉᆞ록 아모조록 보젼(保全)치 못ᄒᆞ여 목젼(目前)의 ᄉᆞ화(事禍)를 보고져 ᄒᆞ니 엇디 악포별믈(惡暴別物)[75]이 아니리오.

ᄎᆞ시(此時) 광・희 냥(兩) 공ᄌᆡ(公子ㅣ) 운학당의셔 년일(連日)ᄒᆞ여 몽ᄆᆡ(夢寐) 번잡(煩雜)ᄒᆞ고 침쳐(寢處)의 현〃(顯顯)이 요ᄆᆡ(妖魅)[76]의 긔운이 〃시믈 보고 형

---

70) 우공(友恭): 우애 있고 공경함.
71) 농장(弄璋): 구슬을 가지고 논다는 뜻으로 아들을 낳은 즐거움을 이름. 예전에, 중국에서 아들을 낳으면 규옥(圭玉)으로 된 구슬의 덕을 본받으라는 뜻으로 구슬을 장난감으로 주었다는 데서 유래함.
72) 층ᄉᆡᆼ(層生): 층생. 거듭하여 일어남.
73) 우슈울억(憂愁鬱抑): 우수울억. 근심하고 우울함.
74) 슈미(愁眉): 수미. 근심하는 눈썹.
75) 악포별믈(惡暴別物): 악포별물. 악하고 사나운 별종의 물건.
76) 요ᄆᆡ(妖魅): 요매. 사람을 홀릴 정도로 요사스러움.

11면

뎨(兄弟) 상의(相議)ᄒᆞ여, 일〃(一日)은 밤들기를 기다려 좌우(左右) 시인(侍人)이 다 쳣좀이 몽농(朦朧)ᄒᆞ믈 타 공ᄌᆡ(公子ㅣ) 벽 틈을 뜻고 보니 온갓 괴이(怪異)ᄒᆞᆫ ᄆᆡ골(埋骨)과 흉(凶)ᄒᆞᆫ 즘싱의 죽은 거시며 무슈(無數)ᄒᆞᆫ 목인(木人)이 창검(槍劍)을 드러 ᄒᆡ인(害人)ᄒᆞᄂᆞᆫ 거동(擧動)이오, 긋ᄐᆞ여 사ᄅᆞᆷ의 셩명(姓名)을 쓰디 아녀시나 필젹(筆跡)인즉 완연(宛然)ᄒᆞᆫ 경ᄋᆞ의 필젹(筆跡)이라. 냥(兩) 공ᄌᆡ(公子ㅣ) 이를 보ᄆᆡ 모골(毛骨)이 구송(懼悚)[77]ᄒᆞ여 댱공ᄌᆡ(長公子ㅣ) ᄋᆞ의 손을 잡고 쳑연(惕然)[78]히 냥(兩) 항(行) 누(淚)를 나리와 ᄀᆞᆯ오ᄃᆡ,

"아등(我等)이 슈쳑동(雖尺童)이나 명야ᄌᆡ텬(命也在天)[79]이어ᄂᆞᆯ 믄득 가변(家變)이 여ᄎᆞ(如此) 망측(罔測)ᄒᆞ여 툭ᄉᆞ(祝詞)를 본즉 셕져(昔姐)의 필뎍(筆跡)이니, 오문(吾門) 가변(家變)이 블가ᄉᆞ문어닌국(不可使聞於隣國)[80]이니 아등(我等)이 댱ᄎᆞᆺ(將次ㅅ) 엇지ᄒᆞ며 모ᄌᆞ

12면

슉딜(母子叔姪)과 조손남ᄆᆡ(祖孫男妹) 하일하시(何日何時)의 화평(和平)ᄒᆞ리오?"

언파(言罷)의 체읍ᄒᆡᆼ뉴(涕泣行流)[81]ᄒᆞ니 ᄎᆞ공ᄌᆡ(次公子ㅣ) 즉시(卽時) 툭ᄉᆞ(祝詞)를 소화(燒火)ᄒᆞ고 기리 탄왈(嘆曰),

"만ᄉᆡ(萬事ㅣ) 명애(命也ㅣ)라 비인력지쇼급[82]애(非人力之所及也

---

77) 구송(懼悚): 구송. 두렵고 떨림.
78) 쳑연(惕然): 척연. 슬퍼하는 모양.
79) 명야ᄌᆡ텬(命也在天): 명야재천. 목숨이 하늘에 달려 있음.
80) 블가ᄉᆞ문어닌국(不可使聞於隣國): 불가사문어인국. 이웃 나라에 들리게 할 만하지 않음.
81) 체읍ᄒᆡᆼ뉴(涕泣行流): 체읍행류. 눈물을 매우 흘림.
82) 급: [교] 원문에는 이 글자가 없으나 문맥을 고려해 삽입함.

ㅣ)[83]니 현마[84] 엇지ᄒᆞ리잇고? 형댱(兄丈)은 함구(緘口)ᄒᆞ샤 타일(他日)을 보실디니이다. 아등(我等)의 셩회(誠孝ㅣ) 쳔박(淺薄)ᄒᆞ여 출하리 조모(祖母)와 양모(養母)의 외오[85] 넉이시믈 어들디언졍 텬하(天下)의 무블시져부뫼(無不是底父母ㅣ)[86]라, 부뫼(父母ㅣ) ᄌᆞ식(子息)을 그릇 넉이심도 ᄌᆞ식(子息)이 셩효(誠孝)치 못ᄒᆞᆫ 연괴(緣故ㅣ)라. 딘심갈녁(盡心竭力)[87]ᄒᆞ여 삼갈 거시니 형댱(兄丈)은 무익지ᄉᆞ(無益之事)를 근노(勤勞)치 마르쇼셔."

일공ᄌᆡ(一公子ㅣ) 탄왈(嘆曰),

"오슈블쵸(吾雖不肖ㅣ)나 엇디 이러ᄒᆞᆫ 줄 모로리오마는 가변(家變)을 한심골경(寒心骨驚)[88]ᄒᆞ여 슬허

13면

ᄒᆞ미어니와 내 인효(仁孝)의 갓가오믄 엇디 못ᄒᆞ고 인뉸(人倫)의 희한지변(稀罕之變)을 만날가 ᄒᆞ노라."

이공ᄌᆡ(二公子ㅣ) 비록 형뎨간(兄弟間)이나 ᄎᆞ마 뉴 부인(夫人)의 과악(過惡)을 니르디 못홀 ᄇᆡ오, 몸이 텬일디하(天日之下)의 잇셔 양ᄆᆡ(養妹)의 져쥬(咀呪) 일ᄉᆞ(一事)를 듯디 말고져 ᄒᆞᄂᆞᆫ디라, 급〃(急急)히 요예지믈(妖穢之物)[89]을 셤의 너허 친(親)히 혜쥰으로 운젼(運轉)ᄒᆞ여 소화(燒火)ᄒᆞ고, 혜쥰을 엄(嚴)히 분부(分付)ᄒᆞ여 블츌구외(不出口外)ᄒᆞ라 ᄒᆞ니 쥰이 승명(承命)ᄒᆞ여 블츌구외(不出口外)ᄒᆞ니

---

83) 비인력지쇼급야(非人力之所及也ㅣ): 비인력지소급야. 사람의 힘으로 미칠 바가 아님.
84) 현마: 설마.
85) 외오: 그릇.
86) 무블시져부뫼(無不是底父母ㅣ): 무불시저부모. 자식을 옳지 않은 데에 이르게 할 부모는 없음.
87) 딘심갈녁(盡心竭力): 진심갈력. 마음과 힘을 다함.
88) 한심골경(寒心骨驚): 몹시 놀라 마음이 서늘하고 뼈가 놀라는 듯함.
89) 요예지믈(妖穢之物): 요예지물. 요망하고 더러운 물건.

가듕(家中)이 알 니 업더라.

댱공ᄌᆡ(長公子ㅣ) ᄎᆞ공ᄌᆞ(次公子)다려 왈(曰),

"아등(我等)의게 여ᄎᆞ(如此) 변괴(變故ㅣ) 이시니 ᄌᆞ졍(慈庭) 침뎐(寢殿)을 니르리오? 가(可)히 죵용(從容)이 ᄉᆞᆯ피미 올토다."

ᄎᆞ공ᄌᆡ(次公子ㅣ) 역시(亦是) 그러히 넉여,

14면

일야(一夜)ᄂᆞᆫ ᄒᆡ월누의 니르러 죵용(從容)이 좌우(左右) 침벽(寢壁)을 ᄉᆞᆯ피니, 후창(後窓) 하(下)로좃ᄎᆞ 좌우(左右) 벽간(壁間)의 요ᄆᆡ(妖魅)의 긔운이 어ᄅᆡ여시니 범안(凡眼)은 모로나 공ᄌᆡ(公子ㅣ) 엇디 모로리오. 댱공ᄌᆡ(長公子ㅣ) 친(親)히 밋출 파며 허다(許多) 요예지믈(妖穢之物)과 튝ᄉᆞ(祝詞)를 어더 ᄂᆡ니 부인(夫人)이 ᄭᆡ여 이를 보고 기리 탄왈(嘆曰),

"여등(汝等) 형뎨(兄弟) 복듕(腹中)의 이실 졔도 내 몸의 독약(毒藥)을 시험(試驗)ᄒᆞ미 쳔만간계(千萬奸計)[90] 아니 밋츤 ᄃᆡ 업더니, 이졔 계괴(計巧ㅣ) 궁극(窮極)ᄒᆞ여 무고지ᄉᆞ(巫蠱之事)[91]로 죽기를 죄오ᄂᆞᆫ 의ᄉᆡ(意思ㅣ) ᄇᆡᆨ츌(百出)ᄒᆞ니 엇디 통한(痛恨)치 아니리오?"

일[92]공ᄌᆡ(一公子ㅣ) 온화(溫和)히 위로(慰勞) 듀왈(奏曰),

"공교디ᄉᆡ(工巧之事ㅣ) 존젼(尊殿)의 니음ᄎᆞ니 엇디 ᄎᆞ악경심(嗟愕驚心)[93]티 아니리잇고? 사름의

90) 쳔만간계(千萬奸計): 천만간계. 온갖 간악한 계교.
91) 무고지ᄉᆞ(巫蠱之事): 무고지사. 무술(巫術)로써 남을 저주하는 일.
92) 일: [교] 원문에는 '이'로 되어 있으나 문맥을 고려해 이와 같이 수정함.
93) ᄎᆞ악경심(嗟愕驚心): 차악경심. 몹시 놀람.

15면

슈요댱단(壽夭長短)과 화복길흉(禍福吉凶)이 하날의 잇는 빅어놀 인간(人間)의 요특(妖慝)[94]ᄒᆞ미 여ᄎᆞ(如此)ᄒᆞ여 업슈히 넉이믈 초개(草芥)ᄀᆞᆺ치 ᄒᆞ오니, 일관(一貫)[95]이 통히(痛駭)ᄒᆞ온디라. 명일(明日) 계부(季父) 면젼(面前)의 고(告)ᄒᆞ여 비복(婢僕)을 엄문(嚴問)ᄒᆞᆫ즉 거의 죄범지(罪犯者ㅣ) 죄(罪)의 나아가리니 엇디 ᄆᆡ양 모로는 ᄃᆞ시 ᄒᆞ여 업슈히 넉이믈 바드리잇고?"

ᄎᆞ공지(次公子ㅣ) 크게 놀나 ᄀᆞᆯ오ᄃᆡ,

"형댱(兄丈)의 니르시는 빅 실시녀외(實是慮外)[96]로소이다. 이 블과(不過) 간교(奸巧)ᄒᆞᆫ 비복(婢僕)의 작용(作用)이어놀, 믄득 챵셜(彰洩)[97]ᄒᆞ여 대인(大人)긔 고(告)ᄒᆞᆫ즉 반ᄃᆞ시 대단ᄒᆞᆫ 거죄(擧措ㅣ) 잇셔 아름답디 아닌 ᄉᆞ단(事端)이 계시리니, 원(願)컨ᄃᆡ 형댱(兄丈)은 일ᄏᆞᆺ지 마르쇼셔."

댱공지(長公子ㅣ) 뎡ᄉᆡᆨ(正色) 왈(曰),

"너는 엇디 이런

16면

말을 ᄒᆞᄂᆞ뇨? 간인(奸人)의 간계(奸計) 믄득 디존(至尊)의 범(犯)ᄒᆞ니 ᄎᆞ(此)는 위인ᄌᆞ(爲人子)[98]ᄒᆞ여 ᄎᆞᆷ을 것가? 아등(我等)이 ᄆᆡ양 작용(作用)을 보나 함구(緘口)ᄒᆞᄆᆡ 간인(奸人)의 업슈히 넉이미 여ᄎᆞ(如

---

94) 요특(妖慝): 요망하고 악독함.
95) 일관(一貫): 한 가지 일.
96) 실시녀외(實是慮外): 실시여외. 실로 생각 밖임.
97) 챵셜(彰洩): 창설. 드러내어 밝힘.
98) 위인ᄌᆞ(爲人子): 위인자. 사람의 자식이 됨.

此)ᄒᆞ니, ᄎᆞᄉᆡ(此事ㅣ) 발각(發覺)ᄒᆞ나 현뎨(賢弟)의게 유ᄒᆡ(有害)ᄒᆞ미 업ᄉᆞ리니 괴이(怪異)히 구러 나의 심화(心火)를 돕지 말나. 명일(明日) 계부대인(季父大人)긔 고(告)ᄒᆞ여 합문(闔門) 비복(婢僕)을 져쥬어 간계(奸計)를 획실(覈實)[99]ᄒᆞ리라."

ᄎᆞ공ᄌᆞ(次公子)의 명견달식(明見達識)[100]으로 엇디 양모(養母)의 작용(作用)이믈 모로리오. 만일(萬一) 부젼(父前)의 고(告)ᄒᆞᆫ즉 대변(大變)이 〃실디라, 망극한심(罔極寒心)ᄒᆞ믈 니긔디 못ᄒᆞ여 금번디ᄉᆞ(今番之事)를 믈시(勿施)ᄒᆞ기를 ᄌᆡ삼(再三) 간걸(懇乞)ᄒᆞ니, 부인(夫人)이 그 디셩대효(至誠大孝)를 긔특(奇特)이 넉이고 이 또 뉴 시(氏) 일(一) 인(人)의 작용(作用)ᄡᅳᆫ 아니믈

17면

알디라, 츄연(惆然) 탄왈(嘆曰),

"가졍(家庭)의 블미(不美)ᄒᆞᆫ 쇼문(所聞)이 널니 젼(傳)ᄒᆞ미 깃브디 아닐 거시오, 희ᄋᆞ(-兒)의 말도 괴이(怪異)치 아니〃 모로미 누셜(漏泄)치 말나. 이 또ᄒᆞᆫ 나의 명되(命途ㅣ) 긔박(奇薄)ᄒᆞ미라 눌을 원(怨)ᄒᆞ리오?"

이에 시ᄋᆞ(侍兒)를 명(命)ᄒᆞ여 요예지믈(妖穢之物)을 다 업시 ᄒᆞ라 ᄒᆞ고, 댱공ᄌᆞ(長公子)를 명(命)ᄒᆞ여 발구(發口)치 말나 ᄒᆞᆫᄃᆡ, 공ᄌᆡ(公子ㅣ) 믁연통ᄒᆡ(默然痛駭)ᄒᆞ믈 니긔지 못ᄒᆞ나 감(敢)히 역명(逆命)치 못ᄒᆞ여 믁연슈명(默然受命)ᄒᆞ더라.

조(曹) 부인(夫人) 삼모ᄌᆡ(三母子ㅣ) 요예디믈(妖濊之物)을 업시

---

99) 획실(覈實): 핵실. 일의 실상을 조사함.
100) 명견달식(明見達識): 현명하고 통달한 식견.

ᄒᆞ믹 거개(擧家ㅣ) 평안(平安)ᄒᆞ니, 태부인(太夫人) 고식조손(姑媳祖孫)이 절〃통완(切切痛惋)[101]ᄒᆞ고 괴이(怪異)히 넉여 시녀(侍女)로 탐디(探知)ᄒᆞᆫ즉 믹치(埋置)[102]ᄒᆞᆫ 거ᄉᆞᆯ 파 업시 ᄒᆞ엿ᄂᆞᆫ디라. 시비(侍婢) 놀납고 의괴(疑怪)ᄒᆞ여 이ᄃᆡ로 보(報)ᄒᆞᆫᄃᆡ, 삼(三) 인(人)

18면

이 슈산[103] 돈죡(頓足) 왈(曰),

"조녀(曺女)의 요악(妖惡)ᄒᆞᆷ과 광·희 이츄(二醜)[104]의 흉휼춍명(凶譎聰明)[105]이 여ᄎᆞ(如此)ᄒᆞ니 엇지 통한(痛恨)치 아니리오?"

뉴 시(氏) 도〃아 ᄀᆞᆯ오ᄃᆡ,

"인듕(人衆)이 승텬(勝天)[106]이라 ᄒᆞ니 조(曹) 시(氏) 대간대악(大奸大惡)이나 ᄒᆞᆫ 번(番) ᄉᆞ화(死禍)ᄂᆞᆫ 면(免)치 못ᄒᆞ오리니 원(願)컨ᄃᆡ 존고(尊姑)ᄂᆞᆫ 믈우쇼려(勿憂消慮)ᄒᆞ쇼셔."

이에 묘랑을 청(請)ᄒᆞᆫᄃᆡ, 묘랑이 니르믹 경ᄋᆞ 모녀조손(母女祖孫) 삼(三) 인(人)이 마ᄌᆞ 관ᄃᆡ(款待)[107]ᄒᆞᆯ시 묘랑이 몬져 삼(三) 인(人)의 존몰(存沒)을 므른ᄃᆡ, 위 시(氏) 고식(姑息)이 쳑연함누(惕然含淚) 왈(曰),

"ᄉᆞ부(師傅)ᄂᆞᆫ 니르지 말나. ᄎᆞ(此) 삼흉(三凶)의 흉완(凶頑)ᄒᆞ고 모질믄 고ᄌᆞ(古者) 녀무(呂武)[108]라도 이의 더으디 못ᄒᆞ리니, 텬디신

---

101) 절〃통완(切切痛惋): 절절통완. 절절히 매우 한스러워함.
102) 믹치(埋置): 매치. 파묻어 놓음.
103) 슈산: '손뼉을 침'의 의미로 보이나 미상임.
104) 이츄(二醜): 이추. 두 추악한 사람.
105) 흉휼춍명(凶譎聰明): 흉휼총명. 흉악하고 잘 속이며 총명함.
106) 인듕(人衆)이 승텬(勝天): 인중이 승천. 여러 사람의 힘이 하늘을 이김.
107) 관ᄃᆡ(款待): 관대. 정성껏 대접함.
108) 녀무(呂武): 여무. 여후(呂后)와 무후(武侯). 여후는 중국 전한(前漢)의 시조인 고조(高祖) 유방(劉邦)의 황후(?~B.C.180). 유방이 죽은 뒤 자신의 소생인 혜제(惠帝)가 즉위하자 실권을 잡고

명(天地神明)과 귀신(鬼神)이 흠긔 변(變)ᄒᆞ나 능(能)히 믈니치지 못 ᄒᆞᆯ 요인(妖人)이라 엇디 망미지술(魍魅之術)[109]이 용납(容納)ᄒᆞ리

19면

오? 아등(我等)이 일즉 ᄉᆞ부(師傅)의 고명(高明)ᄒᆞᆫ 신술(神術)이 족(足)히 이 사ᄅᆞᆷ들은 쳐치(處置)ᄒᆞ여 아심(我心)을 위로(慰勞)ᄒᆞᆯ가 ᄒᆞ여 초(初)의 알오미 텬신(天神)과 다르미 업게 넉엿더니 방금(方今)ᄒᆞ여ᄂᆞᆫ 크게 쳣말과 ᄂᆡ도(乃倒)[110]ᄒᆞ니 이 엇딘 일이뇨? 내 초(初)의 스싱을 만나 뼈 ᄒᆞᄃᆡ 조녀(曺女) 삼모ᄌᆞ(三母子)와 셕싱(石生)의 ᄌᆡ실(再室) 오 시(氏)가지 젼제(剪除)ᄒᆞ여 녀ᄋᆞ(女兒)와 우리 고식(姑息)의 계활(契闊)[111]이 쾌(快)ᄒᆞᆯ가 ᄒᆞ엿더니 이제 ᄒᆞᆫ 사ᄅᆞᆷ도 젼제(剪除)치 못ᄒᆞ니 이 므슴 일고?"

묘랑이 흔연(欣然) 위로(慰勞) 왈(曰),

"만ᄉᆡ(萬事ㅣ) 다 ᄯᆡ와 날이 잇ᄂᆞ니 부인(夫人)은 번뇌(煩惱)치 마르쇼셔. 셕(昔)의 쥐(周ㅣ) 갑ᄌᆞ일(甲子日)의 흥(興)ᄒᆞ고 은왕(殷王)이 갑ᄌᆞ(甲子)의 망(亡)ᄒᆞ엿나니[112] 만ᄉᆡ(萬事ㅣ) 개시텬의(皆是天意)[113]라, 엇디 그 ᄯᆡ를 모로시고 이러ᄐᆞᆺ 번뇌(煩惱)

여씨 일족을 고위직에 등용시켜 여씨 정권을 수립하고, 유방의 총비(寵妃)인 척부인(戚夫人)의 아들 유여의(劉如意)를 독살하고 척부인은 수족을 잘라 변소에 가둠. 무후, 즉 측천무후(則天武后)는 중국 당나라 고종의 황후(624?~705)로, 성은 무(武)이고 이름은 조(曌)임. 중국 역사에서 유일한 여제(女帝)로 고종을 대신하여 실권을 쥐고, 두 아들을 차례로 제왕의 자리에 오르게 하였으며, 스스로 제왕의 자리에 올라 국호를 주(周)로 고치고 성신 황제(聖神皇帝)라 칭하였음.

109) 망미지술(魍魅之術): 망매지술. 도깨비의 술수.

110) ᄂᆡ도(乃倒): 내도. 차이가 큼.

111) 계활(契闊): 삶을 위하여 애쓰고 고생함.

112) 쥐(周ㅣ)~망(亡)ᄒᆞ엿나니: 주나라가 갑자일에 흥하고 은왕이 갑자에 망했으니. 중국 주(周)나라 무왕(武王)이 갑자일에 은(殷)나라 교외의 목야(牧野)에 이르러 맹세하고 은나라 주왕(紂王)을 무찌른 일을 이름.

113) 개시텬의(皆是天意): 개시천의. 모두 하늘의 뜻임.

20면

ᄒᆞ시ᄂᆞ뇨? ᄌᆞ고(自古) 명댱(名將)도 뎍국(敵國)을 소졔(掃除)ᄒᆞᄆᆡ 승패득실(勝敗得失)이 블가승언(不可勝言)[114]이라. 이제 이(二) 위(位) 부인(夫人)은 일개(一介) 녀ᄌᆞ(女子)로 금장(錦帳)[115]과 ᄌᆞ딜(子姪)을 젼졔(剪除)코져 ᄒᆞ시니 하고(何故)로 그리 쉬오리오? 셰월(歲月)을 쳔연(遷延)ᄒᆞ나 필경(畢竟) 소원(所願)을 일울 ᄯᅵ 이시리이다."

뉴 시(氏) 함누(含淚) 샤례(謝禮) 왈(曰),

"ᄉᆞ부(師傅)의 말 ᄀᆞᄐᆞᆯ딘ᄃᆡ 나의 심ᄉᆡ(心思ㅣ) 잠간(暫間) ᄉᆡ원ᄒᆞ리로다. 연(然)이나 하일하시(何日何時)의 쇼원(所願)을 일우리오? ᄉᆞ부(師傅)ᄂᆞᆫ 안ᄌᆞ셔 만(萬) 니(里) 밧글 아ᄂᆞ니 ᄇᆞᆰ히 가ᄅᆞ치라."

묘랑이 속여 ᄀᆞ오ᄃᆡ,

"반ᄃᆞ시 ᄉᆞ오(四五) 년(年) ᄂᆡ(內)의 쇼원[116](所願)을 일우리이다."

ᄉᆞ오(四五) 년(年) ᄂᆡ(內) 악ᄉᆡ(惡事ㅣ) 발각(發覺)ᄒᆞᆯ 줄 알고 짐즛 이리 니르니, 만일(萬一) 악ᄉᆡ(惡事ㅣ) 발각(發覺)ᄒᆞᄂᆞᆫ 날이어든 먼니 도망(逃亡)ᄒᆞ려 쥬의(主意)를 뎡(定)ᄒᆞ고 금은옥빅(金銀玉帛)

21면

을 징ᄉᆡᆨ(徵索)[117]ᄒᆞ여 보슈암(報酬庵)의 ᄡᆞ흐니, 뉴 시(氏) 그 ᄯᅳᆺ을 모로고 다만 견ᄃᆡ려 ᄒᆞᄂᆞᆫ디라.

츄밀공(樞密公)은 대ᄉᆞ(大事)의 강명(剛明)ᄒᆞ나 쇼ᄉᆞ(小事)의 프러져 ᄂᆡᄉᆞ부치(內事--)ᄂᆞᆫ 알녀 ᄒᆞ미 업ᄉᆞ므로 금은필빅(金銀疋帛)이 어

114) 블가승언(不可勝言): 불가승언. 이루 다 말할 수 없음.
115) 금장(錦帳): 동서. 여기에서는 유 부인의 동서인 조 부인을 이름.
116) 원: [교] 원문에는 '년'으로 되어 있으나 문맥을 고려해 이와 같이 수정함.
117) 징ᄉᆡᆨ(徵索): 징색. 돈 따위를 내놓으라고 요구함.

되로 가는 줄 아디 못ᄒᆞᄂᆞᆫ 고(故)로, 위·뉘 악ᄉᆞ(惡事)를 슈챵(酬唱)[118]ᄒᆞ기의 금은(金銀) 미곡(米穀) 필빅(疋帛)을 흙ᄀᆞᆺ치 넉이ᄂᆞᆫ디라, 묘랑을 어드므로브터 다시 망패(亡敗)[119]ᄒᆞ기의 밋ᄎᆞ니, 뉴 시(氏) 묘랑의 말을 미더 금은(金銀)을 줄 ᄲᅮᆫ 아니라 ᄉᆞ〃(私私)로이 젼장(田莊)[120]을 가음아라 냥(兩) 녀(女)를 호부(豪富)[121]케 ᄒᆞ고져 ᄒᆞ므로 젼(前)의ᄂᆞᆫ 고듕(庫中)의 미곡(米穀)이 ᄡᅧᆨ더니 당ᄎᆞ시(當此時)ᄒᆞ여ᄂᆞᆫ 합문(闔門)이 계오 연명(延命)ᄒᆞᄂᆞᆫ디라.

츄밀(樞密)의 월봉(月俸)과 션복(膳福)[122]의 드ᄂᆞᆫ 거ᄉᆞᆫ 다 딜ᄌᆞ(姪子)

22면

뉴랑(-郎)을 맛져 젼토(田土)를 ᄆᆡ득(買得)ᄒᆞ고, 쥬야(晝夜) 근노(勤勞)ᄒᆞᄂᆞᆫ 형상(形狀)으로 누ᄃᆡ봉ᄉᆞ(累代奉祀)[123]ᄒᆞ고 가력(家力)[124]이 업다 ᄒᆞ여 짐즛 ᄌᆞ긔(自己)도 몸을 치례치 아냐 계오 가도(家道)를 출히며, 태부인(太夫人)을 쇠와 노복(奴僕)과 젼토(田土)를 파ᄌᆞ ᄒᆞ라 ᄒᆞ니, 츄밀(樞密)이 혹(或) 그러히 넉일 ᄯᅢ도 이시나 의아(疑訝)ᄒᆞ여 뉴 시(氏)와 모친(母親)긔 연고(緣故)를 므르면 태부인(太夫人) 왈(曰),

"셰 손녀(孫女)의 혼슈(婚需)의 가산(家産)이 탕패(蕩敗)[125]타."

하며 혹(或) 눈믈을 흘녀 광텬 등(等)의 ᄉᆡᆼ활(生活)이 구간(苟艱)[126]ᄒᆞ믈 슬허ᄒᆞᄂᆞᆫ 쳬ᄒᆞ니, 츄밀(樞密)이 ᄌᆡ리(財利)[127]의 ᄆᆞ음이

---

118) 슈챵(酬唱): 수창. 주고받음.
119) 망패(亡敗): 져서 망함. 패망.
120) 젼장(田莊): 전장. 개인이 소유하는 논밭.
121) 호부(豪富): 세력이 있고 부유함.
122) 션복(膳福): 선복. 선물(膳物).
123) 누ᄃᆡ봉ᄉᆞ(累代奉祀): 누대봉사. 몇 대의 제사를 지냄.
124) 가력(家力): 집안 살림을 꾸려 나가는 재력(財力).
125) 탕패(蕩敗): 재물 따위를 다 써서 없앰.
126) 구간(苟艱): 구차하고 어려움.

업ᄂᆞᆫ 고(故)로 모친(母親)의 과도(過度)히 슬허ᄒᆞ시믈 절박(切迫)ᄒᆞ여 웃고 ᄃᆡ왈(對曰),

"ᄌᆡ믈(財物)이라 ᄒᆞᄂᆞᆫ 거시 블관(不關)[128] ᄒᆞᆫ디라. 광·희 냥(兩) ᄋᆡ(兒ㅣ) 비록 젹슈(赤手)[129]로 이시나

23면

ᄉᆡᆼ계(生計) 구간(苟艱)치 아닐 ᄋᆞᄒᆡ(兒孩)들이오니 믈녀(勿慮)ᄒᆞ쇼셔."

태부인(太夫人)이 ᄀᆞᆯ오ᄃᆡ,

"ᄌᆡ믈(財物) 유무(有無)ᄂᆞᆫ 져의 슈ᆔ(數ㅣ)라 엇디ᄒᆞ리오?"

공(公)이 도로혀 위로(慰勞)ᄒᆞ믈 마디아니〃, 구ᄑᆡ(寇婆ㅣ) 이런 ᄒᆡᆼᄉᆞ(行使)를 보고 어히업셔 말을 아니나 위·뉴 이(二) 인(人)의 용심(用心)을 궁흉(窮凶)[130]히 넉이더라.

태부인(太夫人)이 시녀(侍女) 노복(奴僕) 듕(中)의 조(曹) 부인(夫人)긔 경셩(精誠)이 잇ᄂᆞ니ᄂᆞᆫ 다 파라 업시 ᄒᆞ니, 노복(奴僕) 등(等)이 셔로 ᄢᅥ나지 아닐 ᄠᅳᆺ이 잇셔 옥누항 근쳐(近處)의 ᄉᆞ라 태부인(太夫人)이 망(亡)ᄒᆞ고 공ᄌᆞ(公子) 등(等)이 평안(平安)ᄒᆞᆫ 시절(時節) 만나기를 등ᄃᆡ(等待)[131]ᄒᆞ더라.

츄밀(樞密)이 금평후(--侯)를 ᄃᆡ(對)ᄒᆞ여 광텬 등(等)의 댱셩(長成)ᄒᆞ믈 닐너 슈히 셩녜(成禮)ᄒᆞ믈 여러 번(番) ᄌᆡ쵹ᄒᆞ니, 금평휘(--侯ㅣ) 그 가졍(家情)을 알므

---

127) ᄌᆡ리(財利): 재리. 재물과 이익.
128) 블관(不關): 불관. 중요하지 않음.
129) 젹슈(赤手): 적수. 맨손이라는 뜻으로 아무것도 가진 것이 없음을 이르는 말.
130) 궁흉(窮凶): 매우 흉악함.
131) 등ᄃᆡ(等待): 등대. 미리 준비하고 기다림.

24면

로 당ᄂᆡ(將來)를 념녀(念慮)ᄒᆞ나 임의 구약(舊約)ᄒᆞᆫ 혼ᄉᆡ(婚事ㅣ)니 녀ᄋᆞ(女兒)를 심규(深閨)의 늙히지 못ᄒᆞᆯ 거시므로 브득이(不得已) ᄐᆡᆨ일(擇日)ᄒᆞ니, 납빙(納聘)[132]은 이월(二月) 회간(晦間)이오 혼녜(婚禮)ᄂᆞᆫ 듕츄(仲秋) 념간(念間)[133]이라.

윤(尹) 츄밀(樞密)이 일ᄌᆡ(日子ㅣ) 더ᄃᆡ믈 굼거이 넉이나 길월(吉月)이 업셔 브득이(不得已) 기다리고 명쥬(明珠) 일(一) ᄡᅣᆼ(雙)으로ᄡᅧ ᄒᆡᆼ빙(行聘)[134]ᄒᆞ니, 뎡부(鄭府)의셔 명듀(明珠)를 보고 뎡(鄭) 공(公)이 츄연(惆然)ᄒᆞ여 하(河) 공(公)은 보월(寶月)을 엇고 명천공(--公)은 명듀(明珠)를 어더 신긔(神奇)히 넉이던 바를 ᄉᆡᆼ각고 상감(傷感)[135]ᄒᆞ더라.

뉴 시(氏), 광텬 공ᄌᆞ(公子)의 길월(吉月)이 ᄉᆞ오(四五) 삭(朔)이 격(隔)ᄒᆞ여시니, 그ᄉᆞ이 혼ᄉᆞ(婚事)를 져희코져[136] ᄒᆞᄃᆡ 됴흔 모ᄎᆡᆨ(謀策)을 엇지 못ᄒᆞ여 민〃블낙(憫憫不樂)[137]ᄒᆞ여 냥(兩) 공ᄌᆞ(公子) 죽일 ᄯᅳᆺ이 착급(着急)ᄒᆞ여 구몽슉을 청(請)ᄒᆞ

25면

여 진졍(眞情)으로 베퍼 ᄀᆞᆯ오ᄃᆡ,

"현딜(賢姪)은 날노 더브러 명위슉딜(名爲叔姪)[138]이나 실위모ᄌᆡ

132) 납빙(納聘): 혼인할 때에, 사주단자의 교환이 끝난 후 정혼이 이루어진 증거로 신랑 집에서 신붓집으로 예물을 보냄. 또는 그 예물. 보통 밤에 푸른 비단과 붉은 비단을 혼서와 함께 함에 넣어 신붓집으로 보냄.

133) 념간(念間): 염간. 스무날의 전후.

134) ᄒᆡᆼ빙(行聘): 행빙. 빙례를 행함. 빙례는 납빙과 같음.

135) 상감(傷感): 쓸쓸하고 슬퍼져서 마음이 상함.

136) 져희코져: 방해하려고.

137) 민〃블낙(憫憫不樂): 민민불락. 근심하며 즐기지 않음.

(實爲母子ㅣ)라. 심담(心膽)이 상됴(相照)[139]ᄒᆞ니 므슴 말을 못 ᄒᆞ리오? 가군(家君)이 블명소활(不明疎闊)[140]ᄒᆞ여 사ᄅᆞᆷ의 현블쵸(賢不肖)를 아디 못ᄒᆞ고 딕심(直心)으로 어질 ᄲᅳᆫ이라. 희텬을 계후(繼後)ᄒᆞ엿거니와 광텬ᄌᆞ차 귀듕(貴重)ᄒᆞ미 만금(萬金)의 비(比)ᄒᆞᆯ ᄇᆡ 아니니, 광텬의 형뎨(兄弟) 일분(一分)이나 인효(仁孝)ᄒᆞᆯ진ᄃᆡ 져의 ᄉᆞ랑ᄒᆞ믈 엇디 감샤(感謝)치 아니리오마ᄂᆞᆫ 기악(其惡)이 무비(無比)ᄒᆞ여 밧그로 ᄌᆞ딜(子姪)의 도(道)를 폐(廢)치 아니나 안흐로 니검(利劍)을 장(藏)ᄒᆞ여 가군(家君)을 ᄒᆡᆼ노(行路)[141]ᄀᆞᆺ치 ᄒᆞ고, 디어(至於) 날노 더브러 모ᄌᆞ(母子) 슉딜(叔姪)이 완연(宛然)ᄒᆞᆫ 구슈(仇讐ㅣ) 되여 져희 형뎨(兄弟) 날을 원망(怨望)ᄒᆞ기를 긋칠 ᄉᆞ이 업

26면

고 브ᄃᆡ 죽이기를 원(願)ᄒᆞᆫ다 ᄒᆞ니, 고인(古人)이 운(云)ᄒᆞᄃᆡ, 녕위계구(寧爲鷄口)언졍 무위우후(無爲牛後)[142]라 ᄒᆞ여시니, 내 엇디 져의 ᄒᆡ(害)를 밧고 힘〃히[143] 손을 ᄶᅩᆺ고 화(禍)를 ᄃᆡ령(待令)[144]ᄒᆞ리오? 그윽이 ᄉᆡᆼ각건ᄃᆡ 내 몬져 져희를 업시코져 ᄒᆞᄂᆞ니, 현딜(賢姪)이 변화(變化)ᄒᆞᄂᆞᆫ ᄌᆡ조(才操)와 칼 ᄡᅳᄂᆞᆫ 신술(神術)이 형가(荊軻)[145], 셥졍(聶政)[146]을 우술디라. 날을 위(爲)ᄒᆞ여 광·희 냥(兩) ᄌᆞ(子)를 일

---

138) 명위슉딜(名爲叔姪): 명위숙질. 명분은 숙모와 조카 사이임.

139) 상됴(相照): 상조. 서로 비춤.

140) 블명소활(不明疎闊): 불명소활. 현명하지 못하여 꼼꼼하지 못하고 어설픔.

141) ᄒᆡᆼ노(行路): 행로. 길 가는 사람.

142) 녕위계구(寧爲鷄口)언졍 무위우후(無爲牛後): 영위계구언정 무위우후. 차라리 닭의 머리가 될지언정 소의 꼬리는 되지 마라.

143) 힘〃히: 부질없이.

144) ᄃᆡ령(待令): 대령. 준비하고 기다림.

145) 형가(荊軻): 중국 전국시대의 자객. 연(燕)나라 태자 단(丹)의 식객이 되어 진(秦)이 침략한 땅을 되찾아 주거나 시황제(始皇帝)를 죽여 달라는 단의 부탁을 받고 진왕을 알현하고 죽이려 했으나 실패함. 사마천, 『사기』, <자객열전(刺客列傳)>.

검지하(一劍之下)의 버혀 나의 위태(危殆)ᄒᆞ믈 업게 ᄒᆞᆯ딘ᄃᆡ 엇지 감샤(感謝)치 아니리오?"

몽슉이 금ᄎᆞ지시(今此之時)ᄒᆞ여ᄂᆞᆫ 젼일(前日)과 달나 옥당한원(玉堂翰苑)[147]의 청현(淸顯)[148]을 ᄌᆞ임(自任)ᄒᆞ여 악ᄉᆞ(惡事)를 아념 즉ᄒᆞᄃᆡ, 모진[149] 긔픔(氣稟)[150]이 갈ᄉᆞ록 더ᄒᆞ며 블의(不義)를 슝상(崇尚)ᄒᆞ여 투현질능(妬賢嫉能)[151]ᄒᆞ니, 냥(兩) 공ᄌᆞ(公子)

27면

의 비상(非常)ᄒᆞ미 타일(他日) 청운(靑雲)을 더위잡아[152] 경악(經幄)의 츌입(出入)ᄒᆞᄆᆡ 져희 ᄂᆔ(類ㅣ) 감(敢)히 우러〃보지 못ᄒᆞ며 뎡텬흥의 당ᄂᆔ(黨類ㅣ) 될디라, 출하리 뉴 시(氏)의 청(請)을 드러 광텬 등(等)을 어려실 젹 죽이고져 ᄒᆞ여 이의 ᄃᆡ왈(對曰),

"쇼딜(小姪)이 조고만 용녁(勇力)이 〃시나 엇지 형가(荊軻), 섭정(聶政)의 날ᄂᆡ미 이시리잇고마ᄂᆞᆫ 죡(足)히 슉모(叔母)의 절박(切迫)ᄒᆞᆫ 심ᄉᆞ(心思)를 위로(慰勞)ᄒᆞ리니 살인(殺人)ᄒᆞᆫ 젹악(積惡)이 〃시나 마디못ᄒᆞᆯ디라, 칼흘 ᄲᅢ혀 광텬 등(等)의 머리를 ᄯᆞ로 나게 ᄒᆞ리이다."

뉴 시(氏) 대열(大悅)ᄒᆞ여 닐오ᄃᆡ,

---

146) 섭정(聶政): 섭정. 중국 전국시대 제(齊)나라의 협객. 한(韓)의 애후(哀侯)를 섬기던 엄중자(嚴仲子)가 재상 협루(俠累)와 사이가 나빠 백정이던 섭정을 찾아 협루를 죽여 달라고 하나 섭정은 어머니를 봉양해야 하므로 청을 들어 줄 수 없다 함. 그후 자신의 어머니가 죽자 엄중자를 찾아가 협루를 죽여 주겠다고 해 협루를 죽이고 자신의 눈알을 빼고 창자를 드러내 자결함. 사마천, 『사기』, <자객열전(刺客列傳)>.

147) 옥당한원(玉堂翰苑): 조정.

148) 청현(淸顯): 청현. 청환(淸宦)과 현직(顯職)을 아울러 이르는 말. 청환은 학식과 문벌이 높은 사람에게 주던 벼슬이고 현직은 높고 중요한 직위를 이름.

149) 진: [교] 원문에는 '친'으로 되어 있으나 문맥을 고려해 이와 같이 수정함.

150) 긔픔(氣稟): 기품. 타고난 기질과 성품.

151) 투현질능(妬賢嫉能): 어진 사람을 시기하고 능력 있는 사람을 미워함.

152) 더위잡아: 끌어 잡아.

"현딜(賢姪)이 날을 위(爲)ᄒᆞ여 디원(至願)을 일우게 ᄒᆞ면 엇디 ᄒᆞᆫ갓 슉딜(叔姪)의 졍(情)ᄲᅳᆫ이리오? 은혜(恩惠) ᄇᆡᆨ골난망(白骨難忘)이로

28면

다."

몽슉이 블감(不堪)ᄒᆞ믈 일ᄏᆞᆺ고 뉴 시(氏)와 날을 맛초고 도라가니, 의논(議論)이 밀〃(密密)[153]ᄒᆞ여 경ᄋᆞ 밧근 알 니 업더라.

일야(一夜)ᄂᆞᆫ 광·희 이(二) 공ᄌᆡ(公子ㅣ) 운학당의셔 삼츈화류(三春花柳)를 응(應)ᄒᆞ여 글을 디어 셔로 화답(和答)ᄒᆞ다가 밤이 깁흐ᄆᆡ 벼ᄀᆡ의 나아가니, 이 밤의 구몽슉이 비슈(匕首)를 ᄭᅵ고 웅댱(雄壯)ᄒᆞᆫ 녁ᄉᆡ(力士ㅣ) 되여 뉴 시(氏)의 가ᄅᆞ치믈 좃ᄎᆞ 운학당의 니르러 합댱(閤牆)[154] 뒤히셔 냥(兩) 공ᄌᆞ(公子)의 잠들기를 기다리더니,

냥(兩) 공ᄌᆡ(公子ㅣ) 일침지하(一寢之下)의 힐항(頡頏)[155]ᄒᆞ여 밤이 반(半)이나 된 후(後) ᄌᆞᆷ을 드ᄂᆞᆫ디라. 몽슉이 즉시(卽時) 니검(利劍)을 번득이며 바로 드러와 광뎐 등(等)을 죽이려 ᄒᆞ니, 믄득 냥(兩) 공ᄌᆞ(公子)ᄂᆞᆫ

29면

보지 못ᄒᆞ고 상샹(床上)의 황뇽(黃龍)과 ᄇᆡᆨ뇽(白龍)이 셔광(瑞光)을 씌여 누엇ᄂᆞᆫᄃᆡ 제셩(諸星)이 호위(護衛)ᄒᆞ여시니 몽슉이 ᄆᆞ옴의 스ᄉᆞ로 겁(怯)ᄒᆞ여 두 눈이 아득ᄒᆞ니 어나 거시 광뎐이며 희뎐이믈 아

153) 밀〃(密密): 비밀스러움.
154) 합댱(閤牆): 합장. 쪽문 옆의 담.
155) 힐항(頡頏): 서로 정다운 모양.

디 못ᄒᆞ여 칼흘 머추고 눈으로 ᄉᆞᆯ필ᄉᆡ,

광텬이 잠이 깁디 아녓ᄂᆞᆫ 고(故)로 문(門) 여ᄂᆞᆫ 소ᄅᆡ를 듯고 눈을 희미(稀微)히 쎠 잠간(暫間) 보ᄆᆡ, ᄎᆞ시(此時) 삼월(三月) 망간(望間)이라, 명월(明月)이 호〃(皓皓)ᄒᆞ여 ᄉᆞ창(紗窓)의 낫ᄀᆞᆺ치 빗최니 ᄒᆞᆫ 낫 건당(健壯)ᄒᆞᆫ 당ᄉᆡ(壯士ㅣ) 셔리 ᄀᆞᆺ튼 비검(匕劍)을 두로며 드러오ᄂᆞᆫ디라. 심ᄂᆡ(心內)의 분완(憤惋)[156]ᄒᆞ여 거동(擧動)을 ᄎᆡ 보려 ᄌᆞ[157]ᄂᆞᆫ 체ᄒᆞ더니, 희텬이 ᄯᅩᄒᆞᆫ 형(兄)의 팔흘 다ᄅᆡ여 니러 움즉이고져 ᄒᆞ거ᄂᆞᆯ 광텬이 비로소 흠

30면

긔 니러나ᄆᆡ, 몽슉이 바야흐로 간 곳을 몰나 심니(心裏)의 경혹(驚惑)ᄒᆞ여 ᄉᆡᆼ각ᄒᆞᄃᆡ,

'내 앗가 분명(分明)이 광텬 형뎨(兄弟) 잠드ᄂᆞᆫ 거동(擧動)을 보앗더니 그ᄉᆞ이 어ᄃᆡ로 간고? 가(可)히 측냥(測量)치 못ᄒᆞ리로다.'

의ᄉᆡ(意思ㅣ) 분〃(紛紛)하여 냥(兩) 농(龍)을 ᄌᆞ로 보더니, 홀연(忽然) 두 농(龍)이 움즉여 옷ᄉᆞᆯ 닙으려 ᄒᆞᄂᆞᆫ 거ᄉᆞᆯ 보니 믄득 변(變)ᄒᆞ여 광텬과 희텬이라. 몽슉이 급(急)히 비슈(匕首)를 드러 몬져 광텬을 향(向)ᄒᆞ여 용녁(勇力)을 분발(奮發)ᄒᆞ여 다라드니 광텬이 팔흘 드러 비슈(匕首)를 앗고 희텬이 뒤흐로 다라드러 몽슉을 잡으려 ᄒᆞ니, 몽슉이 변화(變化)ᄒᆞ여 날즘ᄉᆡᆼ이 되고져 ᄒᆞ여 몸을 흔들거ᄂᆞᆯ 광텬이 봉목(鳳目)을 놉히 ᄯᅳ고 와잠(臥蠶)[158]의

156) 분완(憤惋): 분하고 괘씸함.
157) ᄌᆞ: [교] 원문에는 'ᄒᆞ'로 되어 있으나 문맥을 고려해 이와 같이 수정함.
158) 와잠(臥蠶): 잠자는 누에 같다는 뜻으로, 길고 굽은 눈썹을 이르는 말. 와잠미(臥蠶眉).

31면

눈셥을 거ᄉᆞ리고 몽슉의게 아슨 바 비검(匕劍)을 드러 그 가슴을 빗기[159] 지르니 희텬이 말녀 왈(曰),

"ᄌᆞᄀᆡᆨ(刺客)의 졍상(情狀)[160]이 통ᄒᆡᆨ(痛駭)[161]ᄒᆞ니 엄(嚴)히 져주어 간졍(奸情)[162]을 ᄒᆡᆨ실(覈實)[163]ᄒᆞ리니 급(急)히 죽이디 마르쇼셔."

광텬이 몬져 가슴을 지르고 버거 머리를 버히고져 ᄒᆞ더니, ᄎᆞ공ᄌᆞ(次公子)의 말을 듯고 칼흘 더지고 몽슉의 상토를 플쳐 손의 감으니 튱텬(衝天)[164]ᄒᆞᆫ 긔운을 니긔지 못ᄒᆞ여 발을 드러 ᄎᆞ기를 ᄆᆡ이 ᄒᆞ고 ᄎᆞ공ᄌᆞ(次公子)로 ᄒᆞ여곰 야명쥬(夜明珠)[165]를 ᄂᆡ여 셔안(書案)의 노흐라 ᄒᆞ니,

이ᄯᆡ 몽슉이 칼ᄒᆡ 가슴을 질녀 피 소ᄉᆞ나는 바의 알프미 극(極)ᄒᆞ고 머리를 광텬의 손의 감기여 변화(變化)ᄒᆞᄂᆞᆫ 요술(妖術)도 ᄂᆡ지 못ᄒᆞ고 황〃착급(遑遑着急)[166]

32면

ᄒᆞ여 아모리 ᄒᆞᆯ 줄 모로더니, 냥(兩) 공ᄌᆡ(公子ㅣ) 야명쥬(夜明珠)를 빗최고 므러 왈(曰),

"우리 널노 더브러 원싂(怨讐ㅣ) 업고 본(本)ᄃᆡ 일면브지(一面不知)라, 네 므ᄉᆞᆷ 연고(緣故)로 반야삼경(半夜三更)의 칼흘 들고 우리

---

159) 빗기: 비스듬히.
160) 졍상(情狀): 정상. 있는 그대로의 사정과 형편.
161) 통ᄒᆡᆨ(痛駭): 통해. 몹시 이상스러워 놀라움.
162) 간졍(奸情): 간정. 간악한 정황.
163) ᄒᆡᆨ실(覈實): 핵실. 사실을 조사함.
164) 튱텬(衝天): 충천. 분하거나 의로운 기개, 기세 따위가 북받쳐 오름.
165) 야명쥬(夜明珠): 야명주. 어두운 데서 빛을 내는 구슬.
166) 황〃착급(遑遑着急): 매우 급해 어찌할 줄 모름.

를 ᄒᆡ(害)코져 ᄒᆞᄂᆞ뇨? 섈니 니르디 아니면 경ᄀᆡᆨ(頃刻)의 네 칼노 시험(試驗)ᄒᆞ리라."

몽슉이 블의디ᄉᆞ(不義之事)를 만히 ᄒᆞ여시ᄃᆡ 금일(今日) ᄀᆞᆺ튼 적이 업ᄂᆞᆫ디라. 광텬의 하일지위(夏日之威)[167]와 희텬의 단엄(端嚴)ᄒᆞᆫ 긔상(氣像)의 믁〃(默默)ᄒᆞᆫ 노긔(怒氣)를 띄여 고ᄃᆡ 사ᄅᆞᆷ을 죽일 ᄃᆞᆺ ᄒᆞ니 몽슉이 비러 ᄀᆞᆯ오ᄃᆡ,

"향니(鄕里)의 ᄉᆡᆼ댱(生長)ᄒᆞ여 인ᄉᆞ(人事)를 ᄎᆡ 아디 못ᄒᆞ고 평ᄉᆡᆼ(平生)이 금은(金銀)이 귀(貴)ᄒᆞᆫ 줄만 아더니, 윤(尹) 츄밀(樞密) ᄂᆡ상(內相)[168]이 나의 용녁(勇力)이 〃시믈 드르시고 금은(金銀)을 보ᄂᆡ시며 시녀(侍女)로 니르시ᄃᆡ 운

33면

학당의셔 ᄌᆞᄂᆞᆫ 공ᄌᆞ(公子) 냥인(兩人)이 원슈(怨讐)의 ᄌᆞ식(子息)이러니 지금(至今) 죽이디 못ᄒᆞ여 통한(痛恨)[169]ᄒᆞᄂᆞ니 냥(兩) 공ᄌᆞ(公子)의 머리를 버혀 드리면 반ᄃᆞ시 만금상(萬金賞)이 〃시리라 ᄒᆞ거ᄂᆞᆯ, ᄉᆞ죄(死罪)를 범(犯)코져 ᄒᆞ미러니 방듕(房中)의 드러와 냥(兩) 공ᄌᆞ(公子)를 보ᄆᆡ 의푀(儀表ㅣ)[170] 하 비상(非常)ᄒᆞ시니 오ᄅᆡ 머뭇거려 칼흘 간ᄃᆡ로 시험(試驗)치 못ᄒᆞ엿ᄉᆞᆸᄂᆞ니, 빌건ᄃᆡ 일명(一命)을 샤(赦)ᄒᆞ쇼셔."

냥(兩) 공ᄌᆡ(公子ㅣ) 대로(大怒)ᄒᆞ여 ᄀᆞᆯ오ᄃᆡ,

"네 말을 드르니 더옥 ᄉᆞᆯ오디 못ᄒᆞ리로다. 원간(元間) 네 셩명(姓

---

167) 하일지위(夏日之威): 여름 해처럼 강렬한 위엄.
168) ᄂᆡ상(內相): 내상. 아내가 집안을 잘 다스림. 또는 그런 아내. 여기에서는 유 부인을 이름.
169) 통한(痛恨): 몹시 한스러워함.
170) 의푀(儀表ㅣ): 몸을 가지는 태도. 또는 차린 모습.

名)이 므어신고? 요패(腰牌)[171]를 잠간(暫間) 보리라."

언파(言罷)의 다시 몽슉의 미간(眉間)을 추니 씨여져 피 흐르는디라. 추공직(次公子ㅣ) 그 몸을 뒤여 요패(腰牌)를 어드려 훈딕 찬 일이 업

34면

는디라. 금낭(錦囊)을 써혀 보니 낭듕(囊中)의 됴졍(朝廷) 명뉴(名類)로 더브러 시스(詩詞) 창화(唱和)훈 것과 뉴 부인(夫人) 셔간(書簡)이 잇셔 금야(今夜)의 주긔(自己) 등(等)을 죽이라 후여시니 추공직(次公子ㅣ) 견파(見罷)의 심골(心骨)이 경한(驚寒)[172]후고 가변(家變)이 망극(罔極)후믈 한심(寒心)후니 머리를 숙이고 밋쳐 말을 못 후여셔 댱공직(長公子ㅣ) 칼흘 드러 글오딕,

"네 근본(根本)을 아디 못후거니와 블의디스(不義之事)를 이굿치 슝상(崇尙)후니 젼후(前後)의 사룸을 만히 히(害)후여실디라 일명(一命)을 샤(赦)치 못후리라. 죄악(罪惡)이 당〃(堂堂)이 쥬륙(誅戮)을 면(免)치 못홀 거시니 이제 죽으믈 한(恨)치 말나."

이리 니르며 몽슉을 버히려 후니, 십삼(十三) 쇼년(少年)의 위풍(威風)이 규〃(赳赳)[173]후며 긔상(氣像)이 삼엄(森嚴)후여

35면

바로 보디 못홀디라. 몽슉이 일이 급(急)후믈 보고 소릐 질너 왈(曰),

---

171) 요패(腰牌): 신분을 나타내기 위하여 허리에 차던 패.
172) 경한(驚寒): 놀라고 서늘함.
173) 규〃(赳赳): 씩씩하고 헌걸참.

“광텬은 날노 더브러 친쳑(親戚)이 아니어니와 희텬은 이죵디간(姨從之間)이라, 엇디 날을 죽이며 내 ᄯᅩ 너희를 믜워 죽이려 ᄒᆞᄂᆞᆫ 거시 아니라 슉모(叔母)를 네 죽이려 ᄒᆞᄆᆡ 시고(是故)로 날을 쳥(請)ᄒᆞ여 여ᄎᆞ여ᄎᆞ(如此如此) 죽여 달나 ᄒᆞ시니, 내 몸이 옥당금마(玉堂金馬)[174]의 명환(名宦)을 ᄌᆞ임(自任)ᄒᆞᄂᆞᆫ 명ᄉᆞ(名士)로 혼야(昏夜)의 칼ᄒᆞᆯ ᄑᆞᆷ고 사ᄅᆞᆷ을 죽이려 ᄒᆞ미 비루(鄙陋)ᄒᆞ고 괴이(怪異)ᄒᆞᄃᆡ 슉모(叔母)의 위ᄐᆡ(危殆)ᄒᆞ시믈 츄연(惆然)ᄒᆞ여 너희 ᄀᆞᆺᄐᆞᆫ 포악디인(暴惡之人)을 죽여 슉모(叔母)의 일ᄉᆡᆼ(一生)이 편(便)ᄒᆞ시고져 ᄒᆞ미라. 너희 날을 죽이려 ᄒᆞ거든 이제 슉모(叔母)를 쳥(請)ᄒᆞ여 ᄒᆞᆫ번(-番)

36면

영결(永訣)케 ᄒᆞ라.”

당공ᄌᆡ(長公子ㅣ) 더옥 대로(大怒) 왈(曰),

“우리 슉뫼(叔母ㅣ) 여러 딜ᄌᆡ(姪子ㅣ) 이셔 빈〃(頻頻) 왕ᄂᆡ(往來)ᄒᆞᄃᆡ 너 ᄀᆞᆺᄐᆞᆫ 츅ᄉᆡᆼ(畜生)은 보지 못ᄒᆞ엿ᄂᆞ니, 거ᄌᆞᆺ 슉모(叔母)의 딜ᄌᆡ(姪子ㅣ)로라 ᄒᆞ고 우리를 눈이 업시 넉이니 ᄉᆞ〃(事事)의 가살(可殺)이라 엇디 ᄒᆞᆫ 목숨을 빌니리오?”

언파(言罷)의 몽슉을 버히려 ᄒᆞ니 당공ᄌᆡ(長公子ㅣ) 말을 이리 ᄒᆞ나 몽슉인 줄 딤작(斟酌)ᄒᆞ고 아조 죽여 후(後)의 긴 혀를 놀니ᄂᆞᆫ 환(患)을 업시코져 ᄒᆞ더니, ᄎᆞ공ᄌᆡ(次公子ㅣ) 밧비 칼ᄒᆞᆯ 앗고 몽슉을 향(向)ᄒᆞ여 즐왈(叱曰),

“네 거ᄌᆞᆺ 날과 이죵간(姨從間)이로라 ᄒᆞ거니와 내 일ᄌᆞᆨ 너의 얼골을 본 일이 업ᄉᆞ니 엇디 허언(虛言)이 아니며 네 감(敢)히 그런 흉참

174) 옥당금마(玉堂金馬): 조정의 한림. 금마는 조정 혹은 한림을 가리킴.

(凶慘)혼 말로 우리 즈당(慈堂)

37면

을 어침(漁侵)[175]ᄒᆞ여 허언(虛言)을 ᄭᆞ며 요악(妖惡)ᄒᆞᆫ 혀를 놀녀 어즈러온 말을 ᄒᆞ니, 죄악(罪惡)이 절〃(切切)이 ᄒᆞᆫ번(-番) 죽기를 면(免)치 못ᄒᆞ리라."

몽슉이 답왈(答曰),

"나ᄂᆞᆫ 다른 사ᄅᆞᆷ이 아니라 한님ᄒᆞᆨᄉᆞ(翰林學士) 구몽슉이라, 널노 더브러 이죵지의(姨從之義) 업ᄉᆞ리오? 이제 본형(本形)을 드러ᄂᆡ여 너의 〃심(疑心)을 업시 ᄒᆞ리라."

말을 맛ᄎᆞ며 몸을 흔드러 변(變)ᄒᆞ여 두발(頭髮)은 오히려 댱공ᄌᆞ(長公子)의 손의 감긴 ᄌᆡ 이시ᄃᆡ, 경ᄀᆡᆨ(頃刻)의 흉참(凶慘)ᄒᆞᆫ 댱ᄉᆡ(壯士ㅣ) 변(變)ᄒᆞ여 옥면뉴풍(玉面柳風)[176]의 ᄌᆡ긔(才氣)로온 몽슉이라. 미간(眉間)의 흐르ᄂᆞᆫ 피와 가슴이 질니여 듕상(重傷)ᄒᆞ엿ᄂᆞᆫ디라. 댱공ᄌᆡ(長公子ㅣ) 요악간특(妖惡奸慝)[177]ᄒᆞᆷ을 니긔지 못ᄒᆞ여 공ᄌᆡ(公子ㅣ) 손의 ᄀᆞᆷ앗던 두발(頭髮)을 프러 노코 낫치 춤 바타 ᄀᆞᆯ오ᄃᆡ,

38면

"우리ᄂᆞᆫ 혜아리기를 네 비록 뎡인군ᄌᆞ(正人君子)[178]ᄂᆞᆫ 아니나 ᄌᆡ긔(才氣)로온 인믈(人物)노 명가(名家) ᄌᆞ손(子孫)이니 조션(祖先)을 욕(辱)먹이지 아닐노다 ᄒᆞ엿더니, 너의 공교(工巧)ᄒᆞ미 요술(妖術)을

175) 어침(漁侵): 침탈함.
176) 옥면뉴풍(玉面柳風): 옥면유풍. 옥 같은 얼굴에 버들 같은 풍채.
177) 요악간특(妖惡奸慝): 요사스럽고 간악함.
178) 뎡인군ᄌᆞ(正人君子): 정인군자. 마음씨가 올바르며 학식과 덕행이 높고 어진 사람.

힝(行)ᄒᆞ며 극악(極惡)ᄒᆞᆫ 힝ᄉᆡ(行使ㅣ) 이 디경(地境)의 밋ᄎᆞ니 우리를 ᄒᆡ(害)ᄒᆞ려 ᄒᆞ던 줄은 놀납지 아니ᄒᆞᄃᆡ 네 몸을 위(爲)ᄒᆞ여 개연ᄎᆞ셕(慨然嗟惜)[179]ᄒᆞᄂᆞ니, 네 우리 모ᄌᆞ(母子) 슉딜(叔姪) 간(間)을 니간(離間)ᄒᆞ여 난상(亂常)[180]ᄒᆞᆷ을 보고져 ᄒᆞ여 망측(罔測)ᄒᆞᆫ 누명(陋名)을 슉모(叔母)의게 찟치니 죄상(罪狀)이 더옥 ᄉᆞᆯ오기 어렵고, 너 ᄀᆞᆺᄐᆞᆫ 요악쇼인(妖惡小人)이 옥당(玉堂)의 츌입(出入)ᄒᆞ여 국녹(國祿)을 허비(虛費)ᄒᆞ며 됴정(朝廷) 명뉴(名流)로 더브러 엇게를 ᄀᆞᆯ와 근시(近侍)ᄒᆞ미 측ᄒᆞ고 더러오ᄃᆡ ᄒᆞᆫ번(-番) 쾌(快)히 죽여 흔젹(痕迹)을 업시 ᄒᆞ면 가국(家國)

39면

의 다힝(多幸)이로ᄃᆡ, 네 다만 구 시랑(侍郞) 일(一) ᄌᆞ(子)로 녕졍단신(零丁單身)[181]이라, 너를 죽일진ᄃᆡ 너의 조션혈식(祖先血食)이 졀(絕)ᄒᆞᆷ을 년측(憐惻)[182]ᄒᆞ노라."

몽슉 왈(曰),

"너의 날을 다ᄅᆡ려 ᄒᆞ거니와 이졔 슉모(叔母)를 뫼셔 오라. 너의 ᄉᆞ오나온 연고(緣故)로 슉뫼(叔母ㅣ) 타일(他日) 너희 ᄒᆡ(害)를 닙을가 두려 몬져 너희를 죽이고져 ᄒᆞ시미니, 내 본(本)ᄃᆡ 너희로 더브러 혐원(嫌怨)[183]이 업ᄉᆞ니 슉모(叔母) 말ᄉᆞᆷ을 듯디 아냐시면 므ᄉᆞ 일 패도(悖道)[184]를 힝(行)ᄒᆞ리오?"

---

179) 개연ᄎᆞ셕(慨然嗟惜): 개연차석. 몹시 분개해 안타까워함.
180) 난상(亂常): 인륜을 어지럽힘.
181) 녕졍단신(零丁單身): 영정단신. 의지할 곳이 없는 홀로 된 몸.
182) 년측(憐惻): 연측. 불쌍히 여김.
183) 혐원(嫌怨): 싫어하고 원망함.
184) 패도(悖道): 도리에 어긋난 일.

댱공지(長公子ㅣ) 칼흘 드러 즐왈(叱曰),

"네 감(敢)히 긴 혀를 놀녀 슉모(叔母)를 드노화 우리 모자(母子) 슉딜디간(叔姪之間)을 어즈러이려 ᄒᆞ니 죄당쥬륙(罪當誅戮)[185]이라 너를 ᄒᆞᆫ칼히 버혀 셜분(雪憤)[186]ᄒᆞ리라."

ᄎᆞ공지(次公子ㅣ) 말니고 몽슉이 비러 왈(曰),

"내 말을 잘

40면

못ᄒᆞ여시니 ᄉᆞ원은 노(怒)ᄒᆞ지 말나. ᄎᆞ후(此後) 개과쳔션(改過遷善)ᄒᆞ여 악ᄉᆞ(惡事)를 다시 ᄒᆡᆼ(行)치 아니리라."

댱공지(長公子ㅣ) 비로소 칼흘 노코 ᄎᆞ공지(次公子ㅣ) 몽슉을 위로(慰勞)ᄒᆞ여 도라가라 ᄒᆞ니, 몽슉이 창황슈괴(倉黃羞愧)[187]ᄒᆞ여 상쳐(傷處)를 우희고[188] 문(門)을 나ᄆᆡ 변신(變身)ᄒᆞ여 나는 즘ᄉᆡᆼ이 되여 도라가니, 혜준이 〃 형상(形狀)을 보고 모골(毛骨)이 숑연(悚然)ᄒᆞ여 ᄒᆞᆫ 가히 안졋거늘 냥(兩) 공지(公子ㅣ) 이런 쇼문(所聞)을 ᄂᆡ지 말나 엄(嚴)히 분부(分付)ᄒᆞ고 도로 ᄌᆞ리의 누을ᄉᆡ, 대공지(大公子ㅣ) ᄋᆞ의 손을 잡고 기리 탄왈(嘆曰),

"아등(我等)이 계부(季父)의 ᄌᆞᄋᆡ(慈愛)를 밧ᄌᆞ오니 슉뫼(叔母ㅣ) 이러ᄐᆺ 죽이고져 ᄒᆞ시미 궁극(窮極)ᄒᆞᆫ 디경(地境)의 밋쳐 져쥬지ᄉᆞ(詛呪之事)[189]와 금야(今夜) 변괴(變故ㅣ) 사ᄅᆞᆷ이 ᄉᆡᆼ각지 못ᄒᆞᆯ ᄇᆡ

185) 죄당쥬륙(罪當誅戮): 죄당주륙. 죄가 마땅히 목 베어 죽일 형임.
186) 셜분(雪憤): 설분. 분한 마음을 풂.
187) 창황슈괴(倉黃羞愧): 창황수괴. 매우 정신이 없고 부끄러워함.
188) 우희고: 움키고.
189) 져쥬지ᄉᆞ(詛呪之事): 저주지사. 남에게 재앙이나 불행이 일어나도록 빌고 바라는 일.

41면

라. 너와 내 어나 쯰 가변(家變)을 딘뎡(鎭定)ᄒᆞ고 촌효(寸孝)[190]를 다ᄒᆞ여 이(二) 위(位) 존당(尊堂)을 감동(感動)ᄒᆞ시게 ᄒᆞ리오?"

ᄎᆞ공ᄌᆡ(次公子ㅣ) 기리 탄식(歎息)고 ᄀᆞᆯ오ᄃᆡ,

"구튝(-畜)[191]의 간활무상(奸猾無狀)[192]ᄒᆞᆫ 말을 엇디 미들 거시라 형댱(兄丈)이 〃런 말ᄉᆞᆷ을 ᄒᆞ시ᄂᆞ니잇고? 원(願)컨ᄃᆡ ᄌᆞ졍(慈庭)긔도 고(告)치 마르쇼셔."

언파(言罷)의 초창(悄愴)[193]ᄒᆞ믈 마디아니〃, 댱공ᄌᆡ(長公子ㅣ) 믁연(默然)ᄒᆞ여 다시 말을 ᄒᆞ지 아니ᄒᆞ니 형뎨(兄弟) 냥인(兩人)이 은위(隱憂ㅣ) 만복(滿腹)ᄒᆞ여 만ᄉᆞ(萬事)의 흥황(興況)[194]이 업ᄂᆞᆫ디라, 셔로 심회(心懷)를 위로(慰勞)ᄒᆞ며 가변(家變)을 경심ᄎᆞ악(驚心嗟愕)ᄒᆞ여 시일(時日)을 보ᄂᆡ나 명되(命途ㅣ) 긔구(崎嶇)ᄒᆞ고 신셰(身世) 험난(險難)ᄒᆞ미 이 ᄀᆞᆺᄐᆞ니 만일(萬一) 명쳔공(--公) 유령(幽靈)이 알오미 이실진ᄃᆡ 엇디 앗기지 아니리오. ᄎᆞ역(此亦) 운건(運蹇)[195]ᄒᆞ미러라.

ᄎᆞ셜(且說). 구몽숙

42면

이 가슴과 미간(眉間)을 듕상(重傷)ᄒᆞ여 집의 도라와 양 시(氏)다려도 바로 니르지 못ᄒᆞ여 거ᄌᆞᆺ 낙상(落傷)ᄒᆞ믈 니르며 의약(醫藥)을 착

190) 촌효(寸孝): 조금의 효도.
191) 구튝(-畜): 구축. 구 씨 짐승. 구몽숙을 이름.
192) 간활무상(奸猾無狀): 간악하고 교활하며 사리에 어긋남.
193) 초창(悄愴): 마음이 근심스럽고 슬픔.
194) 흥황(興況): 흥미 있는 상황.
195) 운건(運蹇): 운수가 막힘.

실(着實)히 ᄒᆞ여, 소찰(小札)로 뉴 시(氏)긔 고(告)ᄒᆞ여 광뎐 등(等)을 죽이라 갓다가 밋쳐 죽이지 못ᄒᆞ고 도로혀 광뎐의게 잡히여 반ᄉᆡᆼ반ᄉᆞ(半生半死)ᄒᆞ여 일신(一身)을 셩ᄒᆞᆫ 곳 업시 즛맛고[196] 와시믈 통(通)ᄒᆞᄃᆡ, 허언(虛言)을 틱반(太半)이나 보틱여 뉴 시(氏)를 놀나게 ᄒᆞ니,

뉴 시(氏) 모녜(母女ㅣ) 몽슉의 셔간(書簡)을 보고 만신(滿身)이 쩔니기를 면(免)치 못ᄒᆞ니 독(毒)ᄒᆞᆫ 셩과 급(急)ᄒᆞᆫ 분(憤)이 블 니러나ᄃᆞᆺ ᄒᆞ여 눈믈이 ᄂᆞᆺ치 가득ᄒᆞ여 체읍(涕泣)ᄒᆞ니, 경ᄋᆡ 위로(慰勞) 왈(曰),

"모친(母親)은 과도(過度)히 슬허 마르쇼셔."

뉴 시(氏) 기리 늣겨 왈(曰),

"내 허다(許多) 심녁(心力)을 허비(虛費)

43면

ᄒᆞ여 광뎐 등(等) 삼모ᄌᆞ(三母子)를 죽이고져 ᄒᆞᄃᆡ ᄒᆞᆫ 일도 ᄆᆞᄋᆞᆷ과 ᄀᆞᆺ지 못ᄒᆞ고 곳〃이 나의 ᄉᆞ오나옴만 드러날 ᄯᆞᆷ이니, 하ᄂᆞᆯ이 날을 돕지 아니시미 이러ᄐᆞᆺ 심(甚)ᄒᆞᆯ 줄 엇디 알니오?"

경ᄋᆡ 역시(亦是) 슬허 텬도(天道)를 원(怨)ᄒᆞ며 졈〃(漸漸) 칼 ᄀᆞᆺ튼 ᄆᆞᄋᆞᆷ이 날노 층가(層加)[197]ᄒᆞ여 뉴 시(氏), 희뎐을 고요히 ᄃᆡ(對)ᄒᆞ면 니를 가라 고ᄃᆡ 칼노 지르고져 ᄒᆞᄃᆡ, 츄밀(樞密)의 냥(兩) 공ᄌᆞ(公子) ᄉᆞ랑ᄒᆞ믄 졈〃(漸漸) 더으니 이 거동(擧動)을 본죽 더옥 믜오믈 형상(形狀)치 못ᄒᆞ나 은악양션(隱惡佯善)[198]ᄒᆞ여 ᄉᆞ오나온 거ᄉᆞᆯ 오ᄅᆡ 픔으ᄆᆡ 화증(火症)이 날노 셩(盛)ᄒᆞ여 ᄡᅥ〃 왼몸이 알픈 ᄃᆞᆺ 광뎐 등(等)

196) 즛맛고: 짓두들겨 맞고.
197) 층가(層加): 더욱 더해짐.
198) 은악양션(隱惡佯善): 안악양선. 악한 마음을 감추고 겉으로는 착한 체함.

을 죽이고져 ᄒᆞᄂᆞᆫ ᄆᆞ음이 블 니ᄃᆞᆺ ᄒᆞ여,

일〃(一日)은 츄밀(樞密)이 맛참 친우(親友)의 집의 나

44면

아가고 댱공ᄌᆡ(長公子ㅣ) 외가(外家)의셔 조(曹) 공(公)이 금능(金陵)셔 와시[199]므로 ᄇᆡ현(拜見)코져 조부(曹府)로 가시ᄆᆡ ᄎᆞ공ᄌᆡ(次公子ㅣ) 홀노 셔ᄌᆡ(書齋)의 잇다가 안히 드러와 뉴 시(氏)긔 뵈오니, 부인(夫人)이 바야흐로 공ᄌᆞ(公子) 등(等)을 죽이고져 ᄒᆞᄂᆞᆫ ᄆᆞ음 칼흘 픔은 ᄃᆞᆺ 스ᄉᆞ로 억졔(抑制)ᄒᆞᄆᆡ 만신(滿身)이 번열(煩熱)[200]ᄒᆞ여 찬믈의 슈족(手足)을 ᄌᆞᆷ으고 안목(眼目)이 벌거ᄒᆞ여 안ᄌᆞᆺ더니, 공ᄌᆡ(公子ㅣ) ᄂᆞᆺ빗출 화(和)히 ᄒᆞ고 소ᄅᆡ를 ᄂᆞᆺ초아 긔운을 뭇ᄌᆞ온ᄃᆡ 뉴 시(氏) 블분시비(不分是非)[201]ᄒᆞ고 겻ᄐᆡ 노혓던 옥연갑(玉硯甲)을 드러 공ᄌᆞ(公子)의 머리를 향(向)ᄒᆞ여 더지고 다라드러 엇게를 므러ᄢᅧ히니 피 소ᄉᆞ나 옷ᄉᆡ ᄉᆞᄆᆞᆺ고 머리 ᄢᅵ여져 ᄇᆞᆰ은 피 소ᄉᆞ나ᄂᆞᆫ디라. 공ᄌᆡ(公子ㅣ) 블변안ᄉᆡᆨ(不變顔色)ᄒᆞ고 죵용(從容)이 한삼(汗衫)[202]을 ᄢᅥ혀 머리의

45면

피를 ᄡᅵᆺ고 날호여 ᄉᆞ러 뭇ᄌᆞ오ᄃᆡ,

"쇼ᄌᆡ(小子ㅣ) 유죄(有罪)ᄒᆞᄆᆡ 반ᄃᆞ시 시노(侍奴)를 명(命)ᄒᆞ여 칙

199) 시: [교] 원문에는 이 뒤에 '시'가 더 있으나 부연으로 보아 삭제함.
200) 번열(煩熱): 몸에 열이 몹시 나고 가슴 속이 답답하여 괴로움.
201) 블분시비(不分是非): 불분시비. 옳고 그름을 따지지 않음.
202) 한삼(汗衫): 손을 가리기 위하여서 두루마기, 소창옷, 여자의 저고리 따위의 윗옷 소매 끝에 흰 헝겊으로 길게 덧대는 소매.

벌(責罰)[203] ᄒᆞ실디니 엇디 셩톄(盛體)를 닛브게[204] ᄒᆞ시ᄂᆞ니잇가?"

뉴 시(氏) 희텬의 현효(賢孝)ᄒᆞ믈 더옥 믜이 녀이ᄂᆞᆫ디라, 의법(依法)[205]히 시노(侍奴)로 쟝칙(杖責)[206]ᄒᆞᆯ 줄 모로지 아니ᄒᆞᄃᆡ 구파(寇婆)의 알오미 되여 츄밀(樞密)긔 젼(傳)ᄒᆞᆯ가 두리므로 여러 이목(耳目) 가온ᄃᆡᄂᆞᆫ 감언(甘言)ᄒᆞ여 ᄉᆞ랑ᄒᆞᄂᆞᆫ 쳬ᄒᆞ다가 ᄌᆞ긔(自己) 침소(寢所)의 죵용(從容)이 ᄃᆡ(對)ᄒᆞᆫ즉 악〃[207]ᄒᆞ미 아니 밋츤 곳이 업ᄂᆞᆫ디라. 이날도 간독(奸毒)ᄒᆞᆫ 셩을 연고(緣故) 업시 발(發)ᄒᆞ여 공ᄌᆞ(公子)를 것미러[208] 협실(夾室)의 너코 텰편(鐵鞭)을 드러 머리로브터 나리 두다리니, 공ᄌᆡ(公子ㅣ) 알픈 거ᄉᆞᆯ ᄎᆞᆷ고 ᄋᆡ걸(哀乞)ᄒᆞ여 ᄀᆞᆯ오ᄃᆡ,

"ᄌᆞ졍(慈庭)은 셩톄(盛體)를

46면

닛부게 마ᄅᆞ시고, 시노(侍奴)로 다ᄉᆞ리시기 요란(擾亂)ᄒᆞ옵거든 시녀(侍女) 듕(中) 용녁(勇力) 잇ᄂᆞ니로 틱쟝(笞杖)을 더으쇼셔."

뉴 시(氏) 비로소 셰월을 블너 협실(夾室)의 드려 공ᄌᆞ(公子)를 셰오고 틱벌(笞罰)ᄒᆞᆯᄉᆡ 슈(數)를 혜지[209] 아니코 ᄉᆞᆯ히 무더나기를 그음ᄒᆞ니, 공ᄌᆡ(公子ㅣ) 막힐 ᄃᆞᆺᄒᆞᄃᆡ 옥각(玉脚)을 놉히 것고 ᄒᆞᆫ 소ᄅᆡ를 요동(搖動)치 아니코 졈누(點淚)를 먹음지 아니ᄃᆡ ᄢᅵ여진 머리 어즐ᄒᆞ고 엇게의 모진 니ᄌᆞ곡의 피 한(限)업시 소ᄉᆞ나며 옥각(玉脚)이 칼노 뼈흐ᄂᆞᆫ ᄃᆞᆺᄒᆞᄃᆡ ᄆᆞᄋᆞᆷ을 굿게 ᄎᆞᆷ아 긋치기를 기다리더니, 경ᄋᆡ 부

203) 칙벌(責罰): 책벌. 꾸짖어 벌함.
204) 닛브게: 고단하게.
205) 의법(依法): 법에 따름.
206) 쟝칙(杖責): 장책. 태형으로 벌함.
207) 악〃: 억지를 부리고 고함을 지르며 떠들썩거림.
208) 것미러: 함부로 밀쳐.
209) 지: [교] 원문에는 없으나 문맥을 고려해 삽입함.

친(父親)이 경희뎐의 와시믈 고(告)ᄒᆞ니 뉴 시(氏) 비로소 긋치고 등을 미러 ᄀᆞᆯ오ᄃᆡ,

"어리고 졈즉흔[210] 윤(尹) 공(公)이 와시니 네 온가지로 참소(讒訴)

47면

ᄒᆞ여 날을 죽이도록 도모(圖謀)ᄒᆞ라."

공지(公子ㅣ) 츄연(惆然)이 낫빗출 곳쳐 ᄀᆞᆯ오ᄃᆡ,

"ᄋᆞ히(兒孩) 비록 블초무상(不肖無狀)[211]ᄒᆞ오나 엇디 대인(大人)긔 춤소(讒訴)ᄒᆞ미 이시리잇고? 괴이(怪異)ᄒᆞᆫ 의심(疑心)을 마르쇼셔."

뉴 시(氏) 니를 갈며 어셔 나가라 ᄒᆞ니,

공지(公子ㅣ) 의ᄃᆡ(衣帶)를 슈습(收拾)ᄒᆞ고 대인(大人)이 못 보시게 운학당으로 나오나 ᄒᆡᆼ보(行步)를 일우지 못ᄒᆞ여 계오 나와 벼개를 의디(依支)ᄒᆞ여 고요히 누엇더니,

츄밀(樞密)이 모친(母親)긔 뵈옵고 공ᄌᆞ(公子)를 보디 못ᄒᆞ여 운학당으로 나오니, 공지(公子ㅣ) 년망(連忙)이 몸을 움ᄌᆞ여 니러나니 공(公)이 그 머리 ᄣᅵ여져 상(傷)ᄒᆞ여시믈 보고 연고(緣故)를 므른ᄃᆡ, 공지(公子ㅣ) ᄃᆡ왈(對曰),

"셤의 실족(失足)ᄒᆞ이다."

공(公)이 미우(眉宇)를 ᄧᅵᆼ긔고 상쳐(傷處)의 약(藥)을 ᄇᆞ미고 ᄀᆞᆯ오ᄃᆡ,

48면

"네 본(本)ᄃᆡ 족용듕(足容重)[212]ᄒᆞ여 그릇 드딜 니(理) 업거ᄂᆞᆯ 금

---

210) 졈즉흔: 부끄럽고 미안한.
211) 블초무상(不肖無狀): 불초무상. 어리석고 사리를 모름.

일(今日) 이러틋 상(傷)ᄒᆞ미 젹은 ᄋᆡᆨ(厄)이 아니라. 조심(操心)ᄒᆞ여 됴리(調理)ᄒᆞ고 나단니지 말나."

당부(當付)ᄒᆞ며 편(便)히 누으라 ᄒᆞᄃᆡ 부젼(父前)이라 감(敢)히 눕디 못ᄒᆞ니, 츄밀(樞密)이 ᄋᆞᄌᆞ(兒子)의 눕기를 위(爲)ᄒᆞ여 나오ᄃᆡ 경녀(驚慮)ᄒᆞ믈 마디아니ᄒᆞ나 뉴 시(氏) 젼일(前日)의ᄂᆞᆫ 두상(頭上)을 상(傷)히오ᄃᆡ 아녀시므로 츄밀(樞密)이 아디 못ᄒᆞ고 금일(今日) 실죡(失足)ᄒᆞ므로 아나 앗기고 념녀(念慮)ᄒᆞ미 ᄌᆞ긔(自己) 몸이 알픈 듯ᄒᆞᄃᆡ 엇디 뉴 시(氏)의게 마ᄌᆞ 상(傷)ᄒᆞ민 줄 알니오.

공ᄌᆡ(公子ㅣ) ᄒᆞᆫ갓 머리 상(傷)ᄒᆞᆯ ᄲᅮᆫ 아냐 텰편(鐵鞭)으로 마ᄌᆞᆫ 다리 촌보(寸步)를 움ᄌᆞᆨ이지 못ᄒᆞ고 누어 ᄌᆞ긔(自己) 팔ᄌᆞ(八字)를 혜아리건ᄃᆡ, 부ᄌᆞ텬는(父子天倫)의 면목(面目) 모로ᄂᆞᆫ 슬프미 뉵아(蓼莪)[213]의 밋

49면

거ᄂᆞᆯ ᄉᆡᆼ모(生母)의 위란(危亂)ᄒᆞᆫ 신셰(身世) 호혈(虎穴)의 드러심과 다르지 아니코 양모(養母)의 극악(極惡)ᄒᆞ미 감화(感化)키 어려온디라, ᄌᆞ긔(自己) 형뎨(兄弟) 반ᄃᆞ시 효도(孝道)의 온젼(穩全)ᄒᆞᆫ 사ᄅᆞᆷ이 되기 어렵고 가변(家變)의 ᄎᆞ악(嗟愕)ᄒᆞ미 어나 디경(地境)의 갈 줄 아디 못ᄒᆞᆯ디라. 쥬야(晝夜)로 조모(祖母)와 양모(養母)의 감화(感化)키를 바라고 셩효(誠孝)를 갈진(竭盡)ᄒᆞ나 포악(暴惡)ᄒᆞᆫ 호령(號令)과 독(毒)ᄒᆞᆫ 칙벌(責罰)이 긋칠 ᄉᆞ이 업셔 혈육(血肉)이 셩ᄒᆞᆫ ᄯᅴ 업ᄉᆞ니 아모리 ᄒᆞ여도 됴ᄒᆞᆫ 모칙(謀策)이 업셔 근심이 만단(萬端)이나

---

212) 죡용듕(足容重): 족용중. 발걸음을 조심스럽게 함.
213) 뉵아(蓼莪): 육아. 어버이가 이미 돌아가셔서 봉양할 수 없는 효자의 슬픔을 이르는 말. 『시경(詩經)』, <육아(蓼莪)>에서 온 말임.

조곰도 양모(養母)를 원(怨)ᄒᆞᄂᆞᆫ 뜻이 업고 ᄌᆞ긔(自己) 효셩(孝誠)이 브죡(不足)ᄒᆞ여 외오 넉이시믈 어든가 ᄌᆞ칙(自責)ᄒᆞ고, ᄉᆡᆼ모(生母)와 양부(養父)의 디극(至極)ᄒᆞᆫ 졍(情)을 도라보디 아니면 ᄎᆞᆯ하리 ᄒᆞᆫ번(-番) 죽어

50면

가듕변난(家中變亂)을 보디 말고져 ᄒᆞ나 경신(敬身)이 위대(爲大)[214] ᄒᆞᆷ과 ᄌᆞ긔(自己) 죽ᄂᆞᆫ 날이면 양모(養母)의 패덕(悖德)이 더옥 드러날 고(故)로, ᄇᆡᆨ단(百端) 괴로오믈 견ᄃᆡ여 슬프믈 ᄀᆞᆷ초고 오딕 명도(命途)[215]를 탄(歎)ᄒᆞ며 가지록 효우(孝友)를 힘뼈 조모(祖母)와 양모(養母)의 감화(感化)ᄒᆞ기를 바라더라.

댱공지(長公子ㅣ) 도라와 모친(母親)과 슉당(叔堂)의 뵈옵고 운학당의 도라와 ᄎᆞ공ᄌᆞ(次公子)의 누어시믈 보고 놀나 알ᄂᆞᆫ 곳을 뭇다가 두샹(頭上)이 상(傷)ᄒᆞ여시믈 보고 반ᄃᆞ시 뉴 시(氏)의 일인 줄 짐작(斟酌)고 ᄀᆞᆯ오ᄃᆡ,

"금일(今日)은 하고(何故)로 머리를 ᄣᅡ리ᄂᆞᆫ 죄벌(罪罰)이 잇더뇨?"

ᄎᆞ공지(次公子ㅣ) 믁연브답(黙然不答)이어ᄂᆞᆯ, 댱공지(長公子ㅣ) 슬프고 잔잉ᄒᆞ믈 니긔지 못ᄒᆞ여 임의 혼뎡(昏定)을 파(罷)ᄒᆞ엿ᄂᆞᆫ 고(故)로 의ᄃᆡ(衣帶)를 히

---

214) 경신(敬身)이 위대(爲大): 몸가짐을 조심하는 것을 크게 여김. 『소학(小學)』, 「경신(敬身)」에 나오는 구절.

215) 명도(命途): 운명과 재수.

51면

탈(解脫)ᄒᆞ고 누을ᄉᆡ, ᄎᆞ공ᄌᆡ(次公子ㅣ) 오히려 옷ᄉᆞᆯ 벗지 아냐시니 댱공ᄌᆡ(長公子ㅣ) 옷ᄉᆞᆯ 벗고 편(便)히 누으믈 권(勸)ᄒᆞᄃᆡ 움즉이지 아니ᄒᆞ니, 댱공ᄌᆡ(長公子ㅣ) 친(親)히 옷ᄉᆞᆯ 글너 ᄀᆞᆯ오ᄃᆡ

"옷ᄉᆞᆯ 닙고 누으면 더옥 편(便)치 아니리라."

ᄒᆞ니, ᄎᆞ공ᄌᆡ(次公子ㅣ) 형(兄)이 ᄌᆞ긔(自己) 상쳐(傷處)를 볼가 민망(憫惘)ᄒᆞ여 죵시(終是) 벗지 아니〃, 댱공ᄌᆡ(長公子ㅣ) 위력(威力)으로 옷ᄉᆞᆯ 그르ᄆᆡ 엇게의 상쳐(傷處)와 옥각(玉脚)의 살히 무어져시믈 보고 참담ᄋᆡ상(慘憺哀傷)[216]ᄒᆞ여 븟들고 눈믈을 흘녀 ᄀᆞᆯ오ᄃᆡ,

"ᄌᆞ식(子息)이 유죄(有罪)ᄒᆞᄆᆡ 부뫼(父母ㅣ) 칙장(責杖)ᄒᆞ시미 예ᄉᆡ(例事ㅣ)로ᄃᆡ 조모(祖母)와 슉뫼(叔母ㅣ) 아등(我等) 칙벌(責罰)ᄒᆞ시믄 죄벌(罪罰) 유무(有無)를 니르디 아니시고 혈육(血肉)이 상(傷)키를 그음ᄒᆞ시니 진실(眞實)노 보젼(保全)키 어려온디라. 나ᄂᆞᆫ 오히려 긔운이 댱셩(壯盛)ᄒᆞ거니와

52면

너ᄂᆞᆫ 약질(弱質)의 쟝칙(杖責)이 써날 젹이 업ᄉᆞ니 반ᄃᆞ시 죽으미 쉬올디라. 뎨슌(帝舜)[217]이 대셩(大聖)이샤ᄃᆡ, 쇼장즉슈(小杖則受)ᄒᆞ고 대쟝즉쥬(大杖則走)[218]라 ᄒᆞ시니 너의 몸을 스ᄉᆞ로 보젼(保全)ᄒᆞᄂᆞᆫ 거시 슉모(叔母)긔 효되(孝道ㅣ)오, 부모(父母)의 바라시ᄂᆞᆫ 바를 ᄉᆞᆺ

216) 참담ᄋᆡ상(慘憺哀傷): 참담애상. 참담하고 슬픔.

217) 뎨슌(帝舜): 제순. 중국 고대 순임금을 이름.

218) 쇼장즉슈(小杖則受)ᄒᆞ고 대쟝즉쥬(大杖則走): 소장즉수하고 대장즉주. 작은 매는 맞고 큰 매는 도망함. 순임금의 고사. 『후한서(後漢書)』, <최인열전(崔駰列傳)>에 "순임금이 부친을 모실 적에 작은 회초리로 때릴 때에는 맞고 큰 몽둥이로 때릴 때에는 도망갔는데 도망간 것이 불효는 아니었다. 舜之事父, 小杖則受, 大杖則走, 非不孝也."라 하였음.

지 아니미라. 이졔 독(毒)ᄒᆞᆫ 쟝칙(杖責)을 더으시ᄃᆡ 혈읍익걸(血泣哀乞)ᄒᆞ여 듯디 아니시거든 피(避)ᄒᆞ여 밧긔 나와 여러 사ᄅᆞᆷ이 모든 후(後) 드러가 뵈옵ᄂᆞᆫ 거시 올흐니, ᄒᆞᆫ갓 경슌(敬順)[219]ᄒᆞ여 목숨을 ᄉᆞᆺ추미 도로혀 조모(祖母)와 슉모(叔母)긔 한(限)업ᄉᆞᆫ 누덕(累德)[220]을 씻치미니 닉이 ᄉᆡᆼ각ᄒᆞ여 우형(愚兄)의 말이 그르디 아니믈 알나."

공ᄌᆡ(公子ㅣ) 탄식무언(歎息無言)ᄒᆞ니, 일공ᄌᆡ(公子ㅣ) 슬프믈 니긔지 못ᄒᆞᄃᆡ 감(敢)히 츄밀(樞密)긔 이런

53면

ᄉᆞ식(辭色)을 뵈디 못ᄒᆞ고 형뎨(兄弟) 년침(連枕)[221]의 톄읍힝뉴(涕泣行流)ᄒᆞ여 가화(家禍)로ᄡᅧ 댱ᄂᆡ(將來)를 우려(憂慮)ᄒᆞ여 잠을 일우디 못ᄒᆞ더라.

이러틋 젼〃블ᄆᆡ(輾轉不寐)[222]ᄒᆞ여 금계(金鷄) ᄉᆡ벽를 보(報)ᄒᆞ니, 광텬 공ᄌᆡ(公子ㅣ) 희텬의 손을 잡아 안심됴호(安心調護)[223]ᄒᆞ믈 지삼(再三) 니르고 존당(尊堂)의 문안(問安)ᄒᆞᆯᄉᆡ, 희텬이 유질(有疾)ᄒᆞ여 신셩(晨省)의 블참(不參)ᄒᆞ믈 고(告)ᄒᆞ니 위 태부인(太夫人)이 엇디 모로리오마ᄂᆞᆫ 거ᄌᆺ 놀나 념녀(念慮)ᄒᆞ믈 마디아니〃, 츄밀공(樞密公)이 ᄯᅩᄒᆞᆫ 경녀(驚慮)ᄒᆞ여 ᄀᆞᆯ오ᄃᆡ,

"희ᄋᆡ(-兒ㅣ) 뎐일(前日) 죡용(足容)이 신듕(愼重)ᄒᆞ더니 실죡(失足)ᄒᆞ여 듕상(重傷)ᄒᆞ미 상쳬(傷處ㅣ) 대단ᄒᆞᆫ디라 브졀업시 츌입(出入)디 말나."

---

219) 경슌(敬順): 경순. 공경하여 순종함.
220) 누덕(累德): 덕을 욕되게 함.
221) 년침(連枕): 연침. 베개를 나란히 함.
222) 젼〃블ᄆᆡ(輾轉不寐): 전전불매. 뒤척이며 잠을 이루지 못함.
223) 안심됴호(安心調護): 안심조호. 마음을 평안히 하고 몸을 조리해 보호함.

ᄒᆞ고 친(親)히 의약(醫藥)을 다ᄉᆞ려 보호(保護)ᄒᆞ미 극진(極盡)ᄒᆞ니, 뉴 시(氏) 더옥 날노

54면

보ᄎᆡ미 더ᄒᆞ니 보젼(保全)키 어렵더라.

이ᄯᆡ 황태ᄌᆡ(皇太子ㅣ) 뎡비(正妃) 박 시(氏)로 은졍(恩情)이 블합(不合)ᄒᆞ샤 후비(后妃)를 간션(簡選)[224]ᄒᆞ실ᄉᆡ, 뉴 시(氏) 뎡(正)히 광텬의 혼ᄉᆡ(婚事ㅣ) 셩젼(成全)ᄒᆞᆯ 바를 통한(痛恨)ᄒᆞ다가 ᄢᅵ를 공교(工巧)히 어든디라. 뉴 황휘(皇后ㅣ) 뉴 시(氏)로 ᄌᆡ죵간(再從間)[225]인 고(故)로 궐듕(闕中) 통신(通信)이 〃시ᄃᆡ ᄌᆞ긔(自己) 바로 고(告)ᄒᆞ믄 블가(不可)ᄒᆞ여 뉴 금오[226](金吾) 부인(夫人)을 쵹(囑)ᄒᆞ여 밀셔(密書)를 올녀 '금평후(--侯) 뎡연의 녜(女ㅣ) 만고졀ᄉᆡᆨ(萬古絕色)[227]이믈 ᄀᆞᆺ초 고(告)ᄒᆞ여 비록 타쳐(他處)의 빙믈(聘物)[228]을 바다시나 동방화쵹(洞房華燭)의 녜(禮)를 일우미 업ᄉᆞ니 아ᄉᆞ 후궁(後宮)을 뎡(定)ᄒᆞ쇼셔.' ᄒᆞ여시니, 황휘(皇后ㅣ) 그러히 넉이시나 셩덕(聖德)이 명슉(明淑)ᄒᆞ신 고(故)로 어려이 넉이샤 샹(上)긔 고(告)ᄒᆞ샤,

"댱안ᄌᆞᄆᆡᆨ(長安紫陌)[229]의 ᄒᆡᆼ빙(行聘)[230]ᄒᆞᆫ 녀ᄌᆡ(女子ㅣ) 만일(萬一) 블

---

224) 간션(簡選): 간선. 여럿 가운데에서 골라냄.
225) ᄌᆡ죵간(再從間): 재종간. 육촌 형제 사이.
226) 뉴 금오: [교] 원문에는 없으나 문맥을 고려해 박순호본(12:72)을 따름.
227) 만고졀ᄉᆡᆨ(萬古絕色): 만고절색. 만고에 없는 빼어난 미모의 여자.
228) 빙믈(聘物): 빙물. 결혼할 때 신랑이 신부의 친정에 주던 재물.
229) 댱안ᄌᆞᄆᆡᆨ(長安紫陌): 장안자맥. 서울의 번화한 거리.
230) ᄒᆡᆼ빙(行聘): 행빙. 빙례를 행함. 빙례는 빙물을 받는 예. 빙물은 결혼할 때 신랑이 신부의 친정에 주던 재물.

55면

참(不參)ᄒᆞᆫ즉 부형(父兄)을 뎍거튱군(謫居充軍)[231]ᄒᆞ리라 ᄒᆞ쇼셔[232].”

ᄒᆞ시니, 뉘 감(敢)히 아니 듯니오. 금평휘(--侯ㅣ) ᄯᅩᄒᆞᆫ 녀ᄋᆞ(女兒)를 드려보ᄂᆡ며 ᄀᆞᆯ오ᄃᆡ,

“녀ᄌᆞ(女子)ᄂᆞᆫ 효졀(孝節)이 웃듬이어니와 만일(萬一) 두 가지를 보젼(保全)치 못ᄒᆞᆯ 형셰(形勢ㄴ)즉 아녀(阿女)의 ᄉᆡᆨ용(色容)으로ᄡᅧ 닷토아 훼졀(毁節)ᄒᆞᆫ 녀ᄌᆡ(女子ㅣ) 되지 말나. 샹휘(上后ㅣ) ᄒᆞᆫ번(-番) 보신즉 ᄂᆡ여보ᄂᆡ믈 엇지 못ᄒᆞ리니 죽기로ᄡᅧ 닷토아 보라.”

쇼제(小姐ㅣ) ᄇᆡ이슈명(拜而受命)ᄒᆞ고 간션(簡選)ᄒᆞᄂᆞᆫ 날 입궐(入闕)ᄒᆞ니, 댱안ᄌᆞᄆᆡᆨ(長安紫陌)의 규쉬(閨秀ㅣ) 무슈(無數)히 궐졍(闕廷)의 모다시니 응쟝셩식(凝粧盛飾)[233]과 분면홍ᄉᆡᆨ(粉面紅色)[234]이 ᄭᅩᆺ슈플을 일워시니 샹휘(上后ㅣ) ᄌᆞ시 술피시나 다 셩심(聖心)의 블합(不合)ᄒᆞ시니 유〃(儒儒)[235]ᄒᆞ샤 먼니 바라보시니, 셔녁(西ㅅ-) ᄎᆡ셕[236](彩席)[237]의 ᄒᆞᆫ 녀ᄌᆡ(女子ㅣ) 듕인(衆人) 듕(中)의 셔

56면

시ᄃᆡ, 만고(萬古)의 독보(獨步)ᄒᆞ고 일ᄃᆡ(一代)의 무빵(無雙)ᄒᆞᆯ 형용(形容)이 ᄇᆡᆨ일(白日)이 쳥텬(晴天)의 오른 듯, ᄆᆞᆰ은 골격(骨格)은 태양(太陽)이 만방(萬方)의 빗최고 하날 ᄭᅩᆺ치 진셰(塵世) 듕(中) ᄯᅥ러져

---

231) 뎍거튱군(謫居充軍): 적거충군. 귀양 보내 수자리 살게 함.
232) ᄒᆞ쇼셔: [교] 원문에는 없으나 문맥을 고려해 삽입함.
233) 응쟝셩식(雄粧盛飾): 응장성식. 얼굴을 단장하고 옷을 화려하게 차려입음.
234) 분면홍ᄉᆡᆨ(粉面紅色): 분면홍색. 얼굴에 분을 바르고 예쁘게 화장함.
235) 유〃(儒儒): 딱 잘라 결정을 내리지 못하고 어물어물한 데가 있음.
236) 셕: [교] 원문에는 ‘셩’으로 되어 있으나 문맥을 고려해 이와 같이 수정함.
237) ᄎᆡ셕(彩席): 채석. 채색 자리.

빅화(百花) 듕(中)의 향긔(香氣)를 비양(飛揚)[238] 홈 깃ㅌ니, 어위촌[239] 도량(度量)과 아름다온 거동(擧動)이 정신(精神)이 어리는디라.

샹(上)이 크게 흠탄(欽歎)ᄒ샤 좌우(左右) 궁녀(宮女)로 셩시(姓氏)와 부명(父名)을 므르라 ᄒ시니, 좃촌 시녜(侍女ㅣ) 고왈(告曰),

"금평후(--侯) 뎡연의 녜(女ㅣ)로소이다."

궁녜(宮女ㅣ) 이ᄃ로 회쥬(回奏)ᄒ오니, 황휘(皇后ㅣ) 금오(金吾) 부인(夫人)의 말솜이 올흐믈 ᄀ장 깃그샤 인견(引見)ᄒ시니, 뎡(鄭) 쇼졔(小姐ㅣ) 샹명(上命)을 응(應)ᄒ여 삼촌금년(三寸金蓮)[240]을 세〃(細細)히 옴겨 뎐하(殿下)의 다ᄃ라 산호팔빅(山呼八拜)[241]ᄒ니, 먼니셔 나아올 적은 홍일(紅日)이

57면

부상(扶桑)[242]의 걸님 깃더니 졈〃(漸漸) 갓가이 다ᄃ르믹 셔광(瑞光)이 익〃(靄靄)[243]ᄒ고 오치(五彩) 요일(繞日)ᄒ여 챵졸(倉卒)의 고하(高下)를 뎡(定)치 못ᄒ디라. 텬안(天顔)이 희열(喜悅)ᄒ샤 흔연(欣然)이 옥음(玉音)을 여러 ᄀ로오샤ᄃ,

"금평후(--侯) 뎡연이 텬흥과 닌흥 깃ㅌ 긔ᄌ(奇子)를 두고 ᄎ인(此人) 깃ㅌ 녀ᄋ(女兒)를 두어시니 엇디 아름답지 아니리오?"

---

238) 비양(飛揚): 드날림.

239) 어위촌: 드넓고 큰.

240) 삼촌금년(三寸金蓮): 삼촌금련. 세 치의 걸음걸이. 금련은 금으로 만든 연꽃이라는 뜻으로, 미인의 예쁜 걸음걸이를 비유적으로 이르는 말. 중국 남조(南朝) 때 동혼후(東昏侯)가 금으로 만든 연꽃을 땅에 깔아 놓고 반비(潘妃)에게 그 위를 걷게 하였다는 고사에서 유래함.

241) 산호팔빅(山呼八拜): 산호팔배. 산호만세를 하고 여덟 번 절함. 산호만세는 나라의 중요 의식에서 신하들이 임금의 만수무강을 축원하여 두 손을 치켜들고 만세를 부르던 일. 중국 한나라 무제가 숭산(嵩山)에서 제사 지낼 때 신민(臣民)들이 만세를 삼창한 데서 유래함.

242) 부상(扶桑): 해가 뜨는 동쪽 바다.

243) 익〃(靄靄): 애애. 자욱함.

ᄒᆞ시고, 드〃여 뎐폐(殿陛)의 갓가이 니르ᄆᆡ 옥셩(玉聲)을 여러 산호만셰(山呼萬歲)ᄒᆞ니 봉음(鳳音)이 쇄락(灑落)[244]ᄒᆞ여 옥반(玉盤)의 진쥬(珍珠)를 구을니ᄂᆞᆫ ᄃᆞᆺ, 산협(山峽)의 유봉(有鳳)이 브르지〃ᄂᆞᆫ ᄃᆞᆺᄒᆞ니, 뎐샹뎐하(殿上殿下ㅣ) 쇄연역ᄉᆡᆨ(灑然易色)[245]ᄒᆞ고 뎨(帝)와 후(后ㅣ) 블승대희(不勝大喜)ᄒᆞ샤 태ᄌᆞ(太子) 후비(后妃)를 뎡(定)ᄒᆞ라 ᄒᆞ시니, 뎡(鄭) 쇼졔(小姐ㅣ) 옥셩(玉聲)이 녈〃(烈烈)ᄒᆞ여 듀왈(奏曰),

"신쳡(臣妾)은 비록 심

58면

규(深閨) 녀ᄌᆡ(女子ㅣ)오나 윤가(尹家)의 빙폐(聘幣)[246]를 바닷ᄉᆞ오니, 복원(伏願) 폐하(陛下)ᄂᆞᆫ 살피샤 신쳡(臣妾)의 졀의(節義)를 온젼(穩全)케 ᄒᆞ시면 셩덕(聖德)이로소이다."

샹(上)이 ᄀᆞᆯ오샤ᄃᆡ,

"경(卿)은 뷘 문명(問名)[247]을 의디(依支)ᄒᆞ여 졀(節)을 완젼(完全)코져 ᄒᆞ미 우읍도다. 경(卿)이 년쇼(年少)ᄒᆞ나 거동(擧動)이 유튱(幼沖)ᄒᆞ기의 버셔나시니 엇디 괴이(怪異)ᄒᆞᆫ 의ᄉᆞ(意思)로 되지 못ᄒᆞᆯ 훼졀(毁節)[248] 두 ᄌᆞ(字)를 드놋ᄂᆞ뇨?"

뎡(鄭) 쇼졔(小姐ㅣ) 뎡ᄉᆡᆨ(正色) 듀왈(奏曰),

"폐해(陛下ㅣ) 신쳡(臣妾)으로ᄡᅧ 년긔(年紀) 유튱(幼沖)ᄒᆞ여 셰ᄉᆞ

244) 쇄락(灑落): 시원스러움.
245) 쇄연역ᄉᆡᆨ(灑然易色): 쇄연역색. 낯빛이 바뀌어 시원스러운 빛을 함.
246) 빙폐(聘幣): 빙물. 결혼할 때 신랑이 신부의 친정에 주던 재물.
247) 문명(問名): 이름을 물음. 혼인을 정한 여자의 장래 운수를 점칠 때에 그 어머니의 성씨를 물음. 여기에서는 빙물을 이름. 빙물은 결혼할 때 신랑이 신부의 친정에 주던 재물.
248) 훼졀(毁節): 훼절. 정절을 훼손함.

(世事)를 모로리라 ᄒᆞ시고 신(臣)의 아비 이런 일노뼈 디휘(指揮)ᄒᆞᄂᆞᆫ가 의심(疑心)ᄒᆞ시니 신쳡(臣妾)이 다시 듀(奏)ᄒᆞᆯ 바를 아디 못ᄒᆞ오나, 텬하(天下)의 흔ᄒᆞᆫ 거시 녀ᄌᆡ(女子ㅣ)라 태ᄌᆞ(太子) 후비(后妃)를 간션(簡選)ᄒᆞ실딘ᄃᆡ 어나 곳의 업ᄉᆞᆯ 거시라

59면

굿ᄐᆞ여 빙믈(聘物) 바든 신쳡(臣妾)을 위력(威力)으로뼈 협제(脅制)[249]코져 ᄒᆞ시ᄂᆞ니잇고? 신(臣)이 초로(草露) 갓ᄉᆞ온 일명(一命)을 앗겨 훼졀(毁節)ᄒᆞᆫ 더러온 계집이 되고, 셩군(聖君)이 음악(淫惡)ᄒᆞᆫ 녀ᄌᆞ(女子)로[250]뼈 후비(后妃)를 뎡(定)ᄒᆞ시리잇고? 폐해(陛下ㅣ) 동방(洞房)의 녜(禮)를 일우미 업다 ᄒᆞ시나 녀ᄌᆡ(女子ㅣ) 문명(問名)을 바든 후(後)ᄂᆞᆫ 곳 그 집 사ᄅᆞᆷ이라. 션ᄇᆡ 비록 녹(祿)을 먹디 아니나 다른 님군을 셤기지 아닛ᄂᆞ니 튱신(忠臣)은 블ᄉᆞ이군(不事二君)이오 녈녀(烈女)ᄂᆞᆫ 블경이부(不更二夫)[251]라 ᄒᆞ엿ᄉᆞ오니, 폐해(陛下ㅣ) 맛당이 만민(萬民)의 부뫼(父母ㅣ) 되샤 녜졀(禮節)을 권당(勸奬)ᄒᆞ샤미 올ᄒᆞᆸ거ᄂᆞᆯ 이제 신쳡(臣妾)이 졀(節)을 딕희ᄆᆡ 위엄(威嚴)으로 관쇽(管束)[252]고져 ᄒᆞ시니 엇디 만민(萬民)의 부뫼(父母ㅣ) 되샤 셩ᄃᆡ 치화(聖代治化)라 니르리잇고? 신(臣)은 다만

---

249) 협제(脅制): 협제. 위협해 제어함.

250) 로: [교] 원문에는 없으나 문맥을 고려해 삽입함.

251) 튱신(忠臣)은~블경이부(不更二夫): 충신은 불사이군이요 열녀는 불경이부. 충신은 두 임금을 섬기지 않고 열녀는 두 지아비를 고치지 않음. 왕촉(王蠋)의 고사에서 유래한 말. 『사기(史記)』, <전단열전(田單列傳)>에, 전국시대에 연(燕)나라 악의(樂毅)가 제(齊)나라를 격파한 뒤 주읍(晝邑)에 사는 왕촉이 훌륭하다는 말을 듣고 그를 장수로 삼아 만호를 봉해 주겠다고 부르자, 왕촉은 "충신은 두 임금을 섬기지 않고 정녀는 두 번 시집가지 않는다. 忠臣不事二君, 貞女不更二夫."라 하고 목을 매어 자살했다고 되어 있음.

252) 관쇽(管束): 관속. 잘 단속함.

60면

샹[253]교(上敎)[254]를 위월(違越)[255]ᄒᆞ온 죄(罪) 부월(斧鉞)의 쥬(誅)ᄒᆞ오나 무한(無恨)이로소이다.”

언듀파(言奏罷)의 ᄉᆞ의(辭意) 강개격졀(慷慨激切)[256]ᄒᆞ니 문ᄉᆞ명공(文士名公)의 면졀뎡징(面折廷爭)[257]이나 이에셔 더으지 못ᄒᆞᆯ디라. 긔운이 츄상(秋霜)ᄀᆞᆺ고 말솜이 녈녈(烈烈)ᄒᆞ여 ᄉᆞ군ᄌᆞ(士君子)의 풍(風)이라.

샹(上)과 휘(后ㅣ) 더옥 긔특(奇特)이 녁이시고 태ᄌᆡ(太子ㅣ) 흠션ᄋᆡ경(欽羨愛敬)[258]ᄒᆞ샤 브ᄃᆡ 후비(后妃)를 삼고져 ᄒᆞ실ᄉᆡ 샹(上)이 믄득 옥ᄉᆡᆨ(玉色)이 엄녈(嚴烈)[259]ᄒᆞ샤 ᄀᆞᆯ오샤ᄃᆡ,

“딤(朕)이 만승(萬乘)의 존(尊)ᄒᆞ믈 가져 뎐하(天下) ᄉᆡᆼ녕(生靈)을 춍제(總制)[260]ᄒᆞ니, 경(卿)이 만일(萬一) 뎍인(適人)[261]ᄒᆞ여실진ᄃᆡ 딤(朕)의 실덕(失德)과 졀개(節槪)를 죽기로 닷토미 올커니와 이ᄂᆞᆫ 일홈 업ᄉᆞᆫ 문명(問名)을 ᄃᆡᆨ희여 텬명(天命)을 위월(違越)ᄒᆞ니 기[262]죄(其罪) 등한(等閑)치 아닌디라. 만일(萬一) 다시 방ᄌᆞ(放恣)ᄒᆞᆯ딘ᄃᆡ 여뷔(汝父ㅣ) ᄯᅩ

---

253) 샹: [교] 원문에는 이 글자가 없으나 문맥을 고려해 삽입함.
254) 샹교(上敎): 상교. 임금의 명령.
255) 위월(違越): 법률, 명령, 약속 따위를 지키지 않고 어김.
256) 강개격졀(慷慨激切): 강개격절. 의롭지 못한 것을 보고 의기가 북받쳐 원통하고 슬퍼하는 것이 매우 격렬함.
257) 면졀뎡징(面折廷爭): 면절정쟁. 임금 앞에서 의리에 입각하여 적극적으로 직간(直諫)을 하며 쟁론함. 중국 전한의 재상 왕릉(王陵)에게 당시 좌승상 진평(陳平)과 강후(絳侯) 주발(周勃)이 한 말. 사마천, 『사기(史記)』, 「여태후본기(呂太后本紀)」.
258) 흠션ᄋᆡ경(欽羨愛敬): 흠선애경. 흠모하고 사랑함.
259) 엄녈(嚴烈): 엄렬. 엄정하고 매서움.
260) 춍제(總制): 총제. 총괄해 다스림.
261) 뎍인(適人): 적인. 남에게 시집감.
262) 기: [교] 원문에는 이 뒤에 ‘기’가 있으나 부연으로 보아 삭제함.

61면

ᄒᆞᆫ 죄(罪)를 면(免)치 못ᄒᆞ리라."

쇼졔(小姐ㅣ) ᄌᆡᄇᆡ돈슈(再拜頓首) 왈(曰),

"폐해(陛下ㅣ) 만긔(萬機)[263]를 춍찰(總察)[264]ᄒᆞ샤 억만창싱(億萬蒼生)[265]의 목숨이 달녓ᄉᆞ오니 홀로 신부(臣父)를 니르리잇고? 뎡시(鄭氏) 일문(一門)을 멸(滅)ᄒᆞ시나 감(敢)히 원(怨)ᄒᆞ며 한(恨)ᄒᆞ리잇가? 슈연(雖然)이나 당요(唐堯)[266]ᄂᆞᆫ 디셩(至聖)이샤ᄃᆡ 텬ᄌᆞ(天子)도 블탈필부디심(不奪匹夫之心)[267]이라 ᄒᆞ엿ᄉᆞᆸᄂᆞ니, 신쳡(臣妾)이 폐하(陛下)의 위엄(威嚴)을 위월(違越)ᄒᆞ오미 ᄉᆞ죄(死罪)라 살 ᄯᅳᆺ이 업ᄉᆞ오니 감쳥기죄(敢請其罪)[268]로소이다. 님군이 되샤 녜졀(禮節)을 권당(勸奬)ᄒᆞ실 ᄇᆡ어ᄂᆞᆯ 신쳡(臣妾)이 미셰(微細)ᄒᆞ오나 졀(節)을 딕희미 ᄆᆞᆫ득 위엄(威嚴)을 관쇽(管束)ᄒᆞ여 그 아비로 죄(罪) 주믈 져히시니, 셩샹(聖上)의 일월지덕(日月之德)으로 실졀(失節)ᄒᆞᆫ 녀ᄌᆞ(女子)를 드려 후비(后妃)를 삼으시미 큰 실덕(失德)이신

62면

가 ᄒᆞᄋᆞᆸᄂᆞ니, 폐ᄒᆡ(陛下ㅣ) 만셰(萬歲)의 누덕(累德)이 되시고 신(臣)의 아비 일노조ᄎᆞ 굿길진ᄃᆡ, 신(臣)의 죄(罪) 블튱블회(不忠不孝ㅣ)

---

263) 만긔(萬機): 만기. 임금이 보는 여러 가지 정무.

264) 춍찰(總察): 총찰. 총괄하여 살핌.

265) 억만창싱(億萬蒼生): 억만창생. 세상 모든 백성.

266) 당요(唐堯): 중국 요(堯)임금을 달리 이르는 말. 당(唐)이라는 땅에서 봉(封)함을 받은 데서 유래함.

267) 텬ᄌᆞ(天子)도 블탈필부디심(不奪匹夫之心): 천자도 불탈필부지심. 천자도 한 사내의 마음을 빼앗지 못함. 『논어(論語)』, 「자한(子罕)」에 "공자께서 말씀하시기를, '삼군 대장의 권한은 빼앗을 수 있지만, 일개 보통 사람의 뜻은 빼앗을 수 없다. 子曰, 三軍可奪帥也, 匹夫不可奪志也.'라 하셨다."라는 구절이 있음.

268) 감쳥기죄(敢請其罪): 감청기죄. 감(敢)히 그 죄(罪)를 청함.

니 만ᄉᆞ유경(萬死猶輕)[269]이오 쳔ᄉᆞ무셕(千死無惜)[270]이로소이다.”

쥬파(奏罷)의 옥셩(玉聲)이 ᄆᆡᆼ녈(猛烈)ᄒᆞ고 ᄉᆞ긔(辭氣) 츄텬(秋天) ᄀᆞᆺᄐᆞ니 샹(上)과 휘(后) 크게 ᄋᆡ경(愛傾)ᄒᆞ샤 이의 ᄀᆞᆯ오샤ᄃᆡ,

“뎡녀(鄭女ㅣ) 군젼(君前)의셔 말ᄉᆞᆷ을 방ᄌᆞ(放恣)히 ᄒᆞ여 군신(君臣)의 톄위(體位) 업ᄉᆞ니 별궁(別宮)의 보ᄂᆡ지 말고 ᄋᆡᆨ졍(掖庭)[271]의 두어 ᄐᆡᆨ일(擇日)ᄒᆞ여 후비(后妃)를 봉(封)ᄒᆞ리라.”

ᄒᆞ시고 궁인(宮人)을 맛지시니 허다(許多) 궁녜(宮女ㅣ) 인도(引導)ᄒᆞ여 드러올ᄉᆡ, 쇼져(小姐)의 셩ᄌᆞ아질(盛姿雅質)[272]을 황홀(恍惚)ᄒᆞ여 흠복(欽服)[273]지 아니리 업더라.

쇼제(小姐ㅣ) 분요(紛擾)ᄒᆞᆷ을 더옥 괴로이 넉여 셩안(星眼)을 ᄂᆞᆺ초고 쥬슌(朱脣)을 기리 다〃 입을 여지 아니코 오(五) 시ᄋᆞ(侍兒)

63면

를 알패 두어 져슈단좌(低首端坐)[274]ᄒᆞ여 작슈(勺水)[275]를 블음(不飮)ᄒᆞ니 모든 궁인(宮人)이 민망(憫惘)ᄒᆞ여 이 소유(所由)를 냥(兩) 뎐(殿)의 쥬(奏)ᄒᆞ니 샹(上)이 ᄯᅩᄒᆞᆫ 경녀(驚慮)ᄒᆞ샤 젼디(傳旨) 왈(曰),

‘경(卿)이 괴이(怪異)ᄒᆞᆫ 고집(固執)을 발(發)ᄒᆞ여 되지 못ᄒᆞᆯ 절(節)을 일ᄏᆞᄅᆞ니 딤슈블명(朕雖不明)[276]이나 모쳠텬위(冒添天位)[277]예

---

269) 만ᄉᆞ유경(萬死猶輕): 만사유경. 만 번 죽어도 오히려 가벼움.
270) 쳔ᄉᆞ무셕(千死無惜): 천사무석. 천 번 죽어도 아깝지 않음.
271) ᄋᆡᆨ졍(掖庭): 액정. 궁궐의 옥. 액정옥(掖庭獄)을 이르는 말임. 액정옥은 한나라 때 궁궐 안에 있던 비밀 옥임.
272) 셩ᄌᆞ아질(盛姿雅質): 성자아질. 화려한 자태와 전아한 바탕.
273) 흠복(欽服): 진심으로 존경하여 따름.
274) 져슈단좌(低首端坐): 저수단좌. 고개를 숙이고 단정히 앉음.
275) 작슈(勺水): 작수. 한 작의 물이라는 뜻으로, 한 모금의 물을 이르는 말.
276) 딤슈블명(朕雖不明): 짐수불명. 짐이 비록 현명하지 못해도.
277) 모쳠텬위(冒添天位): 모첨천위. 천자의 지위를 무릅쓰고 있음.

만민(萬民)을 녜졀(禮節)로 권장(勸奬)ᄒᆞᄂᆞ니 엇디 올치 아닌 바로뼈 경(卿)을 권(勸)ᄒᆞ리오? 경(卿)이 화쵹(華燭)의 녜(禮)를 일우미 업시 ᄒᆞᆫ 낫 공믈(空物)[278]노 수졀(守節)ᄒᆞᆫ다 하나[279], 짐(朕)이 만민(萬民)의 부뫼(父母ㅣ) 되여 올치 아닌 일을 결단(決斷)코 신민(臣民)을 권(勸)치 아니리니[280], 만승(萬乘)의 후비(后妃) 되여 금누옥궐(金樓玉闕)[281]의 부귀(富貴)를 누리고 부모(父母) 동기(同氣)로 ᄒᆞ여곰 영화(榮華)롭게 ᄒᆞ미 ᄯᅩᄒᆞᆫ 회(孝ㅣ)라. 이제 ᄉᆞᄉᆞ로 아ᄉᆞ(餓死)를 달게 넉여 십삼츈광(十三春光)의 인셰(人世)를 하직(下直)ᄒᆞ여 젼죄(全罪) 경부(卿父)의게 밋츤즉 뎍거튱군(謫居充軍)[282]ᄒᆞ여 블튱

64면

블효(不忠不孝)를 ᄌᆞ임(自任)코져 ᄒᆞ니 경(卿)이 비록 년쇼치녜(年少稚女ㅣ)[283]나 이런 일을 모로지 아니리니 괴이(怪異)ᄒᆞᆫ 의ᄉᆞ(意思)를 ᄂᆡ여 텬위(天威)를 범(犯)치 말나.'

뎡(鄭) 쇼졔(小姐ㅣ) 브복(俯伏)ᄒᆞ여 샹교(上敎)를 듯ᄌᆞᆸ고 즉시(卽時) 회듀(回奏) 왈(曰),

"신쳡(臣妾)이 무상(無狀)ᄒᆞ와 셩교(聖敎)를 블봉(不奉)[284]ᄒᆞ오니 다만 ᄉᆞ죄(死罪)를 청(請)ᄒᆞᆯ ᄯᆞ름이라 엇지 다시 듀(奏)ᄒᆞᆯ ᄇᆡ 이시리잇고마ᄂᆞᆫ 신(臣)의 어린 소견(所見)의 그윽이 ᄉᆡᆼ각건ᄃᆡ, 계집이 되여 졀의(節義)를 보젼(保全)ᄒᆞ여 죽으미 굿ᄐᆞ여 대역(大逆)이 아니오니

278) 공믈(空物): 공물. 공것. 주인이 없는 물건.
279) 수졀ᄒᆞᆫ다 하나: [교] 원문에는 없으나 문맥을 고려해 삽입함.
280) 짐이-아니리니: [교] 원문에는 없으나 문맥을 고려해 박순호본(5:77)을 따라 삽입함.
281) 금누옥궐(金樓玉闕): 금루옥궐. 크고 화려한 대궐.
282) 뎍거튱군(謫居充軍): 적거충군. 귀양 가 수자리를 삶.
283) 년쇼치녜(年少稚女ㅣ): 연소치녀. 나이 어린 여자.
284) 블봉(不奉): 불봉. 받들지 않음.

엇디 부형(父兄)의게 년좌(連坐)ᄒᆞᄂᆞᆫ 눌(律)이 〃시리잇고마ᄂᆞᆫ, 이 ᄯᅩᄒᆞᆫ 셩명(聖明) 쳐치(處置)시니 현마 어이ᄒᆞ리잇고? 다만 ᄉᆞ죄(死罪)를 기다릴 ᄲᅮᆫ이로소이다.”

샹(上)이 그 ᄯᅳᆺ이 구드믈 어려이 넉이샤 도로

65면

ᄂᆡ여보ᄂᆡ고져 ᄒᆞ시ᄃᆡ, 츈궁(春宮)[285]이 ᄂᆡ여보ᄂᆡ믈 앗겨 젼지(傳旨) 왈(曰),

‘경(卿)이 죽기로ᄡᅧ 졀(節)을 직희렷노라 ᄒᆞ나 졀(節)이란 거시 일홈이 잇ᄂᆞ니 빈 치례(采禮)[286]를 위(爲)ᄒᆞ여 거즛 칭탁졀의(稱託節義)[287]ᄒᆞ여 텬명(天命)을 봉힝(奉行)치 아니ᄒᆞ니 그 ᄯᅳᆺ이 ᄀᆞ장 방ᄌᆞ(放恣)ᄒᆞᆫ디라. 금평후(--侯) 입됴(立朝) 슈십(數十) 년(年)의 ᄒᆞᆫ 번(番)도 블튱(不忠)이 업더니, 경(卿) ᄀᆞᆺᄐᆞᆫ 녀ᄌᆞ(女子)를 두어 황명(皇命)을 블봉(不奉)ᄒᆞᄂᆞᆫ 죄(罪)로 하옥(下獄)ᄒᆞ여 태ᄌᆞ(太子) 후비(后妃)를 일우ᄂᆞᆫ 날 노화 셩연(盛燕)의 참예(參預)케 ᄒᆞ라[288].’

ᄒᆞ고, 후비(后妃) 길일(吉日)을 ᄐᆡᆨ(擇)ᄒᆞ여 슌일(旬日)이 ᄀᆞ렷다 ᄒᆞ시니, 뎡(鄭) 쇼졔(小姐ㅣ) ᄒᆞᆫ갈ᄀᆞᆺ치 ᄉᆞ긔(辭氣) 녈〃(烈烈)ᄒᆞ미 츄상(秋霜)ᄀᆞᆺᄐᆞ

66면

여 젼교(傳敎)를 듯ᄌᆞ온즉 다만 ᄉᆞ죄(死罪)를 일ᄏᆞᆺ고 아비를 하옥(下

285) 츈궁(春宮): 춘궁. 태자.
286) 치례(采禮): 채례. 신랑집에서 납채(納采) 때에 신붓집에 보내는 예물(禮物).
287) 칭탁졀의(稱託節義): 칭탁절의. 절의를 핑계함.
288) ᄒᆞ라: [교] 원문에는 없으나 문맥을 고려해 삽입함.

獄)ᄒᆞ미 원민(冤悶)[289]ᄒᆞ믈 쥬(奏)ᄒᆞ여 요슌지ᄌᆞ(堯舜之子)[290]도 블쵸(不肖)ᄒᆞ오니 신쳡(臣妾)의 어지〃 아니미 아비 죄(罪) 아니믈 일ᄏᆞ라 말솜이 온당쾌활(穩當快闊)[291]ᄒᆞ여 명공녈ᄉᆞ(名公烈士)의 딕졀(直節)이 〃시니,

텬위(天威) 비록 엄(嚴)ᄒᆞ시나 그 뜻을 아ᄉᆞᆯ 길히 업셔 ᄂᆡ여보ᄂᆡ고져 ᄒᆞ시니 태ᄌᆡ(太子ㅣ) 간왈(諫曰),

"블가(不可)ᄒᆞ이다. 뎡녀(鄭女)ᄂᆞᆫ 쳔고(千古)의 희한(稀罕)ᄒᆞᆫ 텰뷔(哲婦ㅣ)[292]라. 이런 녀ᄌᆞ(女子)로 ᄒᆞ여곰 후비(后妃)를 삼을진ᄃᆡ, 태임(太妊)[293]의 교화(敎化)를 여러 죡(足)히 듀실(周室) 팔ᄇᆡᆨ(八百) 년(年) 흥긔(興起)[294]ᄒᆞ믈 효측(效則)[295]ᄒᆞ올디라. 신(臣)은 그럴ᄉᆞ록 ᄎᆞ마 ᄂᆡ여보ᄂᆡ기를 앗기옵ᄂᆞ

67면

니 슌여(旬餘) 일(日) 더 머므러 두시고 날마다 그 뜻을 보시미 맛당ᄒᆞᆯ가 ᄒᆞᄂᆞ이다."

샹(上)이 ᄀᆞᆯ오샤ᄃᆡ,

"강녈(剛烈)ᄒᆞᆫ 녀ᄌᆡ(女子ㅣ) ᄉᆞᄉᆡᆼ(死生)을 초개(草芥)ᄀᆞᆺ치 넉여 죽기를 임의(任意)로 ᄒᆞ리니 심(甚)히 념녀(念慮)롭도다."

289) 원민(冤悶): 원통하고 억울함.
290) 요슌지ᄌᆞ(堯舜之子): 요순지자. 요임금과 순임금의 아들. 요임금과 순임금은 중국 고대 성군(聖君)으로 덕이 높은 인물로 유명함. 요임금은 아들 단주(丹朱)가 어리석자 순임금에게 임금 자리를 물려주고, 순임금은 아들 상균(商均)이 어리석자 우(禹)임금에게 임금 자리를 물려줌.
291) 온당쾌활(穩當快闊): 사리에 맞고 시원스러움.
292) 텰뷔(哲婦ㅣ): 철부. 어질고 사리에 밝은 여자.
293) 태임(太妊): 중국 주(周)나라 문왕(文王)의 어머니. 부덕(婦德)이 높아 며느리 태사(太姒)와 함께 현모양처로 추앙됨.
294) 흥긔(興起): 흥기. 세력이 왕성해짐.
295) 효측(效則): 효칙. 본받음.

태지(太子ㅣ) 다시 간듀(懇奏) 왈(曰),

"뎡녀(鄭女)는 규리약녜(閨裏弱女ㅣ)라 고금(古今)을 치 아디 못ᄒᆞ고 ᄒᆞᆫ갓 『쇼혹(小學)』을 의방(擬倣)[296]ᄒᆞ여 튱신(忠臣) 녈녀(烈女)를 본(本)밧고져 ᄒᆞ오나 이는 어린 녀지(女子ㅣ) 의리(義理)를 모로는 일이라. 급(急)히 넉여보너지 마르시고 여ᄎᆞ여ᄎᆞ(如此如此) 엄디(嚴旨)로 칙(責)ᄒᆞ샤 다시 그 말을 드러보시미 맛당ᄒᆞ이다."

뎨휘(帝后ㅣ) 마디못ᄒᆞ샤 칙교(責敎)ᄒᆞ샤ᄃᆡ,

"황명(皇命)을 죵시(終是) 블슈(不受)ᄒᆞ면 금평후(--侯)를 대리

68면

시(大理寺)[297]의 나리와 문죄(問罪)ᄒᆞ리라."

ᄒᆞ시니, 뎡(鄭) 쇼졔(小姐ㅣ) 셩교(聖敎)를 듯ᄌᆞᆸ고 블변안ᄉᆡᆨ(不變顔色)ᄒᆞ고 일(一) 댱(張) 혈소(血訴)를 디어 텬졍(天廷)의 올니고 오딕 ᄉᆞ죄(死罪)를 쳥(請)ᄒᆞ여시니, ᄉᆞ의(辭意) 강녈(剛烈)ᄒᆞ여 언〃(言言)이 졀의(節義)를 일ᄏᆞ라 언논(言論)이 당〃(堂堂)ᄒᆞ니 엇지 시쇽(時俗) 홍분(紅粉) ᄀᆞ온ᄃᆡ 쇼녀ᄌᆞ(少女子)의 쇼작(所作)이라 ᄒᆞ리오. 샹(上)이 어람(御覽)ᄒᆞ시미 번연치경(飜然致敬)[298]ᄒᆞ샤 소(訴)를 후(后)긔 미러 ᄀᆞᆯ오샤ᄃᆡ,

"남ᄌᆞ(男子)도 공밍(孔孟)[299]의 덕(德)을 니을 지(者ㅣ) 업거ᄂᆞᆯ 뎡녜(鄭女ㅣ) 십삼(十三) 쇼녀지(少女子ㅣ) 님군의 실덕(失德)을 간(諫)ᄒᆞ며 졀의(節義)를 굿게 잡아 소ᄉᆞ(訴辭)의 긔특(奇特)ᄒᆞ미 이 ᄀᆞᆺᄐᆞ

---

296) 의방(擬倣): 모방함.

297) 대리시(大理寺): 형옥(刑獄)을 맡아보던 관아.

298) 번연치경(飜然致敬): 갑자기 공경하는 마음을 표현함.

299) 공밍(孔孟): 공맹. 유학의 성현으로 일컬어지는 공자(孔子)와 맹자(孟子)를 아울러 이르는 말.

니, 이런 녀ᄌᆞ(女子)를 ᄂᆡ여보ᄂᆡ디 아닌즉 ᄎᆞ(此)ᄂᆞᆫ 딤(朕)의 실덕(失德)이 아니리오?”

휘(后ㅣ) ᄯᅩᄒᆞᆫ 뎡(鄭)

69면

시(氏)의 소봉(疏封)을 보시고 흠탄ᄋᆡ경(欽歎愛敬)[300] ᄒᆞ샤 샹(上)긔 듀왈(奏曰),

“신(臣)이 평ᄉᆡᆼ(平生) 녀ᄌᆞ(女子)의 명졀(名節)을 아름다이 넉이ᄂᆞᆫ 빅라. 이졔 뎡녜(鄭女ㅣ) 고왕금ᄂᆡ(古往今來)의 희한(稀罕)ᄒᆞᆫ 녜졀(禮節)이 잇ᄉᆞ오니 만일(萬一) 그 ᄠᅳᆺ을 아ᄉᆞ면 님군의 되(道ㅣ) 아니로소이다.”

ᄒᆞ시고 뎡(鄭) 시(氏)를 명소(命召)[301] ᄒᆞ시니,

쇼졔(小姐ㅣ) 뎐하(殿下)의 다ᄃᆞ라 죽기를 쳥(請)ᄒᆞ고 뎐(殿)의 오로지 아니ᄒᆞ니 황휘(皇后ㅣ) 궁녀(宮女)로 ᄒᆞ여곰 븟드러 올녀 좌(座)를 주시고 샹(上)이 돈유(敦諭)[302] ᄒᆞ샤 왈(曰),

“군신(君臣)은 부ᄌᆞ(父子) 일쳬(一切)라. 경(卿)이 비록 쇼녀ᄌᆡ(少女子ㅣ)나 궐듕(闕中)의 여러 날 머므러시니 딤(朕)을 셔어(齟齬)[303]히 아디 말나.”

뎡(鄭) 쇼졔(小姐ㅣ) ᄌᆡᄇᆡ샤은(再拜謝恩)ᄒᆞ고 뎐말(殿末)의 오로니, 휘(后ㅣ) 나아오라 ᄒᆞ샤 옥슈(玉手)를 잡아 긔이(奇異)히 넉이시

---

300) 흠탄ᄋᆡ경(欽歎愛敬): 흠탄애경. 흠모하고 감탄하며 사랑함.
301) 명소(命召): 오라고 명령함.
302) 돈유(敦諭): 임금이 교지(敎旨)를 내려 노력하도록 권함.
303) 셔어(齟齬): 서어. 뜻이 맞지 아니하여 조금 서먹함.

70면

믈 마디아니시니 샹(上)이 위유(慰諭)ᄒᆞ샤 왈(曰),

“남ᄌᆞ(男子)ᄂᆞᆫ 튱회(忠孝ㅣ) ᄇᆡᆨᄒᆡᆼ(百行)의 읏듬이요, 녀ᄌᆞ(女子)ᄂᆞᆫ 녜졀(禮節)이 뎨일(第一)이나 경(卿)은 동방화촉(洞房華燭)의 녜(禮)를 일우미 업ᄂᆞᆫ 고(故)로 딤(朕)이 당〃(堂堂)이 태ᄌᆞ(太子) 후비(后妃)를 삼으려 ᄒᆞ엿더니, 경(卿)의 소회(所懷) 아름다오미 고인(古人)의 지ᄂᆞᆫ디라, 딤(朕)이 만민(萬民)의 부뫼(父母ㅣ) 되여 교화(敎化)를 ᄇᆰ히고 녀ᄌᆞ(女子)의 효졀(孝節)을 온젼(穩全)코져 ᄒᆞ여 ᄂᆡ여보ᄂᆡᄂᆞ니 경(卿)은 안심믈녀(安心勿慮)ᄒᆞ고 딤(朕)을 한(恨)치 말나.”

뎡(鄭) 쇼졔(小姐ㅣ) ᄌᆡᄇᆡ샤은(再拜謝恩) 왈(曰),

“셩듀(聖主)의 일월혜ᄐᆡᆨ(日月惠澤)이 〃 ᄀᆞᆺᄌᆞ오시니 ᄀᆨ골명심(刻骨銘心)[304]ᄒᆞ와 쥬(奏)ᄒᆞᆯ 바를 아디 못ᄒᆞ오니 비록 년유(年幼) 쇼녀ᄌᆡ(少女子ㅣ) 아ᄂᆞᆫ 거시 업ᄉᆞ오나 엇디 감(敢)히 셩샹(聖上) 치화지ᄐᆡᆨ(治化之澤)을 아디

71면

못ᄒᆞ리잇고?”

휘(后ㅣ) 그 문댱(文章)의 고명(高明)ᄒᆞ믈 ᄌᆡ삼(再三) 칭찬(稱讚)ᄒᆞ시고 즉시(卽時) ᄇᆡᆨ옥ᄡᅣᆼ봉잠(白玉雙鳳簪)[305]과 금난(金鸞)[306] 일(一) 됴(條)를 주어 ᄀᆞᆯ오샤ᄃᆡ,

“곤강(崑岡)의 ᄐᆡ 업ᄉᆞᆫ 격됴(格調)ᄂᆞᆫ 너의 졀개(節槪)로 방블(彷彿)

304) ᄀᆨ골명심(刻骨銘心): 각골명심. 은혜를 뼈에 새기고 마음에 새길 정도로 잊지 않음.
305) ᄇᆡᆨ옥ᄡᅣᆼ봉잠(白玉雙鳳簪): 백옥쌍봉잠. 백옥에 두 마리 봉황을 그려 넣은 비녀.
306) 금난(金鸞): 금란. 금으로 만든 난새.

ᄒᆞ고 황금(黃金)을 단련(鍛鍊)ᄒᆞ믄 너의 견고(堅固)ᄒᆞ므로 흡ᄉᆞ(恰似)ᄒᆞᆫ 고(故)로 딤(朕)이 각별(恪別)이 상ᄉᆞ(賞賜)[307] ᄒᆞ노라."

뎡(鄭) 쇼졔(小姐ㅣ) 슌〃샤은(順順謝恩)ᄒᆞ니 뉴 휘(后ㅣ) ᄯᅩᄒᆞᆫ 녀ᄌᆞ(女子)의 ᄌᆞ장지믈(資粧之物)[308]을 가득이 샹ᄉᆞ(賞賜)ᄒᆞ시고 그 용화셩덕(容華盛德)[309]을 앗기시믈 마디아니시나, 마디못ᄒᆞ여 상궁(尙宮) 빅 시(氏)로 호숑(護送)ᄒᆞ여 취운산의 다려다가 두고 오라 ᄒᆞ시며 ᄌᆡ삼(再三) 년〃(戀戀)ᄒᆞ여 ᄀᆞᆯ오샤ᄃᆡ,

"궁금(宮禁)이 디엄(至嚴)ᄒᆞ여 연고(緣故) 업시 녀ᄌᆡ(女子ㅣ) 드러오디 못ᄒᆞ나 딤(朕)이 경(卿)을 ᄉᆞ랑ᄒᆞ미 범연(凡然)ᄒᆞᆫ ᄃᆡ 비기지 못ᄒᆞ리

72면

니, 딤(朕)의 ᄯᅳᆺ을 닛지 말고 궐듕(闕中)의 오기를 긔약(期約)ᄒᆞ면 연셕지시(宴席之時)[310]의 브르리라."

쇼졔(小姐ㅣ) 고두샤은(叩頭謝恩) 왈(曰),

"폐하(陛下)와 낭낭(娘娘)의 일월혜튁(日月惠澤)으로 신쳡(臣妾)의 졀의(節義)를 보젼(保全)케 ᄒᆞ시고 잔명(殘命)[311]을 샤(赦)ᄒᆞ시ᄂᆞᆫ 셩은(聖恩)이 여ᄎᆞ(如此)ᄒᆞ오시니 신쳡(臣妾)이 쇄신분골(碎身粉骨)[312] ᄒᆞ와도 다 갑습지 못ᄒᆞ올디라. 타일(他日) 금궐농탑(禁闕龍榻) 하(下)의 됴현(朝見)ᄒᆞ기를 원(願)치 아니ᄒᆞ오리잇가마ᄂᆞᆫ 녀염(閭閻) 쳔누

307) 상ᄉᆞ(賞賜): 상사. 상으로 내려 줌.
308) ᄌᆞ장지믈(資粧之物): 자장지물. 여자가 화장하는 데 쓰는 물건들.
309) 용화셩덕(容華盛德): 용화성덕. 빛나는 용모와 훌륭한 덕성.
310) 연셕지시(宴席之時): 연석지시. 잔치하는 때.
311) 잔명(殘命): 쇠잔한 목숨.
312) 쇄신분골(碎身粉骨): 몸을 부수고 뼈를 빻는다는 뜻으로 은혜를 갚기 위해 노력함을 이르는 말.

(賤陋)[313]ᄒᆞ온 ᄌᆞ최 금누옥궐(金樓玉闕)의 츌입(出入)ᄒᆞ옵기 방ᄌᆞ(放恣)ᄒᆞ온지라, 하졍(下情)[314]과 ᄀᆞᆺ숩지 못ᄒᆞ올가 ᄒᆞᄂᆞ이다."

언쥬파(言奏罷)의 향신(香身)을 움ᄌᆞ여 팔ᄇᆡ고두(八拜叩頭)의 하딕ᄇᆡ샤(下直拜謝)ᄒᆞ니 샹(上)이 ᄀᆞᆯ오샤ᄃᆡ,

"딤(朕)이 경(卿)의 명ᄒᆡᆼ(名行)[315]과 쳥졀(淸節)[316]을 가(可)히 민

73면

멸(泯滅)[317]ᄒᆞ기 앗가온디라. 튱효(忠孝) 녈졀(烈節)을 권장(勸奬)ᄒᆞ믄 님군의 덧〃ᄒᆞᆫ 도리(道理)니 맛당이 졍문포댱(旌門褒奬)[318]ᄒᆞ여 셰인(世人)으로ᄡᅧ ᄇᆞᆰ히 알게 ᄒᆞ리니 경(卿)은 디실(知悉)[319]ᄒᆞ라."

뎡(鄭) 쇼졔(小姐ㅣ) 고사(固辭)ᄒᆞ여 열운 복(福)이 손(損)ᄒᆞᆯ 바를 듀(奏)ᄒᆞ여 샤양(辭讓)ᄒᆞ오니 샹(上)이 못내 ᄉᆞ랑ᄒᆞ시더라.

쇼졔(小姐ㅣ) 하딕(下直)고 퇴궐(退闕)ᄒᆞᄆᆡ 샹(上)이 후(后)를 도라보아 ᄀᆞᆯ오샤ᄃᆡ,

"뎡녀(鄭女)의 ᄒᆡᆼ실(行實)이 아ᄅᆞᆷ다오니 딤(朕)이 뎡문포댱(旌門褒奬)코져 ᄒᆞ노라."

황휘(皇后ㅣ) ᄯᅩᄒᆞᆫ 맛당ᄒᆞ시믈 일ᄏᆞᄅᆞ시더라.

---

313) 쳔누(賤陋): 천루. 천하고 비루함.
314) 하졍(下情): 하정. 어른에게 대하여, 자기 심정이나 뜻을 겸손하게 이르는 말.
315) 명ᄒᆡᆼ(名行): 명행. 이름난 행실.
316) 쳥졀(淸節): 청절. 맑은 절개.
317) 민멸(泯滅): 자취나 흔적이 아주 없어짐.
318) 졍문포댱(旌門褒奬): 정문포장. 정문을 세워 칭찬하여 장려함. 정문은 충신, 효자, 열녀 들을 표창하기 위하여 그 집 앞에 세우던 붉은 문.
319) 디실(知悉): 지실. 사정을 자세히 앎.

명듀보월빙(明珠寶月聘) 권디십ᄉᆞ(卷之十四)

1면

어시(於時)의 뎡부(鄭府)의셔 녀ᄋᆞ(女兒)를 입궐(入闕)ᄒᆞ연 디 일망(一望)의 나오ᄂᆞᆫ 일이 업ᄉᆞ니, 금휘(-侯ㅣ) 경녀(驚慮)ᄒᆞ믈 마디아냐 셩샹(聖上)긔 듀(奏)코져 ᄒᆞᆫ즉 말ᄉᆞᆷ이 입의 나디 아냐 오딕 녀ᄋᆞ(女兒)의 위인(爲人)을 미더 필경(畢竟)이 무ᄉᆞ(無事)ᄒᆞᆯ 쥴 짐작(斟酌)ᄒᆞ나 슌 태부인(太夫人)이 과려(過慮)ᄒᆞ여 일〃(日日) 타루(墮淚)ᄒᆞ여 시일(時日)을 보ᄂᆡ더니,

양 부인(夫人)이 십(十) 삭(朔)이 ᄎᆞ 슌산싱녀(順産生女)[1]ᄒᆞ니 옥(玉)으로 삭이고 ᄭᅩᆺᄎᆞ로 무은 ᄃᆞᆺ 찬난긔려(燦爛奇麗)ᄒᆞ니, 금후(-侯) 부〃(夫婦)와 태부인(太夫人)이 극딘(極盡) 구호(救護)ᄒᆞ며 싱ᄋᆞ(生兒) ᄉᆞ랑이 남ᄋᆞ(男兒)의 나리디 아냐 두굿기믈 니긔디 못ᄒᆞ딕 녀ᄋᆞ(女兒)

2면

로 큰 우환(憂患)이 되엿더니,

일〃(一日)은 샹궁(尙宮) ᄇᆡᆨ(伯) 시(氏) 뎡(鄭) 쇼져(小姐)를 호숑

---

1) 슌산싱녀(順産生女): 순산생녀. 별 탈이 없이 딸을 낳음.

(護送)ᄒᆞ여 도라오ᄂᆞᆫ 션문(先聞)[2]을 보(報)ᄒᆞ니, 태부인(太夫人) 고식(姑媳)의 반기며 깃거ᄒᆞᆷ과 금휘(-侯ㅣ) 영ᄒᆡᆼ(榮幸)ᄒᆞ믈 니긔디 못ᄒᆞ여 밧비 녀ᄋᆞ(女兒)의 손을 잡고 무ᄉᆞ(無事)히 환가(還家)ᄒᆞᆫ 소유(所由)를 무르니, ᄇᆡᆨ 시(氏) 쇼져(小姐)의 졀의셩ᄒᆡᆼ(節義盛行)[3]을 감동(感動)ᄒᆞ샤 ᄂᆡ여보ᄂᆡ시믈 젼(傳)ᄒᆞ니 금후(-侯) 부뷔(夫婦ㅣ) 셩은(聖恩)을 일ᄏᆞ라 황공감은(惶恐感恩)ᄒᆞ고 쥬찬(酒饌)으로 상궁(尙宮)을 관ᄃᆡ(款待)[4]ᄒᆞ여 보ᄂᆡᆯᄉᆡ, 궁인(宮人)이 쇼져(小姐)를 ᄃᆡ(對)ᄒᆞ여 셔로 만나기 쉽디 못ᄒᆞ믈 닐너 연〃(戀戀)ᄒᆞ니 쇼졔(小姐ㅣ) 후의(厚意)를 샤례(謝禮)ᄒᆞ여 일ᄉᆡᆨ(日色)이 느ᄌᆞᄆᆡ 도라가니,

평휘(-侯ㅣ) 녀ᄋᆞ(女兒)를 어로만져 그 ᄒᆡᆼᄉᆞ(行使)를 두ᄀᆞᆺ기고 쇼졔(小姐ㅣ) ᄯᅩᄒᆞᆫ 존당(尊堂)의

3면

안강(安康)ᄒᆞ심과 양 시(氏)의 슌산(順産)ᄒᆞ믈 희ᄒᆡᆼ(喜幸)ᄒᆞ고, 평ᄉᆡᆼ(平生) 쳐음으로 슈슌(數旬)을 니측(離側)[5]ᄒᆞ여 영모(永慕)ᄒᆞ던 하졍(下情)[6]을 고(告)ᄒᆞ며 하(河) 쇼져(小姐)로 손을 니어 피ᄎᆞ(彼此)의 반가오믈 형상(形狀)치 못ᄒᆞ더라.

명일(明日) 샹(上)이 됴회(朝會)를 님(臨)ᄒᆞ샤 뎡(鄭) 시(氏)의 소댱(疏狀)을 나리와 만됴(滿朝)를 도라보아 ᄀᆞᆯ오샤ᄃᆡ,

"셰한(歲寒) 연후(然後)의 송ᄇᆡᆨ(松柏)의 구든 졀(節)을 안다[7] ᄒᆞ니

---

2) 션문(先聞): 선문. 어떤 일이 일어나기 전에 미리 알리는 소문. 또는 소식.

3) 졀의셩ᄒᆡᆼ(節義盛行): 절의성행. 절개와 의리 등의 훌륭한 행실.

4) 관ᄃᆡ(款待): 관대. 정성껏 대접함.

5) 니측(離側): 이측. 곁을 떠남.

6) 하졍(下情): 하정. 어른에게 대하여, 자기 심정이나 뜻을 겸손하게 이르는 말.

7) 셰한(歲寒) 연후(然後)의 송ᄇᆡᆨ(松柏)의 구든 졀(節)을 안다: 세한 연후의 송백의 굳은 절을 안다. 날이 찬 연후에 소나무와 잣나무의 굳은 절개를 안다는 뜻으로 고난을 겪은 후에 사람의 절개

뎡녀(鄭女)를 니르미라. 딤(朕)이 그 셩힝(性行)을 ᄉᆞ랑ᄒᆞ여 태ᄌᆞ(太子)의 후비(后妃)를 뎡(定)ᄒᆞ려 ᄒᆞ엿더니 죽기로ᄡᅧ 닷토아 혈셔소봉(血書疎封)[8]으로 님군의 실덕(失德)을 간(諫)ᄒᆞ니, ᄎᆞ(此)ᄂᆞᆫ 만고(萬古)의 희한(稀罕)ᄒᆞᆫ 슉녀텰뷔(淑女哲婦ㅣ)[9]라. 딤(朕)이 특별(特別)이 졍문포댱(旌門褒奬)[10]ᄒᆞ여 셰쇽(世俗)의 녈효(烈孝)를 권댱(勸奬)코져 ᄒᆞᄂᆞ니 만됴제

4면

신(滿朝諸臣)은 디실(知悉)[11]ᄒᆞ라."

샹교(上敎)로좃ᄎᆞ 삼공(三公)[12] 이하(以下ㅣ) 일시(一時)의 ᄃᆡ듀(對奏)ᄒᆞᄃᆡ,

"폐하(陛下)의 셩덕(聖德)이 뎡(鄭) 시(氏)의 졀힝(節行)을 온젼(穩全)케 ᄒᆞ시니 됴얘(朝野ㅣ) 열복(悅服)[13]ᄒᆞ리로소이다. 뎡녀(鄭女)의 놉흔 졀힝(節行)은 금셕(金石)의 박아 후셰(後世)의 젼(傳)ᄒᆞ염 즉ᄒᆞ오니 셩의(聖意) 맛당토소이다."

샹(上)이 〃에 뎡문(旌門)을 결단(決斷)ᄒᆞ샤 친(親)히 금ᄌᆞ어필(金字御筆)[14]노 제익(題額)[15]ᄒᆞ여 '명셩슉녈뎡시디문(明聖淑烈鄭氏之門)'

를 알 수 있다는 말. 『논어(論語)』, 「자한(子罕)」에, "날씨가 추워진 다음에야 송백이 제일 늦게 시든다는 것을 알게 된다. 歲寒然後, 知松柏之後雕."라 되어 있음.

8) 혈셔소봉(血書疎封): 혈서소봉. 피로 쓴 상소.

9) 슉녀텰뷔(淑女哲婦ㅣ): 숙녀철부. 착하며 어질고 사리에 밝은 여자.

10) 졍문포댱(旌門褒奬): 정문포장. 정문을 세워 칭찬하여 장려함. 정문은 충신, 효자, 열녀 들을 표창하기 위하여 그 집 앞에 세우던 붉은 문.

11) 디실(知悉); 지실. 자세히 앎.

12) 삼공(三公): 최고의 관직에 있으면서 천자를 보좌하던 세 벼슬로, 주나라 때는 태사(太師)・태부(太傅)・태보(太保)가 있었고 진(秦)나라, 전한(前漢) 때는 승상(丞相)・태위(太尉)・어사대부(御史大夫), 또는 대사마(大司馬)・대사공(大司空)・대사도(大司徒)가 있었으며 후한(後漢), 당나라, 송나라 때는 태위(太尉)・사도(司徒)・사공(司空)이 있었음.

13) 열복(悅服): 기쁜 마음으로 복종함.

14) 금ᄌᆞ어필(金字御筆): 금자어필. 금빛이 나는 글자로 쓴 임금의 친필 글씨.

이라 ᄒᆞ시고, 금평후(--侯) 뎡연을 명패(命牌)[16] ᄒᆞ샤 ᄌᆞ녀(子女)의 긔특(奇特)이 ᄉᆡᆼ(生)ᄒᆞ믈 칭복(稱服)[17] ᄒᆞ시고 뎡혼(定婚)ᄒᆞᆫ 곳을 므르시니 평휘(-侯ㅣ) 윤가(尹家)의 뎡혼납빙(定婚納聘)[18] ᄒᆞ여시믈 듀(奏)ᄒᆞ니, 샹(上)이 경동(驚動)ᄒᆞ샤 탄왈(嘆曰),

"윤현은 나라흘 위(爲)ᄒᆞ여 죽어시니 그 ᄌᆞ녀(子女)ᄂᆞᆫ 예ᄉᆞ(例事) 됴신(朝臣)의 ᄌᆞ식(子息)과 달

5면

나 휴쳑(休戚)[19]을 ᄒᆞᆫ가지로 ᄒᆞ미 맛당하니 경(卿)의 녜(女ㅣ) 윤현의[20] ᄌᆞ[21](子)와 뎡혼(定婚)ᄒᆞ여시믈 드러실딘ᄃᆡ 아이의[22] 입궐(入闕)치 아녀시리라. 원ᄂᆡ(元來) 윤현의 ᄌᆞ녜(子女ㅣ) 삼(三) 인(人)이라 ᄒᆞ더니 다 셩췌(成娶)ᄒᆞ엿ᄂᆞ냐?"

금휘(-侯ㅣ) ᄃᆡ듀(對奏) 왈(曰),

"현의 녀(女)ᄂᆞᆫ 뎐흥의 쳐실[23](妻室)이오 동ᄐᆡᄡᆞᆼᄉᆡᆼ(同胎雙生)은 신녀(臣女)와 뎡혼(定婚)ᄒᆞ고 ᄎᆞᄌᆞ(次子)ᄂᆞᆫ 셔쵹(西蜀) 뎍거(謫居) 죄인(罪人) 하딘의 녀(女)와 뎡혼(定婚)ᄒᆞ엿ᄂᆞ이다."

샹(上)이 뎐디(傳旨)ᄒᆞ샤 뎡(鄭) 시(氏)로 그 혼녜(婚禮)를 일우ᄂᆞᆫ 날 윤가(尹家)의 졍문(旌門)[24]ᄒᆞ라 ᄒᆞ시니, 뎡(鄭) 공(公)이 블감황공

---

15) 졔익(題額): 제액. 액자에 그림을 그리거나 글씨를 씀.
16) 명패(命牌): 임금이 삼품 이상의 벼슬아치를 부를 때 보내던 나무패. '命' 자를 쓰고 붉은 칠을 한 것으로, 여기에 부르는 벼슬아치의 이름을 써서 돌림.
17) 칭복(稱服): 칭찬하며 수긍함.
18) 뎡혼납빙(定婚納聘): 정혼납빙. 혼인을 약정하고 빙물을 들임. 빙물은 결혼할 때 신랑이 신부의 친정에 주던 재물.
19) 휴쳑(休戚): 휴척. 편안함과 근심.
20) 의: [교] 원문에는 없으나 문맥을 고려해 삽입함.
21) ᄌᆞ: [교] 원문에는 '지'로 되어 있으나 문맥을 고려해 이와 같이 수정함.
22) 아이의: 아예.
23) 실: [교] 원문에는 이 뒤에 '실'이 더 있으나 부연으로 보아 삭제함.

(不堪惶恐)[25]ᄒᆞ여 은명(恩命)을 환슈(還收)[26]ᄒᆞ시믈 쳥(請)ᄒᆞᆫᄃᆡ 샹(上)이 블윤(不允)[27]ᄒᆞ시니, 금휘(-侯ㅣ) ᄇᆡᆨᄇᆡ샤은(百拜謝恩)ᄒᆞ여 어온(御醞)[28]을 거후로고 퇴됴(退朝)ᄒᆞ여 도라올ᄉᆡ,

길히셔 츄밀ᄉᆞ(樞密使) 윤(尹) 공(公)을 만

6면

나 슈일(數日) 보디 못ᄒᆞ믈 니르니, 윤(尹) 츄밀(樞密)이 뎡(鄭) 쇼져(小姐)의 졀의(節義)를 만구칭션(滿口稱善)[29]ᄒᆞ니, 뎡(鄭) 공(公)이 탄왈(嘆曰),

"어린 녀식(女息)이 졀의(節義)를 듕(重)히 넉여 혈심간징(血心諫諍)[30]ᄒᆞ미 이시나 셩듀(聖主)의 은혜(恩惠) 졍문(旌門)ᄒᆞ시기의 니르니 엇디 황공외람(惶恐猥濫)[31]치 아니리오?"

윤(尹) 공(公)이 쇼왈(笑曰),

"남녀(男女)의 ᄒᆡᆼ신(行身)이 다르나 녕녀(令女)[32]의 문댱소ᄉᆞ(文章疏辭)[33]ᄂᆞᆫ 식니댱뷔(識理丈夫ㅣ)[34]라도 당(當)키 어려오니 셩샹(聖上)의 졍문(旌門)ᄒᆞ샤미 엇지 괴이(怪異)ᄒᆞ리오? 형(兄)은 너모 샤양(辭讓)치 말나."

---

24) 졍문(旌門): 정문. 충신, 효자, 열녀 들을 표창하기 위하여 그 집 앞에 세우던 붉은 문.
25) 블감황공(不堪惶恐): 불감황공. 두려움을 감당하지 못함.
26) 환슈(還收): 환수. 도로 거둠.
27) 블윤(不允); 불윤. 임금이 허락하지 않음.
28) 어온(御醞): 임금이 마시는 술.
29) 만구칭션(滿口稱善): 만구칭선. 입이 닳도록 착한 행실을 칭찬함.
30) 혈심간징(血心諫諍): 혈심간쟁. 온 마음을 다해 임금에게 옳지 못하거나 잘못된 일을 고치도록 간절히 말함.
31) 황공외람(惶恐猥濫): 두렵고 분수에 넘침.
32) 녕녀(令女): 영녀. 상대방의 딸을 높여 부르는 말.
33) 문댱소ᄉᆞ(文章疏辭): 문장소사. 문장과 상소한 글.
34) 식니댱뷔(識理丈夫ㅣ): 식리장부. 이치를 아는 대장부.

언파(言罷)의 손을 난화,

운산의 도라와 연듕ᄉᆞ(筵中事)[35]를 고(告)ᄒᆞ여 외람블감(猥濫不勘)ᄒᆞ믈 마디아니〃, 쇼졔(小姐ㅣ) 깃거 아냐 일흥(一興)이 소삭(蕭索)[36]ᄒᆞ니 공(公)이 탄왈(嘆曰),

“너희 남ᄆᆡ(男妹) 텬은(天恩)을 과(過)히 밧ᄌᆞ오니 비록 외람블안(猥濫不安)ᄒᆞ나 만

7면

ᄉᆡ(萬事ㅣ) 텬애(天也ㅣ)라 인력(人力)으로 밋출 ᄇᆡ 아니〃 너ᄂᆞᆫ 믈녀(勿慮)ᄒᆞ라.”

쇼졔(小姐ㅣ) 나ᄌᆞᆨ이 고왈(告曰),

“녀ᄌᆞ(女子)의 졀ᄒᆡᆼ(節行)이 놉고 ᄒᆡᆼ뎍(行蹟)이 고요ᄒᆞ믈 쇼녜(小女ㅣ) 흠션(欽羨)[37]ᄒᆞᄂᆞᆫ ᄇᆡ러니, 이제 미셰(微細)ᄒᆞᆫ 몸의 졀의(節義) 두 ᄌᆞ(字)를 인(因)ᄒᆞ여 졍문포댱(旌門褒奬)ᄒᆞ시니 외람황감(猥濫惶感)[38]ᄒᆞ와 열운 복(福)이 손(損)ᄒᆞᆯ가 두리ᄂᆞ이다.”

ᄎᆞ시(此時) 뎡(鄭) 이랑(二郞) 닌흥의 벼ᄉᆞᆯ이 졈〃(漸漸) 놉하 니부시랑(吏部侍郞) 홍문샤인(弘文舍人)의 니ᄅᆞ니 믈망(物望)[39]이 날로 듕(重)ᄒᆞᆫ디라 평휘(-侯ㅣ) 셩만(盛滿)[40]ᄒᆞ믈 진졍(眞情)으로 깃거 아니터라.

뉴 시(氏) 광텬 등(等)의 혼ᄉᆞ(婚事)를 희짓고져[41] ᄒᆞ므로 뎡(鄭)

---

35) 연듕ᄉᆞ(筵中事): 연중사. 경연(經筵)에서 있었던 일. 경연은 황제가 학문이나 기술을 강론・연마하고 더불어 신하들과 국정을 협의하던 일. 또는 그런 자리를 말함.

36) 소삭(蕭索): 고요하고 쓸쓸함.

37) 흠션(欽羨): 흠선. 우러러 공경하고 부러워함.

38) 외람황감(猥濫惶感): 외람하고 황송하며 감격스러움.

39) 믈망(物望): 물망. 여러 사람이 우러러보는 명망(名望).

40) 셩만(盛滿): 성만. 집안이 번성함.

시(氏)의 입궐(入闕)을 ᄀ장 깃거ᄒ엿더니, 슈슌(數旬) 후(後) 믄득 뎡(鄭) 시(氏) 나오고 명졀(名節)이 금슈(錦繡) 우히 꼿 ᄀᆺᄐ여 윤부(尹府)의 혼녜(婚禮)를 일우고 도라가ᄂᆫ 날 금ᄌ어필(金字御筆)[42]노 슉녈문(淑烈門)

8면

을 놉히라 ᄒ시고, 만됴(滿朝ㅣ) 모로리 업시 졀ᄒᆡᆼ(節行)을 칭복(稱服)ᄒᆫ다 ᄒ니 놀나온 ᄆ음과 ᄋᆡ돏온 비분(悲憤)이 층가(層加)[43]ᄒ여 손으로 셔안(書案)을 쳐 탄왈(嘆曰),

"계교(計巧)를 묘(妙)히 ᄉᆡᆼ각ᄒ나 일이 ᄆ음과 ᄀᆺ디 아니ᄒ여 뎡녀(鄭女)를 황후(皇后)긔 쳔거(薦擧)ᄒ미 도로혀 뎡(鄭) 시(氏)로 ᄒ여곰 아름다온 일홈을 빗나게 ᄒ니 곳〃이 〃런 블ᄒᆡᆼ(不幸)이 어ᄃᆡ 이시리오?"

경ᄋᆡ 역시(亦是) 분(憤)ᄒ고 ᄋᆡ돏오믈 니긔지 못ᄒ여 묘랑을 블너 혼ᄉ(婚事)를 희짓고져 ᄒ더니,

뉴 시(氏) 외조모(外祖母) 박 상셔(尙書) 부인(夫人)이 년급구십(年及九十)의 병(病)이 위듕(危重)[44]ᄒ여 본(本)ᄃᆡ 뉴 시(氏)를 ᄉ랑ᄒ므로 병심(病心)의 보고져 청(請)ᄒ니, 뉴 시(氏) 경ᄋ를 다리고 박부(-府)의 나아갓더니,

슈슌(數旬)이 못 ᄒ여 노 태부인(太夫人)이 기셰(棄世)

41) 희짓고져: 방해하려.
42) 금ᄌ어필(金字御筆): 금자어필. 금빛이 나는 글자로 쓴 임금의 친필 글씨.
43) 층가(層加): 한층 더함.
44) 위듕(危重): 위중. 병세가 위험할 정도로 중함.

9면

ᄒᆞ니, 뉴 시(氏) 외조모(外祖母) 바라미 친모(親母) ᄀᆞᆺᄐᆞ여 ᄌᆞ긔(自己) 모친(母親)은 됴ᄉᆞ(早死)ᄒᆞ고 조손(祖孫)의 졍(情)이 모녀(母女) ᄀᆞᆺ치 ᄒᆞ더니, 일됴(一朝)의 여희믹 망극(罔極)ᄒᆞᆫ 셜우미 가히업셔 혼졀(昏絕)ᄒᆞ믈 마디아니〃,

셩복(成服)[45] 후(後) 경ᄋᆞᄂᆞᆫ 도라보ᄂᆡ고 ᄌᆞ긔(自己)ᄂᆞᆫ 박부(-府)의 머므니, 광텬 공ᄌᆞ(公子)의 혼ᄉᆞ(婚事)를 희지을 결을이 업셔 훌〃ᄒᆞᆫ 일월(日月)을 보ᄂᆡ니라.

ᄎᆞ년(此年) 츈(春)의 텬ᄌᆡ(天子ㅣ) 셩묘(聖廟)[46]의 ᄇᆡ알(拜謁)ᄒᆞ시고 셜장(設場)[47]ᄒᆞ여 인ᄌᆡ(人材)를 ᄲᆡ실ᄉᆡ 광텬 공ᄌᆡ(公子ㅣ) 셜과(設科)[48]ᄒᆞ믈 듯고 계부(季父)긔 고왈(告曰),

"유ᄌᆡ(猶子ㅣ)[49] 나히 어리고 ᄒᆞᆨ문(學問)이 슉달(熟達)[50]치 못ᄒᆞ오나 ᄉᆡᆼ셰지후(生世之後)의 과댱(科場)을 관광(觀光)치 못ᄒᆞ엿ᄉᆞᆸᄂᆞ니 이번(-番) 과옥(科屋)은 구경코져 ᄒᆞᄂᆞ이다."

공(公)이 ᄀᆞᆯ오ᄃᆡ,

"됴달(早達)[51]이

10면

깃브지 아니코 계오 이뉵(二六)이 넘엇ᄂᆞᆫ디라, 과갑(科甲)[52]이 밧브

---

45) 셩복(成服): 성복. 초상이 나서 처음으로 상복을 입음. 보통 초상난 지 나흘 되는 날부터 입음.
46) 셩묘(聖廟): 성묘. 공자를 모신 사당.
47) 셜장(設場): 설장. 과거를 베풂.
48) 셜과(設科): 설과. 과거를 베풂.
49) 유ᄌᆡ(猶子ㅣ): 유자. 자식과 같다는 뜻으로, '조카'를 달리 이르는 말.
50) 슉달(熟達): 숙달. 익숙하고 통달함.
51) 됴달(早達): 조달. 일찍 과거에 급제함.
52) 과갑(科甲): 과거(科擧)를 달리 이르는 말.

지 아니되 네 임의 과옥(科屋)의 뜻을 동(動)ᄒᆞ여시니 내 ᄯᅩᄒᆞᆫ 말니지 아니ᄒᆞᄂᆞ니, 제구(諸具)[53]를 출혀 드러가라."

공ᄌᆡ(公子ㅣ) ᄇᆡ사(拜謝)ᄒᆞ고 ᄎᆞ공ᄌᆡ(次公子ㅣ) 부젼(父前)의 고왈(告曰),

"쇼ᄌᆞ(小子)ᄂᆞᆫ ᄒᆞᆨ문(學問)이 형(兄)을 바라지 못ᄒᆞ오니 나히 ᄎᆞ거든 과장(科場) 츌입(出入)을 ᄒᆞ고져 ᄒᆞᄂᆞ이다."

공(公)이 잠쇼(暫笑) 왈(曰),

"너희 형뎨(兄弟) ᄌᆡ조(才操ㅣ) 샹하(上下)ᄒᆞᆯ 거시 업ᄉᆞ되 형뎨(兄弟) 일방(一榜)의 고등(高等)[54]ᄒᆞᆯ딘되 경ᄉᆡ(慶事ㅣ) 너모 듕텹(重疊)ᄒᆞ니 오ᄋᆞ(吾兒)ᄂᆞᆫ 명츈(明春) 과갑(科甲)을 응(應)ᄒᆞ라."

공ᄌᆡ(公子ㅣ) 슈명이퇴(受命而退)ᄒᆞ니 일공ᄌᆡ(一公子ㅣ) 우어 왈(曰),

"댱뷔(丈夫ㅣ) 굿ᄐᆞ여 ᄌᆡ조(才操)를 픔고 님하(林下)[55]의 울젹(鬱寂)ᄒᆞᆫ 셔ᄉᆡᆼ(書生)이 되여든 므어시 쾌(快)ᄒᆞ랴? 네 브되 계부(季父)긔 고(告)ᄒᆞ여 드러

11면

가디 말고져 ᄒᆞ니 겸퇴지심(謙退之心)이 과(過)ᄒᆞ나 ᄌᆞ샹(仔詳)되미 심(甚)ᄒᆞ도다."

ᄎᆞ공ᄌᆡ(次公子ㅣ) 미쇼(微笑) ᄃᆡ왈(對曰),

"형댱(兄丈)과 쇼뎨(小弟) 뜻이 다 각〃(各各)이니 굿ᄐᆞ여 ᄒᆞ고져 아닛ᄂᆞᆫ ᄇᆡ오나 형댱(兄丈) 신긔(神氣)[56]로 과장(科場)의 드르시ᄂᆞᆫ 날

53) 제구(諸具): 제구. 과거장에서 필요한 도구들.
54) 고등(高等): 과거에 높은 성적으로 급제함.
55) 님하(林下): 임하. 수풀 아래라는 뜻으로 자연을 이름.
56) 신긔(神氣): 신기. 정신과 기운.

은 참방(參榜)[57]이 필득(必得)이라, 너모 됴달(早達)ᄒᆞ기도 블가(不可)ᄒᆞ이다.”

댱공ᄌᆡ(長公子ㅣ) 쇼왈(笑曰),

“시쇽(時俗)의 등과(登科)ᄒᆞᄂᆞᆫ ᄂᆔ(類ㅣ) 년긔(年紀) 십삼ᄉᆞ(十三四)의 ᄌᆡ긔(才氣) 가득ᄒᆞ니, 우형(愚兄)이 참방(參榜)ᄒᆞᆯ 줄은 아디 못ᄒᆞ거니와 나 혼ᄌᆞ 아니라 므어시 니르리오?”

ᄎᆞ공ᄌᆡ(次公子ㅣ) 함쇼무언(含笑無言)[58]이러라.

댱공ᄌᆡ(長公子ㅣ) 장옥제구(場屋諸具)를 출혀 쟝듕(場中)의 나아가ᄆᆡ, 이윽ᄒᆞ여 글제(-題) 나리니 슈만(數萬) 다ᄉᆡ(多士ㅣ) 붓ᄃᆡ를 들고 글초(-草)를 일우며 혹(或) 의ᄉᆡ(意思ㅣ) 낙막(落寞)[59]ᄒᆞ여

12면

눈셥을 ᄢᅵᆼ기고 근심ᄒᆞᄂᆞᆫ ᄌᆞ(者)도 무슈(無數)ᄒᆞᆫ디라. 광텬 공ᄌᆡ(公子ㅣ) 두로 도라 남의 거동(擧動)을 보고 심니(心裏)의 실쇼(失笑)ᄒᆞ여 혜오ᄃᆡ,

‘져런 것들이 유건(儒巾)[60]을 ᄡᅳ고 셔어(齟齬)[61]히 과장(科場)의 드러오미 엇지 우읍디 아니며 비록 참방(參榜)ᄒᆞ미 이신들 므어시 쾌(快)ᄒᆞ리오.’

ᄒᆞ며, 두로 단니다가 시ᄀᆡᆨ(時刻)이 느ᄌᆞ믈 보고 쟝듕(場中)의 드러가 명디(名紙)[62]를 펴고 평ᄉᆡᆼ(平生) ᄌᆡ조(才操)를 다ᄒᆞ여 ᄎᆡ필(彩筆)

---

57) 참방(參榜): 과거에 급제하여 이름이 방목(榜目)에 오르던 일.
58) 함쇼무언(含笑無言): 함소무언. 말없이 미소를 지음.
59) 낙막(落寞): 마음이 쓸쓸함.
60) 유건(儒巾): 유생들이 쓰던 실내용 두건의 하나.
61) 셔어(齟齬): 서어. 익숙하지 아니하여 서름서름함.
62) 명디(名紙): 명지. 과거 시험에서 쓰던 시험지.

을 두루치믹[63], 만지(滿紙)의 창뇽(蒼龍)이 셔리고 단봉(丹鳳)이 춤추는 듯, 쳡쳡(疊疊)혼 문장(文章)이 것칠 거시 업亽니 풍운(風雲)이 비등(飛騰)[64]호고 귀신(鬼神)을 울닐디라. 쓰기를 맛추믹 시동(侍童)으로 밧치라 호고 셔칙(書冊)을 비겨 잠을 깁히 드니 모든 과유(科儒) 등(等)이

13면

그 직조(才操)의 신쇽(迅速)호믈 흠탄(欽歎)[65]호더라.

추일(此日) 텬지(天子ㅣ) 제(諸) 시관(試官)으로 더브러 여러 시튝(試軸)[66]을 상고(詳考)[67]호시딕 셩의(聖意) 블합(不合)호시더니, 최후(最後) 일(一) 장(張) 시권(試券)[68]을 어람(御覽)호시믹, 몬져 그 필획(筆劃)이 찬난(燦爛)호여 일월(日月)이 빗췬 듯, 시식(詩辭ㅣ) 굉원(宏遠)호여 텬디(天地)의 너르기로 흡亽(恰似)호니, 태빅(太白)[69]의 청평亽(淸平詞)[70]와 亽마쳔(司馬遷)[71]을 압두(壓頭)[72]홀 문댱(文章)

---

63) 두루치믹: 휘두르니.

64) 비등(飛騰): 용사비등. 날아 움직이는 것같이 아주 활기 있는 필력을 비유적으로 이르는 말.

65) 흠탄(欽歎): 부러워하며 감탄함.

66) 시튝(試軸): 시축. 시험지 두루마리.

67) 상고(詳考): 자세히 살핌.

68) 시권(試券): 과거를 볼 때 글을 지어 올리던 종이.

69) 태빅(太白): 태백. 중국 성당(盛唐) 때의 시인 이백(李白, 701~762)의 자(字). 호는 청련(靑蓮). 젊어서 여러 나라를 돌아다니고, 뒤에 출사(出仕)하였으나 안녹산의 난으로 유배되는 등 불우한 만년을 보냄. 시성(詩聖) 두보(杜甫)에 대하여 시선(詩仙)으로 칭하여짐.

70) 청평亽(淸平詞): 청평사. 이백이 지은 사(詞). 당(唐) 현종(玄宗)이 침향정(沈香亭)에 작약(芍藥)을 심어 놓고 양 귀비(楊貴妃)와 함께 만발한 꽃을 구경하다가 당시 한림학사(翰林學士)였던 이백(李白)을 불러 악부를 짓게 하자 이백이 청평조사(淸平調詞) 3편을 지어 올림. 『양태진외전(楊太眞外傳)』 상(上).

71) 亽마쳔(司馬遷): 사마천(司馬遷, B.C.145~B.C.86). 중국 전한(前漢)의 역사가로, 자는 자장(子長)이며 태사(太史)라고도 불리는데 이는 태사령(太史令)을 지낸 그의 관직명을 따른 이름임. 기원전 104년에 공손경(公孫卿)과 함께 태초력(太初曆)을 제정하여 후세 역법의 기초를 세웠으며, 역사책 『사기』를 완성하였음.

72) 압두(壓頭): 보다 뛰어난 힘이나 재주로 남을 눌러 꼼짝 못 하게 함. 압도.

이라. 텬안(天顔)이 대열(大悅)ᄒᆞ샤 두어 번(番) 음영(吟詠)ᄒᆞ시고 친(親)히 장원(壯元)을 뎡(定)ᄒᆞ시고 여러 쟝(張) 시권(試券)을 ᄭᅳ노아 슈(數)를 ᄎᆡ오신 후(後), 시긱(時刻)이 느ᄌᆞᄆᆡ 및 방(榜)을 ᄣᅥ혀 댱원(壯元)을 호명(呼名)ᄒᆞᄆᆡ,

"항줘인(杭州人) 윤광텬의 년(年)이 십이(十二)오, 부(父)ᄂᆞᆫ 고(故) 니부상셔(吏部尙書) 홍문관(弘文館) 태ᄒᆞᆨᄉᆞ(太學士) 시(諡) 안국공 현이라."

브르ᄂᆞᆫ 소ᄅᆡ 셰 번(番)

14면

의 일위(一位) 쇼년(少年)이 만인(萬人) 듕(中)을 헷치고 몸을 ᄲᆡ혀 옥계(玉階) 하(下)의 츄진(趨進[73])ᄒᆞ니, 놉흔 긔상(氣像)이 구츄상텬(九秋霜天)[74] ᄀᆞᆺ고 늠〃(凜凜)ᄒᆞᆫ 풍ᄎᆡ(風采) 일만(一萬) 버들이 츈풍(春風)을 ᄯᅴ여심 ᄀᆞᆺ고, 면뫼(面貌ㅣ) 두렷ᄒᆞ여 일뉸명월(一輪明月)[75]이 한가(閑暇)ᄒᆞᆫ ᄃᆞᆺ 놉흔 텬정(天庭)[76]은 옥을 므으고, 정화(精華)ᄂᆞᆫ 강산(江山) 졍긔(精氣)를 타나시니 단슌호치(丹脣皓齒)[77]와 원비일외(猿臂逸腰ㅣ)[78]라. 신쟝(身長)이 팔(八) 쳑(尺)이오, 복듕(腹中)의 졔셰안민(濟世安民)[79]ᄒᆞᆯ ᄌᆡ조(才操)와 벌뎍능토(伐敵能討)[80]ᄒᆞᆯ 지혜(智慧) 쳔고영쥰(千古英俊)[81]이오 셰ᄃᆡ무뎍(世代無敵)[82]이라.

---

73) 츄진(趨進): 추진. 잰걸음으로 나아옴.
74) 구츄상텬(九秋霜天): 구추상천. 가을에 하늘에서 내리는 서리.
75) 일뉸명월(一輪明月): 일륜명월. 매우 둥글고 밝은 달.
76) 텬졍(天庭): 천정. 관상에서, 두 눈썹의 사이 또는 이마의 복판을 이르는 말.
77) 단슌호치(丹脣皓齒): 단순호치. 붉은 입술과 흰 이.
78) 원비일외(猿臂逸腰ㅣ): 긴 팔과 늘씬한 허리.
79) 졔셰안민(濟世安民): 제세안민. 세상을 구제하고 백성을 편안히 함.
80) 벌뎍능토(伐敵能討): 벌적능토. 적을 토벌함.
81) 쳔고영쥰(千古英俊): 천고영준. 천고에 없는 영민하고 준수한 사람.

뎐샹뎐ᄒᆡ(殿上殿下ㅣ) 윤(尹) 댱원(壯元)의 풍ᄎᆡ신광(風采神光)[83]을 보ᄆᆡ 놀나지 아니리 업고 텬안(天顔)이 ᄒᆞᆫ번(-番) ᄉᆞᆯ피시ᄆᆡ 인ᄌᆡ(人材) 어드믈 대열(大悅)ᄒᆞ샤, 즉시(卽時) 뎐(殿)의 올녀 그 머리의 계화(桂花)를 ᄭᅩᄌᆞ시고 쳥삼(靑衫)[84]을

15면

입[85]히시며, 댱원(壯元)의 손을 ᄌᆞᆸ으시고 츄연함쳑(惆然含慽)[86]ᄒᆞ샤 ᄀᆞᆯ오샤ᄃᆡ,

"산고옥츌(山高玉出)이오 ᄒᆡ심츌쥐(海深出珠ㅣ)[87]라, 윤현의 션풍옥골(仙風玉骨)[88]과 젹심단튱(赤心丹忠)[89]으로 ᄌᆞ식(子息)을 두ᄆᆡ 범연(凡然)치 아니려니와 이ᄃᆡ도록 긔특(奇特)ᄒᆞ믄 오히려 아디 못ᄒᆞ엿노라. 군신(君臣)은 부ᄌᆞ(父子) 일체(一切)라, 딤(朕)은 금일(今日) 경(卿)으로ᄡᅥ 국가(國家)의 고굉(股肱)[90]을 삼으나 경뷔(卿父ㅣ) 산 얼골노 영화(榮華)를 보디 못ᄒᆞ니 엇지 츄연(惆然)치 아니리오?"

만되(滿朝ㅣ) 일시(一時)의 만셰(萬歲)를 블너 하례(賀禮)ᄒᆞ고 샹(上)이 ᄯᅩ 댱원(壯元)다려 닐너 ᄀᆞᆯ오샤ᄃᆡ,

"경부(卿父)ᄂᆞᆫ 국가(國家)를 위(爲)ᄒᆞ여 명(命)을 맛ᄎᆞ니 딤(朕)이 셰월(歲月)이 오랄ᄉᆞ록 냥신(良臣)을 앗가이 맛ᄎᆞ믈 슬허ᄒᆞᄂᆞ니, 경

---

82) 셰ᄃᆡ무뎍(世代無敵): 세대무적. 당대에 대적할 사람이 없음.
83) 풍ᄎᆡ신광(風采神光): 풍채신광. 풍채와 정신.
84) 쳥삼(靑衫): 청삼. 조복(朝服) 안에 받쳐 입던 옷. 남색 바탕에 검은 빛깔로 가를 꾸미고 큰 소매를 달았음.
85) 입: [교] 원문에는 이 글자가 없으나 문맥을 고려해 삽입함.
86) 츄연함쳑(惆然含慽): 추연함척. 서글픈 빛으로 슬픔을 머금음.
87) 산고옥츌(山高玉出)이오 ᄒᆡ심츌쥐(海深出珠ㅣ): 산고옥출이요 해심출주. 산이 높으면 옥이 나고 바다가 깊으면 구슬이 남.
88) 션풍옥골(仙風玉骨): 선풍옥골. 신선 같은 풍채와 옥 같은 골격.
89) 젹심단튱(赤心丹忠): 적심단충. 거짓 없는 참된 마음과 마음에서 우러나오는 참된 충성.
90) 고굉(股肱): 다리와 팔같이 중요한 신하라는 뜻으로, 임금이 가장 신임하는 신하를 이르는 말.

(卿)은 딤(朕)으로뼈 군신(君臣)의 엄(嚴)ᄒᆞᆫ 거ᄉᆞᆯ 바리

16면

고 부ᄌᆞ(父子)의 친(親)을 다ᄒᆞ여 딤(朕)을 아비와 조곰도 달니 아디 말나.”

이에 듕셔샤인(中書舍人) 집현뎐(集賢殿) 태ᄒᆞᆨᄉᆞ(太學士)를 겸(兼)ᄒᆞ여 삼일유가[91](三日遊街) 후(後) ᄒᆡᆼ공찰딕(行公察職)[92]ᄒᆞ라 ᄒᆞ시나, 댱원(壯元)이 엄부(嚴父)의 면목(面目)을 모로미 평ᄉᆡᆼ디통(平生至痛)[93]이라. 오날ᄂᆞᆯ 샹교(上敎)를 듯ᄌᆞᆸ고, 디쳑텬안(咫尺天顏)[94]의 십분(十分) ᄎᆞᆷ으나 ᄇᆡᆨ옥용화(白玉容華)[95]의 ᄆᆞᆰ은 누싊(淚水ㅣ) 삼〃(滲滲)ᄒᆞ여 체읍ᄇᆡ샤(涕泣拜謝) 왈(曰),

“신(臣)은 텬디간(天地間) 죄인(罪人)이라 아비 얼골을 아지 못ᄒᆞ옵고 슬픈 인ᄉᆡᆼ(人生)으로 아ᄌᆞ비를 의디(依支)ᄒᆞ와 댱셩(長成)ᄒᆞ오니, 감(敢)히 쳥운(靑雲)을 더위잡아[96] 어향(御香)[97]을 뽀일 줄은 ᄉᆡᆼ각디 아니ᄒᆞ온 ᄇᆡ라. 셩은(聖恩)이 여텬(如天)ᄒᆞ샤 쇄신분골(碎身粉骨)ᄒᆞ오나 다 갑ᄉᆞᆸ디 못ᄒᆞ리로소이다.”

어음(語音)

---

91) 가: [교] 원문에는 ‘과’로 되어 있으나 문맥을 고려해 이와 같이 수정함.
92) ᄒᆡᆼ공찰딕(行公察職): 행공찰직. 공무를 수행하고 관직을 살핌.
93) 평ᄉᆡᆼ디통(平生至痛): 평생지통. 평생의 지극한 고통.
94) 디쳑텬안(咫尺天顏): 지척천안. 임금의 얼굴을 매우 가까이에서 대함.
95) ᄇᆡᆨ옥용화(白玉容華): 백옥용화. 흰 옥처럼 빛나는 얼굴.
96) 더위잡아: 끌어 잡아.
97) 어향(御香): 임금의 향기 또는 어전의 향기를 뜻하는 말로, 임금의 은혜(恩惠)를 비유적으로 표현한 말.

17면

이 웅건청월(雄建淸越)[98]ᄒᆞᆫ 명천공(--公)과 잠간(暫間) 다르나 화열샹쾌(和悅爽快)[99]ᄒᆞᆫ 완연(宛然)이 ᄀᆞᆺ튼디라. 샹(上)이 그 슬허ᄒᆞᄆᆞᆯ 보시고 더옥 쳐연(悽然)ᄒᆞ시니 좌우(左右) 제신(諸臣)이 윤(尹) 공(公)을 ᄉᆡᆼ각고 슬허ᄒᆞᄂᆞᆫ ᄌᆡ(者ㅣ) 만터라.

샹(上)이 츄밀ᄉᆞ(樞密使) 윤(尹) 공(公)을 뎐폐(殿陛)의 브르샤 특별(特別)이 위유(慰諭)[100]ᄒᆞ샤 왈(曰),

"경(卿)이 광텬으로ᄡᅧ 아ᄌᆞ비 졍(情)과 아비 소임(所任)을 다ᄒᆞ여 금일(今日) 등양(騰揚)[101]ᄒᆞᄆᆡ 국가(國家)의 동냥(棟樑)[102]을 삼고 경형(卿兄)의 신후(身後)를 빗ᄂᆡ니 엇디 아름답디 아니리오?"

ᄒᆞ시고 향온(香醞)[103]을 반사(頒賜)[104]ᄒᆞ시니, 윤(尹) 공(公)이 ᄡᅣᆼ슈(雙手)로 어쥬(御酒)를 밧ᄌᆞ와 거후르고 샤은(謝恩)ᄒᆞ여 황공블감(惶恐不堪)ᄒᆞ니 샹(上)이 다시곰 ᄀᆞᆯ오샤ᄃᆡ,

"경형(卿兄)

18면

이 ᄡᅣᆼᄐᆡ(雙胎)를 두엇다 ᄒᆞ더니 광텬의 아이 잇ᄂᆞ냐?"

츄밀(樞密)이 ᄇᆡ복(拜伏) 왈(曰),

"광텬의 아이 잇ᄉᆞ와 신(臣)이 계후(繼後)ᄒᆞ엿ᄂᆞ이다."

---

98) 웅건청월(雄建淸越): 웅건청월. 웅장하고 맑음.
99) 화열샹쾌(和悅爽快): 화열상쾌. 온화하고 시원스러움.
100) 위유(慰諭): 위로하고 타일러 달램.
101) 등양(騰揚): 세력이나 지위가 높아서 드날림.
102) 동냥(棟樑): 동량. 마룻대와 들보로 쓸 만한 재목이라는 뜻으로, 집안이나 나라를 떠받치는 중대한 일을 맡을 만한 인재를 이르는 말.
103) 향온(香醞): 향기로운 술이라는 뜻으로 임금이 마시는 술을 이름.
104) 반사(頒賜): 반사. 임금이 녹봉이나 물건을 내려 나누어 주던 일.

샹(上) 왈(曰),

“광텬지뎨(--之弟) 과갑(科甲)의 참예(參預)ᄒᆞ미 잇나냐?”

공(公)이 ᄃᆡ왈(對曰),

“신ᄌᆞ(臣子)ᄂᆞᆫ 졔 형(兄)과 상실(相實)[105]치 못ᄒᆞ므로 참방(參榜)치 못ᄒᆞ엿ᄂᆞ이다.”

샹(上)이 여러 신ᄅᆡ(新來)를 ᄎᆞ례(次例)로 브르시니 화ᄃᆡ(花帶)[106]를 주실ᄉᆡ 댱원(壯元)을 툥우(寵遇)[107]ᄒᆞ시미 극(極)ᄒᆞ샤 은권(恩眷)[108]이 만됴(滿朝)의 드레니 이ᄂᆞᆫ 그 부형(父兄)이 튱졀(忠節)노 죽으믈 슬허ᄒᆞ시미오, 댱원(壯元)의 위인(爲人)이 셰고(世古)의 무빵(無雙)ᄒᆞ믈 ᄉᆞ랑ᄒᆞ시미라. 댱원(壯元)이 ᄯᅩᄒᆞᆫ 작딕(爵職)을 샤양(辭讓)치 아니코 죵일(終日)토록 어젼(御殿)의셔 진퇴(進退)ᄒᆞ샤 슈려(秀麗)ᄒᆞᆫ 풍광용홰(風光容華ㅣ) 동탕(動蕩)[109]

19면

ᄒᆞ여 니빅(李白)[110]이 침향뎡[111](沈香亭)[112] 샹(上)의 취(醉)ᄒᆞᆫ 풍신(風神)[113]이라도 이에 바라지 못ᄒᆞᆯ디라.

---

105) 상실(相實): ‘서로 비슷함’의 뜻으로 보이나 미상임.

106) 화ᄃᆡ(花帶): 화대. 어화(御花)와 청삼(靑衫)의 허리띠. 어화는 과거에 급제한 사람에게 임금이 하사하던 종이꽃이고 청삼은 조복(朝服) 안에 받쳐 입던 옷으로 남색 바탕에 검은 빛깔로 가를 꾸미고 큰 소매를 달았음.

107) 툥우(寵遇): 총우. 총애해 대우함.

108) 은권(恩眷): 임금의 총애.

109) 동탕(動蕩): 얼굴이 잘생기고 살집이 있음.

110) 니빅(李白): 이백. 중국 성당(盛唐) 때의 시인(701-762). 자(字)는 태백(太白)이고 호는 청련(靑蓮). 젊어서 여러 나라를 돌아다니고, 뒤에 출사(出仕)하였으나 안녹산의 난으로 유배되는 등 불우한 만년을 보냄. 시성(詩聖) 두보(杜甫)에 대하여 시선(詩仙)으로 칭하여짐.

111) 뎡: [교] 원문에는 ‘뎐’으로 되어 있으나 문맥을 고려해 이와 같이 수정함.

112) 침향뎡(沈香亭): 침향정. 중국 당나라 때 궁궐에 있었던 정자. 당 현종(玄宗)이 침향정(沈香亭)에 작약(芍藥)을 심어 놓고 양 귀비(楊貴妃)와 함께 만발한 꽃을 구경하다가 당시 한림학사(翰林學士)였던 이백(李白)을 불러 악부를 짓게 하자 이백이 청평조사(清平調詞) 3편을 지어 올림. 『양태진외전(楊太眞外傳)』 상(上).

날이 져믈미 댱원(壯元)이 방하(榜下)[114]를 거ᄂᆞ려 궐문(闕門) 밧글 나미 아역(衙役)이 젼ᄎᆞ후옹(前遮後擁)[115]ᄒᆞ여, 천[116]동쌍개(天童雙蓋)[117]는 압흘[118] 인도(引導)ᄒᆞ며 금의ᄌᆡ인(錦衣才人)[119]은 ᄌᆡ조(才操)를 비양(飛揚)[120]ᄒᆞ고 만됴문무(滿朝文武)는 일시(一時)의 후ᄇᆡ(後陪)[121]ᄒᆞ여,

옥누항의 니르러 츄밀(樞密)긔 하례(賀禮)홀ᄉᆡ, 츄밀(樞密)이 댱원(壯元)을 압셰오고 두굿기믈 니긔지 못ᄒᆞ나 션형(先兄)을 ᄉᆡᆼ각고 ᄉᆡ로이 비통(悲痛)ᄒᆞ믈 니긔지 못ᄒᆞ더라.

인(因)ᄒᆞ여 댱원(壯元)을 다리고 경희뎐의 드러와 태부인(太夫人)긔 뵈올ᄉᆡ, 댱원(壯元)이 존당(尊堂) 부모(父母)긔 ᄎᆞ례(次例)로 ᄇᆡ알(拜謁)ᄒᆞ고 슬젼(膝前)의 뫼시니 졀인(絕人)[122]ᄒᆞᆫ ᄌᆡ풍(才風)이 〃날

20면

더옥 ᄉᆡ로와 두샹어화(頭上御花)[123]는 츈풍(春風)의 휘영(輝映)[124]ᄒᆞ고 금슈쳥삼(錦繡青衫)[125]은 봉익(鳳翼)[126]의 빗겨시며, 팔쳑댱신(八尺長身)의 풍ᄎᆡ(風采) 졀인(絕人)ᄒᆞ여 비(比)홀 곳이 업더라. 옥비(玉

113) 풍신(風神): 풍채.
114) 방하(榜下): 같이 과거에 급제하였지만, 순위가 떨어지는 사람들을 말함.
115) 젼ᄎᆞ후옹(前遮後擁): 전차후옹. 여러 사람이 앞뒤에서 에워싸고 보호(保護)하여 나아감.
116) 천: [교] 원문에는 '쳥'으로 되어 있으나 문맥을 고려해 이와 같이 수정함.
117) 천동쌍개(天童雙蓋): 천동쌍개. 좌우에서 일산을 받드는, 임금이 하사한 소년들.
118) 흘: [교] 원문에는 이 글자가 없으나 문맥을 고려해 삽입함.
119) 금의ᄌᆡ인(錦衣才人): 금의재인. 비단옷을 입은 재인. 재인은 광대 일을 하던 사람.
120) 비양(飛揚): 드날림.
121) 후ᄇᆡ(後陪): 후배. 뒤에서 따라감.
122) 졀인(絕人): 절인. 남보다 뛰어남.
123) 두샹어화(頭上御花): 두상어화. 머리에 꽂은 어화.
124) 휘영(輝映): 빛남.
125) 금슈쳥삼(錦繡青衫): 금수청삼. 비단에 수놓은 청삼.
126) 봉익(鳳翼): 봉의 날개와 같은 두 팔.

杯) 어온(御醞)이 빅년용화(白蓮容華)[127]의 잠간(暫間) 쥬긔(酒氣)를 띄여시니 봉안(鳳眼)[128]이 몽농(朦朧)ᄒᆞ여 더옥 긔특(奇特)ᄒᆞ더라.

조(曹) 부인(夫人)이 〃씌를 당(當)ᄒᆞ여 셕ᄉᆞ(昔事)를 ᄉᆡᆼ각고 ᄋᆞᄌᆞ(兒子)의 영화(榮華)를 션군(先君)이 보디 못ᄒᆞ믈 슬허 댱원(壯元)의 손을 잡고 누쉬(淚水ㅣ) 방〃(滂滂)[129]ᄒᆞ여 금(禁)치 못ᄒᆞ니, 구파(寇婆)와 츄밀(樞密)이 ᄯᅩᄒᆞᆫ 슬프믈 니긔디 못ᄒᆞ니 뉴 시(氏)ᄂᆞᆫ 외조모(外祖母)의 상ᄉᆞ(喪事)를 갓 디ᄂᆡ고 도라왓고 태부인(太夫人)은 광텬의 낙방(落榜)ᄒᆞ믈 튝원(祝願)ᄒᆞ다가 의〃(猗猗)[130]히 댱원낭(壯元郎)이 되여 계화쳥삼(桂花靑衫)으로 도라

21면

오니, 통완(痛惋)[131]ᄒᆞᆷ과 믜오미 ᄀᆡᆨ골(刻骨)ᄒᆞ여 부홰[132] ᄒᆞᆫ드니 경긱(頃刻)의 칼노 지르ᄂᆞᆫ ᄃᆞᆺᄒᆞ나 츄밀(樞密)이 ᄃᆡ좌(對坐)ᄒᆞ여시니 ᄒᆞᆫ 말도 못 ᄒᆞ고, 흉(凶)ᄒᆞᆫ 셩을 ᄎᆞᆷ으ᄆᆡ 만신(滿身)이 번열(煩熱)[133]ᄒᆞ믈 니긔디 못ᄒᆞ여 낫치 벌거ᄒᆞ여 눈믈이 쳔(千) 항(行)이라, 이를 읇믈고 늣겨 왈(曰),

"오날 이 ᄀᆞᆺᄐᆞᆫ 경ᄉᆞ(慶事)를 네 아비 보디 못ᄒᆞ고 노뫼(老母ㅣ) ᄒᆞᆫᄌᆞ 보니 므어시 쾌(快)ᄒᆞ고 즐거오리오?"

뉴 시(氏) ᄯᅩᄒᆞᆫ 븟들고 쳬읍(涕泣)ᄒᆞ여 분(憤)ᄒᆞᆫ 눈믈이 낫치 가득ᄒᆞ니 도로혀 셕ᄉᆞ(昔事)를 슬허ᄒᆞᄂᆞᆫ 쳬ᄒᆞ니, 츄밀(樞密)은 소활(疎

---

127) 빅년용화(白蓮容華): 백련용화. 흰 연꽃처럼 하얗고 화려한 얼굴.
128) 봉안(鳳眼): 봉황의 눈같이 가늘고 길며 눈초리가 위로 째지고 붉은 기운이 있는 눈.
129) 방〃(滂滂): 눈물이 줄줄 흐르는 모양.
130) 의〃(猗猗): 아름답고 성함.
131) 통완(痛惋): 괘씸해 하고 한탄함.
132) 부홰: 부아. 노엽거나 분한 마음.
133) 번열(煩熱): 몸에 열이 몹시 나고 가슴 속이 답답하여 괴로움.

闊)[134]ᄒᆞᆫ 댱뷔(丈夫ㅣ)라 모친(母親)의 악〃(惡惡)[135]ᄒᆞᆫ 흉심(凶心)은 엇디 알니오. 심하(心下)의 셕ᄉᆞ(昔事)를 ᄉᆡᆼ각고 슬허ᄒᆞ미 괴이(怪異)치 아니타 ᄒᆞ여 공(公)이 역시(亦是) 슬허ᄒᆞ고 댱원(壯元)

22면

이 읍〃뉴톄(悒悒流涕)[136]ᄒᆞ니 ᄉᆡ로온 디통(至痛)을 니긔지 못ᄒᆞ더라.

즉시(卽時) 샤묘(祠廟)[137]의 올나 신위(神位)예 ᄇᆡ알(拜謁)ᄒᆞᆯᄉᆡ 공(公)이 어로만져 녜(禮)를 맛ᄎᆞᄆᆡ, 하ᄀᆡᆨ(賀客)이 운집(雲集)ᄒᆞ여 신ᄂᆡ(新來)를 브르ᄂᆞᆫ 소ᄅᆡ 딘쳔(震天)[138]ᄒᆞ니 공(公)이 댱원(壯元)으로 더브러 ᄃᆡᄀᆡᆨ(待客)ᄒᆞᆯᄉᆡ 모든 명공(名公)이 신ᄂᆡ(新來)를 ᄇᆡᆨ단(百端)[139]으로 유희(遊戱)ᄒᆞ니,

어시(於時)의 댱원(壯元)이 영호발양(英豪發揚)[140]ᄒᆞᆫ 튱텬댱긔(衝天壯氣)[141]로ᄡᅧ 금일(今日) 엄뷔(嚴父ㅣ) ᄌᆡ당(在堂)ᄒᆞ시면 즐거오미 엇더ᄒᆞ리오마ᄂᆞᆫ, 평ᄉᆡᆼ(平生) 디통(至痛)이 구곡(九曲)[142]의 ᄆᆡᆺ친 바로ᄡᅧ 흥황(興況)[143]이 ᄉᆞ연(捨然)[144]ᄒᆞ나 마디못ᄒᆞ여 강인화ᄉᆡᆨ(强忍和色)[145]ᄒᆞ더니,

졔ᄀᆡᆨ(諸客)이 각산귀가(各散歸家)ᄒᆞ고 츄밀(樞密)이 댱원(壯元)으

134) 소활(疎闊): 꼼꼼하지 못하고 어설픔.
135) 악〃(惡惡): 미워하고 한스러워하며 사악함.
136) 읍〃뉴톄(悒悒流涕): 읍읍유체. 슬퍼해 눈물을 흘림.
137) 샤묘(祠廟): 사묘. 조상의 신주(神主)를 모셔 놓은 집. 사당(祠堂).
138) 딘쳔(震天): 진천. 소리가 하늘을 뒤흔들 듯이 울림.
139) ᄇᆡᆨ단(百端): 백단. 여러 가지 방법.
140) 영호발양(英豪發揚): 호방하고, 기운이 떨쳐 일어남.
141) 튱텬댱긔(衝天壯氣): 충천장기. 하늘을 찌를 듯한 굳센 기운.
142) 구곡(九曲): 굽이굽이 서린 창자라는 뜻으로, 깊은 마음속 또는 시름이 쌓인 마음속을 비유적으로 이르는 말. 구곡간장(九曲肝腸).
143) 흥황(興況): 흥미가 있는 상황.
144) ᄉᆞ연(捨然): 사연. 없어짐.
145) 강인화ᄉᆡᆨ(强忍和色): 강인화색. 억지로 참고 온화한 낯빛을 지음.

로 더브러 쵹(燭)을 니어 말숨홀ᄉᆡ, 태부인(太夫人)과 뉴 시(氏) 흐르ᄂᆞᆫ 말숨으로 두

23면

굿기믈 한(限)업시 ᄒᆞᄂᆞᆫ 쳬ᄒᆞ며 구파(寇婆)의 깃거ᄒᆞ믄 혈심(血心)의 바라나니, 이ᄯᅢ 조(曹) 부인(夫人)은 쵹ᄉᆞ(觸事)[146]의 근심이 깁허 ᄋᆞᄌᆞ(兒子)의 등과(登科)ᄒᆞ믈 조곰도 즐기미 업더라.

댱원(壯元)이 명일(明日) 취운산의 나아가 ᄆᆡ져(妹姐)를 보고 금후(-侯) 부〃(夫婦)긔 ᄇᆡ현(拜見)ᄒᆞ려 홀ᄉᆡ, 길히셔 낙양후(--侯)를 만나 신ᄂᆡ(新來)를 블너 ᄌᆞ긔(自己) 집의 가 유희(遊戲)ᄒᆞ기를 날회고[147] 죵용(從容)이 당(堂)의 올나 말숨홀ᄉᆡ, 댱원(壯元)의 쥬슌호치(朱脣皓齒)[148] ᄉᆞ이로 쳡〃(疊疊)ᄒᆞᆫ 언논(言論)이 산협쉬(山峽水ㅣ)[149] 흐르ᄂᆞᆫ ᄃᆞᆺ 슈려상활(秀麗爽闊)[150]ᄒᆞ미 얼프시 뎡뎐흥과 방블(彷彿)ᄒᆞᆫ디라. 뎐 공(公)이 흠찬경복(欽讚敬服)[151]ᄒᆞ고 반일(半日)을 문답(問答)ᄒᆞᄆᆡ 아름다오믈 니긔디 못ᄒᆞ더니,

믄득 금평휘(--侯ㅣ) 샤인(舍人)으로 더브러

24면

니르러시믈 보(報)ᄒᆞ니, 뎐 공(公)이 니러 마ᄌᆞ 한훤필(寒暄畢)[152]의

---

146) 쵹ᄉᆞ(觸事): 촉사. 닿는 일마다.
147) 날회고: 늦추고.
148) 쥬슌호치(朱脣皓齒): 주순호치. 붉은 입술과 흰 이.
149) 산협쉬(山峽水ㅣ): 산속의 큰 골짜기를 흐르는 물.
150) 슈려상활(秀麗爽闊): 수려상활. 빼어나고 시원스러움.
151) 흠찬경복(欽讚敬服): 흠모하고 존경함.
152) 한훤필(寒暄畢): 날씨가 춥고 더운지 등의 인사를 마침.

금휘(-侯ㅣ) 댱원(壯元)을 보고 우어 왈(曰),

"ᄉᆞ원이 녕ᄆᆡ(令妹)와 날을 몬져 ᄎᆞᄌᆞ미 올커놀 쥰셰(俊壻ㅣ)[153] 딘 공(公)을 몬져 보미 올흐냐?"

댱원(壯元)이 공경ᄇᆡ사(恭敬拜謝) 왈(曰),

"쇼ᄉᆡᆼ(小生)이 바야흐로 존부(尊府)의 나아가옵더니 딘 합해(閤下ㅣ) 브르시믈 만나 이곳의 몬져 왓ᄂᆞ이다."

금휘(-侯ㅣ) 딘 공(公)을 도라보아 ᄀᆞᆯ오ᄃᆡ,

"형(兄)이 잡고 보ᄂᆡ디 아니믄 므ᄉᆞᆷ 뜻이뇨?"

딘 공(公)이 답쇼(答笑) 왈(曰),

"우뎨(愚弟) 형(兄)의 ᄋᆡ셔(愛壻)로 더브러 반일(半日) 담화(談話)ᄒᆞᄆᆡ ᄉᆞ랑호오믈 니긔지 못ᄒᆞ여 ᄎᆞ마 노화 보ᄂᆡ지 못ᄒᆞᄂᆞ니, 형(兄)의 ᄐᆡᆨ셔(擇壻) 잘홈과 딜ᄋᆞ(姪兒)의 평ᄉᆡᆼ(平生)이 쾌(快)홀 바를 블워ᄒᆞ노라."

금휘(-侯ㅣ) 쇼왈(笑曰),

"형(兄)은 ᄐᆡᆨ셔(擇壻)ᄒᆞ미 너모 비상(非常)ᄒᆞ므

25면

로 녀ᄋᆞ(女兒)의 혼ᄉᆞ(婚事)를 결단(決斷)치 못ᄒᆞᄂᆞᆫ 줄 쇼뎨(小弟)ᄂᆞᆫ 괴이(怪異)히 넉이[154]노라."

딘 공(公)이 탄왈(嘆曰),

"텬연(天緣)이 뎡(定)ᄒᆞᆫ 곳의 친ᄉᆡ(親事ㅣ) 일녀니와 쇼뎨(小弟) 바라ᄂᆞᆫ 바ᄂᆞᆫ 텬흥과 윤(尹) ᄉᆞ원 ᄀᆞᄐᆞᆫ ᄌᆞ(者)를 원(願)ᄒᆞ나 셰샹(世上)

153) 쥰셰(俊壻): 준서. 사위를 높여 이르는 말.
154) 이: [교] 원문에는 이 글자가 없으나 문맥을 고려해 삽입함.

의 또 엇디 영웅쥰걸(英雄俊傑)이 〃시리오?"

뎡(鄭) 공(公)이 쇼왈(笑曰),

"텬흥은 호방(豪放)훈 우히(兒孩)라 수원을 바라디 못후려니와 형(兄)의 틱셔(擇壻)눈 너모 비범(非凡)후니 엇디 쉬오리오?"

딘 공(公)이 미쇼(微笑) 왈(曰),

"이러므로 구장 민〃(憫憫)[155]후눈 빈라."

쥬긱(主客)이 〃러툿 한담(閑談)후다가 날이 느즈미,

댱원(壯元)이 하딕(下直)을 고(告)후고 금후(-侯)로 더브러 뎡부(鄭府)의 나아가 민져(妹姐)긔 뵈올시, 윤(尹) 부인(夫人)이 뎨남(弟男)의 등과(登科)후믈 영힝(榮幸)후나 야〃(爺爺)의 보디 못후시믈 슬허 남민(男妹)

26면

셔로 디(對)후여 쳑연감상(惕然感傷)[156]후믈 마디아니후고 슌 태부인(太夫人) 고식(姑媳)이 댱원(壯元)의 풍치(風采)를 여어보고 녀우(女兒)의 빵(雙)이 가죽후믈 깃거후나 그 가졍(家庭)의 블평(不平)후믈 탄(歎)후더라.

댱원(壯元)이 〃슥이 머므러 져〃(姐姐)를 보고 금후(-侯)로 말숨후다가 도라가니,

태부인(太夫人)이 금후(-侯)다려 왈(曰),

"노뫼(老母ㅣ) 금일(今日) 윤(尹) 댱원(壯元)을 보니 진실(眞實)노 텬샹낭(天上郞) 굿트여 혜쥬의 빵(雙)이로디 그 가변(家變)을 싱각후

---

155) 민〃(憫憫): 근심함.

156) 쳑연감상(惕然感傷): 척연감상. 서글픈 빛으로 슬퍼함.

면 심신(心身)이 놀나오믈 니긔지 못ᄒᆞᄂᆞ니 길ᄉᆡ(吉事ㅣ) 머디아니〃 손ᄋᆞ(孫兒)의 젼졍(前程)[157]이 엇더ᄒᆞᆯ고, 경〃(煢煢)[158]ᄒᆞᆫ 념녜(念慮ㅣ) 가히업도다.”

금휘(-侯ㅣ) ᄃᆡ왈(對曰),

“만ᄉᆡ(萬事ㅣ) 다 져의 팔ᄌᆞ(八字)의 달녓ᄉᆞ오니 근심ᄒᆞ여 밋디 못ᄒᆞ올디라. 다만 광텬의 위인(爲人)이 셰ᄃᆡ

27면

영걸(世代英傑)이오, 녀ᄋᆡ(女兒ㅣ) 복(福)을 바드며 슈(壽)를 누릴 ᄋᆞᄒᆡ(兒孩)라 쇼ᄌᆞ(小子)ᄂᆞᆫ 져의 복녹긔상(福祿氣像)을 밋ᄂᆞ이다.”

딘 부인(夫人)이 말을 아니ᄒᆞ나 심녜(心慮ㅣ) 비경(非輕)ᄒᆞ더라.

윤(尹) 댱원(壯元)이 삼일유가[159](三日遊街)를 맛고 션산(先山)의 ᄇᆡ알(拜謁)코져 ᄒᆞ나 길일(吉日)이 ᄉᆞ오일(四五日)이 격(隔)ᄒᆞ여시므로 츄밀공(樞密公)이 명(命)ᄒᆞ여 길녜(吉禮) 후(後) 소분(掃墳)[160]ᄒᆞ라 ᄒᆞ니라.

이러구러 길일(吉日)이 다ᄃᆞ르니 츄밀(樞密)이 대연(大宴)을 개장(開張)[161]ᄒᆞ여 신낭(新郎)을 보ᄂᆡ며 신부(新婦)를 마ᄌᆞᆯᄉᆡ

이날 태부인(太夫人)과 뉴 시(氏) ᄉᆞ오나온 거ᄉᆞᆯ ᄀᆞᆷ초고 인ᄌᆞ(仁慈)ᄒᆞᆫ 낫빗ᄎᆞ로 경ᄉᆞ(慶事)를 두굿기고 셕ᄉᆞ(昔事)를 늣겨 빈ᄀᆡᆨ(賓客)을 ᄃᆡ(對)ᄒᆞ여 흔연졉화(欣然接話)[162]ᄒᆞᆯᄉᆡ, 흉인(凶人)의 ᄂᆡ외(內

---

157) 젼졍(前程): 전정. 앞길.
158) 경〃(煢煢): 근심함.
159) 가: [교] 원문에는 ‘과’로 되어 있으나 문맥을 고려해 이와 같이 수정함.
160) 소분(掃墳): 경사로운 일이 있을 때 조상의 산소를 찾아가 돌보고 제사를 지냄.
161) 개장(開張): 넓게 벌여 놓음.
162) 흔연졉화(欣然接話): 흔연접화. 기쁜 낯빛으로 대접해 말함.

外) 다르미 챵졸(倉卒)의 보건듸 타인(他人)은 위 태부인(太夫人)을 ᄀ

28면

장 화슌(和順)ᄒᆞ고 유덕(有德)ᄒᆞᆫ 부인(夫人)으로 알고, 뉴 시(氏)ᄂᆞᆫ 인ᄌᆞ온공(仁慈溫恭)[163]ᄒᆞᆫ 사ᄅᆞᆷ으로 아더라. 조(曹) 부인(夫人)은 비록 ᄋᆞᄌᆞ(兒子)의 혼취(婚娶)나 연셕(宴席)의 나디 아냐 방듕(房中)의셔 빈ᄀᆡᆨ(賓客)을 마ᄌᆞ 셕ᄉᆞ(昔事)를 슬허 비챵(悲愴)[164]ᄒᆞ믈 마디아니ᄒᆞ니 졔ᄀᆡᆨ(諸客)이 ᄯᅩᄒᆞᆫ 츄연위로(惆然慰勞)ᄒᆞ더니,

날이 느ᄌᆞᄆᆡ 공(公)이 신낭(新郎)을 다리고 ᄂᆡ당(內堂)의 드러와 길복(吉服)을 닙혀 뎐안ᄒᆡᆼ녜(奠雁行禮)[165]ᄒᆞᄂᆞᆫ 습의(習儀)를 ᄒᆞ니, 샤인(舍人)의 옥면호풍(玉面豪風)[166]이 더옥 ᄉᆡ로와 텬일디표(天日之表)[167]와 뇽봉ᄌᆞ질(龍鳳資質)[168]이 긔특(奇特)ᄒᆞ니 빈ᄀᆡᆨ(賓客)이 경찬(競讚)[169]ᄒᆞ더라.

샤인(舍人)이 조모(祖母)와 ᄌᆞ위(慈闈)긔 하딕(下直)ᄒᆞ고 허다(許多) 위의(威儀)를 거ᄂᆞ려 취운산의 나아갈ᄉᆡ, 뎡부(鄭府)의셔 대연(大宴)을 진셜(陳設)[170]ᄒᆞ고 신낭(新郎)을 마줄ᄉᆡ ᄂᆡ외(內外)

29면

163) 인ᄌᆞ온공(仁慈溫恭): 인자온공. 어질고 공손함.
164) 비챵(悲愴): 마음이 몹시 슬픔.
165) 뎐안ᄒᆡᆼ녜(奠雁行禮): 전안행례. 기러기를 올리고 예식을 행함.
166) 옥면호풍(玉面豪風): 옥처럼 아름다운 얼굴에 호방한 풍채.
167) 텬일지표(天日之表): 천일지표. 사해(四海)에 군림할 인상(人相). 곧 임금의 인상을 이르는 말.
168) 뇽봉ᄌᆞ질(龍鳳資質): 용봉자질. 용과 봉황과 같은 바탕.
169) 경찬(競讚): 다투어 칭찬함.
170) 진셜(陳設): 진설. 연회나 의식(儀式)에 쓰는 물건을 차려 놓음.

빈긱(賓客)이 운집(雲集)ᄒᆞ여 금후(-侯)와 태부인(太夫人)긔 치하(致賀ㅣ) 분〃(紛紛)ᄒᆞ고, 딘 부인(夫人)이 녀부(女婦)를 거ᄂᆞ려 좌(座)의 나니 월광(月光)이 찬난(燦爛)ᄒᆞ여 청듕(廳中)의 됴요(照耀)ᄒᆞ더라.

날이 느ᄌᆞ믹 쇼져(小姐)를 단장(丹粧)ᄒᆞ여 청듕(廳中)의셔 습녜(習禮)홀식, 그 광휘염광(光輝艷光)[171]이 동일(東日)이 쳐음으로 부상(扶桑)[172]의 오로며 팔칙미우(八彩眉宇)[173]의 셩ᄌᆞ긔믹(聖姿奇脈)[174]을 니어 슉덕셩힝(淑德盛行)[175]이 어릐여 견ᄌᆞ(見者)로 ᄒᆞ여곰 혀를 두로고 춤이 마를 ᄃᆞᆺᄒᆞ여 태부인(太夫人)의 한(限)업시 두굿겨 홈과 금평후(--侯) 부뷔(夫婦ㅣ) 만면츈풍(滿面春風)이 흡연(洽然)[176]ᄒᆞ여 웃는 입을 쥬리지 못ᄒᆞ더라.

이윽고 신낭(新郎)이 니르러 옥상(玉牀)의 홍안(鴻鴈)[177]을 젼(奠)ᄒᆞ고 텬디(天地)긔 녜(禮)를 맛ᄎᆞ믹, 뎡(鄭) 샤인(舍人) 닌흥이 읍양(揖讓)ᄒᆞ여 좌(座)의 들식 금평

30면

휘 그 션풍옥골(仙風玉骨)을 쳐음 보미 아니로ᄃᆡ 금일(今日) 보믹는 더옥 아름다오믈 니긔디 못ᄒᆞ여 손을 잡아 ᄉᆞ랑ᄒᆞ미 ᄋᆞ들의 감(減)치 아니ᄒᆞ고, 홀연(忽然) 셕ᄉᆞ(昔事)를 싱각ᄒᆞ여 명쳔공(--公)의 보디

---

171) 광휘염광(光輝艷光): 빛나는 자태.
172) 부상(扶桑): 해가 뜨는 동쪽 바다.
173) 팔칙미우(八彩眉宇): 팔채미우. 여덟 빛깔이 나는 눈썹. 팔채는 여덟 빛깔의 눈썹이라는 뜻으로, 제왕의 얼굴을 찬미하는 말임. 중국 고대 요(堯) 임금의 눈썹에 여덟 가지 색채가 있었다는 데서 유래함. 여기에서는 정혜주 눈썹의 아름다움을 형용한 말로 쓰임.
174) 셩ᄌᆞ긔믹(聖資氣脈): 성자기맥. 성인의 자질과 기운.
175) 슉덕셩힝(淑德盛行): 숙덕성행. 착한 덕과 훌륭한 행실.
176) 흡연(洽然): 흡족한 모양.
177) 홍안(鴻鴈): 큰 기러기와 작은 기러기. 혼례 때, 신랑이 신붓집에 가지고 가서 상 위에 놓고 절할 때 쓰는 기러기. 산 기러기를 쓰기도 하나, 대개 나무로 만든 것을 씀.

못ᄒᆞᆷ을 탄(歎)ᄒᆞ여 골오ᄃᆡ,

"윤(尹)·뎡(鄭) 냥(兩) 문(門)이 겹〃이 ᄌᆞ녀(子女)를 밧고아 ᄌᆞ별(自別)ᄒᆞᆫ 졍의(情誼)[178]ᄂᆞᆫ 가지록 더으ᄃᆡ 나의 비쳑(悲慽)[179]ᄒᆞᄆᆞᆫ 명쳔 형(兄)이 경ᄉᆞ(慶事)를 ᄒᆞᆫ가지 보디 못ᄒᆞᆷ을 ᄋᆡ돌나 ᄒᆞᄂᆞ니, 길셕(吉席)을 님(臨)ᄒᆞ여 고ᄉᆞ(古事)를 ᄉᆡᆼ각ᄒᆞᄆᆡ 츄감(追感)[180]ᄒᆞ노라."

신낭(新郎)이 옥면화풍(玉面和風)의 슬프미 가득ᄒᆞ여 와잠농미(臥蠶龍眉)[181]의 슈운(愁雲)이 명〃(冥冥)[182]ᄒᆞ고, 단봉냥안(丹鳳兩眼)[183]의 취틔(醉態) 어ᄅᆡ니 좌우(左右ㅣ) 다 감동(感動)ᄒᆞ여 윤(尹)공(公)을 아던 ᄌᆞᄂᆞᆫ 다 낫빗출 곳치고 금평후(--侯)의게 쾌셔(快壻)어드

31면

믈 하례(賀禮)ᄒᆞ니, 금휘(-侯ㅣ) 흔연(欣然) ᄉᆞ샤(謝辭) 왈(曰),

"셔랑(壻郎)은 복(僕)[184]의게 외람(猥濫)ᄒᆞᆫ ᄉᆞ회라, 녈위(列位) 일ᄏᆞᄅᆞ시믈 샤양(辭讓)치 아니ᄒᆞᄂᆞ이다."

좌ᄀᆡᆨ(座客)이 듀인(主人)의 즐기믈 인(因)ᄒᆞ여 ᄯᅩᄒᆞᆫ 연ᄎᆞ(宴次)[185]의 쾌(快)ᄒᆞᆷ을 마디아니ᄒᆞ고 날이 늣고 도라갈 길히 먼디라 신부(新婦)의 샹교(上轎)를 ᄌᆡ쵹ᄒᆞᆯᄉᆡ, 금휘(-侯ㅣ) 드러와 녀ᄋᆞ(女兒)를 보ᄂᆡ

---

178) 졍의(情誼): 정의. 서로 사귀어 친하여진 정.
179) 비쳑(悲慽): 비척. 슬퍼함.
180) 츄감(追感): 추감. 옛일을 생각하고 슬퍼함.
181) 와잠농미(臥蠶龍眉): 와잠용미. 와잠은 잠자는 누에 같다는 뜻으로, 길고 굽은 눈썹을 이르는 말이고 용미는 양쪽 끝이 길게 치올라 가는 모양의 눈썹을 이름.
182) 명〃(冥冥): 아득하고 그윽함.
183) 단봉냥안(丹鳳兩眼): 단혈(丹穴)의 봉황 같은 두 눈. 봉안은 봉황의 눈같이 가늘고 길며 눈초리가 위로 째지고 붉은 기운이 있는 눈.
184) 복(僕): 남자가 자기를 낮추어 부르는 말.
185) 연ᄎᆞ(宴次): 연차. 잔치 자리.

미 윤(尹) 부인(夫人)이 쇼고(小姑)와 훈가지로 가 모친(母親)을 보옵고져 후나 감(敢)히 지추(至此)[186]의 청(請)치 못후고 금휘(-侯ㅣ) 주부(子婦)를 보아 니르듸,

"현뷔(賢婦ㅣ) 녀우(女兒)로 더브러 옥누항의 가 녀우(女兒)의 힝네(行禮)를 보고 즐기미 맛당후듸 오히려 츄풍(秋風)이 삽〃(颯颯)[187]후여 상(傷)홀가 보닉디 못후누니, 현뷔(賢婦ㅣ) 반두시 결연(缺然)[188]후여 후리로다."

윤(尹) 부인(夫人)이

32면

오직 공슈(拱手)[189]후여 듯주올 쑨이오 말숨이 업수니, 딘 부인(夫人)이 녀우(女兒)를 경계(警戒)후여 보닐시 금휘(-侯ㅣ) 어로만져 골오듸,

"녀주유힝(女子有行)은 원부모형데(遠父母兄弟)[190]라, 추별(此別)이 어나 사룸의게 업수리오? 효봉구고(孝奉舅姑)[191]후고 승슌군주(承順君子)[192]후여 맛춤닉 어진 일홈을 어드라."

태부인(太夫人)은 노인(老人)의 심식(心思ㅣ) 버히는 둣후여 디란(芝蘭)[193] ᄀᆞ튼 숀녀(孫女)로뼈 위틱(危殆)훈 가듕(家中)의 보닉는 정

---

186) 지추(至此): 지차. 이에 이름.
187) 삽〃(颯颯): 바람이 몸으로 느끼기에 쌀쌀함.
188) 결연(缺然): 무엇이 빠진 듯 서운함.
189) 공슈(拱手): 공수. 절을 하거나 웃어른을 모실 때, 두 손을 앞으로 모아 포개어 잡음. 또는 그런 자세. 남자는 왼손을 오른손 위에 놓고, 여자는 오른손을 왼손 위에 놓음.
190) 녀주유힝(女子有行)은 원부모형데(遠父母兄弟): 여자유행은 원부모형제. 여자가 신행을 하면 부모와 형제에게서 멀어짐. 여자가 혼인을 하면 친정 부모와 형제에게서 멀어질 수밖에 없음을 이름. 『시경』, "패풍(邶風)"의 <천수(泉水)>에 나오는 표현.
191) 효봉구고(孝奉舅姑): 시부모를 효성으로 받듦.
192) 승슌군주(承順君子): 승순군자. 남편의 뜻을 순종해 받듦.
193) 디란(芝蘭): 지란. 지초(芝草)와 난초(蘭草)를 아울러 이르는 말로, 높고 맑은 재질을 비유적으

(情)이 챵연(愴然)[194] ᄒᆞ니 눈믈을 금(禁)치 못ᄒᆞᄂᆞ디라, 평휘(-侯ㅣ) 과도(過度)ᄒᆞ시믈 간(諫)ᄒᆞ고 쇼졔(小姐ㅣ) 존당(尊堂) 부모(父母)긔 하딕(下直)고 화교(畵轎)[195]의 드니,

샤인(舍人)이 슌금쇄약(純金鎖鑰)[196]을 가져 문(門)을 즘으고 샹마(上馬)ᄒᆞ여 본부(本府)로 도라오니, 허다(許多) 요ᄀᆡᆨ(繞客)[197]이 대로(大路)의 덥헛고 ᄉᆡᆼ소고악(笙簫鼓樂)[198]이 훤텬(喧天)[199]ᄒᆞ여,

ᄒᆡᆼ(行)ᄒᆞ여 옥누

33면

항의 다ᄃᆞ르니, 녜관(禮官)이 샹명(上命)을 밧드러 명셩슉녈문(明聖淑烈門)을 놉히고 연셕(宴席)의 참예(參預)ᄒᆞ니 영광(榮光)이 셰ᄃᆡ(世代)의 무쌍(無雙)ᄒᆞ더라

쳥듕(廳中)의 금년ᄎᆡ화셕(金蓮彩畵席)[200]과 긔린쵹(麒麟燭)이 휘황(輝煌)ᄒᆞᆫᄃᆡ 부〃(夫婦) 냥(兩) 신인(新人)이 합근[201]교ᄇᆡ(合巹交拜)[202]를 맛고 금슈션(錦繡扇)을 반개(半開)ᄒᆞ니, 신낭(新郎)의 뇽봉긔딜(龍鳳器質)과 신부(新婦)의 일월염광(日月艶光)[203]이 셔로 바ᄋᆡ여 남풍녀뫼(男風女貌ㅣ) 발월(發越)[204]ᄒᆞ니 텬뎡일ᄃᆡ(天定一對)[205]

로 이르는 말.

194) 챵연(愴然): 창연. 슬퍼하는 모양.

195) 화교(畵轎): 채색 가마.

196) 슌금쇄약(純金鎖鑰): 순금쇄약. 순금으로 만든 자물쇠.

197) 요ᄀᆡᆨ(繞客): 요객. 혼인 때에 가족 중에서 신랑이나 신부를 데리고 가는 사람.

198) ᄉᆡᆼ소고악(笙簫鼓樂): 생소고악. 생황(笙篁)과 통소, 북 등의 악기.

199) 훤텬(喧天): 훤천. 천지에 떠들썩함.

200) 금년ᄎᆡ화셕(金蓮彩畵席): 금련채화석. 여러 가지 색깔로 금빛 연꽃과 꽃무늬를 놓아서 짠 돗자리.

201) 근: [교] 원문에는 '증'으로 되어 있으나 문맥을 고려해 이와 같이 수정함.

202) 합근교ᄇᆡ(合巹交拜): 합근교배. 전통 혼례에서, 신랑 신부가 서로 잔을 주고받으며, 맞절을 하는 의례.

203) 일월염광(日月艶光): 해와 달처럼 밝은 자태.

러라.

녜파(禮罷)의 신뷔(新婦ㅣ) 단장(丹粧)을 곳쳐 폐빅(幣帛)을 밧드러 태부인(太夫人)긔 헌(獻)홀식, 조(曹) 부인(夫人)은 좌(座)의 나디 아녀 태부인(太夫人)긔 빅현(拜見)훈 후(後) 바로 샤묘(祠廟)의 현알(見謁)ᄒᆞ라 ᄒᆞ고 방듕(房中)을 나지 아니니, 츄밀(樞密)이 권(勸)ᄒᆞ여 '모친(母親)과 ᄒᆞᆫ가지로 폐빅(幣帛)을 바드쇼

34면

셔.' ᄒᆞ니, 조(曹) 부인(夫人)이 마디못ᄒᆞ여 좌(座)의 나니 비회(悲懷) 더옥 ᄉᆡ롭더라.

신뷔(新婦ㅣ) 조뉼(棗栗)을 밧드러 태부인(太夫人)긔 나올식 치봉(彩鳳) ᄀᆞᄐᆞᆫ 엇게의 홍금슈젹의(紅錦繡翟衣)[206]를 닙고 셤〃셰요(纖纖細腰)[207]의 ᄌᆞ금슈라상(紫錦繡羅裳)[208]을 착(着)ᄒᆞ여시니, 쳥텬(晴天)의 반월(半月)이 빗겻는 ᄃᆞᆺ 쳔연(天然)ᄒᆞᆫ 셩덕(盛德)이 미우(眉宇)의 현츌(顯出)ᄒᆞ고, 싁〃ᄒᆞ고 어리로온 틱되(態度ㅣ) 텬고무빵(千古無雙)이러라. 힝신법되(行身法度ㅣ)[209] 관일신듕(貫一愼重)[210]ᄒᆞ여 규합(閨閤)의 공밍(孔孟)[211]이오 녀듕군왕(女中君王)이라. 듕빈(衆賓)이 칭션(稱善)[212]ᄒᆞ여 조(曹) 부인(夫人)긔 치히(致賀ㅣ) 분〃(紛紛)ᄒᆞ더라. 조(曹) 부인(夫人)은 신부(新婦)를 보나 션군(先君)의 보디

---

204) 발월(發越): 용모가 깨끗하고 훤칠함.
205) 텬뎡일딕(天定一對): 천정일대. 하늘이 정해 준 한 쌍.
206) 홍금슈젹의(紅錦繡翟衣): 홍금수적의. 붉은 비단에 청색의 꿩을 수놓아 만든 옷.
207) 셤〃셰요(纖纖細腰): 섬섬세요. 가냘픈 허리.
208) ᄌᆞ금슈라상(紫錦繡羅裳): 자금수라상. 비췻빛 비단에 수놓아 만든 치마.
209) 힝신법되(行身法度ㅣ): 행신법도. 몸가짐과 법도.
210) 관일신듕(貫一愼重): 관일신중. 한결같고 조심스러움.
211) 공밍(孔孟): 공맹. 유학의 성현인 공자(孔子)와 맹자(孟子)를 아울러 이르는 말.
212) 칭션(稱善): 칭선. 착한 것을 칭찬함.

못ᄒᆞ믈 슬허ᄒᆞ고 ᄋᆞᄌᆞ(兒子)의 ᄇᆡ위(配偶ㅣ) ᄀᆞᄌᆞᆨᄒᆞ믈 만심환희(滿心歡喜)ᄒᆞ더라.

ᄎᆞ시(此時) 위 태부인(太夫人)과 뉴 시(氏)ᄂᆞᆫ 신

35면

부(新婦)를 보ᄆᆡ 더옥 분한(憤恨)ᄒᆞ여 흉듕(胸中)의 니검(利劍)을 픔엇더라.

츄밀(樞密)이 신부(新婦)를 보ᄆᆡ 대희과망(大喜過望)[213]ᄒᆞ여 슈〃(嫂嫂)긔 하례(賀禮)ᄒᆞ니 조(曹) 부인(夫人)이 톄루(涕淚) ᄃᆡ왈(對曰),

"쳡(妾)의 명완(命頑)[214]ᄒᆞ미 텬붕디통(天崩之痛)[215]의 셜우믈 능(能)히 견ᄃᆡ여 광ᄋᆞ(-兒)의 닙신셩취(立身成娶)[216]ᄒᆞᄂᆞᆫ 경ᄉᆞ(慶事)를 당(當)ᄒᆞ오니, 블혜박덕(不慧薄德)[217]으로 디금(只今)가지 누리고 션군(先君)은 능(能)히 ᄌᆞ녀(子女)의 혼취(婚娶)를 보디 못ᄒᆞ시니 인ᄉᆞ(人事)의 괴이(怪異)ᄒᆞ믈 슬허ᄒᆞ오나 신부(新婦)의 비상특이(非常特異)ᄒᆞ오믄 소망(所望)의 과의(過矣)라 영ᄒᆡᆼ(榮幸)ᄒᆞ믈 니긔디 못ᄒᆞᄂᆞ이다."

공(公)이 즉시(卽時) 샤인(舍人)을 블너 부뷔(夫婦ㅣ) ᄡᅡᆼ(雙)으로 샤묘(祠廟)의 현셩(見省)[218]ᄒᆞ니, 샤인(舍人)이 부공(父公) 샤묘(祠廟)의 다ᄃᆞ라ᄂᆞᆫ 실셩오읍(失聲嗚泣)[219]ᄒᆞ니, 신뷔(新婦ㅣ) 인심(人心)

---

213) 대희과망(大喜過望): 바란 것보다 넘쳐 매우 기뻐함.
214) 명완(命頑): 목숨이 모짊.
215) 텬붕디통(天崩之痛): 천붕지통. 하늘이 무너지는 것 같은 아픔이라는 뜻으로, 제왕이나 아버지, 남편의 죽음을 당한 슬픔을 이르는 말.
216) 닙신셩취(立身成娶): 입신성취. 과거에 급제하고 아내를 얻음.
217) 블혜박덕(不慧薄德): 불혜박덕. 슬기롭지 못하고 덕이 부족함.
218) 현셩(見省): 현성. 뵙고 살핌.
219) 실셩오읍(失聲嗚泣): 실성오읍. 목이 쉬도록 슬피 욺.

의 츄연(惆然)ᄒᆞ믈 마지

36면

아니ᄒᆞ고 공(公)이 비뤼(悲淚ㅣ) 쥬줄ᄒᆞ여[220] 감창(感愴)ᄒᆞ믈 마디아니ᄒᆞ더라.

셕양(夕陽)의 파연(罷宴)[221]ᄒᆞ여 제빈(諸賓)이 각산기가(各散其家)ᄒᆞᄆᆡ,

신부(新婦) 슉소(宿所)를 ᄎᆡ봉각의 뎡(定)ᄒᆞ여 보ᄂᆡ고 샤인(舍人)을 경계(警戒)ᄒᆞ여 신방(新房)을 뷔오디 말고 슉녀(淑女)를 공경(恭敬)ᄒᆞ라 ᄒᆞ니, 샤인(舍人)이 슈명ᄇᆡ샤(受命拜謝)ᄒᆞ고 야심(夜深)ᄒᆞᄆᆡ 계부(季父)를 뫼셔 외헌(外軒)의 나와 취침(就寢)ᄒᆞ신 후(後),

날호여 신방(新房)의 니르니, 쇼졔(小姐ㅣ) 니러 마ᄌᆞ 좌뎡(坐定)ᄒᆞᄆᆡ 츄파셩모(秋波星眸)[222]의 각별(恪別)ᄒᆞᆫ ᄌᆡ덕(才德)이 절승(絕勝)ᄒᆞ니 샤인(舍人)이 심하(心下)의 환열(歡悅)ᄒᆞ여 혜오ᄃᆡ,

'나 ᄉᆞ원이 부모(父母)의 ᄉᆡᆼ휵지은(生慉之恩)[223]으로 ᄌᆡ긔(才氣) 하등(下等)이[224] 아니오, 평ᄉᆡᆼ(平生) 슉녀(淑女)를 오ᄆᆡᄉᆞ복(寤寐思服)[225]ᄒᆞ더니, 이졔 뎡(鄭) 시(氏)의 긔특(奇特)ᄒᆞ믄 나의 소원(所願)이라. 내

---

220) 쥬줄ᄒᆞ여: 줄줄 흘러.
221) 파연(罷宴): 잔치를 마침.
222) 츄파셩모(秋波星眸): 추파성모. 가을 물결 같은 눈에 별 같은 눈동자.
223) ᄉᆡᆼ휵지은(生慉之恩): 생휵지은. 낳아서 길러 준 은혜.
224) 하등이: [교] 원문에는 이 뒤에 '하등이'가 있으나 부연으로 보아 삭제함.
225) 오ᄆᆡᄉᆞ복(寤寐思服): 오매사복. 자나 깨나 생각함. 『시경(詩經)』, <관저(關雎)>에 "얌전한 숙녀를 밤낮으로 구하도다. 구해도 얻지 못해 밤낮으로 생각하도다. 窈窕淑女, 寤寐求之. 求之不得, 寤寐思服."이라는 구절이 나옴.

37면

엄안(嚴顔)을 아디 못ᄒᆞ므로 평ᄉᆡᆼ(平生) 슬프믈 ᄌᆞ쳐(自處)ᄒᆞ더니, 오날날을 당(當)ᄒᆞ니 엇디 통박(痛迫)[226]지 아니리오.'

이에 두어 됴(條) 말숨을 여러 왈(曰),

"ᄉᆡᆼ(生)은 ᄌᆡ박(才薄)[227]ᄒᆞ고 용우박녈(庸愚薄劣)[228]ᄒᆞ거늘 악댱(岳丈)의 ᄉᆞ랑ᄒᆞ시는 은혜(恩惠) 강보(襁褓)의 동상(東床)[229]을 뎡(定)ᄒᆞ샤 ᄒᆡᆼ빙(行聘)[230]ᄒᆞ미 냥개(兩家ㅣ) 길월(吉月)만 등ᄃᆡ(等待)[231]ᄒᆞ고 그ᄉᆞ이 ᄉᆞ괴(事故ㅣ) 이실 줄은 아디 못ᄒᆞ엿더니, ᄌᆞ(子ㅣ) 간션(簡選)[232]의 참예(參預)ᄒᆞ여 〃상명졀(如霜名節)[233]이 텬의(天意)를 감동(感動)ᄒᆞ고 어필(御筆)노 졍문포댱(旌門褒奬)[234]ᄒᆞ시는 은영(恩榮)이 계시니 녀ᄌᆞ(女子)의 엇기 어려온 영광(榮光)이라. 금누옥궐(金樓玉闕)의 부귀(富貴)를 폐(廢)ᄒᆞ고 ᄉᆡᆼ(生)을 위(爲)ᄒᆞ여 졀(節)을 완젼(完全)ᄒᆞ니 ᄉᆡᆼ(生)이 그윽이 감샤(感謝)ᄒᆞ거니와 혹(或) 박복블민(薄福不敏)[235]ᄒᆞ미 슉녀(淑女)를 져바릴가 두

---

226) 통박(痛迫): 마음이 몹시 절박함.
227) ᄌᆡ박(才薄): 재박. 재주가 부족함.
228) 용우박녈(庸愚薄劣): 용우박렬. 어리석고 졸렬함.
229) 동상(東床): 사위. 중국 진(晉)나라의 태위 극감이 사윗감을 고르는데 왕도(王導)의 집 동쪽 평상 위에 엎드려 음식을 먹고 있는 왕희지(王羲之)를 골랐다는 고사에서 온 말.
230) ᄒᆡᆼ빙(行聘): 행빙. 빙례를 행함. 빙례는 빙물을 받는 예. 빙물은 결혼할 때 신랑이 신부의 친정에 주던 재물.
231) 등ᄃᆡ(等待): 등대. 미리 준비하고 기다림.
232) 간션(簡選): 간선. 황제, 태자, 황녀의 배우자를 선택함.
233) 〃상명졀(如霜名節): 여상명절. 서릿발처럼 절개를 드러냄.
234) 졍문포댱(旌門褒奬): 정문포장. 정문을 세워 칭찬하여 장려함. 정문은 충신, 효자, 열녀 들을 표창하기 위하여 그 집 앞에 세우던 붉은 문.
235) 박복블민(薄福不敏): 박복불민. 덕이 부족하고 행동이 민첩하지 않음.

38면

리노라."

쇼제(小姐ㅣ) 슈용뎡금(收容整襟)[236] ᄒᆞ여 믁연브답(默然不答) ᄒᆞ니 쳔연(天然)ᄒᆞᆫ 위의(威儀) 츄텬명월(秋天明月)이 상풍(霜風)[237]을 ᄯᅴ여심 ᄀᆞᆺᄐᆞ니, 샤인(舍人)이 쳔고영걸(千古英傑)노 호ᄉᆡᆨ(好色)ᄒᆞᄂᆞᆫ ᄆᆞ옴이 〃시ᄃᆡ, 가ᄂᆡ(家內)의 변괴(變故ㅣ) 층쳡(層疊)[238] ᄒᆞ니 흥황(興況)[239]이 ᄉᆞ연(捨然)ᄒᆞ나 ᄯᅳᆺ인즉 슉녀미ᄉᆡᆨ(淑女美色)으로 집을 메오고져 ᄒᆞᄂᆞᆫ디라, 이에 쵹(燭)을 믈니고 쇼져(小姐)를 븟드러 상요(床-)의 나아가니 견권디졍(繾綣之情)[240]이 하ᄒᆡ(河海) ᄀᆞᆺ더라.

구패(寇婆ㅣ) 신부(新婦)의 텬향아딜(天香雅質)[241]과 쇄락(灑落)ᄒᆞᆫ 용모를 흠찬(欽讚)[242] ᄒᆞ고 샤인(舍人)의 ᄇᆡ우(配偶) 이ᄀᆞᆺ치 특이(特異)ᄒᆞ믈 블승흔열(不勝欣悅)[243] ᄒᆞ여 신방(新房)을 규시(窺視)ᄒᆞᄆᆡ 부〃(夫婦)의 은졍(恩情)을 가(可)히 알더라. 이에 조(曹) 부인(夫人)긔 ᄎᆞ언(此言)을 젼(傳)ᄒᆞ고 아름다오믈 니긔지 못ᄒᆞ니, 부인(夫人)이

39면

ᄯᅩᄒᆞᆫ 두굿겨ᄒᆞ나 가듕ᄉᆞ(家中事)를 두려 근심이 방하(放下)[244]치 못ᄒᆞ고 녀ᄋᆞ(女兒)를 그리ᄂᆞᆫ 회푀(懷抱ㅣ) 간졀(懇切)ᄒᆞ나 딘 부인(夫

236) 슈용뎡금(收容整襟): 수용정금. 용모를 가다듬고 옷깃을 정돈함.
237) 상풍(霜風): 서릿바람.
238) 층쳡(層疊): 층첩. 계속해 일어남.
239) 흥황(興況): 흥미 있는 상황.
240) 견권디졍(繾綣之情): 견권지정. 마음속에 굳게 맺혀 잊히지 않는 정.
241) 텬향아딜(天香雅質): 천향아질. 좋은 향기와 전아한 바탕.
242) 흠찬(欽讚): 흠모하여 칭찬함.
243) 블승흔열(不勝欣悅): 불승흔열. 기뻐하는 마음을 이기지 못함.
244) 방하(放下): 마음을 놓음.

人)긔 귀령(歸寧)[245]을 쳥(請)치 못ᄒᆞ고 모녀(母女)의 결연(缺然)ᄒᆞᆫ ᄉᆞ졍(私情)을 니긔지 못ᄒᆞ더라.

명됴(明朝)의 신뷔(新婦ㅣ) 존당(尊堂) 구고(舅姑)긔 신셩(晨省)[246] ᄒᆞ니 조(曹) 부인(夫人)은 볼ᄉᆞ록 두굿기믈 니긔디 못ᄒᆞ나, 태부인(太夫人) 고식(姑息)은 볼ᄉᆞ록 가ᄉᆞᆷ이 벌덕이고 분(憤)이 쒸노라 평일(平日) 조(曹) 부인(夫人) 삼모ᄌᆞ(三母子)와 뎡텬흥 부인(夫人)만 ᄒᆡ(害)코져 ᄒᆞ더니 도금(到今)[247]ᄒᆞ여ᄂᆞᆫ 뎡(鄭) 시(氏)를 죽이고져 ᄒᆞ미 착급(着急)[248]ᄒᆞᄃᆡ 암ᄒᆡ(暗害)[249]코져 ᄒᆞ므로 오히려 빗출 낫토지 아니ᄒᆞ더라.

샤인(舍人)이 혼녜(婚禮) 후(後) 묘소(墓所)의 쇼분(掃墳) 갈ᄉᆡ 슈십여(數十餘) 일(日)의 항쥐(杭州) 니르러, 션묘(先墓)의 ᄇᆡ현(拜見)

40면

ᄒᆞ고 부친(父親) 묘소(墓所)의 현셩(見省)[250]ᄒᆞ미, 탄셩읍혈(呑聲泣血)[251]ᄒᆞ여 광슈(廣袖)를 젹시니 좌우(左右) 시ᄌᆡ(侍者ㅣ) 위(爲)ᄒᆞ여 감창(感愴)[252]ᄒᆞ더라.

여러 날이 되미 환가(還家)ᄒᆞ여 도라오니 ᄉᆡ로온 비회(悲懷) 듕쳡(重疊)ᄒᆞ더라.

뎡(鄭) 쇼졔(小姐ㅣ) 인(因)ᄒᆞ여 구가(舅家)의 머므러 효봉구고(孝

245) 귀령(歸寧): 귀녕. 시집간 딸이 친정에 가서 부모를 뵘.
246) 신셩(晨省): 신성. 아침 일찍 부모의 침소에 가서 밤사이의 안부를 살피는 일.
247) 도금(到今): 지금에 이름.
248) 착급(着急): 매우 급함.
249) 암ᄒᆡ(暗害): 암해. 몰래 해침.
250) 현셩(見省): 현성. 뵙고 살핌.
251) 탄셩읍혈(呑聲泣血): 탄성읍혈. 소리를 삼키고 피눈물을 흘림.
252) 감창(感愴): 느껴 슬퍼함.

奉舅姑)ᄒᆞ니 츌뉴(出類)ᄒᆞᆫ 셩힝(性行)과 ᄉᆞ덕(四德)[253]이 규각(閨閣)의 슉녜(淑女ㅣ)라, 쳥현검소(淸賢儉素)[254]ᄒᆞᆫ 말ᄉᆞᆷ과 비약겸공(卑弱謙恭)[255]ᄒᆞᆫ 힝ᄉᆡ(行使ㅣ) 진션진미(盡善盡美)ᄒᆞ여 빵안(雙眼)을 낫초고 잉슌(櫻脣)을 다〃 무ᄉᆞ무려(無思無慮)[256]ᄒᆞᆫ ᄃᆞᆺ 스ᄉᆞ로 ᄌᆡ덕(才德)을 낫토디 아니나 현심슉덕(賢心淑德)[257]이 ᄀᆞ족ᄒᆞ고 웃고 말ᄉᆞᆷᄒᆞᄆᆡ 일만(一萬) 화신(花神)이 닷토아 츈양(春陽)의 웃ᄂᆞᆫ ᄃᆞᆺ 오ᄎᆡ녕농(五彩玲瓏)ᄒᆞ니,

조(曹) 부인(夫人)의 만심귀듕(滿心貴重)[258]ᄒᆞ미 샤인(舍人)의게 지〃 아니ᄒᆞ고, 공(公)이 ᄌᆞᄋᆡ(慈愛) 각별(恪別)ᄒᆞ

41면

여 구슉지의(舅叔之義)[259] 엄구(嚴舅)의 지〃 아냐 어로만져 무ᄋᆡ(撫愛)ᄒᆞ고 웃ᄂᆞᆫ 입을 주리지 못ᄒᆞ더라. 구패(寇婆ㅣ) ᄯᅩᄒᆞᆫ 황홀(恍惚)ᄒᆞᆫ ᄉᆞ랑이 비(比)ᄒᆞᆯ 곳이 업ᄉᆞ나, 위·뉴의 흉심(凶心)은 쳐음은 ᄉᆞ랑ᄒᆞᄂᆞᆫ 체ᄒᆞ더니 졈〃(漸漸) 슈삭(數朔)이 되ᄆᆡ 작심(作心)이 엇디 오ᄅᆡ리오. ᄉᆡ호지심(豺虎之心)[260]으로뼈 니ᄅᆞᄃᆡ,

"뎡(鄭) 시(氏) 구가(舅家)를 능멸(凌蔑)[261]ᄒᆞ고 블인(不仁)ᄒᆞᆫ 고모(姑母)와 동심(同心)ᄒᆞ여 조모(祖母)를 원망(怨望)ᄒᆞᆫ다."

---

253) ᄉᆞ덕(四德): 사덕. 여자로서 갖추어야 할 네 가지 덕. 마음씨[婦德], 말씨[婦言], 맵시[婦容], 솜씨[婦功]를 이름.
254) 쳥현검소(淸賢儉素): 청현검소. 어질고 검소함.
255) 비약겸공(卑弱謙恭): 자신을 낮추고 겸손함.
256) 무ᄉᆞ무려(無思無慮): 무사무려. 생각하는 것도 없고 염려하는 것도 없음.
257) 현심슉덕(賢心淑德): 현심숙덕. 어진 마음과 착한 덕.
258) 만심귀듕(滿心貴重): 만심귀중. 온 마음으로 귀하고 소중하게 여김.
259) 구슉지의(舅叔之義): 구숙지의. 숙부의 의리.
260) ᄉᆡ호지심(豺虎之心): 시호지심. 승냥이와 호랑이처럼 사나운 마음.
261) 능멸(凌蔑): 업신여기어 깔봄.

ᄒᆞ여 블측(不測)[262] ᄒᆞᆫ 거죄(擧措ㅣ) 층츌(層出)[263] ᄒᆞ고 됴셕(朝夕) 식반(食盤)을 업시 ᄒᆞ여 괴이(怪異)ᄒᆞᆫ ᄌᆡ강[264]과 측ᄒᆞᆫ[265] ᄆᆡᆨ듁(麥粥)을 주니, 뎡(鄭) 쇼졔(小姐ㅣ) ᄉᆡᆼ어부귀(生於富貴)ᄒᆞ고 댱어호치(長於豪侈)[266] ᄒᆞ여 존당(尊堂) 부뫼(父母ㅣ) 만금무ᄋᆡ(萬金撫愛)ᄒᆞ여 사ᄅᆞᆷ이 ᄌᆞ긔(自己)를 향(向)ᄒᆞ여 블평(不平)ᄒᆞᆫ 소ᄅᆡ ᄒᆞ믈 듯지 못ᄒᆞ고 상

42면

시(常時) 옥식진찬(玉食珍饌)[267]을 념(厭)ᄒᆞ던 바로 ᄌᆡ강 ᄆᆡᆨ듁(麥粥)을 ᄉᆞᆱ의나 보아시리오마는 셩혼(成婚) 슈삭(數朔)의 간고험난(艱苦險難)[268]이 〃 ᄀᆞᆺᄐᆞ여 무고(無故)ᄒᆞᆫ 호령(號令)과 무죄(無罪)ᄒᆞᆫ 즐칙(叱責)이 년면(連綿)[269] ᄒᆞ니, 두리온 ᄆᆞ음이 여림박빙(如臨薄氷)[270] ᄒᆞᄃᆡ 사ᄅᆞᆷ되오미 텬디(天地)로 방블(彷彿)ᄒᆞ여 하ᄒᆡ지량(河海之量)[271]이라, 츈풍화긔(春風和氣)로 존당(尊堂) 즐칙(叱責)을 당(當)ᄒᆞ나 온슌화열(溫純和悅)[272]이 샤죄(謝罪)ᄒᆞ고 쳔연(天然) 나즉ᄒᆞ미 젼후(前後) ᄒᆞᆫ가지오, ᄌᆡ강, ᄆᆡᆨ듁(麥粥)을 블식(不食)ᄒᆞ미 업셔 비위(脾胃) 거ᄉᆞ리나 강인(强忍)ᄒᆞ여 먹기를 일삼으ᄃᆡ 유모(乳母) 시ᄋᆞ(侍兒) 등(等)이 원망(怨望)ᄒᆞ믈 마디아니〃, 쇼졔(小姐ㅣ) 유랑(乳娘)을 엄칙(嚴責)[273] ᄒᆞ여 감(敢)히 원언(怨言)을 발(發)치 못ᄒᆞ게 ᄒᆞ니 그

---

262) 블측(不測): 불측. 생각이나 행동 따위가 괘씸하고 엉큼함.
263) 층츌(層出): 층출. 계속 생김.
264) ᄌᆡ강: 재강. 술을 거르고 남은 찌끼.
265) 측ᄒᆞᆫ: 불쾌한.
266) 댱어호치(長於豪侈): 장어호치. 사치스러운 곳에서 자람.
267) 옥식진찬(玉食珍饌): 맛있는 밥과 반찬.
268) 간고험난(艱苦險難): 어렵고 힘듦.
269) 년면(連綿): 연면. 계속 이어짐.
270) 여림박빙(如臨薄氷): 마치 얇은 얼음을 디디는 것 같음.
271) 하ᄒᆡ지량(河海之量): 하해지량. 하수와 바다처럼 넓은 도량.
272) 온슌화열(溫純和悅): 온순화열. 온순하고 부드러움.

덕힝(德行)의 엄쥰(嚴峻)[274] ᄒᆞ미 이 ᄀᆞᆺ더라.

조(曹) 부인(夫人)이

43면

당시(當時)ᄒᆞ여는 ᄌᆞ긔(自己) 신셰(身世)의 괴로오믄 닛치이고, 식부(息婦)의 블평(不平)ᄒᆞ고 간초(艱楚)[275] ᄒᆞᆫ 졍경(情景)[276]을 년익(憐哀)[277] ᄒᆞ여 고식(姑息)의 졍(情)이 모녀(母女)의 감(減)치 아냐, 구파(寇婆)로 ᄒᆞ여곰 궁극(窮極)히 진찬화미(珍饌華味)[278]를 간신(艱辛)이 장만ᄒᆞ여 틈을 타 쇼져(小姐)를 ᄌᆞ긔(自己) 침소(寢所)로 블너 어로만져 무익(撫愛)ᄒᆞ며 진미(珍味)를 권(勸)ᄒᆞ여 댱위(腸胃)[279]를 눅이며, 가듕형셰(家中形勢)를 혜아리ᄆᆡ 슬픈 한(恨)을 니긔지 못ᄒᆞ니 뎡(鄭) 쇼졔(小姐ㅣ) 존고(尊姑)의 무익지졍(撫愛之情)을 황공감샤(惶恐感謝)ᄒᆞ고 가듕(家中) 참〃(慘慘)[280] ᄒᆞᆫ 곡경(曲境)[281]이 무궁(無窮)ᄒᆞ믈 보ᄆᆡ 디극(至極)ᄒᆞᆫ 효심(孝心)의 졀인(絕人)ᄒᆞᆫ 근심이 가득ᄒᆞ여 ᄌᆞ긔(自己) 괴로오믈 ᄭᆡᄃᆞᆺ지 못ᄒᆞ더니, 이졔 도로혀 존괴(尊姑ㅣ) ᄌᆞ긔(自己)를 유렴(留念)ᄒᆞ여 이ᄃᆡ도록 ᄒᆞ시믈 블승

273) 엄칙(嚴責): 엄책. 엄히 꾸짖음.
274) 엄쥰(嚴峻): 엄준. 엄격하고 매서움.
275) 간초(艱楚): 힘들고 괴로움.
276) 졍경(情景): 정경. 사람이 처하여 있는 모습이나 형편.
277) 년익(憐哀): 연애. 불쌍히 여기고 슬퍼함.
278) 진찬화미(珍饌華味): 맛있는 음식.
279) 댱위(腸胃): 장위. 위(胃)와 창자를 아울러 이르는 말.
280) 참〃(慘慘): 참혹함.
281) 곡경(曲境): 몹시 힘들고 어려운 지경.

44면

감은(不勝感恩)[282]ᄒᆞ여 이의 브복(俯伏) 쥬왈(奏曰),

"ᄋᆞᄒᆡ(兒孩) 비박지질(卑薄之質)[283]노 만ᄉᆡ(萬事ㅣ) 블초(不肖)ᄒᆞ옵거놀 존문(尊門) 용되(用度ㅣ)[284] 군핍(窘乏)[285]ᄒᆞ여 핍졀(乏絕)[286]ᄒᆞ미 잇ᄉᆞᆸᄂᆞᆫ디라, 쇼년ᄇᆡ(少年輩) ᄌᆡ강, ᄆᆡᆨ듁(麥粥)이 죡(足)ᄒᆞ온디라, 아ᄒᆡ(兒孩) 엇지 아ᄉᆞ(餓死)ᄒᆞᆯ ᄇᆡ 잇ᄉᆞ리잇고? 복망(伏望) 존고(尊姑)ᄂᆞᆫ 믈녀(勿慮)ᄒᆞ쇼셔."

부인(夫人)이 ᄀᆞᆯ오ᄃᆡ[287],

"현뷔(賢婦ㅣ) 귀골(貴骨)의 조강(糟糠)[288]의 간고험난(艱苦險難)을 결단(決斷)코 못 견ᄃᆡ리니 모로미 ᄌᆞ보디도(自保之道)[289]를 각별(恪別)이 ᄒᆞ여 날노 하여곰 참통(慘痛)[290]ᄒᆞᄂᆞᆫ 념녀(念慮)를 덜게 ᄒᆞ라."

쇼졔(小姐ㅣ) ᄌᆡᄇᆡᄉᆞ사(再拜謝辭)ᄒᆞ고 주시ᄂᆞᆫ 바 화미진찬(華味珍饌)을 슬흔 ᄲᅵ라도 슌〃(順順)이 감식(甘食)[291]ᄒᆞᄂᆞᆫ디라. 조(曹) 부인(夫人)이 구파(寇婆)로 더브러 비복(婢僕) 등(等)의게 구〃(區區)히 부탁(付託)ᄒᆞ나 위·뉘 모로게 진찬(珍饌)을 장만ᄒᆞ여 식부(息婦)를

45면

보호(保護)ᄒᆞ여 아ᄉᆞ(餓死)ᄒᆞᆯ가 두리니 기졍(其情)이 쳐의(悽矣)[292]

---

282) 블승감은(不勝感恩): 불승감은. 은혜에 감격하는 마음을 이기지 못함.
283) 비박지질(卑薄之質): 격이 낮고 박한 자질.
284) 용되(用度ㅣ): 돈이나 물건 혹은 마음 따위를 쓰는 형편. 또는 그런 정도나 수량.
285) 군핍(窘乏): 필요한 것이 없거나 모자라 군색하고 아쉬움.
286) 핍졀(乏絕): 핍절. 공급이 끊어져 아주 없어짐.
287) ᄀᆞᆯ오ᄃᆡ: [교] 원문에는 이 글자들이 없으나 문맥을 고려해 삽입함.
288) 조강(糟糠): 지게미와 쌀겨라는 뜻으로, 가난한 사람이 먹는 변변치 못한 음식(飮食)을 이르는 말.
289) ᄌᆞ보디도(自保之道): 자보지도. 스스로 몸을 보호하는 방법.
290) 참통(慘痛): 참혹한 아픔.
291) 감식(甘食): 달게 먹음.

러라.

윤(尹) 샤인(舍人)이 딕임(職任)의 나아가미 튱졀명힝(忠節名行)[293]이 됴야(朝野)의 드레고[294] 표치풍광(標致風光)[295]은 만됴(滿朝)의 소스나니, 인〃(人人)이 공경(恭敬)ᄒᆞ여 져마다 션싱(先生)이라 칭(稱)ᄒᆞ고 텬툥(天寵)[296]이 늉〃(融融)[297]ᄒᆞ샤 태ᄌᆞ(太子) 제왕(諸王)과 일반(一般)이라. 샤인(舍人)이 더옥 셩은(聖恩)을 감툭(感祝)ᄒᆞ여 딘튱갈녁(盡忠竭力)[298]ᄒᆞ니, 닙됴(入朝) 삼(三) 삭(朔)의 쳥현아망(淸賢雅望)[299]이 ᄉᆞ류(士類)의 츄앙(推仰)ᄒᆞᄂᆞᆫ 비 되여 별호(別號)를 쳥문 션싱(先生)이라 ᄒᆞ더라.

익셜(益說). 뎡남대원슈(征南大元帥) 삼도도춍병마대도독(三道都總兵馬大都督) 뎡텬흥이 삼만(三萬) 졍병(精兵)과 십(十) 원(員) 명댱(名將)을 거ᄂᆞ려 텬ᄌᆞ(天子)의 툭단빅댱(築壇拜將)[300]ᄒᆞᄂᆞᆫ 툥(寵)을 닙으며 ᄌᆞ원츌뎡(自願出征)ᄒᆞ여 호〃탕〃(浩浩蕩蕩)[301]이

46면

힝(行)ᄒᆞ니, 빅모황월(白旄黃鉞)[302]과 도창검극(刀槍劍戟)[303]이 날빗

---

292) 쳐의(悽矣); 처의. 처량함.
293) 튱졀명힝(忠節名行): 충절명행. 출성과 절개로 이름난 행실.
294) 드레고: 떠들썩하고.
295) 표치풍광(標致風光): 아름다운 얼굴과 빛나는 풍채.
296) 텬툥(天寵): 천총. 임금의 총애.
297) 늉〃(融融): 융융. 매우 두터움.
298) 딘튱갈녁(盡忠竭力): 진충갈력. 충성을 다하고 힘을 다함.
299) 쳥현아망(淸賢雅望): 청현아망. 맑고 어질어 생긴 훌륭한 인망.
300) 툭단빅댱(築壇拜將): 축단배장. 단을 쌓아 장수를 임명함. 임금이 현명하고 능력 있는 장수를 중시함을 상징함. 『한서(漢書)』, 「고제기(高帝紀) 상(上)」에 한왕 유방이 한신을 대장군으로 임명하고 단을 쌓아 두터운 의식을 거행했다는 일이 전함.
301) 호〃탕〃(浩浩蕩蕩): 기세 있고 힘참.
302) 빅모황월(白旄黃鉞): 백모황월. 털이 긴 쇠꼬리를 장대 끝에 매달아 놓은 기(旗)와 황금으로 장식한 도끼.
303) 도창검극(刀槍劍戟): 칼과 창.

촐 ᄀ리오고, 원슈(元帥)의 쇄락(灑落)ᄒᆞᆫ 풍뉴신광(風流身光)이 일노(一路)의 휘황(輝煌)ᄒᆞ니, 졔댱(諸將)이 흔〃열복(欣欣悅服)[304]ᄒᆞ여 원슈(元帥)를 바라미 젹ᄌᆡ(赤子ㅣ)[305] ᄌᆞ모(慈母) 바람 ᄀᆞᆺ고, ᄒᆞᆫ번(一番) 녕(令)이 나면 못 밋촐 ᄃᆞᆺᄒᆞ여 두리미 군신(君臣) ᄀᆞᆺᄐᆞ니 진듕(陣中)의 살육(殺戮)이 업고 형벌(刑罰)을 ᄡᅳ디 아니ᄒᆞ나 부원슈(副元帥)로브터 말좌(末座) 군졸(軍卒)의 니르히 위엄(威嚴)을 두리고 덕화(德化)를 감격(感激)ᄒᆞ니, ᄒᆡᆼ군긔뉼(行軍紀律)[306]이 뎡졔엄슉(整齊嚴肅)[307]ᄒᆞ여 쇼과군현(所過郡縣)[308]의 츄호(秋毫)를 블범(不犯)ᄒᆞ니 계견(鷄犬)이 놀나지 아니ᄒᆞ고 초목(草木)이 상(傷)치 아니ᄒᆞ니, ᄇᆡᆨ셩(百姓) 부뢰(父老ㅣ) 숑덕(頌德)ᄒᆞᄂᆞᆫ 소ᄅᆡ 먼니 들니〃 쥬현(州縣) ᄌᆞᄉᆡ(刺史ㅣ) 황〃디영(遑遑祇迎)[309]ᄒᆞᄃᆡ, 원쉬(元帥ㅣ) 녕(令)

47면

ᄒᆞ여 각읍(各邑)의 영숑(迎送)을 금(禁)ᄒᆞ고 쳥검졀ᄎᆞ(淸儉切磋)[310]ᄒᆞᆫ 덕(德)이 가ᄌᆞᆨᄒᆞ니, 쳐〃(處處) 쥬현(州縣)으로브터 ᄇᆡᆨ셩(百姓)이 흔〃심복(欣欣心服)[311]ᄒᆞ여 칭찬(稱讚)ᄒᆞ믈 마지아니터라.

ᄒᆡᆼ(行)ᄒᆞ여 젼당(錢塘)의 님(臨)ᄒᆞ여ᄂᆞᆫ 풍셰(風勢) 블슌(不順)ᄒᆞ여 대군(大軍)이 ᄇᆡ로 건너기 어려오니 졀도ᄉᆞ(節度使) 오슌이 고왈(告曰),

"젼당강(錢塘江)을 건너ᄂᆞᆫ ᄯᅢᄂᆞᆫ 우마(牛馬)를 죽여 제(祭)ᄒᆞ여 월

---

304) 흔〃열복(欣欣悅服): 기쁜 마음으로 복종함.
305) 젹ᄌᆡ(赤子): 적자. 갓난아이.
306) ᄒᆡᆼ군긔뉼(行軍紀律): 행군기율. 군대가 대열을 지어 먼 거리를 이동할 때의 질서.
307) 뎡졔엄슉(整齊嚴肅): 정제엄숙. 가지런하고 엄숙함.
308) 쇼과군현(所過郡縣): 소과군현. 군대가 지날 때의 군과 현 같은 고을.
309) 황〃디영(遑遑祇迎): 황황지영. 정신없이 맞이함.
310) 쳥검졀ᄎᆞ(淸儉切磋): 청검절차. 검소하고 스스로 갈고 닦음.
311) 흔〃심복(欣欣心服): 기쁜 마음으로 복종함.

강(越江)ᄒᆞᄂᆞ니 블연(不然)즉 건너지 못ᄒᆞ리이다."

ᄒᆞ니, 원슈(元帥ㅣ) 뎡ᄉᆡᆨ(正色) 왈(曰),

"슈신(水神)이 간ᄃᆡ로 사ᄅᆞᆷ을 ᄒᆡ(害)ᄒᆞᆯ ᄇᆡ 아니오, 사ᄅᆞᆷ이 왕ᄂᆡ(往來)ᄒᆞᆯ 적마다 죽여 제(祭)ᄒᆞᄂᆞᆫ 버르시 ᄀᆞ장 블가(不可)ᄒᆞ니 션인(船人)은 무지(無知)ᄒᆞ여 츅졔(祝祭)를 쳥(請)ᄒᆞ나 졀도ᄉᆞ(節度使)의 댱긔(壯氣)로 젼당(錢塘) 조고만 슈신(水神)을 두리미 가쇼(可笑)로와 ᄒᆞ노라."

언

48면

파(言罷)의 션인(船人)을 호령(號令)ᄒᆞ여 대군(大軍)이 여러 쳑[312](隻) ᄇᆡ를 잡아 일시(一時)의 승션(乘船)ᄒᆞ여 믈을 건너라 ᄒᆞᆯᄉᆡ, 믄득 광풍(狂風)이 대작(大作)ᄒᆞ고 운뮈(雲霧ㅣ) ᄉᆞᄉᆡᆨ(四塞)[313]ᄒᆞ여 ᄇᆡᆨ일(白日)이 ᄀᆞᆷ초이고 경ᄀᆡᆨ(頃刻)의 칠야(漆夜)[314] ᄀᆞᆺᄐᆞ여 지쳑(咫尺)을 분변(分辨)치 못ᄒᆞ고 벽녁(霹靂)과 번개 여러 션듕(船中)이 대란(大亂)ᄒᆞ여 쥬즙(舟楫)[315]이 거의 업칠 ᄃᆞᆺᄒᆞᄂᆞᆫ 바의 ᄉᆞ졸(士卒)이 져마다 경황(驚惶)[316]ᄒᆞ여 슐기를 츅원(祝願)ᄒᆞ며 바ᄅᆞᆷ이 급(急)ᄒᆞ여 믈결이 ᄇᆡ 우희 치닷기를 ᄌᆞ로 ᄒᆞ니, 션듕(船中) 만군댱졸(萬軍將卒)이 다 쇽슈(束手)[317]ᄒᆞ여 경구(驚懼)[318]치 아니리 업ᄉᆞᄃᆡ 뎡(鄭) 원슈(元帥ㅣ) 침연위좌(沈然危坐)[319]ᄒᆞ여 ᄉᆞᄉᆡᆨ(辭色)을 블변(不變)ᄒᆞ더니,

312) 쳑: [교] 원문에는 '칙'으로 되어 있으나 문맥을 고려해 이와 같이 수정함.
313) ᄉᆞᄉᆡᆨ(四塞): 사색. 사방이 가득함.
314) 칠야(漆夜): 아주 캄캄한 밤.
315) 쥬즙(舟楫): 주즙. 배와 삿대라는 뜻으로, 배 전체를 이르는 말.
316) 경황(驚惶): 놀라고 두려워함.
317) 쇽슈(束手): 속수. 손을 묶은 것처럼 어찌할 도리가 없어 꼼짝 못 함.
318) 경구(驚懼): 놀라고 두려워함.

이ᄋᆞᆨ고 흉(凶)ᄒᆞᆫ 야ᄎᆡ(夜叉ㅣ)[320] 두어시 몸을 반(半)은 슈듕(水中)의 두고 반(半)은 션창(船窓)의 걸쳐 벽

49면

녁(霹靂)ᄀᆞᆺ치 소ᄅᆡ를 지르니 경ᄀᆡᆨ(頃刻)의 업칠 ᄃᆞᆺᄒᆞᆫ디라. 제인(諸人)이 일시(一時)의 ᄭᆞ러 무죄(無罪)ᄒᆞ믈 일ᄏᆞ라 술기를 빌며 허겁(虛怯)[321]ᄒᆞᆫ 뉴(類)ᄂᆞᆫ 다 긔절(氣絕)ᄒᆞ여 것구러지ᄂᆞᆫ디라. 원쉬(元帥ㅣ) 부원슈(副元帥)와 좌우(左右) 션봉(先鋒)을 겻ᄐᆡ 안치고 경동(驚動)치 말나 ᄒᆞ며 야ᄎᆡ(夜叉ㅣ)를 향(向)ᄒᆞ여 쇼ᄅᆡ를 엄(嚴)히 ᄒᆞ여,

"흉(凶)ᄒᆞᆫ 쇼튝(小畜)[322]이 사ᄅᆞᆷ을 ᄃᆡ(對)ᄒᆞ여 젼당강(錢塘江)을 왕ᄂᆡ(往來)ᄒᆞᄂᆞᆫ ᄒᆡᆼ인(行人)의 우마(牛馬)를 죽여 제(祭)를 바드미 규례(規例)[323]로 알거니와 대군(大軍)이 월강(越江)ᄒᆞᄆᆡ 므ᄉᆞᆷ 튝제(祝祭)ᄒᆞ여 업튝(業畜)[324]을 두리〃오? 슈듕(水中) ᄋᆞᆺ듬 농신(龍神)을 ᄌᆞᆺ쳐 상시(常時) 왕ᄂᆡ인(往來人) ᄒᆡ(害)ᄒᆞ믈 업게 ᄒᆞ리라."

언필(言畢)의 쥬필(朱筆)을 드러 부작(符籍)[325]을 ᄡᅧ 소화(消火)ᄒᆞ니, 야ᄎᆡ(夜叉ㅣ) 바야흐로 사ᄅᆞᆷ을 ᄒᆡ(害)코져 ᄒᆞ다가 원슈(元帥)

50면

의 소ᄅᆡ를 듯고 경황(驚惶)ᄒᆞ여 ᄌᆞ시 살피ᄆᆡ 과연(果然) 텬신(天神)

---

319) 침연위좌(沈然危坐): 묵묵히 몸을 바르게 하고 앉음.
320) 야ᄎᆡ(夜叉ㅣ): 야차. 모질고 사나운 귀신(鬼神)의 하나. 두억시니.
321) 허겁(虛怯): 마음이 실하지 못하여 겁이 많음.
322) 쇼튝(小畜): 소축. 작은 짐승.
323) 규례(規例): 법규와 상례.
324) 업튝(業畜): 업축. 전생에 지은 죄로 인하여 이승에 태어난 짐승.
325) 부작(符籍): 부적. 잡귀를 쫓고 재앙을 물리치기 위하여 붉은색으로 글씨를 쓰거나 그림을 그려 몸에 지니거나 집에 붙이는 종이.

이 하강(下降)ᄒᆞ엿ᄂᆞᆫ디라. 좌우(左右)로 셩신(星辰)이 호위(護衛)ᄒᆞ고 농신(龍神)이 셔려시니 텬샹(天上) 셩신(星辰)이믈 엇디 몰나보리오. 야ᄎᆡ(夜叉ㅣ) 죽은 ᄃᆞ시 션창(船窓)의 걸쳣더니, 이윽고 뇌졍(雷霆)이 텬디(天地) 진동(震動)ᄒᆞ니 듕인(衆人)이 낫출 ᄀᆞ리와 황〃(遑遑)홀ᄉᆡ, 일진(一陣) 벽녁(霹靂)이 일시(一時)의 야ᄎᆡ(夜叉ㅣ)를 분쇄(粉碎)ᄒᆞ고 블덩이 강슈(江水)로 드리닷더니 괴이(怪異)ᄒᆞᆫ 소ᄅᆡ 텬디(天地)를 움ᄌᆞᆨ이니 강쉬(江水ㅣ) 뒤이져 슈신(水神)이 만히 죽으믈 알디라. 이윽고 운뮈(雲霧ㅣ) 거드며 ᄇᆡᆨ일(白日)이 듕텬(中天)의 한가(閑暇)ᄒᆞ여 바ᄅᆞᆷ이 슌(順)ᄒᆞ며 션듕(船中)이 안온(安穩)[326]ᄒᆞ니, 여러 ᄇᆡ 사ᄅᆞᆷ이 ᄒᆞ나토 상(傷)ᄒᆞ니 업셔 일ᄒᆡᆼ(一行) 션듕인(船中人)이 다 원슈(元帥)긔 고두샤은(叩頭謝恩)[327]ᄒᆞ고 무ᄉᆞ(無事)히 월강(越江)

51면

ᄒᆞ믈 치하(致賀)ᄒᆞ니 원쉬(元帥ㅣ) 왈(曰),

"이 굿ᄐᆞ여 나의 ᄌᆡ죄(才操ㅣ) 아니어니와 원ᄂᆡ(元來) 조고만 슈신(水神)을 두릴 ᄇᆡ 아니어ᄂᆞᆯ 댱졸(將卒)이 〃ᄀᆺ치 겁(怯)ᄒᆞ니 흉봉(凶鋒)[328]을 당(當)키 어렵도다."

ᄒᆞ더라.

임의 젼당강(錢塘江)을 무ᄉᆞ(無事)히 건너 대군(大軍)이 믈미ᄃᆞᆺ 운남(雲南)의 나아가, 월후간(越侯間)[329]의 ᄎᆡᄎᆡᆨ(寨柵)[330]을 뎡(定)ᄒᆞ고

---

326) 안온(安穩): 날씨가 바람이 없고 따뜻함.
327) 고두샤은(叩頭謝恩): 고두사은. 머리를 두드려 은혜에 감사함.
328) 흉봉(凶鋒): 흉한 칼끝.
329) 월후간(越侯間): 순식간에.
330) ᄎᆡᄎᆡᆨ(寨柵): 채책. 통나무 따위를 이어 박아 세운 목책(木柵). 또는 목책을 세워 구축한 진지(陣地).

몬져 격셔(檄書)를 날니〃,

ᄎᆞ시(此時) 운남왕(雲南王) 목딘평이 슈하(手下)의 댱ᄉᆡ(將士ㅣ) 구름 ᄀᆞᆺ고, 대댱(大將) 뉵비달과 션봉(先鋒) 농무긔 풍우(風雨)를 브르며 귀신(鬼神)을 졔어(制御)ᄒᆞ고 만인뎍(萬人敵)[331]이 〃시니, 목왕(-王)이 툥ᄋᆡ(寵愛)ᄒᆞ여 남만지셰(南蠻地勢)를 탈취(奪取)코져 ᄒᆞ여 댱ᄉᆞ(將士)를 거ᄂᆞ려 호〃탕〃(浩浩蕩蕩)이 황셩(皇城)을 엿볼 ᄯᅳᆺ이 급(急)ᄒᆞ더니,

믄득 텬됴(天朝)의셔 발병(發兵)ᄒᆞ여 대원슈(大元帥ㅣ) 군ᄉᆞ(軍士)를 모라오믈 듯고, 쳬

52면

탐(諦探)[332]ᄒᆞ여 원슈(元帥) 이하(以下)의 ᄒᆡᆼ군긔뉼(行軍紀律)을 알나 ᄒᆞ니, 탐군(探軍)이 쳥녕(聽令)ᄒᆞ여 젼당강(錢塘江)의 니르러 디셰(地勢)를 ᄉᆞᆯ피고 도라와 소유(所由)를 고(告)ᄒᆞᆯᄉᆡ, 젼당강(錢塘江)의 님(臨)ᄒᆞ여 슈신(水神)을 죽이고 튝졔(祝祭)ᄒᆞ미 업시 무ᄉᆞ(無事)히 월강(越江)ᄒᆞ믈 니르고, 그 년긔(年紀) 십칠(十七) 셰(歲)믈 일〃(一一)히 드러 본딘(本陣)의 고(告)ᄒᆞ니 목왕(-王)이 쇼왈(笑曰),

"숑(宋)이 사ᄅᆞᆷ 업ᄉᆞ믈 알니라. 십칠(十七) 셰(歲) 황구쇼ᄋᆡ(黃口小兒ㅣ)[333] 쳔병(天兵)을 거ᄂᆞ려 만니ᄉᆡ외(萬里塞外)의 보ᄂᆡ리오? 그 얼골이 고으믄 미약(微弱)ᄒᆞᆫ 쇼년(少年)의 녜ᄉᆡ(例事ㅣ)오, 젼당강(錢塘江) 슈신(水神)이 죽으믄 맛ᄎᆞᆷ 텬벌(天罰)을 닙으미니 굿ᄐᆞ여 명텬

331) 만인뎍(萬人敵): 만인적. 혼자서 많은 적과 대항할 만한 지혜와 용기를 갖춘 사람.
332) 쳬탐(諦探): 체탐. 적의 형편이나 지형 따위를 정찰하고 탐색함.
333) 황구쇼ᄋᆡ(黃口小兒): 황구소아. 부리가 누런 새 새끼 같은 어린아이라는 뜻으로, 철없이 미숙한 사람을 낮잡아 이르는 말.

흥의 ᄌᆡ죄(才操ㅣ)리오?"

뎡언간(停言間)의 숑딘(宋陣) 격셰(檄書ㅣ) 니르니, 왕(王)의 군신(君臣)이 모다 볼ᄉᆡ 몬져 필획(筆劃)이 농ᄉᆡ(龍蛇ㅣ) 찬난(燦爛)ᄒᆞ여

53면

단봉(丹鳳)[334]이 춤추ᄂᆞᆫ ᄃᆞᆺᄒᆞᆫ디라. 격셔(檄書)의 ᄀᆞᆯ와시ᄃᆡ,

'대숑(大宋) 병부상셔(兵部尙書) 대ᄉᆞ마(大司馬) 농두각(龍圖閣) 태ᄒᆞᆨᄉᆞ(太學士) 남뎡대원슈(南征大元帥) 삼도도춍병(三道都摠兵) 뎡모(鄭某)ᄂᆞᆫ 셔(書)ᄒᆞ노라. 희(噫)라 유텬디(有天地) 연후(然後)의 군신유의(君臣有義) 부ᄌᆞ유친(父子有親)이 만고강상(萬古綱常)의 즁의(重矣)니, 금(今)의 셩텬ᄌᆡ(聖天子ㅣ) 교홰(敎化ㅣ) ᄃᆡ힝(大行)ᄒᆞᆯᄉᆡ 사이번국(四夷蕃國)[335]이[336] 귀슌(歸順)[337]치 아니리 업고, 셩덕(聖德)이 ᄃᆞᆺ터오샤 텬하(天下) 만방(萬邦)이 머리를 두ᄃᆞ려 덕화(德化)를 감열(感悅)[338]ᄒᆞ고 남풍(南風)의 시(詩)[339]를 읇흐니 국태민안(國泰民安)[340]ᄒᆞ여 오ᄅᆡ 병혁(兵革)을 바렷더니, 이제 운남(雲南)이 역텬무도(逆天無道)[341]ᄒᆞ여 대국(大國) 셤기믈 폐(廢)ᄒᆞ고 감(敢)히 텬위(天

334) 단봉(丹鳳): 단혈에 사는 봉황. 『산해경(山海經)』, 「남산경(南山經)」에 "단혈의 산에……새가 사는데 그 모양은 닭과 같고 오색 무늬가 있으니, 이름을 봉황이라고 한다. 丹穴之山……有鳥焉, 其狀如雞, 五采而文, 名曰鳳皇."라 하였음.

335) 사이번국(四夷蕃國): 사방의 오랑캐 나라.

336) 만고강상의-사이번국이: [교] 원문에는 없으나 문맥을 고려해 박순호본(6:16-17)을 따름.

337) 귀슌(歸順): 귀순. 적이었던 사람이 스스로 돌아서서 복종하거나 순종함.

338) 감열(感悅): 감격하여 기뻐함.

339) 남풍(南風)의 시(詩): 중국 고대 순(舜)임금이 백성이 잘 살기를 기원하며 부른 노래. 남풍가(南風歌). 순임금이 오현금(五絃琴)을 처음으로 만들어 남풍가(南風歌)를 지어 부르면서 "훈훈한 남쪽 바람이여, 우리 백성의 수심을 풀어 주기를. 제때에 부는 남풍이여, 우리 백성의 재산을 늘려 주기를. 南風之薰兮, 可以解吾民之慍兮. 南風之時兮, 可以阜吾民之財兮."이라고 했다는 고사가 전함. 『예기(禮記)』, 「악기(樂記)」.

340) 국태민안(國泰民安): 나라가 태평하고 백성이 편안함.

341) 역텬무도(逆天無道): 역천무도. 하늘의 뜻을 거역해 지켜야 할 도리에 어긋나 막된 짓을 함.

威)를 범(犯)ᄒᆞ니, 텬ᄌᆞ(天子ㅣ) 딘노(震怒)[342]ᄒᆞ샤 삼만(三萬) 정병(精兵)과 십(十) 원(員) 대댱(大將)으로ᄡᅧ 남국(南國)을 문죄(問罪)ᄒᆞ라 ᄒᆞ시니, 오슈브ᄌᆡ(吾雖不才)[343]나 남국(南國) 군ᄉᆞ(軍士)를 두릴 ᄇᆡ 아니로ᄃᆡ 보텬지하(普天之下ㅣ) 막비왕토(莫非王土)오 솔토

54면

지빈(率土之濱)이 막비왕신(莫非王臣)[344]이라, 어나 ᄯᅡ히 대국(大國) 토디(土地) 아니며 어나 ᄇᆡᆨ셩(百姓)이 우리 숑됴(宋朝) 신민(臣民)이 아니리오. 왕(王)을 위(爲)ᄒᆞ미 아니라 우리 셩샹(聖上)의 억만ᄉᆡᆼ녕(億萬生靈)[345]이 ᄒᆞᆫ낫 블인(不仁)의 왕(王)을 위(爲)ᄒᆞ여 옥셕(玉石)이 구분(俱焚)[346]ᄒᆞ고 어육(魚肉)이 될 바를 참연(慘然)ᄒᆞ여 몬져 격셔(檄書)를 젼(傳)ᄒᆞ나니, 곳치미 귀(貴)타 ᄒᆞ믄 셩교(聖敎)의 허(許)ᄒᆞ신 ᄇᆡ라, 남왕(南王)이 일즉 그르미 이시나 개과쳔션(改過遷善)ᄒᆞ여 다시 텬됴(天朝)를 셤겨 군신대의(君臣大義)를 상(傷)히오디 아니ᄒᆞ고 셩문(城門)을 여러 대군(大軍)을 마ᄌᆞ면 남국(南國) ᄉᆡᆼ민(生民)을 일(一) 인(人)도 상(傷)히오디 아니려니와 블인디심(不仁之心)으로 항거(抗拒)코져 ᄒᆞᆫ즉 ᄒᆞᆫ ᄡᅡ홈의 셩(城)을 함몰(陷沒)ᄒᆞ리니, ᄇᆡᆨ년왕낙(百年王樂)[347]을 속졀업시 일

342) 딘노(震怒): 진노. 존엄한 존재가 크게 노함.

343) 오슈브ᄌᆡ(吾雖不才): 오수부재. 내가 비록 재주가 없으나.

344) 보텬지히(普天之下ㅣ)-막비왕신(莫非王臣): 보천지하 막비왕토요 솔토지빈이 막비왕신. 온 하늘 밑이 왕의 땅 아닌 곳이 없고, 온 영토 안에 사는 사람들이 왕의 신하 아닌 사람이 없음. 『맹자(孟子)』, 「만장(萬章) 상(上)」에 나오는 구절임.

345) 억만ᄉᆡᆼ녕(億萬生靈): 억만생령. 매우 많은 백성.

346) 구분(俱焚): 다 불탐.

347) ᄇᆡᆨ년왕낙(百年王樂): 백년왕락. 백 년 동안 왕실을 유지하며 즐김.

55면

허 종묘(宗廟)를 소화(燒火)ᄒᆞ고 슈족(手足)과 머리 젼장(戰場)의 바리일 거시니 그 니ᄒᆡ득실(利害得失)이 엇더ᄒᆞ뇨? ᄡᅡ호며 아니 ᄡᅡ호믄 왕(王)의 ᄯᅳᆺ의 이시니 타일(他日) 뉘웃디 말나.'

ᄒᆞ엿더라.

목왕(-王)이 간필(看畢)[348]의 대로(大怒)ᄒᆞ여 글을 믯쳐[349] 왈(曰),

"황구쇼ᄋᆡ(黃口小兒ㅣ) 감(敢)히 날을 업슈히 넉여 이ᄃᆡ도록 무례(無禮)ᄒᆞ리오? 뉘 능(能)히 나를 위(爲)ᄒᆞ여 뎡텬흥을 잡아 진듕(陣中)의 호령(號令)ᄒᆞᆯ고?"

대댱(大將) 뉵비달이 츌반듀왈(出班奏曰)[350],

"신(臣)이 대왕(大王)의 툥우(寵遇)[351]ᄒᆞ신 대은(大恩)을 갑숩디 못ᄒᆞ오니 일디병(一枝兵)[352]을 빌니시면 송댱(宋將)을 버히고 송국(宋國)을 멸(滅)ᄒᆞ여 뎐하(殿下)로 ᄒᆞ여곰 만(萬) 니(里) 강산(江山)을 두시게 ᄒᆞ리이다."

왕(王)이 깃거 그 튱의(忠義)를 일ᄏᆞᆺ고 군(軍)을 니르혀 우명일(又明日) 졉젼(接戰)ᄒᆞ믈 통(通)

56면

ᄒᆞ니, 승상(丞相) 목녹은 왕(王)의 딜ᄌᆞ(姪子ㅣ)라, 나아와 듀왈(奏曰),

"뎐하(殿下)ᄂᆞᆫ 뎡텬흥의 년쇼(年少)ᄒᆞ믈 경이(輕易)히 넉이디 마르

---

348) 간필(看畢): 다 봄.
349) 믯쳐: '찢어'의 뜻으로 보이나 미상임.
350) 츌반듀왈(出班奏曰): 출반주왈. 여러 신하 가운데 특별히 혼자 나아가 임금에게 아룀.
351) 툥우(寵遇): 총우. 귀여워하고 사랑하여 특별히 대우함.
352) 일디병(一枝兵): 일지병. 한 무리의 병사.

시고, 대진(對陣)ᄒᆞ여 그 군법(軍法) 긔셰(氣勢)를 보시고 당(當)키 어렵거든 슌(順)히 항(降)ᄒᆞ여 왕위(王位)를 안낙(安樂)ᄒᆞ시고 종묘(宗廟)를 보젼(保全)ᄒᆞ시미 올흐니이다."

왕(王)이 변식(變色) 왈(曰),

"경(卿)은 나의 친딜(親姪)이오, 국듕대ᄉᆞ(國中大事)를 녕(令)ᄒᆞ며 괴이(怪異)ᄒᆞᆫ 말을 ᄒᆞ여 삼군(三軍)의 예긔(銳氣)를 최찰(摧折)[353]케 ᄒᆞ고 뎍군(敵軍)의 위풍(威風)을 돕ᄂᆞᆫ다? 뉵비달 ᄀᆞᄐᆞᆫ 션봉(先鋒)을 두어시니 다른 댱ᄉᆞ(將士)ᄂᆞᆫ 니르디 말고 풍우(風雨)를 임의(任意)로 브르며 귀신(鬼神)을 브리ᄂᆞᆫ ᄌᆡ죄(才操ㅣ) 뎍군(敵軍)을 파(罷)ᄒᆞ미 여반댱(如反掌)[354] ᄀᆞᄐᆞᆫ디라 경(卿)은 뎡텬흥을 보도 아니코 즈레 두리지 말나."

목녹이 ᄃᆡ간(對諫) 왈(曰),

57면

"신(臣)이 뎡텬흥을 두리고 아군(我軍)의 예긔(銳氣)를 최찰(摧折)케 ᄒᆞ미 아니라. 대국(大國)의 웅병ᄆᆡᆼ댱(雄兵猛將)[355]이 젹디 아닐 거시로ᄃᆡ 굿ᄐᆞ여 년쇼(年少)ᄒᆞᆫ 뎡텬흥으로 원융(元戎)[356]을 삼아 십(十)원(員) 명댱(名將)과 삼만(三萬) 졍병(精兵)을 통솔(統率)케 ᄒᆞᆫ 빈 반ᄃᆞ시 ᄌᆡ덕(才德)이 잇ᄂᆞᆫ가 ᄒᆞᆸᄂᆞ니, 탐군(探軍)의 말을 듯ᄌᆞ오ᄆᆡ 뎡텬흥이 십ᄉᆞ(十四)의 문무쟝원(文武壯元)이 되고 디략(智略)이 과인(過人)ᄒᆞ다 ᄒᆞ오니, 혹ᄌᆞ(或者) ᄡᅡ호미 블니(不利)홀가 ᄒᆞᄂᆞ이다."

---

353) 최찰(摧折): 최절. 꺾음.
354) 여반댱(如反掌): 여반장. 손바닥을 뒤집듯이 쉬운 일.
355) 웅병ᄆᆡᆼ댱(雄兵猛將): 웅병맹장. 용맹한 병사와 장수.
356) 원융(元戎): 군사의 우두머리.

왕(王)이 분노(忿怒)ᄒᆞ여 목녹을 즐퇴(叱退)ᄒᆞ고 댱ᄉᆞ(將士)를 거ᄂᆞ려 친(親)히 츌뎡(出征)ᄒᆞ여 뎍진(敵陣)을 바라보니 개갑(介甲)[357]이 션명(鮮明)하고 대외(隊伍ㅣ) 뎡졔(整齊)ᄒᆞ여 진듕(陣中)의 경운(慶雲)[358]이 둘너시니, 쳥풍(淸風)이 니러나며 긔이(奇異)ᄒᆞᆫ 광ᄎᆡ(光彩) ᄌᆞ연(自然)ᄒᆞᆫ디라. 뉵비달

58면

은 텬문디리[359](天文地理)와 병법(兵法)이 슉달(熟達)ᄒᆞ고 그 댱ᄉᆞ(將士)의 긔이(奇異)ᄒᆞ믈 디긔(知機)ᄒᆞᄃᆡ 져의 ᄌᆡ조(才操)를 미더 조곰도 구겁(懼怯)[360]ᄒᆞ미 업더라.

목왕(-王)이 도창검극(刀槍劍戟)[361]의 위의(威儀)를 뎡(正)히 ᄒᆞ여 농무긔로 압흘 당(當)ᄒᆞ라 ᄒᆞ고 뉵비달노 대군(大軍)을 거나려 좌우(左右)로 이시라 ᄒᆞ고 ᄉᆞ졸(士卒)노 웨여 승부(勝負)를 결(決)ᄒᆞ쟈 ᄒᆞ니, 숑진(宋陣) 문긔(門旗) 열니ᄂᆞᆫ 곳의 대긔(大旗) 늉동(隆動)[362]ᄒᆞ며 허다(許多) 군졸(軍卒)이 ᄉᆞ륜거(四輪車)를 미러 나오니, 좌우(左右)의 션봉(先鋒)이 갑쥬(甲冑)[363]를 ᄀᆞᆺ초아 위의(威儀)를 잡앗ᄂᆞᆫᄃᆡ 뎡(鄭) 원쉬(元帥ㅣ) 몸의 홍금슈젼포(紅錦繡戰袍)[364]의 황금쇄ᄌᆞ갑(黃錦鎖子甲)[365]을 쪄닙고 머리의 봉시투고(鳳翅--)[366]를 쓰고 요하

---

357) 개갑(介甲): 싸움을 할 때 적의 창검이나 화살을 막기 위하여 입던 옷. 갑옷.
358) 경운(慶雲): 상서로운 구름.
359) 리: [교] 원문에는 '라'로 되어 있으나 문맥을 고려해 수정함.
360) 구겁(懼怯): 두려워하고 겁냄.
361) 도창검극(刀槍劍戟): 칼과 창.
362) 늉동(隆動): 융동. 크게 움직임.
363) 갑쥬(甲冑): 갑주. 갑옷과 투구.
364) 홍금슈젼포(紅錦繡戰袍): 홍금수전포. 붉은 비단에 화려하게 수를 놓아 지은 전포(戰袍). 전포는 장수가 입던 긴 웃옷.
365) 황금쇄ᄌᆞ갑(黃錦鎖子甲): 황금쇄자갑. 갑옷의 일종. 황색 비단옷에 사방 두 치 정도 되는 돼지 가죽으로 된 미늘들을 작은 고리로 꿰어 만듦.

(腰下)의 냥디빅옥딕(羊脂白玉帶)[367]를 둘너 거듕(車中)의 단좌(端坐)ᄒᆞ여시니 영광(榮光)이 찬난(燦爛)ᄒᆞ여 부상홍일(扶桑紅日)[368]이

59면

오, 냥미정화(兩眉精華)ᄂᆞᆫ 산쳔영긔(山川靈氣)를 거두어시며 봉안영치(鳳眼靈彩)[369] 삼군(三軍)의 빗최니, 바라보ᄆᆡ 숑연치경(悚然致敬)[370]ᄒᆞᄂᆞᆫ 의ᄉᆡ(意思ㅣ) 니러나ᄂᆞᆫ디라.

남왕(南王)의 군신(君臣)이 ᄒᆞᆫ번(-番) 바라보ᄆᆡ 흠복(欽服)[371]ᄒᆞᄂᆞᆫ 마ᄋᆞᆷ이 비길 곳 업셔 운남(雲南)이 본(本)ᄃᆡ 인믈(人物)이 녕한(獰悍)[372]ᄒᆞ여 녀ᄌᆞ(女子)도 미ᄉᆡᆨ(美色)이 드므니 엇디 뎡(鄭) 원슈(元帥)의 옥모영풍(玉貌英風)을 몽니(夢裏)의나 보아시리오. 목왕(-王)이 외람(猥濫)ᄒᆞᆫ 의ᄉᆡ(意思ㅣ) 원슈(元帥)를 다ᄅᆡ여 운남(雲南)의 두고져 뜻이 잇셔 마샹(馬上)의셔 흔연(欣然)이 읍(揖)ᄒᆞ고 소ᄅᆡ를 가다듬아 ᄀᆞᆯ오ᄃᆡ,

“쇼방(小邦)이 굿ᄐᆞ여 대국(大國)을 항거(抗拒)ᄒᆞᄂᆞᆫ ᄇᆡ 업거ᄂᆞᆯ 원쉬(元帥ㅣ) 엇디 만니ᄉᆡ외(萬里塞外)의 ᄉᆞ졸(士卒)을 거ᄂᆞ려 젼진(戰塵)의 슈고로오믈 닐위시ᄂᆞ뇨?”

원쉬(元帥ㅣ) 기리 답읍(答揖) 왈(曰),

“운남(雲南)이

366) 봉시투고(鳳翅--): 봉시투구. 봉의 깃 모양으로 꾸민 투구.
367) 냥디빅옥딕(羊脂白玉帶): 양지백옥대. 옥의 일종인 양지백옥으로 장식한 허리띠.
368) 부상홍일(扶桑紅日): 부상의 붉은 해. 부상은 해가 떠오르는 동쪽 바다.
369) 봉안영치(鳳眼靈彩): 봉안영채. 봉안의 신령한 문채. 봉안은 봉황의 눈같이 가늘고 길며 눈초리가 위로 째지고 붉은 기운이 있는 눈.
370) 숑연치경(悚然致敬): 송연치경. 두려워해 존경하는 마음을 가짐.
371) 흠복(欽服): 흠모해 복종함.
372) 녕한(獰悍): 영한. 모질고 사나움.

60면

반상(叛狀)[373]이 업스면 대국(大國)이 엇디 문죄(問罪)ᄒᆞ미 이시리오마는 남녁(南-)흘 범(犯)ᄒᆞ여 황셩(皇城)을 엿보고 일분(一分)도 번신(藩臣)[374]의 딕분(職分)이 업ᄉᆞ니, 셩텬ᄌᆡ(聖天子ㅣ) 아등(我等)으로 운남(雲南)을 뎡벌(征伐)ᄒᆞ라 ᄒᆞ시니 나의 뜻을 통(通)ᄒᆞ여시ᄃᆡ 왕(王)이 뜻을 곳치ᄂᆞᆫ 일이 업ᄉᆞ니 승부(勝負)와 ᄌᆞ웅(雌雄)을 결(決)ᄒᆞ리라."

남왕(南王)이 희〃(噫嘻) 쇼왈(笑曰),

"원쉬(元帥ㅣ) 년쇼(年少)ᄒᆞ여 텬운(天運)의 길흉(吉凶)을 오히려 ᄭᆡᄃᆞᆺ디 못ᄒᆞᄂᆞᆫ디라. 교병(交兵)ᄒᆞ여 패(敗)홀가 근심은 업거니와 원슈(元帥)의 표치풍광(標致風光)[375]을 보ᄆᆡ 그림의 신션(神仙)이라. 안ᄌᆞ셔 고금(古今)을 통(通)ᄒᆞ미 맛당ᄒᆞ나[376] 쳔병만[377]마(千兵萬馬) 듕(中) 원슈샹댱(元帥上將)은 가(可)치 아니〃, 나의 슈하명댱(手下名將)과 뎍쉬(敵手ㅣ) 되디 못홀디라. 만니ᄉᆡ외(萬里塞外)의 앗가이 셩명(性命)을

61면

보젼(保全)치 못ᄒᆞ면 엇디 참졀(慘絕)[378]치 아니리오? ᄌᆞ고(自古)로 텬하(天下)ᄂᆞᆫ 일(一) 인(人)의 텬히(天下ㅣ) 아니라 덕(德) 잇ᄂᆞᆫ ᄃᆡ 도라가ᄂᆞ니, 이졔 과인(寡人)이 응텬슌인(應天順人)[379]ᄒᆞ여 만(萬) 니

---

373) 반상(叛狀): 반역의 정황.
374) 번신(藩臣): 제후로서의 신하.
375) 표치풍광(標致風光): 아름다운 얼굴과 빛나는 풍채.
376) 나: [교] 원문에는 '니'로 되어 있으나 문맥을 고려해 이와 같이 수정함.
377) 만: [교] 원문에는 없으나 문맥을 고려해 삽입함.
378) 참졀(慘絕): 참절. 매우 슬픔.

(里) 강산(江山)을 두고져 ᄒᆞᄂᆞ니 원쉬(元帥ㅣ) 과인(寡人)과 ᄒᆞᆫ가지로 뜻을 결(決)ᄒᆞ여 대ᄉᆞ(大事)를 일울진ᄃᆡ 강산(江山)을 반(半)을 버혀 원슈(元帥)의 토디(土地)를 삼고 부귀(富貴)를 누리〃니 원슈(元帥)의 뜻이 엇더ᄒᆞ뇨?"

원쉬(元帥ㅣ) 쳥파(聽罷)의 봉안(鳳眼)이 두렷ᄒᆞ여 와ᄌᆞᆷ미(臥蠶眉)[380]를 거ᄉᆞ려 기리 남왕(南王)을 대ᄆᆡ(大罵) 왈(曰),

"반국뎍신(叛國賊臣)[381]이 감(敢)히 텬됴(天朝) 대댱(大將)을 ᄃᆡ(對)ᄒᆞ여 무상(無狀)[382]ᄒᆞᆫ 말을 ᄒᆞ니, 기죄(其罪ㅣ) 블용쥐(不容誅ㅣ)[383]라. 무익(無益)ᄒᆞᆫ 구셜(口舌)노 너의 용ᄆᆡᆼ(勇猛)을 ᄌᆞ랑치 말고 섈니 승부(勝負)를 결(決)ᄒᆞ라."

남왕(南王)이 말노ᄡᅧ 다ᄅᆡ디 못ᄒᆞᆯ 줄

62면

알고 브ᄃᆡ ᄉᆡᆼ금(生擒)[384]ᄒᆞ여 항복(降服) 밧고져 ᄒᆞ므로 ᄃᆡ왈(對曰),

"냥국(兩國) 교병(交兵)의 ᄉᆞᄌᆡ(射才)[385]를 몬져 시험(試驗)코져 ᄒᆞᄂᆞ니, 과인(寡人)의 댱ᄉᆞ(將士) 뉵비달과 원슈(元帥)의 댱ᄉᆞ(將士)와 ᄉᆞ법(射法), 진법(陣法)을 결워 다 니긔면 과인(寡人)이 갑(甲)을 벗고 항복(降服)ᄒᆞ리니, 내 ᄒᆞᆫ 진(陣)을 쳐든[386] 원쉬(元帥ㅣ) 보고 또 일진(一陣)을 쳐 고하(高下)를 뎡(定)ᄒᆞ리라."

---

379) 응텬슌인(應天順人): 응천순인. 하늘의 뜻에 응하고 사람들의 뜻에 따름.
380) 와ᄌᆞᆷ미(臥蠶眉): 와잠미. 잠자는 누에 같다는 뜻으로, 길고 굽은 눈썹을 이르는 말.
381) 반국뎍신(叛國賊臣): 반국적신. 국가에 반란을 일으킨 도적.
382) 무상(無狀); 사리에 어긋남.
383) 블용쥐(不容誅ㅣ): 불용주. 죄가 너무 커서 목을 베어도 오히려 부족하다는 말.
384) ᄉᆡᆼ금(生擒): 생금. 산 채로 잡음.
385) ᄉᆞᄌᆡ(射才): 사재. 활 쏘는 재주.
386) 쳐든: 치거든.

원쉬(元帥ㅣ) 미쇼(微笑) 왈(曰),

“긔 므어시 어려오리오? 왕(王)이 몬져 진(陣)을 치라.”

남왕(南王)이 뉵비달노 더브러 븍을 울녀 일진(一陣)을 일우니 오문(五門)이 두렷ᄒᆞ고 오ᄒᆡᆼ(五行)을 응(應)ᄒᆞ엿ᄂᆞᆫ디라, 왕(王)이 진(陣)을 가ᄅᆞ쳐 왈(曰),

“원쉬(元帥ㅣ) ᄯᅩᄒᆞᆫ 진(陣)을 치라.”

원쉬(元帥ㅣ) 즉시(卽時) 손의 긔(旗)를 둘너 댱ᄉᆞ(將士)를 녕(令)ᄒᆞ여 진셰(陣勢)를 일울ᄉᆡ 경ᄀᆡᆨ(頃刻)의 팔문(八門)이 두렷ᄒᆞ고 진듕(陣中)의

63면

ᄎᆡ운(彩雲)이 둘너시니 댱졸(將卒) 다쇼(多少)를 아지 못ᄒᆞ나 밧기 허(虛)ᄒᆞᆫ 듯ᄒᆞ여 ᄒᆞᄃᆡ 안히 구더 비됴(飛鳥)도 들기 어려오니, 그듕(-中) 됴홰(造化ㅣ) 무궁(無窮)ᄒᆞ여 뉵졍팔과(六丁八卦)[387] 둔갑됴홰(遁甲造化ㅣ) 블측(不測)ᄒᆞ더라. 원쉬(元帥ㅣ) 남왕(南王)ᄃᆞ려 문왈(問曰),

“왕(王)이 내 진(陣)을 능(能)히 알소냐?”

왕(王)과 뉵비달이 셔로 보아 ᄌᆞ셔(仔細)히 ᄉᆞᆯ피ᄃᆡ 진(陣) 일홈을 능(能)히 아디 못ᄒᆞ여 군듕(軍中)의 ᄀᆞ마니 젼령(傳令)ᄒᆞ여 ᄀᆞᆯ오ᄃᆡ,

“대숑(大宋) 진(陣) 일홈을 아ᄂᆞᆫ ᄌᆡ(者ㅣ) 이시면 쳔금상(千金賞)의

387) 뉵졍팔과(六丁八卦): 육정팔괘. 육정과 팔괘. 육정은 도교에서 정묘(丁卯), 정사(丁巳), 정미(丁未), 정유(丁酉), 정해(丁亥), 정축(丁丑)을 말하는 것으로, 이것들이 음신(陰神)이 되어 천제에게 부림을 받고, 도사는 부적으로 음신을 불러 부린다 함. 팔괘는 중국 상고 시대에 복희씨가 지었다는 여덟 가지의 괘. 『주역』에서 세상의 모든 현상을 음양을 겹치어 여덟 가지의 상으로 나타낸 ☰[건(乾)], ☱[태(兌)], ☲[이(離)], ☳[진(震)], ☴[손(巽)], ☵[감(坎)], ☶[간(艮)], ☷[곤(坤)]을 이름.

대댱군(大將軍)을 봉(封)ᄒᆞ리라.”

ᄒᆞ니, 일(一) 인(人)도 응셩(應聲)ᄒᆞ리 업고 농무긔 좌우(左右)로 돌며 ᄌᆞ셰(仔細)히 보아 왕(王)긔 고왈(告曰),

“신(臣)이 젼일(前日) 드르니 텬디ᄉᆞ방팔문오ᄒᆡᆼ진(天地四方八門五行陣)인가 ᄒᆞᄃᆡ 친 바를 아디 못ᄒᆞ니, 이 진(陣)이 텬

64면

디(天地) 셔광(瑞光)을 ᄢᅴ고 팔문(八門)이 두렷ᄒᆞ고 됴화(造化ㅣ) 무궁(無窮)ᄒᆞ니 뎐해(殿下ㅣ) 여ᄎᆞ여ᄎᆞ(如此如此) ᄒᆞ쇼셔.”

왕(王)이 깃거 비로소 원슈(元帥)를 향(向)ᄒᆞ여 ᄀᆞᆯ오ᄃᆡ,

“원슈(元帥)의 진(陣)이 팔문오ᄒᆡᆼ진(八門五行陣)이어니와 우리 남방(南方)은 이런 진(陣)을 슝샹(崇尙)치 아니므로 긔특(奇特)ᄒᆞ믈 아디 못ᄒᆞ노라.”

원쉬(元帥ㅣ) 미쇼(微笑) 왈(曰),

“슝샹(崇尙)치 아니ᄒᆞ나 알기ᄌᆞᄎᆞ 못ᄒᆞ리오? 왕(王)의 병법(兵法)이 슉달(熟達)치 못ᄒᆞ미로다.”

왕(王)이 웃고 셔로 결(決)ᄒᆞ여 냥(兩) 진(陣) ᄉᆞ이의 ᄇᆡᆨ(百) 보(步)식 ᄀᆞᆺ치 난화 가온ᄃᆡ 숨지ᄎᆞᆼ(三枝槍)을 놉히 셰우고 군ᄉᆞ(軍士)의 갑옷(甲-) 조각을 걸고, ᄒᆞᆫ갈ᄀᆞᆺ치 맛쳐 갑옷(甲-) 궁글 ᄂᆡ여 보ᄂᆡ기을 졍(定)ᄒᆞ고, 냥(兩) 진(陣)니 각각(各各) 십(十) 장(將)식 ᄉᆡᆨ 쏘게 ᄒᆞᆯ[388]식, 남왕(南王)이 몬져 숑진(宋陣) 제댱(諸將)으로 좌편(左便)을 ᄡᅩ라 ᄒᆞ니, 원슈(元帥) 십(十) 장(將)을 명(命)ᄒᆞ여 쏘라 ᄒᆞ고,[389] 스

388) 가온ᄃᆡ-쏘게 ᄒᆞᆯ: [교] 원문에는 ‘승부를 볼’로 되어 있으나 문맥을 고려해 박순호본(6:22)을 따름.
389) 원슈-ᄒᆞ고: [교] 원문에는 없으나 문맥을 고려해 박순호본(6:22)을 따라 삽입함.

ᄉᆞ로 암튝(暗祝)[390]ᄒᆞ여 귀신(鬼神)을 브려 살이 비록 나려질 ᄃᆞᆺᄒᆞ여도 븟드러 굼그[391]로 나가게 ᄒᆞ니 십(十) 댱(將)이 ᄡᅩ아 구슬 ᄢᅦ드시 맛쳐 ᄒᆞᆫ

65면

살도 낙누(落漏)[392]ᄒᆞ미 업ᄉᆞ니 송진(宋陣) 샹(上)의셔 븍을 울녀 즐기니, 남진댱(南陣將) 뉵비달, 농무긔 두 댱슈(將帥ㅣ) 계오 우편(右便)으로 ᄡᅩ아 맛치고 기여(其餘) 팔(八) 댱(將)은 맛치지 못ᄒᆞ니 남왕(南王)이 크게 실망(失望)ᄒᆞ여 블열(不悅)ᄒᆞᄃᆡ 짐즛 원슈(元帥)를 향(向)ᄒᆞ여 왈(曰),

"ᄉᆞᄌᆡ(射才)ᄂᆞᆫ 결웟거니와 창법(槍法)과 법술(法術)을 보리라."

원쉬(元帥ㅣ) ᄂᆡᆼ소(冷笑) 왈(曰),

"우리 졔댱(諸將)이 ᄒᆞ나토 낙누(落漏)ᄒᆞ미 업시 맛쳐시ᄃᆡ 왕(王)의 졔댱(諸將)은 계오 둘히 맛쳐시니 ᄉᆞᄌᆡ(射才)의 대패(大敗)ᄒᆞ엿거니와 창검(槍劍)으로 승부(勝負)를 결(決)ᄒᆞ고 인명(人命)이 상(傷)ᄒᆞ리니, 다만 투고를 벗기고 ᄆᆞᆯ을 죽이며 패쥬(敗走)ᄒᆞᄂᆞ니로 승부(勝負)를 결(決)ᄒᆞ고 몸을 상(傷)케 말미 가(可)ᄒᆞ니라."

ᄒᆞ니 왕(王)이 ᄀᆞᆯ오ᄃᆡ,

"역시(亦是) 됴타."

390) 암튝(暗祝): 암축. 몰래 축원함.
391) 굼그: 구멍.
392) 낙누(落漏): 낙루. 빠짐.

66면

ᄒᆞ고, 즉시(卽時) 십(十) 댱(將)이 칼흘 들고 오ᄇᆡᆨ(五百) 군(軍)을 거ᄂᆞ려 숑병(宋兵)과 결우ᄌᆞ ᄒᆞ니, 원쉬(元帥ㅣ) 십(十) 원(員) 제댱(諸將)을 블너 창검(槍劍) 쓰ᄂᆞᆫ 법(法)을 디휘(指揮)ᄒᆞ여 일〃(一一)히 가ᄅᆞ치고 오ᄇᆡᆨ(五百) 군(軍)을 거ᄂᆞ려 남댱(南將)으로 졉젼(接戰)ᄒᆞᆯ식, 제댱(諸將)이 일시(一時)의 고함(高喊)ᄒᆞ고 승부(勝負)를 결울식 징북 소ᄅᆡ 딘텬(震天)[393]ᄒᆞ고 검극(劍戟)이 날빗촐 ᄀᆞ리오니, 원쉬(元帥ㅣ) 먼니 바라보니 눅비달, 농무긔의 강용(剛勇)[394]이 비상(非常)ᄒᆞ여 제어(制御)키 어려오믈 보고 ᄀᆞ마니 부작(符作)을 ᄲᅧ 븍(北)으로 향(向)ᄒᆞ여 소화(消火)ᄒᆞ고 됴화(造化)를 디으니, 숑댱(宋將)의 몸이 날ᄂᆡ고 정신(精神)이 ᄇᆡ〃(倍倍)[395]ᄒᆞ여 눅비달, 농무긔를 디르며 투고를 아ᄉᆞ니 남댱(南將)이 ᄃᆡ뎍(對敵)디 못ᄒᆞᄂᆞᆫ디라. 숑진(宋陣) 제댱(諸將)이

67면

승〃(乘勝)ᄒᆞ여 ᄆᆞᆯ을 ᄌᆞ이며 활을 ᄡᅩ아 춤추어 용[396]무양위(勇武揚威)[397]ᄒᆞ여 도라가니,

왕(王)이 분연대로(憤然大怒)[398]ᄒᆞ여 뎡창츌마(挺槍出馬)[399]ᄒᆞ여 왈(曰),

---

393) 딘텬(震天): 진천. 하늘에 진동함.
394) 강용(剛勇): 굳센 용맹.
395) ᄇᆡ〃(倍倍): 배배. 배가 됨.
396) 용: [교] 원문에는 '요'로 되어 있으나 문맥을 고려해 이와 같이 수정함.
397) 용무양위(勇武揚威): 무용을 드날림.
398) 분연대로(憤然大怒): 매우 화가 남.
399) 뎡창츌마(挺槍出馬): 정창출마. 창을 겨누어 들고 말을 타고 나아감.

"송(宋) 원쉬(元帥ㅣ) 딘실(眞實)노 ᄌᆡ죄(才操ㅣ) 잇거든 날과 ᄌᆞ웅(雌雄)을 결(決)ᄒᆞᄌᆞ."

ᄒᆞ니 원쉬(元帥ㅣ) 쇼왈(笑曰),

"왕(王)이 날과 교젼(交戰)ᄒᆞ려 ᄒᆞ면 셩명(性命)이 남디 못ᄒᆞ리니 스ᄉᆞ로 죽기를 ᄌᆞ취(自取)ᄒᆞᄂᆞᆫ디라. 내 엇디 졉젼(接戰)치 아니리오마ᄂᆞᆫ 금일(今日) 냥(兩) 진(陣)이 쳐음으로 교병(交兵)ᄒᆞ여 인ᄆᆡ(人馬ㅣ) 곤핍(困乏)[400]ᄒᆞ고 날이 져므럿ᄂᆞᆫ디라, 명일(明日) 졉젼(接戰)ᄒᆞ리니 왕은 디실(知悉)[401]ᄒᆞ라."

왕(王)이 블쳥(不聽)ᄒᆞ고 ᄡᆞ홈을 ᄌᆡ쵹ᄒᆞ니 원쉬(元帥ㅣ) ᄇᆡᆨ옥(白玉)의 단ᄉᆡ(丹砂ㅣ) 녕농(玲瓏)ᄒᆞ여 ᄀᆞᆯ오ᄃᆡ,

"왕(王)으로 더브러 쳐음 언약(言約)이 진법(陣法)과 창법(槍法)과 ᄉᆞᄌᆡ(射才)을 결워 ᄑᆡ(敗)ᄒᆞᄂᆞᆫ 이로 항복(降服)ᄒᆞ자 ᄒᆞ더니, ᄂᆡ 진명(陣名)을 몰ᄂᆞ 반일(半日)의 셔로 가ᄅᆞ치믈 어더 지기(知機)ᄒᆞ야 일럿고 기여(其餘) 창법(槍法), 사법(射法)을 ᄃᆡᄑᆡ(大敗)ᄒᆞ니[402] 다 나의 댱ᄉᆞ(將士)의게 당(當)ᄒᆞᆯ ᄌᆡ죄(才操ㅣ)

68면

업ᄉᆞ니, 딘실(眞實) 개연(蓋然)ᄒᆞ거ᄂᆞᆯ 또 븟그러오믈 므릅ᄡᅧ 날과 결우고져 ᄒᆞ니 엇디 우읍디 아니리오? 내 비록 무용(無勇)ᄒᆞ나 두리지 아닛ᄂᆞ니 ᄲᆞᆯ니 나와 ᄌᆞ웅(雌雄)을 결(決)ᄒᆞ라."

왕(王)이 분연(憤然)ᄒᆞ여 왈(曰),

400) 곤핍(困乏): 아무것도 할 기력이 없을 만큼 지쳐 몹시 고단함.

401) 디실(知悉); 지실. 자세히 앎.

402) 쳐음~ᄃᆡᄑᆡᄒᆞ니: [교] 원문에는 '창법을 몰나 반일 후 계오 알고 기여ᄂᆞᆫ'으로 되어 있으나 문맥을 고려해 박순호본(6:24)을 따름.

"승부(勝負)ᄂᆞᆫ 병가(兵家)의 상ᄉᆡ(常事ㅣ)[403]니 과인(寡人)의 말이 비록 그러ᄒᆞ나 엇지 조고만 ᄌᆡ조(才操)를 항복(降服)ᄒᆞ리오?"

언필(言畢)의 농・뉵 냥(兩) 댱(將)이 왕(王)을 호위(護衛)ᄒᆞ여 원슈(元帥)를 취(取)ᄒᆞ니, 원쉬(元帥ㅣ) 졔댱(諸將)을 디휘(指揮)ᄒᆞ여 손의 상방검(尙方劍)[404]을 잡고 ᄃᆡ진(對陣)ᄒᆞᆯᄉᆡ 날이 어두오ᄆᆡ 냥(兩) 진(陣)이 일시(一時)의 블을 혀며 냥(兩) ᄆᆡ(馬ㅣ) 교젼(交戰)ᄒᆞᆯᄉᆡ, 고각(鼓角)[405]이 년텬(連天)[406]ᄒᆞ고 함셩(喊聲)이 ᄃᆡ진(大震)ᄒᆞ니, 원슈(元帥)의 개셰(蓋世)[407]ᄒᆞᆫ 용녁(勇力)이 쳔고무쌍(千古無雙)ᄒᆞᆫ디라 동(東)을 치며 셔(西)ᄒᆞᆯ ᄃᆡ뎍(對敵)

69면

ᄒᆞ고 남(南)으로 다르며 븍(北)을 튱돌(衝突)ᄒᆞ니, 왕(王)과 농[408]・뉵 이(二) 댱(將)이 졍신(精神)이 어즐ᄒᆞ여 당(當)치 못ᄒᆞᆯ 줄 알고 급(急)히 바람과 안개를 지어 신병(神兵)을 쳥(請)ᄒᆞ니 원쉬(元帥ㅣ) 긔(旗)를 드러 ᄉᆞ면(四面)으로 두로며 안개를 헷치니, 바람과 신병(神兵)이 감(敢)히 ᄌᆞ최를 뵈지 못ᄒᆞ니 농무긔 착급(着急)ᄒᆞ여 져의 ᄌᆡ죠(才操)을 발(發)ᄒᆞ니, ᄎᆞ(此)ᄂᆞᆫ 비둘의 술(術)과 ᄃᆞᆯᄂᆞ 입과 코[409]흐로 모진 긔운[410]을 토(吐)ᄒᆞ고 요ᄆᆡ지긔(妖魅之氣)을 쏘이니[411] 입

403) 승부(勝負)ᄂᆞᆫ 병가(兵家)의 상ᄉᆡ(常事ㅣ): 승부는 병가의 상사. 승패는 전쟁에서 늘 있는 일.
404) 상방검(尙方劍): 상방서(尙方署)에서 특별히 제작한, 황제가 쓰는 보검. 중국 고대에 천자가 대신을 파견하여 중대한 안건을 처리하도록 할 때 늘 상방검을 하사함으로써 전권을 주었다는 표시를 하였고, 군법을 어긴 자가 있을 때 상방검으로 먼저 목을 베고 후에 임금에게 아뢰도록 하였음.
405) 고각(鼓角): 군중(軍中)에서 호령할 때 쓰던 북과 나발.
406) 년텬(連天): 연천. 하늘에 이어짐.
407) 개셰(蓋世): 개세. 세상을 뒤덮을 만함.
408) 농: [교] 원문에는 '녹'으로 되어 있으나 일관성을 고려해 이와 같이 수정함.
409) 코: [교] 박순호본(6:25) 원문에는 '조'로 되어 있으나 문맥을 고려해 이와 같이 수정함.
410) 운: [교] 박순호본(6:25) 원문에는 '우'로 되어 있으나 문맥을 고려해 이와 같이 수정함.

과 코흐로 거슨리ᄂᆞᆫ디라, 사ᄅᆞᆷ이 정신(精神)이 아득ᄒᆞ고 긔운이 엄〃(奄奄)[412]ᄒᆞ여 정신(精神)이 황홀(恍惚)ᄒᆞ니, 송진(宋陣) 댱졸(將卒)이 낫출 ᄡᆞ고 아모리 ᄒᆞᆯ 줄 모로더니, 원쉬(元帥ㅣ) 입으로 '청명(晴明)' 두 ᄌᆞ(字)를 브르며 금션(錦扇)으로 ᄡᅳ리쳐 바리니, 경긱(頃刻)의 독긔(毒氣) 거드며 ᄉᆞ졸(士卒)이 정신(精神)이 석〃ᄒᆞ여 뎍댱(敵將)을 ᄃᆡ뎍(對敵)ᄒᆞᆯᄉᆡ 농·뉵 냥(兩) 댱(將)이 원슈(元帥)의 신긔(神奇)ᄒᆞᆫ ᄌᆡ조(才操)를 보ᄆᆡ,

70면

계교(計巧ㅣ) 궁진(窮盡)ᄒᆞ여 비달이 다시 운무(雲霧)를 ᄀᆞᆷ초고 비검(匕劍)을 드러 원슈(元帥)를 ᄃᆡ뎍(對敵)ᄒᆞ니, 원쉬(元帥ㅣ) 원비(猿臂)[413]를 느리혀 비달의 투고를 벗기고 머리를 잡아나리와 ᄌᆞ긔(自己) ᄆᆞᆯ 우희 눌너 ᄐᆞ고 칼흘 두로며 남왕(南王)의게 다라드러 ᄆᆞᆯ을 질너 업지르니 왕(王)이 마하(馬下)의 ᄲᅥ러지ᄂᆞᆫ디라, 칼흘 드러 대즐(大叱) 왈(曰),

"맛당히 버힐 거시로ᄃᆡ 개과(改過)ᄒᆞ믈 기다리고 아딕 도라보ᄂᆡ노라."

ᄒᆞ고 긔(旗)를 둘너 본진(本陣)으로 도라오니, 당〃(堂堂)ᄒᆞᆫ 예긔(銳氣) 고금(古今)의 무뎍(無敵)이라.

농무긔 계오 왕(王)을 구(救)ᄒᆞ여 본진(本陣)으로 도라가니,

원쉬(元帥ㅣ) 군(軍)을 거두ᄆᆡ 댱졸(將卒)이 고왈(告曰),

"금일(今日) 목딘평을 잡아 죽이려 ᄒᆞ거ᄂᆞᆯ 군(軍)을 거두시믄 엇지

411) 져의-쏘이니: [교] 원문에는 없으나 문맥을 고려해 박순호본(6:25)을 따라 삽입함.
412) 엄〃(奄奄): 숨이 곧 끊어지려 하거나 매우 약한 상태에 있음.
413) 원비(猿臂): 원숭이의 팔이라는 뜻으로, 길고 힘이 있어 활쏘기에 좋은 팔을 이르는 말.

니잇

71면

고?"

원쉬(元帥ㅣ) 쇼왈(笑曰),

"궁구(窮寇)를 막츄(莫追)[414]라."

ᄒᆞ고 비달을 잡아 댱하(將下)[415]의 ᄭᅮᆯ니고 왈(曰),

"네 항(降)치 아니랴?"

비달이 앙텬(仰天) 탄왈(嘆曰),

"나의 ᄌᆡ조(才操)로 오날ᄂᆞᆯ 잡힐 줄 어이 아라시리오? 아쥐(我主ㅣ) 만일(萬一) 항복(降服)ᄒᆞᆯ진ᄃᆡ ᄒᆞᆫ가지로 항(降)ᄒᆞ고 ᄉᆞᆯ기를 구(求)ᄒᆞ려니와 님군의 ᄯᅳᆺ을 모로고 ᄌᆞ레 항(降)ᄒᆞᆯ진ᄃᆡ 이ᄂᆞᆫ 역신(逆臣)이라, 오ᄃᆡᆨ 죽기를 바랄 ᄯᆞᄅᆞᆷ이로소이다."

원쉬(元帥ㅣ) 탄왈(嘆曰),

"비달이 번신(蕃臣)[416]이나 튱심(忠心)이 여ᄎᆞ(如此)ᄒᆞ니 내 엇디 죽이리오? 드르니 네 남왕(南王)을 쵹(囑)ᄒᆞ여 텬됴(天朝)를 범(犯)ᄒᆞ미 올흐냐?"

비달이 ᄃᆡ왈(對曰),

"쇼댱(小將)이 ᄌᆞ부(自負)ᄒᆞ여 금텬하뎨일(今天下第一)노 아라 님군의 ᄯᅳᆺ을 응(應)ᄒᆞ여 대국(大國)을 항거(抗拒)ᄒᆞᆷ도 업디 아니〃이다."

원쉬(元帥ㅣ) 왈(曰),

---

414) 궁구(窮寇)를 막츄(莫追): 궁구를 막추. 피할 곳 없는 도적을 쫓지 말라는 뜻으로, 곤란한 지경에 있는 사람을 모질게 다루면 해를 입으니 건드리지 말라는 말.

415) 댱하(將下): 장하. 장대(將臺) 아래. 장대는 장수가 올라서서 명령・지휘하던 대.

416) 번신(蕃臣): 오랑캐 나라의 신하.

“너의 죄(罪)

72면

당〃(堂堂)이 쥬륙(誅戮)[417]ᄒᆞ염 즉ᄒᆞᄃᆡ 왕(王)이 블인(不仁)ᄒᆞ여 네 말을 곳이드러시니 홀노 네 죄(罪)로 아니ᄒᆞᄂᆞ니 이졔 너를 방숑(放送)[418]ᄒᆞᄂᆞ니 다시 님군을 블인(不仁)으로 돕디 말나.”

ᄒᆞ고 노하 보ᄂᆡ니, 졔댱(諸將)이 말니ᄃᆡ 원슈(元帥ㅣ) 블쳥(不聽)ᄒᆞ니 비달이 고두샤은(叩頭謝恩)ᄒᆞ고 도라가거늘,

남왕(南王)이 농무긔의 구(救)ᄒᆞ믈 닙어 본진(本陣)의 도라오나 블승분한(不勝憤恨)ᄒᆞ여 비달이 혹(或) 죽은가 ᄒᆞ여 념녀(念慮)ᄒᆞ더니, 이윽고 달이 도라오니 왕(王)이 경문기고(驚問其故)[419]ᄒᆞᆫᄃᆡ 달이 원슈(元帥)의 말을 젼(傳)ᄒᆞ고 눈믈을 흘녀 왈(曰),

“신(臣)이 초(初)의 그릇 ᄉᆡᆼ각ᄒᆞ와 뎡텬흥을 경젹(輕敵)[420]ᄒᆞ엿더니 그 ᄌᆡ조(才操)ᄂᆞᆫ 고금(古今)의 무빵(無雙)ᄒᆞᆫ디라, 만일(萬一) 항(降)치 아니면 남국(南國)이 보젼(保全)키 어려올가 ᄒᆞᄂᆞ이다.”

왕(王)

73면

이 블열(不悅) 왈(曰),

“승패(勝敗)ᄂᆞᆫ 병가(兵家)의 상ᄉᆡ(常事ㅣ)라, ᄒᆞᆫ 번(番) 패(敗)ᄒᆞ므로뼈 숑(宋)의 항(降)ᄒᆞ미 ᄀᆞ장 블가(不可)ᄒᆞ도다.”

---

417) 쥬륙(誅戮): 주륙. 죄인을 죽임. 또는 죄로 몰아 죽임.
418) 방숑(放送): 방송. 놓아 보냄.
419) 경문기고(驚問其故): 놀라서 그 까닭을 물음.
420) 경젹(輕敵): 경적. 경솔하게 대적함.

비달이 니히(利害)로뼈 여러 번(番) 간(諫)ᄒᆞ니 왕(王)이 드〃여 군신(君臣) 댱졸(將卒)노 더브러 귀슌(歸順)ᄒᆞ니라.

원쉬(元帥ㅣ) 초츈(初春)[421]의 황셩(皇城)을 써나 계츈(季春)[422]의 남왕(南王)으로 졉젼(接戰)ᄒᆞ여 하ᄉᆞ월(夏四月)의 항복(降服) 밧고 츄칠월(秋七月)가지 운남(雲南)의 머므러 인심(人心)을 딘뎡(鎭靜)ᄒᆞ고 국도(國度)[423]를 편(便)히 ᄒᆞ니, 삼ᄉᆞ(三四) 삭(朔)의 교홰(敎化ㅣ) 대힝(大行)ᄒᆞ니 도뎍(盜賊)이 화(化)ᄒᆞ여 냥민(良民)이 되고 인심(人心)이 슌후(淳厚)[424]ᄒᆞ며 야블폐문(夜不閉門)[425]ᄒᆞ여 남녜(男女ㅣ) 길흘 샤양(辭讓)ᄒᆞ니, 운남왕(雲南王)으로 더브러 ᄇᆡᆨ셩(百姓)가지 원슈(元帥) ᄇᆞ라미 젹ᄌᆡ(赤子ㅣ)[426] ᄌᆞ모(慈母)를 바람 ᄀᆞᆺ고 우럿ᄂᆞᆫ 졍셩(精誠)이 간졀(懇切)ᄒᆞᄃᆡ 감(敢)히 ᄌᆡ보(財寶)로뼈 표졍(表情)[427]치 못ᄒᆞ고, 왕(王)이 졔신(諸臣)과 의논(議論)

74면

ᄒᆞ여 셩(城) 남문(南門) 외(外)의 일좌(一座) 고루(高樓)를 짓고 원슈(元帥)의 화상(畫像)을 ᄆᆡᆫᄃᆞ라 봉안(奉安)[428]ᄒᆞ고 ᄉᆞ시향화(四時香火)를 긋지 아니려 ᄒᆞ더라.

원쉬(元帥ㅣ) 만니타국(萬里他國)의 와 츈하(春夏)를 보ᄂᆡ고 초츄(初秋)를 당(當)ᄒᆞ여 군친(君親)을 ᄉᆞ모(思慕)ᄒᆞᄂᆞᆫ 회포(懷抱)를 니긔

421) 초츈(初春): 초춘. 음력 1월.
422) 계츈(季春): 계춘. 음력 3월.
423) 국도(國度): 국가.
424) 슌후(淳厚): 순후. 순박하고 두터움.
425) 야블폐문(夜不閉門): 야불폐문. 밤에도 문(門)을 닫지 않음.
426) 젹ᄌᆡ(赤子ㅣ): 적자. 갓난아이.
427) 표졍(表情): 표정. 정을 표함.
428) 봉안(奉安): 신주(神主)나 화상(畫像)을 받들어 모심.

디 못ᄒᆞ여 ᄆᆡ양 뎨향(帝鄕)[429]을 바라고 군친(君親)긔 등ᄇᆡ(登拜)[430] ᄒᆞᆯ 뜻이 바라나는디라[431].

비로소 긔치(旗幟)를 두로혀 경ᄉᆞ(京師)로 향(向)ᄒᆞᆯᄉᆡ 남왕(南王)이 텬됴(天朝)의 샤죄(謝罪)ᄒᆞ는 표문(表文)과 됴공(朝貢)을 밧드러 대연(大宴)으로 숑별(送別)ᄒᆞᆯᄉᆡ, 십(十) 니(里) 쟝졍(長亭)[432]의 나와 연연(戀戀) 함누(含淚) 왈(曰),

"과인(寡人)이 무식블인(無識不仁)ᄒᆞ여 망국지화(亡國之禍)를 ᄌᆞ취(自取)ᄒᆞ엿거ᄂᆞᆯ 텬디(天地) ᄀᆞᆺᄐᆞᆫ 대덕(大德)과 산고히활지은(山高海闊之恩)[433]으로ᄡᅧ 죄(罪)를 사(赦)ᄒᆞ고 왕위(王位)를 누리게 ᄒᆞ시니, 감은ᄀᆞᆨ골(感恩刻骨)[434]ᄒᆞᄃᆡ 졍표(情表)ᄒᆞᆯ

75면

거시 업ᄉᆞ니 오딕 함환[435]결초(銜環結草)[436]ᄒᆞ리로소이다."

---

429) 뎨향(帝鄕): 제향. 황제가 있는 곳. 경사.

430) 등ᄇᆡ(登拜): 등배. 올라가 절함.

431) 바라나는디라: 간절했다.

432) 쟝졍(長亭): 장정. 먼 길을 떠나는 사람을 전송하던 곳. 과거에 마을에서 5리와 10리 떨어진 곳에 정자를 두어 행인들이 쉴 수 있게 했는데, 5리에 있는 것을 '단정(短亭)'이라 하고 10리에 있는 것을 '장정'이라 함.

433) 산고히활지은(山高海闊之恩): 산고해활지은. 산처럼 높고 바다처럼 넓은 은혜.

434) 감은ᄀᆞᆨ골(感恩刻骨): 감은각골. 은혜에 감동해 뼈에 새겨 잊지 않음.

435) 환: [교] 원문에는 '호'로 되어 있으나 문맥을 고려해 이와 같이 수정함.

436) 함환결초(銜環結草): 은혜(恩惠)를 잊지 않고 갚음. 함환은 황작(黃雀)이 옥환(玉環)을 물고 와서 보은(報恩)한 고사로, 진(晉)나라 간보(干寶)의 『수신기(搜神記)』에 나옴. 한(漢)나라 양보(楊寶)가 아홉 살 때에, 올빼미에게 채여 나무 밑에 떨어져서 개미들에게 곤욕을 당하고 있는 황작을 보고는 집으로 데려와 100여 일 동안 잘 보살펴서 날려 보냈더니, 어느 날 삼경에 그 황작이 황의동자(黃衣童子)로 변신하여 찾아와서, 저번에 서왕모(西王母)의 사자(使者)로 봉래(蓬萊)에 심부름 가던 중이었다면서, 은혜에 보답하는 뜻으로 옥환(玉環) 4개를 주며, 자손들이 출세하여 삼공(三公)의 지위에 오를 것이라고 하였는데, 과연 그 말대로 양보의 후손들이 4대에 걸쳐 모두 대신(大臣)이 되었다는 이야기가 전함. 결초는 풀을 묶는다는 뜻으로 죽어서도 은혜를 갚음을 이름. 중국 춘추시대 진(晉)나라 때 위과(魏顆)가 아버지 위무자의 죽기 전 유언 대신 평소에 한 말씀을 따라, 위무자가 죽은 후에 자신의 서모(庶母)를 순장시키지 않고 개가시켰는데 후에 위과가 진(秦)나라와 전투를 벌일 적에 서모의 망부(亡父)가 나타나 풀을 맺어 위과를 도왔다는 이야기에서 유래함. 결초보은(結草報恩). 『춘추좌씨전(春秋左

원쉬(元帥ㅣ) 흔연ᄉᆞ샤(欣然謝辭)ᄒᆞ여 블감당(不堪當)이라 ᄒᆞ고 치국안민(治國安民)[437]의 쳔승지위(千乘之位)[438]를 기리 누리믈 니르고 셔로 ᄇᆡ작(杯酌)을 날녀 니졍(離情)을 펴고 일ᄉᆡᆨ(日色)이 느ᄌᆞ미 분슈(分手)ᄒᆞ니, 왕(王)이 거젼(車前)을 우러〃 ᄀᆞᆯ오ᄃᆡ,

"우리 원쉬(元帥ㅣ) 오날날 도라가시니 하일하시(何日何時)의 다시 이곳의 니르리오? 국듕(國中)이 대란(大亂)ᄒᆞ여 ᄉᆡᆼ민(生民)이 보젼(保全)ᄒᆞᆯ 길히 업거ᄂᆞᆯ, 원슈(元帥)의 대은(大恩)으로 남은 ᄇᆡᆨ셩(百姓)을 진졍(鎭靜)ᄒᆞ고 녜의(禮義)를 슈련(修練)ᄒᆞ니 도라가신 후(後) 원슈(元帥)를 일시(一時)도 닛기 어렵도소이다."

ᄒᆞ고 모육(毛肉)[439]과 각쥬(穀酒)[440]를 가져 졍(情)을 표(表)ᄒᆞ니, 원쉬(元帥ㅣ) 흔연(欣然)이 바다 맛보고 면〃(面面)이 위유(慰諭)[441] ᄒᆞ여 됴히 이시믈 니르고,

호통(號筒)[442] 삼(三) ᄎᆞ(次)의 대군(大軍)이 믈미

76면

듯 나아가니, ᄇᆡᆨ셩(百姓)이 길흘 막아 젹ᄌᆡ(赤子ㅣ) ᄌᆞ모(慈母)를 원별(遠別)ᄒᆞᆷ ᄀᆞᆺ더라.

남왕(王)이 원슈(元帥)를 니별(離別)ᄒᆞ고 도라와 ᄌᆡ보(財寶)를 ᄂᆡ여 남문(南門) 외(外)의 일좌(一座) 대각(大閣)을 일우니라.

氏傳)』에 전함.

437) 치국안민(治國安民): 나라를 다스리고 백성을 편안하게 함.
438) 쳔승지위(千乘之位): 천승지위. 천 대의 수레를 징발할 만한 제후의 지위.
439) 모육(毛肉): 소, 돼지 등 털 있는 짐승의 고기.
440) 각쥬(穀酒): 각주. 껍질 있는 곡식으로 담근 술.
441) 위유(慰諭): 위로하고 타일러 달램.
442) 호통(號筒): 군중(軍中)에서 불어 호령을 전달하는 데 쓰는 악기.

명듀보월빙(明珠寶月聘) 권디십오(卷之十五)

1면

징셜(再說). 뎡(鄭) 원쉬(元帥ㅣ) 반ᄉᆞ(班師)[1]ᄒᆞᆫ 후(後) 남왕(南王)이 원슈(元帥)를 니별(離別)ᄒᆞ고 도라와 ᄌᆡ보(財寶)를 ᄂᆡ여 남문(南門) 외(外)의 일좌(一座) 대각(臺閣)을 일우고 원슈(元帥)의 화상(畫像)을 봉안(奉安)ᄒᆞ고, 누(樓) 일홈을 '뎡듁쳥 영당(靈堂)'이라 ᄒᆞ여 밧들믈 디극(至極)히 ᄒᆞ니, ᄇᆡᆨ셩(百姓)이 오ᄅᆡ도록 그 덕화(德化)를 닛디 못ᄒᆞ여 혹(或) 디셩(至誠)으로 튝원(祝願)ᄒᆞᄂᆞᆫ 일이 이시면 녕험(靈驗)이 잇셔 그 쇼원(所願)을 일우ᄃᆡ, 다만 블인디ᄉᆞ(不仁之士)ᄂᆞᆫ 디셩(至誠)으로 비러도 반ᄃᆞ시 벌(罰)이 잇셔 화(禍)를 만나니 인〃(人人)이 비록 화상(畫像)이나 원슈(元帥) 우럼 ᄀᆞᆺ더라.

왕(王)의게 일(一) 녜(女ㅣ) 이시니 명(名)은 운영이라. 뎡(鄭) 원슈(元帥)의

2면

표치풍광(標致風光)[2]을 흠모(欽慕)ᄒᆞ니, 왕(王)과 세ᄌᆡ(世子ㅣ) 녀힝(女行)의 한심(寒心)ᄒᆞ믈 칙(責)ᄒᆞᄃᆡ 운영이 ᄯᅳᆺ을 조곰도 곳치미 업

1) 반ᄉᆞ(班師): 반사. 군사를 이끌고 돌아옴.
2) 표치풍광(標致風光): 아름다운 얼굴과 빛나는 풍채.

셔 밧그로 샤죄(謝罪)ᄒᆞ나 ᄂᆡ심(內心)의 뎡(鄭) 원슈(元帥) 위(爲)ᄒᆞᆫ 졍(情)이 금셕(金石) ᄀᆞᆺᄐᆞ여 쥬야(晝夜) 탈신디계(脫身之計)[3]를 도모(圖謀)ᄒᆞ여 심복(心腹) 궁녀(宮女) 경향을 다리고 가마니 남의(男衣)를 개착(改着)ᄒᆞ며 금은딘보(金銀珍寶)를 도젹(盜賊)ᄒᆞ여 월야(月夜)를 타 탈신(脫身)ᄒᆞᆯᄉᆡ,

월셩도쥬(越城逃走)[4]ᄒᆞ여 노쥐(奴主ㅣ) 쳔니마(千里馬)를 사 ᄐᆞ고 원슈(元帥)의 뒤흘 좃ᄎᆞ 황셩(皇城)으로 향(向)ᄒᆞᆯᄉᆡ, 원슈(元帥)ᄂᆞᆫ 슈십(數十) 일(日) 젼(前) 몬져 발ᄒᆡᆼ(發行)ᄒᆞ여 아모 ᄃᆡ로 간 줄 아디 못ᄒᆞ고, 녀ᄌᆡ(女子ㅣ) 노변ᄒᆡᆼ역(路邊行役)[5]이 실(實)노 어려올 ᄲᅮᆫ 아니라 본국디계(本國之界)의셔ᄂᆞᆫ 밤으로 ᄒᆡᆼ(行)ᄒᆞ며 낫은 심산궁곡(深山窮谷)[6]의

3면

숨ᄂᆞᆫ디라.

긔년(期年)[7] 만의 황셩(皇城)의 득달(得達)[8]ᄒᆞ니, 공쥐(公主ㅣ) 노샹(路上)의셔 쳔신만고(千辛萬苦)를 격고 작용(作用)이 ᄯᅩᄒᆞᆫ 엇더ᄒᆞᆫ고. 분셕하회(分釋下回)[9]ᄒᆞ라.

운남왕(雲南王)이 녀ᄋᆞ(女兒)를 일코 ᄉᆞ방(四方)으로 심방(尋訪)[10]ᄒᆞ나 맛ᄎᆞᆷᄂᆡ 거쳐(居處)를 모로니 반ᄃᆞ시 뎡(鄭) 원슈(元帥)를 ᄯᆞ라간

---

3) 탈신디계(脫身之計): 탈신지계. 몸을 빼낼 계책.
4) 월셩도쥬(越城逃走): 월성도주. 성을 넘어 도주함.
5) 노변ᄒᆡᆼ역(路邊行役): 노변행역. 길을 감.
6) 심산궁곡(深山窮谷): 깊은 산과 골짜기.
7) 긔년(期年): 기년. 만 일 년이 되는 날.
8) 득달(得達): 목적한 곳에 도달함.
9) 분셕하회(分釋下回): 분석하회. 아랫부분을 마저 살펴보라.
10) 심방(尋訪): 방문해서 찾아봄.

줄 알고 블승ᄎᆞ악(不勝嗟愕)ᄒᆞ며 왕비(王妃) 듀야(晝夜) 슬허ᄒᆞ더라.

이ᄯᅴ, 뎡(鄭) 원쉬(元帥ㅣ) 쳡보(捷報)[11]를 쥬(奏)ᄒᆞ고 개가(凱歌)[12]로 승젼곡(勝戰曲)을 울녀 도라올ᄉᆡ, 젼당강(錢塘江)을 건너 ᄒᆡᆼ션(行船)을 무ᄉᆞ(無事)히 ᄒᆞ니 군친(君親)을 영모(永慕)[13]ᄒᆞᄂᆞᆫ 졍(情)이 급(急)ᄒᆞ여 샐니 ᄒᆡᆼ(行)ᄒᆞ여 졀강(浙江)의 니르러ᄂᆞᆫ, 계츄(季秋)를 당(當)ᄒᆞ여 풍국(楓菊)이 보암 ᄌᆞᆨᄒᆞᄃᆡ 유람(遊覽)의 경(景)이 업셔 밧비 ᄒᆡᆼ(行)ᄒᆞ려 ᄒᆞ다가 부원슈(副元帥) 등(等)이 유람(遊覽)을 쳥(請)ᄒᆞ니,

원슈(元帥)

4면

의 친우(親友) 경츈긔 부상(父喪)을 만나 졀강(浙江)의 나려온 후(後) 그 슉부(叔父) 참졍공(參政公)은 금평후(--侯) 친위(親友ㅣ)라 갈 제ᄂᆞᆫ ᄃᆡᆨ노(直路)로 가고 올 제ᄂᆞᆫ 경 ᄒᆞᆨᄉᆞ(學士) 보기를 위(爲)ᄒᆞ여 졀강(浙江)으로 ᄒᆡᆼ(行)ᄒᆞ여 부원슈(副元帥) 등(等)다려 유람(遊覽)ᄒᆞ라 ᄒᆞ고, ᄌᆞ긔(自己)ᄂᆞᆫ ᄇᆡᆨ포유건(白袍儒巾)[14]으로 위의(威儀)를 ᄯᅧᆯ쳐 셔동(書童)으로 경 참졍(參政) 부듕(府中)을 ᄀᆞᄅᆞ치라 ᄒᆞ니, 졀강(浙江) 소흥부(紹興府)의 일좌(一座) 고루화각(高樓華閣)[15]이 〃시니 경샤(京師) 왕공후문(王公侯門)[16]이나 다르디 아닌 곳을 ᄀᆞᄅᆞ쳐 경뷔(-府ㅣ)라 ᄒᆞᄂᆞᆫ디라.

원쉬(元帥ㅣ) 문외(門外)의셔 와시믈 통(通)ᄒᆞ니 경 ᄒᆞᆨᄉᆞ(學士) 츈

---

11) 쳡보(捷報): 첩보. 싸움에서 이겼다는 보고. 승전보(勝戰報).
12) 개가(凱歌): 싸움에서 이기고 돌아올 때에 부르는 노래.
13) 영모(永慕): 길이 사모함.
14) ᄇᆡᆨ포유건(白袍儒巾): 백포유건. 흰 도포와 유자(儒子)들이 쓰는 두건.
15) 고루화각(高樓華閣): 높고 화려한 집.
16) 왕공후문(王公侯門): 왕과 제후의 집.

긔 반기믈 니긔디 못ᄒᆞ여 밧비 문외(門外)의 마ᄌᆞ니, 피치(彼此ㅣ) 집슈쳑연(執手惕然)[17] ᄒᆞ여 삼긔(三忌)[18] 뎟업ᄉᆞ믈 치위(致慰)[19] ᄒᆞ고 눈물을 흘녀 명완

5면

블ᄉᆞ(命頑不死)[20] ᄒᆞ여 삼긔(三忌)를 훌〃이 디나믈 슬허ᄒᆞ니 원슈(元帥ㅣ) 위로(慰勞)ᄒᆞ고 ᄀᆞᆯ오ᄃᆡ,

"형(兄)이 참졍(參政) 합하(閤下)의 계휘(繼後ㅣ) 되엿다 ᄒᆞ니 녕대인(令大人)이 〃곳의 계시냐?"

혹ᄉᆡ(學士ㅣ) 대인(大人)의 계시믈 ᄃᆡ(對)ᄒᆞ니 원슈(元帥ㅣ) 왈(曰),

"내 녕대인(令大人)긔 ᄇᆡ현(拜見)ᄒᆞ기를 위(爲)ᄒᆞ여 형(兄)을 보려 작노(作路)를 이리로 ᄒᆞ엿ᄂᆞ니 녕존(令尊)긔 뵈오믈 쳥(請)ᄒᆞ노라."

경 혹ᄉᆡ(學士ㅣ) 그 ᄉᆞᄆᆡ를 닛그러,

"가엄(家嚴)이 듕헌(中軒)의 계시니 형(兄)이 날과 ᄒᆞᆫ가지로 드러갈 거시라."

원슈(元帥ㅣ) 좃ᄎᆞ 드러가니,

ᄎᆞ일(此日) 참졍(參政)이 쇼녀(小女) 슉혜 쇼져(小姐)를 듕헌(中軒)의 나오라 ᄒᆞ여 좌우(左右)로 장(帳)을 놉히 것고 디게를 쾌(快)히 여러 산샹국화(山上菊花)와 계변단풍(溪邊丹楓)을 구경ᄒᆞ며 녀ᄋᆞ(女兒)를 년ᄋᆡ(戀愛)

---

17) 집슈쳑연(執手惕然): 집수척연. 손을 잡고 슬퍼함.
18) 삼긔(三忌): 삼기. 죽은 지 삼 년 만에 지내는 제사.
19) 치위(致慰): 위로함.
20) 명완블ᄉᆞ(命頑不死): 명완불사. 목숨이 질겨 죽지 않음.

6면

ᄒᆞ여 니르ᄃᆡ,

"국화(菊花)와 단풍(丹楓)을 응(應)ᄒᆞ여 일(一) 슈(首) 시(詩)를 지으라."

ᄒᆞ니, 쇼졔(小姐ㅣ) 응명(應命)코져 ᄒᆞᆯ 즈음의 그 거게(哥哥ㅣ) 일위(一位) 댱부(丈夫)를 닛그러 드러오ᄂᆞᆫ디라. 년망(連忙)이 후창(後窓)으로 피(避)ᄒᆞ니, 원슈(元帥)의 뉴셩디안(流星之眼)[21]으로 얼프시 보아도 그 사ᄅᆞᆷ의 이목구비(耳目口鼻)와 셩ᄒᆡᆼ(性行) 현블초(賢不肖)를 ᄉᆞ못ᄂᆞᆫ디라, 경 쇼져(小姐)를 ᄒᆞᆫ번(-番) 보ᄆᆡ 옥면셩안(玉面星眼)[22]과 뉴미화험(柳眉花臉)[23]의 단슌호치(丹脣皓齒)[24] ᄒᆞᆫ갓 경국지ᄉᆡᆨ(傾國之色)[25]ᄲᅮᆫ 아니라 미우텬졍((眉宇天庭)[26] ᄉᆞ이의 복녹(福祿)이 완젼(完全)ᄒᆞ고, 명모셩덕(明眸盛德)[27]이 어리여 현셩덕질(賢性德質)[28]이 진짓 슉녀텰뷔(淑女哲婦ㅣ)[29]라. 복ᄉᆡᆨ(服色)이 규싊(閨秀ㅣ)니 흠복(欽服)[30]ᄒᆞ믈 마디아니ᄒᆞᄃᆡ 즉시(卽時) 번신(翻身)[31]ᄒᆞ여 퇴(退)ᄒᆞ니,

경 ᄒᆞᆨᄉᆡ(學士ㅣ) ᄯᅩᄒᆞᆫ 쇼ᄆᆡ(小妹) 셔실(書室)의 나와 이시믈 모로고 원슈(元帥)

---

21) 뉴셩디안(流星之眼): 유성지안. 흐르는 별 같은 눈.
22) 옥면셩안(玉面星眼): 옥면성안. 옥 같은 얼굴과 별 같은 눈.
23) 뉴미화험(柳眉花臉): 유미화검. 버들 같은 눈썹과 꽃 같은 뺨.
24) 단슌호치(丹脣皓齒): 단순호치. 붉은 입술과 흰 이.
25) 경국지ᄉᆡᆨ(傾國之色): 경국지색. 한번 빠지면 나라가 망할 정도로 아름다운 미색.
26) 미우텬졍((眉宇天庭): 미우천정. 눈썹과 이마. 천정은 관상에서, 두 눈썹의 사이 또는 이마의 복판을 이르는 말.
27) 명모셩덕(明貌盛德): 명모성덕. 현명하게 생긴 외모와 훌륭한 덕.
28) 현셩덕질(賢性德質): 현성덕질. 어진 품성과 덕이 있는 자질.
29) 슉녀텰뷔(淑女哲婦ㅣ): 숙녀철부. 착하고 어질며 지덕이 뛰어난 여자.
30) 흠복(欽服): 흠모해 복종함.
31) 번신(翻身): 몸을 돌림.

7면

를 다려 니르믈 놀나더니, 경 공(公)이 뎡(鄭) 원슈(元帥)를 보고 크게 반겨 혹亽(學士)를 명(命)ᄒᆞ여 챵빅을 다려 어셔 승당(昇堂)ᄒᆞ라 ᄒᆞ니, 혹식(學士ㅣ) 원슈(元帥)를 쳥왈(請曰),

"쇼믹(小妹) 드러가시니 형(兄)은 놀나디 말고 대인(大人)긔 현알(見謁)ᄒᆞ라."

원쉬(元帥ㅣ) 비로소 승당빅현(昇堂拜見)[32] ᄒᆞᆯ시 공(公)이 밧비 집슈관비(執手寬譬)[33] 왈(曰),

"샤뎨(舍弟) 기셰(棄世)[34] ᄒᆞ므로브터 고틱(故宅)을 볼 뜻이 업셔 이곳의셔 여러 츈츄(春秋)를 뒤이즈니[35], 피ᄎᆞ(彼此) 소식(消息)을 통(通)ᄒᆞᆯ 길히 업순디라. 거츈(去春)의 됴보(朝報)[36]로좃ᄎᆞ 챵빅의 츌샤(出師)[37] ᄒᆞ믈 드럿더니, 이졔 블모지디(不毛之地)의 남방(南方)을 평뎡(平定)ᄒᆞ고 개가(凱歌)로 환경(還京)ᄒᆞ니 우흐로 국가(國家)의 큰 근심을 덜고 아릭로 챵빅의 직덕(才德)과 신긔위뮈(神氣威武ㅣ)[38] ᄉᆞ히(四海)의 드레니 힝

8면

열(行列)ᄒᆞ믈 하례(賀禮)ᄒᆞ노라."

원쉬(元帥ㅣ) 흠신(欠身)[39] 딕왈(對曰),

---

32) 승당빅현(昇堂拜見): 승당배현. 마루에 올라 어른을 뵘.
33) 집슈관비(執手寬譬): 집수관비. 손을 잡고 우울한 마음을 풂.
34) 기셰(棄世): 기세. 세상을 떠남.
35) 뒤이즈니: 변하여 바뀌니. 번드치니.
36) 됴보(朝報): 조보. 조정의 재결 사항을 기록하고 서사(書寫)하여 반포하던 관보.
37) 츌샤(出師): 출사. 군대를 싸움터에 보냄.
38) 신긔위뮈(神氣威武ㅣ): 신기위무. 정신과 기운이 위엄 있고 씩씩함.
39) 흠신(欠身): 경의를 나타내기 위하여 몸을 굽힘.

“합해(閤下ㅣ) 환향(還鄕)ᄒᆞ션 디 여러 츈츄(春秋ㅣ) 밧고이니 가엄(家嚴)이 ᄉᆞ상(思想)ᄒᆞ시ᄂᆞᆫ 회포(懷抱)를 니긔디 못ᄒᆞ시나 봉친시하(奉親侍下)[40]의 일시(一時) 집을 ᄶᅥ나샤 친(親)히 나려와 상봉(相逢)치 못ᄒᆞ시니, 년딜빅(緣姪輩)[41] ᄯᅩᄒᆞᆫ 하회(下懷)[42]를 베플 곳이 업ᄉᆞ온디라. 금츈(今春)의 츌뎡(出征)ᄒᆞ와 국가(國家) 홍복(弘福)으로 남방(南方)을 평뎡(平定)ᄒᆞ고 합하(閤下)긔 빅현(拜見)ᄒᆞ기를 위(爲)ᄒᆞ여 작노(作路)ᄒᆞ여 존젼(尊前)의 현알(見謁)ᄒᆞ오니, 미졍(微情)[43]을 위로(慰勞)ᄒᆞ오딕 광음(光陰)이 훌〃ᄒᆞ여 계합하(季閤下)[44] 삼긔(三忌)를 맛ᄌᆞ오니 감쳑(感慽)[45]ᄒᆞᆫ 심ᄉᆞ(心思)를 니긔디 못ᄒᆞ리로소이다.”

경 공(公)이 츄연탄식(惆然歎息)ᄒᆞ고 인(因)ᄒᆞ여 경샤(京師) 소식(消息)과 남방(南方)을 평뎡(平定)ᄒᆞ던 바를 므러 반기믈

9면

마디아니ᄒᆞ니, 원슈(元帥ㅣ) ᄯᅩᄒᆞᆫ 죵용(從容)이 담화(談話)ᄒᆞ여,

이윽ᄒᆞ믹 셔동(書童)으로 부원슈(副元帥)를 ᄎᆞᄌᆞ가 ᄌᆞ긔(自己) 경부(-府)의 머무ᄂᆞᆫ 바를 젼(傳)ᄒᆞ고, ‘바로 관아(官衙)로 드러가쇼셔.’ 젼(傳)ᄒᆞ라 ᄒᆞ고 경 공(公) 부ᄌᆞ(父子)로 죵일(終日) 한담(閑談)ᄒᆞ다가 므러 ᄀᆞᆯ오딕,

“합히(閤下ㅣ) 본(本)딕 무ᄌᆞ(無子)ᄒᆞ시믄 아옵거니와 슬하(膝下)

---

40) 봉친시하(奉親侍下): 어버이를 모시고 있는 처지.
41) 년딜빅(緣姪輩): 연질배. 조카뻘 되는 무리.
42) 하회(下懷): 웃어른에게 자기의 심정이나 뜻을 낮추어 이르는 말.
43) 미졍(微情): 미정. 미미한 정이라는 뜻으로 웃사람에게 자기의 뜻을 낮추어 이르는 말.
44) 계합하(季閤下): 상대의 동생으로서 숙부뻘 되는 사람을 높여 이르는 말.
45) 감쳑(感慽): 감척. 슬픔.

의 녀ᄌᆞ(女子)를 두신 일이 업더니잇가?"

경 공(公)이 탄왈(嘆曰),

"내 젹악(積惡)이 듕(重)ᄒᆞ여 ᄒᆞᆫ 낫 ᄋᆞ둘이 업ᄉᆞ나 망뎨(亡弟) 츈긔 형뎨(兄弟)를 두어시니 굿ᄐᆞ여 ᄋᆞ둘이 업ᄉᆞ믈 슬허홀 ᄇᆡ 아니라. 츈긔로 명녕(螟蛉)[46]을 뎡(定)ᄒᆞ여 조션(祖先) 봉ᄉᆞ(奉祀)와 신후(身後)를 의탁(依託)ᄒᆞ고, 왕긔로 망뎨(亡弟)의 후ᄉᆞ(後嗣)를 밧들게 ᄒᆞ엿ᄂᆞ니 비록 명녕(螟蛉)이나 타인(他人)의 십(十) ᄌᆞ(子)를 블워 아

10면

니ᄒᆞ는 ᄇᆡ오, 만ᄂᆡ(晩來)의 일(一) 녀(女)를 어더 금년(今年)이 십이(十二)라, ᄒᆡᆼ(幸)혀 용우(庸愚)[47]키를 면(免)ᄒᆞ여시나 ᄐᆡᆨ셔(擇壻)ᄒᆞ미 어려오니 그읏이 민울(悶鬱)[48]ᄒᆞ도다."

원슈(元帥ㅣ) 짐즛 규슈(閨秀)의 근본(根本)을 알고져 ᄒᆞ다가 경 공(公) 녀ᄋᆡ(女兒ㅣ)믈 알고 그읏이 유의(有意)ᄒᆞᄃᆡ, 경 공(公)의 위인(爲人)이 명현(明賢)ᄒᆞ나 그 ᄯᅳᆺ이 고산(高山) ᄀᆞᄐᆞ여 쳔금일녀(千金一女)로ᄡᅧ ᄌᆞ긔(自己) ᄉᆞ부실(四副室)을 삼디 아닐가 뎡(正)히 발구(發口)치 못ᄒᆞ더니,

날이 어두오ᄆᆡ 경 공(公)은 ᄂᆡ헌(內軒)의셔 슉침(宿寢)ᄒᆞ고 혹ᄉᆞ(學士)와 ᄒᆞᆫ가지로 밤을 디ᄂᆡ라 ᄒᆞ니, 원슈(元帥ㅣ) ᄒᆡᆼ희(幸喜)ᄒᆞ여 혹ᄉᆞ(學士)와 년침(連枕)[49]ᄒᆞ여 오ᄅᆡ 상모(相慕)ᄒᆞ던 졍(情)을 닐너 한담(閑談)ᄒᆞᆯᄉᆡ, 원슈(元帥ㅣ) 믄득 쇼왈(笑曰),

---

46) 명녕(螟蛉): 명령. 빛깔이 푸른 나비와 나방의 애벌레. 나나니가 명령(螟蛉)을 업어 기른다는 뜻으로, 타성(他姓)에서 맞아들인 양자(養子)를 이르는 말.

47) 용우(庸愚): 용렬하고 어리석음.

48) 민울(悶鬱): 안타깝고 답답함.

49) 년침(連枕): 연침. 베개를 나란히 함.

"녕존(令尊)이 퇵셔(擇壻)를 근심ᄒᆞ시니 출하리 용우(庸愚)ᄒᆞ나 날 ᄀᆞᆺ튼 뉴(類)를 골히

11면

샤 문난(門欄)의 광치(光彩)를 돗치미[50] 엇더ᄒᆞ뇨?"

혹ᄉᆡ(學士ㅣ) ᄀᆞ장 반겨 듯고 ᄀᆞᆯ오ᄃᆡ,

"신낭(新郎)이 엇더ᄒᆞ뇨?"

원쉬(元帥ㅣ) 왈(曰),

"녕믹(令妹) 쇼졔(小姐ㅣ) 합하(閤下) 면젼(面前)의 계시던 규싂(閨秀ㅣ)시냐?"

답왈(答曰),

"연(然)ᄒᆞ다."

원쉬(元帥ㅣ) 우쇼(又笑) 왈(曰),

"신낭(新郎)의 풍뉴긔상(風流氣像)과 문벌(門閥)이며 ᄌᆡ화덕망(才華德望)[51]이 날 ᄀᆞᆺᄐᆞ면 엇더ᄒᆞᆯ가 시브냐?"

혹ᄉᆡ(學士ㅣ) 왈(曰),

"어ᄃᆡ 신낭(新郎)이 믈망ᄌᆡ덕(物望才德)[52]이 또 챵빅 ᄀᆞᆺ더뇨? 우리 비록 챵빅ᄀᆞᆺ치 긔특(奇特)디 못ᄒᆞᆯ디라도 가엄(家嚴)의 소망(所望)이 명문벌열(名門閥閱)노 옥인현ᄉᆡ(玉人賢士ㅣ) ᄌᆡ홰(才華ㅣ) 유명(有名)ᄒᆞ니를 구(求)ᄒᆞ시나 ᄯᅳᆺ ᄀᆞᆺ디 못ᄒᆞ여 뎡(正)히 민울(悶鬱)ᄒᆞᆫ디라. 만일(萬一) 신낭(新郎)이 만ᄉᆡ(萬事ㅣ) 챵빅 ᄀᆞᆺᄐᆞᆯ딘ᄃᆡ 블감쳥(不敢請)이언졍 고소원(固所願)[53]이라."

---

50) 돗치미: 돋보이게 함이.

51) ᄌᆡ화덕망(才華德望): 재화덕망. 화려한 재주와 덕이 있다는 명망.

52) 믈망ᄌᆡ덕(物望才德): 물망재덕. 여러 사람이 우러러보는 재주와 덕망.

ᄒᆞ니 원쉬(元帥ㅣ) 크게 우어 왈(曰),

"쇼뎨(小弟) ᄇᆡᆨᄉᆞ(百事)의 취(取)ᄒᆞᆯ 곳이 적

12면

으ᄃᆡ 쳔위 본(本)ᄃᆡ ᄆᆞᄋᆞᆷ을 기우리고 졍(情)을 허(許)ᄒᆞ여 ᄃᆡ졉(待接)ᄒᆞ던 ᄇᆡ라. 형(兄)이 날 ᄀᆞᄐᆞᆫ ᄆᆡ부(妹夫)를 블감쳥(不敢請)이언졍 고소원(固所願)이라 ᄒᆞ니, 형(兄)이 쇼뎨(小弟)를 디긔(知己)[54]로 ᄃᆡ졉(待接)ᄒᆞ미 감격(感激)ᄒᆞᆫ 고(故)로 출하리 날로뼈 ᄆᆡ부(妹夫)를 삼과져 바라노라."

경 ᄒᆞᆨᄉᆞ(學士)ᄂᆞᆫ 뎡(鄭) 원슈(元帥)를 금텬하뎨일(今天下第一)노 아ᄂᆞᆫ디라, 비록 쇼ᄆᆡ(小妹) 여럿지 부실(副室)이 되나 허혼(許婚)코져 ᄒᆞᄃᆡ 부뫼(父母ㅣ) 낙(諾)ᄒᆞ실 줄 몰나 니르ᄃᆡ,

"나는 네 말을 몰나 듯고 어ᄃᆡ 챵ᄇᆡᆨ ᄀᆞᄐᆞᆫ 초취신낭(初娶新郞)[55]이나 잇ᄂᆞᆫ가 녁엿더니 챵ᄇᆡᆨ이 ᄌᆞ쳥(自請)ᄒᆞ니 엇디 우읍디 아니리오? 부뫼(父母ㅣ) 텬션(天仙)이 하강(下降)ᄒᆞ엿다 ᄒᆞ여도 쇼ᄆᆡ(小妹)로뼈 ᄌᆡ실(再室)도 의논(議論)치 못ᄒᆞ시거ᄂᆞᆯ, 챵ᄇᆡᆨ이 비록 긔특(奇特)ᄒᆞᆫ들 실듕(室中)

13면

의 여러 부인(夫人)이 계시거ᄂᆞᆯ 디란(芝蘭) ᄀᆞᄐᆞᆫ 누의로뼈 탕ᄀᆡᆨ(蕩客)[56]의 여럿지 쳐실(妻室)을 삼으리오? 하 방ᄌᆞ(放恣)ᄒᆞᆫ 말 〃나."

---

53) 블감쳥(不敢請)이언졍 고소원(固所願): 불감청이언정 고소원. 감히 청하지 못할망정 진실로 원하는 바.

54) 디긔(知己): 지기. 자기의 속마음을 참되게 알아주는 친구.

55) 초취신낭(初娶新郞): 초취신랑. 처음으로 혼인한 신랑.

원쉬(元帥ㅣ) 호〃(浩浩)[57]이 우어 왈(曰),

"너의 집 버르순 남지(男子ㅣ) 취실(娶室)ᄒᆞ믈 ᄀᆞ장 방ᄌᆞ(放恣)ᄒᆞᆫ 줄노 아라 감(敢)히 그다히 말을 못 ᄒᆞᆯ 줄노 ᄒᆞ나, 내 원간(元間) 실듕(室中)의 삼체(三妻ㅣ) 잇셔 번ᄉᆞ(繁事)를 다시 구(求)ᄒᆞᆯ ᄇᆡ 아니로ᄃᆡ, 댱뷔(丈夫ㅣ) 쳐셰(處世)의 슉녀미희(淑女美姬)를 샤양(辭讓)ᄒᆞᆯ ᄇᆡ 아니라, ᄆᆞ음의 ᄎᆞᆫ 슉녀(淑女)와 미인(美人)을 거두어 실듕(室中)의 메오지 못ᄒᆞ랴?"

혹ᄉᆡ(學士ㅣ) 쇼왈(笑曰),

"챵빅이 타문(他門)의는 임의(任意)ᄃᆡ로 구(求)ᄒᆞ려니와 오가(吾家)의는 챵빅을 ᄉᆞ회 삼디 아니리니 무익(無益)ᄒᆞᆫ 말 〃나."

원쉬(元帥ㅣ) 쇼왈(笑曰),

"형(兄)은 날을 나모라 허혼(許婚)치 아니ᄒᆞ거니와 녕존(令尊)긔 쳥혼(請婚)ᄒᆞ

14면

여 허락(許諾)을 어드리라."

혹ᄉᆡ(學士ㅣ) 쇼왈(笑曰),

"네 비록 소댱(蘇張)[58]의 구변(口辯)이 잇셔도 가엄(家嚴)이 결단(決斷)코 너를 ᄉᆞ회 삼디 아니시리니 어린 ᄯᅳᆺ을 두지 말나."

원쉬(元帥ㅣ) 왈(曰),

---

56) 탕ᄀᆡᆨ(蕩客): 탕객. 방탕한 사람.

57) 호〃(浩浩): 호탕한 모양.

58) 소댱(蘇張): 소장. 중국 전국시대의 변론가인 소진(蘇秦, ?~?)과 장의(張儀, ?~B.C.309). 소진은 합종(合從)을, 장의는 연횡(連橫)을 주장했음. 합종은 서쪽의 강국 진(秦)나라에 대항하기 위하여 남북으로 위치한 한·위·조·연·제·초의 여섯 나라가 동맹하자는 것이고, 연횡은 진나라가 이들 여섯 나라와 횡(橫)으로 각각 동맹을 맺어 화친하자는 것임.

“형(兄)은 날노뼈 셔랑(壻郞)이 되디 못홀가 넉이니 형(兄)은 싱각ᄒᆞ여 보라. 쇼뎨(小弟)의 졔(諸) 악댱(岳丈)이 뉘 녕존(令尊)만 못ᄒᆞ리오. 윤(尹) 상셔(尙書)는 ᄋᆞ시(兒時)의 날을 보ᄃᆡ 비상(非常)ᄒᆞ믈 아라 뎡혼힝빙(定婚行聘[59])ᄒᆞ엿고, ᄂᆡ ᄒᆞᆨᄉᆞ(學士)는 기녀(其女)로뼈 나의 삼실(三室) 주기를 못 밋촐 ᄃᆞ시 셔도라 급〃(急急)히 동상(東床[60])을 마ᄌᆞ시니, 일노 볼진ᄃᆡ 나 뎡 챵ᄇᆡᆨ이 경 참졍(參政) 동상(東床) 되미 외람(猥濫)ᄒᆞ랴?”

ᄒᆞᆨᄉᆡ(學士ㅣ) ᄌᆞ긔(自己) ᄯᅳᆺ으로 홀딘ᄃᆡ 일언(一言)의 쾌허(快許)홀 거시로ᄃᆡ 부모(父母)의 ᄯᅳᆺ을 모로므로 우쇼(又笑) 왈(曰),

“네 아모리 취쳐(娶妻) 잘ᄒᆞ믈 ᄌᆞ랑ᄒᆞ

15면

여도 내 집은 본(本)ᄃᆡ 녀ᄌᆞ(女子)로 남의 부실(副室) 주는 일이 업ᄉᆞ니 괴이(怪異)ᄒᆞᆫ 말을 니르디 말나.”

원싊(元帥ㅣ) 다시 구혼(求婚)ᄒᆞ믈 긋치지 아니ᄒᆞ니 ᄒᆞᆨᄉᆡ(學士ㅣ) 딘졍(眞情)으로 ᄀᆞᆯ오ᄃᆡ,

“만일(萬一) 아심(我心) ᄀᆞᆺ틀진ᄃᆡ 쾌허(快許)홀 거시로ᄃᆡ 부뫼(父母ㅣ) 허(許)치 아니시리니 엇디ᄒᆞ리오?”

원싊(元帥ㅣ) 왈[61](曰),

“은졍(恩情)이 듕(重)ᄒᆞᆫ 바의 원비(元妃) 부실(副室)노 가지 아니ᄒᆞᄂᆞ니, 쇼뎨(小弟) 삼체(三妻ㅣ) 이시나 시쇽(時俗) 질투(嫉妬)를 면

---

59) 뎡혼힝빙(定婚行聘): 정혼행빙. 혼인을 약정해 빙례를 행함. 빙례는 빙물을 주는 예. 빙물은 결혼할 때 신랑이 신부의 친정에 주던 재물.

60) 동상(東床): 사위. 중국 진(晉)나라의 태위 극감이 사윗감을 고르는데 왕도(王導)의 집 동쪽 평상 위에 엎드려 음식을 먹고 있는 왕희지(王羲之)를 골랐다는 고사에서 온 말.

61) 왈: [교] 원문에는 이 글자가 없으나 문맥을 고려해 삽입함.

(免)ᄒᆞ여 츄악(醜惡)ᄒᆞᆫ 뉴ㅣ(類ㅣ) 아니〃 녕ᄆᆡ(令妹) 나의 ᄉᆞ부실(四副室)이 되여도 일ᄉᆡᆼ(一生) 괴로오미 업ᄉᆞ리라."

혹ᄉᆡ(學士ㅣ) 쇼왈(笑曰),

"챵ᄇᆡᆨ의 면쳥(面請)[62]이 여ᄎᆞ(如此) 간졀(懇切)ᄒᆞ니 부모(父母)긔 고(告)ᄒᆞ여 보려니와 허혼(許婚)ᄒᆞ실 줄 아디 못ᄒᆞ노라."

이러ᄐᆞᆺ 한화(閑話)[63]ᄒᆞ여 야심(夜深) 후(後) 취침(就寢)ᄒᆞ니라.

졍 참졍(參政) 부인(夫人)이 만ᄂᆡ(晩來)의 일(一) 녀(女)를

16면

ᄉᆡᆼ(生)ᄒᆞ니 용화긔질(容華器質)[64]이 긔려승졀(奇麗勝絕)[65]ᄒᆞ여 셩ᄒᆡᆼᄉᆞ덕(盛行四德)[66]이 온유졍뎡(溫柔貞靜)[67]ᄒᆞ니 공(公)의 부뷔(夫婦ㅣ) 과ᄋᆡ(過愛)[68]ᄒᆞ여 ᄐᆡᆨ셔(擇壻)ᄒᆞᄂᆞᆫ 념네(念慮ㅣ) 일시(一時)도 방하(放下)[69]치 못ᄒᆞ나 눈의 ᄎᆞᆫ 가랑(佳郎)이 업ᄉᆞᄆᆞᆯ 민울(悶鬱)[70]ᄒᆞ더라.

슉혜 문학(文學)이 츌인(出人)[71]ᄒᆞᆫ 고(故)로 공(公)이 츄경(秋景)을 응(應)ᄒᆞ여 일(一) 슈(首) 시(詩)를 디으라 ᄒᆞ다가 뎡(鄭) 원슈(元帥)를 본 ᄇᆡ 되니 쇼제(小姐ㅣ) 경황(驚惶)ᄒᆞ여 급(急)히 드러와 댱신(藏身)[72] 못 ᄒᆞᄆᆞᆯ 븟그리더니, ᄎᆞ야(此夜)의 공(公)이 녀ᄋᆞ(女兒)를 어로

62) 면쳥(面請): 면청. 친히 보고 청함.
63) 한화(閑話): 한가롭게 이야기함.
64) 용화긔질(容華器質): 용화기질. 빛나는 용모와 타고난 자질.
65) 긔려승졀(奇麗勝絕): 기려승절. 뛰어나게 아름다움.
66) 셩ᄒᆡᆼᄉᆞ덕(盛行四德): 성행사덕. 훌륭한 행실과 사덕. 사덕은 여자로서 갖추어야 할 네 가지 덕. 마음씨[婦德], 말씨[婦言], 맵시[婦容], 솜씨[婦功]를 이름.
67) 온유졍뎡(溫柔貞靜): 온유정정. 온순하고 부드러우며 곧고 깨끗하며 조용함.
68) 과ᄋᆡ(過愛): 과애. 지나치게 사랑함.
69) 방하(放下): 마음을 놓음.
70) 민울(悶鬱): 근심하고 우울해 함.
71) 츌인(出人): 출인. 남보다 뛰어남.
72) 댱신(藏身): 장신. 몸을 감춤.

만져 왈(曰),

"오ᄋᆡ(吾兒ㅣ) 맛참 밧긔 나왔다가 뎡텬흥을 만나니 반ᄃᆞ시 븟그려 뉘웃ᄎᆞ리라."

화 부인(夫人)이 양 평댱(平章) 부인(夫人)으로 형뎨(兄弟)라, 뎡(鄭) 원슈(元帥)의 와시믈 듯고 반겨 경사(京師) 소식(消息)을 몰나 우민(憂悶)ᄒᆞ더니, 공(公)의

17면

젼(傳)ᄒᆞ므로좃ᄎᆞ 운남(雲南) 파뎍(破敵)[73]ᄒᆞ던 셜화(說話)를 듯고, 부인(夫人)이 그 쇼년대ᄌᆡ(少年大才)를 칭복(稱服)ᄒᆞ믈 마디아니〃, 공(公)이 ᄀᆞᆯ오ᄃᆡ,

"뎡텬흥의 위인(爲人)은 텬하(天下)의 영걸(英傑)이라 청망(淸望)[74]이 ᄒᆡᄂᆡ(海內)의 들네니, 국가(國家)의 쥬셕지신(柱石之臣)[75]이라. 부인(夫人)의 딜녜(姪女ㅣ) 유복(有福)ᄒᆞ여 져의 ᄌᆡ실(再室)이 되엿ᄂᆞ니라."

부인(夫人)이 탄왈(嘆曰),

"우리도 언제나 져 ᄀᆞᄐᆞᆫ 신낭(新郎)을 마ᄌᆞ 문난(門欄)[76]의 광ᄎᆡ(光彩)를 닐위리오?"

공(公)이 탄왈(嘆曰),

"셰ᄃᆡ(世代)의 뎡텬흥 일(一) 인(人) 이심도 국가(國家)의 홍복(弘福)이어늘 ᄯᅩ 엇지 바라[77]리오?"

---

73) 파뎍(破敵): 파적. 적을 무찌름.
74) 청망(淸望): 청망. 맑은 명망.
75) 쥬셕지신(柱石之臣): 주석지신. 주춧돌처럼 나라에 중요한 구실을 하는 신하.
76) 문난(門欄): 문란. 가문.
77) 라: [교] 원문에는 이 글자가 없으나 문맥을 고려해 삽입함.

이러틋 담화(談話)ᄒᆞ다가 상요(床-)의 나아갓더니 일몽(一夢)을 어드니, 슉혜 쇼져(小姐) 침소(寢所) ᄎᆡ화당의 경운(慶雲)[78]이 어릐고 셔광(瑞光)[79]이 ᄋᆡ〃(藹藹)[80]ᄒᆞᆫ 듕(中) 일만(一萬) 댱(丈)이나 ᄒᆞᆫ 황뇽(黃龍)이 듕셩(衆星)을

18면

거ᄂᆞ려 ᄎᆡ화당을 둘너시니 공(公)의 부뷔(夫婦ㅣ) 놀나 ᄭᆡ다라 가 보니, 슉혜 황뇽(黃龍) 압히 셧더니 이윽고 뇽이 변(變)ᄒᆞ여 ᄌᆞ포금관(紫袍金冠)[81]의 언연(偃然)[82]ᄒᆞᆫ 대댱뷔(大丈夫ㅣ) 되여 풍광(風光)이 동탕(動蕩)[83]ᄒᆞ고 긔상(氣像)이 발호(拔豪)[84]ᄒᆞ여 쳥텬ᄇᆡᆨ일(靑天白日) ᄀᆞᆺᄐᆞ니, 공(公)의 부뷔(夫婦ㅣ) 셔로 도라보고 놀나 말을 못 ᄒᆞ더니, 동녁(東-) 상요(床-)의 일위(一位) 션관(仙官)이 ᄎᆡᄉᆡᆨ(彩色) 실을 손의 들고 뉴리ᄇᆡ(琉璃杯)를 가져 뎡(鄭) 원슈(元帥)와 슉혜의게 홍ᄉᆞ(紅絲)를 느리며 ᄇᆡ작(杯酌)을 날녀 왈(曰),

"월하(月下)의 븕은 실[85]을 ᄆᆡᄌᆞᄆᆡ 동쥬(同住)ᄒᆞ여 ᄌᆞ손(子孫)이 만당(滿堂)ᄒᆞ고 부귀(富貴) 극(極)ᄒᆞ리니, 됴히 친ᄉᆞ(親事)를 일우고 뎨ᄉᆞ부빈(第四副嬪)을 혐의(嫌疑)치 말나."

경 공(公)이 변ᄉᆡᆨ(變色) 왈(曰),

---

78) 경운(慶雲): 상서로운 구름.
79) 셔광(瑞光): 서광. 상서로운 빛.
80) ᄋᆡ〃(藹藹): 애애. 자욱함.
81) ᄌᆞ포금관(紫袍金冠): 자포금관. 비췻빛 도포와 금관.
82) 언연(偃然): 자신만만함.
83) 동탕(動蕩): 얼굴이 잘생기고 살집이 있음.
84) 발호(拔豪): 빼어나고 호탕함.
85) 월하(月下)의 븕은 실: 월하의 붉은 실. 부부의 인연을 맺는 것. 월하노인(月下老人)이 포대에 붉은 끈을 가지고 다녔는데 월하노인이 이 끈으로 혼인의 인연이 있는 남녀의 손발을 묶으면 그 남녀는 혼인할 운명에서 벗어나지 못한다고 함. 중국 당나라의 이복언(李復言)이 지은 『속현괴록(續玄怪錄)』에 나오는 이야기.

"우리 ᄌᆞ녜(子女ㅣ) 여러히 아니라 엇디 만

19면

금농쥬(萬金弄珠)[86]로 뎡가(鄭家) 뎨ᄉᆞ부빈(第四副嬪)을 주리오? 텬관(天官)은 원(願)컨ᄃᆡ 이런 괴이(怪異)ᄒᆞᆫ 거조(擧措)를 마르쇼셔."

션관(仙官)이 호〃(浩浩)히 우으며 왈(曰),

"그ᄃᆡ를 현명(賢明)ᄒᆞᆫ 댱뷔(丈夫ㅣ)라 ᄒᆞ엿더니 블통(不通)[87]ᄒᆞ미 이 ᄀᆞᆺᄐᆞ냐? 녕녜(令女ㅣ) 셰샹(世上)의 나기를 뎡텬흥의 가실(家室)이 되게 뎡(定)ᄒᆞ여시니 텬명(天命)을 슌슈(循守)[88]ᄒᆞ라."

공(公)이 번신(翻身)ᄒᆞ여 ᄭᆡᄃᆞ르니 침샹일몽(枕上一夢)이라. 심듕(心中)의 경아(驚訝)[89]ᄒᆞ여,

명됴(明朝)의 ᄌᆞ녜(子女ㅣ) 신셩(晨省)ᄒᆞᆯᄉᆡ, 혹ᄉᆡ(學士ㅣ) 부젼(父前)의 ᄉᆞ러 야ᄅᆡ(夜來) 뎡(鄭) 원슈(元帥)의 문답ᄉᆞ(問答事)를 일〃(一一)히 고(告)ᄒᆞ니, 공(公)이 침ᄉᆞ냥구(沈思良久)[90]의 왈(曰),

"오가(吾家) 문디(門地) 벌열(閥閱)노ᄡᅧ 일(一) 녀(女)를 남의 ᄉᆞ취(四娶)를 주지 아니려든, 텬흥이 스ᄉᆞ로 구(求)ᄒᆞ여 우리 뜻을 모로고 위력(威力)으로 동상(東床)이 되고져 ᄒᆞ나 그 긔운이 튱텬(衝天)[91]ᄒᆞ여 디

---

86) 만금농쥬(萬金弄珠): 만금농주. 매우 귀한 희롱하는 구슬이라는 뜻으로, 딸을 이름. 한고(漢皐)의 두 신녀의 고사. 정교보(鄭交甫)가 남쪽의 초(楚)에 가 한고의 누대 아래에 이르러 두 여자를 만났는데, 두 여자가 두 개의 구슬을 차고 있었는데 크기가 계란만 했다 함. 『문선(文選)』, 장형(張衡), <남도부(南都賦)> 주(註).

87) 블통(不通): 불통. 사리에 통달하지 못함.

88) 슌슈(循守): 순수. 전례나 규칙, 명령 따위를 그대로 좇아서 지킴.

89) 경아(驚訝): 놀라고 의아함.

90) 침ᄉᆞ냥구(沈思良久): 침사양구. 한참을 깊이 생각함.

91) 튱텬(衝天): 충천. 분하거나 의로운 기개, 기세 따위가 북받쳐 오름.

20면

란(芝蘭) ᄀᆞᆺ튼 약녀(弱女)를 딘압(鎭壓)ᄒᆞᆯ 길히 업ᄉᆞ니 허(許)치 못ᄒᆞ리로다."

부인(夫人)이 작야(昨夜) 몽ᄉᆞ(夢事)를 니르고 ᄲᅦ치지[92] 말나 ᄒᆞ니 공(公)이 쇼왈(笑曰),

"허탄(虛誕[93])ᄒᆞᆫ 몽ᄉᆞ(夢事)를 취신(取信)ᄒᆞ리오? 몽ᄉᆞ(夢事)란 거ᄉᆞᆫ 우읍거니와 내 평ᄉᆡᆼ(平生)의 챵빅으로뼈 만고일인(萬古一人)만 넉이니, 역시(亦是) ᄎᆞ혼(此婚)을 허(許)코져 ᄒᆞ나 내 경사(京師)의 올나가 뎡(鄭) 형(兄)을 보고 의논(議論)ᄒᆞ여 ᄒᆞ리라."

ᄒᆞᆨᄉᆡ(學士ㅣ) 고왈(告曰),

"금평후(--侯)ᄂᆞᆫ 본(本)ᄃᆡ 단뎡(端正)ᄒᆞᆫ 셩졍(性情)으로 챵빅의 호신(豪身)[94]을 엄금(嚴禁)ᄒᆞ니, 혼ᄉᆞ(婚事)를 상의(相議)ᄒᆞ실진ᄃᆡ 결단(決斷)코 허(許)치 아니리니 대인(大人)이 허혼(許婚)코져 ᄒᆞ실진ᄃᆡ 이곳의셔 혼ᄉᆞ(婚事)를 지ᄂᆡ고 챵빅으로 ᄉᆞᆺ출 여므러 됴토록 ᄒᆞ라 ᄒᆞ쇼셔."

경 공(公)이 웃고 ᄀᆞᆯ오ᄃᆡ,

"가(可)히 뎡텬흥이 남활(濫猾)[95]ᄒᆞᆫ 놈이로다."

21면

ᄒᆞ고 ᄒᆞᆨᄉᆞ(學士)를 다리고 외루(外樓)의 나오니,

원쉬(元帥ㅣ) 바야흐로 ᄭᆡ여 옷슬 닙다가 공(公)을 보고 허튼 머리

---

92) ᄲᅦ치지: 거절하지.
93) 허탄(虛誕): 거짓되고 미덥지 아니함.
94) 호신(豪身): 호방함.
95) 남활(濫猾): 외람하고 교활함.

의 관(冠)을 집어 언ᄌᆞ며 일희 허리의 ᄯᅴ를 둘너 마ᄌᆞ니, 쇄락(灑落)[96]ᄒᆞᆫ 옥면(玉面)이 소셰(梳洗)를 아냐시나 찬연슈려(燦然秀麗)[97]ᄒᆞ여 ᄇᆡᆨ년(白蓮)이 츄틱(秋澤)의 셩개(盛開)[98]ᄒᆞᆫ ᄃᆞᆺ, 명월(明月)이 듕텬(中天)의 한가(閑暇)ᄒᆞᆫ ᄃᆞᆺ, 녹빈방쳔(綠鬢芳倩)[99]의 두발(頭髮)이 허틀ᄆᆡ 깃 거ᄉᆞ린[100] 봉(鳳)이오, 날개 버린 학(鶴)이라. 팔쳑신댱(八尺身長)의 가득ᄒᆞᆫ 풍뉴(風流ㅣ)[101] 늠연쳑탕(凜然滌蕩)[102]ᄒᆞ여 앙〃(昻昻)[103]ᄒᆞᆫ 격되(格調ㅣ) 대귀인(大貴人) 긔상(氣像)을 가져시니 쳔승(千乘)[104]을 긔필(期必)[105]ᄒᆞᆯ디라. 경 공(公)이 흠ᄋᆡ(欽愛)[106]ᄒᆞ믈 니긔디 못ᄒᆞ여 안ᄌᆞ믈 니졋더니,

이윽고 좌(座)를 뎡(定)ᄒᆞᄆᆡ 죵용(從容)이 담화(談話)ᄒᆞᆯᄉᆡ, 원쉬(元帥ㅣ) 짐즛 경 ᄒᆞᆨᄉᆞ(學士)를 도라보

22면

며 미〃(微微)히 우어 왈(曰),

"형(兄)이 작야(昨夜) 쇼뎨(小弟)의 말노ᄡᅧ 합하(閤下)긔 고(告)ᄒᆞ엿ᄂᆞ냐?"

ᄒᆞᆨᄉᆡ(學士ㅣ) 함쇼(含笑) 답왈(答曰),

---

96) 쇄락(灑落): 시원스러움.
97) 찬연슈려(燦然秀麗): 찬연수려. 찬란하게 빼어나고 아름다움.
98) 셩개(盛開): 성개. 활짝 핌.
99) 녹빈방쳔(綠鬢芳倩): 녹빈방천. 아름다운 검은 귀밑머리. 방천은 '아름답다'의 의미로 보이나 미상임.
100) 거ᄉᆞ린: 거스른.
101) 풍뉴(風流ㅣ): 풍류. 멋. 또는 멋스러운 모습.
102) 늠연쳑탕(凜然滌蕩): 늠연척탕. 위엄 있고 당당하며 더러운 기운이 없음.
103) 앙〃(昻昻): 밝은 모양.
104) 쳔승(千乘): 천승. 천 대의 수레를 징발할 수 있는 제후.
105) 긔필(期必): 기필. 꼭 이루어지기를 기약함.
106) 흠ᄋᆡ(欽愛): 흠애. 흠모하고 사랑함.

"쇼뎨(小弟) 정신(精神)이 브족(不足)ᄒᆞ여 니져시니 형(兄)이 〃졔 고(告)ᄒᆞ라."

원쉬(元帥ㅣ) 단ᄉᆞ(丹砂)의 ᄇᆡᆨ옥(白玉)이 찬연(燦然)ᄒᆞ여 ᄀᆞᆯ오ᄃᆡ,

"그ᄉᆞ이 니ᄌᆞᆯ 니(理) 업ᄉᆞ니 허언(虛言)을 말나."

ᄒᆞᆨᄉᆡ(學士ㅣ) 웃고 말을 아니〃, 공(公)이 혼ᄉᆞ(婚事) 말이믈 지긔(知機)[107] ᄒᆞ고 굿ᄐᆞ여 뭇지 아녀 다른 말을 슈작(酬酌)ᄒᆞ더니, 원쉬(元帥ㅣ) 믄득 무릅흘 ᄭᅮᆯ며 경 공(公)을 향(向)ᄒᆞ여 궤고(跪告) 왈(曰),

"쇼ᄉᆡᆼ(小生)이 외람(猥濫)이 소회(所懷) 이실ᄉᆡ 은닉(隱匿)지 못ᄒᆞ고 합하(閤下)긔 고(告)ᄒᆞ오믄 평일(平日) 과ᄋᆡ(過愛)ᄒᆞ시ᄂᆞᆫ 은혜(恩惠)를 닙ᄉᆞ와 우러옵ᄂᆞᆫ 의ᄉᆡ(意思ㅣ) 범연(凡然)ᄒᆞᆫ 곳의 비(比)치 못ᄒᆞ올 ᄇᆡ오니 고(告)ᄒᆞᄂᆞ이다. 이졔 합하(閤下)의 슬ᄒᆡ(膝下ㅣ) 젹막(寂寞)ᄒᆞ와 쳔유로 계

23면

후(繼後)를 뎡(定)ᄒᆞ시고, 일(一) 개(個) 규와(閨瓦)[108]를 두샤 ᄐᆡᆨ셔(擇壻)를 근심ᄒᆞ시니, 쇼ᄉᆡᆼ(小生)의 용우박녈(庸愚薄劣)[109]ᄒᆞ미 가츄지ᄉᆡ(可取之事ㅣ)[110] 업ᄉᆞ오나 피ᄎᆞ(彼此) 문미가셰(門楣家勢)[111] 상당(相當)[112]ᄒᆞ므로ᄡᅧ 쥬진(朱陳)의 호연(好緣)[113]을 ᄆᆡᄌᆞᆯ진ᄃᆡ 쇼ᄉᆡᆼ

---

107) 지긔(知機): 지기. 기미를 앎.

108) 규와(閨瓦): 규방의 여자. '와(瓦)'는 길쌈할 때 쓰는 벽돌로 여자아이가 생기면 놀게 하는 것임. 『시경』, <사간(斯干)>에 "여자를 낳으면 땅에 재우며 포대기를 입히고 기왓장을 희롱하게 하네. 乃生女子, 載寢之地, 載衣之裼, 載弄之瓦."라는 구절이 있음.

109) 용우박녈(庸愚薄劣): 용우박렬. 용렬하고 어리석음.

110) 가츄지ᄉᆡ(可取之事ㅣ): 가취지사. 취할 만한 일.

111) 문미가셰(門楣家勢): 문미가세. 가문의 현창과 집안의 형세. 문미(門楣)는 본디 문 위에 높다랗게 가로댄 나무를 말한 것으로, 전하여 가문이 현창(顯昌)함을 비유함. 진홍(陳鴻)의 <장한가(長恨歌)>에 "사내는 봉후 못 되고 딸은 왕비가 되었으니, 딸을 도리어 문 위의 횡목으로 봐야겠네. 男不封侯女作妃, 看女却爲門上楣."라고 하였음. 『전당시(全唐詩)』 권435.

112) 상당(相當): 서로 걸맞음.

(小生)의 어린 정셩(精誠)이 반ᄌᆞ(半子)[114]의 녜(禮)를 다ᄒᆞ고, 텬유로 더브러 디극(至極)ᄒᆞᆫ 졍분(情分)의 다시 일가(一家)의 〃(義)를 맛고져 ᄒᆞ오미라. 합ᄒᆡ(閤下ㅣ) 쳔금옥녀(千金玉女)로ᄡᅧ 쇼ᄉᆡᆼ(小生)의 여럿ᄌᆡ 부실(副室)을 욕(辱)되게 넉이샤 허(許)치 아니시려니와 쇼ᄉᆡᆼ(小生)이 본(本)ᄃᆡ 소회(所懷)를 ᄀᆞᆷ초지 못ᄒᆞ므로 고(告)ᄒᆞᄂᆞ이다.”

언파(言罷)의 긔운이 튱텬(衝天)ᄒᆞ여 일분(一分) 어려이 넉이ᄂᆞᆫ ᄇᆡ 업ᄉᆞ니, 공(公)이 면모(面貌)의 은〃(隱隱)ᄒᆞᆫ 우음을 씌여 이윽이 말을 아니ᄒᆞ더니 날호여 답왈(答曰),

“미약(微弱)ᄒᆞᆫ 녀

24면

식(女息)을 챵ᄇᆡᆨ이 〃러ᄐᆞᆺ 구혼(求婚)ᄒᆞ니 ᄀᆞ장 감샤(感謝)ᄒᆞ거니와 군(君)의 실듕(室中)의 삼(三) 부인(夫人)이 ᄂᆡᄉᆞ(內事)를 님찰(臨察)[115]ᄒᆞᆫ다 ᄒᆞ니, 쇼녀(小女)의 블민용우(不敏庸愚)[116]ᄒᆞ미 군ᄌᆞ(君子) 건긔(巾箕)[117]를 소임(所任)치 못ᄒᆞ며 삼(三) 부인(夫人)으로 됴히 화목(和睦)지 못ᄒᆞᆯ가 능(能)히 허(許)치 못ᄒᆞᄂᆞ니, 챵ᄇᆡᆨ이 브ᄃᆡ 취(娶)ᄒᆞ려 ᄒᆞ거든 미혼(未婚) 젼(前) 결단(決斷)을 두어 쇼녀(小女)로 ᄒᆞ여곰 우리 ᄉᆡᆼ젼(生前)의 슬하(膝下)를 블니(不離)케 ᄒᆞ여 존문(尊門)의 다려가지 아니려 ᄒᆞ면 오히려 허(許)ᄒᆞ리라.”

---

113) 쥬진(朱陳)의 호연(好緣): 주진의 호연. 주씨와 진씨 집안의 좋은 인연이라는 뜻으로 두 집안이 통혼함을 이르는 말. 당나라 때 서주(徐州) 고풍현의 주진이라는 마을에 주씨와 진씨 두 성씨만 살면서 대대로 혼인을 하며 화목하게 지냈다고 한 데서 유래함. 『백씨장경집(白氏長慶集)』, 「주진촌(朱陳村)」.

114) 반ᄌᆞ(半子): 반자. ‘반자식’이라는 뜻으로, 사위를 달리 이르는 말.

115) 님찰(臨察): 임찰. 맡아 살핌.

116) 블민용우(不敏庸愚): 불민용우. 민첩하지 못하고 어리석음.

117) 건긔(巾箕): 건기. 수건과 쓰레받기라는 뜻으로, 아내가 남편을 섬기는 것을 이르는 말.

원쉬(元帥ㅣ) 화(和)이 웃고 ᄀᆞᆯ오ᄃᆡ,

"녀ᄌᆞ유ᄒᆡᆼ(女子有行)이 원부모형뎨(遠父母兄弟)[118]니 합ᄒᆡ(閤下ㅣ) 비록 일(一) 녜(女ㅣ) 이시나 엇지 ᄆᆡ양 슬하(膝下)의 두리잇가? 쇼ᄉᆡᆼ(小生)의 삼체(三妻ㅣ) 다 질투(嫉妬)ᄂᆞᆫ 버셔낫ᄂᆞᆫ디라, 녕녜(令女ㅣ) 비록 여럿ᄌᆡ 부인(夫人)이나 일ᄉᆡᆼ(一生)인

25면

ᄌᆞᆨ 안연평셕(晏然平昔)[119]ᄒᆞ오리니 합하(閤下)ᄂᆞᆫ 쇼〃호의(小小狐疑)[120]를 두지 마르시고 텬연(天緣)[121]이 뎡(定)ᄒᆞ여시믈 ᄉᆡᆼ각ᄒᆞ쇼셔."

경 공(公)이 져의 당면(當面)ᄒᆞ여 이ᄀᆞᆺ치 보ᄎᆡ믈 듯고 몽ᄉᆞ(夢事)를 ᄉᆡᆼ각ᄒᆞᄆᆡ ᄎᆞ마 박졀(迫切)[122]치 못ᄒᆞ여 우어 왈(曰),

"챵ᄇᆡᆨ이 〃러ᄐᆞᆺ 쳥혼(請婚)ᄒᆞ여 나의 허락(許諾)을 어드면 엇디 취(娶)ᄒᆞ려 ᄒᆞᄂᆞ뇨?"

원쉬(元帥ㅣ) 쇼이ᄃᆡ왈(笑而對曰),

"만일(萬一) 허(許)ᄒᆞ실진ᄃᆡ ᄀᆡ부형지죄(欺父兄之罪)[123]ᄂᆞᆫ 쇼ᄉᆡᆼ(小生)이 몸 우ᄒᆡ 시르려니와, 이곳의셔 급(急)히 취(娶)ᄒᆞ고 합해(閤下ㅣ) 경ᄉᆞ(京師)의 오신 후(後) 녕녀(令女)를 다시 혼네(婚禮)를 일워 친젼(親前)의 블고이취(不告而娶)[124]ᄒᆞ믈 은닉(隱匿)ᄒᆞ리이다."

경 공(公)이 도로혀 쇼왈(笑曰),

---

118) 녀ᄌᆞ유ᄒᆡᆼ(女子有行)이 원부모형뎨(遠父母兄弟): 여자유행이 원부모형제. 여자가 신행을 하면 부모와 형제에게서 멀어짐. 여자가 혼인을 하면 친정 부모와 형제에게서 멀어질 수밖에 없음을 이름. 『시경』, "패풍(邶風)"의 <천수(泉水)>에 나오는 표현.
119) 안연평셕(晏然平昔): 안연평석. 편안하여 예전과 달라짐이 없음.
120) 쇼〃호의(小小狐疑): 소소호의. 작은 염려와 의심.
121) 텬연(天緣): 천연. 하늘의 인연.
122) 박졀(迫切): 박절. 인정이 없고 쌀쌀함.
123) ᄀᆡ부형지죄(欺父兄之罪): 기부형지죄. 아버지와 형을 속인 죄.
124) 블고이취(不告而娶): 불고이취. 부모의 허락을 얻지 않고 장가를 듦.

"군(君)의 계괴(計巧ㅣ) 긔특(奇特)ᄒᆞ거니와 호ᄉᆡ다ᄆᆡ(好事ㅣ多魔ㅣ)[125]라 그ᄉᆞ이 연고(緣故) 잇셔

26면

ᄒᆡᆼ계(行計)를 못 ᄒᆞ고 녕엄(令嚴)이 몬져 알면 엇디려 ᄒᆞᄂᆞ뇨?"

원슈(元帥ㅣ) 쇼왈(笑曰),

"가엄(家嚴)이 쇼ᄉᆡᆼ(小生)의 호신(豪身)을 금(禁)ᄒᆞ시나 발셔 취(娶)ᄒᆞᆫ 후(後)ᄂᆞᆫ 일시(一時) 슈칙(授責)[126]이 엄(嚴)ᄒᆞ시나 이만 일의 죽이든 아니시리이다."

공(公)이 그 호긔(豪氣)를 흠ᄋᆡ(欽愛)ᄒᆞ여 ᄎᆞ마 퇴혼(退婚)치 못ᄒᆞ고 비록 ᄉᆞ취(四娶)나 인믈(人物)이 디극(至極)히 긔려(奇麗)ᄒᆞᆫ 고(故)로 소원(所願)이 아니로ᄃᆡ 웃고 ᄀᆞᆯ오ᄃᆡ,

"챵빅이 딘졍(眞情)으로 구혼(求婚)ᄒᆞ니 내 심약(心弱)ᄒᆞ여 구지 퇴(退)치 못ᄒᆞ고 허(許)ᄒᆞᄂᆞ니 ᄆᆞ음ᄃᆡ로 슈히 취(娶)ᄒᆞ라."

원슈(元帥ㅣ) 대열(大悅)ᄒᆞ여 샤례(謝禮)ᄒᆞ고 ᄀᆞᆯ오ᄃᆡ,

"쇼ᄉᆡᆼ(小生)의 ᄒᆡᆼ되(行途ㅣ) ᄀᆞ장 긴급(緊急)ᄒᆞ오니 녕녀(令女)의 ᄉᆡᆼ월일시(生月日時)를 니르샤 길일(吉日)을 쇽ᄐᆡᆨ(速擇)[127]ᄒᆞ샤이다."

공(公)이 쇼왈(笑曰),

"신낭(新郎)으

---

125) 호ᄉᆡ다ᄆᆡ(好事ㅣ多魔ㅣ): 호사다마. 좋은 일에는 흔히 방해되는 일이 많음.
126) 슈칙(授責): 수책. 꾸짖음.
127) 쇽ᄐᆡᆨ(速擇): 속택. 속히 택함.

27면

로셔는 완만(頑慢)[128] 호고 너모 잔붓그러오미 업도다."

인(因)호여 싱년월일시(生年月日時)를 니르니 원슈(元帥ㅣ) 튁일(擇日)호믹 촉박(促迫)호여 슈삼(數三) 일(日)이 격(隔)호믹 공(公)이 쇼왈(笑曰),

"비록 빅현구고지녜(拜見舅姑之禮)[129]를 아니호나 길긔(吉期) 너모 착급(着急)호여 셩녜지졀(成禮之節)[130]도 출히기 어렵도다."

원슈(元帥ㅣ) 딕왈(對曰),

"쇼싱(小生)의 힝게(行車ㅣ) 급(急)호오니 브졀업시 번화(繁華)로 날을 믈니치지 마르쇼셔."

공(公)이 즉시(卽時) 닉당(內堂)의 뎡혼(定婚)호믈 젼(傳)호여 혼슈(婚需)를 출히라 호고, 원슈(元帥)다려 빙믈(聘物)[131]을 몬져 닉라 호니 원슈(元帥ㅣ) 쇼왈(笑曰),

"빙믈(聘物)홀 거시 업소니 쇼싱(小生)의 건잠(巾簪)[132]이 녀즈(女子)의 장염(粧奩)[133]이 아니나 권도(權道)로 빙믈(聘物)을 삼아디이다."

언파(言罷)의 두상(頭上)의 빅옥줌(白玉簪)

28면

을 색히고 혼셔(婚書)를 뻐 흔가지로 공(公)의 압히 노흐니, 그 청검(淸儉)[134]호미 남만(南蠻)을 평뎡(平定)호고 도라오딕 흔 낫 보믈(寶

128) 완만(頑慢): 성질이 모질고 거만함.
129) 빅현구고지녜(拜見舅姑之禮): 배현구고지례. 시부모를 뵙는 예.
130) 셩녜지졀(成禮之節): 성례지절. 혼인을 하는 예식.
131) 빙믈(聘物): 빙물. 결혼할 때 신랑이 신부의 친정에 주던 재물.
132) 건잠(巾簪): 유건(儒巾)에 꽂는 비녀.
133) 장염(粧奩): 장렴. 몸을 치장하는 데 쓰는 갖가지 물건.

物)이 몸가의 머므디 아냐시믈 더옥 항복(降服)ᄒᆞ고, 원쉬(元帥ㅣ) 왈(曰),

“길일(吉日)이 님박(臨迫)ᄒᆞᆫᄃᆡ 존부(尊府)의 이시미 블가(不可)ᄒᆞ니 길녜(吉禮) 젼(前) 햐쳐(下處)[135]의 이시려 ᄒᆞᄂᆞ이다.”

뎡언간(停言間)[136]의 본읍(本邑) 태쉬(太守ㅣ) 현알(見謁)을 청(請)ᄒᆞ니, 원쉬(元帥ㅣ) 의관(衣冠)을 슈렴(收斂)ᄒᆞ고 날호여 청(請)ᄒᆞ여 셔로 볼ᄉᆡ, 태쉬(太守ㅣ) 드러와 청말(廳末)의셔 ᄌᆡᄇᆡ(再拜)ᄒᆞ니 원쉬(元帥ㅣ) 댱읍블ᄇᆡ(長揖不拜)[137]ᄒᆞ니 태쉬(太守ㅣ) 공슈궤좌(拱手跪坐)[138]ᄒᆞ여 작일(昨日) 션문(先聞)[139]이 업ᄉᆞ므로 ᄒᆡᆼ노(行路)의 디영(祇迎)[140]치 못ᄒᆞ믈 청죄(請罪)ᄒᆞᆫᄃᆡ 원쉬(元帥ㅣ) 흔연(欣然) 답왈(答曰),

“이곳의 잠간(暫間) 단녀갈 ᄉᆞ괴(事故ㅣ) 잇셔 ᄉᆞᄒᆡᆼ(私行)으로 작노(作路)ᄒᆞ

29면

니 굿ᄐᆞ여 태슈(太守) 관읍(官邑)의 션문(先聞)ᄒᆞᆯ ᄇᆡ 아니〃 엇디 태슈(太守)를 허믈ᄒᆞᆯ ᄇᆡ리오?”

태쉬(太守ㅣ) ᄉᆞ샤(謝辭)ᄒᆞ고 관아(官衙)로 가믈 청(請)ᄒᆞ니, 원쉬(元帥ㅣ) 답왈[141](答曰),

---

134) 청검(淸儉): 청검. 맑고 검소함.
135) 햐쳐(下處): 하처. 임시로 머무는 집.
136) 뎡언간(停言間): 정언간. 말이 잠시 멈춘 사이.
137) 댱읍블ᄇᆡ(長揖不拜): 장읍불배. 길게 읍만 하고 절은 하지 않음.
138) 공슈궤좌(拱手跪坐): 공수궤좌. 공수하고 무릎 꿇고 앉음. 공수는 절을 하거나 웃어른을 모실 때, 두 손을 앞으로 모아 포개어 잡음. 또는 그런 자세. 남자는 왼손을 오른손 위에 놓고, 여자는 오른손을 왼손 위에 놓음.
139) 션문(先聞): 선문. 미리 보내는 기별.
140) 디영(祇迎): 지영. 삼가 맞음.

"햐쳐(下處)를 잡아 머믈 일이 〃시니 관아(官衙)로 가디 못ᄒᆞᄂᆞ니, 태슈(太守)ᄂᆞᆫ 슈고로이 나오디 말고 풍악(風樂)으로 영졉(迎接)ᄒᆞᆯ 의ᄉᆞ(意思)를 말나."

태쉬(太守ㅣ) ᄌᆡ쳥(再請)치 못ᄒᆞ여 퇴(退)ᄒᆞ고,

부원슈(副元帥) 이히(以下ㅣ) 일시(一時)의 니르러 야간(夜間) 존후(尊候)를 므르니 쳔병만미(千兵萬馬ㅣ) 만산편야(滿山遍野)[142]ᄒᆞ여 경부(-府)를 드레니, 원쉬(元帥ㅣ) 군듕(軍中)의 하령(下令)ᄒᆞ여 제댱군졸(諸將軍卒)이 각〃(各各) 햐쳐(下處)를 잡아 머믈나 ᄒᆞ니, ᄉᆞ졸(士卒)이 곡졀(曲折)을 모로고 쳥녕(聽令)ᄒᆞ여 믈너나고 부원쉬(副元帥ㅣ) 죵용(從容)이 므러 왈(曰),

"원쉬(元帥ㅣ) ᄒᆡᆼ노(行路)를 밧바 ᄒᆞ시더니 이졔 이곳의셔 여러 날 믁으시믄

30면

엇지오?"

원쉬(元帥ㅣ) 잠쇼(暫笑) 왈(曰),

"우연(偶然)이 경 공(公) 녀ᄋᆞ(女兒)와 뎡혼(定婚)ᄒᆞ여 길긔(吉期) 슈일(數日)이 격(隔)ᄒᆞ여시니 혼ᄉᆞ(婚事)를 디ᄂᆡ고 쳥뉴(請留)[143]ᄒᆞ믈 인(因)ᄒᆞ여 ᄉᆞ오일(四五日) 머므러 갈 거시ᄆᆡ ᄌᆞ연(自然) 십여(十餘) 일(日)이 되리로다."

부원쉬(副元帥ㅣ) 잠쇼무언(暫笑無言)이러라.

이러구러 길긔(吉期) 다ᄃᆞ르니, 경부(-府)의셔 대연(大宴)을 베퍼

141) 답왈: [교] 원문에는 없으나 문맥을 고려해 삽입함.
142) 만산편야(滿山遍野): 산과 들에 가득함.
143) 청뉴(請留): 청류. 머무르기를 청함.

신낭(新郎) 맛는 녜(禮)를 풍비(豐備)[144]히 출히니, 원닉(元來) 경부(-府) 가계(家計) 부요(富饒)ᄒᆞ니 일(一) 녀(女)의 혼슈(婚需)를 미리 조비(造備)[145]ᄒᆞ여 범ᄉᆞ(凡事)의 군핍(窘乏)[146]ᄒᆞ미 업더라.

날이 반오(半午)[147]의 신부(新婦)를 단장(丹粧)ᄒᆞ여 청듕(廳中)의 셰우니, 텬향아딜(天香雅質)[148]이 히샹(海上)의 명월쥬(明月珠)오 동니(東籬)[149]의 금(金)봉오리[150]라. 옥틱화염(玉態花艶)[151]이 당셰(當世)의 독보졀염(獨步絕艶)[152]이니 하긱(賀客)이 칭션블이(稱善不已)[153]ᄒᆞ

31면

더라.

원쉬(元帥ㅣ) 위의(威儀)를 거나려 경부(-府)로 향(向)홀ᄉᆡ 부원슈(副元帥) 이해(以下ㅣ) 다 관면(冠冕)을 ᄀᆞ초고 좌우(左右)로 옹호(擁護)ᄒᆞ여 힝(行)ᄒᆞ니, 뇨량(嘹喨)[154]ᄒᆞᆫ 싱가(笙歌)[155]는 구소(九霄)[156]의 들네고 졀월긔둑(節鉞旗纛)[157]이 십(十) 니(里)의[158] 버러시니,

144) 풍비(豐備): 풍성하게 갖춤.
145) 조비(造備): 만들어 갖춤.
146) 군핍(窘乏): 필요한 것이 없거나 모자라 군색하고 아쉬움.
147) 반오(半午): 하룻낮의 반. 한낮을 이름.
148) 텬향아딜(天香雅質): 천향아질. 좋은 향기와 전아한 바탕.
149) 동니(東籬): 동리. 동쪽 울타리라는 뜻으로, 국화를 심은 곳을 이르는 말. 중국 동진 후기의 시인 도연명(陶淵明)의 시 <음주(飮酒)> 20수 중 제5수의 "동쪽 울타리 아래에서 국화를 꺾으며 한가로이 남산을 바라보네. 采菊東籬下, 悠然見南山."에서 유래함.
150) 금(金)봉오리: 노란 국화꽃 봉오리.
151) 옥틱화염(玉態花艶): 옥태화염. 옥과 꽃처럼 아름다운 자태.
152) 독보졀염(獨步絕艶): 독보절염. 독보적으로 매우 아름다움.
153) 칭션블이(稱善不已): 칭선불이. 칭찬을 그치지 않음.
154) 뇨량(嘹喨): 요량. 소리가 맑고 낭랑함.
155) 싱가(笙歌): 생가. 생황과 노래를 아울러 이르는 말.
156) 구소(九霄): 높은 하늘.
157) 졀월긔둑(節鉞旗纛): 절월기둑. 절월과 기둑. 절월은 대장(大將) 등이 부임할 때에 임금이 내어주던 물건으로 절은 수기(手旗)와 같이 만들고 월은 도끼와 같이 만든 것으로, 군령을 어긴

본읍(本邑) 태슈(太守)로브터 쥬현(州縣) ᄌᆞᄉᆡ(刺史ㅣ) 아니 모드니 업ᄂᆞᆫ디라.

경부(-府)의 니르러 옥상(玉牀)의 홍안(鴻鴈)을 젼(奠)ᄒᆞ고 텬디(天地)긔 ᄇᆡ례(拜禮)를 맛ᄎᆞᄆᆡ, 경 ᄒᆞᆨᄉᆞ(學士) 등(等)이 팔 미러 ᄂᆡ당(內堂) 듕헌(中軒)의 다ᄃᆞ라 ᄎᆡ셕(彩席)[159]이 뎡졔(整齊)ᄒᆞ고 화쵹(華燭)이 녕농(玲瓏)ᄒᆞᆫᄃᆡ 허다(許多) ᄎᆞ환(叉鬟)[160]이 쇼져(小姐)를 붓드러 교ᄇᆡ셕(交拜席)[161]의 님(臨)ᄒᆞ니 원쉬(元帥ㅣ) 교ᄇᆡ(交拜)를 파(罷)ᄒᆞ고 공작션(孔雀扇)을 반개(半開)ᄒᆞ니, 쇼져(小姐)의 놉흔 긔질(器質)과 됴흔 격되(格調ㅣ) 곤산미옥(崑山美玉)[162]이오 쳔ᄐᆡᆨ(川澤)의 향년(香蓮)[163]이 취우(驟雨)[164]를 ᄲᅥᆯ

32면

쳣ᄂᆞᆫ 둣, 효셩ᄡᅡᆼ안(曉星雙眼)[165]의 영긔(英氣) 발월(發越)[166]ᄒᆞ니 ᄇᆡᆨᄐᆡ졔미(百態齊美)[167]ᄒᆞ고 만광(萬光)이 찬란[168](燦爛)ᄒᆞ여 무ᄡᅡᆼ(無雙)ᄒᆞᆫ ᄉᆡᆨᄐᆡ(色態)라. 원슈(元帥)의 농봉긔질(龍鳳器質)[169]과 ᄇᆡ우(配偶)의 상젹(相敵)[170]ᄒᆞ미 겸금냥옥(兼金良玉)[171] ᄀᆞᄐᆞ니, 경 공(公)

자에 대한 생살권(生殺權)을 상징하였음. 기둑은 새의 깃으로 꾸민 큰 깃발로 대장기(大將旗)를 뜻함.

158) 십니의: [교] 원문에는 이 뒤에 '십니의'가 있으나 부연으로 보아 삭제함.
159) ᄎᆡ셕(彩席): 채석. 여러 가지 색깔로 무늬를 놓아서 짠 돗자리.
160) ᄎᆞ환(叉鬟): 차환. 주인을 가까이에서 모시는 젊은 계집종.
161) 교ᄇᆡ셕(交拜席): 교배석. 신랑과 신부가 맞절을 하는 자리.
162) 곤산미옥(崑山美玉): 곤륜산의 아름다운 옥.
163) 향년(香蓮): 향련. 향기로운 연꽃.
164) 취우(驟雨): 취우. 소나기.
165) 효셩ᄡᅡᆼ안(曉星雙眼): 효성쌍안. 샛별 같은 두 눈.
166) 발월(發越): 용모가 깨끗하고 훤칠함.
167) ᄇᆡᆨᄐᆡ졔미(百態齊美): 백태제미. 온갖 자태가 두루 아름다움.
168) 란: [교] 원문에는 이 글자가 없으나 문맥을 고려해 삽입함.
169) 농봉긔질(龍鳳器質): 용봉기질. 용과 봉황처럼 뛰어난 기질.
170) 상젹(相敵): 상적. 서로 걸맞음.

부〃(夫婦)의 두굿김과 ᄒᆞᆨᄉᆞ(學士)의 깃브미 무비(無比)[172] ᄒᆞ여 희긔(喜氣) 녕농(玲瓏)ᄒᆞ더라.

녜파(禮罷)의 원싊(元帥ㅣ) 경 공(公) 부ᄌᆞ(父子)로 밧긔 나와 좌(座)를 일우니, 태슈(太守) 등(等)과 향듕ᄉᆞ유(鄕中士儒) 등(等)이 년셩칭찬(連聲稱讚)[173] ᄒᆞ여 경 공(公)긔 쾌셔(快壻) 어드믈 치하(致賀)ᄒᆞ니 공(公)이 치하(致賀)를 사양(辭讓)치 아냐 화열(和悅)[174] ᄒᆞ믈 니긔지 못ᄒᆞ니, 빈쥐(賓主ㅣ) 낙극딘환(樂極盡歡)[175] ᄒᆞ여 일ᄉᆡᆨ(日色)이 셔산(西山)의 기우니 빈ᄀᆡᆨ(賓客)이 각산(各散)ᄒᆞ고,

쵹(燭)을 니어 경 공(公) 부ᄌᆞ(父子)로 담화(談話)ᄒᆞ더니, 공(公)이 ᄒᆞᆨᄉᆞ(學士)를 명(命)ᄒᆞ여 원슈(元帥)를 신방(新房)으로 인도(引導)ᄒᆞ라 ᄒᆞ니,

33면

ᄒᆞᆨᄉᆡ(學士ㅣ) 원슈(元帥)의 ᄉᆞᄆᆡ를 닛그러 신방(新房)의 니르니, 쇼졔(小姐ㅣ) 긴 단장(丹粧)을 벗고 단의홍군(單衣紅裙)[176]으로 니러 맛ᄂᆞᆫ디라. ᄒᆞᆨᄉᆞ(學士)는 즉시(卽時) 츌외(出外)ᄒᆞ고 원싊(元帥ㅣ) 팔미러 좌뎡(坐定)ᄒᆞᆫ 후(後) 다시 슐피건ᄃᆡ, 쇼져(小姐)의 ᄉᆡᆨ모염광(色貌艶光)[177]이 암실(暗室)의 됴요(照耀)ᄒᆞ니 슉염(淑艶)[178]의 슉녜(淑女ㅣ)라. 비록 윤(尹) 부인(夫人)의 대현군ᄌᆞ(大賢君子) ᄀᆞᆺ튼 풍도(風

---

171) 겸금냥옥(兼金良玉): 겸금양옥. 품질이 뛰어나 값이 보통 금보다 갑절이 되는 좋은 황금과 좋은 옥.
172) 무비(無比): 견줄 데가 없음.
173) 년셩칭찬(連聲稱讚): 연성칭찬. 소리를 이어 칭찬함.
174) 화열(和悅): 기뻐함.
175) 낙극딘환(樂極盡歡): 낙극진환. 즐거움을 다함.
176) 단의홍군(單衣紅裙): 홑옷과 붉은 치마.
177) ᄉᆡᆨ모염광(色貌艶光): 색모염광. 아름다운 얼굴과 아리따운 자태.
178) 슉염(淑艶): 숙염. 착하고 아리따움.

度)[179]와 어위ᄎᆞᆫ[180] 격됴(格調)의 블급(不及)ᄒᆞ나 양 부인(夫人)의 인ᄌᆞ온공(仁慈溫恭)[181]ᄒᆞᆫ 셩딜(性質)노 비(比)컨ᄃᆡ 일분(一分) ᄂᆞ린 곳이 업셔 쳔연여일(天然如一)[182]ᄒᆞ믄 오히려 신뷔(新婦ㅣ) 더은디라.

원쉬(元帥ㅣ) 심니(心裏)의 흡연(洽然)ᄒᆞᆫ 은졍(恩情)이 유츌(流出)[183]ᄒᆞ여 이에 말솜을 펴 ᄀᆞᆯ오ᄃᆡ,

"ᄉᆡᆼ(生)은 경ᄉᆞ인(京師人)으로 이곳의 올 니(理) 업ᄉᆞᄃᆡ 맛참 남만(南蠻)을 평뎡(平定)ᄒᆞ고 환경(還京)ᄒᆞᄂᆞᆫ 길ᄒᆡ 녕존(令尊)긔 ᄇᆡ현(拜見)ᄒᆞᄆᆡ, 인연(因緣)이 괴이(怪異)ᄒᆞ여 악

34면

댱(岳丈) 동상(東床)[184]의 참예(參預)ᄒᆞ니 그윽이 다ᄒᆡᆼ(多幸)ᄒᆞ나 ᄉᆡᆼ(生)의 용우(庸愚)ᄒᆞ미 슉녀의 평ᄉᆡᆼ(平生)을 욕(辱)ᄒᆞᆯ가 ᄒᆞᄂᆞ이다."

쇼졔(小姐ㅣ) 념용단좌(斂容端坐)[185]ᄒᆞ여 잠간(暫間) 공경(恭敬)ᄒᆞᆯ ᄯᆞ름이라. 원쉬(元帥ㅣ) 흔연(欣然)이 웃고 쵹(燭)을 믈닌 후(後) 신부(新婦)를 붓드러 상요(床-)의 나아가니, 취듕(醉中) 견권(繾綣)[186]ᄒᆞᆫ 은ᄋᆡ(恩愛) 여산약ᄒᆡ(如山若海)[187]ᄒᆞ니 비록 ᄇᆡᆨ(百) 미인(美人)을 모화도 이 은졍(恩情)은 변(變)치 아닐너라.

계명(鷄鳴)의 쇼져(小姐)ᄂᆞᆫ 니러 뎡당(正堂)으로 드러가고 평명(平

---

179) 풍도(風度): 풍채와 태도.
180) 어위ᄎᆞᆫ: 넓고 큰.
181) 인ᄌᆞ온공(仁慈溫恭): 인자온공. 어질고 온순하며 공손함.
182) 쳔연여일(天然如一): 천연여일. 자연스러움이 한결같음.
183) 유츌(流出): 유출. 흘러나옴.
184) 동상(東床): 사위. 중국 진(晉)나라의 태위 극감이 사윗감을 고르는데 왕도(王導)의 집 동쪽 평상 위에 엎드려 음식을 먹고 있는 왕희지(王羲之)를 골랐다는 고사에서 온 말.
185) 념용단좌(斂容端坐): 염용단좌. 용모를 가다듬고 단정히 앉음.
186) 견권(繾綣): 생각하는 정이 두터움.
187) 여산약ᄒᆡ(如山若海): 여산약해. 산과 같고 바다 같음.

明)[188]의 원쉬(元帥ㅣ) 니러 소셰(梳洗)ᄒᆞ니, ᄒᆞᆨᄉᆡ(學士ㅣ) 드러와 원슈(元帥)의 손을 닛그러 ᄂᆡ당(內堂)의 현알(見謁)ᄒᆞ니, 화 부인(夫人)이 셔랑(壻郎)을 ᄉᆞᆯ피ᄆᆡ ᄒᆡ월텬졍(海月天庭)[189]의 금관(金冠)을 ᄉᆞᆨ이고 ᄇᆡᆨ년빈샹(白蓮鬢霜)[190]의 ᄌᆡ상(宰相)의 관ᄌᆡ(貫子ㅣ)[191] 두렷ᄒᆞ니 은〃(隱隱)ᄒᆞᆫ 귀격(貴格)과 동탕(動蕩)ᄒᆞᆫ 풍눼(風流ㅣ) 특이(特異)ᄒᆞ여 만고(萬古)의

35면

둘 업ᄉᆞᆫ 영웅쥰걸(英雄俊傑)이라. 부인(夫人)이 셔랑(壻郎)을 보ᄆᆡ 그 ᄉᆞ취(四娶)를 혐의(嫌疑)치 아냐 흔연(欣然)이 말ᄉᆞᆷ을 펴 셩공(成功)ᄒᆞ믈 치하(致賀)ᄒᆞ고 녀ᄋᆞ(女兒)의 미약(微弱)ᄒᆞ미 군ᄌᆞ(君子)의 ᄇᆡ위(配偶ㅣ) 블가(不可)ᄒᆞᄃᆡ 오히려 딜ᄋᆡ(姪兒ㅣ) 이시니 타일(他日) 황영(皇英)[192]의 ᄌᆞᄆᆡ(姉妹) ᄀᆞᄐᆞᆯ 바를 니르고 녀ᄋᆞ(女兒)의 용우(庸愚)ᄒᆞ믈 관샤(寬赦)[193]ᄒᆞ여 일ᄉᆡᆼ(一生)을 기리 평안(平安)케 ᄒᆞ믈 부탁(付託)ᄒᆞ니, 원쉬(元帥ㅣ) 잠간(暫間) 보ᄆᆡ 현ᄉᆞᆨ(賢淑)ᄒᆞ미 그 안모(顏貌)의 낫타나 양 평댱(平章) 부인(夫人)으로 방블(彷彿)ᄒᆞ니 동긔(同氣) ᄀᆞᄐᆞ믈 ᄭᆡᄃᆞ라 흠신ᄉᆞ샤(欠身謝辭)[194]ᄒᆞᆯ ᄡᅳᆫ이러라.

경 공(公) 부뷔(夫婦ㅣ) 두굿기믈 마디아니ᄒᆞ나 슈히 도라갈 바를

188) 평명(平明): 해가 뜨는 시각.
189) ᄒᆡ월텬졍(海月天庭): 해월천정. 바다 위에 떠 있는 달처럼 둥근 이마. 천정은 관상에서, 두 눈썹의 사이 또는 이마의 복판을 이르는 말.
190) ᄇᆡᆨ년빈샹(白蓮鬢霜): 백련빈상. 흰 연꽃처럼 흰 귀밑머리.
191) 관ᄌᆡ(貫子ㅣ): 관자. 망건에 달아 당줄을 꿰는 작은 단추 모양의 고리. 신분에 따라 금(金), 옥(玉), 호박(琥珀), 마노, 대모(玳瑁), 뿔, 뼈 따위의 재료를 사용하였음.
192) 황영(皇英): 중국 순(舜)임금의 두 왕비이자 요(堯)임금의 두 딸인 아황(娥皇)과 여영(女英)을 함께 이르는 말.
193) 관샤(寬赦): 관사. 너그러이 용서함.
194) 흠신ᄉᆞ샤(欠身謝辭): 흠신사사. 공손함의 뜻으로 몸을 굽히고 감사의 인사를 함.

싱각ᄒᆞᄆᆡ 훌연[195] ᄒᆞ믈 니긔디 못ᄒᆞ더라.

원쉬(元帥ㅣ) 십여(十餘) 일(日) 머믈ᄉᆡ 쥬찬(酒饌)

36면

을 셩비(盛備)ᄒᆞ고 쇼작(小酌)[196]을 여러 즐기니, 원슈(元帥)의 식냥(食量)이 만만진슈(萬萬珍羞)[197]를 그릇시 뷔도록 먹으며 쥬쥰(酒樽)[198]을 나리 거훌너 한(限)업시 취(醉)ᄒᆞ니, 혹ᄉᆡ(學士ㅣ) 희롱(戲弄)ᄒᆞ여 음식(飮食)의 쥬린 귓(鬼ㅅ)거시라 ᄒᆞᆫ즉 원쉬(元帥ㅣ) 욕(辱)ᄒᆞ기를 낭ᄌᆞ(狼藉)히 ᄒᆞ여 희쇼(喜笑) 긋칠 ᄉᆞ이 업시 즐기더니,

경 공(公)이 일〃(一日)은 풍악(風樂)을 개장(開張)[199] ᄒᆞ고 졀ᄉᆡᆨ미인(絕色美人) 슈십(數十) 인(人)을 ᄃᆡ후(待候)[200] ᄒᆞ니, 공(公)이 명(命)ᄒᆞ여 각〃(各各) ᄌᆡ조(才操)를 다ᄒᆞ라 ᄒᆞ고 원쉬(元帥ㅣ) 기녀(妓女)로 더브러 즐기믈 마디아니ᄒᆞ니, 졔창(諸娼)이 홍슈(紅袖)를 ᄯᅥᆯ치고 쳥가(淸歌)를 브르니 개〃(箇箇)히 미창(美娼)이라. 향당닌니(鄕黨隣里)[201]의 풍뉴랑(風流郎) 등(等)이 모다 황홀(恍惚)히 졍(情)을 머므러 집슈희락(執手喜樂)[202] ᄒᆞᄃᆡ, 졔창(諸娼)이 다 원슈(元帥)의 풍신용화(風神容華)[203]를

---

195) 훌연: 허전함.
196) 쇼작(小酌): 소작. 조촐하게 차린 술자리.
197) 만만진슈(萬萬珍羞): 만만진수. 매우 많은 맛있는 음식.
198) 쥬쥰(酒樽): 주준. 술동이.
199) 개장(開張): 넓게 벌여 놓음.
200) ᄃᆡ후(待候): 대후. 웃어른의 명령을 기다림.
201) 향당닌니(鄕黨隣里): 향당인리. 고을의 이웃.
202) 집슈희락(執手喜樂): 집수희락. 손을 잡고 기뻐하며 즐김.
203) 풍신용화(風神容華): 풍채와 빛나는 얼굴.

37면

우러〃 흔번(-番) 도라보기를 원(願)ᄒᆞ니, 원쉬(元帥ㅣ) 평ᄉᆡᆼ(平生) 호신(豪身)이 어ᄃᆡ 가고 업ᄉᆞ리오. 졔창(諸娼) 중(中) ᄉᆞ(四) 창(娼)을 ᄉᆡᆨ 일홈과 년치(年齒)를 므르니 ᄀᆞᆯ온 부용·옥잉·셰요·미홰라. 다 년(年)이 십이삼(十二三)이오 일즉 사ᄅᆞᆷ을 좃지 아냐 비샹잉혈(臂上鶯血)[204]이 완연(宛然)[205]ᄒᆞ니, 원쉬(元帥ㅣ) ᄯᅳᆺ을 기우려 통희(寵姬)[206]를 삼고져 ᄒᆞᆯ식 ᄉᆞ(四) 녀(女)의 외뫼(外貌ㅣ) 요악(妖惡)[207]디 아니믈 깃거 ᄉᆞ(四) 창(娼)의 손을 ᄌᆞᆸ고 경 공(公)을 향(向)ᄒᆞ여 고왈(告曰),

"악댱(岳丈)이 브졀업시 창악(唱樂)으로 연셕(宴席)을 베프신 고(故)로 쇼셰(小壻ㅣ) ᄉᆞ(四) 창(娼)을 가튝(家畜)[208]게 되여시니, 녕녀(令女)의 뎍인(敵人)[209]을 모화 주시미로소이다."

공(公)이 흔연(欣然)이 쇼왈(笑曰),

"ᄇᆡᆨ(百) 미인(美人)을 모화도 제가(齊家)[210]를 공평(公平)히 ᄒᆞ면 근심이 업

38면

ᄂᆞ니 내 이미 챵ᄇᆡᆨ으로 동상(東床)을 삼고 이런 일을 개렴(介念)ᄒᆞ랴?"

---

204) 비샹잉혈(臂上鶯血): 비상앵혈. 팔뚝 위의 앵혈. 앵혈은 장화(張華)의 『박물지』에서 그 출처를 찾을 수 있음. 근세 이전에 나이 어린 처녀의 팔뚝에 찍던 처녀성의 표시를 말하는 것으로 도마뱀에게 주사(朱沙)를 먹여 죽이고 말린 다음 그것을 찧어 어린 처녀의 팔뚝에 찍으면 첫날밤에 남자와 잠자리를 할 때에 없어진다고 함.

205) 완연(宛然): 뚜렷한 모양.

206) 통희(寵姬): 총희. 사랑하는 첩.

207) 요악(妖惡): 요망하고 악함.

208) 가튝(家畜): 가축. 집에서 기름.

209) 뎍인(敵人): 적인. 상대라는 뜻으로 남편의 다른 아내를 이름.

210) 제가(齊家): 제가. 집안을 고르게 다스림.

원쉬(元帥ㅣ) 호〃(浩浩)히 웃고 ᄉᆞ(四) 창(娼)의 근본(根本)을 므르니 읍져(邑底)[211] 창녜(娼女ㅣ) 아니오, 쵼듕(村中) 〃 대랑(大娘)이란 과뫼(寡母ㅣ) ᄉᆞ(四) 창(娼)을 길너 무슈(舞袖) 현가(絃歌)[212]를 가ᄅᆞ쳐시ᄃᆡ 일즉 사ᄅᆞᆷ을 뵌 일이 업ᄉᆞ니 금일(今日)은 경가(-家) 노ᄌᆡ(奴子ㅣ) 위력(威力)으로 아ᄉᆞ 왓다 ᄒᆞ거ᄂᆞᆯ, 원쉬(元帥ㅣ) 우(又) 문왈(問曰),

"과뫼[213](寡母ㅣ) 여등(汝等)을 쳔금(千金)으로 밧고미 이시랴?"

ᄉᆞ(四) 창(娼)이 ᄃᆡ왈(對曰),

"쳔쳡(賤妾) 등(等)이 무[214]부모(無父母)ᄒᆞ므로 져의 양휵(養慉)[215]을 바다 피ᄎᆞ(彼此) 정의(情誼) 모녀(母女)로 다르지 아냐 일ᄉᆡᆼ(一生) 써나지 말고져 ᄒᆞᄂᆞ이다."

원쉬(元帥ㅣ) 군관(軍官) 뉴겸으로 쳔금쥰마(千金駿馬)의 ᄉᆞ(四) 녀(女)를 시러 바로 경샤(京師)의 가 월누(月樓)의 머므르라 ᄒᆞ고, 대랑(大娘)을 블너

39면

"ᄉᆞ(四) 창(娼)을 팔여 ᄒᆞ면 쳔금(千金)을 쥴 거시오[216], 써나기 슬커든 유 군관(軍官)을 좃ᄎᆞ ᄉᆞ(四) 녀(女)를 다리고 샹경(上京)ᄒᆞ라."

ᄒᆞ니, 대랑(大娘)이 원슈(元帥)의 호풍(豪風)[217]을 먼니셔 구경ᄒᆞ여시나 이 ᄀᆞᆺᄐᆞᆫ 은명(恩命)을 몽니(夢裏)의나 ᄉᆡᆼ각ᄒᆞ여시리오. 깃브

---

211) 읍져(邑底): 읍내(邑內).
212) 현가(絃歌): 음악.
213) 과뫼: [교] 원문에는 '우녜'로 되어 있으나 문맥을 고려해 이와 같이 수정함.
214) 무: [교] 원문에는 이 글자가 없으나 문맥을 고려해 삽입함.
215) 양휵(養慉): 길러 줌.
216) 팔여-거시오: [교] 원문에는 없으나 문맥을 고려해 박순호본(6:48)을 따름.
217) 호풍(豪風): 호방한 풍채.

미 흔득이니[218] 도로혀 두립고 황〃경구(惶惶驚懼)[219]ᄒᆞ여 슌〃(順順) 응명이퇴(應命而退)ᄒᆞ니, 원슈(元帥ㅣ) 야심(夜深) 후(後) 바야흐로 근시(近侍)를 믈니고 ᄉᆞ(四) 녀(女)로 동슉(同宿)ᄒᆞ니 그 용모아딜(容貌雅質)[220]을 ᄉᆞ랑ᄒᆞ여 ᄌᆞ못 견권(繾綣)ᄒᆞ더라.

명됴(明朝)의 유겸[221]을 분부(分付)ᄒᆞ여 고 대랑(大娘)과 ᄉᆞ(四) 녀(女)를 거ᄂᆞ려 몬져 발힝(發行)ᄒᆞ라 ᄒᆞ니, 유겸[222]이 슈명(受命)ᄒᆞ미 은ᄌᆞ(銀子) ᄇᆡᆨ(百) 냥(兩)을 쥬어 보ᄂᆡ니라.

원슈(元帥ㅣ) ᄂᆡ당(內堂)의 드러와 악부모(岳父母)긔 뵈오니, 공(公)의 부뷔(夫婦ㅣ) 본 젹마다 ᄋᆡ경(愛傾)ᄒᆞ믈 마디아니ᄒᆞ

40면

니 ᄒᆞᆨᄉᆞ(學士) 등(等)이 웃고 듀왈(奏曰),

"챵ᄇᆡᆨ이 ᄀᆞ장 방ᄌᆞ완만(放恣頑慢)[223]ᄒᆞ여 엇그졔 신낭(新郎)으로 아모리 긔신(氣神)이 됴흔들 쳐가(妻家)의셔 창녀(娼女)를 영졉(迎接)ᄒᆞ니, 념난 힝ᄉᆡ(行使ㅣ) 뮙고 괘심ᄒᆞ기 측냥(測量)업ᄉᆞᆸ거ᄂᆞᆯ 대인(大人)과 ᄌᆞ위(慈闈)ᄂᆞᆫ 므어시 어엿브고 두굿거워 우ᄉᆞ시나니잇고?"

공(公)이 쇼왈(笑曰),

"이 신낭(新郎)이 쳐쳡(妻妾)이 번화(繁華)ᄒᆞ고 긔운이 셰ᄎᆞ 죵요로온 셔랑(壻郎)이 되디 못ᄒᆞᆯ 줄은 아이의[224] 알고 어더시니 ᄉᆡ로이 념녀(念慮)ᄒᆞᆯ ᄇᆡ 아니로다."

---

218) 흔득이니: 흔들거리니.
219) 황〃경구(惶惶驚懼): 놀라고 두려움.
220) 용모아딜(容貌雅質): 용모아질. 용모와 전아한 바탕.
221) 겸: [교] 원문에는 '경'으로 되어 있으나 앞의 예를 따라 이와 같이 수정함.
222) 겸: [교] 원문에는 '경'으로 되어 있으나 앞의 예를 따라 이와 같이 수정함.
223) 방ᄌᆞ완만(放恣頑慢): 방자완만. 무례하고 건방지며 교만함.
224) 아이의: 이미. 아예.

한님(翰林) 등(等)이 무언대쇼(無言大笑)ᄒᆞ고 화 부인(夫人)이 미쇼(微笑)ᄒᆞ니, 원쉬(元帥ㅣ) 역쇼(亦笑) 왈(曰),

"형(兄) 등(等)이 악부모(岳父母)의 날 ᄉᆞ랑ᄒᆞ시믈 싀긔(猜忌)ᄒᆞ여 이런 말을 ᄒᆞ니 진실(眞實)노 댱부(丈夫)의 도량(度量)이 아니로다."

ᄒᆞᆨᄉᆞ(學士) 등(等)이 웃더라.

41면

일지(日子ㅣ) 춍〃(悤悤)[225]ᄒᆞ여 슈일(數日)이 격은덧 디나니 이의 상별(相別)ᄒᆞᆯᄉᆡ, 경 공(公)이 ᄀᆞᆯ오ᄃᆡ,

"명년(明年)이면 샹경(上京)ᄒᆞ리니 모드미 언마 오ᄅᆡ리오?"

부인(夫人)이 결연(缺然)ᄒᆞ믈 니긔디 못ᄒᆞ여 ᄌᆡ삼(再三) 후회(後會) 갓가오믈 일ᄏᆞ라 쥬빈(酒杯) ᄀᆞ온ᄃᆡ 댱화(長話ㅣ) 쳔셔만단(千緖萬端)[226]이니, 원쉬(元帥ㅣ) 쏘ᄒᆞᆫ 간절(懇切)이 쳥(請)ᄒᆞ여 명츈(明春)으로 샹경(上京)ᄒᆞ시믈 언약(言約)ᄒᆞ고, 그ᄉᆞ이 셩톄(盛體) 안강(安康)[227]ᄒᆞ시믈 쳥(請)ᄒᆞ여 피ᄎᆡ(彼此ㅣ) 졍의(情誼) 상득(相得)[228]ᄒᆞ더라.

ᄒᆞᆨᄉᆞ(學士) 형뎨(兄弟) 결연(缺然)[229]ᄒᆞ믈 니긔디 못ᄒᆞ며 공(公)이 시ᄋᆞ(侍兒)로 쇼져(小姐)를 블너 겻ᄐᆡ 안치고 니별(離別)ᄒᆞᆯᄉᆡ, 공(公)의 부뷔(夫婦ㅣ) 녀셔(女壻)[230]를 좌우(左右)로 안치고 ᄉᆡ로이 두굿기나 원슈(元帥)의 도라가믈 년〃(戀戀)ᄒᆞ여 날이 느ᄌᆞᄆᆡ 원쉬(元帥

---

225) 춍〃(悤悤); 총총. 몹시 급하고 바쁜 모양.

226) 쳔셔만단(千緖萬端): 천서만단. 천 가지 만 가지 일의 실마리라는 뜻으로, 수없이 많은 일의 갈피를 이르는 말.

227) 안강(安康): 평안하고 건강함.

228) 상득(相得): 서로 뜻이 맞아서 잘 통하는 상태에 있음.

229) 결연(缺然): 무엇이 빈 듯한 마음.

230) 녀셔(女壻): 여서. 딸과 사위.

ㅣ) 공(公)의 부〃(夫婦)긔 녜(禮)ᄒᆞ니 쇼져(小姐)

42면

ᄂᆞᆫ 먼니 셔시니 어리로[231]온 ᄐᆡ도(態度)와 긔려(奇麗)ᄒᆞᆫ 용안(容顔)이 더옥 ᄉᆡ로오니 년〃(戀戀)ᄒᆞ믈 ᄯᅴ여 미〃(微微)히 웃고 ᄀᆞᆯ오ᄃᆡ,

"ᄉᆡᆼ(生)이 부인(夫人)을 향(向)ᄒᆞ여 녜(禮)를 다ᄒᆞ니 ᄌᆡ(子ㅣ) 능(能)히 셔시랴?"

ᄒᆞᆨᄉᆡ(學士ㅣ) 쇼왈[232](笑曰),

"블고이취(不告而娶)ᄒᆞᄂᆞᆫ ᄒᆡᆼᄉᆡ(行使ㅣ) 안ᄒᆡ게 졀 밧기 쉽디 아니ᄒᆞ니 쇼ᄆᆡ(小妹)ᄂᆞᆫ 셧도 말고 안ᄌᆞ 언연(偃然)[233]이 창ᄇᆡᆨ의 하셕ᄇᆡ례(下席拜禮)[234]를 바드라."

쇼제(小姐ㅣ) 슈ᄉᆡᆨ(羞色)이 은영(隱映)[235]ᄒᆞ여 원슈(元帥)를 향(向)ᄒᆞ여 녜(禮)ᄒᆞ니 원쉬(元帥ㅣ) 답녜(答禮) 작별(作別)ᄒᆞᆫ 후(後) ᄒᆞᆨᄉᆞ(學士)를 도라보아 쇼왈(笑曰),

"형(兄)의 문풍(門風)은 안ᄒᆡ를 놉히고 공슌(恭順)히 ᄇᆡ례(拜禮)ᄒᆞᄂᆞᆫ가 시브거니와 나는 그런 규구(規矩)[236]를 아디 못ᄒᆞᄂᆞ니 무식블법(無識不法)의 말노 녕ᄆᆡ(令妹)를 ᄀᆞᄅᆞ치지 말나."

언파(言罷)의 ᄇᆡ별(拜別)ᄒᆞ고 밧그로 나가니, 부인(夫人)은 별누(別淚)를

231) 로: [교] 원문에는 이 글자가 없으나 문맥을 고려해 삽입함.
232) 쇼왈: [교] 원문에는 이 글자들이 없으나 문맥을 고려해 삽입함.
233) 언연(偃然): 거만한 모양.
234) 하셕ᄇᆡ례(下席拜禮): 하석배례. 말석에서 절하는 예.
235) 은영(隱映): 은은히 빛남.
236) 규구(規矩): 그림쇠와 곱자라는 뜻으로 일상생활에서 지켜야 할 법도를 이름.

43면

금(禁)치 못ᄒᆞ고 공(公)의 부ᄌᆞ(父子)는 문외(門外)의 나와 작별(作別)ᄒᆞ니,

댱졸(將卒)을 거느려 호〃탕〃(浩浩蕩蕩)[237]이 믈미ᄃᆞᆺ 나아가니, 동십월(冬十月)의 샹경(上京)ᄒᆞ는 션셩(先聲)[238]이 황셩(皇城)의 니르니 텬ᄌᆡ(天子ㅣ) 쳡보(捷報)[239]를 드르시고 크게 깃그샤 금후(-侯)를 ᄌᆞ로 명(命)ᄒᆞ샤 텬흥의 ᄌᆡ조(才操)를 칭찬(稱讚)ᄒᆞ시고 상방어쥬(尙方御酒)[240]를 상사(賞賜)[241]ᄒᆞ시고 은영(恩榮)이 날노 더ᄒᆞ시니, 금휘(-侯ㅣ) 황공감은(惶恐感恩)ᄒᆞ믈 니긔디 못ᄒᆞ더니,

원슈(元帥)의 환경(還京)ᄒᆞ는 날, 샹(上)이 만됴문무(滿朝文武)를 거나려 남교(南郊) 십(十) 니(里) 외(外)의 마ᄌᆞ실ᄉᆡ, 츄막(翠幕)[242]은 구름을 년(連)ᄒᆞ고 균텬광악(鈞天廣樂)[243]은 하날을 흔들며 금슈포진(錦繡布陳)[244]이 뎡제(整齊)ᄒᆞ여 옥좌(玉座)를 놉히 빈셜(排設)ᄒᆞ고 문무졔신(文武諸臣)이 좌우(左右)의 시위(侍衛)[245]ᄒᆞ여시니, 일

44면

단풍화(一段風化)[246]ᄒᆞ여 태평긔상(太平氣像)[247]을 알니러라.

---

237) 호〃탕〃(浩浩蕩蕩): 기세 있고 힘참.
238) 션셩(先聲): 선성. 미리 알리는 기별.
239) 쳡보(捷報): 첩보. 전쟁에서 승리했다는 보고.
240) 상방어쥬(尙方御酒): 상방어주. 상방서(尙方署)에서 만든, 임금이 마시는 술.
241) 상사(賞賜): 상사. 상으로 내려 줌.
242) 츄막(翠幕): 취막. 비췻빛 장막.
243) 균텬광악(鈞天廣樂): 균천광악. 중국의 궁중 음악이나 천상(天上)의 음악을 이름. 균천은 천제(天帝)가 사는 곳이고 광악은 미묘한 천상의 음악을 이름. 중국 춘추시대에 진(晉)나라 조간자(趙簡子)가 5일 동안 혼수상태에 빠져 있을 때 균천에 올라가서 광악을 듣고 왔다는 고사에서 유래함. 사마천, 『사기(史記)』, 「조세가(趙世家)」.
244) 금슈포진(錦繡布陳): 금수포진. 비단에 수놓아 펴서 늘어놓음.
245) 시위(侍衛): 임금을 모시어 호위함.

날이 반오(半午)[248]의 승젼곡(勝戰曲)과 개가(凱歌)[249] 소릭 은〃(隱隱)ᄒᆞ며 긔치졀월(旗幟節鉞)[250]이 빗최더니, 군졍(軍政) 댱졸(將卒)이 일시(一時)의 산호만셰(山呼萬歲)[251]ᄒᆞ여 국가(國家) 대경(大慶)을 딘하(進賀)ᄒᆞ니, 샹(上)이 환열(歡悅)ᄒᆞ샤 옥빅(玉杯)의 향온(香醞)[252]을 브어 취(醉)토록 권(勸)ᄒᆞ시고 금평후(--侯)를 갓가이 명초(命招)[253]ᄒᆞ샤 우어 ᄀᆞᆯ오샤ᄃᆡ,

"군신(君臣)은 부ᄌᆞ(父子) 일체(一切)라. 이제 뎐흥의 쇼년영ᄌᆡ(少年英才) 이러틋 긔이(奇異)ᄒᆞ니 ᄎᆞ(此)는 만셰블멸디공(萬歲不滅之功)[254]이라, 딤(朕)의 튱냥(忠良)[255] 둠과 경(卿)의 영ᄌᆞ(英子) 두미 군신(君臣)의 큰 복(福)이라."

ᄒᆞ시고 어온(御醞)을 반샤(頒賜)[256]ᄒᆞ시니 금휘(-侯ㅣ) ᄇᆞ복(俯伏)ᄒᆞ여 밧ᄌᆞᆸ고 황공블감(惶恐不堪)[257]ᄒᆞ믈 마디아니〃, 샹(上)이 군졍ᄉᆞ(軍政事)[258]를 올니라 ᄒᆞ신ᄃᆡ 원슈(元帥ㅣ) 참

---

246) 일단풍화(一段風化): 일단의 풍습을 잘 교화함

247) 태평긔상(太平氣像): 태평기상. 태평성대의 기상.

248) 반오(半午): 하룻낮의 반(半). 한낮.

249) 개가(凱歌): 싸움에서 이기고 돌아올 때에 부르는 노래.

250) 긔치졀월(旗幟節鉞): 기치절월. 무수한 깃발과 절월. 절월은 절부월(節斧鉞)로, 관리가 지방에 부임할 때에 임금이 내어 주던 물건. 절은 수기(手旗)와 같이 만들고 부월은 도끼와 같이 만든 것으로, 군령을 어긴 자에 대한 생살권(生殺權)을 상징함.

251) 산호만셰(山呼萬歲): 산호만세. 나라의 중요 의식에서 신하들이 임금의 만수무강을 축원하여 두 손을 치켜들고 만세를 부르던 일. 중국 한나라 무제가 숭산(嵩山)에서 제사 지낼 때 신민(臣民)들이 만세를 삼창한 데서 유래함.

252) 향온(香醞): 임금이 마시는 향기로운 술.

253) 명초(命招): 명초. 임금의 명으로 신하를 부름.

254) 만셰블멸디공(萬歲不滅之功): 만세불멸지공. 오랜 시간이 지나도 없어지지 않을 공적.

255) 튱냥(忠良): 충량. 충성스럽고 어진 신하.

256) 반샤(頒賜): 반사. 임금이 녹봉이나 물건을 내려 나누어 줌.

257) 황공블감(惶恐不堪): 황공불감. 두려워 감당하지 못함.

258) 군졍ᄉᆞ(軍政事): 군정사. 군대의 일과 형편에 관한 일을 적은 기록.

45면

군ᄉᆞ(參軍事) 원봉으로 군졍(軍政)을 샹달(上達)ᄒᆞ고, 부ᄌᆞ(父子) 형뎨(兄弟) 셔로 ᄃᆡ(對)ᄒᆞ나 ᄉᆞ졍(私情)을 니르디 못ᄒᆞ여 다만 그ᄉᆞ이 부모(父母)의 안강(安康)ᄒᆞ시믈 짐작(斟酌)ᄒᆞ여 츈풍화긔(春風和氣) 미우(眉宇)를 움ᄌᆞㄱ이니, 동탕(動蕩)[259]ᄒᆞᆫ 신ᄎᆡ(神采)[260] 더옥 긔이(奇異)ᄒᆞ여 만니젼진(萬里戰塵)[261]의 분쥬(奔走)ᄒᆞᄆᆡ 반ᄃᆞ시 슈패(瘦敗)[262]ᄒᆞᆯ가 ᄒᆞ엿더니, 풍완언건(豊完偃蹇)[263]ᄒᆞ미 젼(前)의셔 더ᄒᆞᆫ디라.

샹(上)이 군졍녹(軍政錄)을 올녀 어람(御覽)ᄒᆞ실ᄉᆡ 원슈(元帥)의 큰 공(功)은 스ᄉᆞ로 낫타ᄂᆡ믈 깃거 아냐 군졍ᄉᆞ(軍政司)[264]의 분부(分付)ᄒᆞ여 ᄲᆡ히니, 부원슈(副元帥) 이하(以下)로 뎡(鄭) 원슈(元帥)의 덕(德)을 우러〃 ᄎᆞ마 져의 디모(智謀)를 ᄀᆞᆷ초믈 앗겨 듕군대댱군(中軍大將軍)이 ᄉᆞ〃(私私)로이 원슈(元帥)의 공덕(功德)을 치부(置簿)[265]ᄒᆞ여 올니〃, 샹(上)이 괴이(怪異)히 넉이샤 문왈(問曰),

"대원슈

46면

슈(大元帥) 뎡텬흥의 디모대ᄌᆡ(智謀大才)[266]를 군졍ᄉᆞ(軍政事)의 올니지 아니ᄒᆞ고 듕군(中軍)의셔 각〃(各各) ᄒᆞ뇨?"

제댱(諸將)이 듀왈(奏曰),

---

259) 동탕(動蕩): 얼굴이 잘생기고 살집이 있음.
260) 신ᄎᆡ(神采): 신채. 뛰어나게 훌륭한 풍채.
261) 만니젼진(萬里戰塵): 만리전진. 아주 멀리 떨어진 곳의 전쟁터.
262) 슈패(瘦敗): 수패. 야위어 볼품없음.
263) 풍완언건(豊完偃蹇): 살집이 있고 건장함.
264) 군졍ᄉᆞ(軍政司): 군정사. 군정사(軍政事)를 기록하는 등의 일을 맡은 기관.
265) 치부(置簿): 금전이나 물건 따위가 들어오고 나감을 기록함.
266) 디모대ᄌᆡ(智謀大才): 지모대재. 지혜와 꾀를 지닌 뛰어난 사람.

"뎡텬흥의 디모대ᄌᆡ(智謀大才)는 진유ᄌᆞ(陳孺子)[267]와 무후(武侯)[268]의 남만(南蠻)을 항복(降服) 밧던 디혜(智慧) 만ᄉᆞ오ᄃᆡ 스ᄉᆞ로 ᄌᆡ조(才操)를 낫타ᄂᆡ믈 깃거 아냐 일홈을 군졍녹(軍政錄)의 올니디 아니ᄒᆞ오니, 듕군(中軍) 댱졸(將卒)이 ᄉᆞ〃(私私)로이 긔록(記錄)ᄒᆞ와 영웅(英雄)의 ᄌᆡ조(才操)를 민멸(泯滅)[269]ᄒᆞ미 앗가와 텬감(天鑑)[270]을 바라ᄂᆞ이다."

샹(上)이 우으시고 이의 뎡(鄭) 원슈(元帥)를 ᄇᆡ(拜)ᄒᆞ샤 병부샹셔(兵部尙書) 뇽두각(龍圖閣) 태ᄒᆞᆨᄉᆞ(太學士) 병마졀제ᄉᆞ(兵馬節制使) 졔로도춍병(諸路都總兵) 좌댱군평남후(左將軍平南侯)를 봉(奉)ᄒᆞ시니 원쉬(元帥 ㅣ) 대경(大驚)ᄒᆞ여 평남후(平南侯)를 환슈(還收)ᄒᆞ시믈 진졍(眞情)으로 듀(奏)ᄒᆞ오ᄃᆡ, 샹(上)이 죵블윤(終不允)[271]ᄒᆞ시고 부원슈(副元帥) 이하(以下)로 봉

47면

작(封爵)을 더ᄒᆞ시니 원쉬(元帥 ㅣ) 홀일업셔 샤은(謝恩)ᄒᆞᄆᆡ, 샹(上)이 환궁(還宮)ᄒᆞ실ᄉᆡ 원슈(元帥)를 명(命)ᄒᆞ샤 대군(大軍)을 거ᄂᆞ려 압히 셔라 ᄒᆞ시고, 황샹(皇上)은 만됴(滿朝)를 거나려 뒤히 ᄒᆡᆼ(行)ᄒᆞ시며 금평후(--侯)로 난여(鸞輿)[272] 겻ᄐᆡ 시위(侍衛)ᄒᆞ여 원슈(元帥)

---

267) 진유ᄌᆞ(陳孺子): 중국 전한(前漢)의 개국공신 진평(陳平, ?~B.C.178)을 이름. 유자(孺子)는 고향의 부로(父老)들이 진평에 대해 부른 이름.

268) 무후(武侯): 중국 삼국시대 촉한 유비의 책사 제갈량(諸葛亮, 181~234)의 제후 이름 무향후(武鄕侯)를 줄여 이른 말. 제갈량의 별호는 와룡(臥龍)이고 자(字)는 공명(孔明)임. 유비를 도와 오(吳)나라와 연합하여 조조(曹操)의 위(魏)나라 군사를 대파하고 파촉(巴蜀)을 얻어 촉한을 세웠음. 유비가 죽은 후에 무향후(武鄕侯)로서 남방의 만족(蠻族)을 정벌하고, 위나라 사마의와 대전 중에 오장원(五丈原)에서 병사함.

269) 민멸(泯滅): 자취나 흔적이 아주 없어짐.

270) 텬감(天鑑): 천감. 임금이 살핌.

271) 죵블윤(終不允): 종불윤. 임금이 끝내 허락하지 않음.

272) 난여(鸞輿): 임금이 타는 가마.

의 ᄒᆡᆼ군(行軍)ᄒᆞ믈 보라 ᄒᆞ시니, 금후(-侯ㅣ) 황감(惶感)ᄒᆞ여 갑ᄉᆞ올 바를 아디 못ᄒᆞ더라.

원ᄉᆔ(元帥ㅣ) 댱졸(將卒)을 거ᄂᆞ려 셩ᄂᆡ(城內)로 드러올ᄉᆡ 도창검극(刀創劍戟)[273]이 상셜(霜雪) ᄀᆞᆺ고 긔치졀월(旗幟節鉞)이 ᄒᆡ빗출 ᄀᆞ리와 대로(大路) 샹(上)의 ᄯᅳᆺ글이 닐며 쳔병만ᄆᆡ(千兵萬馬ㅣ) 원슈(元帥)를 호위(護衛)ᄒᆞ여 대오(隊伍)를 분(分)ᄒᆞ니, 호통(號筒)[274] 삼(三) ᄎᆞ(次)의 위풍(威風)이 삼녈(森列)[275]ᄒᆞ여 일노(一路)의 휘황(輝煌)ᄒᆞ고 ᄒᆡᆼ군긔률(行軍紀律)은 한신(韓信)[276], 듀아부(周亞夫)[277]의 세 번 더은디라. 샹(上)이 바라보시고 대열칭찬(大悅稱讚)ᄒᆞ

48면

시며 도셩만민(都城萬民)이 닷토아 구경ᄒᆞ며 원슈(元帥)의 신위(神威)[278]를 흠복갈치(欽服喝采)[279]ᄒᆞ고, 인〃(人人)이 금평후(--侯)의 유복(有福)ᄒᆞ믈 일ᄏᆞ라 ᄋᆞ돌을 두ᄆᆡ 뎡(鄭) 원슈(元帥) ᄀᆞᆺ기를 원(願)ᄒᆞ더라.

ᄒᆡᆼ(行)ᄒᆞ여 궐문(闕門)의 다ᄃᆞ라 ᄉᆞ졸(士卒)이 결진(結陣)ᄒᆞ고 셩

---

273) 도창검극(刀創劍戟): 칼과 창.

274) 호통(號筒): 군중(軍中)에서 불어 호령을 전달하는 데 쓰는 악기.

275) 삼녈(森列): 삼렬. 촘촘하게 늘어서 있음.

276) 한신(韓信): 중국 전한의 무장(武將, ?~B.C.196). 회음(淮陰)의 평민 집안에서 태어나 진(秦)나라 말에, 초나라를 세운 항우(項羽) 밑에 들어갔으나 항우가 자신을 미관말직으로 두자, 유방의 휘하에 들어감. 한신은 자신의 재능을 눈여겨본 유방의 부하 소하(蕭何)에게 발탁되어 유방을 도와 조(趙)・위(魏)・연(燕)・제(齊) 나라를 차례로 멸망시키고 항우를 공격하여 큰 공을 세움. 한신은 통일이 된 후 초왕(楚王)에 봉해졌으나 한 고조는 그를 경계하여 회음후(淮陰侯)로 강등시키고, 한신은 결국 후에 여태후에게 살해됨.

277) 듀아부(周亞夫): 주아부. 중국 전한(前漢) 전기의 무장, 정치가(?~B.C.143). 한(漢)나라 문제(文帝) 때 흉노가 침입하자 세류영(細柳營)에서 주둔했다가 흉노를 크게 물리쳐 승상이 됨. 만년에 경제(景帝)의 의심을 받아 구속되어 피를 토하고 죽음.

278) 신위(神威): 감히 범할 수 없는 거룩한 위엄.

279) 흠복갈치(欽服喝采): 흠복갈채. 흠모하고 복종해 외침이나 박수 따위를 침.

개(聖駕ㅣ)[280] 문화뎐(文華殿[281])의 드르시니, 원슈(元帥)와 문무냥관(文武兩官)이 시위(侍衛)ᄒᆞ여 됴회(朝會)를 파(罷)ᄒᆞ신 후(後) 퇴(退)ᄒᆞ여 나아갈ᄉᆡ,

ᄉᆞ졸(士卒)을 녕(令)ᄒᆞ여 각〃(各各) 도라가 부모(父母) 쳐ᄌᆞ(妻子)를 반기라 ᄒᆞ니 군ᄉᆞ(軍士) ᄒᆞ나토 상(傷)ᄒᆞ니 업셔 슈(數)ᄃᆡ로 이시니 삼만(三萬) 졍병(精兵)과 십(十) 원(員) 댱ᄉᆡ(壯士ㅣ) 다 원슈(元帥)의 덕(德)이라 슈무죡도[282](手舞足蹈[283])ᄒᆞ여 환셩(歡聲)이 여류(如流)ᄒᆞ여 ᄎᆞ례(次例)로 쟉상(爵賞)을 밧ᄌᆞ오ᄆᆡ 흔〃심복(欣欣心服[284])ᄒᆞ여 ᄉᆞ듕(士衆)의 말ᄒᆞᆷ과 격조(擊刁)[285]의 짓궤미[286]

49면

업더라.

ᄎᆞ일(此日) 황후(皇后) 낭〃(娘娘)이 뉵(六) 원(員) 비빙(妃嬪[287])과 황친국쳑(皇親國戚)과 태ᄌᆞ비(太子妃) 공쥬(公主) 등(等)을 거ᄂᆞ리샤, 고루(高樓)의 올나 뎡(鄭) 원슈(元帥)의 승젼환됴(勝戰還朝)ᄒᆞᄂᆞᆫ 위의(威儀)를 보시니, 황후(皇后) 낭〃(娘娘)으로브터 만궁인(滿宮人)이 그 쇼년영풍(少年英風)이 비상(非常)ᄒᆞ믈 탄복(歎服)ᄒᆞ더라.

---

280) 셩개(聖駕ㅣ): 성가. 임금의 가마.

281) 문화뎐(文華殿): 문화전. 중국 명청(明淸) 시대에 있었던 궁전의 이름. 북경의 옛 자금성 동화문(東華門) 안에 있었음. 규모는 여타 궁전에 비해 조금 작으나 공정이 매우 정밀함. 명청 양대에는 황제가 경사(經史)를 강론하는 장소로 쓰였음. <명주보월빙> 시대 배경은 송나라이지만 문화전은 궁전의 일반명사처럼 쓰였으므로 작가가 이와 같이 설정한 것으로 보임.

282) 도: [교] 원문에는 '두'로 되어 있으나 문맥을 고려해 이와 같이 수정함.

283) 슈무죡도(手舞足蹈): 수무족도. 몹시 좋아서 손발을 흔들며 날뜀.

284) 흔〃심복(欣欣心服): 기뻐하며 마음으로 복종함.

285) 격조(擊刁): 조두(刁斗)를 두드리며 침. 조두는 옛날에, 군에서 냄비와 징의 겸용으로 쓰던 기구. 낮에는 취사할 때, 밤에는 진지의 경계를 위하여 두드리는 데 썼음.

286) 짓궤미: 떠들썩함이.

287) 비빙(妃嬪): 비빈. 비(妃)와 빈(嬪)을 아울러 이르는 말. 비(妃)는 임금이나 태자의 아내이고 빈(嬪)은 후궁에게 내리던 품계.

기듕(其中) 문양 공쥬(公主)는 김 귀비(貴妃) 소싱(小生)이라. 셩졍(性情)이 춍민(聰敏)[288] 호고 이용(愛容)이 졀세(絕世) 호디 니지(內在)[289] 가즉디 못호여 교亽간음(驕肆奸淫)[290] 호미 극(極) 호더니, 이날 고루(高樓)의셔 뎡(鄭) 원슈(元帥)를 호번(-番) 보미 삼혼칠빅(三魂七魄)[291]이 뉴〃표탕(悠悠飄蕩)[292] 호여 긔이(奇異)코 아룸다오믈 니긔디 못호여 원슈(元帥)를 칭찬(稱讚) 호미 사룸의 븟그리믈 모로니,

황휘(皇后ㅣ) 침뎐(寢殿)의 도라오샤 문양을 칙(責) 호

50면

샤 왈(曰),

"딤(朕)이 본(本)디 외뎐(外殿)을 규시(窺視) 호미 업더니 금일(今日) 뎡지(鄭者ㅣ) 닙공(立功) 호여 도라오미 딤(朕)이 한가(閑暇) 호믈 타 그 위의(威儀)를 관광(觀光) 호미러니, 네 규녀(閨女)의 도리(道理)로뼈 외됴(外朝) 신뇨(臣僚)를 기리미 블가(不可) 한심(寒心) 혼디라 모로미 힝실(行實)을 닥고 스亽로 허믈이 업게 호라."

호시니, 뉴 휘(侯ㅣ) 춍명신긔(聰明神奇) 호시고 현슉명텰(賢淑明哲)[293] 호시고 위의(威儀) 단엄(端嚴) 호신디라, 공쥐(公主ㅣ) 두리고 조심(操心) 호여 일언(一言)을 못 호고 침소(寢所)의 도라와 셕식(夕食)을 폐(廢) 호고 상요(床-)의 몸져 누어시니, 김 귀비(貴妃) 크게 심

---

288) 춍민(聰敏): 총민. 총명하고 민첩함.
289) 니지(內在): 내재. 마음.
290) 교亽간음(驕肆奸淫): 교사간음. 교만하고 방자하며 간악하고 음란함.
291) 삼혼칠빅(三魂七魄): 삼혼칠백. 삼혼은 사람의 마음에 있는 세 가지 영혼으로 태광(台光), 상령(爽靈), 유정(幽精)이고, 칠백은 도교에서 말하는, 사람의 몸에 있는 일곱 가지 넋으로 몸 안에 있는 탁한 영혼으로서 시구(尸拘), 복시(伏矢), 작음(雀陰), 탄적(呑賊), 비독(非毒), 제예(除穢), 취폐(臭肺)를 이름.
292) 뉴〃표탕(悠悠飄蕩): 유유표탕. 아득히 흩날림.
293) 현슉명텰(賢淑明哲): 현숙명철. 어질고 착하며 총명하고 사리에 밝음.

녀(心慮)ᄒᆞ더라.

원쉬(元帥ㅣ) 부공(父公)을 뫼시고 샤인(舍人)으로 더브러 취운산 본부(本府)로 나아오니 발셔 밤이 깁헛ᄂᆞᆫ디라. 문(門)의 님(臨)ᄒᆞ여 부공(父公)을

51면

븟드러 거륜(車輪)의 나리시게 ᄒᆞ실ᄉᆡ 뜰히셔 절ᄒᆞ여 존후(尊候)를 뭇ᄌᆞᆸ더니, 셰흥이 태모(太母)의 착급(着急)[294]히 기다리시ᄂᆞᆫ 연유(緣由)를 고(告)ᄒᆞ니, 평휘(-侯ㅣ) 원슈(元帥)를 밧비 ᄂᆡ루(內樓)의 니르ᄆᆡ 태부인(太夫人)이 난두(欄頭)[295]의 나와 기다리더라.

금휘(-侯ㅣ) 븟드러 침뎐(寢殿)의 드르시믈 청(請)ᄒᆞ고 원쉬(元帥ㅣ) 태모(太母)와 ᄌᆞ젼(慈殿)의 밧비 절ᄒᆞᄆᆡ, 태부인(太夫人)이 년망(連忙)이 손을 잡고 황홀(恍惚)이 반가오미 아모 곳으로 나믈 ᄭᆡ돗디 못ᄒᆞ여 눈을 드러 보ᄆᆡ 늠연(凜然)ᄒᆞᆫ 긔상(氣像)이 조곰도 슈패(瘦敗)치 아냐시니 더옥 깃브믈 니긔디 못ᄒᆞ니, 원쉬(元帥ㅣ) 오ᄅᆡ 니측(離側)[296]ᄒᆞᆫ 하회(下懷)[297]를 고(告)ᄒᆞ며 존당(尊堂) 부뫼(父母ㅣ) 안강(安康)ᄒᆞ시믈 희ᄒᆡᆼ(喜幸)ᄒᆞ니, 태부인(太夫人)이 손을 잡고 등을 두다려

52면

두굿기믈 마디아니ᄒᆞ고 뎡 부인(夫人)이 역시(亦是) 집슈ᄋᆡ듕(執手

294) 착급(着急): 매우 급함.
295) 난두(欄頭): 난간마루의 한쪽 귀퉁이.
296) 니측(離側): 이측. 곁을 떠남.
297) 하회(下懷): 웃어른에게 자신의 뜻이나 마음을 낮추어 이르는 말. 하정(下情).

愛重)[298] ᄒᆞ여 반기믈 니기디 못ᄒᆞ니, 원쉬(元帥ㅣ) 이셩화긔(怡聲和氣)[299]로 영모(永慕)ᄒᆞ던 하회(下懷)를 고(告)ᄒᆞᆯᄉᆡ,

태부인(太夫人)이 윤(尹)·양 이(二) 인(人)의 슌산(順産)ᄒᆞ믈 닐너 윤(尹) 시(氏)의 ᄋᆞᄌᆞ(兒子)ᄂᆞᆫ 긔픔(氣稟)이 완연(宛然)ᄒᆞ고 말을 옴겨 비범(非凡)ᄒᆞ믈 니르며, 양 시(氏) 녀ᄋᆞ(女兒)ᄂᆞᆫ 긔묘졀세(奇妙絶世)ᄒᆞ여 ᄒᆡ샹명쥬(海上明珠)[300]와 금분모란(金盆牡丹)[301] ᄀᆞᄐᆞ믈 젼(傳)ᄒᆞ여 웃ᄂᆞᆫ 입을 주리디 못ᄒᆞ니,

원쉬(元帥ㅣ) 영ᄒᆡᆼ(榮幸)ᄒᆞ믈 니긔디 못ᄒᆞ여 비로소 눈을 드러 좌우(左右)를 ᄉᆞᆯ피니, 윤(尹)·양·니 삼(三) 부인(夫人)과 샤인(舍人) 부인(夫人) 니 시(氏) 먼니 시립(侍立)ᄒᆞ여시니 니 시(氏)를 향(向)ᄒᆞ여 녜(禮)ᄒᆞ고 삼(三) 부인(夫人)으로 더브러 녜(禮)ᄒᆞᄆᆡ, 금휘(-侯ㅣ) 샤인(舍人)의 안기를 명(命)ᄒᆞ고 원슈(元帥)다려 파뎍(破敵)ᄒᆞ던

53면

셜화(說話)를 므러 그윽이 두굿기나, 능녀활발(凌厲活潑)[302]ᄒᆞ미 타인(他人)과 달나 만여(萬餘) 리(里) 왕반(往返)의 므ᄉᆞᆫ 남ᄉᆡ(濫事ㅣ)[303] 잇ᄂᆞᆫ가 그윽이 념녜(念慮ㅣ)ᄒᆞ나 블고이취(不告而娶)와 ᄉᆞ(四) 챵(娼) 시러온 곡졀(曲折)이야 엇디 알니오. 다만 문왈(問曰),

"운남(雲南)셔 쇼항(蘇杭)[304]가지ᄂᆞᆫ 신쇽(迅速)히 왓시ᄃᆡ 졀강(浙江)셔 샹경(上京)ᄒᆞ기ᄂᆞᆫ 어이 더ᄃᆡ뇨?"

---

298) 집슈ᄋᆡ듕(執手愛重): 집수애중. 손을 잡고 매우 사랑함.
299) 이셩화긔(怡聲和氣): 이성화기. 부드러운 말과 온화한 기운.
300) ᄒᆡ샹명쥬(海上明珠): 해상명주. 바다 위의 야명주.
301) 금분모란(金盆牡丹): 금 화분의 모란.
302) 능녀활발(凌厲活潑): 능려활발. 기세가 힘차고 시원스러움.
303) 남ᄉᆡ(濫事ㅣ): 남사. 분에 넘치는 일.
304) 쇼항(蘇杭): 소항. 소주(蘇州)와 항주(杭州). 중국 절강성(浙江省)에 위치한 곳들.

원쉬(元帥ㅣ) 작죄(作罪)ᄒᆞ미 이시ᄆᆡ 야〃(爺爺)의 므러시믈 경동(驚動)[305] ᄒᆞᄃᆡ ᄉᆞ식(辭色)을 곳치미 업셔 피셕브복(避席俯伏) ᄃᆡ왈(對曰),

“운남(雲南)셔 소항(蘇杭)가지ᄂᆞᆫ 셜니 힝(行)ᄒᆞ엿ᄉᆞᆸ더니 졀강(浙江)의ᄂᆞᆫ 니르러ᄂᆞᆫ 미양(微恙)[306]으로 신음(呻吟)ᄒᆞ여 완〃(緩緩)이 힝(行)ᄒᆞᄆᆡ ᄌᆞ연(自然) 더ᄃᆡ엿ᄂᆞ이다.”

금후(-侯)의 〃심(疑心)이 졀강(浙江)셔 남ᄉᆡ(濫事ㅣ) 이셔 호쥬[307] 셩식(好酒聲色)[308]ᄒᆞ여 음쥬달난(飮酒團欒)[309]이 낭ᄌᆞ(狼藉)턴가 녁이던 바의 엇

54면

디 ᄂᆡ도(乃倒)[310]치 아니리오. 태부인(太夫人)이 평후(-侯)와 원슈(元帥)의 셕반(夕飯)을 나오라 ᄒᆞ니 평휘(-侯ㅣ) ᄃᆡ왈(對曰),

“쇼ᄌᆞ(小子)ᄂᆞᆫ 어뎐(御殿)의셔 술과 팔진경찬(八珍瓊饌)[311]을 과식(過食)ᄒᆞ엿ᄉᆞ오니 밥 먹기 블가(不可)ᄒᆞ이다.”

ᄒᆞ고, 좌우(左右)로 원슈(元帥) 형뎨(兄弟) 식반(食盤)을 나오라 ᄒᆞ고 ᄌᆞ긔(自己)ᄂᆞᆫ 두어 잔(盞) 술을 마실 ᄲᆞᆫ이라.

원슈(元帥) 형뎨(兄弟) 셕반(夕飯)을 파(罷)ᄒᆞᄆᆡ 뫼셔 말ᄉᆞᆷᄒᆞᆯᄉᆡ, 남휘(南侯ㅣ) 쾌활(快闊)ᄒᆞ믈 니긔디 못ᄒᆞ고 심듕(心中)의 경 시(氏)를 ᄉᆡᆼ각ᄒᆞ여 브ᄃᆡ 묘(妙)ᄒᆞᆫ 계교(計巧)로 야〃(爺爺)를 속이고 다시 취

---

305) 경동(驚動): 놀람.
306) 미양(微恙): 말하는 이가 자기의 병을 낮추어 이르는 말.
307) 쥬: [교] 원문에는 ‘츄’로 되어 있으나 문맥을 고려해 이와 같이 수정함.
308) 호쥬셩식(好酒聲色): 호주성색. 술을 좋아하고 여자를 좋아함.
309) 음쥬달난(飮酒團欒): 음주단란. 술을 마시며 즐김.
310) ᄂᆡ도(乃倒): 내도. 차이가 큼.
311) 팔진경찬(八珍瓊饌): 여덟 가지 진귀한 음식과 맛있는 안주.

(娶)ᄒᆞ여 일튁(一宅)의 즐기믈 긔약(期約)ᄒᆞ고 ᄉᆞ(四) 챵(娼)을 한가디로 빈[312]희(嬪姬)[313]의 슈(數)를 ᄎᆞ오고져 ᄯᅳᆺ이 급(急)ᄒᆞᄃᆡ, 엄훈(嚴訓)을 두려 감(敢)히 ᄉᆡᆼ의(生意)치 못ᄒᆞ더라.

태부인(太夫人)이 남후(南侯) 부뷔(夫婦ㅣ) 좌(座)의 버러시믈 보고 두굿기

55면

믈 니긔지 못ᄒᆞ여 남후(南侯)의 손을 잡고 등을 어로만져 만심탐혹(滿心耽惑)[314]ᄒᆞ믈 마디아냐 언〃(言言)이 오문(吾門)의 쳔니귀(千里駒ㅣ)[315]라 일ᄏᆞ라,

"노뫼(老母ㅣ) 금셕슈ᄉᆡ(今夕雖死ㅣ)[316]나 므ᄉᆞᆷ 한(恨)이 〃시리오? 연(然)이나 윤(尹) 현뷔(賢婦ㅣ) 홍안(紅顔)이 너모 슈려(秀麗)ᄒᆞ니 조믈(造物)이 극(極)ᄒᆞᆫ 바를 두리거ᄂᆞᆯ, 윤가(尹家) 〃듕(家中)이 죵용(從容)치 못ᄒᆞ니 미구(未久)[317]의 혜쥬의 계활(契活)[318]이 엇더ᄒᆞᆯ고? 타인(他人)은 무심(無心)ᄒᆞ나 노모지심(老母之心)은 근심이 일시(一時)도 방하(放下)[319]치 못ᄒᆞ노라."

남휘(南侯ㅣ) 호언(好言)으로 위로(慰勞)ᄒᆞ더니, 외당(外堂)의 하ᄀᆡᆨ(賀客)이 분〃(紛紛)ᄒᆞ니 금후(-侯) 부ᄌᆡ(父子ㅣ) 나와 ᄃᆡᄀᆡᆨ(待客)ᄒᆞ여 도라보니고,

---

312) 빈: [교] 원문에는 '번'으로 되어 있으나 문맥을 고려해 이와 같이 수정함.
313) 빈희(嬪姬): 희첩(姬妾). 정식 아내 외에 데리고 사는 여자.
314) 만심탐혹(滿心耽惑): 마음 가득히 푹 빠짐.
315) 쳔니귀(千里駒ㅣ): 천리구. 하루에 천 리를 달릴 수 있을 정도로 좋은 말이라는 뜻으로, 뛰어나게 잘난 자손을 칭찬(稱讚)하여 이르는 말.
316) 금셕슈ᄉᆡ(今夕雖死ㅣ): 금석수사. 오늘 저녁에 비록 죽어도.
317) 미구(未久): 오래지 않음.
318) 계활(契活): 삶을 위하여 애쓰고 고생함.
319) 방하(放下): 마음을 놓음.

다시 드러와 죵용(從容)이 뫼셔 말숨홀식 그ᄾ이 혜쥬의 셩혼(成婚)홈과 궐졍(闕廷)의 드러가 졀의(節義)를 완젼(完全)ᄒᆞ여 졍문포쟝(旌門褒奬)[320] ᄒᆞ시

56면

믈 태부인(太夫人)과 평휘(-侯ㅣ) 젼(傳)ᄒᆞ고, 딘 부인(夫人)이 번국(蕃國) 인믈(人物)과 풍속(風俗)을 므르니, 남휘(南侯ㅣ) 일〃(一一)히 고(告)ᄒᆞ딕 남왕지녀(南王之女)의 말을 아니〃 비록 번국지녜(蕃國之女ㅣ)나 규슈(閨秀)의 음악무례(淫惡無禮)[321] ᄒᆞ믈 니르디 아니미라.

이러툿 담화(談話)ᄒᆞ여 효신(曉晨)의 니르니, 평휘(-侯ㅣ) 모친(母親)의 침슈(寢睡)[322] ᄒᆞ시믈 쳥(請)ᄒᆞ니 태부인(太夫人)이 쇼왈(笑曰),

"텬ᄋᆞ(-兒)를 보니 반가온 졍(情)이 황홀(恍惚)ᄒᆞ여 좀이 업ᄾᆞ니 너희 닛브거든 나가고 노모(老母)는 념녀(念慮) 말나."

평휘(-侯ㅣ) 모부인(母夫人) 긔운이 상(傷)ᄒᆞ실가 두려 ᄌᆡ삼(再三) 쳥(請)ᄒᆞ여 상요(床-)의 나아가신 후(後), 남후(南侯) 형뎨(兄弟) 야〃(爺爺)를 뫼셔 외헌(外軒)의 나와 공(公)의 침금(寢衾)을 포셜(鋪設)[323] ᄒᆞ여 취침(就寢)ᄒᆞ신 후(後), 광금댱침(廣衾長枕)[324]의 형뎨(兄弟) 집슈년비(執手連臂)[325] ᄒᆞ여 니졍(離情)[326]을 니르며 평휘(-侯ㅣ)

---

320) 졍문포쟝(旌門褒奬): 정문포장. 정문을 세워 칭찬하여 장려함. 정문은 충신, 효자, 열녀 들을 표창하기 위하여 그 집 앞에 세우던 붉은 문.
321) 음악무례(淫惡無禮): 음란하고 예의가 없음.
322) 침슈(寢睡): 침수. '잠을 잠'의 높임말.
323) 포셜(鋪設): 포설. 펴서 베풂.
324) 광금댱침(廣衾長枕): 광금장침. 넓은 이불에 긴 베개.
325) 집슈년비(執手連臂): 집수연비. 손을 잡고 팔을 붙임.
326) 니졍(離情): 이정. 이별의 정.

원슈(元帥)를 겻틱

57면

누이미 태산(泰山)이 알패 잇는 둧, 부즈(父子) 텬눈즈이(天倫慈愛)로뼈 그 신긔위무(神氣威武)[327]를 두굿기고 히외젼진(海外戰塵)의 흉봉(凶鋒)[328]을 딕뎍(對敵)흐미 만니힝역(萬里行役)의 조곰도 슈패(瘦敗)치 아냐시믈 힝희(幸喜)흐여 귀듕(貴重)흐미 비길 딕 업亽나, 므亽 남亽(濫事)를 져즐고 왓는고 념녀(念慮)흐여 희연(喜然)이 무이(撫愛)흐믄 업더라.

명됴(明朝)의 부즈형뎨(父子兄弟) 존당(尊堂)의 문안(問安)흐미 원슈(元帥)의 즈네(子女ㅣ) 태부인(太夫人) 슬샹(膝上)의 잇는디라, 평휘(-侯ㅣ) 웃고 원슈(元帥)를 ㄱ르쳐 왈(曰),

“져거시 네 아비니 가 보라.”

녀으(女兒)는 아모란 줄 모로딕, 으즈(兒子)는 능(能)히 아라듯고 원슈(元帥)의 압히 나아가 안는디라. 남휘(南侯ㅣ) 눈을 드러 슬피니 싱셰(生世) 계오 구(九) 삭(朔)이로딕 영형셕대(英炯碩大)[329]흐미 범으(凡兒)의 삼亽(三四) 세(歲)나 흐고 용뫼(容貌ㅣ) 두렷흐여 일월(日月)

58면

깃튼 텬창(天倉)[330]이 옥(玉)으로 놉히 무어시며 봉안(鳳眼)이 뉴셩(流星) 깃고 명광(明光)이 찬난(燦爛)흐여 윤(尹) 부인(夫人) 텬싱염

327) 신긔위무(神氣威武): 신기위무. 정신과 기운이 위엄 있고 씩씩함.
328) 흉봉(凶鋒): 흉한 칼끝.
329) 영형셕대(英炯碩大): 영형석대. 빛나고 큼.
330) 텬창(天倉): 천창. 관상에서, 두 눈썹의 사이 또는 이마의 복판을 이르는 말. 천정(天庭).

모(天生艷貌)를 습(襲)ᄒᆞ여시니, ᄌᆞᄐᆡ(姿態) 긔려(奇麗)ᄒᆞ믄 오히려 ᄌᆞ긔(自己) 우히라. 호치단슌(皓齒丹脣)[331]과 년협셜빈(蓮頰雪鬢)[332]이 복녹(福祿)을 응(應)ᄒᆞ며 셩ᄌᆞ긔ᄆᆡᆨ(聖者氣脈)[333]을 타낫시니 진짓 봉취(鳳雛ㅣ)라, 귀듕(貴重)ᄒᆞ미 뉴츌(流出)ᄒᆞ고 깃브미 무궁(無窮)ᄒᆞ니 만면(滿面)의 희긔(喜氣) 동(動)ᄒᆞ여 쇼용(笑容)[334]을 가견(可見)이러니, 태부인(太夫人)이 녀ᄋᆞ(女兒)를 안아 주어 왈(曰),

"ᄋᆞᄃᆞᆯ은 뇽닌(龍麟) ᄀᆞᆺ고 녀ᄋᆞ(女兒)ᄂᆞᆫ 쥬화(珠花) ᄀᆞᆺᄐᆞ니 너희 ᄌᆞ녀(子女) 잘 나흐미 아비를 계젹(繼蹟)[335]ᄒᆞ도다."

남휘(南侯ㅣ) ᄶᅡᆼ슈(雙手)로 바다 겻ᄐᆡ 노흐니 냥(兩) ᄋᆡ(兒ㅣ) 다 젼ᄌᆞ(前者) 보더니 ᄀᆞᆺᄐᆞ여 반기미 극(極)ᄒᆞᆫ디라. 녀ᄋᆞ(女兒)의 긔려(奇麗)ᄒᆞᆫ ᄋᆡ용(愛容)이 모풍(母風)을 젼쥬(專主)[336]ᄒᆞ여 긔〃졀묘(奇奇絶妙)ᄒᆞ니 ᄋᆡ련(愛戀)ᄒᆞ믈 형상(形狀)

59면

치 못ᄒᆞ고, 윤(尹)·양·니 삼(三) 부인(夫人)이 ᄌᆡ좌(在座)ᄒᆞ믈 보니 경 시(氏)를 그윽이 ᄉᆡᆼ각ᄒᆞ여 묘계(妙計)로 야〃(爺爺)를 속이고 다시 취(娶)ᄒᆞ여 일ᄐᆡᆨ(一宅)의 즐기믈 긔약(期約)ᄒᆞ며, 형ᄋᆞ 등(等) 제챵(諸娼)을 모화 빈[337]희(嬪姬)의 슈(數)를 ᄎᆡ오고져 ᄠᅳᆺ이 ᄎᆞᆷ기 어려오나 부친(父親)이 모로시ᄂᆞᆫ ᄇᆡ니 일념(一念)의 방하(放下)치 못ᄒᆞ더라.

평휘(-侯ㅣ) 남후(南侯)다려 왈(曰),

---

331) 호치단슌(皓齒丹脣): 호치단순. 흰 이와 붉은 입술.
332) 년협셜빈(蓮頰雪鬢): 연협설빈. 연꽃 같은 뺨과 눈 같은 귀밑머리.
333) 셩ᄌᆞ긔ᄆᆡᆨ(聖者氣脈): 성자기맥. 성인의 자질과 기운.
334) 쇼용(笑容): 소용. 웃는 얼굴.
335) 계젹(繼蹟): 계적. 조상이나 부형의 훌륭한 업적이나 행적을 본받아 이음.
336) 젼쥬(專主): 전주. 오로지 닮음.
337) 빈: [교] 원문에는 '번'으로 되어 있으나 문맥을 고려해 이와 같이 수정함.

"혜ᄋᆞ(-兒)의 혼ᄉᆞ(婚事)를 임의 일워시니 하ᄋᆞ(河兒)도 희텬과 셩혼(成婚)코져 ᄒᆞ나 윤(尹) 명강이 젼일(前日) 하ᄋᆞ(河兒) 어더 온 곡졀(曲折)을 몰나시려니와, 져 집이 그이던 줄 괴이(怪異)히 넉일가 ᄒᆞ노라."

남휘(南侯ㅣ) ᄃᆡ왈(對曰),

"윤가(尹家)의 결친(結親)코져 뜻이 업ᄉᆞ오나 임의 ᄒᆡᆼ빙(行聘)[338] ᄒᆞᆫ 혼ᄉᆡ(婚事ㅣ)오니, 셰월(歲月)을 쳔연(遷延)[339] ᄒᆞ미 무익(無益)ᄒᆞ고 각〃(各各) 져의 팔ᄌᆞ(八字)의 화복길흉(禍福吉凶)이

60면

달녓ᄉᆞ오며 인력(人力)으로 버셔날 ᄇᆡ 아니오니, 쇼ᄌᆡ(小子ㅣ) 금일(今日)이라도 윤(尹) ᄉᆞ원을 보아 의논(議論)ᄒᆞ여 슈히 셩혼(成婚)케 ᄒᆞ샤이다."

슌 태부인(太夫人)이 탄왈(嘆曰),

"혜쥬를 셩혼(成婚) 삼(三) 삭(朔)의 디금(至今) 다려오디 못ᄒᆞ고 호혈(虎穴)의 두어시니, 경〃지녜(耿耿之慮ㅣ)[340] 일〃(日日) 심(甚)ᄒᆞᆫ디라. 하ᄋᆞ(河兒)를 마ᄌᆞ 셩인(成姻)[341] ᄒᆞ여 보ᄂᆡ고 이 ᄆᆞ옴을 형상(形狀)키 어렵도다."

남휘(南侯ㅣ) 웃고 위로(慰勞) 왈(曰),

"위 태부인(太夫人)과 뉴 부인(夫人)의 쳔흉만악(千凶萬惡)[342]이

338) ᄒᆡᆼ빙(行聘): 행빙. 빙례를 행함. 빙례는 빙물을 받는 예. 빙물은 결혼할 때 신랑이 신부의 친정에 주던 재물.

339) 쳔연(遷延): 천연. 일이나 날짜 따위를 미루고 지체함.

340) 경〃지녜(耿耿之慮ㅣ): 경경지려. 마음에서 사라지지 않는 염려.

341) 셩인(成姻): 성인. 혼인을 이룸.

342) 쳔흉만악(千凶萬惡): 천흉만악. 매우 흉악함.

무비(無比)[343] ᄒᆞ오나 ᄆᆡ뎨(妹弟)를 간ᄃᆡ로 죽이디 못ᄒᆞᆯ 거시오, 하ᄆᆡ(河妹)는 비록 위란(危亂)[344]을 당(當)ᄒᆞᆯ디라도 윤(尹) 시(氏)ᄀᆞᆺ치 손을 ᄆᆡᆺ고 안연(晏然)이 됴흔 일ᄀᆞᆺ치 ᄉᆞ화(事禍)를 춰(取)치 아니리니 태모(太母)ᄂᆞᆫ 과려(過慮)치 마르쇼셔."

딘 부인(夫人)이 탄왈(嘆曰),

"어나 사ᄅᆞᆷ이 ᄉᆞ화(事禍)를 즐겨ᄒᆞ리오

61면

마ᄂᆞᆫ, 윤(尹) 현부(賢婦)ᄂᆞᆫ 기시(其時) 형셰(形勢) 반ᄃᆞ시 변통(變通)을 못 ᄒᆞᆯ ᄃᆡ경(地境)으로 힘〃히[345] ᄉᆞ경(死境)을 당(當)ᄒᆞ엿ᄂᆞ니, 혜쥐 비록 춍명(聰明)ᄒᆞ고 영오(穎悟)[346]ᄒᆞ나 모진 슈단(手段)을 면(免)ᄒᆞ리오? 내 진실(眞實)노 ᄉᆡᆼᄂᆡ(生來) 괴로오믈 아디 못ᄒᆞ더니, 혜ᄋᆞ(-兒)를 셩인(成姻)ᄒᆞ므로브터 쥬〃야〃(晝晝夜夜)의 졀박(切迫)ᄒᆞᆫ 근심이 일시(一時) 방하(放下)치 못ᄒᆞ노라."

남휘(南侯ㅣ) 호언(好言)으로 위로(慰勞)ᄒᆞ더니,

밧긔 하ᄀᆡᆨ(賀客)이 모히믈 고(告)ᄒᆞ니 외당(外堂)의 나와 빈ᄀᆡᆨ(賓客)을 마즐ᄉᆡ, 왕공녈후(王公列侯)와 쳥현명뉴(淸賢名流ㅣ) 벌 ᄆᆡ듯 니르러 남후(南侯)의 공덕(功績)이 쳥ᄉᆞ(靑史)의 빗나믈 하례(賀禮)ᄒᆞ며 남후(南侯)를 ᄃᆡ(對)ᄒᆞ여 만니젼진(萬里戰塵)[347]의 닙공승젼(立功勝戰)ᄒᆞ여 개가(凱歌)로 회군(回軍)ᄒᆞᆷ을 치하(致賀)ᄒᆞ니, 평휘(-侯ㅣ) 오ᄃᆡ 좌슈우응(左酬右應)[348]의 블감ᄉᆞ사(不堪謝辭)ᄒᆞ고, 남휘

---

343) 무비(無比): 비할 곳이 없음.
344) 위란(危亂): 위태롭고 어지러움.
345) 힘〃히: 부질없이.
346) 영오(穎悟): 남보다 뛰어나게 영리하고 슬기로움.
347) 만니젼진(萬里戰塵): 만리전진. 매우 멀리 떨어진 전쟁터.

(南侯ㅣ) 부젼(父前)의 념슬단좌(斂膝端坐)[349]

62면

ᄒᆞ여 날호여 흠신ᄉᆞ샤(欠身謝辭)[350] 왈(曰),

"우흐로 국가(國家) 홍복(弘福)을 힘닙고 아ᄅᆡ로 댱졸(將卒)의 도으믈 인(因)ᄒᆞ여 남만(南蠻)을 평뎡(平定)ᄒᆞ니 쇼ᄉᆡᆼ(小生)의 ᄌᆡ덕(才德)이 아니어ᄂᆞᆯ, 셩은(聖恩)이 과도(過度)ᄒᆞ샤 어개(御駕ㅣ) 교외(郊外)의 친님(親臨)ᄒᆞ시며 외람(猥濫)ᄒᆞᆫ 작위(爵位)를 밧ᄌᆞ와 만ᄉᆡ(萬事ㅣ) 여른[351] 복(僕)의 과(過)ᄒᆞ믈 숑뉼(悚慄)[352]ᄒᆞ더니, 녈위명공(列位名公)이 폐샤(弊舍)의 굴님(屈臨)[353]ᄒᆞ샤 광ᄎᆡ(光彩)를 닐위시고 쇼ᄉᆡᆼ(小生)의 브ᄌᆡ박덕(不才薄德)[354]을 과댱(過獎)[355]ᄒᆞ시니 블승황감(不勝惶感)ᄒᆞ도소이다."

뎡언간(停言間)[356]의 하리(下吏) 윤(尹) 츄밀(樞密)과 윤(尹) ᄒᆞᆨᄉᆞ(學士)의 ᄂᆡ림(來臨)ᄒᆞ믈 고(告)ᄒᆞ니, 남후(南侯) 등(等)이 하당영디(下堂迎之)[357]ᄒᆞᆯᄉᆡ 샤인(舍人)을 보고 쇼왈(笑曰),

"작일(昨日) 어젼(御殿)의셔 ᄐᆡᄒᆞᆨᄉᆞ(太學士) 반녈(班列)의 ᄉᆞ원이 〃시믈 보ᄆᆡ 그ᄉᆞ이 등양(騰揚)[358]ᄒᆞ여 금달(禁闥)[359]의 츌입(出入)

---

348) 좌슈우응(左酬右應): 좌수우응. 좌우로 부지런히 응대함.
349) 념슬단좌(斂膝端坐): 염슬단좌. 무릎을 모아 몸을 단정히 앉음.
350) 흠신ᄉᆞ샤(欠身謝辭): 흠신사사. 공경의 뜻으로 몸을 굽히고 감사의 말을 함.
351) 여른: 열은.
352) 숑뉼(悚慄): 송률. 매우 두려움.
353) 굴님(屈臨): 굴림. 남이 자기 있는 곳으로 찾아옴을 높여 이르는 말.
354) 브ᄌᆡ박덕(不才薄德): 부재박덕. 재주가 없고 덕이 부족함.
355) 과댱(過獎): 과장. 지나치게 칭찬함.
356) 뎡언간(停言間): 정언간. 말이 잠시 멈춘 사이.
357) 하당영디(下堂迎之): 하당영지. 마루에서 내려가 맞이함.
358) 등양(騰揚): 세력이나 지위가 높아 드날림.
359) 금달(禁闥): 궐내에서 임금이 평소에 거처하는 궁전의 앞문. 여기에서는 궁전을 이름.

ᄒᆞ믈 다힝(多幸)ᄒᆞᄃᆡ, 텬위디쳑(天威咫尺)[360]의 ᄉᆞ졍(私情)을 펴지 못

63면

ᄒᆞ고, 파됴(罷朝) 시(時)의 다리고 오랴 ᄒᆞ다가 혼야(昏夜)의 아모 ᄃᆡ로 간 줄 아디 못ᄒᆞ여 그져 나오ᄆᆡ 결연(缺然)터니 이제 니르니 피ᄎᆞ(彼此) 니졍(離情)을 위로(慰勞)ᄒᆞ리로다."

샤인(舍人)이 웃고 계부(季父)를 뫼셔 승당(昇堂)ᄒᆞᄆᆡ, 츄밀(樞密)이 남후(南侯)의 손을 잡고 벌뎍셩공(伐敵成功)[361]ᄒᆞ믈 칭하(稱賀)ᄒᆞ며 평후(-侯)를 향(向)ᄒᆞ여 함쇼(含笑) 왈(曰),

"창ᄇᆡᆨ의 승젼환됴(勝戰還朝)ᄒᆞᄂᆞᆫ 위의(威儀) 셩개(聖駕ㅣ) 문외(門外)의 친(親)히 마ᄌᆞ시니, 영광(榮光)의 댱(壯)ᄒᆞ믄 니르도 말고 남만(南蠻)을 평뎡(平定)ᄒᆞ니 국가(國家) 대경(大慶)이오 뎡문(鄭門)의 대복(大福)이라. 우연(偶然)ᄒᆞᆫ 남이라도 창ᄇᆡᆨ의 긔특(奇特)ᄒᆞ믈 아니 일ᄏᆞᄅᆞ리 업ᄉᆞ니 형(兄)의 ᄆᆞᄋᆞᆷ을 니르랴?"

평휘(-侯ㅣ) 미쇼(微笑) 왈(曰),

"년쇼히ᄋᆡ(年少孩兒ㅣ) 블ᄉᆞ(不似)[362]ᄒᆞᆫ ᄌᆡ덕(才德)으로 외람(猥濫)ᄒᆞᆫ 은권(恩眷)[363]이 여ᄎᆞ(如此)ᄒᆞ

64면

시니 열운 복(福)의 과의(過矣)라, 부ᄌᆡ(父子ㅣ) 깃브믈 아디 못ᄒᆞ고

360) 텬위디쳑(天威咫尺): 천위지척. 천자의 위광이 지척에 있다는 뜻으로, 임금과 매우 가까운 곳 또는 제왕의 앞을 이르는 말.
361) 벌뎍셩공(伐敵成功): 벌적성공. 적을 무찌르고 공로를 세움.
362) 블ᄉᆞ(不似): 불사. 같잖음. 말하거나 생각할 거리도 못 됨.
363) 은권(恩眷): 임금의 총애.

황〃젼뉼(惶惶戰慄)[364]ᄒᆞ여 여좌침상(如坐針上)[365]이라 일분(一分) 쾌활(快闊)ᄒᆞ미 업도다."

츄밀(樞密)이 너모 과겸(過謙)[366]ᄒᆞ믈 니르고 남후(南侯)로 파뎍(破敵) 셜화(說話)를 므러 담화(談話)ᄒᆞ더니, 빈ᄀᆡᆨ(賓客)이 년쇽브졀(連續不絕)[367]ᄒᆞ여 안마거륜(鞍馬車輪)이 구름 ᄆᆞᆺ듯 ᄒᆞ며, 벽뎨ᄡᅡᆼ곡(辟除雙轂)[368]과 하리츄죵(下吏騶從)이 운산 만슈동의 메여시니 동구(洞口)를 드레ᄂᆞᆫ디라. 윤(尹) 츄밀(樞密)이 뎡(正)히 말솜ᄒᆞ다가 ᄂᆡ당(內堂)이 분요(紛擾)[369]ᄒᆞᆯ 듯ᄒᆞᆫ 고(故)로 딜녀(姪女)를 보디 못ᄒᆞ고 도라가려 ᄒᆞ거ᄂᆞᆯ, 금평휘(--侯ㅣ) ᄀᆞᆯ오ᄃᆡ,

"형(兄)이 엇디 식부(息婦)를 아니 보고 가려 ᄒᆞᄂᆞ뇨?"

츄밀(樞密)이 답왈(答曰),

"딜ᄋᆞ(姪兒)를 보고져 ᄒᆞ나 ᄂᆡ당(內堂)이 분답(紛沓)[370]ᄒᆞᆯ디라, 일후(日後)의 다시 오기를 긔

65면

약(期約)ᄒᆞ노라."

금휘(-侯ㅣ) 이의 남후(南侯)를 명(命)ᄒᆞ여 츄밀(樞密)과 샤인(舍人)을 인도(引導)ᄒᆞ여 식부(息婦)를 보게 ᄒᆞ라 ᄒᆞ고, 샤인(舍人)을 도라보아 ᄀᆞᆯ오ᄃᆡ,

---

364) 황〃젼뉼(惶惶戰慄): 황황전율. 두려워 떪.
365) 여좌침상(如坐針上): 마치 바늘 위에 앉은 듯함.
366) 과겸(過謙): 지나치게 겸손함.
367) 년쇽브졀(連續不絕): 연속부절. 연속해 끊이지 않음.
368) 벽뎨ᄡᅡᆼ곡(辟除雙轂): 벽제쌍곡. 벽제는 지위가 높은 사람이 행차할 때, 구종(驅從) 별배(別陪)가 잡인의 통행을 금하던 일이고 쌍곡은 두 바퀴 달린 수레임. 고귀한 사람들이 모였음을 가리킴.
369) 분요(紛擾): 어수선하고 소란스러움.
370) 분답(紛沓): 북적북적하고 복잡함.

"네 비록 외싱(外甥)[371]이나 즈당(慈堂)이 너 ᄉ랑ᄒ시미 뎐흥 등(等)과 다르지 아니ᄒ시니, 네 이에 온 ᄭᅴ의 ᄇᆡ현(拜見)치 아니미 실(實)노 졍의(情誼) 박(薄)ᄒᆞᆫ지라 여ᄆᆡ(汝妹)를 본 후(後)의 드러가 즈당(慈堂)긔 뵈오라."

윤(尹) 샤인(舍人)이 원ᄂᆡ(元來) 셩졍(性情)이 발호(拔豪)[372]ᄒ여 빙가(聘家)의 죵〃(種種) 왕ᄂᆡ(往來)ᄒ여 죵요롭디[373] 못ᄒᆞᆫ디라, 우음을 ᄯᅴ여 ᄃᆡ왈(對曰),

"쇼셰(小壻ㅣ) 이곳의 온 젹마다 ᄂᆡ당(內堂)의 ᄇᆡ알(拜謁)ᄒ믈 구실삼아 ᄒ옵ᄂ니 금일(今日)이라타 그져 가리잇가? 듁쳥 형(兄)이 도라오니 ᄂᆡ헌(內軒)이 분요(紛擾)ᄒᆞᆯ디라, 외인(外人)의 ᄌ최 피폐(被弊)[374]ᄒᆞᆯ가 ᄒ

66면

ᄂ이다."

금휘(-侯ㅣ) 웃고 분요(紛擾)치 아니믈 니르더라.

남휘(南侯ㅣ) 윤(尹) 공(公) 슉딜(叔姪)노 더브러 셜월졍의 니르니, 윤(尹) 부인(夫人)이 계부(季父)긔 ᄇᆡ알(拜謁)ᄒ고 샤인(舍人)으로 더브러 반기믈 니긔디 못ᄒ니 슈려(秀麗)ᄒᆞᆫ 용안(容顔)과 찬난(燦爛)ᄒᆞᆫ 광염(光艶)[375]이 실듕(室中)의 됴요(照耀)ᄒ여 ᄇᆡᆨᄐᆡ쳔광(百態千光)[376]이 볼ᄉ록 ᄉᆡ로오니, 이팔쳥츈(二八靑春)의 공후(公侯)의 원비

---

371) 외싱(外甥): 외생. 편지글에서, 사위가 장인·장모에게 자기를 이르는 일인칭 대명사. 여기에서는 순 태부인에 대해 그 손녀사위 윤광천을 이름.

372) 발호(拔豪): 빼어나고 호탕함.

373) 죵요롭디: 긴요하지.

374) 피폐(被弊): 폐를 끼침.

375) 광염(光艶): 빛나는 아름다움.

376) ᄇᆡᆨᄐᆡ쳔광(百態千光): 백태천광. 온갖 아름다운 자태.

(元妃) 되여 쳬〃(棣棣)[377]ᄒᆞᆫ 위의(威儀)와 존듕(尊重)ᄒᆞᆫ 거동(擧動)이 비록 겸약손슌(謙弱遜順)[378]키를 위쥬(爲主)ᄒᆞ나 ᄌᆞ연(自然)ᄒᆞᆫ 귀격(貴格)이 범뉴(凡類)와 ᄂᆡ도(乃倒)ᄒᆞ니, 츄밀(樞密)이 ᄋᆡ듕(愛重)ᄒᆞ여 남후(南侯)의 승젼반사(勝戰班師)[379]ᄒᆞᆷ을 닐너 깃브믈 니긔디 못ᄒᆞ고, 유ᄋᆞ(乳兒)를 ᄎᆞᄌᆞ 슬샹(膝上)의 안쳐 어로만져 왈(曰),

"슈쉬(嫂嫂ㅣ) ᄎᆞᄋᆞ(此兒)의 얼골을 아디 못ᄒᆞ시고 딜ᄋᆡ(姪兒ㅣ) 옥누항의 왕ᄂᆡ(往來)치 아년 지

67면

삼(三) 년(年)이라. 녀ᄌᆞ유ᄒᆡᆼ(女子有行)이 원부모형뎨(遠父母兄弟)[380]라 ᄒᆞᆫ들 딜ᄋᆞ(姪兒)ᄀᆞᆺ치 본부(本府)의 왕ᄂᆡ(往來)치 못ᄒᆞᄂᆞ니 이시리오? 모로미 근간(近間)의 귀령(歸寧)[381]ᄒᆞ여 유ᄋᆞ(乳兒)를 다려오게 ᄒᆞ라."

쇼졔(小姐ㅣ) 밋쳐 ᄃᆡ(對)치 못ᄒᆞ여셔 남휘(南侯ㅣ) ᄇᆡᆨ안(白眼)으로 츄밀(樞密)을 보며 미〃(微微)히 웃고, 슉연(肅然)[382]이 므릅흘 ᄡᅳ러 ᄀᆞᆯ오ᄃᆡ,

"남녀ᄒᆡᆼ신(男女行身)이 다르오나 위친ᄉᆞ졍(爲親私情)[383]이야 엇디 다르리잇고? 존부(尊府) 슬하(膝下ㅣ) 젹막(寂寞)ᄒᆞ시니 형인(荊人)[384]이 잠간(暫間) 귀령(歸寧)ᄒᆞ여 존당(尊堂) 악부모(岳父母)긔 뵈

---

377) 쳬〃(棣棣): 체체. 성대하고 지극함.

378) 겸약손슌(謙弱遜順): 겸약손순. 겸손하고 공손함.

379) 승젼반사(勝戰班師): 승전반사. 전쟁에서 이기고 군사를 이끌고 돌아옴.

380) 녀ᄌᆞ유ᄒᆡᆼ(女子有行)이 원부모형뎨(遠父母兄弟): 여자유행이 원부모형제. 여자가 신행을 하면 부모와 형제에게서 멀어짐. 여자가 혼인을 하면 친정 부모와 형제에게서 멀어질 수밖에 없음을 이름. 『시경』, "패풍(邶風)"의 <천수(泉水)>에 나오는 표현.

381) 귀령(歸寧): 귀녕. 시집간 딸이 친정에 가서 부모를 뵘.

382) 슉연(肅然): 숙연. 엄숙한 모습.

383) 위친ᄉᆞ졍(爲親私情): 위친사정. 부모를 위하는 사사로운 정.

오미 졍니(情理) 당연(當然)ᄒᆞ오ᄃᆡ, 형인(荊人)이 미혼(未婚) 젼(前)도 실산지화(失散之禍)를 만나 구ᄎᆞ(苟且)히 남장(男裝)으로 음양(陰陽)을 변체(變體)[385]ᄒᆞ고 산ᄉᆞ(山寺)의 오유(奧留)[386]ᄒᆞ다가, 쇼ᄉᆡᆼ(小生)이 공교(工巧)히 만나 비로소 근본(根本)을 아라 셩녜(成禮)ᄒᆞᆫ ᄇᆡ 되오니, 부인ᄂᆡ(夫人-) 약(弱)ᄒᆞ신 심장(心臟)이 녜로

68면

브터 댱부(丈夫)의 호의(狐疑)[387] 업기와 ᄀᆞᆺ지 못ᄒᆞ여, 대뫼(大母ㅣ) ᄆᆡ양 형인(荊人)을 위(爲)ᄒᆞ여 무복(巫卜)[388]의 운슈(運數)를 츄졈(推占)[389]ᄒᆞ시면 존부(尊府)의ᄂᆞᆫ ᄌᆞᆷ시(暫時)라도 귀령(歸寧)ᄒᆞᆫ즉 ᄉᆞ화(事禍)를 만나리라 ᄒᆞ고 조뫼(祖母ㅣ) 경동(驚動)ᄒᆞ샤 일졀(一切)이 귀령(歸寧)을 막으시니 가친(家親)이 엇지 그러치 아닌 줄을 모로시리잇가마ᄂᆞᆫ 노친(老親)의 ᄠᅳᆺ을 욱이지 못ᄒᆞ시고, 쇼ᄉᆡᆼ(小生)이 평소[390](平素) 무복(巫卜)을 허망(虛妄)이 넉여 일ᄌᆞᆨ 갓가이 본 일이 업고 조모(祖母)의 근심을 플고져 금년(今年) 신졍(新正)의 쥬역팔과(周易八卦)[391]를 버려 녕딜(令姪)의 운슈(運數)를 츄졈(推占)ᄒᆞ니, 과

---

384) 형인(荊人): 형차(荊釵)를 한 사람, 즉 아내를 가리킴. 형차는 나무로 만든 비녀로, 검소한 생활을 함을 의미함.

385) 변체(變體): 변체. 몸을 바꿈.

386) 오유(奧留): '깊이 몸을 숨겨 머묾'의 뜻으로 보이나 미상임.

387) 호의(狐疑): 자잘한 의심.

388) 무복(巫卜): 무당과 점쟁이를 아울러 이르는 말.

389) 츄졈(推占): 추점. 앞으로 닥칠 일을 미루어서 점을 침.

390) 소: [교] 원문에는 이 글자가 없으나 문맥을 고려해 삽입함.

391) 쥬역팔과(周易八卦): 주역팔괘. 주역의 팔괘. 주역(周易)은 유교 경서 중의 하나로 만상(萬象)을 음양 이원으로써 설명하여 그 으뜸을 태극이라 하였고 거기서 64괘를 만들었는데, 이에 맞추어 철학・윤리・정치상의 해석을 덧붙였음. 팔괘는 중국 상고 시대에 복희씨가 지었다는 여덟 가지의 괘. 『주역』에서 세상의 모든 현상을 음양을 겹치어 여덟 가지의 상으로 나타낸 ☰[건(乾)], ☱[태(兌)], ☲[이(離)], ☳[진(震)], ☴[손(巽)], ☵[감(坎)], ☶[간(艮)], ☷[곤(坤)]을 이름.

연(果然) 귀령(歸寧)ᄒᆞᆫ즉 그 몸이 필유ᄉᆞ화(必有事禍)[392]ᄒᆞᆯ 듯ᄒᆞ니 도로혀 가쇼(可笑)롭고 졈ᄉᆡ(占辭ㅣ) 무복(巫卜)과 ᄀᆞᆺᄐᆞᆯ 기괴(奇怪)히 넉이오나 일노 드ᄃᆡ여 실인(室人)의 옥누항 왕ᄂᆡ(往來)ᄂᆞᆫ 가장 어려온

69면

지라. 쇼ᄉᆡᆼ(小生)의 집의 안졍(安靜)ᄒᆞᆫ 별당(別堂)이 ᄡᅡᆫ집 ᄀᆞᆺᄐᆞ니 악뫼(岳母ㅣ) 보고져 ᄒᆞ실딘ᄃᆡ 간〃(間間)이 별당(別堂)의 와 형인(荊人) 모ᄌᆞ(母子)를 보시미 무방(無妨)ᄒᆞ시니이다."

츄밀(樞密)의 소활(疎闊)ᄒᆞᆫ 셩졍(性情)이 남다른 고(故)로 남후(南侯)의 말칰[393]를 모로고 쇼왈(笑曰),

"챵ᄇᆡᆨ이 명달(明達)[394]ᄒᆞᆫ 댱뷔(丈夫ㅣ)가 ᄒᆞ엿더니 금일디언(今日之言)이 호의만단(狐疑萬端)[395]ᄒᆞ니 엇지 괴이(怪異)치 아니리오? 딜녀(姪女)를 귀근(歸覲)[396]치 못ᄒᆞ게 ᄒᆞᆫ즉 녕ᄆᆡ(令妹) ᄯᅩ 귀근(歸覲)치 못ᄒᆞ리라."

남휘(南侯ㅣ) ᄌᆞ약(自若)히 우셔 왈(曰),

"녀필죵뷔(女必從夫ㅣ)라, 존부(尊府) 사ᄅᆞᆷ이 되미 화복고락(禍福苦樂)이 ᄉᆞ원의게 달녀시니 ᄉᆞ졍(事情)의 졀박(切迫)ᄒᆞᆫ 일이 〃신들 ᄆᆡ양 엇디 다리고 잇고져 ᄒᆞ리잇가? 귀근(歸覲)을 일ᄉᆡᆼ(一生) 허(許)치 아니시나 그 몸이 무ᄉᆞ(無事)ᄒᆞᆫ즉 영ᄒᆡᆼ(榮幸)이라. 녕

---

392) 필유ᄉᆞ화(必有事禍): 필유사화. 반드시 재앙이 있음.
393) 말칰: 말 속에 담긴 속뜻.
394) 명달(明達): 현명하고 통달함.
395) 호의만단(狐疑萬端): 자잘한 의심이 끝없음.
396) 귀근(歸覲): 시집간 딸이 친정에 가서 부모를 뵘.

70면

딜(令姪) 아니 보니믈 년좌(連坐)ᄒᆞ샤 쇼ᄆᆡ(小妹)의 귀령(歸寧)을 막으시미 괴이(怪異)튼 아니시나 피ᄎᆞ(彼此) 형셰(形勢)를 탁냥(度量)[397]치 못ᄒᆞ시믈 그윽이 실쇼(失笑)ᄒᆞ옵ᄂᆞ니, 녕딜(令姪)은 셩혼(成婚) ᄉᆞ(四) 년(年)의 ᄌᆞ식(子息)을 두고 ᄉᆡᆼ(生)의 집이 젹막(寂寞)지 아니ᄒᆞ되, 대모(大母)와 이친(二親)이 녕딜(令姪)의 잔미(孱微)[398]ᄒᆞ믈 혐의(嫌疑)치 아니시고 ᄉᆞ랑ᄒᆞ샤미 쇼ᄉᆡᆼ(小生)이 바랄 ᄇᆡ 아니오나, 쇼ᄆᆡ(小妹)ᄂᆞᆫ 년긔(年紀) 유튱(幼沖)[399]ᄒᆞᆫ ᄋᆞ히(兒孩) 존부(尊府)의 쇽현(續絃)[400]ᄒᆞ미 악댱(岳丈)이 아니 계시고 합히(閤下ㅣ) 비록 극진(極盡)이 무ᄋᆡ(撫愛)ᄒᆞ시나 졔 ᄆᆞ옴이 집의 이실 젹ᄀᆞᆺ지 못ᄒᆞ오미 만ᄉᆞ오리니, 졀쟝보단(切長補短)[401]ᄒᆞ여도 쇼ᄆᆡ(小妹) 위인(爲人)〃즉 녕딜(令姪)의 우히 이실 거시로되 구가(舅家)의 나아가ᄆᆡ 아모 근심이 업셔 즐겁기ᄂᆞᆫ 녕딜(令姪)

71면

만 못ᄒᆞ리이다.”

츄밀(樞密)이 ᄎᆞ언(此言)의 당(當)ᄒᆞ여ᄂᆞᆫ 모친(母親)의 브ᄌᆞ(不慈)ᄒᆞ시므로 남휘(南侯ㅣ) 알고 이리 니르민가 넉이더라.

---

397) 탁냥(度量): 탁량. 앞이나 뒤의 형편을 헤아림.
398) 잔미(孱微): 가냘프고 약하며 변변치 못함.
399) 유튱(幼沖): 유충. 나이가 어림.
400) 쇽현(續絃): 속현. 거문고와 비파의 끊어진 줄을 다시 잇는다는 뜻으로, 아내를 여읜 뒤에 다시 새 아내를 맞는 일을 비유적으로 이르는 말. 여기에서는 혼인함을 이름.
401) 졀쟝보단(切長補短): 절장보단. 긴 것을 끊어 짧은 것을 보충함.

주요 인물

경숙혜: 경 참청의 막내딸. 정천흥의 넷째아내.

경춘기: 경 참정의 계후. 정천흥의 친구. 경숙혜의 오빠. 자는 천유. 학사.

계충: 상서 윤현의 유제(乳弟).

구몽숙: 이부시랑 구순의 아들. 유 부인의 조카. 상서 진광에게 수학함. 정연이 먹여 기름. 정천흥의 친구. 유 부인의 사주로 윤명아를 음란한 여자로 모함하나 남편 정천흥이 믿지 않음.

구파: 윤현과 윤수의 서모. 승상 구준의 서매(庶妹).

김중광: 김후의 아들. 여장하고 윤현아를 보려 했으나 실패하고 윤희천에게 두드려 맞음.

김탁: 임금의 장인. 김 귀비의 아버지. 초왕과 결탁해 하진 부자를 모함함.

김후: 김탁의 첫째아들. 이부천관.

노 부인: 유 씨의 외할머니. 남편은 박 상서.

단 씨: 이춘의 아내. 이수빙의 어머니.

박건: 정천흥이 과거장에서 대신 글을 써 준 인물. 박관과 형제지간.

박관: 정천흥이 과거장에서 대신 글을 써 준 인물. 박건과 형제지간.

석준: 개국공신 석수신의 손자. 추밀사 석화의 셋째아들. 윤경아의 남편.

순 태부인: 정연의 어머니.

신묘랑: 삼천 년 묵은 여우. 법호는 금선법사. 구몽숙과 유 부인 등을 도와 상대를 납치하거나 죽이려는 일을 도와줌.

양난염: 양필광의 딸. 정천흥의 둘째아내.

양문광: 참정. 양필광의 형.

양 씨: 구몽숙의 아내.

양필광: 동평장사. 참정 양문광의 아우. 양난염의 아버지. 정천흥의 장인.

양홍: 구몽숙의 장인. 시중.

여숙: 정천흥이 과거장에서 대신 글을 써 준 인물.

오 씨: 처사 오윤의 딸. 석준의 둘째아내.

위방: 위 부인의 서질(庶姪). 위 부인의 사주로 윤명아를 탈취하려 하나 실패함.

위 부인: 윤수의 친어머니. 유 씨의 시어머니.

유 공: 집금오. 유 부인의 오빠.

유 부인: 이부상서 유환의 딸. 윤수의 아내. 시어머니 위 부인, 딸 윤경아와 함께 윤명아, 윤광천, 윤희천 형제를 죽이려 함.

윤경아: 윤수와 유 씨의 첫째딸. 석준의 아내.

윤광천: 윤현의 쌍둥이 아들 중 첫째. 어머니는 조 부인. 자는 사원. 중서사인. 집현전 태학사. 별호는 청문 선생.

윤수: 윤 노공의 후실 위 부인 소생. 자는 명강. 윤현의 이복동생. 아들이 없어 윤현의 아들 윤희천을 양자로 들임. 아내는 유 부인. 딸은 윤경아, 윤현아. 태중태우. 추밀사.

윤현: 윤 노공의 전실 황 부인 소생. 명천 선생. 자는 문강. 아내는 조 부인. 윤광천과 윤희천의 아버지. 윤수의 형. 금국에 사신으로 갔다가 자결함. 홍문관 태학사 이부상서 금자광록태우. 죽은 후에 충무공으로 추증됨.

윤현아: 윤수와 유 씨의 둘째딸.

윤희천: 윤현의 쌍둥이 아들 중 둘째. 어머니는 조 부인. 윤수의 계후로 들어가 양조모 위 부인과 양모 유 부인의 박대를 받음. 자는 사빈.

이수빙: 이춘과 단 씨의 첫째딸. 윤광천의 셋째아내. 못생김.

이연빙: 이춘과 단 씨의 둘째딸. 이수빙의 쌍둥이 동생. 정인흥의 아내.

이춘: 학사. 정연의 친구. 자는 덕보. 이수빙의 아버지. 윤광천의 장인.

정세흥: 정연과 진 부인의 셋째아들.

정아주: 정연과 진 부인의 막내딸.

정연: 윤현과 하진의 친구. 자는 윤보. 대사도. 금평후.

정인흥: 정연과 진 부인의 둘째아들. 자는 후백. 이연빙의 남편. 금문직사. 이부시랑 홍문사인.

정천흥: 정연과 진 부인의 첫째아들. 자는 창백. 윤명아의 남편. 별호는 죽청 선생. 문무에 장원급제해 한림학사 호위장군이 됨. 간의태우 문연각 태학사 표기장군. 병부상서 용도각 태학사 병마절제사 제로도총병 좌장군평남후.

조 부인: 개국공신 조빈의 딸. 윤현의 아내. 윤광천과 윤희천의 어머니.

조 씨: 하진의 아내.

진 상서: 정천흥의 외숙부. 구몽숙을 가르침.

진 씨: 정연의 아내.

초왕: 임금의 종제(從弟). 김탁과 결탁해 하진 부자를 모함함.

하원경: 하진과 조 씨 사이의 큰아들. 자는 자건. 아내는 이부시랑 임경의 딸. 초왕, 김탁의 모함을 받아 반역죄로 옥에 갇혀 있다가 독살당함.

하원광: 하진과 조 씨 사이의 넷째아들. 윤현아의 남편. 자는 자의.

하원보: 하진과 조 씨 사이의 둘째아들. 자는 자상. 초왕, 김탁의 모함을 받아 반역죄로 옥에 갇혀 있다가 독살당함.

하원상: 하진과 조 씨 사이의 셋째아들. 자는 자종. 초왕, 김탁의 모함을 받아 반역죄로 매를 맞다가 죽음.

하원상: 하진과 조 씨 사이의 다섯째아들. 자는 재환. 첫째아들 하원경의 환생.

하원창: 하진과 조 씨 사이의 여섯째아들. 자는 재순. 둘째아들 하원보의 환생.

하진: 윤현과 정연의 친구. 자는 퇴지. 어사태우. 병부상서 문연각 태학사.

혜원: 여승. 사족 출신. 양주 선비 강운의 딸. 벽화산 취월암에 있으면서 길을 헤매던 윤명아를 구해 취월암에서 살게 함.

혜준: 윤부의 서동.

화 씨: 양필광의 아내. 양난염의 어머니. 정천흥의 장모.

화정: 정천흥이 과거장에서 대신 글을 써 준 인물.

화천: 윤현의 벗. 도사. 항주 사람. 어릴 때 윤현과 항주에서 이웃해 살며 친구가 됨. 천태산 아래 진청 도사에게서 배움. 자는 연지.

역자 해제

1. 머리말

<명주보월빙>은 18~19세기에 창작되었을 것으로 추정되는 고전 대하소설이다. 작가는 알려져 있지 않으나 다른 대하소설과 마찬가지로 사대부가 여성의 창작으로 추정된다. 후편인 <윤하정삼문취록>과 연작 관계에 있는 소설로,[1] 100권 100책(권78 결)의 장편 거질이다. <윤하정삼문취록>의 105권 105책(권15, 권33, 권39 결)과 합하면 205권 205책에 달한다. 고전소설 중 가장 긴 작품이 한국학중앙연구원에 소장된 180권 180책의 <완월회맹연>인데, 연작까지 아울러서 보면 <명주보월빙> 연작이 가장 길다고 하겠다.

이 작품은 중국 송나라를 배경으로 윤씨, 하씨, 정씨 세 집안 인물들의 이야기를 중심으로 서사가 전개된다. 이 가운데 특히 윤씨 집안이 주축이 되는바, 입양한 종통(宗統)과 그를 제거해 종통의 자리를 빼앗으려는 세력의 갈등이 중심축을 이루고 있다. 여기에 남편의 다른 아내를 죽여 자신의 지위를 확고히 하려는 여성인물이 다수 등장한다. 또한 주인공을 시기하는 남성인물의 행위가 더해져 서사가

1) 이들 작품과 한국학중앙연구원에 30권 30책의 완질로 소장된 <엄씨효문청행록>의 관계에 대해서는 연구자에 따라 이견이 있으나, 필자는 <엄씨효문청행록>은 <윤하정삼문취록>의 파생작으로 보는 입장이다. 연작은 전편의 인물, 배경 등이 후편에도 이어질 때 부르는 이름이라 할 수 있는데, <엄씨효문청행록>은 그와 달리 <윤하정삼문취록>에 단편적으로 등장하는 엄씨 집안을 따로 떼어 본격적인 서사물로 구성한 작품이기 때문이다.

다채롭게 전개된다. 결국 유교 이념의 승리로 귀결되지만 그에 이르기까지 전개되는 서사는 독자들에게 긴장감과 흥미를 부여하기에 충분하다.

2. 제명(題名)

'명주보월빙(明珠寶月聘)'이라는 제목은 '명주와 보월패(寶月佩)의 빙물(聘物)'이라는 뜻이다. 명주는 야명주(夜明珠)로서 어두운 데서도 빛이 나는 구슬이고, 보월패는 허리나 가슴에 차던 달 모양의 패옥(佩玉)이다. 모두 여성들이 쓰던 물건들로, 이것들을 남성 가문에서 빙물, 즉 혼인을 약속한 여성 가문에게 주는 예물로 삼았다는 말이다.

명주와 보월패는 원래 윤씨, 하씨, 정씨 집안의 1대 인물들인 윤현, 하진, 정연이 남강에 뱃놀이를 갔다가 적룡에게서 받은 물건들로, 윤현은 명주 네 낱을, 하진과 정연은 '빙물'이라고 써진 보월패를 받는다. 이전에 윤현은 꿈에 선관이 나타나 나중에 명주를 얻게 될 것이니 그것들을 빙물로 삼으라고 들은 바가 있으므로 꿈과 현실이 부합한 것을 기이하게 여긴다. 이 보물들을 받은 세 사람은 이것이 상서로운 물건들이므로 나중에 아들들의 빙물로 삼겠다 한다. 실제로 이 보물들은 후에 세 집안 아들들의 빙물로 사용된다.

<명주보월빙>의 제목에는 이처럼 세 집안 사람들의 혼인 관계를 드러내며 작품의 내용을 포괄하는 소재가 들어가 있다. 대하소설 중에는 <이씨세대록>이나 <유씨삼대록>[2)]처럼 역사기록인지 혼동될 정도로 단순한 제명이 있는가 하면 완월루에서 만나 잔치하며 맹세

2) 각기 '이씨 집안 여러 세대의 기록', '유씨 집안 세 세대의 기록'이라는 뜻이다.

를 한다는 뜻의 <완월회맹연>, 두 팔찌를 가진 사람이 기이하게 만난다는 뜻의 <쌍천기봉>, 옥원앙을 지닌 사람들이 기이하게 두 번 만난다는 뜻의 <옥원재합기연> 등 주로 혼인 관계를 암시하며 작품의 내용을 짐작하게 하는 제명도 있는데 <명주보월빙>은 이중 후자에 속한다.

3. 이본

<명주보월빙>의 이본은 현재 4종이 전한다. 이 저서에서 저본으로 이용한 장서각본 100권 100책을 비롯하여 박순호본 36권 36책, 정병설본 1권 1책 낙질본, 장서각본2[3] 2권 1책 낙질본[4]이 그것이다.

본격적인 이본 연구는 뒤로 미루고 이 자리에서는 각 이본에 대해 간략히 소개하려 한다. 장서각본은 유려한 궁체로 필사되어 있는데 다만 그 필사자와 필사연대는 알 수 없다. 권78이 빠진 이본인바, 해당 권은 박순호본의 권28에 해당되어 누락된 내용을 보충할 수 있다.[5]

박순호 교수 소장본은 1912년부터 1914년부터 필사된 것으로 이중 권1부터 권14까지는 68세의 조창룡이라는 인물이 군산에서 필사했다. 현전하는 이본 가운데 유일한 완본이라는 점에서 의미가 있다. 장서각본과 비교했을 때 박순호본에는 누락된 부분이 상당하지만, 역으로 장서각본에도 누락된 부분이 적지 않고 어휘 단위에서 박순호본에 정확한 부분이 꽤 있어 둘 중 어느 본이 선본(善本)이라고 단정짓기는 어렵다.

---

3) 해제자가 임의로 명명한 것이다.
4) 이 이본은 기존 연구에서는 소개되지 않았고, 본 해제에서 처음으로 소개하는 이본이다.
5) 특별한 언급이 없는 한, 이본과 관련된 내용은 다음의 글을 참조했다. 유인선, 「<명주보월빙> 연작 연구-운명관과 초월계의 성격을 중심으로-」, 서울대학교 박사학위논문, 2021.

정병설 교수 소장본은 유인선 교수가 처음 소개하였는데 권43만 있는 낙질본이다.

장서각본2는 이 자리에서 처음 소개하는 이본이므로 상대적으로 자세하게 소개하려 한다. 2권 1책으로서, 표제는 "明珠寶月錄"이고 권수제는 "명쥬보월빙"이며 전체 213면이다. 권1은 108면까지 있고 권2는 105면이다. 표지에 "辛亥至月下澣"이라 써져 있어 신해년 11월 하순에 필사 내지 장정을 했음을 알 수 있다. 이때 신해년은 1911년 또는 1851년으로 추정된다. 말미에는 후기가 있다.[6] 이를 보면 필사자가 저본으로 사용한 이본도 낙질본임을 추측할 수 있고, 이러한 형식의 <명주보월빙> 낙질본들이 적지 않게 있었을 가능성을 유추할 수 있다.

어휘나 문장을 보면 장서각본이나 박순호본과는 다른 저본을 사용했음을 알 수 있다. 장서각본에는 없는 부분이 꽤 있고,[7] 장서각본에 비해 표현이 풍부하다. 독특한 면은 필사자가 낙장(落張)이나 낙줄(落-) 사실을 표기했다는 점이다.[8] 장서각본2의 필사자가 참고한 저본에 원래 빠져 있었는지, 아니면 필사자가 의도적으로 누락시

6) "明珠宝月錄 終 ᄎᆞ칙 셜화 보옵 ᄌᆞᆨᄒᆞ기로 등셔ᄒᆞ여시나 흉괴망질노 낙점 낙ᄌᆞ 만ᄒᆞ니 보시ᄂᆞ니 눌너 겨지ᄒᆞ쇼셔 여러 권 ᄎᆡᆨ이라 ᄉᆞᆺ시 업ᄉᆞ니 만 번 ᄋᆡ답고 이 ᄉᆞᆺ슬 어ᄃᆡ셔 어더볼고 소이로다"

7) 두 가지 예를 들면 다음과 같다.
"즉시 나오니 차일 졀도ᄉᆞ의"(장 2:36); "즉시 나오니 이향이 코흘 거ᄉᆞ리고 경운이 ᄒᆡ월누를 둘너 산○의 빗치 애〃ᄒᆞ니 ᄌᆞ연 아라보이ᄂᆞᆫ디라 신ᄋᆡ 그이ᄒᆞᆫ 쥴 아ᄅᆞ 더옥 깃거ᄒᆞ더라 ᄎᆞ일 졀도ᄉᆞ의"(장2 2:6)
"혈누를 나리올 ᄲᅮᆫ이러니 슈일 후의 상귀"(장 2:42); "누어 혈뉘 거츤 ᄌᆞ리을 적실 ᄲᅮᆫ이니 구파ᄂᆞᆫ 셔루 ᄆᆞᆯ 모ᄅᆞᄂᆞᆫ ᄉᆞ람갓치 부인을 위로ᄒᆞ며 쌍ᄋᆞ를 어라만져 셰ᄉᆞᆼ의 일졈 골육이 업시 쳔년 조과ᄒᆞ나니도 잇시니 부인은 십육 년 동쥬의 ᄋᆞ소져를 두시고 이런 옥동이 쌍으로 나니 윤문을 흥흘디라 무어슬 져ᄃᆡ도록 과샹ᄒᆞ시ᄂᆞ뇨 부인니 쌍ᄋᆞ를 볼ᄉᆞ록 그 부친의 아지 못ᄒᆞ믈 각골ᄋᆡ상ᄒᆞ더라 수일 후 샹셔의 상구"(장2 2:13)

8) "제신니 간ᄒᆞ야 낙즁 차셕칭춘ᄒᆞ여"(장2 2:20) 이 부분은 장서각본 기준으로 3면 정도가 빠져 있다.
"부졀없다 ᄒᆞ고 낙쥴 부인니 슈ᄐᆡᆨᄒᆞ야 경ᄋᆞ"(장2 2:30) 장서각본 기준으로 3면 정도가 빠져 있어 낙줄이 아니라 낙장이라 해도 무방하다.

켰는지는 분명하지 없다. 장서각본에는 없으나 장서각본2와 박순호본에는 있는 부분도 있다. 김후 등이 임금에게 하진 등을 참소하는 부분이 장서각본(권3)에는 없으나 박순호본(1:95-96)과 장서각본2(2:69-71)에는 있는 것이다.[9)]

참고로 장서각본과 장서각본2, 박순호본의 분권 양상을 보면 다음과 같다.

장서각본	장서각본2	박순호본
권1, 69면 끝	권1, 81면	권1, 41면
권2, 32면	권1, 108면 끝	권1, 60면
권2, 74면 끝	권2, 38면	권1, 80면
권3, 46면	권2, 73면	권1, 103면 끝
권3, 70면 끝	권2, 102면	권2, 15-16면[10)]
권4, 4면	권2, 106면 끝	권2, 18면

각 이본의 분권 부분이 모두 동일하지 않다. 또 각권의 분량 면에서 박순호본이 가장 많고, 장서각본2, 장서각본 순으로 적어짐을 알 수 있다.

이상으로 네 종의 이본을 간략히 살펴보았다. 이본의 본격적인 비교는 여기에서 구체적으로 제시하지 않은 정병설본까지 포함해 어휘나 문장, 단락, 단위담 단위 등을 기준으로 할 필요가 있다.

9) 각 이본의 비교는 향후에 본격적으로 할 필요가 있다.

10) "ᄒᆞ회을 분셕ᄒᆞ라"는 어구가 있어 분권의 표지는 장서각본과 다르지만, 내용적으로는 분권 부분이 동일함을 알 수 있다.

4. 서사 구성과 모티프

<명주보월빙>은 윤하정 세 집안의 이야기가 번갈아가며 서술되어 있는데, 각 집안별로 2대[11] 혹은 3대까지의 인물들의 이야기가 서사의 축을 이루고 있다. 즉 윤씨 집안은 1대인 윤현, 윤수와 2대인 윤희천, 윤광천, 윤명아의 이야기가, 정씨 집안은 1대인 순 부인과 2대인 정연, 3대인 정천흥, 정혜주의 이야기[12]가, 하씨 집안은 1대인 하진과 2대인 하원광의 이야기가 주축이 되어 있다.

세 집안 중에서도 윤씨 집안이 가장 비중[13]이 크고 그 다음으로 정씨 집안이며, 가장 비중이 낮은 집안은 하씨 집안이다. 각 집안에서 가장 비중이 큰 인물은 윤씨 집안에서는 윤희천이고 정씨 집안에서는 정천흥이며 하씨 집안에서는 하원광이다. 모두 실질적으로 2대에 해당하는 인물들이다. 이중에서도 <명주보월빙>의 양대 주인공은 윤희천과 정천흥이며, 두 사람 중에서도 윤희천이 더 큰 비중을 지니고 있다. 윤희천의 효성이 작품에 핍진하고 지속적으로 등장해 그 양조모 위 부인과 양모 유 부인을 감화하고 있는데, 이것이 작품을 관통하고 있는 가장 중요한 축이기 때문이다.

<명주보월빙>은 윤씨 집안의 이야기를 중심으로 사이사이에 하씨와 정씨 집안의 이야기가 서술되는 구조로 되어 있다. 즉 윤씨 집안-정씨 집안-윤씨 집안-하씨 집안의 방식이다. 물론 정씨 집안에서도 반동인물인 문양 공주를 중심으로 갈등이 적지 않게 일어나고 있어

---

11) 여기에서 1대라 칭하는 인물들은 서사에 본격적으로 등장하는 인물을 의미한다. 따라서 이름만 존재하는 윤씨 집안의 윤 공은 1대라 하기 어렵다. 다만 비중은 미미하지만 집안의 어른 역할을 하는 정씨 집안의 순 부인은 형식적으로 1대에서 제외하기 어려운 면이 있다.

12) 이 해제에서 1대를 순 부인으로 설정하기는 하였으나 2대인 정연이 윤씨나 하씨 집안의 1대인 윤현, 윤수, 하진과 벗으로 등장한다는 점에서 실질적인 1대는 정연이라 해도 무방하다고 본다.

13) 비중은 분량의 측면과 서사에서 차지하는 중요도를 모두 감안한 것이다.

정씨 집안을 축으로 다른 집안이 교차 서술되는 부분이 있기는 하다.[14] 그러나 대부분의 서사는 윤씨 집안을 중심으로 교차 서술되고 있다.

이러한 서사 구성은 작가가 애초에 세 집안의 비중에 차이가 나도록 설정했다는 점에서 예상할 수 있는 방식이다. 만일 세 집안의 비중이 대등하게 설정되어 있다면 세 집안의 서사가 어느 한쪽에 치우침이 없이 번갈아 서술되었을 것이다. 비중에 차이가 난 것은 또한 윤씨 집안의 갈등을 핵심적으로 설정했다는 점에서도 기인한다. <명주보월빙>은 종통과 비종통의 대결이 핵심인바 그것이 윤씨 집안에서 벌어지고 있다.

이러한 서사 구성 방식은 다른 대하소설과 변별되는 지점이다. 예를 들어, <쌍천기봉>에서는 이씨 집안의 이야기가 중심이 되어 있고 역사적 사건이 서사의 축으로 설정되어 있다. 역사적 배경을 후면에 두고 이씨 집안 인물들의 부부 갈등, 부자 갈등 등 다양한 이야기가 구성되어 있는 방식이다. 그 후편인 <이씨세대록>은 <쌍천기봉>과 달리 부부 갈등이 중심이 되어 인물별로 병렬적으로 구성되어 있다. 다만 이 경우에도 이씨 집안의 이야기가 중심이 되어 있는 점은 전편과 같다.

앞의 두 편은 연작 관계로 되어 있지만 서사 구성 방식은 다른데, <명주보월빙>은 또 이 두 편과 다르다. 이는 <쌍천기봉> 연작과 달리 <명주보월빙>은 여러 가문이 중심적인 가문으로 설정되어 있다는 점이, 서로 차이가 나게 하는 가장 큰 요인으로 보인다. 또한 갈등의 종류가 <명주보월빙>은 종통 갈등을 축으로 하여 서사가 전개

14) 예를 들어 권53부터 권56까지는 정씨 집안-하씨 집안-정씨 집안-윤씨 집안의 순으로 교차되어 있다.

되는 점도 차이가 나게 하는 요인이다. 역사적 배경을 배경에 두고 남녀 간의 애정과 그들의 갈등을 중시한 <쌍천기봉>이나 집안 내에서의 부부 갈등을 중심으로 한 <이씨세대록>과는 차이가 있는 것이다. 이처럼 같은 대하소설이라 해도 서사 구성 방식은 작품별로 차이가 있다.

<명주보월빙>의 모티프는 작품의 분량에 걸맞게 매우 다양하게 등장한다. 이중 가장 먼저 나오며 중요하게 설정된 것은 신물(信物) 모티프다. 대하소설에서 신물 모티프는 남녀가 각각 결혼의 징표로 간직한 물건을 두고 벌어지는 이야기이다. 이 작품의 제명에 보이는 '명주(明珠)'와 '보월(寶月)'이 바로 신물에 해당한다. 윤현, 윤수 형제와 그 벗들인 정연, 하진이 남강에 뱃놀이를 갔다가 용에게서 명주 네 낱과 보월을 얻어 각기 자식이 생기면 신물로 삼자고 하는데, 자식들이 장성한 후에 그 신물은 믿음의 징표로서의 기능을 한다. 온갖 고초를 겪으면서도 신물을 끝내 지켜 결혼 상대에게 주는 것이다.

요약 모티프도 서사에서 중요한 기능을 한다. 원하는 얼굴로 바뀌게 하는 개용단, 정신을 흐리게 하는 미혼단이나 도봉잠 등은 반동인물들이 주로 사용하는 요약으로서, 상대를 모함하거나 자신의 뜻을 성취하려 할 때 사용한다. 예를 들어 유 부인이 양자인 윤희천을 모함하려 할 때, 자기 남편인 윤수에게 미혼단을 먹여 윤수의 정신을 흐리게 해 윤희천에 대한 윤수의 사랑이 없어지게 한다.

앵혈(鶯血) 모티프 역시 다른 대하소설에서와 마찬가지로 <명주보월빙>에서도 중요하게 등장한다. 앵혈은 도마뱀에게 주사(朱砂)를 먹인 후 말려 빻아 물에 탄 것인데, 여자의 팔에 찍으면 남자와 성관계를 맺은 후에야 없어진다. 윤현 형제와 친구들이 모여서 윤현의 딸 명아는 정연의 아들 천흥과, 윤수의 딸 현아는 하진의 넷째아들

원광과 정혼시키기로 하고, 명아의 딸에는 시아버지가 될 정연이, 현아의 딸에는 또한 그 시아버지가 될 하진이 앵혈에 붓을 찍어 쓰는 장면이 등장한다.(권1) 이외에 위 부인이 명아의 앵혈이 없어진 걸 보고 기뻐하지 않으나 겉으로는 기쁜 척하는 장면도 있다.(권10) 앵혈은 순결과 동일시되는데, 앵혈 모티프는 여성에게 순결을 강요하던 봉건 시대의 이데올로기가 서사화한 것이다.

이외에 미인도 모티프[15] 등 다양한 모티프가 있는데 그중에서 초월 모티프도 서사에서 중요한 기능을 한다. 주인공들이 어려움에 처할 때 등장하는 화 도사는 초월적 인물이고, 그에 맞서 반동인물을 돕는 신묘랑도 초월적 인물이다. 유 부인 죄를 뉘우치게 되는 결정적 요인은 천경(天鏡)을 통해 자신의 악행과 광천 형제의 효행을 보면서부터이다. 이때의 천경은 초월적 물건이다.

5. 갈등

<명주보월빙>에서 갈등은 세 집안에서 서로 다르게 설정되어 있다. 즉 윤씨 집안에서는 종통(宗統)과 비종통(非宗統) 의 갈등이, 정씨 집안에서는 처처 갈등이, 하씨 집안에서는 부부 갈등과 외적 갈등이 대표적으로 드러나 있다. 비중은 위에서 언급했듯이 윤씨, 정씨, 하씨 순이다.

윤씨 집안에서 종통 계열에 있는 사람은 윤현을 비롯하여 그 아내 조 부인, 윤현과 조 부인의 자식인 윤광천, 윤희천, 윤명아와 그 배

15) 미인도 모티프는 호방형 남성주동인물이 미인도를 보고 미인도에 그려진 여인을 사모하는데 그 여인은 실제로 존재하는 여인으로서 후에 그 남성인물의 배우자가 된다는 모티프이다. 예를 들어 윤광천이 미인도를 보고 그림 속의 여인을 흠모하자, 그의 벗 정천흥이 주선해 미인도 속 주인공인 진성염을 윤광천과 혼인하게 하는 것을 들 수 있다.(권16)

우자들이다. 이 가운데 윤희천이 비종통 계열인 윤수의 양자로 입양된다. 비종통 계열에 있는 사람은 윤현의 동생인 윤수를 비롯하여 그 어머니인 위 부인과 아내인 유 부인, 딸인 윤경아, 윤현아다. 이 중에서 반동인물로서 종통 계열의 인물들을 죽이려는 사람은 위 부인, 유 부인과 윤경아다.

위·유 부인이 종통 계열을 해치려는 장면들은 처절하다시피 하다. 윤광천과 윤희천에게 하인들이나 하는 천역(賤役)을 시키고, 그들을 때리는 일은 다반사다. 조 부인과 그 자식들에게 밥을 제대로 주지 않는 일이 허다하고 그들을 독약으로 죽이려 하기도 한다. 윤광천의 아내인 정혜주와 윤희천의 아내인 하영주 역시 위·유 부인의 표적이 되어 죽을 고비를 여러 번 넘는다.

이러한 갈등은 주도적 반동인물인 유 부인이 천경(天鏡)을 통해 윤광천 형제의 효성을 보고 뉘우칠 때까지 작품의 주요 갈등으로 전면화해 있다.(권73) 거울은 대개 자신의 모습을 비추는 도구이지만, 여기에서는 다른 이들의 행위를 보여주는 용도로 쓰이고 있다. 자신의 잘못을 반추하는 기능을 하고 있는 것이다. 유 부인이 윤광천 형제의 효성에 의해 잘못을 뉘우친다는 설정은 유교 이념 중의 하나인 효의 이데올로기적 기능을 드러낸다. 효는 자신을 죽이려는 악인도 감화시킬 정도의 힘을 지니고 있음을 보여 준다. 이를 통해 대하소설의 주된 독자로 추정되는 사대부가 여성은 자신이 어려서부터 교육받은 유교 윤리의 힘을 확인하게 된다.

종통 갈등은 조선 후기에 내면화하려 한 종법제(宗法制)의 일면을 보여 주는 것이다. 원래 중국 주나라에서 쓰이던 종법제는 임병 양란을 전후해 조선에서 강화되었다. 집안의 종통을 중시하는 이 제도는 혈연보다는 명분을 강조한다. 집안에 아들이 없어 친척의 자식을 양자로 들인 후에 친자가 생기더라도 종통은 이미 들인 양자에게 돌아간다. 조선 후기에는 이러한 일로 소송이 벌어지기까지 했는데, <명주보월빙>에서 종통 갈등은 이러한 사회적 모습을 일정하게 반영하고 있다. 다만 <명주보월빙>은 양자를 들인 후에 친자가 생겨 갈등을 빚는 <완월회맹연>과는 달리 비종통 계열이 양자를 비롯해 종통 계열의 씨를 말리려 한다는 점에서 특이하다.

정씨 집안에서는 호방형 인물인 정천흥이 주인공인데 그 아내들 중 한 명인 문양 공주가 다른 아내들을 죽이려 하는 처처[16] 갈등이 드러나 있다. 문양 공주는 정천흥을 우연히 보고 반해 사혼(賜婚)으로 정천흥과 혼인하는 인물이다. 정천흥은 문양 공주의 그러한 행위가 음란한 것으로 보고 겉으로는 친한 척하나 속으로는 경멸한다. 이에 문양 공주는 정천흥에게서 애정을 독점하기 위해 정천흥의 다른 아내들인 윤명아 등을 다양한 방법으로 죽이려 한다. 문양 공주가 정씨 집안에 사혼으로 들어온 권17부터 윤명아 등 네 동렬과 그 자식들의 정성에 회과하는 권89까지 문양 공주의 서사는 지속된다.

문양 공주의 반동 행위는 기실 정천흥의 박대로부터 기인한 바 크다. 그리고 정천흥이 문양 공주를 박대하게 된 근저에는 당대 여성에게만 강요되던 정절 이데올로기가 깔려 있다. 여성이 남성에게 반하지 않을 이유가 없지만 정천흥과 소설 속 인물들은 문양 공주의 그러한 '반함'을 발칙한 것으로 상정하고 있다. 문양 공주는 이러한 이유 때문에 시가에 들어갈 때부터 남편인 정천흥에게서 박대를 받고 이 때문에 소외감을 가지게 된 것이다.

16) 조선 시대에 다처는 태종 13년(1413)에 중혼 금지령이 내려지면서 공식적으로 금지되고 대신 첩을 두는 것은 허용되었으나 소설에서는 다처의 모습이 공공연하게 보인다. <구운몽>이 그 대표적 예다.

문양 공주의 반동 행위는 또한 당대 가부장제의 질곡을 상징적으로 보여 주는 표지이다. 정천흥에게는 문양 공주 외에 네 명의 처가 더 있다. 원천적으로 애정을 독점할 수 없는 구조다. 이 때문에 문양 공주는 다른 네 명의 처를 다 죽이면 자신이 정천흥을 독점할 수 있다고 '착각'한다. 게다가 정천흥은 문양 공주 외의 아내들에게는 잘해 준다. 여러 아내[17]를 둘 수 있는 가부장제에서 가장의 애정이 고르지 않을 때 일어나는 현실이 문양 공주의 반동 행위를 통해 잘 드러나 있다.

윤명아의 격고등문으로 위·유 부인과 문양 공주의 반동 행위가 낱낱이 밝혀지기는 하지만(권60), 근본적으로 문양 공주의 회과에는 윤명아 등 동렬의 우애가 큰 영향을 끼쳤음을 서술자는 제시하고 있다. 윤명아의 격고등문이 법적인 해결이라면 윤명아 등의 우애를 통한 회과는 이념적 해결이다. 윤광천 형제가 유교 이념인 효도를 통해 유 부인을 감화했다면, 윤명아 등 동렬은 우애를 통해 상대를 감화함으로써 유교 이념의 우위를 보여 주고 있다.

하씨 집안은 외적 갈등도 있지만 하원광과 윤현아의 부부 갈등을 대표적인 갈등으로 꼽을 수 있다. 먼저 외적 갈등을 보면, 김탁과 초왕이, 직언을 서슴지 않아 임금 앞에서 자신들을 비난한 하진과 그 아들들을 모함해 하진 부자가 역적으로 몰려 아들 삼 형제가 죽고 화진은 귀양을 가게 되는 내용이다. 작품 초반부에 나오는 갈등으로, 이후 죽은 삼 형제는 하진 집안에 환생하여 세 아들의 역할을 대신한다.

하원광과 윤현아의 부부 갈등은 하원광이 구몽숙의 계교에 속아

17) 여러 아내는 첩을 포함한다. 고전소설에서는 현실의 첩을 처로 치환하여 처처 갈등의 구조로 보여 주는 예가 흔하다.

아내 윤현아를 간부(奸婦)로 오해하는 데서 비롯한다. 후에 하원광이 비로소 윤현아의 현숙함을 알게 되어 오해가 풀린다(권10-권48). 하원광은 하씨 집안 사 형제 중에 죽지 않고 살아남은 유일한 자식이다. 하씨 집안에서 주인공의 역할을 하는바, 다만 정천흥이 아내 윤명아의 부정(不貞)을 의심하지 않는 것과는 달리 하원광은 윤현아를 의심함으로써 갈등이 야기된다. 윤씨나 정씨 집안의 갈등에 비해 상대적으로 비중이 작게 설정되어 있다.

<명주보월빙>에서는 위에서 살핀 바와 같이 집안별로 대표적인 갈등을 각각 다르게 설정해 놓음으로써 당대 상층 사대부 가문에서 벌어질 수 있는 다양한 양상을 알 수 있도록 하였다. 종통과 비종통 사이, 아내들 사이, 부부 사이의 갈등은 충분히 극화할 수 있는 소재다. <명주보월빙>에서는 그것을 유교 이념의 승리라는 교조적인 주제의식을 보여 주면서 흥미롭게 서술하고 있다.

6. 맺음말

<명주보월빙>이 산생된 것으로 추정되는 18~19세기는 한편으로는 기존의 성리학적 유교 이념을 완강히 지키면서 그 우위를 칭송하는 반면에, 다른 한편에서는 실학 등이 등장하여 봉건 사회를 지양하고 새로운 시대로 나아가려 한 과도기적 시기였다. 박지원의 소설들이 후자의 모습을 반영하고 있다면, <명주보월빙>은 전자의 모습을 보여 주고 있다.

<명주보월빙>이 성리학적 이념의 우위를 표면적으로 보여 주고 있지만, 그 이면을 보면 상황은 그리 녹록지 않다. 종통과 비종통의 다툼을 통해 종법제가 정착되는 시기의 단면을 드러내면서도 그 제

도가 당대인들에게 가한 고통스러운 모습이 잘 드러나 있다. 또한 아내에게는 여러 남편이 허락되지 않는 반면에, 남편에게만 여러 아내가 허락된 제도하에서 남편에게 소외받았을 때 느끼는 아내의 심정이 여실히 드러나 있다. 아내에게 순결이 강요되던 시기에 남편이 아내의 순결을 의심하는 순간 아내가 맞이하는 운명 역시 고스란히 이 작품에 반영되어 있다. 서술자는 의도하지 않았겠지만, 가부장제의 질곡이 이처럼 이 작품에 잘 드러나 있다.

서술자는 각 집안의 이야기를 윤씨 집안 위주로 서술하면서도 다른 집안의 상황을 적절히 배치함으로써 서사의 짜임새를 잘 구축하고 있다. 서술자는 갈등 위주의 서사를 전개함으로써 내용적으로 독자에게 흥미를 부여하고 있다면, 각 이야기를 이처럼 촘촘하고 짜임새 있게 배치함으로써 독자들에게 또 다른 재미를 부여하고 있다.

장시광

서울대 강사, 아주대 강의교수 등을 거쳐 현재 경상국립대학교 국어국문학과 교수로 재직 중이다. 논문으로 「대하소설의 여성반동인물 연구」(박사학위논문), 「여성영웅소설에 나타난 여화위남의 의미」, 「대하소설 갈등담의 구조 시론」, 「운명과 초월의 서사」 등이 있고, 저서로 『한국 고전소설과 여성인물』이 있으며, 번역서로 『조선시대 동성혼 이야기 방한림전』, 『여성영웅소설 홍계월전』, 『심청전: 눈먼 아비 홀로 두고 어딜 간단 말이냐』, 『팔찌의 인연: 쌍천기봉 1-9』, 『이씨 집안 이야기: 이씨세대록 1-13』 등이 있다.

명주와 보월의 인연

명주보월빙 5

초판인쇄 2026년 01월 09일
초판발행 2026년 01월 09일

지 은 이 장시광
펴 낸 이 채종준
펴 낸 곳 한국학술정보㈜
주　　소 경기도 파주시 회동길 230(문발동)
전　　화 031) 908-3181(대표)
팩　　스 031) 908-3189
투고문의 ksibook1@kstudy.com
등　　록 제일산-115호(2000. 6. 19)

ISBN 979-11-7457-388-9 04810
979-11-7457-233-2 04810 (set)

이담북스는 한국학술정보㈜의 학술/학습도서 출판 브랜드입니다.
이 시대 꼭 필요한 것만 담아 독자와 함께 공유한다는 의미를 나타냈습니다.
다양한 분야 전문가의 지식과 경험을 고스란히 전해 배움의 즐거움을 선물하는 책을 만들고자 합니다.